Janet Frame
Ein Engel an meiner Tafel

SERIE PIPER
Band 1602

Zu diesem Buch

Der Band umfaßt die ersten beiden Bücher von Janet Frames Autobiographie: »Zu den Inseln« und »Ein Engel an meiner Tafel«. Sie erzählt darin von ihrer Kindheit und Jugend, ihrer Studentenzeit, die keine Spanne der Freiheit, sondern bedrückender Einsamkeit war. Nach einem Selbstmordversuch wird die sensible Frau in eine Nervenklinik eingeliefert. Erst als ihr erstes Buch einen Literaturpreis erhält, kann sie ins Leben zurückkehren …

Janet Frame, geboren 1924 in Dunedin, Neuseeland. Autorin zahlreicher, vielfach preisgekrönter Romane, darunter »Owls Do Cry« (dt. »Wenn Eulen schrein«), »Living in the Maniototo« (dt. »Auf dem Maniototo«) und »Faces in the Water« (dt. »Gesichter im Wasser«, 1994 im Piper Verlag erschienen). Sie gehört zu den wichtigsten zeitgenössischen Schriftstellern Neuseelands.

Die gleichnamige Verfilmung ihres autobiographischen Romans »Ein Engel an meiner Tafel« (Regie: Jane Campion) lief 1990 wochenlang vor einem begeisterten Publikum in ausverkauften Programmkinos.

Janet Frame

Ein Engel an meiner Tafel

Autobiographischer Roman

Aus dem Englischen von
Lilian Faschinger

Piper
München Zürich

SERIE PIPER
FRAUEN

Von Janet Frame liegt in der Serie Piper außerdem vor:
Der Gesandte aus der Spiegelstadt (1603)

Die Originalausgaben erschienen 1983 und 1984 unter den Titeln
»To the Is-Land« und »An Angel At My Table«
bei The Women's Press in London.

ISBN 3-492-11602-7
Deutsche Erstausgabe
September 1993
4. Auflage, 31.–38. Tausend Dezember 1994

Umschlag: Federico Luci,
unter Verwendung eines Fotos aus dem Film
»Ein Engel an meiner Tafel« von Jane Campion,
produziert von Hibiscus Films in Zusammenarbeit
mit der New Zealand Film Commission
Foto Umschlagrückseite: Curtis Brown
Gesamtherstellung Clausen & Bosse, Leck
Printed in Germany

I.
Zu den Inseln

Dieser erste Band ist meinen Eltern
und Geschwistern gewidmet

1
Am zweiten Ort

Vom ersten Ort flüssiger Dunkelheit, innerhalb des zweiten Ortes von Luft und Licht, schreibe ich den folgenden Bericht mit seiner Mischung aus Tatsachen und Wahrheiten und Erinnerungen an Wahrheiten nieder, der stets auf den dritten Ort hinweist, dort, wo der Mythos beginnt.

2
Der Weg nach Ist-Land

Die Ahnen – wer waren sie, im Mythos und in der Wirklichkeit? Als Kind prahlte ich immer damit, die Frames seien »mit Wilhelm von Oranien herübergekommen«. Seitdem habe ich in Erfahrung gebracht, daß dem vielleicht wirklich so gewesen ist, denn Frame ist eine Variante von Fleming, Flamand, von den flämischen Webern her, die sich im vierzehnten Jahrhundert im schottischen Tiefland niederließen. Ich bekräftige die Realität oder den Mythos jener Ahnen jedesmal, wenn ich mir ins Gedächtnis rufe, daß Großmutter Frame im Alter von acht Jahren in einer Baumwollspinnerei in Paisley zu arbeiten begann; daß ihre Töchter Polly, Isy und Maggie von Beruf Schneiderinnen waren und in ihrer Freizeit wunderschöne Stickereien, Spitzen, Strick- und Häkelarbeiten anfertigten; und daß ihr Sohn George Samuel, mein Vater, eine Reihe von Fertigkeiten besaß, zu denen Sticken (oder »Feinarbeit«, wie sie genannt wurde), Teppichknüpfen, Lederverarbeitung und Ölmalerei auf Leinwand und auf Samt zählten. Die Frames hatten eine Vorliebe für das Machen von Dingen. Wie sein Vater, unser Großvater Frame, ein Hufschmied, der unsere Feuerhaken, den Schuhleisten, ja sogar den Holzstab selber machte, der vom Umrühren des morgendlichen Haferbreis ganz glatt war, lebt mein Vater in solchen Gegenständen wie einem ledernen Arbeitsbeutel, zwei gerippten Butterformen, einer Handvoll Lachsködern weiter.

Als Kinder hörten wir wenig von den Vorfahren unseres Vaters, den Frames und den Patersons, nur daß die meisten in die Vereinigten Staaten und nach Kanada ausgewandert waren, wo »Kusine Peg« Lehrerin wurde. Und von dieser Familie Frame, die aus acht Söhnen bestand – John, Alex, Thomas, Robert, William Francis, Walter Henry, George Samuel, Charles Allan – und vier Töchtern – Margaret, Mary, Isabella Woods (die vierte, die den gleichen Namen trug wie ich, starb mit dreizehn Monaten) –, ist niemand mehr übrig.

Die Familie meiner Mutter, die Godfreys, hatten sich vor langer Zeit in Wairau und Blenheim und Picton niedergelassen, wo Mutter, Lottie Clarice, geboren wurde und mit drei Brüdern – Charles, Lance, William – und fünf Schwestern – May, Elsie, Joy, Grace, Jessie (die in ihrem einundzwanzigsten Jahr starb) – aufwuchs. Der Vater meiner Mutter, Alfred Godfrey, ebenfalls ein Hufschmied, war der Sohn von John Godfrey, einem als »Der Herzog« bekannten Mann, der sich mit Politik beschäftigte und dem die Sheepskin Tavern im Wairau Valley gehörte; später war er Herausgeber der Marlborough Press. Mutter erzählte uns von John Godfreys Bruder Henry und dessen Vater, einem Arzt, der in Oxford studiert hatte und dessen »Godfrey-Elixier« in Großbritannien Anfang des neunzehnten Jahrhunderts bekannt war; und von der Mutter meiner Mutter, Jessie Joyce, die aus einer Familie französischen Ursprungs von der Insel Jersey stammte, sowie von deren Mutter Charlotte, geborene Charlotte Nash, Verfasserin von Gedichten in einem kleinen Bändchen mit geprägtem Einband und wickenfarbenen Seiten, die sie mit achtzehn geschrieben hatte, vor ihrer Auswanderung aus Harbledown, Kent, nach Neuseeland – Charlotte, die in zweiter Ehe James oder »Worser« Heberley von der Worser-Bucht in Wellington heiratete, die ihm vom Stamm seiner ersten Frau (Te Atiawa) zum Geschenk gemacht worden war.

Und dann Mutter und Vater. Mutter, die früh die Schule verließ, um Zahnarzthelferin in Mr. Stockers Praxis in Picton zu werden und später Stubenmädchen in verschiedenen Häusern in Picton und Wellington – bei den Beauchamps, den Loughnins und während des Ersten Weltkrieges und ihrer ersten Ehejahre im Haus von Wili Fels in Dunedin; Mutter, mit ihrer Erinnerungs- und Redelust, von ihrer Familie etwas getrennt durch ihre Heirat außerhalb des christadelphischen Glaubens und die Entfernung von Marlborough, an ihre Vergangenheit zurückdenkend wie eine Verbannte an ihre Heimat; Mutter, die immer in der Familie aufging, was sich sogar in äußeren Anzeichen manifestierte – die nasse Stelle an der Vorderseite ihres Kleides, wo sie sich über den Ausguß lehnte, wenn sie das Geschirr abwusch, oder über den Kessel und Waschzuber, oder kniend den Boden aufwischte mit seltsam geformten Bodenlappen – alten Pyjamabeinen, Ärmeln und Zipfeln abgetragener Hemden –, oder der essiggetränkte Lappen, den sie sich um die Stirn wickelte, um die Kopfschmerzen und die Müdigkeit des heißen Sommers in Schach zu halten: ein Aufgehen, das so total war, daß es das Gegenteil bewirkte und es schien, als sei sie selten zu Hause, in der Gegenwart, oder wie eine unwirkliche Person, deren wirkliches Ich ausgelöscht war. Vielleicht waren wir eifersüchtig auf den Raum, den eine andere Welt und eine andere Zeit im Leben unserer Mutter einnahmen; und obwohl wir zu flüchten versuchten (vielleicht aus Angst vor dem Versinken in dieser fremden Welt), waren wir doch gefesselt von ihren Geschichten über die Guards, die Heberleys, Dieffenbach, Schiffbrüche im Sund, das Leben in der Waikawa Road und unten im Maoridorf, das Familienleben bei den Godfreys, das in ihrer Erinnerung das Paradies gewesen war. Allmählich kannten wir die wörtlich wiedergegebenen Dialoge über Vorfälle auswendig, die sich in der Schule, zu Hause, in der Praxis des Zahnarztes und in den Häusern abgespielt hatten, wo Mutter arbeitete – von der Aufregung an ihrem ersten Schultag, als sie sah, wie ein *Weta*, ein großes Insekt, auf das Knie ihres Bruders Willy kroch (»Oooh, schau doch, Willys Knie!«), bis zu den Worten von Mr. Loughnin, dem Friedensrichter, der (in Nachthemd und Nachtmütze) seine Frau ins Bett lockte mit den Worten »Letty, ich will dich...«.

Wenn Mutter jedoch von der Gegenwart sprach und ihren Sinn für staunende Betrachtung in die gewöhnliche Welt trug, die wir kannten, hörten wir zu, denn wir spürten das Geheimnis und den Zauber. Sie brauchte nur über einen ganz alltäglichen Gegenstand zu sagen: »Schaut, Kinder, ein Stein«, und sie füllte damit den Stein mit etwas Wunderbarem, als wäre er etwas Heiliges. Sie vermochte es, jedes Insekt, jeden Grashalm, jede Blume, die Gefahren und Herrlichkeiten des Wetters und der Jahreszeiten mit einer denkwürdigen Bedeutung zu erfüllen, gleichzeitig mit einer Art Unsicherheit und Demut, die uns veranlaßte, darüber nachzusinnen und zu versuchen, den Kern von allem zu entdecken. Und das gleiche Gefühl vermittelte uns Mutter, die die Dichtung und das Lesen, Schreiben und Rezitieren liebte, über die Welt des geschriebenen und gesprochenen Wortes.

Vater, den wir »Dad« nannten, neigte zur Griesgrämigkeit und hatte einen ausgeprägten Sinn für Förmlichkeiten, der ihm kein Schwelgen in Erinnerungen gestattete. Eine der wenigen Ausnahmen waren seine Geschichten über »die Zeit, als wir den Affen hatten«, die er mit sichtlichem Vergnügen und einer gewissen Sehnsucht erzählte. Als seine Familie aus Oamaru, wo er geboren wurde, wegzog und nach Port Chalmers ging (wo seine Mutter, Großmutter Frame, als Hebamme bekannt wurde), brachte Großvater Frame aus einer Kneipe einen Affen mit, den ein Matrose zurückgelassen hatte. »Erzähl uns«, sagten wir immer zu Dad, »von der Zeit, als ihr das Äffchen gehabt habt.«

Auch Dad verließ früh die Schule, obwohl er ein guter Schüler war, wie die Klassenfotos der »Guten Schüler der Albany-Street-Schule« bezeugen. Sein erster Job bestand darin, für Geräusche (galoppierende Pferde und wilde Sturmgeräusche) beim örtlichen Theater zu sorgen, und sein erstes Abenteuer war sein Versuch, vom Dach des Hauses seiner Familie in Dunedin zu fliegen. Später arbeitete er bei der Eisenbahn als Reinigungskraft und stieg dann zum Heizer und Zweiten Lokomotivführer auf (was er tat, als er in mein Leben trat), danach zum Ersten Lokomotivführer, und folgte so dem Beispiel seiner Brüder, die ihr Leben mit Motoren und Bewegung verbrachten – Alex, der Taxifahrer wurde; Wattie, ein Kapitän, später Hafenmeister in Newport, Melbourne; Charlie, der eine Zeitlang Automechaniker und Chauffeur bei Sir Truby King war. Sein Bruder Bob wurde Bäcker in Mosgiel.

Mum und Dad (Mutter wurde »Mum« genannt, bis ich mich für alt genug erachtete, um sie als eigene Persönlichkeit anzuerkennen) heirateten im Standesamt in Picton, drei Wochen bevor Dad in den Ersten Weltkrieg segelte. Als Dad aus dem Krieg zurückkam, gründeten er und Mutter einen Hausstand in der Richardson Street, St. Kilda, Dunedin, mit Hilfe eines Kriegsheimkehrerdarlehens in Höhe von fünfundzwanzig Pfund, mit denen sie einen hölzernen Kaminvorsatz, einen Kaminvorleger, zwei Morris-Stühle, eine

Kommode, einen ovalen Eßtisch, ein eisernes Bettgestell mit Wollmatratze und einen Vorleger für die Küche kauften; diese Gegenstände waren in der Darlehensurkunde verzeichnet, mit dem ernüchternden Hinweis, daß der Vertreter des Königs (der Vertrag war abgeschlossen zwischen »Seiner Majestät dem König und George Samuel Frame«) bis zur Abzahlung des Darlehens das Recht hatte, den Haushalt der Frames zu betreten, um den Zustand »besagter Möbel und Ausstattungsgegenstände« zu inspizieren und zu vermelden. Das Darlehen wurde nach einigen Jahren zurückgezahlt und die Tilgungsurkunde von meinen Eltern in ihrem allerheiligsten Versteck aufbewahrt – in der obersten rechten Lade der Kommode des Königs, wo auch die Glückshaube meiner Schwester Isabel, der Ehering meiner Mutter, der nicht paßte, ihr Gebiß, das auch nicht paßte, Myrtles zweiundzwanzigkarätiges goldenes Medaillon, in dem ihr Name eingraviert war, und Dads ausländische Münzen, hauptsächlich ägyptische, die er aus dem Krieg mitgebracht hatte, aufbewahrt wurden.

Das waren also die Vorfahren, als mythischer Besitz mitgegeben – deine Großmutter, dein Großvater tat dies, war das, lebte und starb da oder dort –, und die lebenden Eltern, Erinnerungen anhäufend, die wir nicht mit ihnen teilten. Dann, am 15. Dezember 1920, wurde eine Tochter, Myrtle, geboren, und am 20. April 1922 ein Sohn, Robert oder Bruddie; 1923 wurde ein zweiter Sohn, der tot zur Welt kam, ohne Taufe begraben; und am 28. August 1924 wurde ich geboren und Janet Paterson Frame genannt, mit gebrauchsfertigen Eltern und einer Schwester und einem Bruder, die bereits begonnen hatten, ihre Erfahrungen zu sammeln, für mich nur zugänglich durch ihre Sprache und den Bericht unserer Eltern, der sich immer ein wenig davon unterschied. Und nachdem jedes Familienmitglied geboren war, begann es, gewissermaßen mit Erinnerungen als Darlehen, mit der ganz individuellen Ausstattung seines War-Landes, seines Ist-Landes und der Hoffnungen und Träume der Zukunft.

3
In Samt und Seide

Ich wurde von Dr. Emily Seideberg McKinnon im St.-Helens-Krankenhaus in Dunedin entbunden, wo ich als »das Baby, das immer Hunger hatte«, bekannt war. Ich hatte einen Zwilling, der nur ein paar Wochen alt wurde. In Mutters Familie waren Zwillinge erblich, und oft trug sie das Gedicht vor, das (so glaube ich) von ihrer Großmutter geschrieben worden war, deren beide Zwillingspaare im Säuglingsalter starben: »Vier kleine goldene Locken.« Mutters Erinnerungen an meine Geburt umfaßten immer zwei Dinge – die rühmliche Erwähnung, daß ich von der ersten Frau Neuseelands mit abgeschlossenem Medizinstudium entbunden worden war, und ihren Stolz auf den Überfluß an Milch, der es ihr ermöglichte, mich und andere Babys zu stillen.

»Meine Milch wurde abgepumpt«, sagte sie dann und machte dabei eine großzügig schenkende Bewegung hin zu ihren Brüsten und wieder von ihnen weg – eine ihrer vielen Gesten, die wir, denen die Vorfahren stets nahe waren, auf die »französische« Seite der Familie zurückführten. Ähnlich dramatisch sprach Mutter von *Dr. Emily Seideberg McKinnon*, was mich schon während meiner ersten Lebenstage beeindruckt haben mußte, denn ihre lebenslange Wiederholung von Namen, die für sie von Bedeutung waren – Henry Wadsworth Longfellow, Harriet Beecher Stowe, John Greenleaf Whittier, William Pember Reeves (*Die Durchquerung des Waldes*), Michael Joseph Savage –, erweckte unweigerlich ein Gefühl des Magischen.

Ich wurde in eine Stadt hineingeboren, in der sich kurz zuvor zwei historische Ereignisse zugetragen hatten und die im Begriff war, sich auf weitere vorzubereiten. 1923 waren die niedriger gelegenen Teile von Dunedin und St. Kilda, wo wir wohnten, vom Leith stark überschwemmt worden, und ein paar Jahre vorher hatte der Prinz von Wales Dunedin einen Besuch abgestattet. Meine frühesten Erinnerungen beziehen sich also auf Gespräche über den Prinzen und über die Überschwemmung und auf die unerreichbare Distanz dieser Gespräche, so weit über mir, hin und her, hin und her zwischen großen, großen Leuten. Als ich drei Jahre alt war, zog die

Familie nach Outram, wo wir ein Haus mit einem großen Nußbaum dahinter hatten und einen Kuhstall mit einer rotweißen Ayrshire-Kuh mit langen, gebogenen Hörnern namens Betty; und als ich sechs Wochen alt war, war ich mit Mutter im Kuhstall, während sie Betty molk. Meine frühesten Erinnerungen sind bruchstückhaft und bis auf die Gespräche der Erwachsenen im Freien angesiedelt – im Kuhstall, im Obstgarten der Nachbarn, unter dem Nußbaum, wo ich, als ich größer wurde, zum Spielen in einen riesigen Kerosinbehälter gesetzt wurde und wo ich gehen lernte, indem ich mich zuerst am Rand des Behälters festhielt. Man sagte mir, meine ersten Worte seien »Nuß aufheben, Mum« gewesen, wobei ich *Nuß* wie »muß« aussprach. Meine Aussprache war üblicherweise falsch und erheiterte offenbar jeden. Ein Gerstenkorn in meinem Auge wurde von den »Seen« geheilt, nicht, wie man mir sagte, von den *Feen*. Ich sang »Gott *mütze* unsre Königin«. Ich trank »Mich«. Das neue Baby, das kam, als ich zwanzig Monate alt war, und Isabel genannt wurde, war für mich »Iddabel«.

Damals, als Mutter mit dem neuen Baby beschäftigt war, wurde Großmutter Frame, die bei uns wohnte, meine Freundin und Vertraute. Sie erzählte mir von den »Seen«. Meine erste Erinnerung an sie ist das Bild einer großen Frau in einem langen schwarzen Kleid, und später, als ihr wegen ihrer Diabetes ein Bein abgenommen werden mußte, das einer Frau im Rollstuhl. Ihre Haut war dunkel, ihr schwarzes Haar gekraust, und obwohl sie einen schottischen Akzent hatte, waren die Lieder, die sie sang, aus dem tiefen Süden Amerikas. Sie ging still durchs Haus, und plötzlich erschallte ihre Stimme in einem Gesang, der mich mit einem Gefühl erfüllte, das ich viel später als Traurigkeit erkannte. »Bringt mich zurück ins alte Virginny...«, sang Großmutter und machte dabei nach der ersten Zeile eine Pause, als wäre sie schon fast dort, benötigte jedoch eine natürliche Verzögerung, um ihr ganzes Sein dorthin zu befördern. Ich weiß noch, daß ich das an der Art und Weise erkennen konnte, wie sie sich im Zimmer umsah, als ob sie plötzlich eine Fremde wäre und gleich die Bemerkung machen würde, so wie es Fremde taten: »Ach, du hast so etwas, Lottie. Ich habe nicht gewußt, daß du so etwas hast. Es ist nett, so etwas zu haben, nicht wahr?« Aber Großmutter hatte sich fortgesungen: »Dort, wo die Baumwolle und der Mais und die Kartoffeln wachsen...« Sie sang von »Harter Arbeit für Ole Massa«.

Ich vermutete, daß Großmutter Frame Afrikanerin und in Amerika Sklavin gewesen war, daß ihre wahre Heimat »Virginny« war und daß sie sich danach sehnte, dorthin zurückzukehren; denn Sie müssen wissen, ich wußte Bescheid über Sklaven.

Das Buch, von dem jeder bei uns zu Hause redete, war *Onkel Toms Hütte* von Harriet Beecher Stowe, und man nannte mich Topsy, weil ich krauses Haar hatte. »Wer bist du?« fragte sie mich, und ich lernte zu antworten: »Ein Mädchen und gar nie geborn, denn ich wuchs auf in Mais und Korn. Mensch, bin ich böse!« Mutter sprach auch davon, wie Eliza das Eis überquerte, als habe es sich tatsächlich zugetragen, so wie die Pioniere und der Besuch des Prinzen und die Überschwemmung. Sie sprach vom bösen Simon Legree. Es wurde viel über Eis geredet, über Eisschollen und Packeis und Eisberge, denn der Untergang der Titanic wurde häufig erwähnt und war den Leuten noch deutlich in Erinnerung.

Aus jenen Tagen in Outram bis zu meinem dritten Geburtstag sind nur vereinzelte Erinnerungen und Gefühle lebendig: aus den Stunden, die ich damit verbrachte, die Kuh Betty mit ihrer von Haut bedeckten, an beiden Enden funktionierenden Maschinerie zu beobachten – all die Gerüche und Farben und die mannigfaltigen festen (Rüben und Äpfel) und flüssigen Stoffe, die an einem Ende aufgenommen und am anderen wieder ausgeschieden wurden. Ich stand vor dem Eimer und fütterte sie mit großen roten Äpfeln, und von Zeit zu Zeit öffnete sie ihr Maul und gähnte, wobei sie mir ihren nach Kartoffeln und Rüben und Äpfeln und Gras riechenden Atem ins Gesicht blies und ihre großen, abgenutzten Zähne zeigte. Ich erinnere mich an die Familie Snow und ihren Obstgarten, an meinen kleinen Freund Bobby Little, der mir das Wort »Arschloch« beibrachte, das ich wie »Arsloch« aussprach. Ich erinnere mich an das furchterregende Waffenmagazin, dem man sich nicht nähern durfte – hinter der Kaserne (oder Laterne, wie ich sie nannte) –, und an die silberglänzende Kerosindose, die mein einziges Spielzeug war und die ich an einer Schnur hinter mir herzog, wo immer ich hinging, wobei sie schepperte und klapperte und sich manchmal an einer Seite einbeulte und dann dumpf knallte, wenn sie wieder ihre alte Form annahm, ein Geräusch wie Regen in der Regentonne. Ich erinnere mich an Topsy und Simon Legree und Eliza auf dem Eis und an die Kobolde (oder »Bobolde«), die nach Einbruch der Dunkelheit kamen, wenn die Kerzen mit den Fingern ausgelöscht wurden und der Docht in den Kerosinlampen hinuntergedreht, und zu meinen frühesten Erinnerungen gehört etwas, das sich nie ereignet haben kann: Eine große Frau mit einer Wäscheklammer auf der Nase spähte durch ein kleines Fenster hoch oben in der Wand ins Schlafzimmer, blickte auf mich in meinem Holzbettchen herab und sagte streng: »Du bist ein Naseweis.«

Meine lebhafteste Erinnerung an diese Zeit ist die an die lange, staubige weiße Straße vor dem Tor, an den Sumpf (den ich den »Umpf« nannte), der mich mit Schrecken erfüllte, denn man hatte mich davor gewarnt, in seine Nähe zu gehen, an das seltsame, unnatürlich grellgrüne Gras, das um ihn herum wuchs, und an das Unkraut, das an seiner Oberfläche sproß und aussah wie das Innere meines Gummiballes, und an das goldfarbene Tierchen mit seinem Samtfell, das in der Nähe des Zaunes graste – und an mich selbst in meinem kostbarsten Besitz, einem goldenen Samtkleid, das ich mein »Tierchen« nannte. Ich erinnere mich an einen grauen Tag, als ich am Tor stand und auf den Wind in den Telegraphendrähten horchte. Da überkam mich zum ersten Mal das Bewußtsein einer äußeren Traurigkeit, jedenfalls schien sie von außen zu kommen, vom Geräusch des Windes, der in den Drähten seufzte. Ich blickte die staubige weiße Straße hinauf und hinunter und sah niemanden. Der Wind blies an uns vorbei von einem Ort zum anderen, und ich war hier, dazwischen, und horchte. Ich empfand eine Bürde der Traurigkeit und Einsamkeit, als ob etwas geschehen wäre oder begonnen hätte und ich Bescheid darüber wüßte. Ich glaube nicht, daß ich mich bis dahin als eine Person betrachtet hatte, die in die Welt hinausblickt; bisher hatte ich das Gefühl gehabt, die Welt zu *sein*. Indem ich auf den Wind und sein trauriges Lied horchte, wußte ich, daß ich eine Traurigkeit vernahm, die keinen Bezug zu mir hatte, die zur Welt gehörte.

Ich versuche nicht, den banalen Ursachen eines solchen Gefühls auf den Grund zu gehen. Wenn man vom Strand eine kostbare Muschel nach Hause trägt, schüttelt man den Sand und das Geflecht aus Seegras und die anderen kleinen Muschelstückchen ab, und vielleicht sogar den winzigen, toten, schwarzäugigen Bewohner. Mag sein, daß ich diese Muschel der Erinnerung im Lauf der Zeit abgeschliffen habe, doch nur, weil ich sie ständig bei mir trage, ich habe sie nicht aufpoliert, um sie zur Schau zu stellen.

Ich lernte Wörter und glaubte von Anfang an, daß Wörter buchstäblich gemeint sind. Ich war etwas verwirrt, daß es ein Eisenbahnmagazin im Haus gab, wo es uns Kindern doch verboten war, uns dem Magazin zu nähern. Und wenn ich »Gott mütze unsre Königin« sang, dann glaubte ich, sie habe eine Mütze auf wie Dad, wenn er zur Arbeit ging. Während der Zeit in Outram, als viele Verwandte in der Nähe wohnten, gab es ein Kommen und Gehen und Reden und Lachen, und die Wörter bewegten sich wie der Wind in unsichtbaren Drähten, Wörter voll Sinn und Bedeutung, die die große Dunedin- und Südsee-Ausstellung und den Besuch des Herzogs von York beschrieben und Orte benannten. Die Verwandten, die zu Besuch kamen, waren vor allem die Frames, eine leicht erregbare Familie mit einer Leidenschaft für Details und einer Liebe zur Häuslichkeit, die dazu beitrug, daß die kleinste Reise weg von zu Hause zu einer Gelegenheit wurde, sich sämtliche Begegnungen, Gespräche, Neuigkeiten, Gerüchte und tatsächliche Begebenheiten in aller Ausführlichkeit ins Gedächtnis zu rufen, und wenn diese Begebenheiten so bedeutsam waren wie die Besuche der Königsfamilie und große Ausstellungen und Überschwemmungen und das Sinken unsinkbarer Schiffe, gemischt mit dramatischen Details aus Büchern, die man gelesen, und Gedichten, an die man sich erinnert hatte, als ob auch sie wirkliche Ereignisse gewesen wären, dann kann ich mir das Gefühl der Erregung erklären, das ich empfand, aber nicht verstehen konnte, während es sich im stets wandernden Netzwerk der Wörter hin und her bewegte.

Aber wir waren Eisenbahner. Und als ich drei war, zogen wir nach Glenham in Southland.

4
Die Eisenbahner

Und wieder erinnere ich mich an die Farben und Räume und natürlichen Merkmale der äußeren Welt. Während der ersten Woche in unserem Haus in Glenham entdeckte ich einen Platz, *meinen Platz*. Ich ging allein auf Entdeckungsreise und fand einen versteckten Platz unter alten, umgefallenen Bäumen an einem winzigen Bach, wo man auf einem moosbedeckten Stamm sitzen konnte und wo die Zweige der Birke mit ihrem frischen Laub ein Dach bildeten, das den Himmel ausschloß, bis auf die ein Muster bildenden Löcher aus Sonnenlicht. Der Boden war mit einer Unmenge alter, abgefallener Blätter bedeckt, matschig, schlüpfrig, naß. Ich saß auf dem Stamm und blickte um mich. Ich wurde überwältigt von einem köstlichen Gefühl der Entdeckung, der Dankbarkeit, des Besitzerstolzes. Ich wußte, daß dieser Platz einzig und allein *mir* gehörte; mir gehörten das Moos, das Bächlein, der Stamm, das Geheimnis. Es war eine neue Art des Besitzes, ganz anders als mein Tierchenkleid oder das neue Baby Isabel, dessentwegen Myrtle und Bruddie und ich uns so oft stritten (denn Mutter hatte gesagt, daß Isabel *mein* Baby sei, so wie Bruddie Myrtles Baby war), daß mir schien, es sei zu schwierig, Menschen zu besitzen, wenn man um ihren Besitz ständig kämpfen mußte.

Ich kann mich an mein überwältigendes Gefühl der Vorfreude und Erregung über die Welt erinnern – wobei die Welt mein Platz bei der umgefallenen Birke war, mit dem Gras, den Insekten im Gras, dem Himmel, den Schafen und Kühen und Kaninchen, den Wachsaugen und den Habichten – allen Dingen unter freiem Himmel. Ich erinnere mich an mein besonderes Gefühl für den Himmel, so weit über mir, dort oben, wo meine Mutter und mein Vater wohnten, und wie ich von Sehnsucht danach erfüllt war, von einer Art Heimweh, das mein Bruder und meine Schwestern ein paar Jahre später mit mir teilten, als wir ein altes Schulbuch mit einem Gedicht fanden, welches mit folgenden Worten begann:

Ein Knäblein lag auf dem Rücken im Gras,
das Gesicht zum Himmel gewandt,

und sah zu, wie langsam, träge und sacht
zog vorüber das Wolkenband.

Wir lagen alle zusammen im langen Sommergras, blickten zum Himmel empor, sagten das Gedicht auf und wußten, daß jeder dasselbe Heimweh und dieselbe Sehnsucht nach dem Himmel empfand.

Diese Leidenschaft für das Leben im Freien wurde noch verstärkt durch die vielen Fahrten, die wir in Dads grauem Lizzie Ford zu den Flüssen im Süden und ans Meer unternahmen, denn Dad war ein begeisterter Fischer, und während er fischte, spielten wir, machten ein Picknick und erzählten Geschichten und folgten so dem Beispiel unserer Mutter, die ebenfalls Gedichte und Geschichten verfaßte, während wir darauf warteten, daß das Wasser im Kessel über dem Manukafeuer zu kochen begann. Auf einer dieser frühen Expeditionen an die Südküste erzählte ich meine Geschichte vom Vogel und vom Habicht und vom Schwarzen Mann (von mir als »Voglein«, »Abich«, »Warzer Mann« ausgesprochen), und obwohl das Erzählen dieser Geschichte eine verdoppelte Erinnerung bedeutet, da Mutter oft davon sprach, ja sogar die mitleidige Geste nachahmte, mit der ich meinen Kopf zur Seite legte und sagte: »Ach! Armes kleines Voglein«, erinnere ich mich hauptsächlich deshalb daran, weil ich mich entsinne, im Geist den riesigen dunklen Schatten des Schwarzen Mannes gesehen zu haben, wie er hinter dem Hügel hervorkam: »Es war einmal ein Voglein. Eines Tages flog ein Abich aus dem Himmel und fing das Voglein. (Ach, armes kleines Voglein.) Am nächsten Tag kam ein großer Warzer Mann hinter dem Hügel hervor und fraß den Abich, weil er das Voglein gefressen hatte.«

Ich erinnere mich auch daran, daß ich von meinem Publikum, Myrtle und Bruddie, absolutes Stillsitzen verlangte und Mutter um Hilfe bat: »Mum, Myrtle und Bruddie zappeln. Sag, sie sollen aufhören, wenn ich meine 'Schichte erzähle.«

Der Anlaß für die Gedichte, die Mutter uns auf diesen Picknicks vortrug, war die Umgebung – der Leuchtturm in Waipapa, das Polarlicht am Himmel. »Schaut, das Südlicht, Kinder.«

Der Leuchtturm auf dem Felsenstrand,
der Möwe einsam Lied,

der Tag vergeht und läßt zurück
am Himmel Gottes Bild.

Es gab noch andere Gedichte, die Mutter nicht selbst verfaßt hatte – Erzählungen von Schiffbrüchen, von Flutwellen: »Die Flut am Strand von Lincolnshire«, »Kommt schon, Braune, Bunte, Schwarze, kommt zum Melken alle drei...«. Immerhin wußten wir Bescheid über Kühe, und wir kannten uns mit Überschwemmungen aus. »Als Myrtle und Bruddie klein waren, bevor du auf die Welt gekommen bist, Nini.« Wir mußten Betty »aufgeben«, als wir von Outram wegzogen, und wir kauften unsere Milch nun bei Mr. Bennett auf dem Hügel gegenüber. Die Strände und Flüsse und die langen Schatten einer Southland-Dämmerung und die goldenen Straßen, zu beiden Seiten erleuchtet von den Ginsterhecken, und die immer gegenwärtigen, am Himmel kreisenden Habichte wuchsen uns ans Herz.

Myrtle und Bruddie traten in die Schule in Glenham ein, und manchmal ging ich mit ihnen zu der einklassigen Schule, die auf dem Gipfel eines weiteren Hügels lag, und ich saß in einer Ecke und sah und hörte den »großen Leuten« zu. Ich lernte ein besonderes Wort in Glenham: *aufgespießt*; alle benutzten es, nachdem Mr. Bennett von seinem dunkelbraunen Jersey-Stier *aufgespießt* und auf dem schnellsten Wege nach Invercargill ins Krankenhaus gebracht worden war, und alle sagten, die dunkelbraunen Jersey-Stiere seien die wildesten.

Ich verbrachte auch viel Zeit an »meinem Platz« und freute mich daran, daß es ihn gab. Eines Abends dann kam Dad mit seiner Neuigkeit nach Hause: »Ich werde versetzt, Mum. Nach Edendale.« Es wurde beschlossen, im Frühsommer umzuziehen, und in der Zwischenzeit (es war jetzt Herbst) sollte unser Eisenbahnerhaus abgerissen und in Edendale wieder aufgebaut werden, während wir den Winter in Eisenbahnerbaracken auf der umzäunten Weide verbrachten, die man von der Schule und dem Haus der Bennetts und von unserem Haus aus überblicken konnte: eine Wiese mit einem Sumpf in einer Ecke und Binsen und Schneebeeren und Orangenbeeren, die im seidigen Schneegras wuchsen.

Sumpfrot, Kuhgold, Himmelgrau, Eisenbahnrot, Eisenbahngelb, Makrokarpagrün, Bültgrasgold, Schneegrasgold, Orangenbeerenorange, milchweißes Schneebeerenweiß, alles erleuchtet vom Himmel aus Schneelicht, wie er von der Antarktis reflektiert wurde – oder, wie wir dank Mutters ständiger Hinweise wußten, »vom Südpol, Kinder«. Diese Farben erfüllten meinen Blick und erregten uns beim Gedanken, *draußen* zu leben.

Es gab drei Eisenbahnerbaracken (möglicherweise noch eine vierte, mit einem Kessel, die man als Waschküche benützen konnte): eine Küchen-Wohn-Baracke, eine Schlafbaracke mit Betten für Myrtle und Bruddie und mich, eine Schlafbaracke für Mum und Dad und das Baby Isabel. Jede Baracke war etwa zwei mal drei Meter groß, bis auf die etwas größere Küchen-Wohn-Baracke, in der ein Ofen mit einem Blechrauchfang stand, der durch das Dach ragte. Jede Baracke war eisenbahnrot gestrichen und hatte eine eigene Tür. Die Toilette – oder das »Plumpsklo«, wie wir es nannten – bestand aus der üblichen Einfriedung über einem tiefen Loch, mit einem eisenbahnroten Sitz. Als Beleuchtung dienten Kerzen und Kerosinlampen, und nur die Küchenbaracke hatte einen Ofen. Die Vorfreude, die noch vertieft wurde durch Mutters Fähigkeit, aus ihrem Vorrat an dichterischen Wendungen zu zitieren, erstarb beim ersten Ansturm des Southland-Blizzards. Geschichten über Zigeunerlager oder Araber, die ihre Zelte zusammenfalten, oder über Babys im Wald konnten schwerlich die bittere Kälte besiegen. Es schien ständig zu schneien, und der Schnee lag tief um die Hütten herum und im Innenhof.

Ich glaube, damals begriff ich zum ersten Mal, was Unglück bedeutet. Ich fühlte mich elend, jede Nacht weggesperrt von Mum und Dad, und um zu ihnen zu gelangen, mußte ich durch den Schnee. Ich war in einem Alter, in dem man geneckt wird, und weil ich verkündet hatte, daß ich mich vor Ratten in der Wand fürchtete, neckte man mich mit dem Ruf: Ratten in der Wand, Ratten in der Wand. Wir waren alle krank, erkältet, und damals begannen die Schmerzen in meinen Beinen, die ein Teil meiner Kindheit wurden. Ich hatte Fieber und phantasierte, sah Insekten, die die Wand auf- und abkrochen. Die »zunehmenden Schmerzen« und das Fieber waren rheumatisches Fieber. Überall war Feuchtigkeit und Kälte, und die Welt war voll feuchter Wäsche und Windeln mit grünem Kot, als hätte das Baby Gras gegessen wie ein Kalb. Mum stillte Isabel immer noch. Ich hatte aufgehört, an der Brust zu saugen, als ich zwei war, und zu beißen angefangen, doch Mutters Brüste waren immer da, so wie das Euter der Kuh, für einen gelegentlichen Strahl in unseren Mund. Und obwohl Mutter daran »glaubte«, daß es gut war, ihre Kinder so lange wie möglich zu stillen, war sie auch stolz darauf, daß wir schon früh mit Tassen und Messern, Gabeln und Löffeln umgehen konnten. Voller Stolz erzählte sie von mir, daß ich »schon mit sechs Wochen aus einer Tasse trinken konnte«. Als sie uns schließlich beibringen wollte, daß ihre Brüste nicht mehr für uns, sondern für das neue Baby da waren, schmierte sie eine bittere Substanz darauf.

Trotz meines inneren Elends war die Zeit um den Küchenherd gemütlich, und das Baden in der runden Blechwanne vor dem Herd – Wasser aus der Kanne, drei Männer in der Wanne – war immer ein Vergnügen. Und Mutter wurde es zur Gewohnheit, uns unser (und zweifellos auch ihr) Unglück damit zu erleichtern, daß sie auf die Schönheit des Schnees hinwies und uns Geschichten über den Schnee und den Regen und Jack Frost erzählte, der »hinter unseren Fingern und Zehen her war«. Sie blickte durch das kleine, eisig kalte, vorhanglose Fenster der Hütte hinaus in die Schwärze der ländlichen Finsternis und murmelte: »Ich frage mich, ob Jack Frost heute nacht kommt...« Sie wußte und wir wußten, daß er jede Nacht kam, aber ich war fasziniert vom Hinweis auf ihn als Person mit einem Namen, und ich vermute, ich glaubte fester an seine Existenz als an die jenes anderen nächtlichen Reisenden, des Weihnachtsmannes. In der Wärme der Küchenbaracke spielte Mutter auch auf ihrem Akkordeon und sang, und Dad spielte seine Dudelsacklieder, während er manchmal im Schnee auf und ab schritt (er bestand darauf, man müsse auf und ab schreiten, wenn man auf dem Dudelsack spielte) – »Der Hahn aus dem Norden« oder »Die Blümlein im Walde« oder andere Lieder aus seinem Notenheft mit Dudelsackmusik.

Es war Spätsommer, als wir in unser wieder aufgebautes Haus in Edendale zogen, mitten im Eisenbahnland – neben der Eisenbahnlinie und dem Güterschuppen und dem Lokomotivschuppen und der Drehscheibe und den Weichen und dem eisenbahnbarackenrot gestrichenen Wassertank auf seinem eisenbahnbarackenroten Gestell neben der Eisenbahnlinie und dem schmalen, hohen, rotgestrichenen kleinen Haus hoch oben, wo der Bahnwärter wohnte und seine Signale hinaushängte, und den ruhenden oder ausrangierten Eisenbahnwaggons und Güterwagen und Schienenwagen. Zu unseren Spielen gehörte das »Güterwagenspiel«, bei dem wir so taten, als wären wir Güterwagen auf dem Geleise. Ich verbrachte viel Zeit damit, rund um das Eisenbahngebiet zwischen dem Eisenbahnunkraut und den Blumen – Huflattich und wilde Wicken – zu spielen, und im Güterschuppen, wo die Getreidesäcke hoch aufgetürmt lagen und wo ich, plötzlich mächtig wie eine »Dohle«, auf die Säcke (»Klettersäcke«, wie wir sie nannten) stieg und mich auf Myrtle und Bruddie stürzte, während ich mit meinen Flügeln schlug und einen habichtartigen Schrei ausstieß. »Nini ist die Dohle«, sagten sie beim Essen, wenn Mum und Dad fragten, was wir gemacht hatten. »Nini ist die Dohle, und wir sind auf die Klettersäcke geklettert.« Ich hatte noch nie Dohlen gesehen, aber ich hatte Geschichten davon gehört, wie sie sich auf glänzende Gegenstände stürzten, um sie in ihr Nest zu tragen.

Es schien uns, als hätten wir uns kaum in unserem neu-alten Haus niedergelassen, als die Nachricht eintraf, daß wir wieder umziehen mußten – nach Wyndham.

5
Ferry Street, Wyndham

Wyndham, die Stadt der Flüsse in Southland, wo unser Haus, das übliche Eisenbahnerhaus, an der Eisenbahnlinie stand, aber diesmal in einer Straße mit einem Namen – Ferry Street –, was ich als *Fairy* Street, als Feenstraße, deutete. Der Übergang von einem elfenbehausten Outram zu einem feenbewohnten Wyndham schien mir kein Mißbrauch von Logik und Erfahrung zu sein. In Wyndham entdeckte ich, daß mehr Leute auf der Welt waren, als ich mir hätte träumen lassen – in meiner Vorstellung hatte die Welt nur aus Himmel, grünen Weiden, Sümpfen, Schilfrohr, Bültgras, Schneegras, Schafen und Rindern bestanden; und aus der Eisenbahn, die von irgendwoher kam und irgendwohin fuhr; und ein oder zwei Nachbarn, die uns Milch und Äpfel gaben im Austausch gegen ein paar von Dads Fischen – Regenbogenforellen und Steinforellen, Breitlinge, Austern – oder unsere Pflaumen und Äpfel. In meiner Vorstellung waren die Menschen Verwandte, die kamen und gingen und von »Up Central« und von Middlemarch und Inch Clutha sprachen; und ich hatte mir auch vorgestellt, daß die Welt für mich, so wie in Glenham und Edendale, ein Ort war, wo wir allein mit dem Wetter wohnten; wo Mum und Dad den ganzen Tag arbeiteten und am Abend sangen und Akkordeon und Dudelsack spielten, während wir Kinder von früh bis spät spielten.

Unser Haus in Wyndham war eines in einer Reihe von Häusern, deren Gärten an die der Häuser in der nächsten Parallelstraße grenzten, mit der Eisenbahnlinie an einem Ende und der Weide neben der Bahnlinie, wo unsere neue Kuh, eine goldfarbene Jersey-Kuh namens Beauty, mit ihrem neugeborenen schwarzweißen Kälbchen graste, das wir Pansy nannten. Wir hatten auch einen Hühnerstall mit weißen Leghorns mit leuchtenden, schlappen Kämmen und einem Hahn, dessen große, gebogene Schwanzfedern angeordnet waren wie ein Blatt Spielkarten.

In meiner Erinnerung waren die Ferry Street und die Straße an ihrem Ende mit den Geschäften und dem Redaktionsbüro des *Wyndham Farmer* die einzigen Straßen in Wyndham. Andere Marksteine waren die Eisenbahnlinie und der Bahnhof, die Schule, die Rennbahn, der Golfplatz und die Flüsse, manche näher, manche weiter entfernt, die uns genauso vertraut wurden wie die Flüsse und Wiesen und Pflanzen und Bäume der anderen Orte, wo wir gewohnt hatten: der Outram-Lee-Fluß und die Outram-Schlucht, der braune Mimihau, der schnelle Mataura.

Und weil – wenn ich die Leute zusammenzählte, die ich kannte – die Zahl derjenigen aus der Dichtung (und aus der Vergangenheit und der Distanz, die sie in Dichtung verwandelten – Vorfahren, Verwandte, Herrscher, Eliza, Simon Legree, Jack Frost, die Zigeuner, Wee Willie Winkie, die Babys im Walde, Kobolde und Elfen und Feen) und der Leute aus den Liedern und aus der Phantasie die der anderen aus Fleisch und Blut übertraf, hielt ich die Ferry Street für einen Ort geheimnisvoller Wesen, die entweder in Wirklichkeit oder ebenso leicht in Gedichten und Liedern auftauchen konnten. Zum Beispiel war das Haus der Murphys einige Türen weiter auf der gegenüberliegenden schattigen Seite der Straße mit seiner hohen Makrokarpahecke, dem gepflegten Rasen und der moosbedeckten steinernen Türstufe das Haus aus dem Lied, das Dad abends sang: »Der Stein vor Dan Murphys Tür«. Ich wußte, daß er von diesem Haus und dem moosbedeckten Stein sang, und ich spähte durch das Handloch im Tor oder durch eine Lücke in der Makrokarpahecke und starrte unentwegt auf den »Stein vor Dan Murphys Tür«, der durch ein Lied Gestalt annahm. Traurigkeit und ein friedliches Gefühl der Geborgenheit erfüllten mich, denn ich spürte, daß auch unsere Familie in dem Lied vorkam, und wenn Dad mit solcher Gewißheit sang:

Die Freunde aus unserer Kindheit,
bettelarm, aber froh waren wir,
die Zeit ist vergangen,
als wir lachten und sangen
auf dem Stein vor Dan Murphys Tür,

dann wußte ich, daß er von uns sang. Ich glaubte, daß die meisten oder alle Lieder, die Mutter und Vater sangen, sich auf unser Leben bezogen und auf Orte, die sie gekannt hatten.

Im Osten und im Westen und auf der ganzen Welt
spielen die Mädchen Ringelreihn
und Die Londoner Brücke fällt.
Die Mädchen und die Jungen,
ich und Mamie O'Rourke
gehn als reiche Leute
auf dem Gehsteig von New York.

Das war auch unser Ort. Ich hatte das Gefühl, daß ich dort gewesen war, daß es eine Möglichkeit war, einen Ort zu haben, ohne daß man einen anderen verlassen mußte.

Und es gab die traurigen Lieder über die Männer und Frauen, die man gehenkt hatte, weil sie das Grün der irischen Republikaner getragen hatten, und die klagenden Dudelsackmelodien, die sich schrill in die Höhe wanden und zum Himmel aufseufzten; und die Kriegslieder, die Dad zu singen begann – Tipperary, Blightie, Mademoiselle aus Armentières – und das eine, das uns das Herz brach vor Mitleid für ihn und die anderen Soldaten: »Ach, ich will nicht sterben/ Nach Hause will ich gehn.«

Es gab auch die »neuen« Lieder, die mit einem Mal alle sangen, manchmal mit einem Anflug von Dreistigkeit, »Mondschein und Rosen«, »Besser zu zwei'n als ganz allein / Heute nacht im Mondenschein«, was uns Kindern schon damals bekannt war als »Besser ein Schwein mit einem Bein als ganz allein im Mondenschein«. Man sang auch »Husch husch, durch die Tulpen«, »Hallo hallo, wie heißt dein Schatz«, das jetzt Isabels – oder *Dots'* (so nannten wir sie) – Lied war: »Hallo hallo, wie heißt dein Schatz / mein Herz, das hat für viele *Patz*«, sang sie. Und das verbotene Lied: »Halleluja, bin ein Arsch, Halleluja, Arsch mal zwei...«

Und Dads spezielles Lied, das er für Mum sang. Sie küßten sich und lachten, und Mum wurde rot und lächelte und sagte: »Ach, Curly« oder »Ach, Sammy«:

Komm doch mit mir in mein Raumschiff
komm doch mit mir auf den Mond
komm doch mit mir auf die Venus,
du wirst sehen, daß es sich lohnt.
Keiner sieht uns beim Küssen,
das sind wir gar nicht gewohnt,
komm doch mit mir in mein Raumschiff,
wir besuchen den Mann im Mond.

Und nach diesem Lied sang Dad immer das eine, das mit den Worten begann: »Unterm Licht der Gaslaterne / steht ein kleines Waisenkind«, und unsere Herzen füllten sich mit Traurigkeit wegen des kleinen Waisenkindes und mit Wärme, weil wir einen Vater und eine Mutter hatten und ein Haus zum Wohnen und Kühe und Hühner und das kleine Kaninchen, das wir auf der Weide gefunden hatten.

Die Zeit in Wyndham war für Mutter und Vater voll Aktivität. Dad begann Ölbilder auf Leinwand und auf Samt zu malen; jeden Abend spielte er uns mit seinem Dudelsack in den Schlaf; er spielte Fußball und brach sich dabei den Knöchel, was bedeutete, daß er mehr Zeit zum Bildermalen hatte. Er spielte Golf und trug Golfhosen, und es wurde zu einer unserer unterhaltsamsten Beschäftigungen, alte (und manchmal neue) Golfbälle abzuspulen, um herauszufinden, was am Ende der gewundenen, elastischen, komisch riechenden Gummischnur war. (Echte Theseus-Zeiten!) Dad ging auch zum Rennen, mit Johnny Walker, dem Eisenbahnvorarbeiter aus Australien, der gegenüber wohnte und der uns das Kartenspielen beibrachte. Und immer noch gab es die Picknicks an weit entfernten Stränden und Flüssen, im grauen Lizzie Ford, den Dad auf den heißen, staubigen Straßen anhielt, um Wasser in den kochenden Kühler zu gießen; unterdessen blickten wir zum Himmel auf, wo die offenbar einzigen anderen Lebewesen auf der ganzen Welt zu sehen waren – die Lerchen und die kreisenden und plötzlich herabstoßenden Habichte.

Damals begann Mutter auch allwöchentlich ihre Gedichte im *Wyndham Farmer* zu veröffentlichen und wurde zu ihrem Stolz bald als »Lottie C. Frame, Wyndhams Dichterin« bekannt. An einem aufregenden Tag brachte Dad von der Versteigerung eine Wanduhr mit nach Hause, eine Gesamtausgabe von Oscar Wilde mit Goldschnitt, ein Grammophon mit Platten vom »Kleinen McGregor« und das Buch »Wir bauen einen Hühnerstall. Erster Band«. Wir setzten das Grammophon in Betrieb, fasziniert davon, wie man den Arm mit der Nadel schwenken und verdrehen konnte, wie den Hals eines toten Huhns, und ergriffen Besitz von den Märchen Oscar Wildes, lasen sie aber erst später, in Oamaru.

Zwei Monate vor meinem vierten Geburtstag wurde unsere jüngste Schwester June (Phyllis Mary Eveline) geboren. Dieser Winter ist mir so wie der Winter in den Eisenbahnerbaracken als unglücklich in Erinnerung, wobei das Unglück jedoch insofern ein geteiltes und gebanntes war, als Myrtle und Bruddie nicht mehr meine mich ständig ärgernden Feinde waren, sondern zu meinen Verbündeten gegen die schreckliche Miss Low wurden – Miss Low war die Schwester eines von Dads Fischerfreunden, die sich während der Geburt des Babys und der ersten Wochen danach um uns kümmerte. Ich habe sie als große, schmale Frau in Erinnerung, die ein braunes Kostüm und eine Brille mit dünnem Goldrand trug. Ihre Miene war unfreundlich, ihr Wesen herrschsüchtig: wir mißfielen ihr. »Lottie ist zu nachgiebig mit ihnen«, sagte sie und meinte unsere Mutter damit – ein Refrain, der unsere ganze Kindheit hindurch wiederkehren sollte.

Da sie fest an »innere Sauberkeit« glaubte, mußten wir regelmäßig Rizinusöl aus der verhaßten schmalen blauen Glasflasche einnehmen. Und obwohl wir uns im Haus aufhielten, war es uns verboten, in die Nähe des Vorderzimmers zu gehen, wo das Baby geboren wurde und wo Mutter und das Baby jetzt schliefen. Also verwandelten wir unser Unglück in Freude, indem wir uns aneinanderkuschelten und uns »Miss-Low-Geschichten« erzählten, gräßliche Geschichten von »damals, als Miss Low über die Klippe fiel und den Tod fand«, »damals, als Miss Low vom Blitz getroffen wurde« – oder in einer Flutwelle ertrank, sich im Busch verirrte, in der Wüste verhungerte, in einen aufgelassenen Bergwerksschacht fiel und umkam (die englischen Kinder in den Comic strips, die wir gerade zu lesen begannen, wurden oft verletzt, wenn sie aufgelassene Bergwerksschächte hinunterfielen). Wir überboten einander beim Erfinden eines schrecklichen Schicksals für Miss Low. »Dichten wir eine Miss-Low-Geschichte«, sagten wir und schmiegten uns aneinander im gleichzeitig köstlichen und erbärmlichen Bewußtsein unserer Rolle als Ausgestoßene in unserem eigenen Zuhause, wo eine Fremde versuchte, den Platz unserer Mutter einzunehmen.

Noch lange nachdem Miss Low fort und Mum wieder an ihrem angestammten Platz war und sich um das neue Baby, Phyllis Mary Eveline (nach Miss Low) June kümmerte, das wir Chicks nannten, erzählten wir uns Miss-Low-Geschichten, bis wir einander eines Tages plötzlich ansahen, fast verlegen, mit dem Gefühl, daß etwas nicht stimmte, denn wir wußten, daß die Notwendigkeit nicht mehr bestand, daß wir wieder glücklich waren und daß unsere Miss-Low-Geschichten der Vergangenheit angehörten. Wir trennten uns dann, jeder war wieder für sich, und richteten unsere Aufmerksamkeit auf das neue Baby und auf die weißen Leghorns im Hühnerstall. Wir beschäftigten uns mit den Hühnern, wickelten sie in kleine Decken ein, trugen sie auf dem Arm herum und gaben ihnen »Gesundmacher« (unser Wort für *Klistier*, den sonderbaren, orangeroten, knollenartigen Gummi mit dem spitz zulaufenden Ende, den Mutter uns in den Hintern steckte, wenn wir mußten und nicht konnten oder nicht »gewesen« waren). Bei den Hühnern benutzten wir Strohhalme. Dann legten wir sie in Schachteln, wo sie – außerordentlich willfährig, wenn man bedenkt, was für Freiheiten wir uns mit ihnen herausnahmen – einfach dalagen, ganz zugedeckt, uns mit dem näherliegenden Auge ansahen, ab und zu das runzlige weiße Lid über die glänzende, starre Pupille herunterließen und ein gedämpftes Kreischen von sich gaben.

Wyndham, das war die Zeit der Kohlköpfe im Garten, des Wassers vom Pumpbrunnen, der Kerzen und Kerosinlampen am Abend mit »echter« Dunkelheit und Nachtschatten, und die Menschen sahen in der Dämmerung aus, als ob sie über die Oberfläche der Welt schritten, und zu Mittag standen sie in kleinen Grüppchen beisammen. Allmählich begann ich zu denken, daß alles sein Leben und seinen Platz mit einem Schatten teilte; und wenn die Kerzen abends angezündet wurden, sagte Mutter: »Mein klitzekleiner Schatten, der geht immer neben mir.« Wyndham, das war auch die Zeit mit den anderen Leuten, mit den Nachbarn, deren Hintergarten an unseren grenzte, den Bedfords mit ihren Kindern Joy, Marjorie und Ronnie, von denen mir jedes aus einem anderen Grund in Erinnerung geblieben ist: Joy hatte Tuberkulose – oder Tb – und war Patientin in einem Sanatorium, *Waipiata*, ein gefürchtetes Wort in unserem Leben. »Sie ist in Waipiata.« Marjorie war »schwach auf der Brust«. (Mutter sprach dieses Urteil mit Verachtung und Sorge aus. Nach jedem Melken gab sie den Bedfords eine Kanne Milch, in der Hoffnung, die Kinder würden ebenso »robust« werden wie wir.) Ronnie, der Jüngste, wurde berühmt dafür, daß er sich eine Perle die Nase hinaufgeschoben hatte...

Uns gegenüber wohnten die Miles, Tommy Miles und seine Frau und seine Familie, die wir nicht lange kannten, denn Tommy Miles, ein Eisenbahnvorarbeiter, wurde in der Nähe von unserem Haus vom Expreßzug überfahren. Seine Beine wurden abgetrennt, und später starb er im Krankenhaus in Invercargill, wohin er – in der schrecklichen Sprache des Ernstfalles, noch von damals in Erinnerung, als der Jersey-Stier Mr. Bennett aufgespießt hatte – »auf dem schnellsten Wege gebracht« wurde. Bei diesem Unfall zerrissen die Leute Leintücher, um sie zum Verbinden zu benutzen, und Mutter machte Gebrauch von ihrer »Erdbeben-und-Flutwellen-Stimme« (wie wir sie später nannten), als sie in eindringlich hohem Tonfall verkündete: »Es ist Tommy Miles, es ist Tommy Miles.«

Und Wyndham war auch die Zeit des Zahnarztes und des Schulanfangs und des Todes von Großmutter Frame: lauter traurige Erinnerungen, obwohl Großmutter Frames Tod ein wenig anders war, da die ganze Welt die Trauer teilte – nicht nur die Familie und die Verwandten, sondern auch die Kühe, die Hühner, das kleine Häschen, selbst das stinkende Frettchen –, während der Zahnarztbesuch und der Schulanfang Schicksalsschläge waren, die nur mich trafen.

Der Besuch beim Zahnarzt kennzeichnete das Ende meiner frühen Kindheit und meinen Eintritt in eine bedrohliche Welt der Widersprüche, in der das gesprochene und geschriebene Wort eine besondere Macht besaß.

Eines Nachts, nachdem Dad uns mit dem Dudelsack in den Schlaf gespielt hatte, wachte ich weinend mit einem schmerzenden Zahn auf. Dad trat an mein Bettchen, das langsam zu klein für mich wurde, da meine Füße die Stäbe am Fußende berührten. »Ich werde dir gleich den Hintern versohlen«, sagte Dad. Seine Hand brannte wie Feuer, während sie wieder und wieder auf mein nacktes Hinterteil traf, und ich weinte von neuem und schlief schließlich ein, und am Morgen, angesichts der unvermeidlichen Hänseleien von Myrtle und Bruddie – »Du hast Haue gekriegt gestern nacht« –, sagte ich gelassen: »Mir war ohnehin kalt, und es hat mir den Hintern gewärmt.«

Man brachte mich zum Zahnarzt, wo ich mich wehrte und um mich schlug, weil ich dachte, daß etwas Schreckliches mit mir passieren würde, und mitten in meinem Sträuben gab der Zahnarzt seiner Assistentin ein Zeichen, worauf sie mit einem hübschen rosa Handtuch auf mich zutrat. »Riech mal an dem hübschen rosa Handtuch«, sagte sie sanft, und nichtsahnend beugte ich mich vor, um daran zu riechen, und begriff zu spät – erst als ich schon im Begriff war, das Bewußtsein zu verlieren –, daß ich getäuscht worden war. Ich habe diese Täuschung nie vergessen und konnte kaum glauben, daß ich so betrogen worden war, daß die Worte »Riech mal an dem hübschen rosa Handtuch« ohne jede Vorwarnung, daß etwas Schlimmes passieren würde, verwendet worden waren, um mich in eine Falle zu locken, daß sie nicht *wirklich* »Riech mal an dem hübschen rosa Handtuch« bedeutet hatten, sondern »Ich schläfere dich jetzt ein und ziehe dir deinen Zahn«. Wie konnte das nur geschehen? Wie konnten ein paar freundliche Worte so böse gemeint sein?

Großmutters Tod und Begräbnis enthielten nichts von der Wut und dem darauffolgenden Mißtrauen des Zahnarztbesuchs. Großmutter war schon seit längerem im Rollstuhl, und man sprach davon, daß ihr zweites Bein ebenfalls amputiert werden müsse. Ich erinnere mich noch daran, wie mein Vater zur Tür hereinkam und mit kummervoller Stimme verkündete: »Das andere Bein ist auch verloren, Mum.«

Nicht lange danach starb Großmutter, und als sie aufgebahrt im Vorderzimmer lag, trat Mutter zu Myrtle und Bruddie und mir und sagte: »Wollt ihr Großmutter sehen?« Die anderen sagten ja und gingen feierlich hin, um die Tote anzusehen, während ich aus Angst zurückblieb und es später immer bereute, daß ich Großmutter nicht tot gesehen hatte. Als Myrtle aus dem Zimmer kam, konnte ich ihrem Gesicht die Macht ansehen, die einem der Anblick eines Toten verleiht.

»Wie hat Großmutter ausgesehen?« fragte ich und war mir dabei des niedrigen Status dieser Erfahrung aus zweiter Hand schmerzlich bewußt, wie auch der Schwäche, daß ich nicht »hinzuschauen« gewagt hatte. Myrtle zuckte mit den Achseln. »Sie sah ganz normal aus, als ob sie schläft.« Noch viele Jahre später gewann Myrtle viele Auseinandersetzungen mit ihrem triumphierenden »Ich hab Großmutter tot gesehen«. Und einige Jahre danach, als Myrtle selbst im Vorderzimmer in Oamaru tot in ihrem Sarg lag und Mutter mich fragte: »Willst du Myrtle sehen?«, weigerte ich mich, unbelehrbar, wie ich war, immer noch ängstlich, in das Gesicht der Toten zu blicken.

Aufgrund einiger Vertrauensbrüche eignete ich mir ein gewisses Maß an Hinterlist an. Als ich eines Tages auf dem Plumpsklo war und durch das Loch auf meinen großen Haufen schaute und ihn mit dem Kot des Babys in seinen Windeln verglich, sah ich, wie sich kleine weiße Dinger im Braun ringelten.

»Mum«, sagte ich, »da ringeln sich kleine weiße Dinger drin.« Die Bestürzung in Mutters Gesicht war furchterregend.

»Würmer!« rief sie voll Entsetzen aus. »Das Kind hat Würmer.« Beim Abendessen sagte sie zu Dad: »Nini hat Würmer.«

Ich war mir der Schande bewußt. Ich beschloß, in Zukunft den Mund zu halten.

Dann, auf einem unserer Picknicks, beging ich wiederum eine Fehleinschätzung dessen, was ich sagen oder nicht sagen sollte. Während ich für mich allein auf der Wiese spielte, sah ich, wie ein Schaf mich anstarrte, auf besondere Weise, mit zur Seite gelegtem Kopf und vielsagender Miene. Aufgeregt lief ich zu Mum und Dad, die gerade ihren Tee tranken.

»Ein Schaf hat mich angeschaut«, sagte ich, im Bewußtsein, daß dieses Ereignis von großer Tragweite war. Ich merkte, daß sie mich nicht ernst nahmen.

»Wie hat dich denn das Schaf angeschaut?« fragte Dad.

»Mit zur Seite gelegtem Kopf.«

»Zeig doch mal, wie.«

In plötzlicher Befangenheit, weil alle mich anstarrten, und in dem Gefühl, lächerlich zu wirken, weigerte ich mich; dann, von einer Welle (unbewußter) Großzügigkeit ergriffen, nicht wissend, daß ich damit ein Ereignis schuf, auf das man jahrelang zurückgreifen würde, sagte ich: »Ich zeige es nur Dad.« Ich ging zu Dad hin, und während ich mein Gesicht mit der Hand abschirmte, ahmte ich den Ausdruck des Schafes nach. Während meiner ganzen Kindheit sagte Dad immer: »Zeig uns, wie dich das Schaf angeschaut hat«, und während die anderen kicherten, gab ich brav meine Vorstellung.

Eine gewisse Vorsicht, eine Skepsis, was das Verhalten der Menschen und meiner Familie betraf, und eine Fähigkeit zur Täuschung kamen ein paar Monate später voll zum Vorschein, als ich an meinem fünften Geburtstag die Bezirksschule von Wyndham zu besuchen begann, wo Myrtle und Bruddie bereits waren.

6
Hört doch, wie die Hunde bellen

Eines Morgens, während meiner ersten Schulwoche, schlich ich mich in Mums und Dads Schlafzimmer, öffnete die oberste Lade der Kommode, wo die Münzen »aus dem Krieg« aufbewahrt wurden, und nahm mir eine Handvoll. Dann ging ich zu Dads bester Hose, die hinter der Tür hing, steckte meine Hand in die Hosentasche (wie kalt und glatt das Futter war!) und nahm zwei Münzen heraus. Als ich jemanden kommen hörte, warf ich das Geld schnell unter die Kommode und verließ das Zimmer, und später, als die Luft rein war, holte ich meinen Schatz wieder und ging auf meinem Schulweg ins Geschäft von Mr. Heath, um Kaugummi zu kaufen.

Mr. Heath blickte mich streng an. »Mit diesem Geld kann man nichts kaufen«, sagte er. »Es ist ägyptisches Geld.«

»Ich weiß«, log ich. Dann gab ich ihm das Geld aus Dads Hosentasche und fragte: »Kann ich damit Kaugummi kaufen?«

»Schon besser«, sagte er und gab mir eine Münze zurück, einen Farthing.

Ausgerüstet mit einem Vorrat an Kaugummi, wartete ich an der Tür zur »Vorschulklasse«, einem großen Zimmer mit einer Plattform oder Bühne an einem Ende und einer Flügeltür, die sich zur ersten Klasse öffnete, und als die Kinder ins Zimmer traten, gab ich jedem ein Stück Kaugummi. Später unterbrach Miss Botting, eine Frau in einem blauen Kostüm, das dieselbe Farbe hatte wie die Flasche mit dem Rizinusöl, plötzlich ihren Unterricht und fragte: »Billy Delamare, was ißt du da?«

»Kaugummi, Miss Botting.«

»Woher hast du ihn?«

»Von Jean Frame, Miss Botting.« (In der Schule nannte man mich Jean und zu Hause Nini.)

»Dids McIvor, woher hast du deinen Kaugummi?«

»Von Jean Frame, Miss.«

»Jean Frame, woher hast du den Kaugummi?«

»Von Heath's, Miss Botting.«

»Woher hast du das Geld?«

»Mein Vater hat es mir gegeben.«

Offensichtlich glaubte mir Miss Botting nicht. Sie war plötzlich entschlossen, »die Wahrheit« aus mir herauszubekommen. Sie wiederholte ihre Frage: »Woher hast du das Geld? Ich will die *Wahrheit* hören.«

Ich wiederholte meine Antwort, sagte aber *Dad* statt *Vater*.

»Komm her.«

Ich trat vor die Klasse.

»Stell dich auf die Plattform.«

Ich stellte mich auf die Plattform.

»Und jetzt sag mir, woher du das Geld hast.«

Entschlossen wiederholte ich meine Antwort.

Die Pause kam. Die anderen aus der Klasse gingen hinaus, um zu spielen, während Miss Botting und ich einander grimmig gegenüberstanden.

»Sag mir die Wahrheit«, sagte sie.

Ich erwiderte: »Dad hat mir das Geld gegeben.«

Sie ließ Myrtle und Bruddie holen, die ihr unschuldig flötend mitteilten, daß Dad mir das Geld nicht gegeben hatte.

»Doch, hat er«, beharrte ich. »Er hat mich zurückgerufen, als ihr beide schon auf dem Weg zur Schule wart.«

»Hat er nicht.«

»Hat er doch.«

Den ganzen Vormittag stand ich auf der Plattform. Die Klasse fuhr mit ihrem Leseunterricht fort. Ich blieb während der Mittagspause und bis in den Nachmittag hinein auf der Plattform stehen und weigerte mich weiterhin, ein Geständnis abzulegen. Mein Trotz schwand und ich bekam es mit der Angst, als hätte ich keinen einzigen Freund auf der Welt, und weil ich wußte, daß Myrtle und Bruddie »petzen« würden, sobald sie zu Hause waren, war mir gar nicht danach, nach Hause zu gehen. Alle Plätze, die ich gefunden hatte – der Birkenstamm in Glenham, der Platz auf den Säcken in Edendale, die Plätze in den Liedern und Gedichten – schienen verschwunden zu sein und mich ohne einen Platz zurückzulassen. Starrköpfig hielt ich bis zum späten Nachmittag durch, als das Licht verblaßte und Unmengen dunkler Müdigkeit sich dahinter zeigten und das Klassenzimmer sich mit einem Staub von nirgendwoher füllte und ein dünnes Stimmchen aus meinem verstörten Ich auf Miss Bottings wiederholte Frage zur Antwort gab: »Ich habe das Geld aus der Hosentasche meines Vaters genommen.«

Während ich gelogen hatte, hatte ich mich irgendwie geschützt; jetzt wußte ich, daß ich keinen Schutz mehr hatte. Ich war als Diebin entlarvt. Ich war so entsetzt über meine Zukunftsaussichten, daß ich mich nicht erinnere, ob Miss Botting mich mit dem Riemen züchtigte. Ich weiß, sie berichtete der Klasse davon, und es verbreitete sich wie ein Lauffeuer in der Schule, daß ich eine Diebin war. Als ich vor dem Schultor herumlungerte und mich fragte, wohin ich gehen und was ich tun sollte, sah ich Myrtle und Bruddie, unbekümmert wie immer, auf ihrem Heimweg. Langsam ging ich die mit Bandgras gesäumte Straße entlang. Ich weiß nicht, wann ich lesen gelernt habe, damals jedenfalls hatte ich die Geschichten in den Abc-Büchern schon gelesen und kannte sie, und ich dachte an die Geschichte vom Fuchs, der aus dem Gebüsch neben der

Straße sprang und das Kind verschlang. Niemand wußte, was passiert oder wohin das Kind verschwunden war, bis eines Tages, als der Fuchs vorbeispazierte, ein guter Mensch hörte, wie eine Stimme aus dem Bauch des Fuchses kam: »Laßt mich heraus, laßt mich heraus!«, worauf der gute Mensch den Fuchs tötete, seinen Bauch aufschlitzte – und siehe da, das Kind kam heraus, ganz unversehrt, und der gute Mensch nahm es mit, und sie lebten im Wald in einem Häuschen, das ganz aus Kokoseis mit einem Lakritzenkamin war...

Schließlich kam ich nach Hause. Myrtle stand ans Tor gelehnt. »Dad weiß es schon«, sagte sie in nüchternem Ton. Ich ging den Weg hinauf. Die Eingangstür stand offen, und Dad wartete mit dem Gurt in der Hand. »Komm ins Schlafzimmer«, sagte er streng. Er verabreichte mir die übliche Tracht Prügel, nicht in übertriebenem Maß, wie es manchen Kindern geschah, aber nachdrücklich und voll Zorn darüber, daß eines seiner Kinder ein *Dieb* war. *Dieb, Dieb.* Zu Hause und in der Schule wurde ich nun *Dieb* genannt.

Ein weiteres Ereignis, das bald auf meinen Diebstahl der vier Pence und einer Handvoll ägyptischer Münzen und des Farthing folgte, hat sich mir eingeprägt, weil ich schon damals wußte, daß es ein aufschlußreicher Kommentar zum Lauf der Welt war. Ich begriff schnell.

Margaret Cushen, die Tochter des Direktors, mit allem Ansehen gesegnet, das zu einer solchen Stellung gehört, hatte Geburtstag. Miss Botting (die immer noch die Farbe der Rizinusölflasche trug und in meiner Erinnerung mit den blauglänzenden Schmeißfliegen verknüpft ist) verkündete Margarets Geburtstag und forderte sie auf, sich auf die Plattform zu stellen, während wir »Zum Geburtstag viel Glück« sangen.

Dann überreichte Miss Botting Margaret einen Umschlag. »Es ist ein Geschenk von deinem Vater. Mach es auf, Margaret.«

Margaret, errötend und stolz, öffnete den Umschlag und zog ein Stück Papier heraus, das sie in die Höhe hielt, damit alle es sehen konnten. »Es ist eine Pfundnote«, sagte sie voll freudiger Überraschung.

Die Klasse betete es nach: »Eine Pfundnote.«

»Wie schön für Margaret, daß sie von ihrem Vater zum Geburtstag eine Pfundnote bekommt!« Miss Botting schien genauso aufgeregt und erfreut wie Margaret, die, immer noch ihre Pfundnote schwenkend, an ihren Platz zurückgekehrt war, wo die übrigen sie voll Ehrfurcht, Neid und Bewunderung anstarrten.

Diese abrupte Einweihung in verschiedene Arten von Schätzen ging über mein Begriffsvermögen hinaus; ich bezweifle, daß ich mir irgendwelche klaren Gedanken darüber machte; ich hatte nur verwirrte Gefühle und fragte mich, warum man mit Geld, das aus dem Krieg mitgebracht worden war und eindeutig als Schatz galt, nichts kaufen konnte, warum hingegen eine Dreipence-Münze und ein Penny von allen als ein Vermögen und ich als Diebin dieses Vermögens angesehen wurde; und warum Leute, insbesondere Väter, ihren Töchtern zum Geburtstag Pfundnoten schenkten, so als ob Pfundnoten zugleich wertvoller und weniger wertvoll wären als vier Pence. Ich wunderte mich auch über Miss Botting und fragte mich, weshalb sie es nötig gehabt hatte, mich fast den ganzen Tag auf der Bühne stehen zu lassen und auf mein Geständnis zu warten.

Mein neuer Status als Schülerin und allgemein bekannte Diebin und eine dunkle Ahnung von der Unehrlichkeit und Ungerechtigkeit der Welt fielen zufälligerweise mit einer veränderten Atmosphäre der Außenwelt, sogar unserer Ferry Street in Wyndham, zusammen. Es kamen jetzt mehr Landstreicher in die Ferry Street und mehr Leute, die um Essen bettelten, und in meinem Kopf gerieten sie mit folgendem Vers durcheinander:

Hört doch, wie die Hunde bellen,
die Bettler sind nicht weit,
manche in Fetzen und manche in Lumpen
und manche im samtenen Kleid.

Der Rhythmus ging mir nicht aus dem Kopf. Ich dachte an das Schicksal der Landstreicher und Bettler, von denen die meisten als Diebe bezeichnet wurden, und abends, wenn die Kerzen und Lampen brannten, blickte ich hinaus auf die dunkle Ferry Street, die am Abend nur durch den Nachtwächter mit seinem Nachtkarren belebt wurde, und ich dachte an die Bettler und Landstreicher in Fetzen und Lumpen und im Samt des »Tierchen-Kleides«, die von den bellenden Hunden verfolgt wurden. Ich war auch von den Geschichten beeindruckt, die Mutter uns bei unserer Lektüre der Sonntagsbibel erzählte, wenn wir um den großen Küchentisch saßen, ganz vertieft in die Feiertagsbibel, und sie erklärte, daß es vorkam, daß ein armer Mann an die Tür klopfte und man ihm nichts zu essen gab oder sogar die Hunde auf ihn hetzte – und siehe da!, es stellte sich heraus, daß er ein verkleideter Engel war oder sogar Christus selbst. Mutter schärfte uns ein, achtzugeben und die Leute, die uns seltsam oder »komisch« vorkamen, nicht auszulachen, denn auch sie könnten verkleidete Engel sein. Man wußte nie; die Welt war voll verkleideter Leute, und Gott allein wußte, ob in einem Bettler oder Landstreicher ein Engel steckte oder nicht, und auch wenn es kein Engel war, liebte Gott einen jeden, egal wie arm oder sonderbar er auch war.

Trotzdem brachten die steigende Anzahl von Landstreichern, die durch Wyndham zogen, und die Angst und das Entsetzen im Tonfall der Leute, wenn sie von ihnen sprachen, ein Gefühl des Verhängnisses, der Einsamkeit mit sich, als ob etwas geschehe oder sehr bald geschehen würde, was nicht nur mit uns, den Frames aus der Ferry Street in Wyndham, zu tun habe, sondern auch ein Bestandteil der Straße und der Nachbarn und der anderen Städte sein würde. Und dennoch – wörtlich, wie ich immer alles nahm – rätselte ich an der Bemerkung herum, daß manche dieser Bettler ein »samtenes Kleid« trugen, denn ich wußte, daß Samt sowohl der Stoff der Könige und Königinnen als auch, meiner Erfahrung nach, das Fell der Tierchen auf der Weide war. Welche geheimen Reichtümer besaßen also die Bettler und Landstreicher?

Wie immer wußte Mutter die Antwort darauf; es waren die Reichtümer des Königreiches. »Des Königreiches?« »Das Königreich des Herrn, Nini.«

Vielleicht war es göttliche Fügung; zumindest war es für mich und meinen Ruf als Diebin ein Segen, daß wir, die Eisenbahnerfamilie, nun von Wyndham in eine Stadt namens Oamaru im Norden Otagos versetzt wurden.

7
Eden Street 56, Oamaru

Die lange Fahrt mit der Eisenbahn ist mir als Traum der Fremdheit und fremder Landschaften in Erinnerung: ein Dahinfliegen über zahllose Eisenbahnbrücken, vorüber an Flachssümpfen mit ihren hohen, schwarzgeschnäbelten Flachsblumen, an Gruppen von Weiden, an den Städten, deren Namen vom Rhythmus und vom Geräusch des Zuges mitgetragen wurden – Clinton, Kaitangata, Milton, Balclutha –, jede eine Ansammlung von Häusern um ihren eisenbahnfarbenen Bahnhof. Ich hatte tatsächlich Grund zu der Annahme, daß die Welt meinem Eisenbahnervater gehörte, daß er über sie herrschte und sie mittels ihrer endlosen Kilometer von Bahngeleisen lenkte.

Im Zug war mir sehr schlecht, und im Schlaf, halb im Fieberwahn vor lauter Übelkeit, hatte ich, als der Zug seine Richtung änderte und von Southland in Richtung Küste fuhr, das Gefühl, daß wir nach Wyndham zurückkehrten, und so war ich auf der ganzen Reise nicht fähig, die »richtige« Richtung zu bestimmen, und in meinem Kopf drehte sich alles, während ich versuchte, unser Ziel im Norden, Süden, Osten und Westen zu orten. Ich lag, mit einem Mantel zugedeckt, auf einer Doppelsitzbank im Waggon und horchte auf das Geräusch der Räder auf den Schienen und auf die Stimme des Zugführers, wenn wir uns einem Bahnhof näherten, und auf den Klang ihrer Namen und das metallische Scheppern der Signale beim Bahnübergang – ting, ting, Clinton Clinton, Inch Clutha, Balclutha, Kaitangata, Kaitangata. Kaitangata verfolgte uns und kehrte zu uns zurück, nachdem wir es meilenweit hinter uns gelassen hatten. Clinton Clinton. Wir überquerten reißende Flüsse, holterdipolter auf den hölzernen Brücken; eine öde Landschaft mit noch mehr Sümpfen, Flachs, Schilfrohr, Weiden, all diesen Anverwandten des Wassers.

Wir kamen zum Waihola-See. Jemand sagte, der Waihola-See reiche bis zum Erdmittelpunkt, er sei unergründlich, und ich schaute aus dem Fenster des Waggons, während Mutter mit ihrer unvergeßlichen Stimme voll staunender Verwunderung sagte: »Der Waihola-See, Kinder, der Waihola-See.«

Wir kamen nach Caversham, wo ich abrupt in meine jüngste Vergangenheit zurückversetzt wurde, denn obwohl Tante Han (die für mich Tante *Hahn* war) und Onkel Bob, der Bäcker, in Caversham wohnten, war das Hauptkennzeichen für mich die Erziehungsanstalt, die man erwähnt hatte, nachdem ich als Diebin »entlarvt« worden war. »Wir stecken dich in die Erziehungsanstalt in Caversham.« Das drohte Dad auch Myrtle gerne an, wenn sie ungehorsam war. Ich konnte die Erziehungsanstalt nicht vom Zug aus sehen. Ich wußte nicht genau, was sie war, aber ich stellte mir eine staubbedeckte, braune Schule vor, denn Braun war die Farbe der Strafe.

In der ersten Nacht in Oamaru schliefen wir bei Tante Mima (die für uns Tante *Nimmer* war) und Onkel Alex, dem Taxifahrer, in der Wharf Street am South Hill, und am nächsten Morgen fuhren wir dorthin, wo wir während der nächsten vierzehn Jahre wohnen sollten: Eden Street 56, Oamaru.

Als Mutter die lange Straße und die Häuserreihen sah, vor allem die Häuser, die uns überragten und umgaben, geriet sie in Panik und verfiel in ihre Erdbeben-und-Gewitter-Stimme. »Wir sind noch nie von Häusern umgeben gewesen«, sagte sie, als bedeute diese Tatsache eine nationale und weltweite Katastrophe, worauf auch wir das Gefühl hatten, daß Oamaru ungeheuer groß war und Häuser und Menschen und Straßen an die Stelle der uns vertrauten Landschaft unbewohnter Räume traten, des Southland-Himmels mit seinem Schimmer antarktischen Eises, der Schaf- und Rinderweiden, der dunklen Sümpfe, der braunen Flüsse, wo man die Existenz jeden Tages und jeder Nacht wirklich spürte und wo das Gras und die Insekten im Gras sprechen und verstanden werden konnten.

Wir mußten Abschied nehmen von unseren Kühen Beauty und Pansy, die verkauft worden waren. Und Dad hatte den Lizzie Ford »aufgegeben«. Die Weltwirtschaftskrise hatte begonnen.

Nun sollten echte Stadtbewohner mit elektrischem Strom und einem Wasserklosett statt des Plumpsklos aus uns werden, und zuerst erschreckte uns der Wasserschwall, und die hell erleuchteten Zimmer mit den Möbeln – ihrer großen, alles einhüllenden Schatten beraubt – schienen unschön und zu öffentlich. Wir würden Stadtmilch bekommen, die jeden Tag geliefert wurde, und Dad würde mit dem Fahrrad zur Arbeit fahren. Zwar waren wir Kinder anfänglich durch diese Veränderung ganz niedergeschlagen, doch sobald wir uns von der Bahnreise erholt hatten, waren wir ganz hingerissen vom Haus, vom umliegenden Land und vom kiefernbepflanzten Hügel dahinter, einem Landschaftsschutzgebiet, von uns getrennt durch die unvermeidliche »Stierweide«, durch die ein Bach aus dem Staubecken floß. Es gab neue Straßen und Straßennamen, neue Bäume, neue Menschen. Und eine neue Schule.

Und in dramatischer Übereinstimmung mit dem Umbruch in unserem Leben ereignete sich ein paar Monate später das Erdbeben in Napier, und Mutters Stimme ließ dieser Nachricht und ihrer Beschreibung die geziemende Katastrophenbehandlung angedeihen, als sie im Licht unseres neuen Wohnzimmerfensters stand, vor der silberverzierten, glänzend braunen Singer-Nähmaschine (die den Blitz geradezu zum Einschlagen herausforderte), und über das Napier-Erdbeben sprach. Als Eßzimmer diente das geräumige mittlere Zimmer mit dem großen rechteckigen Schiebefenster (mit seinen schweren Rollen und Schnüren, die wir Kinder bei unserem ständigen Aus- und Einklettern bald abrissen), der einzigen Lichtquelle im Raum. In bedeutsamen Familienmomenten hatte Mutter die Angewohnheit, an jenem Fenster zu stehen, wo ihre Gefühle wie Pokale zur Schau gestellt und erleuchtet wurden. In diesem Eßzimmer standen das »Königs«-Sofa und die Königsstühle und ein paar Sachen von Versteigerungen in Wyndham. Es wurde nur bei besonderen Gelegenheiten benützt, bei Besuchen und Festen wie Weihnachten und Neujahr, wenn der erste über die Schwelle schritt, und zur Bekanntgabe von familiären und nationalen und weltweiten Triumphen und Katastrophen.

An der Rückseite des Hauses, neben dem Eßzimmer, war eine Küche mit einem Herd und einer Kohlenkiste, die als Sitz neben dem Feuer diente. Hinter der Küche war das rückwärtige Schlafzimmer, dessen Tapete mit kleinen rosa Rosen gemustert war und wo Großvater Frame, der jetzt bei uns wohnen sollte, schlafen würde. Die andere Tür in der Küche führte in die Spülküche mit dem Spülbecken (und den Kakerlaken darunter), während von der Tür der Spülküche fünf oder sechs hölzerne Stufen hinunter in den Hinterhof führten, wo rechter Hand die Waschküche lag, mit dem Kessel und dem offenen Feuer, den Wannen und dem zerbrochenen Fenster. Nahe dem Kohlenkeller, am einen Ende der Waschküche, war die Toilette mit einem Regal für eine Kerze, da es in der Waschküche kein elektrisches Licht gab; und durch die Toilettentür kam man in einen finsteren, von Spinnen bewohnten Bereich, »unterm Haus« genannt.

Die zweite Tür des Eßzimmers ging auf den vorderen Flur hinaus, mit einem Badezimmer an einem Ende – mit einer richtigen Badewanne und einer Dusche und fließendem Warm- und Kaltwasser – und einer Eingangstür am anderen; von dort aus führten drei Türen in die Schlafzimmer – das eine, in dem Myrtle, Isabel, June und ich im großen Doppelbett mit den Messingbeschlägen schlafen sollten, lag direkt neben dem Badezimmer; das, in dem Bruddie schlafen sollte, war an der Vorderseite gelegen; und das Zimmer gegenüber, mit dem zweiten Doppelbett und der Kommode und dem mit einem Spiegel versehenen Kleiderschrank, war für Mum und Dad gedacht.

An der Rückseite des Hauses, im Freien, war eine weitere Öffnung, durch die man »unters Haus« gelangte, was wir später den Keller nannten, wo wir an Regentagen spielten und von wo wir Expeditionen »unters Haus« unternahmen. Es gab Obstbäume im Hintergarten – eine Winterbirne und eine Honigbirne, die ein und demselben Baum entsprangen, einen Pflaumenbaum, der den Nachbarn gehörte, aber über unser Grundstück ragte, einen irischen Pfirsichapfelbaum, einen Kochapfelbaum, einen Aprikosenbaum und Stachelbeeren und schwarze Johannisbeeren. Vor dem Haus war ein Blumengarten, der an den Rasen grenzte, mit einem rosenüberwachsenen Bogen in einer Ecke des Rasens, hinter der hohen afrikanischen Dornenhecke, und daneben, in der Nähe des Elternschlafzimmers und neben der Makrokarpahecke stand ein Gartenhaus, das uns von den McMurtries trennte und von kleinen, cremefarbenen Lady-Bank's-Rosen überwuchert war und das wir später als Theater und Bühne verwendeten. Die Hecke auf der anderen Seite dieses Abschnitts war eine Stechpalmenhecke, die rückwärtige Hecke zwischen uns und der Stierweide eine afrikanische Dornenhecke.

Gleich nach unserer Ankunft in der Eden Street 56 in Oamaru begannen wir Kinder überall herumzukriechen und herumzuklettern, auf jedem Zentimeter des rotgestrichenen Eisendaches und jedem Zentimeter Erdboden zwischen den großen Holzbalken unter dem Haus. Wir nahmen die Bewohner wahr, mit denen wir unser Leben teilen sollten: die Insekten, Bienen, Mörtelbienen, Nachtbienen, Schmetterlinge, Nachtfalter, Spinnen, die roten Spinnen, die pelzigen Spinnen und Minierspinnen; die Vögel, Schwärme von Goldfinken, von Wachsaugen, Amseln, Sperlingen, Staren. Wir fanden Katzenskelette unter dem Haus und Schaf- und Rinderskelette im langen Gras der Stierweide, wo es keinen Stier mehr gab, nur von Zeit zu Zeit ein paar junge, ausgelassene Ochsen. Wir entdeckten jeden erkletterbaren Platz in den Hecken und Bäumen und auf dem Gartenhaus und sammelten so unseren Schatz neuer Erfahrungen, zu denen bald auch die Nachbarn zu beiden Seiten und auf der gegenüberliegenden Straßenseite gehörten sowie das Gebiet jenseits der Stierweide bis zum Hügel mit seinen Höhlen und Muschelfossilien, dem gewundenen Pfad mit seinen einheimischen Pflanzen und der Bank auf der Anhöhe mit dem Schild: »Gestiftet vom Verschönerungsverein der Stadt Oamaru«; und mit den Kiefernpflanzungen, die wir später »Wäldchen« nennen würden: das erste Wäldchen war harmlos, denn man sah durch die Bäume hindurch das Tageslicht, das zweite jagte einem Angst ein, weil die Bäume so dicht nebeneinander standen, daß man sich auf halbem Wege in einer braunen Kiefernadelfinsternis befand und wußte, es gab kein Zurück; das dritte war klein und von Tageslicht erfüllt, das vierte voll junger Gummibäume, die an die Kiefern angrenzten, welche sich am Fuß des Hügels am Ende des Glen-Street-Kanals erstreckten, in der Nähe des »Obstgartens«, der ganz für sich allein dazustehen schien, ohne ein Haus oder einen Menschen, den wir also ohne Besitzer wähnten und, frei nach dem Motto »Was niemand anderem gehört, gehört mir«, für uns beanspruchten.

Bald lernten wir auch den Bach kennen und die tägliche Veränderung seines Laufes, reguliert vom Wasser im Staubecken. Wir kannten die Pflanzen an seinen Ufern und im Wasser die Steine, Cockabullies, Aale und die alten zerfaserten Säcke mit ertränkten kleinen Kätzchen und Katzen. Jeden Morgen zogen wir auf Abenteuer aus, und am Nachmittag kehrten wir zurück, um einander davon zu erzählen, während unsere Eltern, nun getrennt von uns, ihrer nie endenden Erwachsenenarbeit nachgingen, für die »Mühen und Plagen« in all seinen Bedeutungen eine bessere Bezeichnung gewesen wäre – Ärger, Bemühen, äußerste Not, Heimsuchung, harte, erschöpfende Arbeit –, Bedeutungen, die uns nicht bewußt waren. Dad arbeitete den ganzen Tag und manchmal, wenn er Nachtschicht hatte, die ganze Nacht, dann schlief er tagsüber, während wir, die Eisenbahnerkinder, in den Kiefernwäldchen oder am Glen-Street-Kanal oder in unserem Obstgarten verschwanden oder heimlich, still und leise im Gartenhaus herumkrochen: »Pssst, pssst, Dad schläft...«

Alle außer June oder Chicks gingen in die Oamaru-Nordschule, wo ich die erste Klasse besuchte, die Klasse von Miss Carroll. Ich kann mich kaum an sie erinnern, außer daß sie mich einmal mit dem Riemen züchtigte, weil ich geschwätzt hatte, und daß ihr Gesicht gewölbt war und kaum Platz für die Zähne ließ und daß ihr Mund sich kaum über ihren Zähnen schließen konnte, um sie am Herausfallen zu hindern. Von größerer Bedeutung in meiner Erinnerung ist der Schulweg, die verschiedenen Straßen und Häuser und Gärten, die blühenden Bäume, die die Straßen säumten, die Tiere, die mir begegneten, das aufregende Gefühl der Struktur der neuen Stadt mit ihrer Uhr, die alle Viertelstunden schlug und die man von einem bestimmten Punkt auf unserem Schulweg sehen konnte – der Ecke Reed Street und Eden Street am roten Wellblechzaun der Hunts. Wenn es gegen neun Uhr morgens ging, überprüften wir an dieser Stelle, ob wir zu früh oder zu spät dran waren; dabei diente uns als zweiter Anhaltspunkt eine kleine, hinkende Frau, deren eines, verkürztes Bein in einem dicken schwarzen Schuh steckte und die jeden Morgen genau um zehn vor neun um die Ecke bog – wir nannten sie die Spätfrau, denn sie zu sehen bedeutete, daß wir den Rest des Schulweges laufen mußten, wenn wir nicht zu spät kommen wollten. Es war jedoch üblich, am Morgen langsam in die Schule und am Nachmittag langsam von der Schule nach Hause zu gehen, aber zum Mittagessen nach Hause zu laufen, zum Teil auch deshalb, weil die Mittagspause kurz war und unser Haus fast am Ende der Eden Street lag. Ich war gerade sieben geworden und akzeptierte diesen Brauch ohne Widerrede, so wie ich jeden Brauch der Oamaru-Nordschule akzeptierte. Jeden Tag lief ich zum Mittagessen nach Hause und blieb nur kurz an der Ecke bei Mrs. Feathers Geschäft stehen, um den frischen Sandwichwecken mitzunehmen, dessen gewölbte Seite ich vorsichtig anknabberte, um sie einzuebnen. Die großen Jungen aus der Eden Street, die schneller liefen als ich und deren Weg noch länger war, zogen an mir vorüber, lehnten sich an der Hunt-Ecke in die Kurve hinein und benützten dabei ihre Körper wie Maschinen, und während sie an mir vorüberliefen, zischte mir einer von ihnen ins Ohr: »Ich hab's auf dich abgesehen«, eine Ankündigung, die, wie ich bald erfahren sollte, mit einer Mischung aus Stolz und Angst entgegengenommen und anderen in leicht scherzhaftem Ton mitgeteilt werden sollte – »Einer von den großen Jungen hat's auf mich abgesehen«.

Das Leben in Oamaru mit seinen vielen verschiedenen neuen Erfahrungen war ein wundervolles Abenteuer. Ich war mir nun meiner selbst als Person auf der Welt deutlich bewußt, empfand eine Verwandtschaft mit anderen Geschöpfen und Freude über das, was ich um mich herum sah und hörte, und war trunken in der Vorfreude auf das Spielen, das nie zu enden schien und nach der Schule immer weiterging bis zum Einbruch der Dunkelheit, und sogar dann noch gab es Spiele im Bett – Körperspiele wie »Eisenbahn« oder »Löffelchen«, wobei jeder sich an den anderen schmiegte und alle sich auf Kommando umdrehten, oder Ratespiele oder Phantasiespiele, bei denen man den mannigfaltigen Formen und Farben der Schlafzimmervorhänge eine Bedeutung geben mußte, oder Botschaften in Geheimschrift, die wir in den Knäufen des Messingbettes verbargen. Es gab Auseinandersetzungen und Raufereien und Zukunftspläne und unerfüllbare Träume vom Ruhm als Tänzer, Geiger, Pianist, Künstler.

In jenem Jahr entdeckte ich das Wort *island*, »Insel«, das ich entgegen der Eigenwilligkeit der englischen Aussprache buchstabengetreu *is-land* aussprach; also das Land, das *ist*. In unserer Lesestunde in der Schule, als wir eines der Whitcombe-Lesebücher auswählten, jene dünnen, hellbraunen Bücher mit unbeholfenen Zeichnungen auf dem Umschlag und gesprenkelten Seiten, fand ich eine Geschichte, *To the Island*, »Der Weg nach Ist-Land«, eine Abenteuergeschichte, die mich so beeindruckte, daß ich zu Hause darüber redete.

»Ich habe eine Geschichte gelesen, *Der Weg nach Ist-Land*, über ein paar Kinder, die auf ein Ist-Land fahren.«

»Es heißt *island*«, verbesserte Myrtle.

»Heißt es nicht«, sagte ich. »Es heißt Ist-Land.« Ich buchstabierte: »Ist-Land.«

»Es ist ein stummer Buchstabe«, beharrte Myrtle.

Schließlich mußte ich es widerwillig zur Kenntnis nehmen, obwohl ich es innerlich immer noch als Ist-Land betrachtete.

Ich begann weitere »Abenteuerbücher« zu lesen und merkte, daß ich, um Abenteuer zu erleben, nicht mit dem nun verlorenen Lizzie Ford zu den Stränden und Flüssen fahren und mich auf der Fahrt übergeben mußte: ich konnte ein Abenteuer erleben, indem ich ein Buch las. Und wie immer begierig darauf, jemandem meine Entdekkung mitzuteilen, erzählte ich meiner Familie über meine neue Art und Weise, Abenteuer zu erleben, bereute jedoch augenblicklich diese Unbesonnenheit, denn wenn Mum und Dad mich nun in ein Buch vertieft auf der Kohlenkiste sitzen sahen, sagten sie auf diese demütigend wissende Art: »Bist du schon beim Abenteuer angelangt?«

Diese Konzentration auf Abenteuer, was für mich nichts anderes bedeutete, als daß man körperlicher Gefahr auf wundersame Weise entrann, daß man gerettet wurde, sich verirrte und wiedergefunden wurde, Glück im Unglück hatte, wurde noch verstärkt durch die wiederholte Aufforderung der Lehrerin, die Klasse solle einen Aufsatz mit dem Thema »Ein Abenteuer« schreiben. Mir kam nie der Gedanke, ich dürfe ein Abenteuer erfinden, so wie eine Geschichte. Ich bedauerte meinen offensichtlichen Mangel an Abenteuern, als ich von denen meiner Kameraden hörte, die in der Klasse vorgelesen wurden – Ausflüge in weit entfernte Städte, ins Museum, in den Zoo. Mein Standardabenteuer war das Überqueren der Stierweide, wo es nicht einmal einen Stier gab, nur ein paar Ochsen, und der Gang durch das zweite »Wäldchen« über jenen Punkt der Finsternis hinaus, an dem mein Herz schnell zu klopfen begann und die grüne Welt sich auflöste in den dunklen Bäumen und den tiefen Schichten heruntergefallener Kiefernnadeln, von denen manche meterhoch über den Eingängen zu alten Kaninchenhöhlen lagen; aber ich hatte große Scheu, den anderen dieses Abenteuer zu verraten, weil es sich von denen meiner Mitschüler unterschied, wo es um Flucht, gebrochene Glieder, durchgegangene Pferde ging…

Meine Lektüre beschränkte sich auf Schulbücher, einschließlich der Schülerzeitung und der neuen Comic strips, die wir manchmal bei Mr. Adams kaufen durften – *My Favorite, Rainbow, Tiger Tim* und *Chick's Own*, wobei Myrtle und ich am liebsten *My Favorite* lasen, weil der Druck kleiner war und es deshalb mehr Geschichten gab, und *Rainbow*. Bruddies Comic war *Tiger Tim*, und

Dots und Chicks hatten *Chick's Own* am liebsten. Eine Attraktion in *My Favorite* waren »Terry und Trixie, die Zirkuskinder«, die unseren damaligen Ehrgeiz, Trapezkünstler zu werden, anstachelten, ebenso wie das Lied »Artisten unter der Zirkuskuppel«, das damals in Mode war.

Ein Großteil der Schülerzeitung diente der Verherrlichung des Britischen Weltreiches, mit Artikeln und Fotos der Königsfamilie, vor allem der beiden kleinen Prinzessinnen Elisabeth und Margaret-Rose. Es gab auch eine Beschreibung ihres lebensgroßen Puppenhauses, mit Fotos. Im Gegensatz zu der auf Tatsachen beruhenden Schülerzeitung und der Verherrlichung von Empire, König, Generalgouverneur, der australischen und neuseeländischen Truppen bei Gallipoli und Robert Falcon Scott am Südpol waren die Gedichte voll rätselhaften Zaubers, und auf Walter de la Mare, John Drinkwater und Christina Rossetti als erste Wahl des Herausgebers folgten Alfred Noyes und John Masefield, um dem Ganzen etwas Leben zu vermitteln. Ein Gedicht, das mir sofort gefiel, war »Meg Merrilees«. Zigeuner, Bettler, Räuber, Landstreicher, Sklaven, Diebe, all die ausgestoßenen Opfer des Unglücks und dennoch vielleicht verkleidete Engel, waren Teil meiner Träume und meiner Vorstellung von der Äußeren Welt geworden. Ich lernte es auswendig: »Old Meg war eine Zigeunerin…«, und als ich meine Entdeckung zu Hause mitteilte, indem ich das Gedicht der Familie vortrug, wurde ich immer wieder genötigt, es zu wiederholen, und wenn ich ihnen den Gefallen tat und zu der Zeile gelangte: »Und statt zu essen starrte sie / Nur ständig auf den Mond«, lachten jedesmal alle, wohl über meinen Ernst, oder vielleicht, weil es kaum denkbar war, daß ich, mit meinem allseits bekannten »Loch im Magen« und der Gewohnheit, scheibenweise »Brot mit goldnem Sirup« zu verschlingen, je den Mond würde anstarren müssen, statt mein Essen zu genießen.

Wenn ich an Old Meg dachte, empfand ich die Traurigkeit, die von der Art herrührte, wie die Wörter in diesem Gedicht verwendet wurden, so wie in den Liedern über Glasgow und den Gehsteig von New York und die Straßen von Dublin: »Die schöne Stadt Dublin…« Ich stellte mir Old Meg so vor wie Ma Sparks – ich glaubte, daß Ma Sparks und Old Meg vielleicht ein und dieselbe Person waren –, von der alle sagten, sie sei eine Zigeunerin; sie hockte am Ende des Weges, der zu ihrem Haus führte, vor ihrer Tür in der Glen Street und starrte auf die Straße hinunter und auf die kleine, nicht genehmigte Müllhalde auf der anderen Straßenseite, auf die Stierweide und über den Hügel, wo die Tauben, die von mehreren Glen-Street-Bewohnern gehalten wurden, auf ihrem Abendflug den Hügel, die Wäldchen und die Stadt mit einem plötzlichen Flügelschlagen über unserem Haus umkreisten.

Ma rauchte Pfeife. Es ging das Gerücht, daß sie keine Unterhose anhatte und man es sehen könne, wenn man durch die Glen Street ging und zu ihr aufsah, wie sie dort hockte.

Neben dem Wort *Abenteuer* begannen im Unterricht und in unseren Aufsätzen auch andere Wörter aufzutauchen, und obwohl es meinem Gefühl nach keine attraktiven Wörter waren, hatten sie in ihrer Verwendung einen dramatischen Effekt. Ich erinnere mich daran, wie ich folgende drei Wörter zu schreiben und zu verwenden lernte: *beschließen, Bestimmung* und *Beobachtung*, die alle in engem Zusammenhang mit *Abenteuer* standen. Ich war ganz gefesselt von ihrer Bedeutung und von der Tatsache, daß alle drei am Aufbau jeder Geschichte beteiligt waren – jeder *beschließt*, hat eine *Bestimmung* und *beobachtet*, um zu beschließen und die Bestimmung herauszufinden und zu wissen, wie man unterwegs die *Abenteuer* besteht. Es lag zum Teil am ständigen Kommen und Gehen unserer Verwandten und an unserem eigenen Umziehen von einem Ort zum anderen, daß ich ein übertriebenes Empfinden für Bewegung und Veränderung hatte, und als ich herausfand, daß ich diese notwendige Bewegung benützen konnte, um Abenteuer zu erschaffen oder zu bemerken, war ich überglücklich. Unsere Lehrerin machte Beobachtungsübungen mit uns und forderte uns auf, es uns auch zur Gewohnheit zu machen, auf unserem Schulweg »Beobachtungen« anzustellen, und wieder war es dieser Weg, der mich mit einer Fülle lehrreicher Dinge versah. Ich hatte mehrere Gehmöglichkeiten (das konnte ich selbst bestimmen), und ich machte abwechselnd von allen Gebrauch. Der »normale« Weg führte durch die Eden Street, vorbei an der Hunt-Ecke (und an den Schäferhunden der Kearns'), in die Reed Street, die Straße mit den Kirschblüten, und weiter die Reed Street entlang bis zur Nordschule. Die Reed Street war eine »Doktorstraße«, da Dr. Orbell, unser Arzt, ein alter Mann, der uns immer aufzog und mit seinen Scherzen erschreckte, in seinem zweistöckigen Haus an der Ecke wohnte, und ein wenig weiter wohnten hinter einer Gartenmauer, wie sie dem Buckinghampalast wohlangestanden hätte, die Smith-Mortons, die einen ganzen Block für sich allein hatten, und in ihrer Nähe die Fitzgeralds, in ihren zweistöckigen Häusern. Die Töchter der Doktoren hatten Namen wie *Adair* und *Geraldine*, und sie gingen nicht in unsere Schule, sondern in Internate in einer anderen Stadt auf der Nordinsel. Sie hatten auch Puppenhäuser und Ponys, Shetland-Ponys, und sie »lernten« Dinge, wie zum Beispiel Tanzen, ein Instrument, Rhetorik. (Etwas zu »lernen« war unser sehnlichster Wunsch.)

Oder ich nahm den Weg über die Aln Street, eine schmale ungepflasterte Straße, die immer im Schatten lag, mit einem gewaltigen, hohen Erdwall auf einer Seite, über den ständig Wasser auf die Straße hinunter rann. Die ausgedehnte Fläche gelben Lehms wirkte mehr wie ein Geschöpf als wie Erde, und ich blieb stehen und blickte sie halb interessiert, halb ängstlich an. Eines Tages, als ich in der Aln Street stand und vor mich hin starrte, kam eine Frau vorbei. »Hallo, kleines Mädchen«, sagte sie. »Hier hast du zwei Shilling.« Ganz verblüfft nahm ich die zwei Shilling. An diesem Tag ging ich nicht zur Schule. Statt dessen ging ich zurück zum Geschäft von Mr. Feather und kaufte saure Drops um einen Shilling und Chlorydyn-Lutschbonbons (ein Hustenbonbon, das Chloroform enthält, was ich jedoch nicht wußte) um einen Shilling, spazierte durch die Straßen und lutschte meine Bonbons, bis die Schule aus war; dann ging ich nach Hause und schlief achtzehn Stunden, und als ich aufwachte, war mir schrecklich übel. »Was ist passiert?« fragte Mum. »Eine Frau hat mir zwei Shilling gegeben«, sagte ich.

Manchmal ging ich ganz unternehmungslustig die ganze Eden Street entlang, an der Christuskirche in der Nähe der Straßenecke mit ihrem »Wort zur Woche« vorüber, das ich aufmerksam las, wobei ich die gekürzten Gleichnisse über Hirten, Schafe und Sünder wörtlich nahm. Wenn ich einen kleinen Umweg machte, konnte ich mir die Speckfabrik Fraser ansehen. Auf meinem Weg durch die Eden Street überquerte ich immer die Straße, um vor der Werkstätte von Dewar und McKenzie, von der ich glaubte, sie hieße Dewar *Man-kennt-sie*, den Benzingeruch einzuatmen und zu fragen, ob sie Gratis-Löschblätter hätten, denn es war bekannt, daß sie einen ganzen Vorrat davon hatten, und wie ein Lauffeuer hatte sich die Botschaft verbreitet: Bei Dewar *Man-kennt-sie* gibt es Gratis-Löschblätter.

Wenn ich durch die Humber Street ging (von der ich glaubte, sie hieße Hammer-Street), ging ich an der Bahnlinie und am Lokomotiv- und Güterschuppen vorüber und blieb vor einem anderen Ort stehen, der mich faszinierte – einem alten Steinhaus, das an ein ehemaliges Geschäft gelehnt stand. Das Haus war einfach, der Garten ganz überwuchert von Löwenzahn und Kletten und Margariten, und durch ein Tor in der niedrigen, für Oamaru typischen Steinmauer gelangte man auf einen langen Weg, der bis zur Eingangstür führte. Es hieß, hier wohne Yvonne Baker. Das Haus sah ihr ähnlich, denn sie war klein, ihre Haut war feucht, ihr Haar glatt und dünn, als ob auch sie auf der feuchten Seite der Straße wohnte und so wie das Haus kalt und feucht geworden war. Man bemerkte niemals ein Lebenszeichen, keine Vorhänge in den blinden Fenstern, doch so wie der Erdwall in der Aln Street erweckte auch das Steinhaus den Eindruck, als sei es lebendig mit seinen Steinen und seinem Moos, und es gehörte zu meinen liebsten »Beobachtungen« und Abenteuern.

Meine andere Route führte durch die Thames Street, die für unsere Familie zum Bezugspunkt geworden war, was Licht und Geräusche betraf, denn Dad sagte: »Seid nicht so laut. Man kann euch bis in die *Thames Street* hören.« Oder: »Was glaubt ihr eigentlich, das ganze Haus ist hell erleuchtet, man kann es von der *Thames Street* aus sehen.« In der Thames Street war der Hauptanziehungspunkt das Süßwarengeschäft mit dem Schild *Hochwertige Süßwaren*, von mir als Hoch*fertige* Süßwaren entziffert, das von Miss Bee und ihrer Schwester geführt wurde, ebenfalls einer Miss Bee. Wie ich herumrätselte an ihren Namen und ihrer Herkunft und an der Bedeutung und dem Aussehen ihrer *Hochfertigen Süßwaren*!

8
Tod und eine Krankheit

Die Zeit, die ein horizontaler Faden oder Pfad gewesen war, dem man folgte oder den man entlangging, wurde in jenem Jahr plötzlich vertikal, so daß man sie wie eine Leiter erklimmen mußte, bis in den Himmel, und Sprossen oder Ereignisse folgten rasch aufeinander. Ich war noch nicht ganz acht. Die Wirtschaftskrise hatte ihren Höhepunkt erreicht. Es gab Anfänge, Enden, Gewinne, Verluste, mit einem großen Quantum Elend, ohne daß man jemandem die Schuld hätte zuschieben können; es nützte nichts, wenn man sagte: »*Du* bist schuld!« oder wenn man irgend etwas oder irgend jemanden *Dieb* nannte, denn es war ein weltweites Elend; es war nicht einmal Gottes Werk, denn Mutter behauptete, Gott sei gütig, und obgleich alles seinen Sinn und Zweck habe, tue Gott alles, um die Menschen auf der Welt zu lieben und nicht, um ihnen weh zu tun.

Großvater Frame wohnte bei uns. Er war alt und dünn, und der Hosenboden seiner weiten Hose glänzte, und er schlief im Hinterzimmer. Sein Kopf lag schräg auf seinem Hals, wie ein Vogelkopf, und er trug eine Brille mit einem dünnen Goldrand, die er in einem dunkelblauen Etui aufbewahrte, das mit prächtigem blauen Samt gefüttert war, was mich jedesmal, wenn ich es sah, mit Trauer erfüllte: es war eine Farbe, die kein Ende hatte, wie die Tiefe des Himmels am Abend, und es war wie die Frage, die ich mir zu stellen begonnen hatte und die mich schwindlig machte, wenn ich eine Antwort darauf suchte: »Warum gibt es die Welt, warum gibt es die Welt?«, was unweigerlich zu der Vorstellung von *keiner Welt* führte und zu einem Gefühl unermeßlicher Tiefen, denen man nur mit Mühe entfliehen konnte.

Irgendwie wurde Großvaters Brillenetui und das Geräusch, das es machte, wenn man es öffnete oder schloß, und die Tatsache, daß er es bei seinem Tod hinterließ, für mich zur Verkörperung von Großvater Frame und seinem Leben bei uns. Da meine jüngste Schwester, June beziehungsweise Chicks, noch nicht zur Schule ging, war er ihr spezieller Freund und nannte sie seine Mickeymaus, sein Zuckerpüppchen; sie war so klein.

Großvater war weder krank noch sehr alt; er muß müde gewesen sein, denn er starb eines Nachts im Schlaf, und er wurde in einem Sarg ins Vorderzimmer gestellt, und die Rollos wurden heruntergezogen, so daß jeder in der Straße wußte, daß in dem Haus jemand gestorben war; so wollte es der Brauch: man wußte, daß jemand tot war, wenn die Rollos heruntergezogen waren, und man wußte, daß jemand zu Hause war, wenn Rauch aus dem Schornstein aufstieg.

Am Tag des Begräbnisses kümmerten sich die Fletts von nebenan um uns, gaben uns Rühreier zu essen und brachten uns bei, wie man mit großen hölzernen Stricknadeln strickt. Durch ihre Stechpalmenhecke sahen wir, wie das Begräbnis von unserem Haus seinen Ausgang nahm und daß alle Verwandten ihr bestes Gewand anhatten und in aufgeregtem Ton sprachen, und es schien nicht unser Haus zu sein. Die Tanten waren da und sprachen noch immer von »Up Central« und von Middlemarch (Middlemarch, Lottie) und Inch Clutha; und die Onkel mit ihrer Frameschen Schüchternheit und dem gewissen Zug um den Mund, der zu sagen schien: »Alles sollte in Ordnung sein. Warum ist es dann nicht so?« Und am Sonntag, als wir alle zum Friedhof am South Hill gingen, um Blumen auf Großvaters Grab zu stellen, war ich überrascht, als ich sah, daß Großmutter neben ihm begraben war, wo sie doch in Wyndham gestorben war, und ich stellte mir vor, daß sie die gleiche kurvenreiche Bahnfahrt von Wyndham gemacht hatte, vorbei an den Flüssen und Sümpfen und den kleinen eisenbahnfarbenen Bahnhöfen und am Waihola-See und an Caversham mit der Erziehungsanstalt und an Dunedin und Seacliff, wo die Irren wohnten, und an Hampden mit den schwarzen Schwänen und der Lagune, die ganze Fahrt bis zum South Hill, Oamaru. Großmutter auf Reisen mit ihrem schwarzen Kleid und ihrem Omageruch und ihrem Lied »Bringt mich zurück ins alte Virginny« und jenem anderen Abend- und Schlaflied: »Abend legt sich übers Haus, Mamas Schatz und Papas Maus...«

Wir stellten die Blumen ins Marmeladeglas auf Großvaters und Großmutters Grab, und wir blickten neugierig auf den hohen Grabstein mit seiner Liste von Toten der Familie Frame. Es gab eine Janet Frame, mein Name. Sie starb mit dreizehn Monaten.

Bald wurde das Hinterzimmer Bruddies Zimmer und nicht mehr Großvaters Zimmer genannt. Es hatte keine Vorhänge, weil es nicht auf Häuser und auf die Straße hinausblickte, nur auf den Hügel und die Wäldchen und, noch näher, auf den Hintergarten und die Stelle mit dem grellgrünen Gras, wo die Wasserleitung ein Loch hatte, neben dem Flecken mit Huflattich, den wir schätzten wegen seiner leuchtenden Blätter im Herbst und seiner grünen Samen, die sich rot färbten und aus denen wir unseren Tee zum Spielen machten. »Nehmen Sie doch eine Tasse Huflattichtee, Mrs....«

Großvaters Tod war insofern anders als der Tod von Großmutter, als ich nicht das Gefühl hatte, daß er uns etwas anging; es war ein Ereignis, das die Erwachsenen betraf, die ihrer Pflicht nachkamen, sich korrekt zu kleiden und von Middlemarch und »Up Central« zu reden und von den »Outramer Zeiten, Lottie und George« und Großvater zu begraben, während wir Kinder aus der Entfernung zusahen und versuchten, zwischen Gerücht und Wahrheit zu unterscheiden. Myrtle sagte, Großvater sei angenagelt worden, um nicht flüchten zu können. Aber wie könne er denn flüchten, wenn er tot sei? Er könne als Geist flüchten, sagte sie. Aber es gebe doch keine Geister. Wo stehe das? In der Bibel stehe das. (Wir lernten gerade, den Aufstellern von Regeln gebührendes Ansehen zu zollen. *In der Bibel steht*, war ein überzeugendes Argument, während auf einer mehr weltlichen Ebene *Dad hat gesagt* üblicherweise den Sieg davontrug über *Mum hat gesagt*.)

Nicht lange nach Großvaters Tod erwachten wir eines Nachts durch einen Lärm im Haus. Ich hörte Mum rufen: »Bruddie hat einen Anfall; Bruddie hat einen Anfall.« Ich lief mit den anderen ins Speisezimmer. Wir saßen alle auf dem Sofa des Königs und schauten und hörten zu, wie Mum und Dad hin- und hereilten zwischen Bruddies Zimmer und dem Badezimmer. »Ein Anfall, ein Anfall«, sagte Mum immer wieder mit ihrer Erdbeben-und-Flutwellen-Stimme. Sie nahm das Ärztebuch vom Schrank in ihrem Schlafzimmer, wo es (vergebens) versteckt war, sah unter *Krämpfe* nach und besprach es mit Dad, der ebensolche Angst hatte wie sie.

Inzwischen war Bruddie zu sich gekommen und schluchzte. »Ein Bad«, rief Mutter. »Er muß in die Badewanne.« Dad trug den weinenden Bruddie ins Badezimmer. Wir vier Mädchen wurden in unser Zimmer zurückgeschickt, wo wir uns aneinanderschmiegten, ängstlich miteinander flüsterten und in der kalten Oamaru-Nacht vor Kälte zitterten, und als ich am nächsten Morgen aufwachte, schmerzten meine Augen vom Schlaf, und ich fühlte mich beschwert durch die Bürde des neuen, schrecklichen Wissens, daß in der Nacht etwas Entsetzliches mit Bruddie passiert war.

Unser Leben änderte sich schlagartig. Unser Bruder habe Epilepsie, sagte der Arzt und verschrieb starke Dosen Bromid, die, zusammen mit Bruddies nunmehr häufigen Paroxysmen oder Anfällen, wie alle sie nannten, seine Verwirrung und Angst nur noch steigerten, bis es zu Hause jeden Tag gewalttätige Zwischenfälle gab, bei denen er uns attackierte und mit allem, was er in die Hand bekam, bewarf. Üblicherweise fand man innerhalb der Familie einen »Platz«, egal wie eng er war; jetzt schien es keinen Platz zu geben; eine Wolke der Unwirklichkeit und Ungläubigkeit erfüllte unser Heim, und ein Teil des darauf folgenden, alles durchdringenden Regens bestand aus echten Tränen. Bruddie wurde ganz benommen von den Medikamenten und Anfällen; entweder schlief er halb oder erholte sich weinend vom letzten Anfall, oder er war dermaßen verwirrt, daß niemand ihn verstehen oder ihm helfen konnte. Er ging immer noch zur Schule, wo einige der größeren Jungen ihn zu tyrannisieren begannen, während wir Mädchen, vielleicht veranlaßt durch dasselbe Gefühl der Angst, ihn zu meiden suchten, denn obwohl wir wußten, was zu tun war, falls er in der Schule oder weg von Zuhause einen seiner Anfälle bekam, waren wir der schrecklichen Situation nicht gewachsen. Mutter, die dem Rat der Ärzte, Bruddie in eine Anstalt zu bringen, heftigen Widerstand entgegensetzte, pflegte ihn, während wir Mädchen versuchten, allein zurechtzukommen, mit Dads gelegentlicher Hilfe, der nun jeden Morgen mein verfilztes Kraushaar durchkämmte und darauf sah, daß in unserem Schlafzimmer Ordnung herrschte. Sein Beharren darauf, wir müßten die »Fußleisten« kehren, versorgte mich mit einem neuen Wort: Fußleisten. Ein weiteres Wort aus dieser Zeit war *Täfelung*: »Eine Maus hinter der *Täfelung*, die scharrt und scharrt« aus dem Gedicht »Äpfel im Mondlicht« von John Drinkwater – *Trinkwasser*.

Nachdem sich die erste Bestürzung darüber gelegt hatte, daß es in der Familie eine unheilbare Krankheit gab, folgte eine Periode der Langeweile und Ruhe, vielleicht während der Regen aus der Wolke in unsere Knochen zog. Bruddie ging nicht mehr zur Schule. Mutter widmete ihm nun ihre ganze Zeit. Jeder, der mich damals beobachtet hätte, hätte ein ängstliches Kind vor sich gesehen, mit Gesichtszukkungen und Tics, das allein auf dem Spielplatz in der Schule stand und Tag für Tag denselben von den Schwestern geerbten Schottenrock anhatte, der vom ständigen Tragen schon fast steif war, denn mehr an Kleidung besaß ich nicht: ein sommersprossiges, kraushaariges kleines Mädchen, das irgendwie »schmutzig« war, weil die Ärztin es zusammen mit den anderen als »schmutzig und arm« bekannten Kindern für eine spezielle Untersuchung in dem kleinen Raum neben dem Lehrerzimmer ausgewählt hatte. Ich hatte Schmutzflecken in den Kniekehlen und auf den Arminnenseiten, und als ich sie sah, versetzte es mir einen Schock, da ich doch sicher gewesen war, daß ich mich gründlich gewaschen hatte.

Seltsamerweise wünschte ich mir trotz des Schocks über die Krankheit in der Familie nichts sehnlicher, als aufgefordert zu werden, beim wundervollen Seilspringen mitzumachen, das damals vom Rest der Klasse mit nagelneuen Seilen mit goldenen Knoten gespielt und von einem der Mädchen beaufsichtigt wurde. Wie konnte eine gewöhnliche Wäscheleine, so neu, daß noch die Haare daran hafteten, eine solche Macht verleihen? Tag für Tag stand ich an der Steinmauer von Oamaru und wartete und wartete auf das Zeichen zum Einsatz: »Alle zusammen, ohne Schrammen« oder »Zwei kleine Mädchen im blauen Kleid / Das müßt ihr machen, es ist soweit: / Den König grüßen / die Königin küssen…«, was jedoch nicht so wünschenswert war wie »alle zusammen«, denn dabei brauchte sich niemand Sorgen zu machen, ob er gewählt oder nicht gewählt wurde, weil es für alle galt und ich und die anderen schüchternen Kinder, die warteten, uns unter dem Vorwand des Spiels selbst unbemerkt einschleichen konnten. Meist jedoch wurden die Seilspringerinnen sorgfältig von denen ausgewählt, die das Sagen hatten – Der Bauer will eine Frau, die Frau will ein Kind, das Kind will 'nen Ball…

Es gab noch ein Mädchen, das als »schmutzig« galt: Nora Bone, die ich verachtete, denn genau wie ich wurde sie selten aufgefordert, sich am Seilspringen zu beteiligen; ihr Wunsch war jedoch so stark, daß sie ständig anbot, »ewig zu schwingen«, das heißt, das Springseil ununterbrochen zu schwingen und selbst nie am Springen teilzunehmen. Sie war bekannt als »das Mädchen, das ewig schwingt«. Davon gab es nur zwei oder drei in der ganzen Schule, und jeder behandelte sie mit Herablassung. Nora Bone, das Mädchen, das ewig schwingt. Es gab keine erniedrigendere Tätigkeit. Wie sehr ich mich auch danach sehnte mitzuspielen, ich bot nie an, ewig zu schwingen.

Bruddie war also ein kranker Junge. Die Welt drehte sich weiter, mit ihrem Morgen, ihrem Mittag und ihrem Abend, und die Weltwirtschaftskrise pirschte durch die Straßen und Häuser von Oamaru, brachte für viele die Arbeitslosigkeit und niedrigeren Lohn für meinen Vater, der uns mitteilte, er habe Angst, »stempeln« oder »bankrott« zu gehen, und als die Arzt- und Krankenhausrechnungen einzutreffen begannen, saß Dad am unteren Ende des Tisches, stützte den Kopf in die Hände und sagte: »Mum, ich geh bankrott. Ich werd verrückt und erschieß mich. Ich geh hinunter und springe vom Pier.« Und Mum antwortete schnell: »Kein Wort davon, Krauskopf. Gott wird uns helfen.« »Dann soll er aber schnell machen«, sagte Dad, stets respektlos, wenn von Gott oder der Religion die Rede war, die er als faulen Zauber abtat. Dann sagte Mutter, wie eine Schallplatte: »Schauet die Lilien auf dem Felde... Darum sorget nicht für den andern Morgen.«

Etwas Neues, eine stille Zeit tieferen Nachdenkens, war in mein Leben gekommen, und ich verbinde sie mit jenen Nachmittagen stillen Lesens in der Schule, wobei mich schon der Name dieser Tätigkeit verwunderte, wo diese Stille doch so voll war von inneren Geräuschen, daß ich kein Interesse für die Whitcombe-Lesebücher aufbringen konnte. Wir waren jetzt bei Pinocchio; ich fand, es war eine dumme Geschichte. Und Don Quixote hielt ich für einen Idioten. An diesen öden Nachmittagen saß ich da und tat nichts, dachte nach, aber ohne zu wissen, was ich dachte, und beobachtete die Staubkörnchen, weiß von der Kreide, die im Licht des Fensters herumtanzten, und ich dachte daran, daß ich früher geglaubt hatte, es seien Sonnenstrahlen.

Dann, eines Nachmittags, als wir Singen hatten und Lieder aus dem Commonwealth-Liederbuch sangen – eine Stunde, die ich liebte –, sangen wir ein faszinierendes Lied: »So wie die Flut am Meeresstrand kummervoll klagt / Weine auch ich um Freunde und Krieger von einst...« Wir sangen auch die Maoriwörter: *E pare ra*... Während wir sangen, merkte ich plötzlich, daß ich weinte, weil etwas Schreckliches geschehen war, obwohl ich nicht sagen konnte, was es war: es war im Lied, doch auch außerhalb davon, in mir. Als die Schule aus war, lief ich nach Hause und überholte dabei sogar einige der großen Jungen an der Hunt-Ecke, und als ich am Tor ankam, war ich außer Atem. Ich ging um die Ecke in den Hinterhof. Da stand Myrtle. »Die alte Katze ist tot«, sagte sie nur.

Wir begruben die alte Katze im Garten. Sie war schwarz und weich gewesen, und mit zunehmendem Alter wurde ihr Fell braun, als hätte man es versengt. Seit wir in Oamaru wohnten, waren von überallher Katzen und ihre Jungen aufgetaucht, um bei uns zu wohnen, und in der Waschküche gab es einen speziellen Platz neben dem Kessel, wo sie immer ihre Jungen zur Welt brachten. Obwohl es uns verboten war, die Katzen mit ins Haus zu nehmen, schmuggelten wir sie manchmal ein, wenn Dad gerade arbeitete, und bei ihren Geburten und bei ihrem Tod waren wir ihnen nahe. Damals hatte nicht jeder von uns ein Tier. Myrtles alte Katze gehörte allen, und es war undenkbar, daß nicht ein anderes Tier kommen und den Platz der alten Katze einnehmen würde.

Der traurige Nachmittag, als wir »E pare ra« sangen, wurde Teil meiner Erinnerungen, so wie der Wind in den Telegraphendrähten und die Entdeckung von meinem *Platz*. Ich fand es merkwürdig, daß wir von den »Freunden und Kriegern von einst« sangen, während ich im Geiste den einsamen Strand vor mir sah, wo die Flut »am Meeresstrand kummervoll klagte«, und Menschen am Strand, die die Menschen im Lied waren, die Krieger, und andere, die Myrtle, Bruddie und ich in Waipapa oder Fortrose waren; doch konnte ich auch eine Angst und eine Traurigkeit empfinden, die ich nicht näher zu bestimmen vermochte und die nur wenig Bezug zu diesem Lied hatte, und gleichzeitig konnte ich im braunen Klassenzimmer sitzen und zusehen, wie der Staub in die Lichtstrahlen hinein und wieder heraus wanderte, die schräg durch die Fenster einfielen, welche so hoch waren, daß die Klassenordner sie jeden Morgen nur mit Mühe öffnen konnten und dazu Seile und Hebel und eine lange Stange mit einem Haken an ihrem Ende benutzten; alle Schulfenster waren so beschaffen und machten ständig Schwierigkeiten beim Öffnen oder Schließen. Und als Myrtle sagte: »Die alte Katze ist tot«, wußte ich es bereits; aber es war auch noch etwas anderes, nicht nur die alte Katze.

Etwa zwei Wochen später kam Myrtle mit Lassie, dem Spaniel, aus der Schule nach Hause, der ihr wie selbstverständlich gefolgt war. Lassie war sichtlich eine Hündin, da sie zwei Reihen von Zitzen besaß, aber wir durften das Wort »Hündin«, *bitch*, nicht aussprechen. Obwohl Dad dagegen war und uns drohte und Mum vom Hundebandwurm redete, behielten wir Lassie und zwei der Jungen, die in der darauffolgenden Woche geboren wurden. Die übrigen wurden in einem Zuckersack, der mit einem Stein beschwert wurde, im Bach ertränkt. Im Laufe der Jahre wurde das Bachbett zur letzten Ruhestätte vieler Katzen, Kätzchen und Hündchen, nicht nur von uns, sondern auch von den Nachbarn, und ab und zu, wenn ein Sack verrottet war, tauchte die nasse Kontur einer Katze, die Zähne zu einem Knurren gefroren, an die Oberfläche.

9
Poppy

Eines Tages fand ich eine Freundin, Poppy, die in Wirklichkeit Marjorie hieß. Sie hatte glattes braunes Haar, ein häßliches Gesicht mit einem breiten roten Mund, und ihr Vater schlug sie mit einem schmalen Riemen, der Schnitte in ihrer Haut hinterließ. Alles, was sie sagte oder tat, war neu für mich, sogar die Art und Weise, wie sie sprach und die Wörter, die sie verwendete, ihre Ideen und Spiele und die Legenden und Sagen, die ich nicht für solche hielt, sondern für wahre Begebenheiten, die als Gerüchte von einem zum anderen weiterwanderten. Poppy brachte mir bei, wie man Warzen heilt, indem man sie mit dem Saft des Eiskrautes einreibt. Wir saßen auf dem Erdwall der Glen Street, der vom Eiskraut mit seinen purpurnen Blüten bedeckt war, und wenn die Stengel des Eiskrautes uns ins Hinterteil stachen, zappelten wir hin und her, und wir drückten den Saft über unseren Warzen aus, und ein paar Tage später waren unsere Warzen wie durch ein Wunder verschwunden. Poppy brachte mir bei, wie man die Säure aus einer Pflanze saugt, die sie Goldklee nannte – später erfuhr ich, daß es Sauerklee war –, und wir saßen da und genossen den stechenden Geschmack der Säure; sie lehrte mich, wie man Honig aus dem Immergrün saugt und wie man die süßen, mehlartigen Weißdornbeeren ißt und genießt. Sie erklärte, wenn wir auf dem Schulweg einen Laternenpfahl zwischen uns kommen ließen, dann müßten wir »einen Pick aufeinander« haben und dürften erst wieder miteinander sprechen, nachdem wir unsere kleinen Finger ineinander verschränkt hatten, eine Geste, die auch nötig war, wenn wir beide dasselbe Wort gleichzeitig sagten.

Diese neuen Rituale entzückten mich. Poppy brachte mir auch bei, wie man Pflanzen »einkassiert«. Sie erklärte mir, daß jede Blume, die durch den Zaun auf die Straße hinauswuchs, »einkassiert« werden konnte und uns gehörte, und es war kein Diebstahl, denn sie gehörten *von Rechts wegen* uns. Jeden Tag kamen wir mit den Armen voller Blumen in die Schule und nach Hause, und Poppy kannte alle ihre Namen und brachte sie mir bei. In der Schule untersuchten wir Gräser und Unkrautpflanzen und waren beide ganz berauscht von der Herrlichkeit der neuen Namen – Hirtentäschel, Fette Henne (wie urkomisch!) und das Kreuzkraut, auf dem die schwarzen und weißen Raupen lebten, obwohl uns die pelzigen lieber waren, die sich in *Rote Admirale* verwandelten.

Nach der Schule ging ich für gewöhnlich zu Poppy, um mit ihr in ihrer Waschküche Schule zu spielen, wo wir die leeren Bierflaschen ihres Vaters in einer Reihe aufstellten und sie ein- und ausatmen, trockenschwimmen und Liegestütze machen ließen, Arme gebeugt, Körper gestreckt, sie auf der Stelle laufen ließen, wobei sie die Knie in die Höhe heben mußten. Wir gaben ihnen Rechenaufgaben zu lösen und befahlen ihnen, die Wolken zu zeichnen und zu benennen, Zirrus, Nimbus, Stratus, Kumulus, während wir die Namen herunterleierten, Zirrus, Nimbus, Stratus, Kumulus... Wir ließen sie auch die Berggipfel der Bergketten auswendiglernen – Rimutaka, Tararua, Ruahine, Kaimanawa... Und wir züchtigten sie und sagten streng: »Paßt auf. Kommt her.« Die Bierflaschen standen in einer Reihe auf der Bank, den Blick nach Nordwesten gerichtet, golden erleuchtet von den Strahlen der untergehenden Sonne, die durch das staubige kleine Fenster schien. Manchmal, wenn wir eine Flasche zerbrachen, blickten wir durch ein Stück Glas auf die goldene Welt.

Es schien mir, daß Poppy alles wußte. Sie kannte die Namen und den Gebrauch von Dingen, der nicht der übliche Gebrauch alltäglicher Dinge war. Auch sie hatte einen »Platz«, von dem sie sprach, *Moeraki*, wo sie hinfuhr, um Verwandte zu besuchen. Sie sprach das Wort aus, als gehöre der Platz ihr, so wie die Tanten »Up Central«, Middlemarch und Inch Clutha sagten.

Dann, eines Tages, fragte mich Poppy, ob ich ihr Lieblingsbuch ausborgen wolle, das sie zusammen mit anderen Schätzen in einem alten Bierfaß aufbewahrte. »Es sind *Grimms Märchen*«, sagte sie. Ich hatte noch nie von einem solchen Buch gehört, aber ich sagte, ich würde es mir gern ausborgen. Und an diesem Abend nahm ich *Grimms Märchen* mit ins Bett und begann zu lesen, und plötzlich entstand eine Verbindung zwischen der wirklichen Welt und der Welt der Bücher, wie ich sie nie zuvor bemerkt hatte. »Hört zu«, sagte ich zu Myrtle und Dots und Chicks. Sie hörten zu, während ich ihnen »Die zertanzten Schuhe« vorlas, und während ich las und sie zuhörten, wußte ich und wußten sie wunderbarerweise, daß *wir* die tanzenden Prinzessinnen waren – nicht zwölf, sondern vier; und während ich las, sah ich im Geiste den Platz im Kleiderschrank in der Ecke des Schlafzimmers, wo wir in die unterirdische Welt verschwinden konnten, und den Obstgarten, der »unser« Obstgarten am Kanal war, wo die Zweige der Bäume ächzten und aufschrien, wenn sie abgebrochen wurden, silberne und goldene Bäume; und zum Schluß war es Myrtle, die den alten Soldaten heiratete, der in meiner Vorstellung wie Vincent aussah, der zweiundzwanzigjährige Mann, der für uns runzlig und alt war und der sich in die kaum zwölfjährige Myrtle verliebt hatte, als sie die Ferien bei den Walkers in Wyndham verbrachte.

Und die Schuhe, jeden Morgen zu Fetzen getanzt, darüber wußten wir Bescheid, da unsere eigenen Schuhsohlen lose vom Oberleder hingen und Dad dasaß und das Leder sorgfältig anzeichnete und zurechtschnitt und sich mit den Schuhnägeln im Mund über den Leisten beugte, während er unsere Schuhe zur Hälfte besohlte und mit Absätzen versah und sich dabei wie der König im Märchen beklagte: »Wo seid ihr gewesen, daß eure Schuhspitzen ganz zerkratzt und eure Sohlen durchgewetzt sind?« Ja, wo denn nur!

Was für eine wunderbare Geschichte das war – Obstgärten, die mit silbernen und goldenen Äpfeln behangen waren, Zweige, die sprachen und sangen und aufschrien, unterirdische Gewässer und Flüsse und platsch platsch durch die finsteren Höhlen, und dann plötzlich der hell erleuchtete Palast und der Ballsaal.

Alle Märchen boten ein ähnliches Maß an Vergnügen und Spannung – »Das blaue Licht«, »Der Wacholderbusch«, die alten Favoriten aus den Anfängerlesebüchern – »Hänsel und Gretel«, »Schneewittchen«, all die Märchen über Mutter, Vater, Schwester, Bruder, Tante, Onkel, die nicht anders waren als wir, trotz der ganzen Reihe von außerordentlichen Gaben, Wundern, Verwandlungen, Grausamkeiten und der vielen Jahre des Wanderns und Suchens, voller Hoffnung und Erwartung. *Grimms Märchen*, das war unsere Geschichte in besonderem Licht gesehen, mit etwas Neuem, das den normalen Regeln der Beobachtung hinzugefügt wurde. Selbst die Insekten und Tiere in den Märchen besaßen eine Sprache; ich hatte immer das Gefühl gehabt, daß es so ist; als das Schaf mich ansah, hatte ich gewußt, daß es mit mir redete. Und wenn die Fliegen vom klebrigen Fliegenpapier sich in meinem Kraushaar verfingen und in meinem Ohr brummten und summten, bestand kein Zweifel an ihrer verrückten Sprache.

Poppys Märchen der Gebrüder Grimm wurden zu einem geliebten Buch, immer wieder zurückgegeben und aufs neue ausgeborgt.

Poppy hatte zwei Brüder, Bob und Ted, und eine ältere Schwester, Florrie, die bald heiraten würde. Bob, der die Schule verlassen hatte und arbeitete, war ein zurückhaltender Junge mit einer schwarzen Binde auf der Stirn, wo er sich beim Versuch, mit dem Fahrrad den Hügel beim Krankenhaus hinunterzufahren, verletzt hatte. Es ging das Gerücht, er müsse sterben, wenn er seine schwarze Binde entfernte. Sein Bruder Ted war klein und hatte einen breiten Mund wie Poppy, und er war in dem Alter, daß wir Myrtle seinetwegen aufziehen konnten. Da Florries Heirat bevorstand, redeten wir viel über Hochzeiten und was mit einem passierte, wenn man heiratete, und unsere Eltern gaben unbefriedigende Antworten auf unsere Fragen.

»Was habt ihr gemacht, als ihr geheiratet habt, Mum?«

»Euer Vater und ich sprangen über einen Besenstiel.«

»Und wo kommen die Babys her?«

»Vom Storch, der alle Babys bringt.«

Diese Antworten waren ebenso bedeutungslos wie die scherzhafte Antwort, die einem die Leute gaben, wenn man sie fragte, was sie gerade machten. »Ein Zaumzeug für einen Gänserich.« Glücklicherweise verfügte Poppy über alle Informationen, die ich benötigte.

»Man fickt«, sagte sie.

»Man fickt?«

»Der Mann legt sich auf die Frau und steckt ihr sein Ding rein.«

Sie erklärte mir alles über das Ficken und über Pariser, die der Mann über sein Glied zog, damit die Frau kein Baby bekam, und daß die Frau eine Vagina hatte und daß der Mann »kam« und sein Sperma überall hinspritzte, und wenn in der Frau ein Baby entstand und sie es nicht haben wollte, trank sie Gin, um es loszuwerden. Poppy brachte mir den Vers bei:

Penny, Shilling, Pfund,
ein Mann fiel über 'nen Hund.
Er fiel auf eine Frau geschwind,
die kriegte dann ein kleines Kind.
Penny, Shilling, Pfund.

Sie kannte auch ein paar Mae-West-Geschichten. Alle redeten über Mae West und erzählten Mae-West-Geschichten, und in der Schule, in der Lesestunde, kicherten wir und tauschten obszöne Sprüche aus.

Florrie heiratete. Wir feierten es mit klappernden Blechdosen und einem Fest mit Brauselimonade und Kuchen, und ein paar Tage später gingen Myrtle und ich und Ted und Poppy hinauf zum zweiten Wäldchen, wo die Männer von der Stadtgemeinde einige Bäume gefällt hatten, und dort, wo die Bäume lagen, zwischen den Ästen und Kiefernnadeln, versuchten Myrtle und Ted, »es zu tun«, während wir interessiert zusahen, wie Ted ruckartige Bewegungen auf Myrtle vollführte.

Diese neue Erfahrung gefiel mir, und wie immer eifrig darauf bedacht, den anderen die Ereignisse des Tages mitzuteilen, sagte ich an diesem Abend am Eßtisch ganz beiläufig: »Myrtle und Ted haben es heute nachmittag im Wäldchen gemacht.«

»Was gemacht?« fragte Papa.

»Gefickt natürlich«, sagte ich, ohne mir bewußt zu sein, daß ich etwas Bestürzendes gesagt hatte; ich berichtete lediglich über die Tagesereignisse.

Eine plötzliche Welle des Entsetzens erfaßte alle am Tisch, und Dad ließ seine Faust niedersausen, so daß das Geschirr (und wir) in die Höhe hüpften. »Ich verbiete dir«, sagte er, »je wieder mit Poppy und Ted und allen anderen aus dieser Familie zu reden. Und du«, und damit blickte er Myrtle an, »du kommst mit ins Schlafzimmer.«

»Mum«, rief er, »wo ist der Gürtel?« Mutter, die uns nie schlug und sich immer ängstigte, wenn Dad nach dem Gürtel rief, flehte: »Schlag sie nicht, Charly.«

Die Angelegenheit war jedoch zu ernst. Dad bearbeitete Myrtle mit dem Gürtel, während ich, entsetzt und gewissermaßen »schuld an allem«, mit den anderen hinaus ins Sommerhaus flüchtete. Ich konnte die plötzliche Verwandlung von Mum und Dad, als sie meine harmlose Neuigkeit erfuhren, nicht verstehen. Ich dachte, es sei ein Grund zum Feiern. Ich dachte allen Ernstes, alle würden sich freuen.

Während Myrtle im Schlafzimmer weinte und schrie, ließ Dad einen Arzt holen, denn obwohl Myrtle erst zwölf war, was damals noch sehr jung war, hatte sie schon ihre »Regel«, von Mum eines Morgens an der Nähmaschine in ihrer Katastrophenstimme mit den Worten verkündet: »Myrtle hat sie, Myrtle hat sie«, was verwirrend war, bis ich begriff, was sie damit meinte.

Der Arzt kam und ging ins Schlafzimmer, um Myrtle zu untersuchen. Wir hörten sie weinen. Dads Wut und Angst waren unvergeßlich. Der Arzt sagte in scharfem Ton zu Dad: »Sie ist ganz hysterisch vor Angst.«

Diese Nacht, genau wie die Nacht, als Bruddies Krankheit ausbrach, bewirkte eine Veränderung in unserem Leben.

Als ich Poppy am nächsten Morgen traf, sagte ich: »Ich darf nie mehr mit dir spielen und nie mehr mit dir reden.«

In ebenso gewichtigem Tonfall entgegnete sie: »Und ich darf mit dir auch nicht sprechen.« Denn auch Poppy hatte es, sich der Notwendigkeit der Geheimhaltung nicht bewußt, »weitererzählt«.

Die Drohung unserer Eltern war so stark, die Warnung vor den Folgen eines Ungehorsams so schrecklich, daß Poppy und ich uns für immer trennten, und ich sprach nur noch einmal mit ihr, ein paar Jahre später. Ich gab ihr *Grimms Märchen* zurück, etwas getröstet, als ich merkte, daß ich viele der Geschichten im Kopf hatte. Die »Zertanzten Schuhe« hatten bei uns zu Hause einen festen Platz. Sie und das »Blaue Licht« und der »Wacholderstrauch«. Und in jeder Weihnachtshaselnuß stellte ich mir noch immer ein fein zusammengefaltetes winziges Kleid aus Gold und Silber vor, das man auseinanderfalten konnte bis zur Lebensgröße, um es dann zu tragen. »Bäumchen, rüttle dich, Bäumchen schüttle dich, / Wirf Gold und

Silber über mich.« Und unten beim Wasserhahn im Garten, wo das Gras am grünsten war, konnte ich immer noch spielen und Huflattichtee trinken und mir vorstellen, wie die kleine Ziege das lange Gras fraß und ich sagte: »Tischlein, deck dich«, und wie ich dann das vor meinen Augen erschienene Festmahl verzehrte.

Wieder war ich allein in der Schule. Das Seilspringen kam und ging, das Murmelspielen kam und ging, und dann war Himmel-und-Hölle aktuell, und ich verbrachte die Zeit damit, glatte runde »Hüpfsteine« zu suchen, und abends lag ich im Bett und dachte an nichts anderes als an die Hüpfsteine, die darauf warteten, daß ich sie aufhob. Dots und Chicks und ich spielten Himmel-und-Hölle draußen auf dem Weg und hielten dabei ab und zu inne, um den aufgeputzten jungen Frauen, die auf hohen Stöckelschuhen vorbeigingen, Beschimpfungen zuzurufen: »Noch mehr Puder aufs Gesicht, noch mehr Puder aufs Gesicht!«

Und Myrtle und ich wurden engere Freundinnen. Sie ging in die Abschlußklasse, und zu Hause drehten sich alle Gespräche darum, ob sie es schaffen würde, und Dad drohte ihr, wenn sie es nicht schaffte, würde sie in der Tuchfabrik arbeiten müssen, wohin sie ohnehin gehen mußte, da er es sich nicht leisten konnte, sie auf die Oberschule zu schicken. Und natürlich auch nur dann, wenn sie nicht schon in die Erziehungsanstalt in Caversham gesteckt worden war.

Die nächste Welle der Bestürzung in der Familie wurde dadurch ausgelöst, daß unsere Lebensmittelrechnung bei Mrs. Feather auf hundert Pfund angewachsen war, ohne jegliche Hoffnung unsererseits, sie je bezahlen zu können. Stolz darauf, daß wir eine so hohe Rechnung hatten, erzählte ich in meiner Klasse: »Mein Vater geht bankrott. Unsere Rechnung ist schon bei hundert Pfund«, und wieder konnte ich nicht verstehen, warum ich nichts von der Rechnung hätte sagen sollen. Inzwischen hatte ich meine eigene Methode einzukaufen: Ich ging einfach in jedes Geschäft, das auf meinem Schulweg lag, verlangte etwas, von dem ich wußte, daß der Besitzer es aus dem hinteren Teil des Geschäftes holen mußte, und während er es holte, bediente ich mich bei den Waren am Ladentisch, versteckte sie schnell unter meinem Arm und drückte den Arm steif an meine Seite, und wenn der Besitzer wiederkam, sagte ich in überzeugendem Ton, daß meine Mutter diesen Artikel vielleicht doch nicht haben wolle. Für gewöhnlich war meine Beute ein Apfel oder eine Birne oder Süßigkeiten. Eines Tages, ganz dreist, versuchte ich meinen Trick zweimal im selben Geschäft, und als ich zurückkam, um nochmals etwas zu klauen, fragte die Frau: »Hast du heute morgen im Geschäft etwas angerührt?« Erschrocken sagte ich: »O nein!« »Ich hole die Polizei«, sagte sie, »wenn du irgend etwas in diesem Geschäft anrührst.« Ich ging nicht wieder in dieses Geschäft, und obwohl ich nie mehr etwas stahl, begann ich bei Mrs. Feather »extrafeine Kekse« zu kaufen und sie auf die Rechnung setzen zu lassen. Dann versteckte ich sie in der Hecke und bediente mich, wenn ich einen Schokoladenkeks haben wollte, obwohl ich mir rasch ein neues Versteck suchte, als ich eines feuchten Morgens entdeckte, daß es in einem Papiersack mit aufgeweichten Keksen von Ohrwürmern wimmelte.

Manchmal sah ich Poppy auf dem Schulweg. Wir sahen einander an, beschämt und schüchtern, und wechselten auf die andere Straßenseite. Wir wußten beide, daß Gehorsam weniger Schmerz versprach als Ungehorsam, und wir fanden uns mit unserer Trennung ab. Wir waren keine Freundinnen mehr.

Statt der täglichen wunderbaren Spiele und Geschichten und Gerüchte und einkassierten Blumen begann ich nun das Silberpapier meiner gestohlenen Schokoladenkekse zu sammeln, die bunten Papierchen zu glätten und sie in eine flache gelbe Tabaksdose zu legen, und manchmal öffnete ich die Dose, saß da und freute mich an den glänzenden Farben des Silberpapiers.

Unglücklicherweise wurde mein Schwindel mit der Lebensmittelrechnung am Ende des Monats entdeckt. Ich wurde bestraft. Ich gab das Silberpapier und meinen Ehrgeiz, Bilder daraus zu machen, auf und bekam meine eigene Ranch und ein eigenes Brandzeichen für mein Vieh, Bar X, zwischen dem gelben Quittenstrauch und dem Rosenspalier. Und eines Tages wurde ich wirklich losgeschickt, um Schokolade und extrafeine, mit Zuckerguß gefüllte Kekse zu kaufen, weil Tante Maggie kam, um bei uns zu wohnen.

10
Okay Dauerwelle

Tante Maggie, Dads Schwester, hatte Kehlkopfkrebs. Man sagte uns, daß ihr Rachen sich allmählich schloß, und wenn er sich schließlich ganz geschlossen hatte, würde sie sterben. Man sagte uns auch, daß Tante Maggie (oder *Mag*, wie Mum und Dad sie nannten) sich sehr gut aufs Stricken und auf feine Handarbeiten verstünde und daß wir uns ordentlich benehmen sollten, während sie bei uns sei, und sie nicht anstarren, wenn sie zu essen versuchte. Wir saßen fasziniert und entsetzt am Tisch, als sie bei den Mahlzeiten immer mehr an den Tellerrand schob, mit einem entschuldigenden Blick auf Mum. »Tut mir leid, Lottie. Das schaffe ich nicht.«

Wir sahen ihr auch zu, wenn sie Zopfmuster strickte, eine überragende Leistung, die die Welt einteilte in die, die Zopfmuster konnten und in die, die es nicht konnten. Ich hörte, wie Mum über den Zaun hinweg zu Mrs. Walsh sagte: »Dads Schwester, Mag, ist bei uns. Sie kann Zopfmuster stricken.« Mum, die am Nähen und Stricken kein Interesse zeigte und, ganz im Schatten von Dads perfekten Schwestern, auch nicht mit ihnen zu konkurrieren suchte, übte weiterhin ihre Religion aus, schrieb ihre Lieder und Gedichte und ihre Leserbriefe über die Regierung an die Zeitung. Sie spielte nicht mehr Akkordeon, und auch Dads Dudelsack und seine Dudelsacknoten lagen nun unberührt im Schrank, und abends wurde nicht mehr gesungen. Einmal nahm Dad seine Ölfarben heraus und malte weiter an der Jagdszene, die er von einem Zigarettenbildchen kopiert hatte, aber er legte sie unvollendet weg und malte nie wieder, und so blieben die Augen eines der Hunde für immer ohne Pupillen. Warum?, fragte ich mich. Es hätte so wenig Mühe gekostet, die beiden Punkte zu machen, die dem Hund das Augenlicht gegeben hätten. Rückblickend denke ich, daß der Widerwille oder das Unvermögen meines Vaters, dem Hund das Sehvermögen zu schenken, ein Anzeichen sowohl für seine Verzweiflung als auch für sein Gefühl der Unvollkommenheit von allem war. Man könnte sagen (wie er selbst es immer wieder tat, wenn wir Kinder ihn damit bedrängten, er solle doch das Bild fertigmachen oder abends auf dem Dudelsack spielen), daß er »nicht mehr den Mut dazu hatte«.

Als Tante Maggie zu uns kam, brachte sie, obwohl sie bald sterben würde, neues Leben ins Haus, Neuigkeiten aus der Außenwelt, vom Film, und neue Wörter. Die Wirtschaftskrise war überall eine Neuigkeit. Noch interessanter jedoch war die Dauerwelle. Wir wußten, daß Mrs. Walker, unsere Nachbarin aus Wyndham, die nach Gore gezogen und mit uns in Verbindung geblieben war, von ihrer Dauerwelle geschrieben hatte, worauf Mutter entsetzt über dieses Einverständnis mit etwas so »Unnatürlichem« nach Luft geschnappt hatte. Und jetzt sprach Tante Maggie ganz selbstverständlich von Leuten, die eine Dauerwelle und später auch noch eine *zweite* Dauerwelle hatten. Ich kannte die Bedeutung von *Dauer*. Ich hatte angenommen, daß eine Dauerwelle genau das bedeutete, und die Vorstellung, daß ein Wort nicht wahr sein könnte, war ein schwerer Schlag für mich. Wenn *Dauer* etwas *Immerwährendes* war, so wie Ewigkeit, wie die Strohblumen mit ihren steifen Blütenblättern in ihren Gläsern auf den Gräbern, wie konnte sich dann eine Dauerwelle abnutzen? Seit Miss Botting mich auf der Plattform in der Volksschule befragt hatte: »Sag die Wahrheit. Warum sagst du nicht die Wahrheit?«, beschäftigte mich das Problem der Wahrheit ständig, obwohl ich gelernt hatte, daß, wenn man die Wahrheit sagte, die Folgen ebenso verhängnisvoll waren, wie wenn man log. Und nun schien es niemanden zu stören, daß »Dauerwelle« nicht die »Wahrheit« war.

Tagein, tagaus saß Tante Maggie still da und strickte ihr Zopfmuster oder nähte an ihren feinen Handarbeiten, wobei sie Crewel-Stricknadeln (ein Wort, das ich als *cruel*, »grausam«, verstand) und Clark-Stickgarn verwendete und die einzelnen Fäden in die Höhe hielt, um sie zu zählen. Sie und Mum lachten miteinander über die Zeiten in Outram und den Besuch des Herzogs und der Herzogin von York. Und eines Abends gingen Mum und Tante Maggie ins Kino, das einzige Mal, daß Mutter je ins Kino ging, und sahen sich *Alfs schwimmender Knopf* und *Wiener Nächte* an, und nie hatte ich ein solches Leuchten in Mums Augen gesehen wie damals, als sie sang (denn sie sang noch immer bei der Arbeit):

Auch wenn Jahre vergehen,
so wirst du sehen:
du wirst Wien nie vergessen,
du wirst dich erinnern

an Nächte im Mai,
das Glück ist vorüber,
die Liebe vorbei...
Wohin ist entschwunden
die glückliche Zeit?
Wien allein weiß es,
doch Wien ist weit.

Wie alle Lieder war auch dieses traurig, und Mum und Tante Maggie schauten einander voll Heimweh an, und dann sagte Mum: »Ach Mag! Weißt du noch?« Und Tante Maggie nickte.

Und dann, eines Tages, als ich von der Schule nach Hause kam, erfuhr ich, daß Tante Maggie fort war; sie hatten sie ins Krankenhaus gebracht, wo sie auch starb. Sie wurde neben Großmutter und Großvater im Familiengrab beigesetzt, und ihr Mann, Onkel Alex, ein strenger Mann, der die Familie Frame nicht mochte, stellte eine Glasglocke mit Strohblumen auf ihr Grab und soll gesagt haben: »Die Frames bin ich los!«

Mutter, die jedem Tod, einschließlich des vor kurzem erfolgten ihres Vaters, den wir nie gekannt hatten, mit einem Bibelzitat begegnete, wiederholte: »Und Gott wird abwischen alle Tränen von ihren Augen, und der Tod wird nicht mehr sein, noch Leid noch Geschrei noch Schmerz wird mehr sein; denn das Erste ist vergangen.« Das Wort Dauer rächte sich also auf seine Weise an denen, die es mißbrauchten, denn in der Bibel stand, daß nichts von Dauer war, daß alles kam und ging – die Jahreszeiten und die Tiere (die alte Katze), die Menschen (Großmutter, zwei Großväter, Tante Maggie). Und Poppy.

Tante Maggies Besuch und Tod fielen auch mit dem neuesten Ausdruck *»Okay, Chef«* zusammen, den wir Kinder nicht aussprechen durften, aber wenn Dad arbeitete, verfolgten wir unsere Mutter erbarmungslos damit und sagten: »Okay, Chef, okay, Chef«, während Myrtle, die als Älteste sehr erwachsen und rebellisch war, offen allen Regeln zuwiderhandelte und »Okay, Chef« zu Dad sagte. *Offen*. Dieses *offen* schien wichtig zu sein, denn Dad wiederholte es mehrmals, bevor er Myrtle ins Schlafzimmer schickte und die Tür zusperrte. »Du kriegst es mit dem Gürtel«, sagte er. Sie standen nun auf Kriegsfuß miteinander.

»Okay, Chef« sagte man am besten, während man Kaugummi kaute – man zog den Kaugummi aus dem Mund und in die Länge, während man zusah, wie die Erwachsenen bei diesem offensichtlich verantwortungslosen Umgang mit Sprache und Appetit erschraken. In den anhaltenden Auseinandersetzungen zwischen Myrtle und Dad wegen jeder neuen Phase ihres Lebens – dem Wunsch, Hosen zu tragen (verboten), Lippenstift aufzulegen (verboten), Tanzen zu gehen, Freitag abend in die Stadt zu gehen – waren der Kaugummi und das »Okay, Chef« der Höhepunkt, jene schlimmsten Lästerungen des Kauens und der Sprache, die sich ironischerweise mit der Erinnerung an Tante Maggies Besuch verbanden, Tante Maggie, der wir zusahen, wie sie mit dem Essen und dem Wort kämpfte, bis sie starb und ihr Rachen sich geschlossen hatte.

Es lebe der Kaugummi, es lebe die Spucke und das fröhliche »Okay, Chef«! Trotz allem ging unser Leben mit neuem Überschwang weiter.

11
Der Prinz des Schlafs

Es war eine Tatsache, daß die meisten Mädchen, die früh von der Schule abgingen, dann in der Tuchfabrik »draußen in der North Road« arbeiteten. Wir sahen die Fabrikmädchen am Morgen auf ihren Fahrrädern und hörten die Fabriksirene um acht Uhr und zu Mittag und am Nachmittag, ein Geräusch, das ebenso zur ansonsten schläfrigen Atmosphäre von Oamaru, der Stadt aus weißem Stein, gehörte wie das der Rathausuhr und das ständige Brausen des Meeres an der Küste. Wenn wir den Zickzackweg zur Holzbank des Verschönerungsvereins hinaufgingen und die Aussicht genossen, sahen wir in der Entfernung die hohen Schornsteine der Tuchfabrik. Die Vorstellung von einer Zukunft, die wir dort oder eingesperrt in der Erziehungsanstalt in Caversham verbringen würden und die Myrtle als eine Art Wellenbrecher zuerst ereilen würde, bevor sie zu gegebener Zeit auch mich erreichte, hielt uns nicht von einer ganzen Reihe von Ambitionen ab, die wir uns ganz plötzlich zugelegt hatten.

Trotz unserer enormen Lebensmittelrechnung und unseres sichtlichen Unvermögens, sie zu bezahlen, beschloß Mrs. Feather großzügig, jedem von uns Kindern drei Pence pro Woche zu geben, damit wir Samstag nachmittag ins Kino gehen konnten, und nun, da wir jede Woche einen Film sahen, bot sich uns eine neue Auswahl von Ambitionen in einer völlig neuen Welt. Myrtle, die mit ihrem goldenen Haar tatsächlich aussah wie Ginger Rogers, wollte Tänzerin oder Filmstar oder beides werden, und um ihre Karriere in Angriff zu nehmen, bestellte sie das Gratis-Buch über Professor Bolots Tanzkurs, das in Form einer Broschüre mit genauer Angabe der Anzahl von Guineen, die zu bezahlen waren, und einem großen Foto von Professor Bolot persönlich ankam – dunkelhaarig, mit einem Schnurrbart und einer schwarzen, unten weiten spanischen Hose, in Flamenco-Pose. Ich erfuhr eine ähnliche Ermutigung und Enttäuschung mit meinem Gratis-Buch über Bauchreden. Wir gaben es auf, solches Informationsmaterial zu bestellen, obwohl ich einige Jahre später an Scribe, Amorc, Kalifornien, schrieb, mit der Bitte, mir die »Geheimnisse des Universums« zu schicken. Seit ein blindes Kind mit seiner Geige in der Oper aufgetreten war, träumte ich davon, eine blinde Geigerin zu werden, aber unter Umständen sah ich mich auch – was realistischer war, weil ich lockiges Haar und Grübchen hatte – als zweite Shirley Temple.

Myrtle hatte einigen Grund für ihren Wunsch, Schauspielerin zu werden, denn sie spielte die Jungfrau von Orleans in der Schule, in einer Rüstung aus silberfarbener Pappe. Sie spielte auch im *Mikado* und war der Kapitän in *Schlachtschiff Pinafore*. Und sie trug Gedichte im Radio vor, in 4XD in Dunedin, wo die Schwester von Tante Isys Schwägerin, Tante Molly, eine echte Radiotante war. Wir gingen zu unseren Nachbarn, den Fletts, um uns in ihrem Radio Myrtles weit entfernte Stimme anzuhören, wie sie ihr Lieblingsgedicht »Der Prinz des Schlafs« vortrug. Oder, wie wir es nannten, »Am Abend traf ich«:

Am Abend traf ich den Prinzen des Schlafs,
Und sein Gesicht war still und schön,
Er ging durch ein gar enges Tal,
  Lieblich war er anzusehn.

Sein Kleid, das war lavendelgrau,
Auf seiner Stirn ein Kranz aus Mohn
Brannte wie Kohle, und die Luft
War süß durch seinen Atem schon.

Die Schattenfüße waren bloß,
Die Augen leuchteten ganz schwach,
Nachtfalter flogen ihm voran
Und zogen seinen Namen nach.

Sein Haus ist auf den Bergeshöhn...

Es gab noch andere Verse. Myrtle sagte sie alle auf und bewies so ganz eindeutig, daß sie auf dem besten Wege war, ein Filmstar zu werden. Sie konnte auch laufen und springen und schwimmen und würde demnach stark genug sein, um um Punkt sechs Uhr morgens in den MGM- oder RKO-Studios zu erscheinen und trotzdem fähig zu sein, in ihrem rückenfreien Kleid zu den Hollywoodpartys zu gehen.

Dann, gegen Ende des Jahres, bei einem Wettlauf im Sportunterricht, brach sie zusammen und wurde nach Hause gebracht, und der Arzt, der sie untersuchte, sagte, sie habe einen Herzfehler und könne jederzeit sterben. So jedenfalls erklärte Mum es uns, obwohl sie »gehen« statt »sterben« sagte, während wir die Nachricht mit ungläubiger Bestürzung aufnahmen, denn Myrtle war so stark und lebendig, mit einer einzigen Narbe am ganzen Körper, von damals, als sie versucht hatte, in Wyndham auf Stelzen zu gehen, und mit ihrem lockigen goldenen Haar wie Ginger Rogers und ihren Plänen, nach denen feststand, daß ein Produzent sie entdecken und bitten würde, einen Millionenvertrag zu unterschreiben...

Eine Zeitlang warteten wir ab, neugierig und ängstlich, aber Myrtle hörte nicht auf zu atmen, und wir vergaßen es bald darauf, denn der Tod war Stille und Myrtle war voll Bewegung und tanzte und war auch ein Radiostar mit ihrem Lieblingsgedicht »Am Abend traf ich den Prinzen des Schlafs«.

Nachdem man nun von Myrtles »schlechtem Herzen« wußte, hielt man es für besser, daß sie von der Schule abging, und natürlich konnte sie nicht in der Fabrik arbeiten. Statt dessen wurde bestimmt, sie solle Mrs. McGimpsey helfen, einer Witwe mit zwei

Töchtern, die in einem Haus mit einem Balkon an der Vorderseite in unserer Straße wohnte. Und da Myrtle nun jede Woche ein paar Shilling auszugeben hatte, konnte sie Lippenstift und Puder und Milchshakes am Freitagabend und die »verbotenen« Zeitschriften kaufen, die wir unter der Bettdecke lasen – *True Confessions, True Romance,* mit ihren Fotografien von wirklichen Leuten, von schönen Frauen und gutaussehenden Männern, die sich küßten und umarmten. Ich hegte keinen Zweifel an der »Wahrheit« dieser Geschichten, einfach weil sie als »wahre Geschichten« bezeichnet wurden, denn ich hatte noch immer nicht gelernt, den Betrug der Wörter hinzunehmen, und war erst wenige Wochen zuvor in ein neues Geschäft gestürzt, das im Zentrum eröffnet worden war und *Der Selbstbedienungsladen* hieß, in der Erwartung, ich könnte mich gratis bedienen!

Die »Wahrheit« wurde auch in der Wochenzeitung dieses Namens enthüllt, *Truth*, die Dad bei Adams zusammen mit anderen Zeitschriften in einem Bündel kaufte, das wir »die Bücher« nannten. »Geh hinunter und hol die Bücher«, sagte er. Und einer von uns ging dann hinunter zu Adams und sah fasziniert zu, wie der einarmige Mr. Adams seinen Stummel im weiten Ärmel auf die Bücher lehnte, die auf dem Ladentisch lagen, und das Bündel rollte und verschnürte und die Schnur abschnitt – *Truth, The Humour* (die geistreichste Sammlung der Welt), *The Happy Mag, The Exporter,* damit Mum das Gedicht oder den Artikel lesen konnte, den sie ihnen geschickt hatte, und unsere Comic strips.

Obwohl es uns verboten war, *Truth* zu lesen, erhaschten wir gelegentlich einen Blick auf die undeutlichen Fotos von alten Häusern mit Veranden, wo der Mord begangen worden war, von den unrasierten, wild blickenden Gesichtern der Verbrecher oder entsprungenen Geisteskranken, von den sumpfigen Wiesen mit dem Pfeil, der zeigte, wo die Leiche gefunden worden war; und obwohl unsere Eltern die Nachrichten abstoßender Ereignisse von uns fernhalten wollten, gelangten die Tatsachen und Gerüchte über vergiftete Schokolade und Babyhandel immer irgendwie an unser Ohr. Nach Meinung unserer Eltern waren »natürliche« Katastrophen wie Erdbeben, Flutwellen, ja sogar Brände irgendwie »sauber«, wogegen Dinge wie Morde, Babyhandel, obskure Apotheker, die nebenbei Abtreibungen vornahmen, zu schrecklich waren, um diskutiert, ja überhaupt zur Kenntnis genommen zu werden. Hätten unsere Eltern von ihm gewußt, so hätten sie auch den alten Mann im Reich des Schrecklichen angesiedelt, der uns manchmal hinauf zur Bank des Verschönerungsvereins oder in die Gärten folgte, dort mit einem komischen Lächeln seinen Hosenschlitz öffnete und uns sein Glied zeigte. Wir sahen in ihm einen Spaßvogel, gaben ihm den Namen *Fizgig* und nahmen ihn auf in unseren Kreis merkwürdiger Leute, zu dem alte Jungfern zählten, die Zigeuner-Ma und die Stadtprostituierte und die Katholiken und die Deutschen und die Chinesen, alle, die anders waren. Wir sangen Spottlieder über sie: »Katholiken stinken wie Schmutzfinken«, »Ching-Chong Gelbchines', geborn in einem Klo, getauft in einem Teetopf, ho, ho, ho«, oder der allgemein gehaltene Vers, der sich auf jede Rasse beziehen konnte:

Neunzehnhundertundacht
zogen die Krauts in die Schlacht,
sie saßen am Strand,
den Schwanz in der Hand,
neunzehnhundertundacht.

Manchmal sangen wir: »Zogen die Maoris in die Schlacht«. Wir hatten in der Schule von den Maoris gehört, aber es gab nur wenige in Oamaru. Mutter hatte uns erzählt, wie sie »bei den Maoris aufgewachsen« war, weil ihre Mutter Stiefschwestern und Brüder hatte, die Maoris waren. Und Myrtles Freundin war eine Maori und doch keine Maori, denn ihr Vater, Dads Arbeitskollege und Fischerfreund, wurde als »Vollblut« beschrieben, als wäre das etwas Besseres als seine Tochter, die man »nur ein Halbblut« nannte, als ob es etwas wäre, dessen man sich schämen müßte. Ich zerbrach mir nicht weiter den Kopf darüber, spürte nur die Gefühle hinter den Worten der Leute.

Es gab so viele Möglichkeiten, über die Leute zu reden, sie aus den seltsamsten Gründen zu bewundern oder zu verachten, manchmal einfach, weil sie tot waren oder in einem anderen Land lebten; und dann wurden Leute für das bewundert, was sie konnten, so wie Tante Maggie mit ihrem Zopfmuster und die Kinder, die bei den Wettbewerben tanzten und sangen; oder für das, was sie besaßen oder wer ihre Eltern waren, und selbst wenn man die Leute gar nicht kannte, urteilte man über sie und legte sich ganz entschiedene Ansichten über sie zurecht und erzählte jedem, wie man dachte ... mit einer überlegenen Erwachsenenstimme; während wir Kinder weiter unten all die gängigen Meinungen auffingen, wie Sternschnuppen, einige behielten und einige fallenließen.

Zu diesem Zeitpunkt in unserem Leben sah sich Mutter (die von sich immer sagte: »Ich habe meine Meinung, merkt euch das«, und die wir nachahmten, wenn wir unseren Huflattichtee oder Dahlienwein tranken: »Ich habe meine Meinung, merken Sie sich das, Mrs. ..«) plötzlich von allen Seiten mit Ansichten und Ratschlägen bedrängt. Es ging um Bruddies Krankheit. Während Myrtle und ich beste Freundinnen wurden und Dots und Chicks beste Freundinnen wurden und auch Molly Robson von gegenüber mitspielen ließen, war Bruddie krank, Tag für Tag und Nacht für Nacht, und Mutter kümmerte sich um ihn, auf der Suche nach einer »Behandlung«.

12
Behandlungen

Die Ärzte, sagte Mutter, seien kaum eine Hilfe, sie verschrieben nur Medikamente, die Bruddie noch verwirrter und zorniger und stumpfsinniger machten, wo er doch ein aufgeweckter kleiner Junge gewesen war, der früher als die anderen zu laufen und zu reden angefangen hatte, außer Myrtle. Dad war der Meinung, daß Bruddie mit seinen Anfällen »aufhören könnte, wenn er nur wollte«, und eine Zeitlang stimmte Mutter, beeinflußt von Dads Gewißheit, in den Ruf mit ein: »Hör auf, Bruddie, hör sofort auf«, wenn die bekannten Anzeichen eines Anfalls sich zu zeigen begannen. Jemand machte den Vorschlag, die Krankheit könnte »aus ihm herausgeprügelt werden«, und Dad schlug ihn wirklich ein- oder zweimal, um ihn damit zu heilen. Es funktionierte natürlich nicht, aber Dad behauptete weiterhin, Bruddie könne »aufhören, wenn er nur wollte«. Die Lösung, sagte er, seien Disziplin und Willenskraft.

Da kaum Aussicht auf Heilung bestand, begann Mutter nach der

Ursache zu suchen, um sie zu bereinigen, und wieder wurde sie mit Ansichten und guten Ratschlägen überhäuft. »Es könnte das Rückgrat sein«, sagte jemand und fügte hinzu, daß er jemanden kenne, der auf wunderbare Weise von einem Chiropraktiker geheilt worden sei, welcher behauptet hatte, die Lösung liege immer im Rückgrat. Also brachte Mutter Bruddie zum Chiropraktiker am Anfang der Eden Street, in das große Haus mit dem breiten Fahrweg und den samtenen Antirrhina oder Löwenmäulchen. Der Chiropraktiker war ein großer Mann von blasser Gesichtsfarbe mit einem grauen Anzug. Seine Augen sahen aus, als drücke er dahinter etwas zusammen. »Ohne Zweifel«, sagte er zu Mutter, »ist es das Rückgrat des Jungen.« Mutter ging danach monatelang mit Bruddie zum Chiropraktiker, bei dem ein Besuch zehn Shilling kostete, obwohl wir das nicht immer bezahlten, denn wir hatten einen Garten voller Gemüse, und es gab immer einen Fang Lachse oder Breitlinge oder Krebse, die man dafür geben konnte.

Eine Zeitlang redeten die Erwachsenen dann miteinander über die Geheimnisse »des Rückgrats«, und nach ihrer Art zu reden bestand für mich kein Zweifel, daß das Rückgrat ein großes Geheimnis und Rätsel darstellte, ja, Bruddies Rückgrat war sogar etwas Beneidenswertes. Wenn wir Kinder heimlich das Ärztebuch ansahen, *Der Arzt im Haus,* starrten wir ängstlich auf die Farbtafeln, auf denen »Deformierungen des Rückgrats«, »Wirbelsäulentuberkulose« abgebildet waren. Als sich jedoch eindeutig herausstellte, daß es nicht »das Rückgrat« war, griff Mutter eine Meinung auf, die lautete: »Es könnten die Augen sein.« Darauf folgten tagelange Zugfahrten zum »Augendoktor« nach Timaru. Sodann – vielleicht waren es die Ohren? Wieder fuhr man nach Timaru, um den Ohrenspezialisten aufzusuchen.

Schließlich schien das Rätsel womöglich gelöst: die Lösung lag in einer Diät, eine billigere Lösung als das Rückgrat, die Augen und die Ohren. Jemand gab Mutter ein Buch, *Gesund leben,* in dem stand, daß Schwarzbrot und Kleie die Lösung seien – Ballaststoffe. »Ich habe es gewußt«, sagte Mutter. »Eure Großmutter mit ihrer Diabetes durfte nur Kohlwasser trinken. Vollkorn und Gemüse...« Abgesehen davon, daß Schwarzbrot und Kleie nicht immer im Haus waren, hatten wir stets gut, ja sogar opulent gegessen, denn es gab immer große Gläser mit Honig und Himbeeren von »Up Central«

und Säcke mit Austern aus dem Süden und die Lachse, Breitlinge, Krebse und Forellen, die Dad fing.

Während Mutters Suche oder Pilgerfahrt weiterging, wurden wir Kinder »wilder« und aufsässiger und machten mit Begeisterung bei jeder neuen Verrücktheit in der Stadt und in der Schule mit; wir wurden Mitglieder von Banden (»Die Grüne Feder«) und Geheimorganisationen. Wir rissen die Rückenlehnen von den Eßzimmerstühlen des Königs und benutzten sie als Schlitten, indem wir die »Rennschlitten« zuerst mit Fett aus der Küche einschmierten. Wir rannten die Thames Street auf und ab und versuchten, die absichtlich eingebauten Fehler in den Schaufenstern zu entdecken und so einen Preis zu gewinnen; wir drängten uns in das neu eröffnete, grellrote McKenzies, da wir gehört hatten, es gäbe dort Pariser zu kaufen, und mußten zu unserem Leidwesen herausfinden, daß es nichts als Fingerhüte waren. Wenn die Christadelphier bei uns zu Hause im Eßzimmer ihr Treffen abhielten oder wenn Mutter mit einer Gruppe junger Männer, die ins Haus kamen, um ihr ihre Gedichte vorzulesen, über Dichtung redete, riefen wir ihnen Schimpfworte zu, verspotteten sie und zerdrückten ihre Hüte. Auch die Hunde (Myrtles Lassie und Bruddies Laddie und die paar jungen Hündchen, die immer da waren) schlossen sich unseren Expeditionen an, liefen hierhin und dorthin und bellten aufgeregt.

Das konnte nicht gutgehen. Die Nachbarn beschwerten sich über »Hunde, die bei den Frames zum Fenster ein- und ausgehen« und schickten Mr. Crump, den Gesundheitsinspektor, der ohne Vorwarnung auftauchte, mit grimmiger Miene mitten in unserem Schlafzimmer stand, neben dem vollen Nachttopf mit seinen verschiedenen gelbbraunen Schattierungen, auf das ungemachte Bett und die allgemeine Unordnung deutete und Mutter drohte, uns zur *Fürsorge* zu schicken, wenn wir die Hunde nicht weggeben und wenn »diese Kinder« nicht im Haushalt helfen würden.

Also wurden Lassie und Laddie und die beiden jungen Hunde, bei denen wir gesehen hatten, wie ihre Schwänze abgeschnitten wurden (man sagte uns, das täte nicht weh, aber wir glaubten es nicht), in Säcke gesteckt und im Bach ertränkt, und etwa zwei Wochen später brachte Myrtle wieder ein weiches schwarzes Kätzchen nach Hause, das wir behielten und später Big Puss nannten und das die Stammutter vieler Generationen wurde. Ebenfalls eingetroffen, vielleicht als Folge eines Briefes von Mutter, war unsere Großmutter Godfrey, die wir noch nie gesehen hatten, über die Mutter jedoch oft liebevoll sprach, so daß Großmutter Godfrey, soweit wir es beurteilen konnten, die perfekte Mutter sein mußte.

13
Die Vögel des Himmels

Großmutter Godfrey war mir auf den ersten Blick unsympathisch. Sie war eine Fremde, und sie benahm sich Mum gegenüber, als sei diese ihr Besitz, wo doch jeder wußte, daß Mum uns gehörte, und das Traurigste daran war, daß Mum mit Großmutter Godfreys Eigentümerschaft offenbar ganz einverstanden war, sie akzeptierte und genoß. Und wie sie redeten! Wie Großmutter sagte, Lottie dies und Lottie das, und Mum sie *Mutter* nannte. Ach, die alten Zeiten unten in der Waikawa Road, Mr. Howard, Mr. Stocker, Old Caps, die Piranos, die Kennys, die Godfreys, die Joyces, Heberley, Dieffenbach, der Kiesweg, Wellington und Kircaldies, und so weiter und so fort über die »alten Zeiten« der *Pioniere* und *Landvermesser* mit ihren *weißen Füßen* oder ihrem *weißen Fuß*, wie ein Schneckenfuß, denn Mutter sprach immer davon, daß die Landvermesser mit ihrem weißen Fuß auftraten... Wir kannten die Geschichten auswendig, und wir wußten um Großmutter Godfreys wunderbares Wesen, wußten, was für schöne Spaziergänge wir mit ihr »am Kanal« unternehmen konnten, wußten, wie gut sie im Busch zurechtkam, wie verständnisvoll und liebevoll sie war. Wir wußten, daß sie »wie eine Schwester« zu uns sein würde. »Wie eine Schwester, ihr werdet schon sehen.« Und wie die Vögel des Himmels, die sicher Grund genug hatten, den Menschen nicht zu trauen, geflogen kamen und Großmutter Godfrey aus der Hand fraßen, denn alle Geschöpfe vertrauten Großmutter. Wir hatten uns die Geschichten über Großmutter Godfrey angehört, manchmal interessiert, manchmal gelangweilt, und jetzt, wo sie da war, mochten wir sie gar nicht. Sofort begann sie sich über unser Benehmen zu beschweren: wie wir unsere Mutter »überfuhren«, wie »frech« wir zu ihr waren, wie sie uns

»von vorn und hinten bediente«, wenn sie nicht mit unserem Bruder beschäftigt war, und wie es unserem Bruder bessergehen könnte, wenn er »es nur wollte«; und daß unser Vater ein Heide war und »alles« daher kam, daß Mutter aus der christadelphischen Religion hinausgeheiratet hatte; und das Haus sei ein Schweinestall, und keines der Kinder »rühre einen Finger« oder habe »Respekt«.

Wir hatten das alles schon gehört, zusammen mit der Beschreibung »Engel woanders, Bengel daheim«. Mum, das hellhäutige Gesicht voller roter Flecken, mit Tränen in den Augen, zwischen den Fronten, sagte nichts. Vielleicht wünschte sie, der langersehnte Besuch von Großmutter Godfrey hätte niemals stattgefunden. Der erträumte Spaziergang am Kanal war ein Fehlschlag. Wir reagierten nicht auf Großmutters Scherze, denn wir mochten »lustige« Erwachsene nicht, so wie den alten Dr. Orbell, der Witze machte, die wir nicht verstanden, und so tat, als gäbe es ein heimliches Einverständnis zwischen uns. Wir hatten Spaß auf unsere eigene Weise; außerdem hatten wir restlos genug von den dämlichen »Pionieren«.

Großmutter Godfrey kürzte ihren Besuch ab, und zum Abschied sagte sie, wenn wir ihre Kinder wären, dann würde sie den Riemen vom Rad der Nähmaschine nehmen und uns allen eine ordentliche Tracht Prügel verabreichen. War das *wirklich* Mutters Mutter? fragten wir uns. Wieder waren Mutters Augen voller Tränen. Sie wußte, daß wir jetzt wußten, daß ihre eigene Mutter doch nicht so vollkommen gewesen war, daß sie genau wie all die anderen Mütter war, die Mütter, die wir kannten und die schlugen und schimpften und niemanden auf ihren sauberen, geputzten Fußböden gehen ließen; dünne Mütter ohne Hüften und Brüste; all die anderen Mütter außer unserer, die so sanft war und dauernd von der Natur und von Gott redete, aber nie grausam zu irgend etwas oder irgend jemandem war, und wenn sie uns von den Vögeln des Himmels erzählte, die geflogen kamen, um Großmutter Godfrey aus der Hand zu fressen, sprach sie in Wirklichkeit von sich selbst, denn die kleinen grünen Vögel, die Wachsaugen, kamen immer und setzten ihre winzigen Füße in Zweigform auf ihre Handfläche. Und wir waren sicher, daß die Vögel ihr zuhörten (genau wie wir), wenn draußen der Oamaru-Regen fiel, vermischt mit dem Meer, anders als der Wyndham-Regen, vermischt mit dem Fluß, und Mum aus dem Fenster schaute und das traurige Lied sang:

Komm her, du schlimmes Vögelein,
wenn der Regen niedersinkt,
was sagt denn sonst dein Mütterlein,
wenn draußen du ertrinkst?
Du bist ein schlimmes Vögelein
und denkst an mich wohl kaum.
Was kümmert's mich, was kümmert's mich,
sagt der Sperling auf dem Baum.

Ertrunken ist das Vögelein...
Darum sag nie, was kümmert's mich,
denn dann ertrinkst du, welch ein Grau'n,
so wie der Sperling auf dem Baum...

Wir wußten, daß sie es den Vögeln und uns vorsang, denn es war ihre einzige Möglichkeit, uns zu sagen, daß wir uns nicht immer gut benahmen...

Sie brachte es nicht fertig, ihre Familie zu tadeln. Sie war zu niemandem grausam: vielleicht zu den Flöhen, die wir hatten, als die Hunde noch lebten. Knacks, knacks in der Nacht, und wir hörten, wie Dad sagte: »Hab ihn, hab ihn, du mußt ihnen den Rücken zerknacken.« Dad legte die toten Flöhe in eine Reihe auf den Marmorwaschtisch.

Großmutter Godfrey besuchte uns nie wieder. Sie starb ein paar Jahre später, und die Verwandten schickten Mum eine kleine Geldsumme, etwa fünfzehn Pfund (die sie für uns ausgab), und ein dunkles Gemälde mit einem Sturm auf dem Meer, das zu dem anderen dunklen Gemälde paßte, das über dem Kaminsims in unserem Schlafzimmer hing – eine Mutter, im Kindbett gestorben, umringt von ihrer trauernden Familie. Der *Sturm auf dem Meer* hing auf dem Korridor, wo es so dunkel war, daß man nur die weißen Wellenkämme und den weißen Stein des Leuchtturms sah.

14
Zerstreuungen

Myrtle fand eine Freundin, mit der sie reden konnte, eine Mrs. P., verwitwet oder geschieden, die in unserer Straße in einem Haus mit einem ungepflegten Garten wohnte, wo wildwuchernde Pflanzen durch den Drahtzaun wuchsen. Als Myrtles Freundschaft mit Mrs. P. bekannt wurde, gebrauchte Dad das Wort *Umgang* und traf folgende Anordnung: »Ich verbiete dir den Umgang mit Mrs. P.« Was bedeutete, daß sie als »unanständig« galt. Ich wußte, daß »unanständig« viel bedeuten konnte, zum Beispiel wenn man anstößige Ausdrücke wie »Arschloch«, »okay, Chef«, »Allmächtiger«, »Schlampe«, »Schwein« gebrauchte oder gewagte Kleidung trug wie Hosen und Kleider mit dünnen Trägern über den Schultern oder Badeanzüge mit zu tiefem Rückenausschnitt; oder wenn man rauchte oder trank und mit den Jungen ausging oder Freitag abend in der Stadt oder nach dem Kino vor dem Imbißstand herumlungerte. Ich fand nie heraus, warum Mrs. P. unanständig war, denn wenn Myrtle mich auf ihre verbotenen Besuche bei Mrs. P. mitnahm, sagte Mrs. P. fast gar nichts. Üblicherweise machte sie gerade Pasteten (ich glaube, sie kochte für Leute), während ihr eine Zigarette aus dem Mundwinkel hing. Sie gab uns etwas zu essen und eine Tasse Milch oder Tee und hörte zu, während Myrtle ihr erzählte, wie schrecklich es zu Hause war wegen Dad und allem. Manchmal gab sie Myrtle eine Zigarette, und ich sah bewundernd zu, wie Myrtle rauchte und den Rauch ausstieß und Rauchringe blies. Ich hatte Kiefernnadelzigaretten im Wäldchen geraucht, aber nie echte, obwohl ich Dad gern mit seinem Briefchen Zigarettenpapier und seiner Dose mit köstlich riechendem Tabak zusah, wie er sorgfältig eine Zigarette rollte, sie zwischen Daumen und Zeigefinger drehte, die losen Tabakfäden von beiden Enden zupfte, an beide Enden klopfte und dann, mit dem linken Ende beginnend, an der »Lecklinie« des Seidenpapiers entlangleckte, das Papier dann festdrückte, die Zigarette zurechtklopfte, sie ein wenig dicker machte und dann rauchte oder in eine Dose legte.

Mrs. P. brachte Myrtle Lieder bei, die ebenfalls als unanständig galten:

Und wenn ich einmal sterben soll,
dann legt mich nicht ins Grab,
sondern in reinen Alkohol,
das ist es, was ich mag.

Bei uns zu Hause sprach man vom »Trinken«, doch auf andere Weise, als wenn man üblicherweise sagte: »Was möchtest du trinken, Wasser, Boston Cream oder Zitronenlimonade?« – in einer Mischung aus Angst, Entsetzen und Verurteilung: »Er *trinkt* gern« oder »das Trinken«.

Als unsere Eltern uns singen hörten: »Und wenn ich einmal sterben soll...«, verboten sie uns weiterzusingen.

Wenn ich nicht mit Myrtle zu Mrs. P. ging oder in die Stadt, um nach den Jungen zu sehen, verbrachte ich jetzt meine Freizeit mit Dots und Chicks, und wir bereiteten uns auf unser Leben als Schauspielerinnen und Konzertmusikerinnen vor. Jede Woche in der Samstagnachmittagvorstellung wurde die Szene für die folgende Woche festgelegt. Wir gingen in jeden Film und sahen uns alles an, die Nachrichten, den Trickfilm, die Pete-Smith-Kurzfilme, die Reiseberichte von James Fitzpatrick, die Serie und, nach der Pause, den »Hauptfilm«. Manchmal ging ich mit Myrtle hin, die auf Jack Dixon scharf war, den Filmvorführer im Majestic-Kino, der in unserer Straße wohnte, in einem Haus mit einer hohen Makrokarpahecke davor. Wenn die Musik und die komische Reklame der Geschäfte in Oamaru in ihren Pastellfarben vorbei war und das Programm begann, sahen wir ihn den Gang hinunter und dann durch eine kleine Tür neben der Bühne gehen, »um den Ton einzuschalten«, wie Myrtle erklärte, worauf er zurückkam, wieder an uns vorüberging, den Gang entlang und die Stiege hinauf in den Projektionsraum, und manchmal schauten wir hinauf und sahen seinen Schatten, hoch oben an der Decke ganz hinten im Saal, und Myrtle stieß mich nochmals an und sagte: »Jack Dixon ist schon oben. Der Film beginnt gleich.«

Ein Lichtstrahl wurde auf die Leinwand gerichtet, das surrende Geräusch des Films ertönte, und Jack Dixon war ernsthaft an der Arbeit. Er war ein adretter junger Mann, ziemlich blaß, aber hübsch, und die Jacke seines gestreiften Anzugs war vorne immer zugeknöpft, so wie George Raft seine Jacke zuknöpfte, nur daß George Raft ein Schurke war.

Jede Woche erschien Mr. Williams, der Direktor, auf der Bühne, um Preisausschreiben anzukündigen und die Erwachsenen an das Gemeinschaftssingen zu erinnern, das einmal in der Woche im Majestic stattfand. Mr. Williams nahm die Werbung für seine Filme sehr ernst, und jede Serie hatte ihr spezielles Preisausschreiben. Wir liebten die Serien, obwohl sich unser Glaube an sie in zynische Toleranz verwandelte, als uns klar wurde, daß der Held und die Heldin unsterblich waren, trotz der Episoden, in denen sie unter einer Steinbrechmaschine lagen oder in den Höhlen, in denen die Flut stieg. Drei Serien, die mir im Gedächtnis geblieben sind, waren *Der verschwundene Expreß*, über einen Zug, der verschwunden war; *Der Unsichtbare*, der nur auf eine Vorrichtung auf seinem Nabel drücken mußte, um zu verschwinden; und *Die Geisterstadt*, ein Western. Der Titel *Die Geisterstadt* ist in meinem Kopf aus einzelnen Buchstaben zusammengesetzt, denn jede Woche gab man uns Buchstaben aus Karton, jeder davon ein Buchstabe des Titels, und der erste, der den Titel fertig hatte, gewann den Preis. Wir suchten fieberhaft, tauschten die Buchstaben aus, aber was konnte man mit fünf G oder drei D anfangen? Ich hatte eine Handvoll A. Es war zwecklos; wir gewannen nie.

Dann bot sich jemandem aus Oamaru im Opernhaus die Chance, »sein Glück« beim Film zu machen. Wir wußten, was geschehen würde. Wir hatten es oft genug in den Filmen gesehen und in der *Motion Picture Weekly* darüber gelesen: die Vorführung im Kleinstadttheater (Oamaru), die Anwesenheit des Talentsuchers aus Hollywood im Publikum, dann der Vertrag, Hollywood und das Große Glück, ein Haus voll weißer Telefone und Kleider aus glitzerndem, schuppenartigem Stoff, die man zur Premiere trug, wie die Kleider von Meerjungfrauen.

Zufällig suchte eine australische Filmgesellschaft einen jungen Schauspieler. Voller Vorfreude über die Aussicht, »entdeckt« zu werden, strömten wir in Scharen ins Opernhaus, doch als der australische Produzent nach Freiwilligen suchte, die auf die Bühne kommen, sich über einen imaginären Bergwerksschacht beugen, die Hände vor dem Mund zu einem Trichter formen und rufen sollten: »Achtung, da unten ist Dynamit«, besaßen nur ein paar Kinder Mut genug, sich zu melden. Wir sahen zu, belustigt, verächtlich, neidisch, bewundernd, während jeder seinen Auftritt hatte. Einige bekamen es in letzter Minute mit der Angst zu tun. Einige machten sich zum Narren. Nicht so Avril Luxon, dessen Glanz ein wenig auf uns abstrahlte, denn er wohnte in dem Haus auf der anderen Seite der Stierweide, und sein Vater war der Metzger, der mit Pferd und Wagen herumfuhr und eine gestreifte Schürze trug, über der eine abgenutzte Ledertasche hing, die wie eine abgewetzte Schottentasche aussah, in der er das Geld aufbewahrte. Avril war ein kleiner, stämmiger Junge mit einem roten, sommersprossigen Gesicht und roten Haaren, aber sein: »Achtung, da unten ist Dynamit« hallte durchs ganze Opernhaus, und sein Auftritt ist der einzige, an den ich mich erinnern kann. Er bekam die Rolle jedoch nicht. Jemand aus Auckland, wo die Leute geschickter waren, gewann den Talentwettbewerb und ging nach Australien, auf dem Weg nach Hollywood und dem ersehnten großen Glück und Geld, während unser Leben in Oamaru damit weiterging, daß wir Buchstaben für die *Geisterstadt* sammelten oder den Film nachspielten, den wir eben gesehen hatten, oder unsere geheimen Nachrichten schrieben oder versuchten, die Schottenpolka, den Schwerttanz, den Matrosentanz oder die Highland-Chantreuse zu tanzen.

Unser Leben veränderte sich damals; es fand nun nicht mehr auf einer Vertikalen statt, sondern glich einer gleichzeitig an mehreren Orten stattfindenden Ausstellung, zwischen denen wir hin und her eilten, um keine zu versäumen; es war, so wie dieses Kapitel, eine Auswahl von Aspekten des Ist-Landes. Es gab noch viele andere Beschäftigungen – es läßt sich schwer beschreiben, wie aufregend zum Beispiel die bloße Entdeckung eines neuen Geschäftes war, einer neuen Blume, eines Liedes, Spiels oder Namens; einer neuen Gegebenheit – »In der Speckfabrik kann man billig Schweineknochen bekommen«, »Beim Obsthändler kann man angeschlagenes Obst kaufen«. Fallobst um drei Pence, bitte…

Oder die Streifzüge in die Gegenden von Oamaru, wo man im Gefühl vergangener Zeiten erschauerte – in der Tyne Street, bei den Getreidelagern und den hohen Steingebäuden, manche davon unbewohnt, mit zerbrochenen Fenstern (Die Geisterstadt!), beim Postamt von Oamaru, in der Nähe der Gaswerke, die, wie ich glaubte, nur für die Vernichtung von Katzen und Hunden durch die Behörden existierten, und das Gas selbst hielt ich für etwas, von dem die Leute Gebrauch machten, wenn sie Selbstmord begehen wollten. In jenem

Teil Oamarus wuchs das Gras zwischen den Straßensteinen, und ich war überzeugt, daß ich im London unseres Geschichtsbuches war, wo ein Kapitel mit den Worten begann: »Als noch Gras auf den Straßen von London wuchs«, und daß hier auch die Heimat der Preßpatrouille und der Schauplatz der Großen Feuersbrunst und der Pestepidemie war, und im Geiste hörte ich den Ruf, der unter einer sehr lebensechten Illustration in unserem Geschichtsbuch stand: »Bringt eure Toten heraus, bringt eure Toten heraus.«

Bei unseren endlosen Spielen ließen wir Bruddie nur ungern mitspielen, weil wir fürchteten, er könnte einen Anfall bekommen, und diese Ausschließung überwand er dadurch, daß er Einfluß gewann, indem er Sachen von der Müllhalde in der Coquet Street holte, und weil die Möbel, wenn wir Haus spielten, und die Bühnenausstattung, wenn wir Stücke aufführten, ihm gehörten, vermochte er sich zum Hauseigentümer und Intendanten aufzuschwingen (wir konnten von Glück reden, daß wir ihn in letzterer Eigenschaft hatten, denn er konnte gut organisieren und rechnen). In seiner Rolle als Hauseigentümer drohte er manchmal, uns aus unserem Haus hinauszuwerfen, und machte so von einer Situation Gebrauch, die uns im »wirklichen« Leben immer begleitete. Jeden Monat, wenn die Rechnungen eintrafen, durchlief Dad das gesamte Spektrum von Ängsten, die uns zu Gebote standen: eine davon war, wir könnten auf die Straße gesetzt werden, weil wir die Miete nicht bezahlen konnten; aber jeden Monat zog sich Mutter ihr bestes Gewand an und ging ins Anwaltsbüro Lee-Grave-and-Grave, um die Miete zu bezahlen.

Einer von Bruddies willkommenen Funden waren dunkelrote Samtvorhänge, die wir im Gartenhaus als Bühnenvorhang verwenden konnten. Bruddie beschaffte auch das »Gold« (eine glitzernde Messingkette), das wir für das Stück *Der ehrliche Jakob* benötigten, welches die Bearbeitung einer Geschichte war, die wir in einem alten Schulbuch gefunden hatten, von dem Mann, der in einem Brotlaib Gold fand und es dem Bäcker zurückbrachte: ein Musterbeispiel an Ehrlichkeit. Ein anderes war *Hugo Faul und Herr Fleißig*, das wir auf ähnliche Weise bearbeiteten, eine spannende Geschichte von einem kleinen Jungen, der beschließt, die Schule zu schwänzen, und jeder, den er in der Stadt sieht, ist ein Zwilling von Herrn Fleißig, dem Direktor, ist in Wahrheit ebenderselbe. Für uns war es eine Alptraumgeschichte, genau wie für *Hugo Faul.*

Unsere Stücke wurden mit Liedeinlagen aufgeführt – »Der Tag bricht an«, »Tief im Walde«, »Nun magst du fahren, Matangi« und ein anderes, das mir nicht aus dem Sinn ging, »Leis' gurrt die Taube in ihrem Nest«:

Auf der Ulme wiegst du dich und ruhst dich aus,
ich seh' im Flug dir gerne zu,
schneeweiße Flügel entfaltest du...
Den ganzen Tag hör' ich dich singen,
dich allein,
nimm mein kleines Lied und laß dir Freude bringen,
Taube mein.

Das Lied ging mir nicht aus dem Sinn, denn wenn ich es sang, glaubte und fühlte ich, daß ich selbst der Taube das Lied vorsang; und wenn ich dann die Zeile sang: »Den ganzen Tag hör' ich dich singen, dich allein / nimm mein kleines Lied und laß dir Freude bringen«, hatte ich das Gefühl, daß das Lied – da ich mich selbst nicht als »arbeitenden Menschen« sah – zu meiner Mutter gehören mußte, die in meinen Augen den ganzen Tag arbeitete und (anders als Dad im Zug) ab und zu die Möglichkeit hatte, den Vögeln zuzuhören, die draußen sangen; und deshalb schien ich, während ich es sang, meine Mutter zu sein und meiner Arbeit nachzugehen, einsam und traurig und auf das Lied der Taube als Trost angewiesen.

Wir trugen auch unsere Lieblingsgedichte vor – »Old Meg war eine Zigeunerin«, »Der Prinz des Schlafs«, und Myrtle sang ihre Lieblingslieder vor, einschließlich »Im Licht des Torfkohlenfeuers« und »Der junge Spielmann zog in den Krieg, / Du findest ihn unter den Toten«, und sie sang es, als wäre der junge Spielmann ihr Freund, was ich auch beinahe glaubte.

Auch unser Vater hatte eine Zerstreuung gefunden, mit der er sich abends die Zeit vertrieb. Er sah Dots an und begann das Lied zu singen, das sie, wie wir alle wußten, zu Tode ängstigte:

Daddy, fahr' nicht in die Grube,
Träume werden oft wahr.
Daddy, mein Herz, es bräche,
wenn dir etwas geschähe gar.

Dieser eine Vers genügte, um zum erwarteten Ergebnis zu führen: Isabel begann zu weinen und kroch unter den Tisch, und wir wußten und Dad wußte, daß es deshalb war, weil sie ihn so lieb hatte und den Gedanken nicht ertrug, er könne im Bergwerk sterben. Dann nahm Dad die Gasmaske, die er aus dem Krieg mitgebracht hatte, setzte sie auf und ging auf Chicks zu, um sie zu erschrecken, denn alle wußten, daß sie sich davor besonders fürchtete, und Chicks, die das unbekannte Ungeheuer auf sich zukommen sah, versteckte sich auch und weinte. Das Spiel mit mir bestand darin, mich in die Mitte des Zimmers zu stellen, wo alle meine Tics und Gesichtszuckungen sehen konnten und die komischen Gesichter, die ich schnitt, und je mehr ich aufhören wollte, um so schwieriger wurde es. »Schaut sie an, schaut sie doch an, sie hat den Veitstanz«, spottete Dad.

An erfreulicheren Abenden unterhielt uns Dad, obwohl er nicht mehr wie früher in Wyndham sang, manchmal mit seinem »Hartgekochten-Ei-Lied« und dem dazugehörigen Tanz:

Ich will ein hartgekochtes Ei,
ich will ein hartgekochtes Ei,
ich will ein hartgekochtes Ei...

Oder mit seinem »Ragtime-Cowboy-Joe-Tanz« und dem Lied dazu, das wir liebten:

In Arizona, dort, wo die Banditen sind,
da lenkt dich nur der Abendstern, sonst nichts, mein Kind...
der Größte und der Stärkste dort
ist Ragtime Cowboy Joe...

Ragtime Cowboy Joe. Das war Dad. Wie wir vor Lachen brüllten, wenn er diese Vorstellung gab!

So war es also. Ich war jetzt fast neun Jahre alt. In Augenblicken der Familienverzweiflung, wenn Mutter zu sagen wagte: »Wir hätten nie aus Wyndham weggehen sollen« und Dad ihr zustimmte, war ein Teil des Lebens, der davon unberührt und stets vollkommen blieb, die Außenwelt, die Jahreszeiten. Die Blumen sprossen noch immer zu gegebener Zeit, die Löwenzahnsamen versäumten es nie, in den Himmel zu fliegen, die Pappeln an der Ecke, wo die beiden Miss Darlings wohnten, verfärbten sich und verloren ihre Blätter, Jack Frost war unterwegs (paß auf!) und hinter unseren Fingern und Zehen her, und immer gab es den Himmel und die Wolken und meinen Schatten, und abends ging der Mond mit mir, und wenn ich stehenblieb, blieb auch er stehen; und ich dachte an Old Meg:

Und statt zu essen, starrte sie
nur ständig auf den Mond.
Ihre Brüder waren die Berge so hoch,
ihre Schwestern die Lärchen so grün.
Mit dieser Familie lebte sie
ganz glücklich, wie ihr schien.

Und ich dachte an den »Prinzen des Schlafs«, Myrtles Gedicht.

15
Gussy und der Invercargill-Marsch

Ich fühlte mich einsam in der Schule. Ich sehnte mich nach Dingen, die ich nie bekommen würde, einem Puppenhaus, einer Schlafpuppe, nach Geburtstagsfesten, hübschen Kleidern, Lackschuhen zum Knöpfen anstatt der geschnürten Lederschuhe mit dicken Sohlen und Absätzen und Kappen, nach Haaren, die ich mir aus dem Gesicht streichen und dabei sagen konnte: »Meine Haare fallen mir immer in die Augen«, anstatt des roten Kraushaars, das hochstand »wie ein Busch« und über das alle Bemerkungen machten.

Ich vermißte Poppy und die »einkassierten« Blumen, obwohl ich seit meiner Lektüre von Grimms Märchen viele gute Geschichten im Kopf hatte, und besonders gern mochte ich die Geschichte von Pandora und von Persephone und den Granatapfelsamen, die aufgeplatzt und von einem so intensiven Rot waren und aus denen der Saft heraustropfte, so daß jeder sie hätte essen mögen. Es gab auch Geschichten über die australische Wüste und über Zentralafrika und Südafrika und die Geschichten aus den Büchern, die jetzt jeder am Ende des Jahres als Schulpreis bekam. Isabels *Die fröhlichen Reisenden*, eine Art *Canterbury-Geschichten* für Kinder, wurde mit seinem *Hüpfemann* zu einem geliebten Teil unseres Theaterspiels. Wir erfanden einen Hüpfetanz namens »Ring ding dong«:

Ring ding dong
Der Hüpfemann
Kommt übern Berg.
Der Händler mit den Wundern,
der kleine verkrüppelte Junge...

Plötzlich, mitten in meiner Unzufriedenheit und Sehnsucht, stieg ich in die vierte Klasse auf, in Gussy (oder Reuben) Dimmocks Klasse, wo ich unerklärlicherweise zu »Lehrers Liebling« wurde. Immer waren andere Lehrers Liebling gewesen, hübsche kleine Mädchen mit sauberen Haarschleifen (und Haaren, die eine Haarschleife als Selbstverständlichkeit akzeptierten) und schönen Kleidern sowie wohlerzogene kleine Jungen mit sauberen Hemden, die ihre Rolle selbstbewußt spielten, ungerührt von der Zahl an neidischen und unfreundlichen Bemerkungen. Immer sah man »Lehrers Liebling«, wie er versuchte, den Lehrer einzuholen, um mit ihm zur Schule zu gehen, mit hüpfendem Gang, im Gleichschritt mit ihm; und in der Schule wandte sich der Lehrer gewohnheitsgemäß an den Liebling, ließ sie oder ihn Dinge holen und tragen, lächelte sie an oder übertrug ihm die Aufgabe, als Klassenordner mit der langen Hakenstange die Fenster zu öffnen oder die Hefte mit den korrigierten Aufsätzen zum Thema *Ein Abenteuer* oder *Meine Ferien* zurückzugeben.

Wie stolz ich in der vierten Klasse auf mich war! Während des Unterrichts setzte mich Gussy oft auf sein Knie, und manchmal gab er mir einen speziellen kleinen Tisch neben sich, den ich mit seinem kleinen Sohn teilte, von dem man sagte, er sei »mongoloid« und dem ich bei seinen Übungen half. Und eines Tages forderte Gussy uns auf, ein Gedicht zu schreiben, das mit den Worten beginnen sollte: »Wenn die Sonne sinkt und die Nacht anfängt...«

Zu Hause entfachte das Verfassen jenes ersten Gedichts meine erste Debatte über Schreiben als Kunstform, denn als ich Myrtle mein Gedicht vorlas, bestand sie darauf, daß es nicht heißen solle »berührt das Firmament«, sondern »färbt das Firmament«:

Wenn die Sonne sinkt und die Nacht anfängt
und der Schatten berührt das Firmament,
wenn die Vögel langsam heimwärts fliegen,
ist es Zeit, daß die Kinder im Bettchen liegen.

Wenn die Hasen zu ihrem Erdloch laufen
und die Kinder endlich nicht mehr raufen,
wenn die Sternlein beginnen, am Himmel zu sprießen,
dann wissen wir, es ist Zeit, die Augen zu schließen.

Ich war anderer Meinung als Myrtle, die daraufhin behauptete, daß es Wörter und Wendungen gab, die man verwenden mußte, und wenn man über Abendschatten sprach, sagte man immer »färben«, genau wie man sagte, daß Sterne »leuchten« oder »funkeln« und Wellen »plätschern« und der Wind »heult«. Obwohl Myrtle darauf beharrte, gefiel mir »berührt« besser als »färbt«, aber ich beugte mich ihrer offensichtlichen Weisheit und ihrem umfassenderen Wissen und setzte »färben« ein, als ich mein Gedicht in die Schule mitnahm. Doch später, als ich es in mein Notizbuch schrieb, kam ich wieder auf »berührt« zurück, so wie es mir persönlich gefiel.

Das Gedicht, die übliche Art von Kindergedicht, war lediglich im Hinblick auf seine Vorhersagbarkeit ein Erfolg, denn als Gussy mich auf sein Knie setzte und es vorzulesen begann, gelang es der Klasse, das letzte Wort einer jeden Verszeile zu erraten und so die Worte mitzusprechen. Als ich an jenem Abend meinen Triumph zu Hause mitteilte, merkte ich, daß die Familie stolz auf mich war, und mein Vater versprach mir, ein Eisenbahnheft aus dem Büro des Fahrdienstleiters nach Hause zu bringen, damit ich mehr Gedichte aufschreiben konnte. Die Eisenbahnhefte, in die Dad, der Gewerkschaftssekretär der Lokomotivführergewerkschaft war, die Beiträge der Mitglieder und der Gewerkschaft eintrug, hatten eine hübsche marmorierte Färbung an den Rändern der Seiten, und, zusammengeklappt, ergab sich ein marmorartiges Muster, das mich faszinierte. Dads andere Bücher übten die gleiche Faszination aus – die Dudelsacknotenbücher mit ihrem seltsam dicken Druck und den Geheimzeichen, die wir »spielten« und lasen oder nach denen wir dirigierten, bis wir sie – so wie fast alle Dinge im Haushalt, die wir anrührten – abgenutzt oder, in den Worten der Erwachsenen, »ruiniert« hatten, zerrissen, beschrieben, Seiten herausgerissen; das Buch mit den Angelfliegen, mit seinem Ledereinband, der nach Salz roch und an mehreren Stellen mit Fischschuppen beschmiert war, mit den Pergamentseiten, die mit einem Gummiband zugemacht werden konnten, jede Seite bedeckt mit Federfliegen an Haken in leuchtenden Farben, mit wunderschönen Namen wie Roter Gouverneur, Greenwells Glorie... und am Abend saß Dad am Tisch und »las« sein Angelfliegenbuch, wobei er jede Fliege beim Namen nannte, während er die knisternden Seiten umblätterte. Wir durften sein Fliegenbuch nie berühren, ihm nur über die Schulter blicken, wenn er es »las«, oder die Dicke des geschlossenen Buches befühlen. Bei unseren Spielritualen sagten wir manchmal: »Ich glaube, ich hole mein Fliegenbuch.« Es gab auch selbstgemachte Bücher, deren Seiten wir mit viel Mühe zusammennähten und die wir mit Tapetenresten aus dem Tapetengeschäft in der Stadt einbanden.

Die Aussicht, ein richtiges Heft zu besitzen und Gedichte hineinzuschreiben, mit numerierten Seiten und einem Inhaltsverzeichnis, machte uns ganz schwindlig vor Freude – denn auch die anderen sollten Hefte bekommen, wie es die Gerechtigkeit verlangte. Wir waren alle begierig auf Wörter. Wenn wir im Kino ein Musical sahen, peinigte es uns, daß wir nicht den genauen Wortlaut der Songs kannten, und als Myrtle eines Tages ein kleines Büchlein mit den Texten der damals populären Schlager nach Hause brachte, gerieten wir in helle Aufregung darüber. Ein oder zwei Jahre davor, in meiner »Cowboy-und-Sträflings«-Periode, wie man sie vielleicht nennen könnte, hatte ich in die selbstgemachten Hefte die Texte der traurigen Cowboysongs hineingeschrieben: »Das Wagenrad ist gebrochen und dreht sich niemals mehr«; »Es hängt ein Zaumzeug an der Wand, ein Hufeisen im leeren Stall...« und das »Sträflingslied«, das Poppy mir beigebracht und mir vorgesungen hatte, als sei es *ihr* Lied, so wie die Märchen der Gebrüder Grimm *ihre* Geschichten waren:

Der bleiche Mond leuchtet, er leuchtet gar helle
auf das Liebespaar unter dem Fenster der Zelle.
Ihr fröhliches Lachen macht das Herz mir schwer,
als Sträfling vermiß' ich den Himmel so sehr.

Poppy sang mir das Lied eines Abends vor, als wir im Haus neben ihrem spielten, das erst zur Hälfte fertig war und dessen Fundament und Gerüst dem hellen Oamaru-Mond ausgesetzt waren, und während wir spielten, liefen wir Gefahr, ins Gefängnis geworfen zu werden, denn eines Tages hatte der Besitzer uns dort beim Spielen erwischt und uns in Staunen versetzt (denn wir dachten, das Haus gehöre uns), indem er grimmig »Verzieht euch! Verzieht euch« rief. Wir nannten ihn dann Verziehteuch. »Heute hab ich Verziehteuch gesehen.«

Unter Gussys Obhut blühte und gedieh ich, sowohl als Lernende als auch als Sportlerin, denn Gussy war der Überzeugung, daß jedes Kind ein besonderes Talent habe und er als Lehrer jedem eine Chance geben müsse, dieses Talent zu entdecken. Gussy war als Fanatiker im Klassenzimmer und auf dem Sportplatz bekannt, und wenn man in Gussys Klasse war, so bedeutete das, daß man beim Wettlaufen so hart trainierte, als wolle man sich für das Olympiateam qualifizieren. Die langsamen, unbeholfenen Kinder, die in den qualvollen Lesestunden nicht laut lesen konnten, entdeckten, daß sie vielleicht zukünftige Olympiasieger waren oder vielleicht »gut« bei der Gartenarbeit oder im Werken, was, so betonte Gussy, genauso wichtig war; solcherart ermutigt, fanden manche ihr Selbstvertrauen wieder und lernten sogar, laut zu lesen und ihre Rechentabellen aufzusagen. Obwohl Gussy sagte, daß alle gleichberechtigt und jeder etwas Besonderes sei, hatte ich das Privileg, sein Liebling zu sein, und da ich keine der üblichen Voraussetzungen für eine solche Stellung besaß, fand ich nie den Grund für seine Wahl heraus, außer daß er es für die einzige Möglichkeit hielt, mit mir und meinen nervösen Tics und Ängsten umzugehen. Er spornte alle an. Zu Hause übten wir, wie er, der stellvertretende Direktor, uns jeden Morgen mit seinem militärischen Ruf Und-eins-und-zwei, und-eins-und-zwei, und-eins-und-zwei in die Schule einmarschieren ließ, während Ernest Calcott auf die Kesselpauke schlug, die ihm um den Hals hing. Wir ahmten auch Gussys Tonfall vor dem Start eines Wettlaufs nach und die Art, wie er jede Tonveränderung erklärt hatte: »Auf die Plätze.« Mit Nachdruck, aber sachlich zu sprechen. »Fertig.« Das Fertig nicht mit mehr Betonung als üblich, im Gegensatz zu unserem Spannung aufbauenden F-e-e-e-e-er-t-i-i-i-gg. Dann das letzte, kurze, scharfe *Los*. Wir übten auch für den großen Tag, den Schulsporttag, wenn die Nordschule und die Südschule miteinander um den Besitz des Schulsportschildes kämpften und alle Schulen auf dem Sportfeld herummarschierten und die Blaskapelle von Oamaru Colonel Bogey und den Invercargill-Marsch spielten. »Jetzt sind wir vor der Tribüne«, sagten wir und spürten die Welle der Aufregung in unserem Magen. »Jetzt kommen wir um die Außenseite herum...« Und dann... di-di-di-di-di-dididi... Der Invercargill-Marsch.

Ich lief in der Staffel. Ich machte beim Dreisprung mit. Und sobald die Startpistole abgefeuert wurde, lief ich beim Kurzstreckenlauf, so schnell ich konnte, und verstand nicht, warum ich – wo ich doch so schnell lief, wie ich konnte – immer Dritte oder Vierte wurde statt Erste. Ich wußte, ich spürte, wie meine Beine ihr Bestes gaben, und man hatte mir gesagt, wenn man sein Bestes gab, dann schaffte man es, und wenn man in unserer wettbewerbsorientierten Schulwelt sein Bestes gab, um zu gewinnen, dann gewann man auch: jeder sagte das. Ich zerbrach mir den Kopf darüber, bis ich begriff, daß es nicht die »Wahrheit« war. Ich wußte wirklich, daß ich beim Wettlauf mein Bestes gab. Ich begriff, daß ich nicht gewann, weil ich keine langen Beine hatte wie Audrey Nimmo oder zusätzliche Kraft wie Madge Robertson, die Turniertänzerin, oder die andere Turniertänzerin aus der Südschule, Beatrice Macfie.

Sogar Gussy sagte uns ständig, wir sollten unser Bestes geben, und versprach uns mehr oder weniger alles, was wir wollten. In diesem Jahr war ich in der Stimmung für Predigten. Jeden Morgen hatten wir längere Bibellesungen, die von einem Gemeindepfarrer gehalten wurden. Ich hörte immer aufmerksam zu, aber ich lernte mehr von den Kirchenliedern, weil es Lieder waren, und die gefielen mir. »Es steht ein grüner Hügel in der Ferne.« »Alles Helle, alles Schöne« (was als Grundschullied galt). »Jesus Christus, unser Freund. Im hohen blauen Himmel wohnt ein Freund der kleinen Kinder...« Als ich nach Hause kam und sang: »Im hohen blauen Himmel«, mit seiner Verheißung des Himmels, merkte ich, daß es Mutter mißfiel, weil die Christadelphier glaubten, daß der Himmel auf Erden sei, nicht in der Höhe. Mutter erklärte, wenn man starb, dann starb man und blieb in seinem Grab bis zu Christi Wiederkunft und der Auferstehung und dem Jüngsten Gericht (das ich mir als eine Art himmlischen Sporttag vorstellte, an dem die Blaskapelle von Oamaru den Invercargill-Marsch und die Dudelsackbläser »Der Weg zu den Inseln« spielten). Beim Jüngsten Gericht, so sagte Mutter, würden alle so sein, wie sie unmittelbar vor ihrem Tod gewesen waren, und dann als würdig oder unwürdig befunden werden, und wenn sie als unwürdig befunden wurden, dann würden sie für immer tot umfallen.

»Und wacht jeder bei der Auferstehung auf?«

»Jeder.«

»Auch die Großmutter?«

»Natürlich.«

»Und was ist mit den Tieren, der alten Katze und Lassie und Laddie?«

»Die Tiere haben im Königreich keinen Platz.«

Weil ich nicht akzeptieren konnte, daß es nicht für alle Geschöpfe Platz gab, nahm ich Mutters Glauben nicht an. »Auch für die alte Katze und Laddie und Lassie muß Platz sein.« Ich verstand nicht, wie Mutter, die doch so aufgeschlossen war in ihren Ansichten über die Welt und die »Geschöpfe« so liebte, sie derart von der ewigen Seligkeit ausschließen konnte.

Als dieses Jahr zu Ende ging, sagte man mir, ich sei Dux der Schule, Schulbeste, gemeinsam mit einem Mädchen aus einer anderen vierten Klasse. Einige sagten, das sei nur deshalb, weil ich Gussys Liebling sei, und vielleicht stimmte das insofern, als er mich beim Unterricht anspornte. Am letzten Schultag trug ich ein weißes Kleid mit einem Pelerinenkragen (von Tante Polly geschickt), und als ich die Bühne verließ, nachdem ich meine Goldmedaille in Empfang genommen hatte, geriet ich plötzlich in Panik, da ich glaubte, die Medaille befinde sich nicht mehr dort, wo sie angesteckt worden war. Ich eilte zurück auf die Bühne und suchte den Bretterboden ab, bis ich merkte, daß meine Medaille immer noch an ihrem Platz war. Ich fühlte mich schrecklich bloßgestellt, als mir plötzlich klar wurde, daß ich der Welt vielleicht verraten hatte, wie stolz ich auf meine Dux-Medaille war!

Ich wußte, daß ich Dad eine Freude gemacht hatte, weil ich Dux geworden war, was wiederum mich selbst freute, denn als ich zu Hause Geschichten aus dem Klassenalltag in der Vierten erzählt hatte, hatte Dad immer wieder gefragt: »Wirst du denn Dux werden?«

Als die ganze Aufregung vorbei war, erinnerte ich mich daran, daß der Umschlag, der mir zusammen mit der Dux-Medaille überreicht worden war, ein Jahresabonnement für die öffentliche Bibliothek von Oamaru, genannt Oamaru Athenäum und Fachschule für

Maschinenbau, enthielt. »Ich kann gratis ins Athenäum gehen«, sagte ich, nicht ganz sicher, was *Athenäum* hieß. Und als ich während der Ferien Dad einmal sein Essen, eine heiße Pastete, ins Büro des Fahrdienstleiters brachte, hörte ich ihn sagen: »Meine Tochter geht ins Athenäum.«

16
Das Athenäum

Das Athenäum war ein zweistöckiges Gebäude in der Thames Street, dessen Parterre ein Museum war für Mineralien, Knochenfunde, Nephrit und ausgestopfte einheimische Vögel, darunter ein Huia – »ausgestorben«, hieß es auf einem Schildchen –, während der erste Stock – am unteren Ende der Treppe bewacht von einem riesigen, rekonstruierten Moa mit Glasaugen, ebenfalls »ausgestorben« – die Bibliothek enthielt, wo die Bibliothekarin, die (nach ihrem Ort des Vorkommens, wie ich annahm) Miss Ironside hieß, hinter einem Eisengitter saß und Bücher ausgab und entgegennahm. Die Abteilung für Jugendliche (vierzehn bis einundzwanzig Ruhe bitte Seiten nicht knicken) bestand aus einer Bücherwand am Fenster mit Ausblick auf die Thames Street.

»Bücher«, das bedeutete großteils in englischer Sprache verfaßte Bücher zum Lesen, im Gegensatz zu den anderen Büchern, die ich kannte – die Dudelsacknotenbücher, Dads Angelfliegenbuch; Dads Gewerkschaftsbücher; das Buch Gottes – das große christadelphische Buch mit Bildern von Gott in einem Wirbel von Wolken und Donner; die Bibel; das Ärztebuch mit Behandlungsmethoden für Kinderkrankheiten und einem Kapitel über die Frau im Wochenbett, die, wie die Illustration zeigte, gerade »niederkam« und sich dabei an einem Leintuch festhielt, das wie ein über eine Rolle laufendes Handtuch am eisernen Kopfende des Bettes befestigt war; die Stammbücher mit ihren pastellfarbenen Seiten; die Geburtstagskalender (der von Mutter und der Whittier-Geburtstagskalender); unsere zahlreichen selbstgemachten Bücher; die Comic strips; unsere Schulbücher; und schließlich Tante Maggies »Nadelbücher« mit

Seiten aus Flanell, durchbohrt von in Reih und Glied stehenden Crewel-Nadeln.

»Was kann ich mir aus der Bibliothek holen, Mum?« fragte ich, plötzlich ganz einfältig und voll Ehrfurcht vor der Welt der Bücher in einer Bibliothek, ohne die geringste Ahnung, was ich mir aussuchen sollte, mich an Grimms Märchen und an die Schulzeitungen klammernd und an die Gedichte, die ich kannte, ohne viel Lust, die »Kinderbücher« zu lesen, die man gelesen haben mußte – *Alice im Wunderland, Der Wind in den Weiden, Peter Pan,* die *Genauso-*Geschichten... Verzückt erklärte mir Mutter: »Ach, Mark Twain (Samuel Clemens), *Die Arglosen im Ausland,* ach, *Onkel Toms Hütte,* ach, *David Copperfield* (Dickens, ach, die *Weihnachtserzählungen,* Kinder – es ist kalt draußen, sagte der König der Kobolde).«

Mein neues Bibliotheksabonnement kam der ganzen Familie zugute. Für Bruddie brachte ich ein »William«-Buch mit nach Hause, das wir alle lasen. Ich fand Grimms Märchen, das gleiche Buch mit dem roten Einband, den dünnen Seiten, dichtbedruckt mit schwarzer Schrift, das ich mir von Poppy ausgeborgt hatte. Ich fand einen Wildwestroman für Dad und ein Buch von Dickens für Mum, die keine Zeit hatte, es zu lesen, es jedoch berührte und öffnete und durchblätterte und eindrucksvolle Stellen vorlas und sagte: »Wie wundervoll, Kinder, Charles Dickens, in Armut geboren und so ein großer Schriftsteller geworden.« Dann, nach einer längeren Periode mit den Gebrüdern Grimm, faßte ich Mut, andere Bücher zu lesen – die »Bumper-Bücher für Mädchen und Jungen«, Internatsbücher, und sozusagen nebenbei las ich Myrtles *True Confessions* und *True Romance* weiter.

Und wieder waren Sommerferien. Endloses Spielen, Erfinden, Herumstreifen in den Wäldchen, auf dem Hügel, am Kanal. Meine Tage an der Oamaru-Nordschule waren vorüber, und ich freute mich schon auf die Oberschule, wo ich Französisch und Algebra und Geometrie und Singen lernen und neue Gedichte zu hören bekommen würde. In der Oberschule gab es auch einen Requisitenraum, voll mit Kulissen und Kostümen und Masken, die Myrtle mir alle beschrieben hatte; und die Lehrer, deren Ruhm ebenfalls durch Myrtles Beschreibungen verbreitet wurde. Und insbesondere gab es die französische Familie aus dem Französischbuch, das ich bereits zu lesen versucht hatte – Marcel und Denise und ihre Eltern Monsieur und Madame Desgranges.

In die Oberschule zu gehen, das hieß jedoch, eine besondere Uniform anzuziehen, die, anders als die Uniform in der Oamaru-Nordschule, verpflichtend war und zu der das korrekt gebügelte hellgraue Flanellüberkleid, Winter- und Sommerhüte (schwarze Baskenmütze oder schwarzer Filzhut und weißer Panamahut mit vorschriftsmäßigem Hutband), Blusen für Sommer und Winter aus weißer Baumwolle und grauem Flanell, schwarze Strümpfe, schwarze Hosen, schwarze Schuhe und Turnschuhe für den Sportunterricht gehörten. Glücklicherweise hatte die Dux-Medaille, die mir das Bibliotheksabonnement beschert hatte, auch Verwandte daran erinnert, die es sonst vielleicht vergessen hätten, daß die Frame-Mädchen Kleidung brauchten, wenn sie in die Oberschule »weitergingen«; und so kamen Pakete mit verschiedenen Kleidungsstücken von Tante Polly und von Tante Isy an – nach Tanten riechende Kleider in Tantenfarben, dunkelbraun, rostrot, kastanienbraun, dunkelblau, die wir unter uns aufteilten, was jedoch noch keine Schuluniform ergab. Mutter trat dem Angestellten bei Hodges tapfer gegenüber, um »auf Pump« grauen Flanell zu kaufen, aus dem sie einen Kittel zu schneidern versuchte, der sich als haarsträubend genähtes und geformtes hybrides Kleidungsstück herausstellte, weder Kittel noch Kleid, mit einem eigenartig weiten viereckigen Ausschnitt, der den Großteil der Vorderseite meiner gebauschten weißen Bluse enthüllte (gebauscht, weil ich im Wachstum war und eine größere Größe Geld sparte). Obwohl ich wußte, daß mein Schulkleid »komisch« war, machte ich mir in diesem Stadium meines Lebens keine Gedanken darüber, denn ich war zu sehr in Anspruch genommen von der Aussicht auf neue Fächer, auf Marcel und Denise und »Hell ist das Läuten der Wörter / Wenn der Richtige läutet«, ein weiteres von Myrtles Gedichten, das sie in der Oberschule gelernt hatte.

17
Gehüllt in weiße Seide

Unsere Lehrerin im ersten Jahr war Miss Romans, die von allen Iris Beatrice genannt wurde und, im Sprachgebrauch jener Zeit, als »flott« galt, Sherry trank, Bridge spielte, auf Partys ging – lauter Voraussetzungen dafür, als »flott« zu gelten. Sie war auch hübsch, und sie trug hohe Absätze.

Aus diesem ersten Jahr ist mir nur wenig in Erinnerung geblieben außer der flotten Miss Romans (die ich nie in Aktion beobachten durfte) und der Tatsache, daß sie einen schwarzen Talar trug und beim Betreten des Klassenzimmers die Ellbogen bewegte, als ob sie fliege; außerdem ist mir noch das Vergnügen in Erinnerung, französische Wörter und Lieder und die Ausdrücke für wissenschaftliche Apparaturen (Bunsenbrenner, Lackmuspapier) zu lernen; dann der Kochunterricht – Zitronensago, Blätterteiggebäck, Butterplätzchen; wie man einen Holztisch abschrubbt; die Näh- und Stickarbeiten mit den ewigen Crewel-Nadeln und dem Clark-Stickgarn, was alles gekauft und daher zu Hause erbeten werden mußte, worauf zunächst die Antwort kam: »Es wäre besser, du würdest in der Fabrik arbeiten«, und schließlich die Zustimmung aufgrund des Gewichts der Dux-Medaille und des neuen elterlichen Traums: »Sie wird eine Lehrerin wie eure Kusine Peg, die nach Kanada ausgewandert ist.«

Wäre jenes Jahr 1935 nicht das Jahr der ersten Labor-Regierung geworden, mit Aussicht auf Sozialversicherung, kostenlose ärztliche Behandlung und kostenlose Krankenhausversorgung für alle, dann wäre vielleicht der Zeitpunkt gekommen, an dem der Vorrat an Crewel-Nadeln und Stickgarn, Federhaltern, Bleistiften, Schreibfedern, Löschblättern, Zirkeln, Zeichendreiecken, Winkelmessern, Linealen, Heften, »eng liniert, mit Rand« (über die Dad immer witzelte: »Eng wird das wirklich werden bei all den Kosten«), Umschlägen, Ordnern... gänzlich versiegt. Unsere Schulden beim Arzt und den Krankenhäusern waren damals so enorm hoch, daß wir die Hoffnung aufgegeben hatten, sie je bezahlen zu können, und Dad, mit seinem Geschick als Fischer, machte immer noch Friedensangebote in Form von Lachsen, Forellen, Breitlingen und Panzerkrebsen. Die Wahl der

Labor-Regierung war fast wie Christi Wiederkunft, so groß war die Freude bei uns zu Hause und so verehrt wurde der neue Premierminister »Micky« Savage, dessen vergrößertes Foto nun an unsere Küchenwand gepinnt war, wo es blieb, bis wir aus der Eden Street 56 auszogen, und sogar als der Zweite Weltkrieg ausbrach, wurde Micky Savage nur ein wenig zur Seite gerückt, um Platz zu schaffen für die Weltkarte mit den winzigen Fähnchen: »Steckt die Bewegungen der Alliierten jeden Tag neu ab.«

Als das Sozialversicherungsgesetz schließlich bewilligt wurde, holte Dad in einem spontanen Freudentanz, dem sich die restlichen Familienmitglieder anschlossen, die Rechnungen hinter der Uhr hervor, nahm den Feuerhaken von der Wand neben dem Herd, hob den Deckel und warf alle Rechnungen ins Feuer. Mutter, eine echte Godfrey (alle Godfreys waren bekannt dafür, daß sie »nahe am Wasser gebaut hatten«), weinte, und wir Kinder stimmten vor Freude ein Cowboygeheul an. Und von diesem Tag an nahmen Helden und Heldinnen aus der Politik – Micky Savage, John A. Lee (ganz besonders verehrt, da er Schriftsteller war), Bob Semple, Mabel Howards, Paddy Webb – bei ihrem Auftreten einen Ehrenplatz ein neben Longfellow, Dickens, Mark Twain, John Greenleaf Whittier, Kusine Peg und den Godfrey-, Joyce-, Frazer- und Nash-Vorfahren. Und als wir einige Jahre später auf Pump ein Radio kauften und die Parlamentssitzungen übertragen wurden, ging Mutter ihrer nie endenden Arbeit nach, während sie im Radio die Parlamentsdebatten eingeschaltet hatte und ihre Zwischenbemerkungen dazu machte, und nachdem jeder Politiker seine Rede beendet hatte, lobte sie die »Guten« und kritisierte die »Bösen«, wobei sie die Mitglieder beim Vornamen nannte und von ihnen und zu ihnen mit einer Vertrautheit sprach, die nicht einmal unsere alten Freunde und Nachbarn, die Walkers, John und Bessie, seit jeher Mr. und Mrs., für sich beanspruchen konnten, obwohl die Walkers – anders als die Parlamentsmitglieder – in den Ferien zu uns kamen und ihre Tochter auf Hochzeitsreise zu uns schickten.

In meinem zweiten Jahr an der Waitaki-Oberschule beschloß ich, »Dichterin« zu werden, wenn ich »groß war«, und begann, regelmäßig Gedichte in mein kleines Eisenbahnheft zu schreiben. Dieses neuerliche Interesse wurde zweifellos vom Interesse unserer Lehrerin an Dichtung geweckt: sie liebte es, Gedichte vorzutragen, und ließ uns eine ganze Reihe faszinierender Gedichte auswendig lernen, und obwohl ich etwas gegen den Singsang hatte, in dem wir die Gedichte aufsagen sollten, war ich mit meiner Leidenschaft für Lieder doch irgendwie davon gefangen, in einer Welt, die keine Grenzen zu haben schien und die Teil der Welt von Old Meg war, der Welt der Bettler und Landstreicher, auch der Engel, und der Welt von Poppy und Verziehteuch und der zwölf tanzenden Prinzessinnen und der Lieder vom Spielplatz und der Flut, die am Meeresstrand kummervoll klagt, »E pare ra«. Miss Lindsay las auch stundenlang aus Tennysons *Idyllen des Königs* vor, als wäre es ihr persönliches Gedicht, und es war zum Teil ihre tiefe Versenkung, die mich zwang, zuzuhören und zu staunen. Ich kann sie immer noch sehen, wie sie zur Tür des Klassenzimmers hinblickte wie zu einem See und sagte: »Ein Arm erhob sich... gehüllt in weiße Seide, mystisch, wunderbar...«, als ob sie es selbst erlebt hätte, als ob das edelsteinbesetzte Schwert Excalibur – »der ganze Griff glitzerte und funkelte von Diamanten / Myriaden topasfarbener Lichter und feinsten Ornamenten aus Hyazinth...« – ein Teil ihres Lebens gewesen wäre, den sie, so wie Sir Belvedere, nicht gern aufgab. Sie betrauerte auch das Hinscheiden von König Artus, in einer Weise, die so gar nicht zu unserer Miss Lindsay mit ihrer gewöhnlichen braunen Kleidung und ihrem fleckigen Gesicht paßte:

Und riefen seinen Namen, klagten laut,
vergossen bitt're Tränen auf die Stirn,
gestreift von dunklem Blut...

Mit derselben Lebhaftigkeit beschwor Miss Lindsay den Letzten Spielmann: »Der Weg war weit, der Wind war kalt / Der Spielmann war gar schwach und alt...«, alles in einer Welt von Städten und Königreichen, die neu für mich war, ein Teil der Geschichte, der nicht in unseren Geschichtsbüchern zu finden war, denn während unsere Geschichtsbücher zu unabänderlichen Ansichten über Persönlichkeiten ermutigten, wobei bestimmte Könige und Führer unwiderruflich »gut« oder »schlecht« oder »schwach« oder »stark« waren und ihre Taten dementsprechend geschildert wurden, konnten wir in der Welt von König Artus und dem Letzten Spielmann und dem Herzog von Wellington (»Wer ist's, der da kommt wie ein Ehrengast?«) in bezug auf die Charaktere denken und fühlen, wie wir wollten – oder wie der Dichter, der die Geschichte außer acht ließ, uns dazu aufforderte; wir waren die Gäste des Dichters, seine Welt war sein eigenes Königreich, erreichbar, wie eines der Gedichte es uns verriet, über das Läuten der Wörter:

Hell ist das Läuten der Wörter,
Wenn der Richtige läutet,
Schön das Tönen der Lieder,
Wenn der Sänger sie singt.

In diesem anderen Land, das mir von Miss Lindsay offenbart wurde, die wir auslachten, weil ihr Gesicht wie das einer Kuh aussah, mit einem Doppelkinn, und weil sie komische spitze Schuhe trug, war Platz für all die unausgesprochenen Gefühle, die unter der Oberfläche jedes Tages und jeder Nacht lebendig waren und die wie Regenwürmer, wenn es zuviel geregnet hat, an die Oberfläche kamen; und diese Gefühle waren Geheimnisse, die dieses neue Land ohne Schrecken oder Entsetzen oder die Notwendigkeit der Rache oder Bestrafung entgegennehmen konnte; es war noch ein privater Ort, wie ihn Miss Lindsay beschrieb, als sie folgende Zeilen vorlas:

Ein Ort
wohin niemand kommt
oder kam seit
die Welt besteht.

Ich berichtete zu Hause von den Gedichten, sagte sie immer wieder auf, und Mutter nahm sie entgegen wie eine Verbannte, die ihre seit langem verlorene Heimat erblickt. »Heute nahmen wir ›Tönt auf, ihr wilden Glocken‹ durch«, sagte ich, worauf Mutter mit einem Seufzer des Wiedererkennens sagte: »Tönt auf, ihr wilden Glocken, zum wilden Himmel / Zu den fliegenden Wolken, zum kalten Licht...«, worauf Myrtle, erst seit kurzem eine Verbannte, mit heimwehkranker Stimme sagte: »›Das Jahr, es stirbt, so soll auch er nun sterben...‹ Das hatten wir auch.« Es genügte, Myrtle an den »Jungen Spielmann« und »Am Abend traf ich den Prinzen des Schlafs« zu erinnern und an *un-deux-trois-quatre-cinq*..., und dieses Wissen erfüllte sie mit einer Macht und Befriedigung, wie sie sie in ihrem neuen Leben als fast Erwachsene mit den Auseinandersetzungen mit Dad und dem Tanzengehen und dem Anblick von John Dixon, der den Projektor im Majestic bediente, nicht gefunden hatte. »Wir haben auch ›Das Lied des letzten Spielmanns‹ durchgenommen«, verkündete ich der Familie, worauf Mum ausrief: »Oh, oh. Sir Walter Scott. Das Lied des letzten Spielmanns.«

Ihre Lieblingsgedichte waren die ganz alten und die ganz neuen, die neuentdeckten und die lang verschollenen, die alle mit dem Jüngsten Tag zu verschmelzen schienen, der sie beschäftigte und der entgegengesetzte Bilder von absoluter Finsternis und Verderben und absolutem Licht und Offenbarung erschuf. In seiner einfachsten Form weckte dieses Gefühl in ihr Mitleid für alles, was verlassen oder aufgegeben oder vernachlässigt war. Im Gegensatz zu ihrer Absage an die Tiere im Hinblick auf das »Königreich« schrieb sie Verse über streunende Katzen und verletzte Vögel und über verlassene Gärten und Häuser und die alten Zeiten, und in ihrer Themenwahl beeinflußte sie mich. Ich schrieb über »vergangene Zeiten«:

Die Kiefern wispern und wiegen sich,
liebkost vom sanften Wind,
traurig und einsam den ganzen Tag
in Erinnerungen lind

und schloß nach zwei weiteren Strophen mit den Worten

Erinnerung, halbvergeßner Tag
voll Frühlingssonnenschein,
erzählt von Bäumen, schwankend im Wind,
vom Raunen im Kiefernhain.

Ich schrieb Gedichte über alles, was mich umgab. Ich schrieb ein Gedicht über den Sand, den Himmel, die Blätter, einen Regenbogen (wobei ich darauf achtete, die Farben exakt wiederzugeben – »orange, gelb, rot und blaurot, ein schönes Blau und Grün«). Ich schrieb über Marie Antoinette und Schloß Fontainebleau:

Ach, Schmerzenskönigin, wärst du nur hier,
um den Sonnenuntergang zu sehn,
du säßest am Weiher, ein Buch vor dir,
oder nähmst einen Schluck vom Wasser so schön.

Die Zeiten sind schwer, das Lachen ist rar,
es fließt Blut, viele sterben dahin,
keiner blickt in den blauen Himmel so klar,
auf die Sonne, die langsam versinkt.

Ich schrieb auch über ein Geisterschiff: »Ich schaute es an mit meerblauem Blick, mein uraltes Geisterschiff...«

Unweigerlich gab es das Gedicht über meine Mutter, deren Ehrfurcht vor der Mutterschaft sie dazu inspirierte, viele solcher Gedichte zu schreiben und die uns ständig an andere »vom rechten Weg Abgekommene« auf dieser Erde erinnerte: »Denkt daran, vielleicht ist sie jemandes Mutter.«

Es machte mir Freude, in mein Eisenbahnbuch zu schreiben. Ich führte einen Index meiner Gedichte, und ich erinnere mich an einen Teil des ersten Index:

Kapitän Scott.
Sand.
Eine Sehnsucht.
Mein Regenbogen...

Meine Gedichte waren eine Mischung aus konventionellen Ideen über »poetisches« Vokabular und den Cowboy- und Sträflingsliedern, die in meinen anderen Heften aufgeschrieben waren, und dem Inhalt der kleinen Büchlein mit den Schlagern, die Myrtle nach Hause brachte, und den Liedern, die meine Eltern und Großeltern sangen. Ich schrieb weiterhin meine Gedichte, weil ich spürte, daß es meinen Eltern gefiel – meiner Mutter, weil sie darin die Wiedergeburt von etwas sah, dessen Verschwinden aus ihrem Leben sie schon lange schmerzlich beklagte, nämlich die Möglichkeit der Veröffentlichung eines Buches. Einmal sandte sie eine Auswahl ihrer Gedichte an Stockwells in England, die regelmäßig in neuseeländischen Zeitungen und Zeitschriften annoncierten, und ihre Freude darüber, daß die Gedichte zur Veröffentlichung angenommen wurden, wurde lediglich durch das Wissen getrübt, daß sie die Geldsumme nicht aufbringen konnte, die sie für die Publikation verlangten, und obwohl sie sich damit abfand, daß sie dieses Geld niemals haben würde, konnte sie ab und zu voller Stolz sagen: »Stockwells in Ilfracombe in England haben einen Band mit Gedichten von mir zur

Veröffentlichung angenommen.« Und sie konnte sich auch das Copyright für ein Lied nicht leisten, das den ersten Preis bei einem Wettbewerb für Ozeanien gewann, denn als sie sich an die Urheberrechtsgesellschaft mit der Bitte um die nötigen Formulare wandte (»Ich habe mich um das Copyright für mein Lied beworben«), erfuhr sie, daß dafür eine Gebühr erforderlich war, die sie nicht bezahlen konnte, und so blieb das Lied ohne Copyright. Man informierte sie jedoch über das Verfahren, und sie sprach oft davon: »Ich habe um das Copyright für mein Lied angesucht.« Und im Lauf der Jahre verwandelte sich ihre Erinnerung an diese Enttäuschung in etwas Positives: »Ich stehe wegen meines Liedes mit der Gesellschaft für Copyright in Verbindung.«

Mutter sprach auch vom »Londoner Verlagsviertel«, und vielleicht tolerierte sie unsere Comicslektüre nur deshalb, weil wir am Ende der Comicshefte die kleingedruckten Wörter »Gedruckt in Farringdon House, Fleet Street, London EC4« entdeckt hatten. Sie reagierte entzückt auf diese Entdeckung: »Ach, Kinder, Farringdon House, Fleet Street, London EC4.«

Wir selbst kommunizierten in unserer bescheidenen Weise mit der Fleet Street, London, indem wir (in unbeantworteten Briefen) Gratis-Anstecknadeln, Broschüren und andere Werbegeschenke anforderten. Mutter sprach mit derselben Sehnsucht über Veröffentlichung und über die Fleet Street, London, mit der sie über Bruddies Genesung sprach (»Wenn du darüber hinweg bist, Bruddie...«) – denn das Zaubermittel hieß nun natürliches Wachstum – und über das Jüngste Gericht und über Christi Wiederkunft und über die Auferstehung und, auf einer häuslicheren Ebene, über die Tortenspritze, mit der sie eines Tages (der Höhepunkt häuslicher Bildung!) Wörter und Sätze auf die Weihnachts- und Neujahrstorte schreiben würde, die sie jedes Jahr buk. Wörter und Sätze, die man essen konnte!

Dad, der an Kusine Peg und meinen Dux-Titel dachte, zeigte gleichfalls Freude über meine Gedichte – allerdings etwas zurückhaltender. Obwohl Mutter ziemlich bekümmert von ihm sagte, er sei »ein sturer Schotte, wie alle Frames, euer Vater ist ein sturer Schotte, Kinder«, war Dad dennoch ganz versessen auf Witze, hörte sich begierig alle humoristischen Sendungen in unserem neuerworbenen Radio an und las die Witze in *The Humour*, bevor er das

Papier in Quadrate schnitt, zur Verwendung als Toilettenpapier; doch schien er unfähig zu erkennen, daß komische Dinge auch im wirklichen Leben passierten, in seinem eigenen Haus, und mürrisch hörte er zu, wenn Mutter lachend von den vielen komischen Begebenheiten erzählte, die sie noch immer in jedem Tag fand, sowohl zu Hause als auch im Rundfunk. Dads Interesse an Wörtern war ein formales. Wörter mußten aufgespürt und erklärt und durften nicht leichtfertig verwendet werden, und obwohl er stolz darauf war, daß ich Gedichte schrieb, war er besonders daran interessiert, daß andere es erfuhren und hoffte, daß ich damit Preise gewann. Abends setzte er sich gern hin, löste Rätsel in Zeitschriften und erriet Wörter in Kreuzworträtseln. Trotz meiner Abneigung gegen die meisten Geduldspiele, vor allem gegen Puzzles – nachdem ich die Erfahrung gemacht hatte, daß ich am Ende immer mit einem überzähligen Stück Meer oder Himmel oder Gras neben einem bereits fertigen Meer, Himmel und Rasen dastand –, empfand ich großen Stolz, als Dad mich bat, ihm bei seinem Kreuzworträtsel behilflich zu sein. Ich fühlte mich, wie wenn der König der Welt mich um Hilfe gebeten hätte, aber ich zeigte diese Gefühle nicht und ging ganz gelassen daran, das Wort zu finden. Ich kann mich an einen Abend erinnern, Stunden vergingen, nur ein Wort fehlte, und Dad gab nicht auf, und ich, angesteckt von dieser Entschlossenheit, suchte und suchte, und obwohl schon Schlafenszeit war, gab keiner von uns beiden auf, und früh am nächsten Morgen vernahm ich einen Triumphschrei aus der Küche, wo Dad sich für die Arbeit fertigmachte.

»*Rattan*. Es ist *Rattan*.« Und es war *Rattan*, ein Wort, das neu für mich war, das mir aber in denkwürdiger Erinnerung ist, zusammen mit *beschließen*, *Bestimmung*, *Abenteuer*, *Dauerwelle*, *okay*, *Chef*, *Fußleiste*, *Täfelung* und anderen.

Die Tatsache, daß ich mein Bibliotheksabonnement weiterhin behalten durfte (mittlerweile war es undenkbar, daß die Familie keinen Zugang mehr zu so vielen Büchern haben sollte), verstärkte ebenfalls mein Interesse am Schreiben. Es gab auch noch andere Einflüsse. Man schrieb das Jahr 1936. Es hatte eine Polioepidemie gegeben (damals noch Kinderlähmung genannt), mit Fällen von Gehirnhautentzündung, vereinzelt traten noch immer Fälle auf, und man erwartete, daß die Zahl sich den kommenden Sommer über noch erhöhen würde; im Zentrum der Aufmerksamkeit standen die »verkrüppelten Kinder«, die ihre Behinderung überwunden hatten – insbesondere Gloria Rawlinson, die Kinderdichterin. Es war auch die Zeit der »Kinderstars« in Hollywood: Shirley Temple, Jane Withers, Freddie Bartholomew. Die Welle von Kindern, die öffentlich auftraten, und ihrer Ambitionen und der Ambitionen ihrer Eltern hatte in Oamaru und anderswo ihren Höhepunkt erreicht, und besonders bei uns zu Hause bestand eine feste Verbindung zwischen Behinderung und erwiesener Begabung, da Mutter Bruddie wiederholt mit Geschichten über Beethoven und seine Taubheit, Milton und seine Blindheit, Julius Cäsar und seine Epilepsie zu trösten versuchte, mit der impliziten Folgerung, daß für Robert Frame aus der Eden Street 56 in Oamaru zweifellos günstige Aussichten bestanden, entweder auf eine wunderbare Genesung (denn Gott wirkte täglich Wunder) oder auf die Entwicklung eines Talentes, das ihm Ruhm und Reichtum einbringen konnte oder (da Ruhm und Reichtum nur von dieser Welt waren) ihm erlauben würde, dereinst im Garten des Paradieses zu wandeln; er würde in Demut leben, arm im Geiste, ein Friedensstifter, trauernd um alles, was verloren und versäumt war, und er würde schließlich als Kind Gottes die Erde erben.

Was auch immer der Grund war, die Kinder aus Stadt und Land begannen nicht nur öffentlich aufzutreten und davon zu träumen, ihre Tänze, Lieder, ihr Klavierspiel, Geigenspiel und ihre Theaterstücke einem Publikum vorzuführen, sondern auch ihre eigenen Gedichte und Geschichten zu schreiben, angesporнt von den Kinderseiten in den Zeitungen – in Otago von »Pünktchens Seite für Pünktchens kleine Leute« in der *Otago Daily Times.* Respektvoll schrieben wir Kinder unseren Brief in konventioneller Form: »Liebes Pünktchen, darf ich bitte auch mitmachen bei deiner glücklichen Schar kleiner Leute. Ich bin soundsoviel Jahre alt usw.«, und er endete mit den Worten »Liebe Grüße an alle kleinen Leute und ganz besonders herzliche natürlich an Dich.«

Obwohl mir die Überschwenglichkeit der »ganz besonders herzlichen« Grüße peinlich war, schrieb auch ich meinen Brief, und ich bat, »Goldener Schmetterling« genannt zu werden, ein unorigineller Name, den Pünktchen, da er bereits von jemand anderem in Anspruch genommen war, in »Bernsteinschmetterling« umänderte. Außer bei Chicks, die den Namen bekam, den sie sich gewünscht hatte, nämlich Tanzende Fee, wurden bei allen anderen die erwünschten Namen geändert – Bruddies Sergeant Dan (nach dem Berittenen Soldaten auf der Creamota-Packung) wurde zu Sergeant Dick, Myrtles Königin Elisabeth wurde zu Königin Charlotte und Isabels Apfelblüte zu Apfelblütenblatt.

Um den Behinderten weiterhin eine Stimme zu verleihen, trat manchmal ein blinder Pianist oder Geiger oder ein »verkrüppelter« Sänger im Rundfunk auf, wobei sich auch der Ansager der großen Anzahl von Kindern bewußt war, die mit Kinderlähmung »geschlagen« waren, und die Behinderung des Vortragenden betonte, als wäre sie irgendwie Teil seiner Begabung, ja sogar unerläßlich dafür. Im Lauf der Zeit verknüpfte ich diese beiden Dinge miteinander. Ich merkte, daß es in einer Welt, in der es als bewunderswert galt, tapfer und edel zu sein, tapferer und edler war, Gedichte zu schreiben, wenn man verkrüppelt oder blind war, als wenn man keine Behinderung hatte. Ich sehnte mich danach, gelähmt zu sein, damit ich den ganzen Tag im Bett liegen oder im Rollstuhl sitzen und Geschichten und Gedichte schreiben konnte. Das heißt, wenn ich nicht – und danach sehnte ich mich auch – Musik und Tanzen und Singen lernen und bei den regelmäßig stattfindenden Wettbewerben auftreten und Preise gewinnen konnte, die es mir ermöglichen würden, nach Hollywood zu gehen.

Das Jahr neigte sich seinem Ende zu. Ich bekam zwei kleine, ledergebundene Bücher als Preis und ein Stipendium in Höhe von fünf Pfund, um in die Oberschule »weitergehen« zu können, wo es drei verschiedene Zweige gab – den akademischen, den kaufmännischen und den hauswirtschaftlichen, ohne ein Übergreifen der Fächer wie während der ersten Jahre. Meine Eltern, die es nun als selbstverständlich betrachteten, daß ich Lehrerin wurde, beschlossen, mich weiterhin die Schule besuchen zu lassen, obwohl Dad mich daran erinnerte, daß ich unter Umständen aus der Schule austreten oder aufs »Kaufmännische« umsatteln und in einem Büro würde arbeiten müssen, falls die Zeiten sich verschlechterten. Die meisten Mädchen aus unserer Umgebung hatten vor, nach ihrem dritten oder vierten Jahr aus der Schule auszutreten, um in Geschäften oder Büros zu arbeiten, und die meisten wollten den kaufmännischen Zweig nehmen. Poppy, die ich ab und zu wieder von ferne sah und höflich grüßte, würde »Kaufmännisch« nehmen. Ich hatte bereits am eigenen Leibe den verderblichen Einfluß der Literatur verspürt, indem ich mir ein weiteres meiner Lieblingsgedichte zu Herzen nahm – »Altes graues Eichhörnchen« von Alfred Noyes, in dem ein Junge von einem Leben zur See träumt, und als er erwachsen wird und sein Traum sich nicht erfüllt, arbeitet er in einem Büro, wo er langsam »innerlich stirbt«:

Er hockt auf einem hohen Stuhl in London.
Die Golden-Gate-Brücke ist weit, so weit.
Gleich einem Eichhörnchen ist er gefangen.
Er addiert Summen und wird grau schon vor der Zeit.

In meinen Augen konnte man den hohen Stuhl in Oamaru finden, in dem Anwaltsbüro, wo Mutter unsere Miete bezahlte. Dort saß ein grauer, müde aussehender Mann auf einem hohen Stuhl vor einem hohen, abgeschrägten Tisch über seinen Rechnungen, und wenn er kam, um die Miete entgegenzunehmen, konnte ich seine Nase sehen, scharf wie eine Federspitze, und an ihrem Ende hing ein Tröpfchen Rotz statt Tinte. Soviel Vertrauen hatte ich in die »Wahrheit« der Literatur, daß ich an die Alfred-Noyes-Version von einem kaufmännischen Leben glaubte und das Leben in einem Büro als Betrug an jedermanns schönsten Träumen betrachtete. »Ich werde nie den kaufmännischen Zweig nehmen«, sagte ich voll leidenschaftlicher Überzeugung.

Vor uns lagen die langen Weihnachtsferien. Wir feierten Weihnachten, das wie Neujahr und der Guy-Fawkes-Tag ein schönes Familienfest war. Am Weihnachtsmorgen waren immer Geschenke in den Strümpfen (Dads grauen Arbeitssocken), die auf den Makrokarpazweigen im Kamin im Wohnzimmer lagen, selten die Geschenke, die wir uns gewünscht hatten, aber willkommen und aufregend, eben weil es Geschenke und Überraschungen waren; und am Neujahrsmorgen kam es darauf an – ein schottischer Brauch –, als erster die Schwelle zu überschreiten; und es gab ein Mitternachtsfest mit einem sich biegenden Tisch, der Überfluß während des ganzen kommenden Jahres versprach. Dann, am Guy-Fawkes-Abend, standen wir Jahr für Jahr im Hinterhof, während Dad die Feuerwerkskörper zündete, Katharinenräder, und eine einzige Rakete, und wir zündeten unsere Knallfrösche und warfen unsere Schwärmer.

An Weihnachten konnte man immer an den Strand gehen, zur Freundlichen-Oamaru-Bucht, oder manchmal einen Ausflug zur Caroline-Bucht in Timaru machen. Und diese Ferien hatten wir bereits mit Schwimmen verbracht, denn Miss Lindsay hatte mir das Schwimmen beigebracht, indem sie mich ohne Umschweife ins Schwimmbassin gestoßen hatte, da ich mich geweigert hatte, mich ihrer üblichen Unterrichtsmethode zu fügen, nach der dem Schwimmschüler ein Gürtel umgebunden und er mit einer Stange, die am Gürtel befestigt war, nachgezogen wurde. Wie groß der Schock über das Hineinstoßen auch gewesen war, ich war jetzt eine begeisterte Schwimmerin.

So verbrachten wir die Tage am Strand oder im Schwimmbad. Myrtle und Isabel waren beide gute Schwimmerinnen. Myrtle war auch eine gute Taucherin, und im städtischen Schwimmbad sahen wir zu, wie unsere Lieblingstaucher vom hohen oder niedrigen Sprungbrett sprangen, und dann kam Myrtle mit ihren speziellen Kunstsprüngen an die Reihe. Wir hatten entdeckt, daß das Schwimmbad besser dafür geeignet war, sich die Jungen anzusehen, denn sie waren entweder im Wasser, wo man sie leicht beobachten konnte, oder sie lagen an ihrem Ende des Schwimmbads bei den Sprungbrettern auf ihren Handtüchern ausgestreckt, oder sie ließen ihre Muskeln spielen und gaben damit an, weil sie wußten, daß sie beobachtet wurden. Als Jack Dixon ins Schwimmbad zu kommen begann und wir sahen, wie blaß seine Haut war, so ganz und gar nicht wie die von Errol Flynn oder Clark Gable, verlor Myrtle das Interesse an ihm. »Er ist mickrig«, sagte sie. Mickrigkeit war das schlimmste Urteil, das man über einen Jungen fällen konnte.

So beobachteten wir von unserem Aussichtspunkt auf den Sitzen aus, wie die Jungen ankamen und wieder gingen mit ihren Handtüchern und Badehosen um den Hals, und wir hörten, wie sie beiläufig ihre »Badesachen« erwähnten, wogegen wir mit unseren sorgfältig zu einem Paket zusammengerollten »Badesachen« unter dem Arm ankamen und mit ihnen wieder gingen, nachdem wir sie erneut fest zusammengerollt hatten, und wenn wir auf die Straße traten, duldeten wir es mit einem gewissen Vergnügen, daß die Jungen in einer Geste der Herausforderung ihre Handtücher in unsere Richtung schnellen ließen, während wir, unsere Badesachen fester denn je zusammengerollt, mit arroganter Miene unseren Heimweg fortsetzten.

Dann glitten die Tage weiter, vom stillen blauen Januar in den Februar und in einen weiteren Sommer, und sie waren lang und heiß und voll düsterer Schwermut und Müdigkeit. Ich blickte der Schule mit Schrecken entgegen, denn ich brauchte wieder eine neue Schuluniform für die Oberschule, ein neues Überkleid aus dunkelgrauem Serge mit einem schwarzen Filzhut und einer schwarzen Baskenmütze für den Winter und einem weißen Panamahut für den Sommer; graue Flanellblusen und weiße Baumwollblusen wie für die Mittelstufe, ein weißes Kleid für das Gartenfest am Ende des Jahres und für die Abschlußfeier in der Oper; und einen farbigen Gürtel, wobei die Farbe davon abhing, in welches der vier Häuser, die nach den ersten vier Direktoren von Waitaki benannt waren, wir hineingewählt wurden. Glücklicherweise hatte Tante Polly angeboten, mein Schulkleid zu nähen, und in der Hoffnung, daß alles gutgehen würde, aber auch voll Angst, daß es das nicht würde, wartete ich auf das Paket aus Petone.

Alles, was im Sommer geblüht hatte, war nun im ersten Stadium des Verfalls; die kugeligen Astern in allen erdenklichen Pastelltönen rollten sich ein und wurden an den Spitzen der Blütenblätter langsam braun; die cremefarbenen Lady-Bank's-Rosen um das Gartenhaus waren schon verwelkt und abgefallen. Wir lagen auf dem trokkenen Rasen vor dem Haus, blickten zu den Wolken auf, versuchten ihre Form zu deuten und fragten: Was siehst du? Was siehst du?

18
Picknicks

In jenem Sommer fanden wir eine Freundin – Marguerite, die mit ihren Eltern und ihrer älteren Schwester Noraleen und ihrem jüngeren Bruder John vor kurzem ins Haus gegenüber eingezogen war. Marguerite überwältigte uns mit ihrem Anderssein, ihren anderen Manieren, ihrer anderen Redeweise, ihrem anderen Wortschatz, ihren anderen Kleidern, ihren Eltern, ihrem Haus, sogar mit ihrer Religion, denn sie war römisch-katholisch, was bedeutete, daß sie in eine andere Schule ging und von Nonnen unterrichtet wurde. Eine geborene Schauspielerin, nützte sie ihren *Glamour* zu ihrem Vorteil und behauptete, ob es nun der Wahrheit entsprach oder nicht, sie sei in Wirklichkeit Spanierin. Ihre verführerische Sicherheit in allen Dingen ließ uns keine Möglichkeit, Zweifel an ihr zu hegen. Sobald wir sie kennenlernten, begannen wir unser uns nun abgenutzt und unpassend erscheinendes Vokabular durch Marguerites interessantere Wörter zu ersetzen – ein Schreibtisch wurde zu einem *Escritoire*, ein Sofa zu einem *Chesterfield*, ein Kostüm zu einem *Ensemble*. Ihre Mutter hatte auch Kleider, im Unterschied zu den nassen Schürzen aus Zuckersäcken und den zerrissenen Schürzenkleidern, die unsere Mutter werktags trug, und dem marineblauen Kostüm, wenn sie die Miete bezahlte oder mit Bruddie zum Arzt fuhr – das Kostüm hatte sie per Nachnahme bestellt, vom Warenhaus Glasson in Christchurch, und in wöchentlichen Raten bezahlt. Dieser erste Vorstoß in die riskante Welt der Ratenzahlung wurde nicht leichtfertig unternommen; es war wie der Verlust finanzieller Unschuld. Nachdem Arztbesuche und Bruddies Krankenhausaufenthalte (zu Zeiten, wenn die Anfälle nicht aufhörten) nun kostenlos waren, konnten wir auch Decken und eine Steppdecke sowie Bettwäsche für Besucher auf Raten kaufen. Mutter unterdrückte ihr Unbehagen darüber, »materielle Güter« auf Raten anzuschaffen, im Gegensatz zu den normalen Lebensmittel- und Fleischrechnungen, mit der Bemerkung, wir seien schließlich geschätzte Kunden, was wir tatsächlich gewesen sein mußten, denn alle sechs Monate kam ein vervielfältigter Brief, der mit den Worten »Lieber geschätzter Kunde« begann. Und wir bezahlten tatsächlich unsere Rechnungen. Wir hatten Mrs. Feathers seit langem ausständige Rechnung fast abgezahlt.

Zu unserer Erleichterung fanden wir heraus, daß auch Marguerites Mutter und Vater Rechnungen zu bezahlen hatten. Ihr Vater hatte mehr als einen Anzug, und bei seiner Arbeit wurde seine Arbeitshose nicht schmutzig von Maschinenöl und Kohle, auch trug er keine lederne Arbeitstasche mit seinem Mittagessen (Lachs- oder Zwiebelsandwiches), brachte keine Eisenbahnkohle für den Küchenherd und keine Eisenbahnhefte nach Hause, um unsere Leidenschaft für das Schreiben damit zu nähren.

In den Osterferien 1936, um den Wahlsieg der Labor-Partei zu feiern und den möglichen Beginn einer Zeit, die in Uncle Scrims Lied mit folgenden Worten beschrieben wurde:

Ein neuer Tag ist uns hold,
im Blau glänzt das Gold
und Hoffnung kehrt ein in die Herzen...,

machten wir unseren ersten Familienurlaub, mit dem Zug nach Rakaia, in einem »Vogelkäfig« erster Klasse, mit unserem jährlichen Freifahrschein. Dad hatte alles organisiert. Ein offener Lastwagen mit einer Ladung Strohballen holte uns am Bahnhof ab und brachte uns (alle hinten auf der Ladefläche) auf Landstraßen und durch Weideland bis zum Flußufer, wo wir unser großes Zelt aufschlugen. Dad legte Stroh in eine Ecke für unsere Betten, während Mum die Lebensmittel, einschließlich der Dose mit Keksen, in die Nähe der Öffnung stellte, und wir holten Holz fürs Feuer, und nachdem wir im Kessel das Essen gekocht hatten und Dad uns warnend darauf hingewiesen hatte, daß das Zelt undicht werden würde, wenn wir die Innenseite berührten, während es regnete, machte er sich mit seiner Ausrüstung zum Lachsfischen auf – seiner Angelrute und seiner Rolle und seinen neuen glänzenden Blinkern und seiner Fischertasche –, um einen Lachstümpel im Fluß zu suchen. Ich erinnere mich daran, daß wir Kinder das ganze Wochenende damit verbrachten, die Gummibäume zu erforschen, den Elstern zuzuhören, die Habichte zu beobachten, dem unvermeidlichen Jersey-Stier aus dem Weg zu gehen und die Kekse zu essen, während Mum zusah, daß das Feuer nicht ausging, Tee kochte und mit einem feuchten Taschentuch auf der Stirn dasaß, das Gesicht schweißnaß in der Sonne, die dicken Beine in ihren breiten Schuhen ausgestreckt, die wunden Stellen sichtbar, große rote Flecken, die sie mit grüner, nach Medizin riechender Rexona-Salbe einschmierte, in der Hoffnung, sie würden verschwinden. Sie saß da und trug Gedichte vor und erfand lustige Reime über Dad und den Lachs, den er fangen würde, und über die Lachse, die entkommen würden und über die Zeit, als Dad und Jimmy Peneamene einen Lachs fingen, der verschwand:

Jim und ich, wir waren zu Hause
und saßen bei einer feinen Jause,
da schlich sich jemand in die Hütte,
wo wir schliefen, meine Güte,
und stahl uns den ganzen Lachs,
und stahl uns den ganzen Lachs...

Oder sie saß da und blickte über die Weiden hinaus zum tosenden grünen Rakaia (»Gletscherwasser, Kinder!«) und redete von ihrer »Mädchenzeit« und deren Vollkommenheit.

Dann, in der Nacht, als der Regen im Landesinneren den Fluß bis auf einen Meter Entfernung von unserem Zelt ansteigen ließ und wir gezwungen waren, im Dunkeln aufzustehen und das Zelt an einem höheren Ort wieder aufzubauen, hatten wir das Gefühl, das Abenteuer unseres Lebens erlebt zu haben, die Art von Abenteuer, welches für andere Kinder mit ihren häufigen Ferien offenbar selbstverständlich war.

Jetzt, da wir unsere neue Freundin Marguerite hatten, bot sich uns die Möglichkeit, die Geschichte unseres Abenteuers zu wiederholen und das steigende Wasser wieder lebendig werden zu lassen, die Flucht, die Elstern, die Kekse (eine ganze Dose Kekse!), den Lachs, den wir am Lagerfeuer aßen, die Überquerung der Stierweide, um Milch beim Bauernhof der Langleys zu holen, all den Spaß, das Gelächter und die Nächte auf unserem Strohlager, wenn wir unsere erfundenen Spiele spielten, auf das Geräusch des Flusses horchten und einander anstachelten, die Zeltplane zu berühren, um zu sehen, ob es stimmte, was Dad sagte, und herausfanden, daß es wirklich so war; wie wir stritten und uns wieder versöhnten, Pläne machten, träumten, unsere Vergangenheit, unsere Errungenschaften, unsere Körper verglichen; wie wir dann, wieder im Freien, Manuka für das Feuer sammelten, Flöten aus Weidenruten zu schnitzen und mit Wünschelruten Wasser zu finden versuchten, verträumt auf den Fluß starrten und auf die wirbelnden Äste und ein totes Schaf oder eine tote Kuh, die ab und zu zum Meer hinuntertrieben. Mit Marguerite als Zuhörerin wurde unser »Voriges Jahr waren wir mit dem Zelt in Rakaia« zu »Jedes Jahr fahren wir mit dem Zelt nach Rakaia«.

Und als Dad beschloß, daß wir in den Ferien wieder nach Rakaia fahren würden, und wir Marguerite fragten, ob sie mitkommen wolle, sagte sie ja, und wieder begannen wir mit unseren Rakaia-Geschichten, überglücklich, daß »jemand anders«, jemand, der in einem normalen Haus mit normalen Eltern und einer normalen Familie lebte, mit den üblichen Ereignissen, die nicht Katastrophen oder Alpträume waren, die Herrlichkeiten von Rakaia mit uns teilen würde. Augenblicklich begannen wir uns wie Reiseleiter zu benehmen und Marguerite zu behandeln, als würde sie demnächst als Touristin ein fremdes Land betreten. Anfangs stand die Reise in Zweifel, da die Polioepidemie sich verschlimmert hatte und die Zeitungen jeden Tag über die steigende Anzahl an Fällen berichteten. Es hieß, daß sie die Schulen schließen würden, bis der Höhepunkt der Epidemie vorüber war. Andererseits war Mutter der Überzeugung, daß wir in einem Zelt, unter Gottes freiem Himmel, weit entfernt von den dicht bevölkerten Städten, außer Reichweite der Epidemie waren. Auch hatte sie Vertrauen in unsere Gesundheit. Hatte sie nicht jeden von uns gestillt, bis wir alt genug waren, um sie zu beißen? Hatten wir nicht in unseren ersten Lebensjahren genug Milch gehabt und immer viel Fisch für unser Gehirn, Honig, Gemüse aus dem Garten und Obst, und Haferflocken für die Verdauung?

Und wieder machten wir in Rakaia unsere Expeditionen, wir spielten, aßen, gaben vor Marguerite an, unterwarfen uns aber dennoch ihrer fremdartigen Autorität und sprachen ihre Sprache, spielten ihre Spiele. Myrtle trug ihre graue Hose, die inzwischen jeder, sogar Dad, akzeptierte, denn viele Frauen hatten begonnen, Hosen zu tragen. Frauen rauchten auch. Marguerites Mutter rauchte und schminkte sich, was Marguerites Anziehungskraft noch steigerte. Und wie wir sie um ihr geheimnisvolles Leben mit Priestern und Nonnen und Beichten und Weihwasser beneideten!

Am Ende unserer denkwürdigen, sonnenbranderfüllten Ferien fotografierte Dad uns mit der Boxkamera, die er in Wyndham auf einer Versteigerung gekauft hatte und die er benutzte, wenn Verwandte kamen und wir im Park auf der japanischen Brücke fotografiert wurden. Nachdem die Fotos aus Rakaia entwickelt worden waren, rang Mutter vor Entsetzen nach Luft, als sie sah, daß Myrtle auf einem der Fotos durchsichtig zu sein schien: alle außer Myrtle waren auf den Fotos deutlich zu sehen. Es jage ihr Angst ein, sagte Mutter, daß alles so gleichzeitig gekommen sei, der Tod von Großmutter Godfrey, der schöne Rakaia-Fluß, Gletscherwasser, grün und blau aufleuchtend, die Südalpen mit ihrem herbstlichen Schnee, die Epidemie, die das Land mit Trauer und Schrecken erfüllte, und der Anblick der Opfer, die einer völligen Lähmung entronnen waren und nun mit ihren eisernen Beinstützen herumgingen; alles fügte sich zusammen und ließ die unterschwellige Angst an die Oberfläche treten, daß Myrtle jederzeit sterben könnte.

19
Ein Tod

Das Schuljahr begann. Die Schulen blieben geschlossen. Wir sollten Fernunterricht haben. Tante Polly schickte mein Schulkleid. Es lag eng an, da es nur zwei statt drei Falten hatte, aber ich war damit zufrieden und erlaubte Dad, ein Foto von mir zu machen und an Tante Polly zu schicken.

Als wären die Schulferien und der Sommer dazu bestimmt, gleichzeitig stattzufinden, kam ein neuer Sommer, mit Nordwestwinden, die glühend heiß von den Canterbury Plains wehten, einem Kupfersulfat- oder »Blaustein«-Himmel und keinem Zufluchtsort außer dem Wasser, dem Meer oder dem Schwimmbad, zwischen denen wir uns hin und her bewegten. Und am letzten Freitag vor dem Eintreffen der Bücherlisten und der ersten Schulaufgaben schlug Myrtle vor, wir sollten zuerst schwimmen gehen und dann in die Stadt, um den Jungen nachzusehen, aber ich lehnte ab, da ich jetzt an meinen Schulaufgaben interessiert war und daran, wie ich meine neuen Bücher ohne allzuviel Bitten und Betteln bekommen konnte, und mich fragte, ob es mir in der Oberschule gefallen würde und auch an die Hefte dachte, die ich mit Gedichten vollschreiben wollte. Myrtle und ich stritten uns wegen meiner Weigerung mitzukommen; aber in dem Streit ging es in Wirklichkeit um mich als »Dads Liebling«, weil ich Dux gewesen war, und weil ich jetzt in die Oberschule ging, um Lehrerin zu werden wie Dads Kusine Peg, die nach Kanada ausgewandert war; ich trat in die Welt ein, die Myrtle einst mit Johanna von Orléans und dem Prinzen des Schlafs geteilt hatte und deren Verheißung vieler anderer wunderbarer Gestalten sich nicht erfüllt hatte; außerdem war Dad am strengsten zu Myrtle, die rebellisch war, unerschrocken, ganz offen ungehorsam, immer unter der Drohung, in die Erziehungsanstalt nach Caversham geschickt zu werden, während ich nichts anderes als »brav sein« und Anklang finden wollte und eingeschüchtert Gehorsam leistete, außer wenn ich in der Gewißheit täuschen konnte, nicht erwischt zu werden.

Als Folge dieses nachmittäglichen Streites ging Myrtle mit Marguerite und Isabel ins Schwimmbad, während ich zu Hause blieb und mich pflichtbewußt auf das neue Schuljahr vorbereitete. Es war spät am Nachmittag, als jemand an die Tür klopfte, und Mutter, in der Meinung, es sei ein Vertreter, machte die Tür auf, sagte schnell: »Ich brauche heute nichts, vielen Dank« und wollte dem Mann gerade die Tür vor der Nase zuschlagen, als er wie das Klischee eines Vertreters seinen Fuß in den Türspalt zwängte und sich mit Gewalt Eintritt in die Küche verschaffte, während Mutter, die uns Geschichten von solchen Aktionen erzählt hatte, sich rüstete, ihm – wie sie es auszudrücken pflegte - »Manieren beizubringen«. Ich stand neben der Tür zum Speisezimmer. Der Mann schaute mich an und sagte in scharfem Ton: »Schicken Sie das Kind weg.« Ich blieb und hörte zu. »Ich bin Arzt«, sagte der Mann. »Ich bin gekommen, um Ihnen etwas über Ihre Tochter Myrtle mitzuteilen. Sie ist ertrunken. Sie haben ihren Leichnam ins Leichenschauhaus gebracht.«

Ich riß die Augen auf, und das einzige, was zu mir durchdrang, war die Mitteilung: »Sie haben ihren Leichnam ins Leichenschauhaus gebracht«. Wir Kinder hatten uns immer eingebildet zu wissen, welches Gebäude das Leichenschauhaus war, ein kleines, moosbedecktes Steinhäuschen unten beim Postamt, nahe der Stelle, wo der Oamarufluß grün und schlammig über einen künstlichen Wasserfall floß. Wir erschreckten einander immer damit, daß wir auf das Leichenschauhaus hinwiesen, wenn wir daran vorbeigingen auf unserer Abkürzung durch den Takaro-Park zur Tyne Street und zum Strand, und manchmal versuchten wir durch das kleine verbarrikadierte Fenster (»wegen der Luft, damit die Leichen nicht zu stinken anfangen«) ins Innere zu sehen. Dieser Ort war so klein, verschlossen und unzugänglich, daß wir wußten, es konnte nur das Leichenschauhaus sein, und als wir zu Hause davon sprachen, hatte Mutter immer mit Angst reagiert, was uns – den vielen Beispielen unseres uns ständig aufziehenden Vaters folgend – nur dazu ermutigte, das Wort zu wiederholen.

»Leichenschauhaus, Leichenschauhaus.«

»Sagt dieses Wort nicht, Kinder.«

Jetzt, nachdem der Arzt seine Nachricht mitgeteilt hatte und wieder gegangen war, sprach Mum selbst das Wort, denn es hatte auch sie davon überzeugt, daß Myrtle wirklich gestorben war. »Sie haben sie ins Leichenschauhaus gebracht«, sagte sie.

Dieses plötzliche Eindringen des Wortes *Leichenschauhaus* in unser Leben, das doch vorher ein verbotenes Wort gewesen war und das wir jetzt offen aussprachen, gab mir das Gefühl, erwachsen zu sein, erfahren und allein. Myrtle war tot, ertrunken. Zuerst war ich froh, da ich dachte, daß es nun keinen Streit mehr geben würde, kein Weinen, keine Prügel, wenn Dad sie zu beherrschen versuchte, wütend auf sie war und wir voll Angst und Mitleid zuhörten und ebenfalls weinten. Dann wurde mir die traurige Tatsache klar, daß vielleicht Aussicht auf Frieden bestand, aber daß der Preis dafür Myrtles unwiderruflicher Fortgang war, nicht nur für einen Ferientag oder zu den Nachbarn oder in die Stadt oder an irgendeinen Ort der Welt, sondern fort von der Erdoberfläche und fort von der Welt, ein völliges Verschwinden und nicht nur ein Versuch, um zu sehen, wie es sein würde. Und wo war die zu jedem Spaß und jeder Neckerei aufgelegte, optimistische, offenherzige Myrtle mit ihrer Narbe auf dem Knie und dem hohen Rist (»das beweist, daß ich dafür geschaffen bin, Tänzerin zu werden«) und ihrer so erwachsenen Monatsblutung und dem Ehrgeiz, nach Hollywood zu gehen, um Filmstar zu werden, mit Fred Astaire zu steppen und sich den Weg zu Ruhm und Reichtum zu ersingen und zu ertanzen? Wo war die Jungfrau von Orléans mit ihrer silbern angemalten Rüstung und ihrem Helm, die Radiosprecherin, die »über den Äther« Gedichte vortrug:

> Am Abend traf ich den Prinzen des Schlafs,
> Und sein Gesicht war still und schön.

Myrtles unwiderrufliches Verschwinden wurde noch dadurch unterstrichen, daß sie an jenem Abend nicht nach Hause kam, um das zu tun, was sie üblicherweise tat, um zu beenden, was sie am Morgen begonnen hatte, nämlich die Schuhe zu holen, die mit weißer Schuhcreme geputzt und zum Trocknen auf den Fenstersims der Waschküche in die Sonne gestellt worden waren. Dad kam früh nach Hause und legte die Arme um Mum und weinte, und wir hatten ihn noch nie weinen gesehen. Und jeder schien ganz Isabel vergessen zu haben, und es war ziemlich spät, fast dunkel, als Isabel hereinkam, das blonde Haar immer noch naß und zerzaust vom Schwimmen im Schwimmbad, und ihr kleines, erschrecktes Gesicht verriet jedem, wo sie gewesen war und was sie gesehen hatte.

In jener Nacht kuschelten wir uns im Bett aneinander, und als der nächste Tag vergangen war und der übernächste und die Erwachsenen über Leichenschauen und Leichenbeschauer und Leichenbestatter gesprochen hatten, wobei Mutter jeden von ihnen in einem scharfen Ton genannt hatte, der rechtfertigte, daß sie einen Teil der »Schuld« auf sich nahmen, und über das Begräbnis und den Hergang der Bestattung, gelangte ich allmählich zu einem neuen Wissen, das bei den anderen Todesfällen in der Familie nicht bis zu mir gedrungen war; aber das war jetzt Myrtle, ihr Tod durch Ertrinken, ihre Todesanzeige, ihr Begräbnis, ihre Blumen, ihr Sarg, ihr Grab; nie hatte sie so vieles auf einmal besessen.

Als man sie nach der Leichenschau im Sarg nach Hause brachte, in das nach Sturmer-Äpfeln duftende Vorderzimmer, und Mum fragte: »Willst du Myrtle sehen?«, sagte ich nein. »Wir sehen sie am Jüngsten Tag«, sagte Mum und beschwor für mich damit wieder einmal den Tumult eines Jüngsten Tages, die Massen, die wild blikkenden Mienen, die Panik, wenn Jahrhunderte von Menschen einander gegenüberstehen und nur ein Wunder Raum für alle schaffen kann.

Myrtle wurde begraben, ihr Grab mit Kränzen von vielen Leuten aus Oamaru bedeckt, einschließlich des Schwimmklubs, dessen Mitglied sie gewesen war, und einiger der Jungen, denen wir dabei zugesehen hatten, wie sie mit ihren Muskeln und ihren Badesachen angegeben hatten. Und bald fiel der Regen auf die Blumen, und die Tinte auf den Karten zerfloß, und die farbigen Bänder fransten aus und verrotteten, und das Grab selbst sank, bis es ebenerdig war. »Es sinkt immer, wißt ihr«, sagten sie.

Und eines Nachmittags, als ich frische Blumen auf Myrtles Grab stellte und Aspirin im Wasser des Marmeladeglases zerkrümelte, weil »sie« gesagt hatten, daß die Blumen mit Aspirin länger hielten, sah ich Miss Lindsay in der Nähe, die das Grab ihrer Mutter besuchte, Miss Lindsay mit dem »edelsteinbesetzten Schwert Excalibur« und dem »Arm, gehüllt in weiße Seide, mystisch, wunderbar«.

»Liegt Myrtle hier?« fragte Miss Lindsay.

Ich nickte.

»Was tust du da ins Wasser?«

»Aspirin«, sagte ich. Miss Lindsays plötzlich so gütiger Ton und ihr triefendes Verständnis machten mich wütend.

»Das bringt sie nicht zurück«, sagte sie sanft.

»Ich weiß«, sagte ich kühl und erklärte ihr den Grund für das Aspirin.

In letzter Zeit hatte ich viele Methoden gelernt, wie sich Blumen und andere Dinge länger »hielten«, denn plötzlich hatte es zu Hause und mit den Leuten, die ins Haus kamen, um ihr Beileid für unseren »traurigen Verlust« auszudrücken, viele Diskussionen darüber gegeben. Sie waren besessen von Möglichkeiten, wie man den Verfall ihrer »Blumenspenden« verhindern, wie die Karten und Bänder erhalten könnte. Sie sprachen auch von Myrtle, davon, die Erinnerung an sie »lebendig« zu erhalten.

»Und du hast sicher auch Fotos von ihr, Lottie«, sagten sie zu Mutter (während sie dasaßen und ihre »Dauer«-Wellen zurechtrückten und -zupften). Das war auch der Fall, denn als wir schließlich begriffen, daß Myrtle wirklich im Wasser zusammengebrochen und ertrunken war, daß sie nie wieder nach Hause zurückkommen und ihre Kleider anziehen und im Bett schlafen und einfach dasein würde, suchten alle nach neueren Fotos und fanden nur das »Geisterfoto«, das in Rakaia aufgenommen worden war, und ein anderes, das uns alle in Badekleidung zeigte, mich mit einer sprossenden Brust dort, wo mein Träger heruntergerutscht war; was wir aber brauchten, war ein Foto von Myrtle. Dem Fotografen in der Stadt gelang es, Myrtle völlig aus dieser Familiengruppe zu isolieren, obwohl er gezwungen war, einen Arm Myrtles zurückzulassen, der um Marguerite gelegt gewesen war. Unverzagt machte der Fotograf einen neuen Foto-Arm für Myrtle und überreichte uns schließlich ein komplettes vergrößertes Foto von ihr. Alle sagten, was für ein Glück es doch wäre, daß wir ein neues Foto besäßen, und nur die, die Bescheid wußten, bemerkten den verpflanzten Arm.

20
Einst Paumanok

Die Epidemie dauerte an. Die Schule schickte ihre Liste mit den benötigten Lehr- und Übungsbüchern und einen Fragebogen zu unserer Fächerwahl. Ich fand heraus, daß ich entweder Latein oder Geographie »nehmen« konnte, aber die Entscheidung wurde für mich von Dad getroffen, der die Preise der beiden Lehrbücher verglich. »Du nimmst Geographie«, sagte er.

Irgendwie, dank der Freundlichkeit der zwei Schreibwarenhändler W. E. Adams und Jeffrey & Smith, gelang es mir, alle Bücher, die ich brauchte, auf Kredit zu kaufen und darüber hinaus auch noch etwas so Teures wie ein Reißzeug. Meine Aufregung war enorm – die neuen Bücher, ihre Farbe, ihr Geruch, und die Algebra- und Geometrie- und Arithmetikbücher mit *Lösungsteil.* Daß einem die Lösungen für alle Rechnungen anvertraut wurden! Aus der heimlichtuerischen Weise, in der die Lehrer immer Lösungen behandelten und sie uns verrieten, hatte ich naiverweise den Schluß gezogen, daß wir in der Schule mathematische Berechnungen lernen mußten, um am Ende die Lösungen einzusammeln wie Preise bei einem Quiz; nun begriff ich, daß es wichtiger war zu wissen, wie man zu einer Lösung gelangte, selbst wenn die Lösung falsch war; und zu wissen, wie man die Frage oder Aufgabe stellte. Bei dem Gedanken, daß ich den Lehrer nicht nach der richtigen Lösung für jede Aufgabe fragen mußte, weitete sich mein Herz in dem Gefühl, erwachsen zu sein. Es gab auch Bücher mit französischen Märchen, die ersten aus der Reihe: *Contes et Légendes,* die mich ihrer außerordentlich zutreffenden und zeitgemäßen Art wegen berührten; darin wurden die Märchen der Gebrüder Grimm und weitere Geschichten in einer anderen Sprache offenbart, die so reich war, daß sie mir das Gefühl gab, ein Vermögen zu gewinnen. Zum Studium gab es auch die Dramen Shakespeares, *Ein Sommernachtstraum* mit einem Begleitband, *Einführung in Shakespeares Dramen,* ein Buch zur Geschichte des Altertums sowie ein Buch mit Gedichten, *Der Helikon.*

Ich beendete meine erste Serie von Schulaufgaben und schrieb den unvermeidlichen Abenteueraufsatz. Ich begann mich eingehend mit dem Gedichtband zu beschäftigen, und zu meinem großen Erstaunen entdeckte ich, daß viele der Dichter von Myrtles Tod wußten und davon, wie seltsam es ohne sie war. Nachdem das Begräbnis vorüber war, die Besucher fort und meine neuen Schulaufgaben eingetroffen waren, hatte der Alltag wieder Einzug gehalten; doch jeder Tag enthielt eine Leere, einen Teil, der Myrtle vermißte, und in diese Leere hinein schrieben die Dichter aus dem Helikon die Geschichte meiner Gefühle. Ich konnte kaum glauben, wie tief ihr Verständnis war. Mutter, die alle Dichter verehrte, hatte wie üblich recht, und ich konnte mir nun erklären, warum sie ab und zu murmelte: »Nur die Dichter wissen Bescheid, nur die Dichter wissen Bescheid«; ich verstand auch, warum sie so viele ihrer Gedichte über Dichter schrieb, das eine zum Beispiel, das ich in der Schule vorgetragen hatte:

Ein Dichter war er, er liebte das Tosen
des Weltalls und schläft nun unter Rosen,
unter dem Gras, das er liebte. Die Hand,
die jetzt ruht, nur ein Dichter verstand.

Er hörte das Flüstern der Kiefern, das leise,
bewahrte im Herzen die süße Weise.
Der herrliche Morgen drang ein in sein Wesen,
im Herzen ist er ein andrer gewesen.
Sanft schlummert er nun, vergessen von allen.
Die Natur läßt ihr Blätterhaar auf ihn fallen.

Mutter zog es zu den Dichtern, nicht unbedingt wegen ihrer Gedichte, sondern wegen der romantischen Vorstellung von ihnen, als wären sie eine greifbarere Version von Christi Wiederkunft, und wenn sie mit ihrem gewohnten Lob der Dichter anfing, dann wurde Dad eifersüchtig, so wie er eifersüchtig war auf ihre Hinweise auf Christus, und seine Eifersucht endete immer mit Hohn und Spott.

Ein langes Gedicht im *Helikon*, »Der verlorene Gefährte« aus *Meeresströmung* von Walt Whitman, drückte alles aus, was ich empfand – die beiden Spottdrosseln, das Verschwinden der einen, die lange Suche seines Gefährten mit all den falschen Hoffnungen und allzu späten Überlegungen, der Wut und dem Schmerz und den verzweifelten Gedanken, die sich der Hilfe der Magie bedienten, und schließlich das Aufgeben der Suche und das Fahrenlassen aller Hoffnung, das Gesuchte zu finden. Ich verstand all die Täuschungen der Gedanken und Gefühle, die den trauernden Vogel davon zu überzeugen versuchten, daß es kein Verlust gewesen war, daß der Gefährte bald wieder zu Hause sein würde, nur für einen Tag »fort« war oder sich verspätet hatte und irgendwann wieder zu Hause sein würde, »du wirst sehen«. Ich las das Gedicht meiner jüngsten Schwester Chicks oder June vor, die es auch verstand. Sie und ich lasen das Gedicht immer wieder. Ich war überrascht, daß mein Buch noch andere solcher Gedichte über Myrtle enthielt – »Annabel Lee« – »Vor vielen vielen Jahren / In einem Königreich am Meer…«. Ein Königreich am Meer! Ohne Zweifel Oamaru. Oamaru mit seinem wilden Meer jenseits der Wellenbrecher, geschützt im Inneren der freundlichen Bucht, mit dem Geräusch des Meeres Tag und Nacht in unseren Ohren.

Es gab noch ein anderes Gedicht, »Evelyn Hope«:

Die schöne Evelyn Hope ist tot!
Sitzt bei ihr und haltet Wacht.
Das sind ihre Bücher, dies ihr Bett;
Sie pflückte diese Geranie sacht,
Die auch langsam stirbt im Glas…

Sechzehn Jahre, als sie starb!

Was für ein unfaßbares Wissen der Dichter, die mein eigenes Leben durchschauen konnten, die offenbar Gedichte über Menschen in Oamaru schrieben, einer Stadt, von der jeder wußte, daß sie zwischen dem Äquator und dem Südpol lag, auf dem fünfundvierzigsten südlichen Breitengrad, und die dennoch nicht annähernd so bekannt war wie Auckland oder Wellington oder Sydney oder London oder Paris, all die Städte auf der nördlichen Halbkugel, wo viele der Dichter (die tot waren) gelebt hatten! Ein anderes Gedicht, das mit den Worten »Die dunklen Kiefern am Ramoth Hill« begann, erzählte folgendes:

meine Spielkameradin ist fort
und nahm den lachenden Frühling,
die Musik und die Blumen mit sich.

Ramoth Hill? Damit beschrieb der Dichter doch sicher den Hügel, unseren Hügel, und die Kiefernpflanzungen, die Wäldchen?

Noch seufzen die Kiefern von Ramoth Wood,
sie seufzen wie das Meer,
das Meer, das nie das gleiche bleibt…

Ich verstand, daß die Dichter natürlich viele Details erfanden, Namen änderten und so weiter, so wie Poppy und ich Verziehteuch *unseren* Namen gegeben und ihn nicht bei seinem richtigen Namen genannt hatten; ich wußte, daß bei den Dichtern *Wälder* das waren, was bei uns *Busch* war, und daß ihre Kiefernwälder unsere Kiefernwäldchen waren. Sie neigten auch dazu, Güte und Schönheit zu übertreiben, denn Myrtle war nicht wirklich schön, und sie war auch nicht »meine Liebste«; sie war einfach meine zu jedem Schabernack aufgelegte und mich kneifende und verhauende ältere Schwester, die mehr wußte als ich und die eines Tages Musik, Jungen, Kleider, Liebe, ein schönes Haus gehabt hätte – alle Früchte des Großen Glücks in Hollywood.

Nachdem die Epidemie vorüber war, öffneten die Schulen wieder, und ich machte mich auf den Weg in die Waitaki-Mädchenoberschule, in meiner neuen Uniform, von der ich nur den Blazer als unbrauchbar verworfen hatte und zu Hause anzog, da Tante Polly ihn in der falschen Farbe genäht hatte. Die Schulen nahmen es außerordentlich genau damit, daß wir die korrekte Uniform trugen, und alles, was uns äußerlich von den anderen unterschied, bot Anlaß zu Bestürzung und Sorge. Wir mußten immer Schritt halten, genau wie in den alten Zeiten bei Miss Lindsay, wenn sie uns zu ihrem Befehlston in die Schule marschieren ließ: »Zuerst die Zehenspitzen, zuerst die Zehenspitzen…« und jedes Mädchen, das zögerte oder falsch auftrat, mit einer scharfen Rüge bedachte.

Unsere erste Klasse war klein und bestand aus achtzehn Mädchen, und da wir im Rezitieren von Gedichten einen guten Ruf hatten und als »aufgeweckte« Klasse galten, stellte die Direktorin, Jessie Banks Wilson (genannt J. B.), eine spezielle Rhetoriklehrerin für uns ein. Miss H. war jung, hübsch, mit schwarzen Haaren und rosigen Wangen; sie war »weich« und eine Zielscheibe für allerlei Unfug. Die Gedichte, die sie uns beibrachte, waren meinem Empfinden nach weniger bemerkenswert als die rhetorischen Übungen, von denen sie begleitet wurden – »Drei traurige Tiger trotten trotzig zum Tilbury-Turm... Fischers Fritz fischt frische Fische... Der Pfaffe pfiff auf seine Pflichten...«

Schlummer und Schlaf sind schlaue Schlingel,
schleichen sich schnell bei Weckergeklingel.
Zwölf zwinkernde Zwerge zwingen
einen Zwilling zu zwecklosem Singen.

So leierten wir unsere auswendig gelernten Gedichte herunter – »Die Flöte des Pan«, »Tarantella«, »Der Fluß (Klar und Kühl)«, und keines war so faszinierend wie Miss Lindsays »Arm, gehüllt in weiße Seide, mystisch, wunderbar«, »Hell ist das Läuten der Wörter, wenn der Richtige läutet« oder »Am Abend traf ich den Prinzen des Schlafs«, Myrtles Gedicht.

Aus diesem Jahr blieben mir die französischen Märchen, die Gedichte, die neue Musik und das Studium der Geschichte des Altertums in Erinnerung, Geschichten von Menschen, Städten, Tieren, Vögeln, Insekten, die nun »vom Angesicht der Erde« verschwunden waren. Von neuem rief ich mir ins Gedächtnis, was Mutter uns über ausgestorbene Lebewesen und Hochkulturen erzählt hatte, die unter Land und Meer begraben waren, und als wir die versteinerten Muscheln aus den Höhlen auf dem Hügel nach Hause brachten, hatte sie uns daran erinnert, daß Oamaru einst unter dem Meer gelegen war. Diese Veränderungen der Kulturen und der Formen von Land und Meer waren für sie ein Hinweis auf den »Jüngsten Tag« und auf die Zeit, in der sich nicht nur die Vergangenheit ändern würde. Ich saß in der Geschichtsstunde und träumte von den Sumerern, wie sie lebten, was sie anhatten, von den Phöniziern, den tyrischen Händlern, und hörte nur halb hin, wenn Miss Hill, unsere Klassen- und Geschichtslehrerin, eine hübsche, blasse Person mit einer weichen Ausstrahlung und mit hellbraunen Haaren, durch die das Licht hindurchschien, uns mit Hilfe unseres Schulbuchs der Geschichte des Altertums unterrichtete.

Ich fand Trost in solchem Wissen um all diese neuen Welten, um die Veränderungen in der Vergangenheit; ich hatte das Gefühl, auf diese Weise auch die Veränderungen bei uns zu Hause seit Myrtles Tod klarer beobachten zu können, die neue Ängstlichkeit, die mein

Vater an den Tag legte und die mit seiner üblichen Stärke und seiner Dominanz zu Hause nicht übereinstimmte. Obwohl er sich beschwerte, wenn wir Mädchen ihn um Kleidung baten, die wir nicht bekommen konnten, da wir unsere Schulkleider in und außerhalb der Schule tragen mußten, wurde er nicht mehr wütend über unsere Forderungen, nicht einmal über unser »Andere Mädchen ziehen zu Hause normale Kleidung an«, was er ignorierte oder worauf er mit der Bemerkung konterte: »Müßt ihr alles nachmachen, was die anderen Mädchen tun?« Statt dessen begannen sich sein Zorn und seine Enttäuschung auf unseren Bruder zu konzentrieren, der in diese neue Milde nicht einbezogen war, denn Dad war immer noch davon überzeugt, daß Bruddies Epilepsie in gewisser Weise Bruddies »Schuld« war, daß er damit aufhören könnte, wenn er mehr Selbstdisziplin hätte. Dad ging nun auf ihn los, behandelte ihn mit Spott und Verachtung und kritisierte alles, was er tat, während Mutter, auf Bruddies »Seite«, es mit Erklärungen versuchte und, wenn die Erklärungen nichts fruchteten, Zuflucht zu Bibelzitaten nahm: »Selig, die Frieden stiften, denn sie werden Söhne Gottes genannt werden.« »Wenn ich in den Sprachen der Menschen und Engel redete, hätte aber die *Liebe* nicht …«

Eine andere Welt, die völlig neu für mich war, war die Art von Musik, die ich vorher nicht gekannt hatte und die ich durch die Lieder in unserem Commonwealth-Liederbuch und durch eines der Mädchen in unserer Klasse kennenlernte. Sie hieß Shirley Grave und fiel mir zuerst dadurch auf, daß die Lehrer sich über ihren Mangel an Ordnung beklagten, ihre Geistesabwesenheit, was offenbar durch ihre Phantasie ausgeglichen wurde. »Shirley hat Phantasie. Sie schreibt Gedichte.« »Was für eine Träumerin du bist, Shirley! Immer ganz versunken in deiner Welt der Poesie und Phantasie!«

Ich blickte mit Interesse und Neid auf dieses Mädchen, das die dichterischen Eigenschaften besaß, nach denen ich mich sehnte. Ich wollte eine Dichterin sein, und ich wußte, daß Dichter phantasievoll sein und große Träume träumen mußten. Niemand hatte mich jemals phantasievoll oder poetisch genannt, denn ich war eine praktische Person, schrieb sogar Gedichte, die praktisch waren und in denen ich fast nie versäumte, das Neue zu erwähnen, das ich gelernt hatte, oder Listen von Menschen, Orten, Farben aufzustellen. Mein Gedicht über Scotts Expedition lautete beispielsweise:

Oats Evans Bowers Wilson und Scott
nicht vergessen von Welt und Gott...

Trotz meines Ehrgeizes hätte mich niemand eine Dichterin nennen können!

Auch war ich gut in Mathematik und löste gerne Aufgaben, wogegen der Kommentar »Shirley hat Phantasie... Was für eine Träumerin« üblicherweise dann fiel, wenn Shirley über einem mathematischen Problem aus der Fassung geriet.

Dann, beim Musikwettbewerb, sang Shirley »An die Musik«, aus unserem Commonwealth-Liederbuch.

Du holde Kunst, in wieviel grauen Stunden,
wo mich des Lebens wilder Kreis umstrickt,
hast du mein Herz in warmer Lieb' entzunden...

Ich hatte das Gefühl, noch nie ein so schönes Lied gehört zu haben, sowohl was die Klavierbegleitung als auch was die Worte betraf. Beim Wettbewerb erfuhr ich, daß Shirley auch Klavier spielte und daß nur drei Mädchen aus der Klasse keine Klavierstunden nahmen. Und dann – was Shirleys beneidenswerte Begabung vollkommen machte – starb ihr Vater, und während Shirley fehlte, teilte uns die Lehrerin seinen Tod mit und mahnte uns, wir sollten nett zu Shirley sein, weil ihr Vater gestorben war.

Ich war überwältigt von Neid und Sehnsucht. Shirley hatte alles, was eine Dichterin haben mußte, und dazu noch die Tragödie eines toten Vaters. Wie konnte ich je eine Dichterin sein, ich, die so praktisch war, nie geistesabwesend, die Mathematik liebte und deren Eltern am Leben waren? Na gut, dachte ich, wenn ich nicht die Träumerin sein kann, die man sein muß, dann kann ich zumindest so tun als ob, und so schrieb ich ein Gedicht über Träume und glaubte, wenn ich wiederholt das Wort *Traum* verwendete, würde ich irgendwie auch Träume erschaffen.

Ich träume von Hügeln im Morgentau,
Ich träume vom Himmel, wenn es tagt...

Wie konnte jemand, der diese Zeilen las, bestreiten, daß ich eine Träumerin war?

Ich sandte mein Gedicht an die Rundfunksendung »Skipper«, wo es unerwarteterweise einen Preis bei einem Gedichtwettbewerb errang. Mein Gedicht wurde im Rundfunk vorgelesen, und weil ich ehrlich überrascht war, daß man es gut fand, nahm ich an, das Wort *Traum* habe seine Wirkung getan; deshalb verwendete ich auch in künftigen Gedichten das Wort *Traum*, vor allem weil mir nun auffiel, daß die meisten Dichter es verwendeten, vielleicht um dieselbe Täuschung damit zu bewerkstelligen. »Geh leichten Schritts, damit du nicht auf meine Träume trittst... Wir sind die Musikanten, die Träumer der Träume sind wir... Sie haben ihre Träume und denken nicht an uns...«

Ich begann andere Wörter mit dem Etikett »poetisch« zu sammeln – *Sterne, grau, sanft, tief, Schatten, klein, Blumen*... wovon einige als meine Wörter in meinem Gedicht ihren Ursprung hatten, doch eigentlich nur verwendet worden waren, weil es die Wörter der »Dichtung« waren; und weil die Dichtung alles betonte, was romantisch war (verschwommen, unbenennbar, klein, alt, grau), vermeinte ich durchaus auf dem Wege zu sein, als »poetisch und phantasievoll« zu gelten, obwohl mir schmerzlich bewußt war, daß ich mit keinem der Gebrechen aufwarten konnte, die bei Dichtern so geschätzt waren: nicht einmal ein Elternteil war tot. Natürlich hatte es Myrtles Tod gegeben, und in den Lyrikstunden wurde ihr Name oft erwähnt: »Und wieder der Lorbeer und wieder die Myrte...«, ebenfalls im Zusammenhang mit dem Ertrinken..., und als ich den Namen im Schulzimmer vernahm, versetzte es mir einen solchen Schock, daß ich die Zehen einzog und die Hände in die Tischplatte grub, damit ich nicht in Tränen ausbrach. Irgendwie »zählte« Myrtles Tod nicht recht; er war zu sehr in meinem Innern und ein Teil von mir, und ich konnte ihn nicht ansehen und *träumerisch, poetisch* sagen: »Ah, das hier ist eine Tragödie. Alle Dichter hatten ein tragisches Leben.«

Auch die Krankheit meines Bruders »zählte« nicht; sie war zu präsent. Keiner schien sich mit ihr abfinden zu können. Mutter sagte immer noch: »Wenn du darüber hinweg bist, Bruddie.« Er konnte nicht zur Schule gehen. Er bildete sich selbst mit Büchern, die ich von der Bibliothek mit nach Hause brachte, und mit den vielen Büchern, ursprünglich aus der Bibliothek, doch nun mit dem Vermerk *Abgelegt* gekennzeichnet, die er auf der städtischen Müllhalde fand und in seiner Schubkarre nach Hause brachte. Für ihn bestand wenig

Hoffnung auf eine Anstellung, denn wenn er eine fand, dann deckte immer jemand auf, daß er Epilepsie hatte, und er wurde entlassen. »Sie haben es herausgefunden, Mum«, sagte er dann verbittert.

Mein Vater konzentrierte seine Aufmerksamkeit immer mehr auf die »Fähigkeiten« seiner Töchter. Jeden Tag, wenn ich von der Schule nach Hause kam, stellte er die leicht scherzhafte, doch im Grunde ernstgemeinte Frage: »Warst du heute Klassenbeste? Wen hast du heute geschlagen?« Er merkte sich die Namen unserer »Rivalinnen« in der Schule und fragte: »Na, hast du M. oder S. oder T. heute geschlagen?«

Diese Haltung war nicht ungewöhnlich; sie herrschte unter den Besten der Klasse vor, die ständig ihre Mitschriften und Ergebnisse und Noten verglichen. Der Wettbewerbsgeist florierte in der ganzen Schule, und wenn man an der »Spitze« war, wo auch ich mich zu meiner Überraschung fand, genoß man Ruhm und Privilegien, doch wenn man sich unter dem »Rest« befand, hatte man dauernd sarkastische Bemerkungen von seiten der Lehrer zu ertragen. Eine Auslese von vier oder fünf Mädchen, die jedoch nicht zu den Allerbesten zählten, zogen rein aufgrund persönlicher Eigenschaften einen Großteil der Macht und der Privilegien auf sich und waren so einigermaßen gefeit vor den Schmähungen, die sich gegen die langsameren Schüler richteten. Diese Gruppe bildete den Kern der Klasse, und ihre Aktivitäten zu Hause und in der Schule waren die Quelle fast aller Interessen und Neuigkeiten in der Klasse; wir übrigen bewegten uns am Rande in mehr oder weniger entfernten konzentrischen Kreisen und blickten hin zu der Gruppe, deren Macht in der Praxis sogar den Ruhm der Klassenbesten übertraf, die letztlich doch manchmal verächtlich als »Streber« bezeichnet wurden.

Am Rande des von der Gruppe am weitesten entfernten Kreises, wo normalerweise mein Platz war, sah ich mich gemeinsam mit einem großen, an Asthma leidenden Mädchen, Shirleys Freundin, die ständig von ihren Brüdern an der Universität redete und sie andauernd zitierte, wobei die Zitate hauptsächlich von Karl Marx stammten. Karl Marx sagt dies; Karl Marx sagt das... Ich saß mit diesem Mädchen beim Mittagessen, und während sie den Kommunismus erklärte und über Karl Marx redete, blickte ich voll Neid zu dem Ort hin, wo die Gruppe in angeregter Unterhaltung saß und in schallendes Gelächter ausbrach, wenn sie berichteten, was

Mummy und *Daddy* am Wochenende im Häuschen am Meer gesagt und getan hatten. Die Macht und das Glück, das von ihnen ausging, waren während dieser Unterhaltungen fast greifbar. Ihr Leben überschattete das der übrigen in der Klasse; nicht einmal Karl Marx konnte es mit ihnen aufnehmen. Ihre Familien waren glücklicher, lustiger, aufregender als alle anderen; und sie alle lebten auf dem legendären *South Hill.* Selbst die Lehrer konnten ihnen nicht widerstehen und gaben ihnen regelmäßig Rollen bei der Dramenlektüre in der Klasse, während wir anderen neidisch zusahen und zuhörten. Sie waren es, die auf der Goldenen Straße nach Samarkand reisten, die den *Sommernachtstraum* und den *Kaufmann von Venedig* erlebten; sie waren Portia, Titania, Puck, während wir übrigen uns damit zufriedengeben mußten, einsame Feen oder erste, zweite oder dritte Stimmen aus dem Bühnenhintergrund zu sein.

Am Ende des Schuljahres erhielt ich einen Preis, *Jungen und Mädchen, die berühmt wurden,* ein Buch, das ich und meine Schwestern und mein Bruder in den Ferien voll Spannung lasen. Wir lernten die Geschichte der Brontës kennen und lieben – die trostlose Szenerie der Yorkshire-Moore, das Pfarrhaus, den Friedhof. Wir fühlten uns der selbstgenügsamen Familie mit dem »wilden« Bruder verwandt, den fernen Eltern, die ihre tägliche Arbeit verrichteten – die Brontës mit ihren Mooren, wir mit unserem Hügel und unserem Kanal und den Kiefernwäldchen. Der Tod hatte ihre Familie heimgesucht, genau wie unsere, und ihr Leben war um so vieles tragischer als unser Leben, das trotz allem überwiegend glücklich war, so daß wir ihnen dankbar die traurigen Gefühle entgegenbringen konnten, die uns manchmal überkamen, und unsere Gefühle den Brontës zu schenken, war um so vieles befriedigender, als sie Jeanette MacDonald und Nelson Eddy zu Füßen zu legen, den augenblicklichen »Stars«, mit ihren geschmacklosen musikalischen Bitten:

> Liebling Liebling Liebling
> wirst du mich jemals lieben…

Selbst meine geliebten Cowboylieder und traurigen Gedichte (»Der Hund am Grab seines Herrn«) erhielten nicht, was wir den Brontës schenkten und was ich jetzt der neu entdeckten Musik entgegenbrachte (»Du holde Kunst, in wieviel grauen Stunden, wo mich des

Lebens wilder Kreis umstrickt, hast du mein Herz in warmer Lieb' entzunden«).

Ich hatte das Gefühl, nicht mehr der trauernde Vogel aus »Einst Paumanok« zu sein. Ich hatte das Gefühl, daß das Leben nun sehr ernst zu nehmen war. Ich dachte manchmal voller Neugier und Angst an die Zeit, die man Zukunft nennt.

21
Das hungernde Geschlecht

Irgendwann in diesem Jahr hatte ich eine kurze Begegnung mit Poppy, die nun ebenfalls in die Oberschule ging und den kaufmännischen Zweig machte. Das Wort *kaufmännisch* weckte ein solches Entsetzen in mir, daß ich kaum glauben konnte, daß Poppy das überleben würde. Wenn ich unter den Fenstern des Klassenzimmers vorbeiging, wo die »Kaufmännischen« ihren Unterricht hatten, konnte ich das Geräusch ihrer Schreibmaschinen hören und mir vorstellen, welch schreckliches Geschick sie erwartete.

Ich traf Poppy in der Nähe der Ecke Glen Street, an der Böschung mit dem Eiskraut, wo wir vor Jahren den Saft aus den gerippten Stengeln gequetscht hatten, um die Warzen auf unseren Händen wegzuzaubern. Das Verbot unserer Freundschaft, die absolute, ja sogar stolze Annahme der Entscheidung unserer Eltern und die völlig getrennten Wege, die wir seither gingen, erfüllten uns mit einem besonderen, distanzierten Interesse für das Leben des anderen, und als Poppy nüchtern wiederholte: »Weißt du, ich mache den kaufmännischen Zweig«, empfand ich ein arrogantes Gefühl des Verrats, denn *jeder* wußte, daß die *Kaufmännischen* etwas niedriger im Ansehen standen als die aus dem *akademischen* Zweig, und ich wollte nicht, daß man Poppy verachtete.

»Ja, ich lerne Stenographie, Maschinenschreiben, doppelte Buchführung.«

Wie konnte sie nur!

»Gefällt dir der kaufmännische Zweig?« fragte ich höflich.

»So viele Kürzel«, sagte Poppy.

Ich hatte noch nie von Kürzeln gehört.

»Wir lernen die ganze Zeit Kürzel.«

»Ach wirklich?«

Über unserer Begegnung lag eine Ergebenheit, ein Ernst. Wir hätten zwei Soldaten auf einem Schlachtfeld sein können, die Bemerkungen über ihre Überlebenschancen austauschten. Dieser Ernst wurde irgendwie noch betont durch unsere dunkelgrauen Sergekittel, das Kennzeichen der Oberschülerinnen. Der gewebte Gürtel um Poppys Kleid war rot, die Farbe von Burn House; meiner war grün, für Gibson. Wir starrten einander an und nahmen diese Tatsachen zur Kenntnis.

Dann plötzlich schien Poppy zum Leben zu erwachen, die gleiche alte Poppy, die trotzig darauf bestanden hatte, daß die Blumen anderer Leute, die durch den Zaun wuchsen, uns gehörten, daß wir das Recht hatten, sie »einzukassieren«, die Poppy, die mir Geranien gezeigt hatte, ihre Farbe und ihren Geruch, die Poppy der Grimmschen Märchen.

»Wir nehmen gerade ›Ode an eine Nachtigall‹ durch«, sagte sie. »Es steht in unserem *Helikon*.«

Ich hatte »Ode an eine Nachtigall« nicht gelesen, da ich einen Widerwillen hegte gegen einen Dichter, der sich in so langweiligen Details ergehen und sagen konnte: »Mein Herz tut weh und dumpfe Starrheit preßt den Sinn...«

»Wir müssen ein paar Strophen auswendig lernen«, sagte Poppy und begann sie vorzutragen:

> Du nicht zum Tod geboren, unsterblich du!
> Dich tritt in Grund kein hungerndes Geschlecht;
> der Stimme, der ich lauschte, hörten zu
> in alten Tagen Kaiser schon und Knecht:
> zog nicht vielleicht der nämliche Gesang
> durchs Herz der Ruth, als von der Heimat träumend
> sie weinend ging durch fremden Feldes Korn?
> Wie oft von seinem Klang
> aufsprangen Zaubergatter ob der schäumend
> fahrvollen Flut, im Feenreich verlorn.

Poppys Vortrag überraschte mich völlig. Sie sprach mit leidenschaftlicher Vertrautheit, als stehe das Gedicht direkt mit ihr in Zusammenhang, als wäre es ein Meilenstein in ihrem eigenen Leben. Sie hatte mir damals soviel geschenkt, und jetzt, an der Ecke Glen Street, in der Nähe der Böschung mit dem Eiskraut, schien sie widerstrebend ihren Rückzug aus der Kindheit zu erklären, auch durch die Art, wie sie Keats' Schilderung unseres Wunderlandes als »verloren« zu akzeptieren schien. Der Aufruhr und die Verzweiflung in den Worten »Dich tritt in Grund kein hungerndes Geschlecht« faszinierten mich, obwohl ich sie kaum verstand; die Worte kamen aus Poppy wie ein Schreckensschrei. Warum? Das Gedicht schien keinen Zusammenhang mit ihr zu haben, der »Kaufmännischen« mit Stenographie und Maschinenschreiben und doppelter Buchführung; dennoch hatte sie das Gedicht und seinen Inhalt zu ihrem ganz persönlichen Besitz erklärt.

Ihr Vortrag besaß die Realität eines kostbaren Abschiedsgeschenks, das ich nicht anzunehmen wußte, weil ich es nicht verstand. In meiner Unwissenheit – nicht einmal vertraut mit der biblischen Erzählung über Ruth – fiel mir nur ein Mädchen aus der Schule ein, Ruth, die vorzeitig abgegangen war, weil sie ein Baby erwartete; und da ich keine Erfahrung mit Nachtigallen hatte und meine Eden Street abends und morgens vom Klagen und Gurren der Tauben aus der Glen Street erfüllt war und vom Gezwitscher der Schwärme von Goldfinken, die unseren Garten heimsuchten, empfand ich nur jenes »hungernde Geschlecht«, die fahrvolle Flut und das verlorene Feenreich als real.

»Wir lernen es auswendig«, sagte Poppy wieder und brach damit den Bann.

»Wir haben es noch nicht gehabt«, sagte ich und sprach, wie es unsere Art war, von einem literarischen Werk wie von einer Krankheit.

»Ich muß gehen«, sagte Poppy.

Wir verabschiedeten uns voneinander. Ich sprach nie wieder mit ihr. Ich erfuhr, daß sie am Ende jenes Jahres die Schule verließ und bald heiratete und sich in einer der Küstenstädte Otagos niederließ.

22
Das Königreich am Meer

Die Sommerferien überzeugten mich davon, daß Myrtle wirklich für immer verschwunden war. In diesem Jahr hatten wir fast jeden Sonntag ihr Grab besucht, das jetzt nur noch ein Grab unter vielen war, auf dem Löwenzahn, Huflattich und Sternkraut zu wachsen begannen. Wir gingen nicht mehr auf den Friedhof. Myrtle war fort. Die Tage der *Secret Confessions*, der *True Story*, der *True Romance*, der heftigen Auseinandersetzungen waren verflogen, und ich, nun das älteste Mädchen, das Lehrerin werden sollte wie Kusine Peg, die aus Schottland nach Kanada ausgewandert war, tat mein Bestes, um die Oberfläche des Lebens zu glätten, um in gewissem Sinne unsichtbar zu sein, um alles in mir zu verbergen, was vielleicht Mißbilligung oder Zorn auf sich ziehen konnte. Ich hatte keine engen Freundinnen in der Schule und keinen Freund. Marguerite betrachtete ich nun, wie ich Poppy betrachtete – aus einer Distanz, als Teil der Vergangenheit und eines anderen Lebens, und die Oberschule mit ihrer Aussicht auf Jahre des Lernens, der Hausaufgaben und Prüfungen bot mir ein neues, ernsthaftes Leben ohne Spiel. Ich war immer noch Mitglied des Athenäums und der Fachschule für Maschinenbau, hatte mich durch alle Bücher in der Jugendbibliothek durchgelesen, war jedoch noch nicht alt genug, um mit der Abteilung für Erwachsene zu beginnen. Ich erinnerte die Familie daran, daß ich bald in die zweite Klasse aufsteigen und noch mehr zu lernen und noch mehr Hausaufgaben haben würde, und man erlaubte mir, ins Vorderzimmer zu ziehen, wo vorher nur die Toten und die Gäste geschlafen hatten, mit den Sturmer-Äpfeln in der Ecke, weit genug von der Küche entfernt, um meine Ohren vor den Auseinandersetzungen zu verschließen, die sich nun auf meinen Bruder zu konzentrieren begannen, der etwa fünfzehn war und den Billardsaal in der Stadt entdeckt hatte, der damals gleichbedeutend mit einer Spielhölle war und als Sündenpfuhl angesehen wurde.

Wir Mädchen verbrachten die Abende üblicherweise mit Hausaufgaben, Schreiben oder Radiohören – *Paps und Paul aus Snake Gully*, *Fred und Maggie Jedermann*, *Der japanische Hausdiener*, die

Quizsendungen, Parlamentssitzungen und die einstündige Sendung *Inspektor Scott von Scotland Yard* mit ihrem immer gleichen Ende: »Also dann, führt ihn ab« und Titeln wie »Die Eule«, »Der Nabob von Blackmere«. Wir waren auch begeisterte Hörer der Kindersendungen – *Bruder Bill* mit seinen Natursendungen auf 4YA und *Skipper* auf 3YA mit der Serie »David und Dawn im Feenland«, mit einer Musikeinführung, die uns immer zu kurz war und von der wir dachten, sie hieße »David und Dawn« – doch ein paar Jahre später fand ich heraus, daß es der »Blumenwalzer« aus der *Nußknackersuite* war. Immer noch träumten wir davon, öffentlich aufzutreten, ein Musikinstrument zu spielen; immer noch besuchten wir häufig die Talentwettbewerbe der Gegend, wurden in die billigen Nachmittagsvorstellungen eingelassen und versuchten verzweifelt, uns die Schritte der Tänzer einzuprägen, um sie dann zu Hause zu üben. Wir schrieben auch regelmäßig an *Pünktchens kleine Leute*, und der Montag morgen war für mich immer voll Aufregung, wenn ich auf Dads Fahrrad hinunterfuhr, um das Fleisch und die Zeitung zu kaufen (Rindskutteln um sechs Pence, Hackfleisch um zwei Pence), und wenn ich die Zeitung gekauft hatte, warf ich schnell einen Blick auf die vorletzte Seite, um zu sehen, ob unsere Briefe oder Gedichte und Pünktchens Kommentare dazu dort standen.

Wieder begann ein Schuljahr, und wieder erhielt ich ein kleines Stipendium von fünf Pfund, was mir beim Bücherkauf behilflich war. Es gab die üblichen Geldsorgen und eine steigende Besorgnis, was mein Schulkleid betraf, das nun zu eng war und sich über meinen wachsenden Brüsten spannte, aber noch bis zum Schulabschluß halten mußte. Und ich hatte das Gefühl, nirgendwo hinzugehören, da ich nicht über mein Leben zu Hause reden konnte und das offensichtliche Selbstvertrauen und die Zufriedenheit der anderen Mädchen in der Klasse sah, insbesondere der Gruppe, deren Mitglieder alle wieder in die Schule zurückgekommen waren. Ein oder zwei Mädchen waren aus der Schule ausgetreten, darunter auch Shirley, deren verwitwete Mutter, wie es hieß, kein Geld für ein weiteres Jahr aufbringen konnte. Als ich hörte, daß Shirley (»An die Musik«: »Du holde Kunst, in wieviel grauen Stunden, wo mich des Lebens wilder Kreis umstrickt, hast du mein Herz in warmer Lieb' entzunden«) am Polytechnikum oder bei Bulleids arbeitete oder in irgendeinem Geschäft, das »Kurzwaren« verkaufte – Bänder, Spitzen,

Baumwolle (Clark-Stickgarn), Crewel-Nadeln –, empfand ich ein Gefühl der Trostlosigkeit und Vergeudung: Poppy im kaufmännischen Zweig, Shirley als Verkäuferin, wie eine Wiederholung von »Altes graues Eichhörnchen«:

> Gleich einem Eichhörnchen ist er gefangen.
> Er addiert Summen und wird grau schon vor der Zeit.

Was war mit dem »hungernden Geschlecht«? Und dem Ausüben der »holden Kunst in grauen Stunden...«?

Ich begriff, daß ich tatsächlich eine Träumerin war, einfach deshalb, weil die Realität überall so scheußlich und desillusionierend war und die Träume Jahr um Jahr einem erbarmungslosen Verfall unterwarf.

Und wieder bleiben mir aus diesem Jahr, in welchem Miss Gibson unsere Klassenlehrerin war, die Freuden der französischen und englischen Literatur in Erinnerung und die Spannung und strenge Formalität der mathematischen Aufgabenstellungen: Zu beweisen. Aufstellung. Beweis. Schlußfolgerung. Wieder waren wir eine kleine Klasse, und eine zweite, größere zweite Klasse des akademischen Zweigs war von uns durch eine Flügeltür getrennt, die für den Englischunterricht und gelegentlich für Mathematik und Französisch geöffnet wurde. Der Raum war der alte Festsaal mit der Tafel mit den Namen der Ausgezeichneten und den Listen der Kriegstoten. Die große 2B-Klasse, von denen die meisten – anders als wir, die wir aus der Oberschule kamen – direkt aus Schulen vom Lande kamen oder, was in Miss Gibsons Augen ein Verbrechen war, »Bus«-Mädchen oder Internatsschülerinnen waren, wurde zur Zielscheibe von Miss Gibsons oder Gibbys Sarkasmus, während wir, die 2A, selbstgefällig dasaßen und unser Überlegenheitsgefühl hätschelten.

Ein Teil unserer Klasse bestand noch immer aus der Gruppe, die nun über die zweite Klasse herrschte und der es gelang, dem Rest der Klasse ihren Geschmack in Fragen der Kleidung, ihre Umgangsformen, ihre Freizeitgestaltung, ihre Filme, Bücher und ihre Ansichten über sämtliche Themen aufzuzwingen. Ich pflegte sie eingehend zu beobachten, fasziniert von ihrer Macht. Alle waren adrett gekleidet, mit korrekten, vollständigen Schuluniformen, sogar mit Sachen, die nicht obligatorisch waren und die sich nur wenige der anderen leisten konnten. Da war P., pausbäckig, sommersprossig, eine geborene Komikerin, die beim Mittagessen die Aufmerksamkeit aller auf sich zog, wenn sie von ihren Abenteuern im Wochenendhaus mit Mummy und Daddy berichtete. Ihr Vater war Auktionator. Da war M., klein, dunkel, eine ausgezeichnete Pianistin (ihre Mutter war Musiklehrerin), Verfasserin edler patriotischer Aufsätze, ein großzügiges, nachdenkliches Mädchen, das allgemein zur Beliebtesten der Klasse erklärt wurde. Auch ihr Vater war Auktionator und zeitweilig Bürgermeister von Oamaru. Dann war da noch B. (auch ihr Vater Auktionator), eine ausgezeichnete Tänzerin, die bei lokalen und nationalen Wettbewerben viele Preise davontrug, auch eine Wettläuferin und »gutaussehend« im allgemein anerkannten Stil der Zeit. Die Künstlerin der Gruppe war L., ein hübsches dunkelhaariges Mädchen, dessen Vater Zimmermann war und die immer den Preis für Bildende Kunst gewann. Das letzte Mitglied war J., eine weitere Komikerin, dünn, liebevoll »Bohnenstange« genannt, linkisch, intelligent, mit einer ausgeprägten Phantasie, die nicht immer gewürdigt und von den Lehrern oft nicht erkannt wurde. Sie war im landläufigen Sinne häßlich.

Abseits der Gruppe, jedoch sich manchmal in einer Art Zweite-Klasse-Tanz darin bewegend, waren J. und M.; M., die ebenfalls eine ausgezeichnete Pianistin mit Tiefe und Stille in ihrem Spiel war. Sie war klein und, wie die meisten anderen, »hübsch«. Irgendwo, irgendwann war ich von einem Snobismus angesteckt worden, der mich veranlaßte, mich zu fragen, warum L., deren Vater »nur ein Zimmermann« war, Teil der Gruppe wurde. Der Beruf des Vaters spielte durchaus eine Rolle, in der Klasse und in der Schule, und es war möglich, aufgrund einer Anhäufung von Prestige zu überleben und zu gedeihen, das daraus resultierte, daß man einen illustren Vater hatte (Bürgermeister, Stadtrat, Arzt, Zahnarzt) oder einen ebensolchen Verwandten (wie im Falle eines der Mädchen) oder gleich beides aufweisen konnte – W.s Vater war Direktor der Baumwollspinnerei, und ihre Kusine war Lehrerin in Waitaki!

Ich blieb weiterhin Mitglied der kleinen Gruppe von »Klassenbesten«, die ihre Aufgabenergebnisse miteinander verglichen und im Mathematik-Zusatzkurs den anderen vorausarbeiteten. Die Klügste aus unserer Gruppe war für gewöhnlich W. (deren Vater Direktor der Baumwollspinnerei war), die neben der Schule wohnte und ein großes Puppenhaus hatte, das auf dem Rasen vor dem Haus stand. W. war auch in ihrer Lektüre weit fortgeschritten und hatte schon alle Kinderklassiker gelesen – *Alice im Wunderland*, Kiplings *Dschungelbuch*, *Die Kröte aus Krötenhausen*, und sie wußte die Antworten auf Fragen, die uns unverständlich und unbeantwortbar schienen, wie beispielsweise Zitate aus Gedichten, die wir nicht gelesen oder von denen wir noch nie gehört hatten. Sie war das Mädchen, das mein Vater meinte, wenn er zu mir sagte: »Na, hast du W. heute geschlagen?«

Ich sehnte mich nach einem innigen Verhältnis zu meinem Vater. Manchmal fragte er mich noch: »Wie hat dich das Schaf angesehen?«, und nach all den Jahren verbarg ich noch immer pflichtschuldig mein Gesicht und setzte meinen »Schafblick« auf, eine Möglichkeit, mit meinem Vater auf eine schmerzfreie Weise etwas gemeinsam zu haben. Ich teilte auch die Kreuzworträtsel mit ihm und die Quizsendungen und die Detektivgeschichten, die er nun nach Hause brachte – kleine rechteckige Bücher, die aussahen wie die Liebesromane und Internatsromane und Wildwestromane, die wir Mädchen jetzt ab und zu lasen. Sie nannten sich *Sexton-Blake-Bibliothek*. Ich verachtete die Art, wie sie geschrieben waren; doch behielt ich meine Kritik für mich und las gehorsam jeden neuen Band.

»Ich habe den letzten Sexton Blake gelesen«, sagte ich zu Dad. »Er ist ganz gut.« Dad antwortete dann (die Dankbarkeit in seinem Blick ließ mich Mitleid für ihn empfinden): »Na ja, es ging. Ich bringe am Wochenende noch ein paar mit nach Hause.« Ich vermeinte nun die Gefühle meines Vaters durchschauen zu können, und die Tragödie, die ich zu sehen glaubte, erfüllte mich mit Traurigkeit. Wenn Mum so nebenbei sagte: »Jean und ihr Vater lesen beide gern diese Detektivgeschichten«, dann empfand ich unmäßigen Stolz und Dankbarkeit.

Und während ich zu Hause »Sexton Blakes« las und mich in Schulbücher und andere Bücher aus der Bibliothek vertiefte, las die Gruppe Rafael Sabatini, Nordhoff und Hall (Bücher in der Art der *Meuterei auf der Bounty*), Georgette Heyer (*Die alten Schatten*), die ich mich alle zu lesen weigerte, weil die Wahl meiner Lektüre meine Form der Rebellion gegen die Dominanz der Gruppe war. Wenn sie ein Buch lasen, dann nahmen sie es voll und ganz in sich auf, sprachen davon, analysierten es, und bald las es die halbe Klasse.

Die Themen ihrer gerade aktuellen Lektüre interessierten mich nicht, denn die Vorliebe für physische Abenteuer, die ich bei meiner früheren Lektüre gehegt hatte, hatte sich verflüchtigt, und die Duelle und Königreiche und Kostümfilme und -bücher langweilten mich: meine Schwadronierzeit war vorüber. Allerdings ließ ich mich herab, die Anne-Bücher von L. M. Montgomery zu lesen, und ich fand Gefallen daran, insbesondere an den Anspielungen auf Annes »Phantasie«. So mußte man also sein, wenn man als »phantasievoll« gelten wollte – wiederum die Eigenschaften von Shirley Grave: verträumt, poetisch. Trotz meiner Sehnsucht war ich weiterhin in beunruhigender Weise in der Welt der Tatsachen zu Hause und eher prosaisch denn phantasievoll. Ich wollte jene Phantasie, die eine Welt der Tatsachen bewohnen, sich wie ein leuchtendes Licht auf das gewöhnliche Leben in der Eden Street senken konnte und mich nicht zwang, in einem »Anderswo« zu leben. Ich wollte, daß das Licht auf die Tauben in der Glen Street schien, auf die Pflaumenbäume in unserem Garten, die beiden Japanischen Quitten (eine rot, eine gelb), auf unsere Kiefernwäldchen und den Kanal, unser Gartenhaus, unser Leben und unser Haus, auf die Welt von Oamaru, dem Königreich am Meer. Ich weigerte mich hinzunehmen, daß ich, wenn ich meinen heimlichen Wunsch erfüllen wollte, Dichterin zu werden, mein Phantasieleben unter den Nachtigallen verbringen sollte anstatt unter den Wachsaugen und Fächerschwänzen. Ich wollte, daß mein Leben diese »andere Welt« war. Oft dachte ich dankbar an die großzügigen Dichter, die in meine Welt eingetreten waren, um über Myrtle und unser Königreich am Meer zu schreiben, und dabei Tatsachen und Phantasie in einer Weise miteinander vermischten, welche die Ereignisse in Oamaru nur noch lebendiger machte – »sechzehn Jahre, als sie starb«, »das sind ihre Bücher, dies ihr Bett«. Das war wirklich Myrtle, »in ihrem sechzehnten Jahr«, wie in den Todesanzeigen gestanden hatte. Was ihre »Bücher und ihr Bett« anging, so war das tatsächlich Phantasie, denn wir Mädchen schliefen alle gemeinsam Kopf an Fuß in einem Bett, und das einzige Bücherregal im Haus war das in der Küche mit Oscar Wilde, dem Wörterbuch, der Bibel, dem Buch Gottes, den Zane-Gray-Wildwestromanen, einem Buch für Kinder, herausgegeben von einer religiösen Gemeinschaft, *Der Weg in den Himmel*; *Wir sind sieben*, das ich immer als unsere Lebensgeschichte ansah, denn unsere Familie umfaßte sieben Personen; *Die letzten Tage von Pompeii*; *Die Fässer von Tyre*; *Sie zahlten den Preis*; *Vom Spiel zum Ernst*; *John Halifax, ein Gentleman*; *Dr. Chase' Haushaltsbuch* ...

Und genau wie ich dazu neigte, mich dem Urteil der Gruppe in Fragen zu unterwerfen, in denen sie Erfahrung hatten und ich nicht – Kleidung, Gesellschaftsleben, Tanzen –, hatte ich auch das Gefühl, mich den Dichtern im Hinblick auf ihre Konventionen, ihre Wortwahl zu unterwerfen, und so schrieb ich weiterhin meine Verse, randvoll mit ihren Träumen, Dämmerungen und kleinen alten Männern mit grauen Gesichtern.

In diesem Jahr entdeckte ich auch den alten Seefahrer. Eines Morgens kam Miss Gibson ins Klassenzimmer, und ohne ein paar einleitende Worte zu geben, setzte sie sich an ihren Tisch, öffnete ein Buch, sagte in ihrer »Ansagerstimme«: »›Die Weise vom alten Seefahrer‹ von Samuel Taylor Coleridge« und begann zu lesen. Sie las das ganze Gedicht, sagte: »Schreibt bis nächste Woche einen Aufsatz über den alten Seefahrer« und verließ dann die Klasse. Die Stunde war vorbei.

Ich hatte noch nie etwas vom alten Seefahrer gehört, und während Miss Gibson las, lauschte ich der Geschichte von der schrecklichen Reise, obwohl ich sie nur halb verstand; alles andere verschwand, und auch ich war allein auf dem Meer, erfuhr den lebendigen Tod, fühlte die Nähe einer Meereslandschaft, die ein Teil von Oamaru war. Der Anblick des Albatros war gleichzeitig ein Abschied von den Nachtigallen, denn obwohl ich nie einen Albatros gesehen hatte, hatte Mutter von ihnen gesprochen, und während der Tage in Fortrose und Waipapa hatte sie manchmal auf Meeresvögel in der Ferne gedeutet und gemurmelt: »Es könnten Albatrosse sein, Kinder.«

Ich begriff den Fluch und den Segen des Seefahrers nicht, nur die Reise und das Leid, und als Miss Gibson in der letzten Strophe ihren vertrauten Predigerton anschlug und las: »Am besten betet, wer am besten liebt«, war ich ärgerlich über ihre Einmischung und über die Einmischung des Landes und der Landschaft und diese Degradierung des Seefahrers, der nun mit den Augen eines Landbewohners betrachtet wurde, von einem Mann geheimnisvoller Größe, selbst als Schuldbeladener, zu einem »Graubart«.

Den ganzen Tag lebte ich in diesem Traum des alten Seefahrers, einem festgefügten, unentrinnbaren Traum, den Miss Gibson uns ohne Erklärung oder Entschuldigung aufgedrängt hatte, einem »reinen« Traum von jener Zeit auf dem Meer, in der Umklammerung des Wetters, die aus sich selbst heraus existierte, ohne Bezug zu Menschen oder anderen Geschöpfen und ihrem täglichen Leben mit Kirche, Hochzeitsgästen, langatmigen Geschichten. Und ohne Bezug zu der Schule, dem Lernen, Basketballspielen, Schwimmen, Gedichteschreiben. Oder dem Kühemelken.

Denn Dad, teils wegen der schönen Erinnerungen an die »vollkommenen« Tage, »bevor wir nach Oamaru zogen«, und teils aus dem praktischen Grund, daß eine wachsende Familie von Katzen und Menschen mit Milch versorgt werden mußte, kaufte bei Luxons eine Kuh.

23
Scrapers und Bluey

Die Kuh, eine Jersey mit schweren Knochen, welche darauf hindeuteten, daß sie vielleicht eine Kreuzung aus einer Jersey und einer Ayrshire war, und mit langen, nach innen gekrümmten Hörnern, hatte bereits den Namen Scrapers, aufgrund ihrer Gewohnheit, mit den Hufen auf dem Betonboden des Stalles zu kratzen. Ich fand mich dazu abkommandiert, sie zu melken, da Dad mit seiner Arbeit zu beschäftigt war, Mum auch zuviel zu tun hatte, Isabel und June zu klein waren und Bruddie zu oft krank war. Trotzdem hatten June und Bruddie melken gelernt, für den Fall, sie könnten zur Aushilfe herangezogen werden. Gegen eine kleine Gebühr durfte Scrapers zum Grasen ins Landschaftsschutzgebiet geführt werden, wobei das Schutzgebiet alle Kiefernpflanzungen umfaßte sowie den Hügel bis zum Nordrand der Stadt, was bedeutete, daß man weit gehen mußte, um sie zu finden, und so machte ich es mir zur Gewohnheit, auf meinem Gang Winkles, meine Katze, mitzunehmen. Myrtles schwarze, weiche Katze, Big Puss, deren Fell wie das der alten Katze vor ihr nun aufgrund von Alter und Abnutzung eine braune Tönung aufwies, hatte jedem von uns eine eigene Katze geschenkt, und jede hatte eine andere Farbe. Winkles war grau gestreift und hieß so wegen ihrer Gewohnheit, mir nach einem dieser langen Blicke, die Katzen gern auf Menschen richten, zuzublinzeln.

Manchmal molk ich Scrapers, wenn sie auf dem Hügel stand. Dann wieder brachte ich sie hinunter in den kleinen Kuhstall am Ende des Gartens, dessen Tor, das aus einem Teil von Großvaters altem eisernen Bettgestell bestand, sich auf die Stierweide öffnen ließ. Wenn ich Scrapers vom Schutzgebiet zur Stierweide führte, schlang ich ihr einen Strick um die Hörner und ging vor ihr her, und wenn wir zum Bach kamen, sprang ich hinüber, zog am Strick und versuchte, Scrapers dazu zu bewegen, mir zu folgen. Zu meiner Überraschung unterwarf sie sich bereitwillig dieser Prozedur, aber ein- oder zweimal sprang Winkles in ihrem Eifer in den Bach, worauf sie – wiederum zu meinem Erstaunen – ganz robust ans Ufer schwamm und hinauskletterte. Dann, nachdem ich Scrapers gemolken hatte, ging ich mit ihr zurück zum Hügel und stieg mit Winkles zur Anhöhe hinauf, und nachdem Winkles auf meine Schulter gesprungen war, blickte ich lange hinunter auf das vertraute Königreich am Meer und horchte, wie die Wellen heranrollten, sah wieder Kap Wanbrow mit seiner dunklen Masse von Kiefern und dem Durcheinander von Gebäuden – das Victoria-Altersheim, die Turmuhr, die Mühle, der Bach, das Leichenschauhaus, Thames Street, Reed Street, der Bahnhof, die Lokomotivschuppen und, weit draußen in der North Road, in der Nähe der Knabenoberschule, der hohe Schornstein der Wollfabrik. Und wenn ich so über Oamaru blickte, verfaßte ich meist ein Gedicht, das ich später in mein Heft schrieb.

Jetzt, zu Hause, war wieder das Geräusch der Milchzentrifuge zu hören, die sich in der Küche drehte, während Milch und Rahm aus ihren getrennten Röhren in ihre getrennten Schüsseln sprudelten, das Mahlen des hölzernen Butterfasses, dessen Holz glatt und mürbe war vom vielen Gebrauch; Mutter sang, während sie die Butter mit den gerippten Butterformen in Form klopfte, und wenn sie die Milchzentrifuge reinigte und »sterilisierte«, sprach sie das Wort *sterilisieren* mit einer Eindringlichkeit aus, einem Anflug von Verletzung, den sie nicht von seiner Verwendung trennen konnte, auch wenn sie nur einen harmlosen Akt beschrieb. Es gab Milch im

Überfluß, die Wärme einer undeutlich erinnerten frühesten Kindheit im vollen, überschäumenden Eimer. Dieser bewußte Versuch, die »alten Zeiten« wiederzubeleben, funktionierte bei mir nicht, denn die »alten Zeiten« in Wyndham bedeuteten für mich, daß ich als Diebin bekannt gewesen war, und ich war froh, dem entronnen zu sein; außerdem war mir nun die gegenwärtige Realität meiner von Dornen zerkratzten Schulstrümpfe am Morgen nur allzu bewußt, meine milch- und schmutzbespritzten Kleider und Schuhe, der Schlaf in meinen Morgenaugen, die Hetzerei, um pünktlich um neun Uhr in der Schule zu sein, und das Wissen, daß ich mich nach der Schule wieder auf die Suche nach Scrapers machen mußte. Dennoch wußte ich, daß die Zeit, in der ich Scrapers holte, molk und zurückbrachte und auf das Königreich am Meer hinunterblickte, während Winkles sich mit den Krallen an meiner Schulter festhielt und unsicher hin- und herschaukelte, eine glückliche Zeit war, da ich allein war mit meinen Gedanken und meinen poetischen Träumen.

Es gab aber auch Tage, an denen ich mich gedemütigt fühlte, weil ich Scrapers' Verhalten nicht verstand. Ich wußte nichts über das Sexualleben der Kühe, nur daß Kühe und Stiere »es« stehend taten. Auch hatte ich mich seit langem allem verschlossen und alles vergessen, was ich vor Jahren über die Funktion der Sexualität gelernt hatte. An manchen Tagen also, wenn Scrapers auf der Stierweide herumzutanzen begann und nicht zulassen wollte, daß ich ihr den Strick über die Hörner warf, und manchmal mit gesenkten Hörnern auf mich losging, als ob sie wütend wäre, war ich traurig, daß ich in meiner Rolle als Melkerin versagte, denn normalerweise waren Scrapers und ich Freunde, und ich war stolz darauf, daß sie zuließ, daß ich sie ohne Beinstrick molk, überall auf dem Hügel, ohne daß sie sich bewegte oder ihren Fuß in den Eimer stellte. Zu Hause erhielt ich keine Antwort auf meine Verwirrung, denn als ich Scrapers' seltsames Verhalten erwähnte, sagte Mutter nur beiläufig: »Laß sie. Ich werde Mr. Luxon sagen, er soll sie holen.«

Offensichtlich hatte Mr. Luxon einen Stier »draußen in Weston«, und so wurde Scrapers nach Weston gebracht und kam wenige Tage später wieder zurück, friedlich und ganz die Alte, und als schließlich ein Kalb geboren wurde, konnte ich die Verstümmelung nicht begreifen, der die Stierkälber unterzogen wurden, wenn sie ein paar

Monate alt waren und wir, die sie fütterten, sie ins Herz geschlossen hatten. Die Operation wurde üblicherweise nachts durchgeführt, in aller Heimlichkeit, von einem fremden Mann, der forteilte und das Stierkalb mit heißer Schnauze und Blut zwischen den Hinterbeinen zurückließ. An diesem Akt und an der beiläufigen Weise, in der meine Eltern meine Fragen beantworteten, war etwas Häßliches, Brutales, Erbärmliches. Halb wußte ich Bescheid, halb nicht. Ich wußte, daß Myrtle es mir ehrlich gesagt hätte, wenn sie noch gelebt hätte, mit ihrer Mischung aus Tatsachen und Gerüchten: »Sie haben sein Ding abgeschnitten, damit nicht ein wilder Stier aus ihm wird.«

Die Narbe war auf seinen Hoden: ich konnte sie sehen. Und ich hatte keine Ahnung, wozu Hoden gut waren, außer vielleicht als Behälter von Sperma. Ich wußte, daß das Stierkalb nun ein Ochse wurde, eine andere Gestalt annahm als ein Stier, der schwer und tief im Gras stand, eher einer Kuh ähnlich, doch mit zusammengeschrumpften Hoden und einem kleinen baumelnden Ding.

Die Heuchelei des Ganzen machte mich wütend. Man ließ mich in dem Glauben, daß ein fremder Mann unser kleines Stierkalb absichtlich verletzt hatte, ein Lebewesen, das wir fast von Geburt an gefüttert hatten, indem wir ihm die Hand ins Maul steckten und sagten: »Suk suk suk«, damit es zu saugen begann, zuerst im Eimer mit der gelben Milch, dann, nach ein paar Wochen, mit der abgerahmten Milch; daß er es absichtlich verletzt hatte und niemand etwas sagte und es allen egal war, sogar unserer Mutter, nur meinen Schwestern und mir nicht, denn mein Bruder war schon in das Geheimnis eingeweiht.

Bei einer jungen Kuh war es eine andere Geschichte, ein unerwarteter Gewinn, denn man konnte sie verkaufen. Wir beschlossen, eine, in einem hübschen blauen Farbton, zu behalten; und weil sie der ganzen Familie gehörte, konnten wir ihr auch nicht einen der Phantasienamen geben, so wie allen Kätzchen, die nicht bei ihrer Geburt ertränkt wurden: das neue Kalb sollte Bluey heißen. Scrapers und Bluey. Scrapers und Bluey, die da grasten im Herzen meiner poetischen Welt.

24
Faust und das Klavier

Es gab selten Gelegenheiten, bei denen ich Geld verdiente. Als ich in meiner Grundschulzeit einen Preis für einen Aufsatz zum Thema »Mein Besuch in der Mühle« gewann, kaufte ich, hauptsächlich unter dem Einfluß der alten Schulbücher und Geschichten voll mit dem Lob der Mutterliebe, auf Anraten von Mr. Burton in der Eisenwaren- und Geschirrhandlung für Mum eine Tasse, eine Untertasse und einen Teller aus Royal-Doulton-Porzellan. Ich gewann auch kleinere Preise im Schönschreiben bei der alljährlichen Landwirtschafts- und Viehschau, doch zu meiner Enttäuschung keinen für meine Ausstellungsstücke aus dem Blumenarrangement-Kurs, wo ich mich Jahr für Jahr auf Knopflochsträußchen und einmal kühnerweise auf Miniaturgärten spezialisierte. Vor kurzem hatte ich ein Gedicht für den *Eisenbahner* geschrieben, für das ich eine Guinee erhielt. Das Gedicht, das später in Tom Mills' Gedichtanthologie neuseeländischer Kinder aufgenommen wurde, war mein üblicher Tatsachenbericht aus der Welt der Natur:

Ein Wintermorgen wie ein Traum,
Kristalle schmücken jeden Baum.
Die Nebel ziehen durch das Gras
und Frost bemalt das Fensterglas.

Nachdem ich die »neue« Art von Musik, die Schubert-, Händel- und Mozartlieder kennengelernt hatte und mich danach sehnte, eine solche Musik spielen zu können, beschloß ich, mit meiner Guinee ein Trimester lang Klavierstunden bei Jessie C. zu nehmen, die mit ihrer Mutter und einem weißen Papagei in einem geräumigen Haus weiter oben in der Eden Street wohnte und angeboten hatte, mir zu einem ermäßigten Preis Klavierstunden zu geben und mich auf ihrem Klavier üben zu lassen, da wir keines hatten. Tante Mima, die Frau von Onkel Alex, dem Taxifahrer, die auf dem South Hill wohnten und ein Klavier hatten, bot sich gleichfalls an, mich am Wochenende dort üben zu lassen.

Ich muß gestehen, daß meine Freude über die Aussicht, ein Instrument zu lernen, zum Teil von dem Bewußtsein herrührte, im nächsten Trimester, wenn die Lehrerin ihre übliche Liste jener Schülerinnen aufstellte, die solche Dinge wie Tanzen, ein Instrument, Rhetorik »lernten«, endlich auch meinen Namen nennen zu können, der stets unter den wenigen Namen derer gewesen war, die zu ihrer Schande nichts »lernten«.

Jessie C. war eine kleine, blonde, sanfte Person, Mitte dreißig vielleicht, ein ruhiger Kontrast zu ihrer Mutter, die als Klatschbase der Stadt bekannt war, denn ihr und ihrem Papagei gelang es, Tatsachen und Gerüchte zusammenzutragen, die niemandem sonst bekannt waren. Tagsüber konnten wir ihren Papagei kreischen hören und sagten dann zueinander: »Ma bespricht gerade das Neueste mit ihrem Papagei.« Keiner hatte je von einem Mr. C. gehört oder ihn gesehen, und es war unmöglich, sich einen vorzustellen.

Bei meinem ersten Besuch in diesem Haus zeigte mir Jessie das Klavier in einem mit Teppichen ausgelegten und mit Vorhängen geschmückten Zimmer voller Nippos und Rosenmuster, ein zärtlich geliebter Raum, so als hätte eine Mutter ihn mit der Liebe bedacht, die sie sonst ihrem Kind schenken würde – gut genährt, mit sauberem Gesicht, warm gekleidet, und das schwarze Holz des Klaviers glänzte, und auf den Tasten blitzten funkelnde Lichtbögen auf.

Jessie saß neben mir auf der gepolsterten »Vierhändigenbank«. »Zeig mir deine Hände«, sagte sie.

Ich zeigte ihr meine Melkerinnenhände, deren Fingernägel abgeknabbert waren.

»Du kaust an den Nägeln, Jean.«

»Ich knabbere nur ein bißchen daran herum.«

»Du wirst nie Klavierspielen können, wenn du nicht schöne Fingernägel hast.«

Sie zeigte mir ihre zarten Hände mit den wunderschön gerundeten Nägeln und Halbmonden. Ich hatte keine Halbmonde. Meine Mängel waren bei unseren Vergleichssitzungen zu Hause sehr wohl registriert worden: Ich hatte Finger mit Schwimmhäuten dazwischen, sie ließen sich nicht biegen, und ich hatte keine Halbmonde.

»Du weiß natürlich, wo das mittlere C ist? Hier ist das mittlere C.«

Ich wußte nicht, wo das mittlere C war. Am Ende der ersten Stunde, nachdem ich gelernt hatte, wie man sitzen und die Hände plazieren muß und wie die Noten hießen, gab mir Jessie ein kleines Notenheft und ein Heft zum Eintragen meiner Hausaufgaben. Papa hatte keinen Zweifel daran gelassen, daß kein Geld für Prüfungen da war.

Während der folgenden Wochen lernte ich »Robin Adair« (»Was ist die alte Welt für mich, Robin Adair?«) und eine Reihe kurzer Stücke von der klimpernden Regentropfen-Vogelhopsen-Art. Eines Tages dann erklärte Jessie, daß es wichtig für mich sei, ein erstes vollständiges Musikstück zu spielen.

»Ein Pianist erinnert sich immer an sein erstes Musikstück«, sagte sie verträumt und setzte hinzu, sie wolle auch mir diese besondere Erinnerung verschaffen. Sie hatte das Stück schon ausgewählt – »Puck« –, und ich sollte die Noten im Musikgeschäft Begg kaufen.

Ich ging nach Hause. »Ich muß Noten kaufen«, sagte ich.

Mum blickte besorgt. »Ich weiß nicht, ob dein Vater...«

Ich molk die Kuh und wartete darauf, daß Dad nach Hause kam. Ich kannte den Dialog, der folgen würde, schon auswendig. »Dad, gibst du mir Geld, damit ich Noten kaufen kann?«

»Wozu brauchst du Noten? Ich habe dir gesagt, die Klavierstunden werden mehr kosten, als du denkst.«

»Es ist nicht viel. Neun Pence.«

»Denkst du, ich habe einen Goldesel? Man könnte glauben, ich gewinne jede Woche im Lotto.«

An dieser Stelle würde Mum ein gutes Wort einlegen und sagen, was für eine gute Klavierschülerin ich sei, worauf Dad, bei der Aussicht auf die glänzende Zukunft seiner Tochter, wahrscheinlich nachgeben würde. Es spielte sich auch mehr oder weniger nach diesem Drehbuch ab.

Am folgenden Nachmittag, auf dem Heimweg von Begg, mit den Noten (die ich schon aufgeschlagen hatte) in der Hand, traf ich Jessie C., die gerade in die Stadt ging. Ich hatte keine Zeit mehr, das nach Druckerschwärze riechende Notenblatt mit dem Stück »Puck« zusammenzufalten. Ich schämte mich und hatte Angst, sie könnte meine Aufregung bemerkt haben. Meine Verlegenheit wurde noch größer, als sie in der nächsten Stunde ganz scheinheilig und wissend sagte: »Vorgestern habe ich dich mit deinen ersten Noten gesehen.«

Ich lernte »Puck« schnell, ein Stakkato-Stück in F-Dur, das wohl Pucks Ausgelassenheit wiedergeben sollte:

Über Täler und Höhn,
Durch Dornen und Steine,
Über Gräben und Zäune,
Durch Flammen und Seen
Wandl' ich, schlüpf' ich überall
Schneller als des Mondes Ball.

Dann mußten wieder Noten gekauft werden, diesmal eine Anthologie, die, wie mir Jessie versicherte, für Jahre genug sein würde: *Musikalische Meisterwerke*. Und wieder trieb Dad das Geld für die Noten auf, ein dickes Buch voll mit »Stücken« aller großen Komponisten, von denen mir nur wenige bekannt waren, außer denen, die beim Musikwettbewerb in der Schule gespielt worden waren – Schuberts »Serenade«, Brahms' »Wiegenlied«, Chopins »Minutenwalzer«. Ich lernte »Londonderry Air«, das mir als »O Danny Boy, die Dudelsäcke rufen« vertraut war, »Eine seltsame Geschichte« von Stephen Heller. Dann fragte mich Jessie, ob mir Faust ein Begriff wäre. War es mir nicht. Sie erläuterte mir die Geschichte und spielte mir den »Walzer« aus der Oper vor, den ich dann lernte. Dann kam Chopins kleines Prélude in D, und danach sagte Jessie, die der Ansicht war, man müsse Mark- oder Meilensteine setzen: »Wenn meine Schüler dieses Stadium erreicht haben, spielen sie üblicherweise ihren Eltern vor.«

Ich kannte nur einen einzigen anderen Schüler, der seine Stunde am selben Nachmittag hatte wie ich – einen behaarten, dunkeläugigen Jungen aus der Oberschule namens Rex, dessen Vater im Stoffgeschäft arbeitete, auch er ein behaarter, dunkeläugiger Mann mit großen blassen Händen, mit denen er die Stoffballen geschickt in der Luft herumwarf. Rex ging immer dann, wenn ich kam, und jedesmal blickten wir einander an, ich mit einem neuen, rätselhaften Gefühl der Erregung und des Abenteuers. Seine Augenbrauen lagen dick wie Bärenraupen über seinem dunklen Gesicht.

Eines Nachmittags also zog Mum ihr Kostüm an, setzte ihren Strohhut auf, streifte die marineblauen Handschuhe über und ging zu Jessie, um mich Klavierspielen zu hören. Ich spielte »Londonderry Air«, den Walzer aus der Faust-Oper und das Chopin-Präludium, und als ich damit fertig war, sagte Jessie zu Mum: »Jean ist hochbegabt.«

Dieses Urteil freute, verwirrte und ängstigte mich, weil es eine Meinung und eine Erwartung aussprach, die mir nun die Welt des Musizierens als einen Ort privaten Rückzugs verleiden würden. Das Vorspielen war so greifbar und öffentlich. Mein einziger Rückzug war der nach innen, zu »meinem Ort«, in eine Welt der Phantasie, die ich nicht einmal mit Sicherheit besaß, wo ich jedoch den Lob-und-Tadel-Urteilen der anderen zu entgehen hoffte. Und deshalb wollte ich mich verstecken, obwohl ich stolz darauf war, für »hochbegabt« zu gelten, und Jessie, die das merkte, sagte zu Mum, indem sie jene identitätszerstörende dritte Person verwendete: »Sie ist schüchtern.«

Während des restlichen Semesters lernte ich mehrere Stücke aus der Anthologie, ging pflichtbewußt zweimal wöchentlich zum Üben, in der Sorge, Jessie oder ihre Mutter oder der Papagei könnten an der Tür horchen. Ich fühlte mich nie behaglich, wenn ich versuchte, in jenem behaglichen Zimmer zu üben, und ich war mir nicht im klaren darüber gewesen, wie sehr ich den blanken Holzboden zu Hause liebte, wo Asseln und Ohrwürmer durch die Ritzen kamen und Kakerlaken blitzschnell in der Dunkelheit verschwanden. Samstags ging ich mit June zu Tante Mima, um auf ihrem Klavier zu üben, das alt und verstimmt war und dessen Tasten sich nicht bewegen wollten. Dort, wo ich wußte, daß niemand zuhörte, verbrachte ich die Zeit mit Herumklimpern und Improvisieren, nachdem ich June ein einziges Mal meine Stücke vorgespielt hatte, um sie mit meinem Talent zu beeindrucken.

Irgendwie hatte der Einzug der Beurteilung in mein Spielen mein Interesse im Keim erstickt. Ich begann, mehr Fehler zu machen, lernte die Stücke zu schnell und vermochte dann nicht, meinen Zugang zu der Musik zu finden. Ich wurde befangen, wenn Jessie neben mir auf der Vierhändigenbank saß und zusah, wie meine halbmondlosen Finger mit den abgebissenen Nägeln die Tasten suchten. Am Ende des Trimesters beendete ich meine Klavierstunden mit meinen letzten beiden Stücken, dem »Schäferknaben« (»wie das Traumbild eines einsamen Schäferknaben aus längst vergangener Zeit«) und »An den Abendstern« (»O Stern des Abends«). Manchmal hatte ich Sehnsucht nach dem schönen schwarzen glänzenden Klavier und dem warmen, abgeschlossenen Zimmer und der Musik, und ab und zu sah ich Rex, der Teil dieser Sehnsucht war und dessen

Notentasche gegen seine behaarten Beine schlug, wenn er die Eden Street entlang zu seiner Stunde ging. Wir blickten uns an, einander nah wie die eigene Haut und fern wie der Horizont.

25
Auf der Stelle treten

Mein Leben konzentrierte sich auf meine Schularbeiten und meine Spaziergänge auf dem Hügel und auf das Lesen und den Versuch, Gedichte zu schreiben. Allmählich fand ich heraus, daß die Reaktion der Klasse und der Lehrerin, wenn ich in der Schule eine Frage beantwortete, überrascht, oft belustigt ausfiel. »Jean ist so originell«, sagte die Lehrerin eines Tages, worauf ich mich wieder einmal durch die Ansicht der anderen gefangen fühlte. Ich hielt mich nicht für originell: Ich sagte einfach, was ich dachte. Doch diese Bestätigung eines offensichtlichen »Andersseins« in meinem Denken schien übereinzustimmen mit dem – zumindest in meinen Augen bestehenden – »Anderssein« meines Lebens zu Hause: die fortgesetzten erschreckenden und dramatischen Episoden der Krankheit meines Bruders, die Uneinigkeit darüber, die Verwirrung unserer Eltern bei dem Versuch, damit »fertigzuwerden«, die Einsamkeit unseres Bruders, die gedämpfte Zurücknahme der »Kontrolle« meines Vaters über seine Töchter, unsere hochheiligen Versprechungen, nicht »zu lange auszugehen, mit Jungen zu gehen, zu trinken, zu rauchen«, als wäre ein so ungefährliches Leben das Heilmittel für alles. Und als die Vorstellung des »Andersseins«, die mir von anderen zu einem Zeitpunkt vermittelt wurde, als ich nichts über mich wußte und zögerte, etwas zu erfahren – denn ich war kein selbstbeobachtender Mensch –, durch Miss Gibsons an Isabel gerichtete Bemerkung: »Ihr Frame-Mädchen glaubt, ihr seid so anders als alle anderen« noch verstärkt wurde, akzeptierte ich allmählich dieses Andersein, obgleich anders zu sein in unserer Schulwelt bedeutete, merkwürdig zu sein, ein wenig »verrückt«.

Ich glaubte jedoch immer an die Zweckdienlichkeit, und wenn ich nun über meine Lektüre befragt wurde und (den Mantel des Andersseins mit Stolz tragend) einen Roman erwähnte, den nur wenige kannten, sagte die Lehrerin wieder: »Jean ist so originell.«

In der Heimatlosigkeit der Adoleszenz also, einer Zeit, wo ich mir nicht ganz klar war über die Richtung, die ich einschlagen sollte, begab ich mich nur allzu gern in ein Nest des Andersseins, das andere mir bereiteten, das ich jedoch mit meinen eigenen Einrichtungsgegenständen ausstattete; denn während der letzten beiden Jahre hatte ich schließlich viele Aspekte des »Seins« ausprobiert – ein kicherndes Schulmädchen, das alle mit komischen Aussprüchen, mit Imitationen, Rätselfragen, mathematischen Tricks wie zum Beispiel: »Denke an eine Zahl, verdopple sie« und mit bauchrednerischen Versuchen zum Lachen brachte; und jetzt war ich mit den Dingen vertraut, genoß etwas Prestige und fühlte mich einigermaßen wohl.

Und während ich mich abmühte und meine ehrgeizigen Bestrebungen und mein angebliches »Anderssein« genoß, war draußen in der »Welt«, weit weg von Neuseeland, die Nazipartei in Deutschland an der Macht, und Hitlers Reden wurden im Rundfunk übertragen. Wir äfften seine manische Redeweise, den Hitlergruß und die im Stechschritt marschierende Armee nach. Ich hatte wenig historisches oder politisches Bewußtsein. Ich wußte nur, daß Micky Savage und John A. Lee »gut« waren, Forbes und Coates dagegen »böse«. Ab und zu hatte unsere Geschichtslehrerin vom Begriff der »Reinheit der Rassen« gesprochen, die, wie sie sagte, wünschenswert sei. Mischehen zwischen verschiedenen Rassen, sagte sie, brächten einen niedrigeren »Typus« hervor, und dabei führte sie die Mischehen der Maoris und Chinesen als Beispiel an. Mit Stolz sprach sie von der »Reinheit« der weißen Rasse. Durch kaum merkliche Verschiebungen in der öffentlichen Meinung wurden damals auch Menschen, die Juden waren, als solche identifiziert, und oft wurden abschätzige Bemerkungen über sie gemacht. Das Wort *Nigger* wurde als Bezeichnung für afrikanische Rassen und als Name für schwarze Katzen, als Farbe für Schuhcreme und Kleidungsstücke akzeptiert. Und jene, die als »Halbblut« bekannt waren, bezeichnete man als unrein.

Diese gesteigerte Aufmerksamkeit, die nun der »Rassenreinheit« zukam, war zweifellos auf dem Wege über Nazideutschland und das Britische Weltreich in unsere Stadt gelangt, und in der Schule wurde viel von *Rassenhygiene* gesprochen und davon, eine vollkommene Rasse zu züchten. Auch Intelligenztests kamen in Mode, da die Menschen lautstark danach verlangten, ihre Eignung für die »perfekte Rasse« nachzuweisen und andere zu finden, die nicht so geeignet waren.

Bei uns zu Hause jedoch war Mutter – gleich dem Muttervogel der ganzen Welt – stets bereit, alle Rassen und Religionen (nicht ganz: sie mißbilligte römische Katholiken) und alle Farben zu verteidigen, als wären es ihre eigenen Jungen; und auch Dad hatte keine Vorurteile, außer gegen die »feinen Pinkel« der Welt und gegen die Königsfamilie.

Und obwohl wir in der Schule oft daran erinnert wurden, wie weit Neuseeland vom Rest der Welt entfernt war, infizierte also der Nationalsozialismus selbst unsere Stadt, und wir hörten pflichtschuldig zu, wenn unsere Lehrerin manche Rassen als böse, manche als gut darstellte. Ein Kapitel in unseren Geschichtsbüchern, »Die gelbe Gefahr«, berichtete über die östlichen Rassen und ihre bösen Absichten gegen den Westen. Obwohl wir Kinder früher allen fremden Leuten unsere Spottverse nachgerufen hatten, erinnere ich mich noch daran, wie ein älterer Chinese eines Tages vorbeiging und wir ihm nachriefen, und an die verwirrte Miene, mit der er uns ansah, und ich fühlte mich unbehaglich, als hätte ich etwas getan, was ich nicht mehr ungeschehen machen konnte. Auch in den Rundfunkserien und in Dads Sexton-Blake-Büchern wurden die Schurken unweigerlich als »gelbhäutig, schlitzäugig, böse« beschrieben.

Dann, als Dad in diesem Jahr wegen einer Blinddarmentzündung auf schnellstem Wege mit dem Krankenwagen ins Krankenhaus transportiert wurde und als Bettnachbarn einen jungen Chinesen hatte, mit dessen Familie wir uns anfreundeten, erfuhren wir etwas über Chinesen. Sie kamen zu uns auf Besuch, und wir besuchten sie ebenfalls, und eines Tages brachte uns der junge Mann eine wunderschöne Pflanze mit, eine Narzisse, die unter Wasser wuchs, knospte und blühte. Wir stellten die Pflanze auf die Nähmaschine in der Nähe des Eßzimmerfensters, ins Licht, und immer wenn ich sie ansah, war ich mir einer neuen Art von Schönheit bewußt, einer Zartheit, die ich zu ergreifen und zu bewahren suchte, denn in gewisser Weise half mir die Empfänglichkeit dafür, mein immer stärker werdendes Bewußtsein von meinem Körper auszulöschen, von dem nun schon zu engen Schulkleid, das oft mit Kuhdung und Stalldreck beschmutzt war, den geflickten groben und dicken Strümpfen, meinem krausen Gestrüpp roter Haare, das jeden zu beunruhigen schien, weil es ganz von selbst in die Höhe und nicht nach unten wuchs und so die Leute ständig zu Fragen veranlaßte: »Warum läßt du es nicht glattziehen? Warum kämmst du es nicht ordentlich, warum kannst du es nicht bändigen, es einölen oder irgend etwas; niemand hat solche Haare wie du.« Und wirklich hatte niemand solche Haare, außer Menschen von den Fidschi-Inseln und aus dem fernen Afrika. In der Schule nannte man mich nun *Fuzzy*, »Wuschelkopf«.

Ich wurde vierzehn. Nun konnte ich die ganze Stadtbibliothek benutzen und an Pünktchens Seite für die Großen schreiben. In der Schule war das Gesprächsthema der Gruppe neue Kleider – Büstenhalter, Korsette, Mieder, wobei jedes einzelne genau definiert wurde und es strenge Regeln gab, wie es zu tragen war; diese Gespräche waren von solcher Eindringlichkeit, daß ich am Abend bat: »Mum, kann ich ein Korsett und einen Büstenhalter haben?«

Mutter, die weder das eine noch das andere je besessen hatte, sagte sanft: »Ich möchte nicht, daß du deinen Körper irgendwelchen Einschränkungen unterwirfst.« Ach, blinde Mutter, sie bemerkte nicht einmal, wie eng mir das Schulkleid über meinen sich entwickelnden Brüsten geworden war.

Als Dad nach Hause kam, brachte ich das Thema nochmals auf und sagte: »Alle Mädchen in der Schule tragen sie«, worauf Dad wie üblich antwortete: »Wenn alle Mädchen in die Schule hüpfen würden, würdest du wahrscheinlich auch hüpfen!«

»Das ist etwas anderes«, sagte ich sauer.

Aber er hatte natürlich recht. Es war wirklich so, daß die Gruppe so mächtig war, daß ich Dinge einfach deshalb haben wollte, weil sie sie als unerläßliche Notwendigkeit erscheinen ließen. Man mußte es haben oder sterben. Sie gingen nun in die Tanzschule und freuten sich darauf, in die Gesellschaft eingeführt zu werden. Sie sprachen über ihre Tanzpartner bei den Tanzabenden in der Knabenoberschule, über die geselligen Veranstaltungen der Sonntagsschule, über Fahrradausflüge hinaus zu »den Weiden« mit den Jungen aus der Sonntagsschule und über das, was sie bei ihrer Erstkommunion und Konfirmation tragen würden. Ich hatte keine Ahnung von solchen Zeremonien, da wir keiner der etablierten Religionsgemeinschaften angehörten, und als ich hörte, wie ein Mädchen zu einem anderen sagte: »Wirst du konfirmiert?« und das andere darauf antwortete: »Ja, ich werde konfirmiert«, wurde ich ganz krank vor Neid auf dieses Mysterium und seine Bedeutung. Wie aufmerksam ich der Gruppe zuhörte und sie beobachtete! Ich hatte kein Bedürfnis, Rafael Sabatini oder Georgette Heyer zu lesen, um mich in eine andere Welt des Kostümdramas zu versetzen: die andere Welt war hier, auf einer Steinbank neben den efeuüberwachsenen Mauern der Waitaki-Oberschule.

In diesem Jahr begannen die Vortragswettbewerbe. Mir gefiel diese Idee, denn in all den Schulgeschichten, die ich früher gelesen hatte, kam ein Rhetoriktag vor, und ich hatte die Sprache in Waitaki, das auch ein Internat war, als einschränkend empfunden und gehofft, andere Wörter verwenden zu können, die ich bei meiner Lektüre gelernt hatte – Mitternachtsfeste im Schlafsaal, Ausgangssperre, Versetzung, Ferien am Meer (das war ein Problem, denn Oamaru *lag* am Meer). Unser Vortragsthema war »Ein Erfinder oder Forscher«. Meine Forscherhelden waren seit vielen Jahren Burke und Wills und Mungo Park, und so wählte ich Mungo Park, erfand viele Details, die ich auswendig lernte und die mir zu meiner großen Freude und zur Freude meiner Eltern den ersten Preis eintrugen.

Und plötzlich war es wieder Sommer. Myrtle war nun verschwunden, fast spurlos. Manchmal, wenn ich versuchte, sie mir vorzustellen, merkte ich, daß ihr Bild verblaßt war; ich erinnerte mich nur noch an die weiße, tausendfüßlerähnliche Narbe auf ihrem Knie und an ihr goldenes Haar, ihre *coiffure* à la Ginger Rogers; an ihre Boxhiebe, Kniffe und Klapse von hinten; und an meine Sorge, was wohl aus ihr werden würde. Sie war so furchtlos, abenteuerlustig und rebellisch gewesen, eine Regelbrecherin, wie es auch meine Schwester Isabel allmählich wurde, die den Befehlen der Erwachsenen zuwiderhandelte, während ich, immer noch aus Angst, ihnen gehorchte und mich sogar anpaßte, um ihrer Meinung über mich zu entsprechen, und mein einziger Ort der Rebellion war in meinem Inneren, in einer Phantasie, die ich nicht einmal mit Sicherheit besaß, denn bisher hatte niemand sie mir zugesprochen.

In jenem Sommer entdeckten wir – und das war vielleicht nicht ganz so unerklärlich – Marguerite und ihre Schwester und ihren

Bruder von neuem und verbrachten unsere Zeit damit, mit erwachsenen Puppen zu spielen, die ein Leben im Hollywood-Stil führten, mit viel Liebe, Ehebruch, Scheidung; jeder von uns schob seine winzige pink-rosa Kewpie-Puppe mit ihren aneinander klebenden Beinen in ihren sorgfältig genähten Rayonkleidern von einem Zimmer der mit Rayonkissen ausgelegten Villen aus Pappkartons ins andere und von Bett zu Bett, mit den passenden Gesten und Dialogen.

Sie zogen sich alle paar Stunden um, sie besaßen bezaubernde Kleider für jede Gelegenheit – ein »Tee-Kleid«, ein »Sherry-Kleid«. Sie tanzten auch, eng umschlungen, und danach gingen sie hinaus auf die Terrasse, wo sie sich küßten und planten, »gemeinsam wegzugehen«. Und die männlichen Personen, Nigel oder Neil oder Raymond, trugen stets Abendkleidung, mit weißer Hemdbrust, Cutaway und einem Streifen schwarzen Rayons als Hose, und da auch ihre Beine zusammenklebten, benahmen sie sich immer wie »Tiere«, die keine Umschweife machten, wenn ihr Verlangen sie überkam. Meine Schwestern und ich gingen dann allmählich vom Gebrauch der Kewpie-Puppen dazu über, einander zu gebrauchen, und da wir uns für unsere Kühnheit schämten, nannten wir unsere Spiele, die üblicherweise in unserem Schlafzimmer stattfanden, »eins von diesen Spielen«. »Spielen wir eins von diesen Spielen«, pflegten wir zu sagen.

Sie dauerten den ganzen Sommer, und dann schob sich aus irgendeinem Grund, vielleicht einfach, weil Zeit verstrichen war, eine Schranke zwischen uns und die Spiele, und wir erwähnten sie nicht mehr und spielten sie auch nicht mehr. Statt dessen nahmen wir wieder unsere langen Spaziergänge am Kanal und über den Hügel auf. Scrapers war nun »trocken«, und Bluey, die das erste Mal kalbte, gab gleichfalls keine Milch, würde jedoch zu Beginn des Schuljahres kalben.

Isabel und June und ich schrieben nun alle drei Gedichte und Prosa. Ich fand die von Isabel »am besten«, denn sie beschrieb ein weites Feld an Erfahrungen, die ihr unbekannt waren und auch in anderen Ländern spielten, wo sie noch nie gewesen war. Die von June waren meiner Meinung nach am poetischsten, denn sie verwendete die Wörter »Traum«, »verschwommen«, »verschollene Sterne« und so weiter, obwohl ihre Gedichte vage waren und nur wenige Tatsachen enthielten. Meine eigenen Gedichte, die üblicherweise ein erfreuliches Ende hatten, waren streng in der Form, für gewöhnlich mit den erwarteten Reimen, und besaßen nicht die vage Transzendenz, die ich an Junes Gedichten bewunderte und mit der schwer faßbaren »Phantasie« gleichsetzte.

Seit vielen Jahren stand mein Leben unter dem Einfluß der Wörter. Es wurde nun gesteuert durch eine ständige Suche und ein Bedürfnis nach dem, was letztlich auch »nur ein Wort« war – der Phantasie.

26
Schnee im Frühling

Und wieder ein Schuljahr in unserer Klasse, der unteren dritten, die noch kleiner war als unsere zweite, obwohl wir einige Stunden gemeinsam hatten mit den »Land- und Busmädchen«, die aus der 2B kamen. Erneut übte die Gruppe den beherrschenden Einfluß aus, obgleich durch die Aussicht auf künftige Prüfungen und die Bedeutung der Vorbereitung darauf auch auf unsere kleine Gruppe von Klassenbesten Glanz fiel. Sie bestand aus W., aus M., die Miss Gibsons Kusine war und von einer großen Farm im High Country stammte, und mir, Fuzzy. Trotz des Drängens meines Vaters war mein Konkurrenzdenken nicht stark ausgeprägt, zumindest nicht so verzehrend wie das von W., die unsere Noten und Aufgabenergebnisse in ein kleines Notizbuch eintrug. Für gewöhnlich arbeiteten wir drei in Mathematik ganz selbständig, und ich wurde süchtig nach dem Lösen von Aufgaben und der freudigen Erfahrung, wenn ich ein glattes Ergebnis erhielt.

Unsere Klassenlehrerin, Miss Farnie, war klein, häßlich im landläufigen Sinn, mit zu großem Kinn und zu großer Nase, einem rotfleckigen Gesicht und dunklem und dünnem Haar. Ihre Stimme war leise, aber klar, ihre Augen ein ruhiges Grau, und ihre Unterrichtsweise galt allgemein als inspiriert von ihrer Leidenschaft sowohl für die englische Literatur als auch für die Mathematik, die, wie sie uns erklärte und womit sie mich vollends zur Mathematik bekehrte, eine Form der *Dichtung* sei. Ich glaubte ihr und machte daher große Fortschritte in Mathematik. Sie »bekehrte« mich auch zu Shakespeare, den ich früher für einen Langweiler gehalten hatte. Eines Tages kam sie in die Klasse, öffnete unsere Shakespeare-Pflichtlektüre, *Macbeth*, und begann, während sie ihren schwarzen Talar in hexenhafter Weise herumwirbelte, mit hexenhafter Stimme zu lesen – oder zu raunen:

Sagt, wann ich euch treffen muß:
In Donner, Blitz oder Regenguß?
Wann der Wirrwar ist zerronnen,
Schlacht verloren und gewonnen.
Noch vor Untergang der Sonnen.

Dann wies Miss Farnie uns Rollen zu (ich sollte die Erste Hexe sein) und bat uns, so zu lesen, wie Hexen lesen würden, und danach verkündete sie, daß wir am Ende des Trimesters die Schlafwandelszene spielen würden und ich Lady Macbeth sein sollte. Ich konnte es kaum glauben. Jahr für Jahr waren es die Mädchen der Gruppe gewesen, die die Hauptrollen spielten.

Zu Hause übte ich meine Rolle der Lady Macbeth ein. Ich las sie in der Klasse, und ich wußte, daß ich gut war. Ich träumte von der kommenden Aufführung. Ich begann, Interesse für Shakespeare zu entwickeln, für die wilden schottischen Moore und Schlachten und Festungen und den Spuk, der untrennbar war von den Personen, und für die Sprache, die das Wetter, den Himmel, die Dunkelheit beschrieb, welche dem Alptraum im Inneren der Charaktere entsprachen. Meine Schwestern und ich lasen zu Hause *Macbeth*, schlossen das Drama ins Herz, so wie die Geschichte der Schwestern Brontë, und ließen es in unsere Gespräche einfließen, indem wir sagten, wenn es dunkel wurde über der Eden Street und dem Hügel und dem Kanal und die Tauben heim in die Glen Street flogen:

Jetzt auf der halben Erde
Scheint tot Natur, und den verhangnen Schlaf
Quälen Versucherträume.

Während die Wochen vergingen und ich meine Rolle der Lady Macbeth vervollkommnete, überschwemmten allmählich die Anforderungen für die Prüfungsvorbereitungen den Klassenstundenplan, Nutzlosigkeiten wie das Theaterspielen wurden beiseite geschoben, und von der Aufführung der Schlafwandelszene war nicht mehr die Rede. Ich konnte kaum glauben, daß etwas für mich so Wichtiges von der Lehrerin und der Klasse vergessen worden war, und so verpaßte ich meine Chance, Lady Macbeth zu sein. Dafür gewann ich Shakespeare, den ich immer hatte »mögen« und gern lesen wollen, da der ganze Englischunterricht ihm eine unbestrittene Vorrangstellung einräumte und ich das Gefühl hatte, es sei unmöglich, Schriftstellerin zu werden, wenn man nicht gern Shakespeare las; doch war es mir unmöglich gewesen, so zu tun, als bewunderte ich ihn. Miss Farnies Betrachtungsweise hatte mich bekehrt.

Die Vorstellung ist merkwürdig, daß mein Leben so verlief, wie ich es damals als »wirklich« erlebte, so sehr innerhalb der englischen und französischen Literatur und von ihr beeinflußt; meine täglichen Abenteuer bestanden in der Entdeckung eines Absatzes oder eines Gedichtes und in meinen eigenen Schreibversuchen. Es war nicht eine Flucht im Sinne einer Abwendung von der Traurigkeit, die ich aufgrund der Krankheit zu Hause empfand, oder von meinem eigenen Gefühl, nirgendwo zu sein, weil ich nicht einmal normale Kleidung besaß, um zu beweisen, daß ich ein menschliches Wesen war und daß es außerhalb von zu Hause und von der Schule eine bevölkerte Welt gab; es war nicht so, daß ich mich selbst und mein Leben in eine andere Welt versetzte; vielmehr trat diese andere Welt in meine Welt ein, und die Literatur flatterte darin wie ein Arrangement von schönen Bändern, die in den Ästen eines grünen, wachsenden Baumes die Blätter mit unerwartetem Licht färbten, das anders war als das erwartete, verdiente, normale Licht der Sonne und der Jahreszeiten. Es war die Ankunft – so wie die von Nachbarn oder Verwandten oder irgend jemandem, der dorthin gehörte und dort zu Hause war – der Dichter und Prosaschriftsteller und ihrer Werke in der Eden Street 56 in Oamaru, dem »Königreich am Meer«, die ihre Heerscharen von Wörtern und Figuren und ihre besondere visionäre Kraft mitbrachten.

Mit ihrem Lob für meine allwöchentlichen Aufsätze ermutigte mich Miss Farnie so sehr, daß ihn zu schreiben zum Höhepunkt meiner Woche wurde, doch da mir der Grund für ihr Lob unklar war, versuchte ich es mir mit der Betonung von »Träumen, Silber, Nebelschleiern, kleinen alten Frauen und kleinen grauen Männern« auch weiterhin zu sichern.

»Jenseits des Meeres liegt die Insel Shakespeares, das Land, das er liebte und pries, das Land, das mit seinen müden alten Augen Glück und Trauer gesehen hat...« Ich erinnere mich an diesen Anfangssatz eines meiner Aufsätze. Es war mir schmerzlich bewußt, daß ich keine Originalität, keine Phantasie besaß, und ich konnte dieses plötzliche Lob für meine Aufsätze nicht verstehen.

Diese ersten paar Monate in der unteren dritten Klasse waren glückliche. Ich hatte viel Freude am Lernen, ermutigt durch Miss Farnies Behauptung, nicht nur sei Mathematik Dichtung, sondern Dichtung existiere auch dort, wo nur wenige danach suchten. Diese Aussage forderte mich heraus: aus dem Wunsch, ich selbst zu sein, nicht die ewig dominierenden Persönlichkeiten um mich herum nachzuahmen, hatte ich mir angewöhnt, meinen Blick auf Orte zu richten, auf die andere nicht schauten, mich bewußt abzuwenden von der gängigen Perspektive, und in Miss Farnie erkannte ich jemanden mit der Fähigkeit, anderswohin zu schauen beziehungsweise auch im Normalen etwas Ungewöhnliches zu erblicken.

In meiner Erinnerung sehe ich mich, wie ich nach außen und wie ich von außen nach innen schaute, um so den »Blickwinkel« herzustellen, unter dem die anderen mich vielleicht sahen; und weil ich aus meinem Körper und seinen Funktionen bestand und weil dieser Körper während der meisten Stunden, in denen ich nicht schlief, mit einem dunkelgrauen Sergekittel bekleidet war, den ich immer mehr zu hassen begann, weil er nun an der Passe viel zu eng war, weil es ein rauher, kratzender Stoff war; und mit langen schwarzen Strümpfen mit ihrer beengenden Wirkung; und Blusen, rein weiß im Sommer, grauer Flanell im Winter, alle mit Manschetten, die eng um meine Handgelenke geknöpft waren, und mit spitzen Kragen, die sich ganz oben an meinem Hals mit Perlknöpfen zumachen ließen und die hermetische Wirkung vervollständigten; und mit den schwarzen Schuhen, die meine Füße einschnürten, so daß sie völlig gefangen waren; den vorschriftsmäßigen Handschuhen, Hüten oder Baskenmützen; und als letzte Einschränkung noch die rotschwarze Krawatte, die um meinen Hals geknotet war, und der grüne Gibson-Haus-Gürtel, der gleichfalls auf spezielle Weise um meine Taille geknotet war – in diesen Kleidern sah ich mich hilflos wie in einer Rüstung eingeschlossen. Dazu kam noch die Ansicht meiner Schwestern über meine »Figur«, wenn man sie unbeengt und nackt vor dem Schlafzimmerspiegel begutachtete, sie mit den ihren verglich und mit denen der Filmstars und mit dem Ideal, und obwohl meine Meinung wichtig war, unterwarf ich mich bereitwillig der üblichen Ansicht. Wir kamen zu dem Schluß, daß wir alle eine »gute Figur« hatten, und kommentierten sie bei unserem Paradieren vor dem Spiegel in schrillem amerikanischen Tonfall: »*Do you like my fig-ewer*, Jebs?« (Jebs war ein erfundener Freund aus der Kindheit.) Meinen Schwestern zufolge war mein Gesicht »normal«, außer meinen Shirley-Temple-Grübchen. Wir untersuchten auch die Beschaffenheit unserer Haut und die Anzahl der Mitesser oder Pickel in unserem Gesicht, da eine aktuelle, einflußreiche Reklame eine Frau zeigte, die wegen ihrer vielen Pickel nie »stirnfreie« Hüte tragen konnte, bis sie diese erfolgreich mit einer speziellen Seife oder Salbe entfernt hatte.

Es ging auch um die Frage der »Persönlichkeit«. Man mußte »Persönlichkeit« haben. Es war mir nicht bewußt, daß ich eine hatte, obwohl ich mir gewisse Eigenschaften angeeignet und ausgeschmückt hatte, die ich besaß oder vielleicht auch nicht. Als Miss Farnie, nachdem sie meine Gedichte auf Pünktchens Seite gesehen hatte, eines Tages sagte: »Du schreibst Gedichte, nicht wahr, Jean?« und ich darauf errötete und verlegen blickte und sie zur Klasse sagte: »Jean ist so schüchtern«, bemächtigte ich mich dieser Schüchternheit (die schon von Jessie C., der Musiklehrerin, konstatiert worden war) als einer willkommenen poetischen Eigenschaft und machte sie zu einem Teil meiner »Persönlichkeit«.

Als ich damals von meinem Standort körperlichen Unbehagens auf die Welt hinausblickte, fühlte ich mich derart eingeschränkt, daß ich meiner Aufgabe, Scrapers und Bluey zu melken, nur mit größtem Widerwillen nachkam, denn Bluey und Scrapers hatten gekalbt, und beide Kühe waren »frischmilchend«. Ich begann ein Tagebuch zu führen, ganz den Konventionen entsprechend und in dem Bewußtsein, daß Tagebuchschreiber mit den Worten »Liebes Tagebuch« begannen; doch da ich fand, daß eine solche Form der Anrede absurd war, ging ich einen Kompromiß ein und schrieb: »Lieber Mr. Ardenue«, wobei Mr. Ardenue als gütiger alter Mann mit einem langen grauen Bart und »lachenden« Augen geschildert wurde, der über das Land Ardenue herrschte, welches ich in einem Gedicht verherrlichte. Während ich vorher den Großteil meiner Gedichte über die Welt um mich herum geschrieben hatte, konzentrierte ich mich nun auf das Land Ardenue, das ich bevölkern konnte, wie es mir gefiel. Die stets gleichbleibenden Hauptfiguren waren Mr. Ardenue, der Herrscher über das Königreich; der »altgewordene Meerschaumjunge«, der mir eines Tages einfiel, als ich zusah, wie die Wellen sich brachen und der Schaum am Strand schnell braun wurde; der gelehrte Zigeuner aus Arnolds Gedicht, wobei dieser vielleicht meine erste »Liebe« war, mein idealer Mann, der meine frühe Vorliebe für Zigeuner und meine innere Verwandtschaft mit Old Meg Merrilees zu neuem Leben erweckte und meine besonderen Gefühle für alle Bettler und Landstreicher, die in der dunklen, glitzernden Nacht durch die Stadt zogen, und für Gefangene, die sich auch in der Nacht, im Mondschein, nach Freiheit sehnten und doch eine besondere Freiheit besaßen, so wie der gelehrte Zigeuner. Da ich Arnolds Gedicht in diesem Jahr zum ersten Mal gelesen hatte, gelang es mir, meine Zukunftsträume aus seinem Leben als Gelehrter und als frei herumziehender Wanderer zu spinnen – scheu, selten zu erblicken, zu Hause in der Welt der Natur mit Wald, Wetter, Himmel und Jahreszeiten.

Es gab ein paar unwahrscheinliche Figuren in Ardenue, die großteils deshalb dort Eingang fanden, um der starken Anziehungskraft Genüge zu tun, die gewöhnliche, alltägliche Gegenstände auf mich ausübten: »die Teller, die ich spülte«. So nannte ich sie, und so wurden sie in jedem Eintrag meines Tagebuches begrüßt. Es gab auch die »kleinen goldenen Damen aus Neuseeland«, die unter dem fortgesetzten Einfluß von Mutters dichterischen Neigungen und der Vorliebe, mit der sie und ihre Dichterfreunde (sie korrespondierte mit ein oder zwei Leuten, die Gedichte schrieben) über *Kowhai-Blüten* schrieben, in Ardenue eingeführt wurden. Tatsächlich hatte einer von Mutters Freunden unlängst einen Gedichtband mit dem Titel *Kowhai-Blüten* veröffentlicht. Ich, beeindruckt, las es und entnahm dem Vorwort, daß der Autor, entsprechend dem immer stärker um sich greifenden Brauch, blind war, eine Tatsache, die Mutter sehr schätzte und wieder einmal dafür verwendete, um zu zeigen, daß Gebrechen überwunden und Ruhm errungen werden konnte. Meine »kleinen goldenen Damen aus Neuseeland« waren einige herabgefallene Kowhai-Blüten, die ich in einem Garten in Oamaru gesehen hatte. Ich bemächtigte mich auch der vielgeliebten Pappeln, und jedes einzelne Kiefernwäldchen wurde nach Ardenue verpflanzt, so wie der Mond, den ich jeden Abend über dem Meer aufgehen sah. Indem ich Ardenue erschuf, gab ich einem neuen inneren »Mein Platz« einen Namen und damit eine gesicherte Existenz.

So gefangen waren wir Mädchen in unseren Schuluniformen, daß ich überrascht bin über die Mühelosigkeit, mit der sich im August 1939 das erste Menstruationsblut seinen Weg aus meinem Körper bahnte. Ich hätte auf dieses Entweichen vorbereitet sein sollen; ich war es nicht. Ich hatte die längst vergangene Zeit mit Myrtle und ihren »Tagen« vergessen. Ich wußte nicht einmal, wie ich die Menstruation nennen sollte, denn »Tage« war ein Wort aus der Vergangenheit, hoffnungslos veraltet, und die Mädchen in der Schule sprachen von »Unwohlsein«.

Ich war fast fünfzehn, als ich an jenem Morgen aufwachte und Blut zwischen meinen Beinen sah. Ich wurde von Panik ergriffen. Ich lief vom Schlafzimmer ins Eßzimmer und stand an der Stelle, wo Mutter in Krisenzeiten immer stand – jenem in Ehren gehaltenen Platz im Licht des Eßzimmerfensters, neben der Nähmaschine, wo wir im Falle eines Gewitters wegen Blitzgefahr nicht stehen sollten.

»Zwischen meinen Beinen ist Blut«, sagte ich zitternd.

»Das sind die Tage«, sagte Mutter.

Allmählich kehrte meine Erinnerung wieder. Ich hatte jedoch den Grund dafür und den ganzen Hergang vergessen, der mir mit acht Jahren so wohlvertraut gewesen war. Mutter schnitt ein altes Handtuch in rechteckige Streifen und gab mir einen, damit ich ihn vorn und hinten an meinem Unterhemd befestigte, denn von gekauften Binden hatte man bei uns zu Hause nie etwas gehört.

»Man wird es sehen«, sagte ich und blickte unglücklich auf die erhöhte Stelle.

»Nein, man wird es nicht sehen«, log Mutter tapfer.

Ich wußte, daß man es sehen würde. Während der ganzen restlichen Schuljahre mußte ich mich mit den dicken Frotteestreifen abfinden, durch die das Blut sickerte, so daß ich, wenn ich am Ende des Tages den Kopf zur Schulbank hinunterbeugte, den Geruch des abgestandenen Menstruationsblutes wahrnahm, und als mir klar wurde, daß die anderen es auch riechen mußten, empfand ich unausgesetzte Scham. Die sich abzeichnende Binde und der Gestank und das Waschen der Binden bewirkten einen Abscheu, den ich nicht ablegen konnte. Ich erlangte nicht einmal das begehrte Prestige, das damit verbunden war, sich »unwohl« zu fühlen und sich im Ordnerzimmer »hinlegen zu müssen«, wohin sich L., die Künstlerin der Klasse, oft begeben mußte, mit totenbleichem Lady-von-Shalott-Gesicht.

In jenem August gab es einen späten, unerwarteten Schneesturm, einer von denen, der die neugeborenen Lämmer im Hochland umbringt, und sogar Oamaru, das Königreich am Meer, bekam ein paar Tage mit tiefem Schnee ab. Das präzise Timing des Schneefalls, der so schnell auf meinen Schock folgte, in Blut gebadet aufzuwachen, besaß eine literarische Perfektion, die nicht Teil der Unordentlichkeit des Lebens zu sein schien, und eine Form, die die Vergangenheit von Grimms Märchen mit dem wiederholt darin vorkommenden Bild von »Blut auf dem Schnee« in einen verhängnisvollen oder wundersamen Augenblick zusammenzog, der die Zukunft der Charaktere bestimmte und auch mein gegenwärtiges Leben als noch verpupptes Schulmädchen berührte. Weil ich dieses Muster wohl empfinden, jedoch nicht ausdrücken konnte, schrieb ich zwei Gedichte, die ich an Pünktchen schickte. »Schnee im Frühling« war in meinem üblichen Stil verfaßt und begann mit den Worten:

Die weiche Flockenwirbelwolke neigt sich über die Höh'.
Die Veilchen murmeln schläfrig und duften im frischen Schnee.
Ein Winterwind erzählt uns nachts von einsam' Ach und Weh.

Wir hatten William Cowpers Gedicht »An Maria« gelernt:

Schon zwanzig Jahre sind vergangen,
Seitdem mein Himmel sich verhangen;
Wär' ich doch nicht mehr so gefangen!

Das andere Gedicht, »Die Amsel«, lautete:

Gewiß, gewiß, der Frühling kommt,
Schneeglöckchen in zartem Weiß...

Und so weiter. Es schloß mit folgenden Worten:

Die Welt wachte auf, entzückt von dem Lied,
nicht kahl mehr waren die Wiesen,
denn nickend und flüsternd in schimmerndem Kleid
begann ein Krokus zu sprießen.

Zu meiner großen Freude lobte Pünktchen beide Gedichte, wählte »Die Amsel« zum Gedicht der Woche, ein Platz, der normalerweise Gedichten von »richtigen« Dichtern vorbehalten war. Ich ärgerte mich, daß sie »fröhliche« Amsel umgeändert hatten in »drollige« Amsel, denn »drollig« erschien mir zu plump. Noch heute erinnere ich mich an meinen Ärger, daß sie das von mir gewählte Wort ausgetauscht hatten, genau wie ich mich an Myrtles Drängen erinnere, statt »färben« »berühren« zu schreiben.

Ich wurde fünfzehn. Geburtstagsfeste waren bei uns zu Hause ein unbekannter Luxus, und der Tag verging mehr oder weniger wie jeder andere. Zu Hause übte ich noch immer meine Lady-Macbeth-Rede ein, mir ihrer Bedeutung nun stärker bewußt. »Noch immer riecht es hier nach Blut; alle Wohlgerüche Arabiens würden diese kleine Hand nicht wohlriechend machen.«

Meine Hände waren kräftig vom Kuhmelken.

Das Land Ardenue fesselte mich weiterhin, und ich träumte immer wieder vom gelehrten Zigeuner, vor allem, weil Miss Farnie ein Buch empfohlen hatte, *Türme im Nebel* von Elizabeth Goudge – eine Geschichte über die Universität Oxford, die die ganze Klasse einschließlich der Gruppe gefangennahm mit ihrer romantischen Schilderung von Oxford und den Studenten: »Nur selten anzusehen, gedankenvoll und stumm, / Der Hut im alten Stil, der Mantel grau, / Genau wie die Zigeuner.« (Ich dachte an Old Megs Strohhut.)

Türme im Nebel verstärkte meine Sehnsucht nach Oxford und dem gelehrten Zigeuner, und doch empfand ich ein Unbehagen, fast eine Enttäuschung, daß Miss Farnie, wo ihr doch die ganze englische Literatur zur Verfügung stand, ein Buch so hoch schätzte, dessen Stil mich an L. M. Montgomery und die Anne-Bücher erinnerte, dem es an Festigkeit, an konkreten Tatsachen inmitten der verschwommenen Unbestimmtheit mangelte. Zweifellos war es eine feinsinnige Lektüre, mit all dem Grün und Gold und kleinen alten Männern und Frauen, den Träumen und dem ganzen Wortschatz, den ich noch immer als notwendig für Lyrik erachtete.

Doch Miss Farnie war eine Lehrerin ihrer Zeit, mittleren Alters, unverheiratet, soweit uns bekannt war, und es ging das unvermeidliche Gerücht, ihr »Liebster« sei im Weltkrieg gefallen; sie hatte die große Reise »heim« nach England gemacht und die Erinnerungen daran sorgfältig aufbewahrt in Form von »Dias«, die sie der Klasse als besondere Belohnung zeigte – die englischen Gäßchen, die Cottages auf dem Lande, die Ruinen, die Schlösser, die Universitäten, ach, die Universitäten, Oxford und Cambridge... Die Türme im Nebel... So gab sie ihre Träume weiter, die wir zu einem Teil der unseren machten, denn nun war viel von der Aufnahmeprüfung für die Universität die Rede, von akademischen Graden und Karrieren, und einige der Mädchen mit älteren Brüdern und Schwestern an der Universität erzählten von deren Erfahrungen, während ich die Welt der Literatur erforschte und die Entdeckung machte, daß viele Dichter die Universität besucht hatten.

Ich habe mich oft gefragt, in welcher Welt ich mein »wirkliches« Leben geführt hätte, wäre mir nicht die Welt der Literatur durch meine Mutter und durch den Lehrplan der Schule, ja selbst durch Myrtles Tod dargeboten worden. Es war mein beharrlicher Wille, mir diese Welt einzuverleiben – nicht, in ihr zu verschwinden –, was meinen Wunsch zu schreiben verstärkte, denn wie sonst konnte ich diese Welt innerhalb der Alltagswelt verankern, wo sie – und darüber bestand für mich kein Zweifel – hingehörte? Oamaru, das Königreich am Meer. Kannte ich nicht auch in Oamaru Menschen, die »in Grund getreten« worden waren vom »hungernden Geschlecht«? Und besaßen wir nicht auch die naturgegebenen Bestandteile der Literatur – einen Mond, Sterne (»O blasser Stern, wär' ich doch unerschütterlich wie du«), das Meer, Menschen, Tiere, Schafe und Hirten (»Geh, denn sie rufen dich, o Hirte, von den Hügeln«). Wir hatten Lerchen, die hinter dem Hügel verschwanden und auftauchten (»Heil dir, munterer Geist!«), und Tauben und Goldfinken und Wachsaugen, die ein Geschrei erhoben, um sich gegen die Nachtigallen durchzusetzen.

Anfang September dieses Jahres, inmitten einer Konzentration von Figuren aus Romanen und Gedichten und Bewohnern des Landes Ardenue, vor dem Hintergrund von Blut und Schnee, schlugen der Donner und der Blitz, denen ich getrotzt hatte, indem ich mich in die Nähe des Lichtes des Eßzimmerfensters stellte, nicht nur in unser Haus ein, sondern auch in alle anderen Häuser in der Eden Street, in Oamaru, in Neuseeland und auf der ganzen Welt, mit dem Ausbruch des Zweiten Weltkrieges.

27
»Das bist nicht du, Jasper«

Wenn ich eine Stadt gewesen wäre, dann hätte der Schock des Krieges alle Gebäude bersten lassen und die Bevölkerung darunter begraben, oder wie nach einem Vulkanausbruch hätte eine lavastromgleiche Betäubung alles überschwemmt und in einer steinernen Maske von Stille und Schweigen konserviert. Ich hatte nie ein so starkes Gefühl der Erschütterung, der Unwirklichkeit empfunden. Ich wußte, daß Kriege in der Geschichte und an weit entfernten Orten, bei anderen Nationen stattfanden; daß mein Vater »im Krieg gewesen« war; daß in einigen der Geschichten, die ich am meisten liebte, junge Soldaten »auf dem Weg in den Krieg« oder verwundete alte Soldaten, die »aus dem Krieg heimkamen«, die Hauptrolle spielten. Miss Lindsays Vortrag der »Ode auf den Tod des Herzogs von Wellington« und die Schlachten aus der Zeit von König Artus hatten mir sehr gefallen: »Den ganzen Tag erklang der Schlachtenlärm...« Und Jahr um Jahr hatte ich in der Schülerzeitung gelesen:

In Flandern neigt sich der Mohn im Wind
Zwischen den Kreuzen, die unsere sind;
Am Himmel fliegen die Lerchen und
Singen noch tapfer, Stund um Stund,
Man hört sie kaum vor Kanonen...

Bei der Gedenkfeier für die australischen und neuseeländischen Truppen im Festsaal der Waitaki-Knabenoberschule hatte ich gehört, wie Mr. Milner die glorreichen Kriegstaten des Britischen Weltreiches verkündete, und hatte, ohne bei der Szenerie übermäßiges Entsetzen zu empfinden, mit Inbrunst gesungen:

O tapf're Herzen, aller Ruhm ist euer,
Vorbei der Kampfeslärm, vorbei das Schlachtenfeuer;
Nun ruht ihr aus, habt euren Mut bewiesen
und werdet noch im Tod von eurem Land gepriesen...

Ich kannte die pazifistische Einstellung von Mutters Glauben, wußte, daß zwei ihrer Brüder im Ersten Weltkrieg aus Glaubensgründen den Wehrdienst verweigert hatten und aufgrund ihrer Weigerung zu töten ins Gefängnis gesteckt worden waren. Ich versuchte mir vorzustellen, wie die Leute, die ich in Oamaru kannte – die Welsh-Jungen, die Easton-Jungen, die Luxons, sogar Jack Dixon – zu handelnden Personen dieser neuen Geschichte wurden und mit Tornister oder Seesack fröhlich in den Krieg zogen. Ich hatte ernstlich geglaubt, die Kriegszeit sei vorüber.

Nachdem ich mich ein wenig vom Schock und dem Gefühl untröstlicher Traurigkeit und Desillusionierung erholt hatte, wandte ich mich erneut an die Dichter, die meiner Überzeugung nach von Shelley mit Recht als »die unerkannten Gesetzgeber der Welt« bezeichnet wurden. Auch ich hatte das Gefühl, »die Dichtung bewahrt das Göttliche im Menschen vor dem Verfall«. Mir schien, wenn ich wissen wollte, in welche Richtung die Winde der Welt wehten, wenn ich etwas lernen wollte über das menschliche Verhalten, über das Funktionieren des menschlichen Verstandes, dann brauchte ich mich nur eingehend mit der Dichtung und Prosa der Welt zu beschäftigen. So wie die Dichter mir den Tod nahegebracht hatten und meine Erfahrungen in ihrem Werk abbildeten, würden sie mir auch den Krieg nahebringen.

Oamaru und Neuseeland schienen plötzlich von einer Art Wahnsinn erfaßt, als ob die Kriegserklärung ein aufregendes Geschenk wäre. Bei uns zu Hause herrschte erwartungsvolle Aufregung, da sowohl mein Vater als auch mein Bruder sich mit dem Gedanken trugen, sich freiwillig zu melden. Dad holte die Wickelgamaschen hervor, die er aus *seinem* Krieg mit nach Hause gebracht hatte und die unberührt in einem alten Koffer gelegen hatten. »Meine Gamaschen«, sagte er mit neuer Zärtlichkeit und demonstrierte uns ihre Verwendung, indem er sie um seine Hosenbeine wickelte. »So kommt kein Dreck aus dem Schützengraben rein«, verriet er. Er hatte nur selten vom Schützengraben gesprochen. Das Wort wurde nur von Mum verwendet, um zu erklären, warum Dad so oft traurig oder wütend war – »Euer Vater hat im Schützengraben gekämpft, Kinder« –, und von uns, wenn wir in der Volksschule unser Prestige erhöhen wollten: »Mein Vater hat im Schützengraben gekämpft.«

In der Stadt herrschte Kriegsstimmung. Junge Männer hatten es eilig einzurücken, und nur wenige hegten Zweifel an der Pflicht,

»dem Mutterland tapfer zur Seite zu stehen«. Fahnen tauchten an den Gebäuden auf. Der Rundfunk spielte »Rule Britannia«, und selbst Mutter, die Pazifistin war, ballte die Faust und sagte: »Wir werden es Hitler schon zeigen!« Die Zeitung gab eine große Landkarte inklusive Fähnchen heraus, auf der die Maginot-Linie und die Siegfried-Linie und andere Orte eingezeichnet waren, mit der Aufforderung: *Stecken Sie täglich die Truppenbewegungen der Alliierten ab*, als ob das Ganze ein Spiel wäre. Und sowohl Dad als auch Bruddie gingen in die Stadt, um sich den Truppen anzuschließen, und Dad kam, bereits in Uniform, als Mitglied der neugebildeten Nationalen Reserve zurück, und Bruddie, der untauglich war, als Mitglied der Bürgerwehr mit einem runden flachen Käppchen, das er irgendwo aufgelesen hatte. In der Schule ergaben sich feine Prestigeverschiebungen, wenn man herausfand, daß Mädchen, die man zuvor nicht beachtet hatte, Väter vom Rang eines Obersten oder Majors oder Brüder in der Ersten Staffel hatten. Dad war Korporal, Melder und Krankenträger im Ersten Weltkrieg gewesen – so wurde dieser jetzt offiziell bezeichnet, da seine Einzigartigkeit endgültig in Zweifel stand.

Zu Hause ging ich meinen täglichen Aufgaben nach – ich molk die Kühe, oft gemeinsam mit Bruddie, fuhr abwechselnd mit den anderen mit Dads Fahrrad in die Stadt, um einzukaufen, versuchte, mein Schulkleid instandzuhalten, das vom Drahtzaun auf dem Hügel und von der Stierweide schon ganz zerrissen und zerschlissen war; ich stritt mich mit meinen Schwestern, verglich mich mit ihnen, grenzte mich von ihnen ab, half so wenig wie möglich bei der Hausarbeit, kochte aber gelegentlich versuchsweise meine »Erfindung«, falschen Breitling: denn die Kriegszeit war die Zeit der »falschen« Speisen, wobei allein die Vorstellung davon bei uns zu Hause ein empörtes Gefühl des Betruges hervorrief, ähnlich wie die Sache mit der Dauerwelle.

Die Lyrik, mit der ich mich damals beschäftigte, war meist eine einfache Art von Lyrik, die für mich an Reiz gewann durch das übliche Foto des jungen, gutaussehenden Dichters in Uniform. Unfähig, der *Nachtstadt* – »Als ich durch die Wüste kam, da sah ich dies« – ins Auge zu blicken, einem Gedicht, das die Wirklichkeit des Krieges schilderte, wandte ich mich der seichten Verherrlichung der Kriegstoten zu, wobei Rupert Brooke mein Held und sein Gedicht

»Und wenn ich sterbe, denkt nur dies von mir« bestimmend war. Und wie schnell lernten wir die neue Sprache des Krieges! Männer wurden plötzlich als »Jungs« bezeichnet, »unsere Jungs«, zurückgekehrt in die Kindheit mit dem Freibrief zu töten. Unsere tapferen Jungs. In der Schule sprachen wir fachmännisch von Staffeln, Kollaborateuren, der Fünften Kolonne, dem »Blitzkrieg«, kannten die Namen von Flugzeugen und Orten; und ich schrieb die Gedichtzeilen:

Hellbraun im langen goldenen Gras
saß eine Lerche, und fern, so fern
ertönte das Kriegslied der Männer, das
ein Jungentraum ist in seinem Kern –
die Töne durch stille Straßen wehn.
Gewiß, gewiß, der Tag ist schön,
wenn das Heer marschiert!

Das Gedicht, das aus mehreren Strophen bestand, schloß folgendermaßen:

Wenn die tapferen Männer nicht mehr sind
und Blumen weinen im Morgentau,
dann, kleiner Vogel, sing im Wind,
sing, und die Welt hört es genau.
Und wir lachen, doch eine Träne fällt,
und Angst unser Herz gefangenhält,
wenn das Heer marschiert.

Dieses Gedicht und viele andere ähnlichen Wortlauts wurden in der Stadtzeitung abgedruckt, und ich schämte mich ihrer nicht, so wie ich es heute tue. Ich war menschlich naiv und unreif und verwendete die neuesten »poetischen« Wörter aus meinem Vokabular, um ein entsetzliches Ereignis zu beschreiben – *fern, ertönt, wehn* –, zusammen mit den alten, bewährten – *Träne, klein, lachen* ... Ja, ich hatte gute Lehrer wie Rupert Brooke: »Lachte in der Sonne und küßte das liebliche Gras ...« Blumen, Tau, Sterne, Himmel ... und ja, die Wörter herrschten; sie besaßen den Schlüssel zum Königreich, und erst nach ein paar weiteren Jahren des Älterwerdens und der Beobachtung wurde mir klar, daß das Königreich, das solche Wörter verherrlichte, ebenso ein Gefängnis war wie mein graues Sergekleid und die geknotete Krawatte und die schwarzen Schnürschuhe.

Der Rest des Jahres ist mir lediglich als fortgesetzter Alptraum des Krieges und gewisser Alpträume zu Hause in Erinnerung, gemildert durch den Trost der Jahreszeiten, das Wetter, das Lesen, Schreiben und Auswendiglernen von Gedichten und durch ein Geschenk. Ich hielt meine Rede beim Vortragswettbewerb – »Eine Figur aus der Literatur« – über Silas Marner (den kleinen alten Mann), den ich zu einer romantischen Figur machte. Ich gewann den Vortragswettbewerb. Am Ende des Jahres wurde ich aufgefordert, meinen Klassenpreis auszuwählen, und wieder einmal zeigte sich Mutters Einfluß, als ich mich für Longfellow entschied, für ein schönes Buch mit Illustrationen unter Seidenpapier, die, wenn man sie aufdeckte, einen schönen, gebräunten Hiawatha zeigten – noch schöner als Rupert Brooke –, der Minnehaha auf seinen Armen trug:

Über breite, wilde Flüsse
Trägt das Mädchen er im Arm...

Dann kam das Geschenk: Papa gab mir fünf Shilling, um mir zu Weihnachten ein Buch zu kaufen, das erste Buch, das ich je gekauft hatte.

Ich ging zu Jeffrey und Smith und verlangte *Lavengro* von George Borrow, das ich mir ausgesucht hatte, weil es viele meiner Interessen in sich vereinigte – Old Meg, die Zigeunerin, den gelehrten Zigeuner –, und es enthielt auch die Stelle, die ich oft in unseren Schulbüchern gelesen hatte und sehnlichst zu besitzen wünschte, um sie immer wieder lesen zu können, besonders jetzt, 1939, mitten im Krieg. Die Stelle begann mit den Worten »Das bist nicht du, Jasper...« und endete folgendermaßen: »Das Leben ist schön, Jasper. Es gibt Tag und Nacht, Jasper, beides schöne Dinge. Es gibt die Sonne, den Mond und die Sterne, Bruder, lauter schöne Dinge, desgleichen den Wind auf der Heide. Wer wollte da sterben?«

28
Universitätsaufnahmeprüfung

Wenn ich an die restlichen Schuljahre denke, denke ich an den Alptraum des Krieges, an die täglichen Verlustlisten, an die Kirchenlieder und Bibellesungen in der Schulversammlung:

> Gottvater, der du alle rettest,
> der du die Meereswogen glättest...
> erhöre unser Flehn und führ
> die Schiffer sicher heim zu dir...

und

> Kämpfe für das Gute mit aller Macht...
> Christus ist bei dir Tag und Nacht.

und

> Der Friede herrsche über diese Welt,
> die Christi Blut allein zusammenhält.

Ich erinnere mich an den Ernst und an die Inbrunst, mit der ich sang, an die (uns damals noch unbewußte) sexuelle Schwüle der vielen blutdurchtränkten Kirchenlieder, wobei solche Lieder ganz besonders bei den Mädchen beliebt waren, von denen die meisten in den letzten paar Jahren ein neues Verhältnis zu Blut gewonnen hatten, das sich etwas sonderbar gestaltete durch die ständige Bezugnahme auf das Blutvergießen im Krieg und die ununterbrochene Beschäftigung mit Blut in einem Land, dessen Wirtschaft auf dem Töten und Essen von Vieh beruhte.

Ich begann mein Jahr in der oberen Dritten mit Miss Macaulay als Klassenlehrerin und weiterhin mit Miss Farnie als Mathematiklehrerin, mit einem weiteren Stipendium als Beihilfe zum Kauf von Büchern. Es war das Jahr der Universitätsaufnahmeprüfungen. Es war auch das Jahr des hundertjährigen Landesjubiläums, und in Wellington sollten Feierlichkeiten stattfinden, an denen eine Gruppe aus der Schule teilnehmen sollte, zu Bildungszwecken, was ich und meine Schwestern als Hauptargument ins Feld führten bei unseren Bitten, mit der Schulgruppe mitfahren zu dürfen:

Wieder einmal wurden wir von dem Wunsch gepackt, an einer der schulischen Aktivitäten teilzunehmen, nachdem wir Jahr für Jahr die Fahrt zum Mount Cook (den ich immer noch nicht gesehen habe), ins Zeltlager und dergleichen hatten ablehnen müssen. Auch machten wir unsere Eltern darauf aufmerksam, daß wir gratis mit der Bahn fahren konnten und daß bei so vielen Verwandten in Wellington ein Quartier nicht nötig sein würde. Jeder von uns würde kaum mehr als ein Taschengeld brauchen – obwohl wir nie Taschengeld bekamen. Als die Liste erstellt wurde, genossen wir das seltene Vergnügen dabeizusein, was teilweise daran lag, daß Mum und Dad wegen der Aussicht auf eine neue »Ausstellung« begonnen hatten, in sentimentalen Erinnerungen an die Südseeausstellung in Dunedin zu schwelgen:

»Als Myrtle und Bruddie klein waren und Tante Grace und Onkel Andy in Balclutha wohnten. Und Myrtle und Bruddie aßen Zuckerwatte...« Die Zuckerwatte wurde immer erwähnt, als ob es die schönste Art unkomplizierten Glücks wäre, das man nur damals gekannt hatte, zur Zeit der Ausstellung in Dunedin, nachdem der Herzog und die Herzogin von York und der Prinz von Wales das Land bereist hatten (Ach, der reizende Prinz von Wales!), nachdem die Möbel des Königs bezahlt waren und keine Gefahr mehr bestand, der Vertreter des Königs könnte kommen und das Eisenbett inspizieren und den hölzernen Kaminvorsatz und den Eßtisch mit den vier Morris-Stühlen und das Sofa und den ovalen Kaminvorleger... Ach, es waren paradiesische Zeiten, »als Myrtle und Bruddie klein waren«. »Ihr müßt euch unbedingt Zuckerwatte kaufen«, sagte Mum. »Vielleicht habt ihr nie mehr Gelegenheit dazu. Sie haben sie nur bei Ausstellungen und dergleichen...«

Die Fahrt mit der Fähre war stürmisch; alle Mädchen waren seekrank, auch Miss Lindsay, eine der Begleitpersonen. In der Nacht hatte sie meinen Kopf gehalten, während ich mich immer wieder erbrach, und dabei alle beschworen: »Paßt euch der Bewegung des Schiffes an, ihr müßt euch der Bewegung des Schiffes anpassen«, und als der Morgen kam mit seinem schrecklichen meergrünen Licht, saß Miss Lindsay auf der Treppe, ein Häufchen Elend mit graugrünem Gesicht, und wies auf die geographischen Besonderheiten des sich nähernden Hafens von Welligton hin, denn »schließlich ist es eine Bildungsreise, Mädchen!«.

Die Gruppe, die in der Newton-Schule untergebracht war, führte ihre Vorhaben durch, während wir drei Mädchen, getrennt von den anderen, neue Tanten und Onkel, Vettern und Kusinen »mütterlicherseits« entdeckten und unsere zwei Tage auf dem Ausstellungsgelände damit zubrachten, unser Taschengeld auszugeben und die Attraktionen des Vergnügungsparks und des Spiegelkabinetts zu genießen, mit der Geisterbahn zu fahren und schließlich unsere Handschrift von einer *Zigeunerin* deuten zu lassen, die mir zu bedenken gab, was ich ohnehin schon wußte, nämlich daß meine »Persönlichkeit« gefährdet, daß ich zu schüchtern, zu befangen sei.

Nach unserer Rückkehr schrieben wir den unvermeidlichen Aufsatz. Ich schrieb über das, was mir in den Hallen Bildung und Industrie gefallen hatte. Wir hatten Zuckerwatte gekostet (ganz heimlich und verstohlen, damit wir nicht »erwischt« wurden, da es den Waitaki-Mädchen untersagt war, in der Öffentlichkeit zu essen), und weil wir spürten, daß sie für unsere Eltern ein Symbol der Erinnerung an vergangenes Glück war, gaben wir uns unbeeindruckt davon; etwas Nahrhafteres, so sagten wir, sei uns lieber. Ich weiß, daß Mutter in ihren Erwartungen enttäuscht war, als sie begriff, daß sie ihre alten Erinnerungen nicht aus unseren neuen wiedererschaffen konnte, daß die herrliche Zeit, »als Myrtle und Bruddie klein waren«, unerreichbar fern, ja gänzlich verschwunden war.

Trotzdem bekamen June und Isabel und ich unsere Art von Zukkerwatte: diese Bildungsreise blieb uns immer als Zeit großer Freiheit in Erinnerung, wo wir Spaß hatten und ich eine Zeitlang sogar den Krieg vergaß – und die Universitätsaufnahmeprüfung.

Wieder in Oamaru, sahen wir den Verlustlisten ins Auge, den Gerüchten, den morgendlichen Kirchenliedern, den Hinweisen auf die Prüfung. Ich kehrte auch zu meinem Leben der Entdeckungen in der Welt der Dichtung und Prosa zurück. Wenn ich ein Gedicht las, das allgemein als »großartig« galt (wie die »Ode über die Anzeichen der Unsterblichkeit«), verschaffte es mir Genugtuung, »zu Tränen gerührt« zu sein, da ich das Gefühl hatte, eine solche Gemütsbewegung bestätige endgültig die Größe des Gedichts, und bei meinen abendlichen Tagebucheinträgen empfand ich einen gewissen Stolz, wenn ich an Mr. Ardenue schreiben konnte: »Heute weinte ich in der Klasse, als wir... lasen«, und ich nannte das betreffende Gedicht oder die betreffende Geschichte. Mein Weinen war nicht hörbar und, soweit mir bewußt war, war es mir auch nicht anzumerken, obwohl ich durchaus hoffte, die Lehrerin würde in meine Richtung blicken, sehen, wie ich mir eine Träne aus dem Augenwinkel wischte, und denken: »Ach, das ist Jean, so ergriffen von der Dichtung, so poetisch, so phantasievoll... sie ist ja selbst eine echte Dichterin...« Nichts wies darauf hin, daß die Lehrerin so etwas dachte... und noch immer entzog sich mir die ersehnte Phantasie.

Da sich das Interesse nun auf die kommenden Prüfungen, ja schon auf den Namen allein – *Universitätsaufnahmeprüfung* – konzentrierte, sprachen die Mädchen miteinander über ihre zukünftigen Universitätsfächer und ihr Leben an der Universität, die manche sogar (ihr ungezwungener Ton bestürzte mich) *Uni* nannten. Türme im Nebel, der gelehrte Zigeuner, Wordsworths Sonett über die Kapelle des King's College in Cambride, Juda der Unberühmte und die Türme von Christminster, Shelley, Byron, Matthew Arnold – das alles verschmolz jetzt zu einem Traum, der den Traum von Hollywood ersetzte, vom Tanzen, Singen und dem großen Glück unter den Stars, obgleich diese verlöschenden Träume gelegentlich wieder aufflackerten durch das Auftreten neuer jugendlicher Gesangsstars – Judy Garland, Deanna Durbin – und die Suche in ganz Neuseeland nach einer *neuseeländischen Deanna Durbin*, im Zuge derer Hunderte von Mädchen »Il Bacio« trillerten (»Sanft so sanft fallen auf mich des Morgens lächelnde Strahlen... sie kehren wieder, ja, sie kehren wieder...«) und die »Panflöten« (»Kommt und folgt, kommt und folgt den fröhlichen Flöten des Pan«); dabei fiel auf mich ein Abglanz des Ruhms, den die beiden Nichten meiner Tante (leider nur eine angeheiratete Tante!) einheimsten, indem sie in die regionale Endausscheidung kamen, nur um der mit Vorschußlorbeeren bedachten Deanna Durbin von Neuseeland, June Barson, weichen zu müssen. Natürlich aus Auckland.

Allmählich gelangte ich zu einem Bild von mir selbst als Person, getrennt von mir als Dichterin, und bei meiner Lektüre identifizierte ich mich am leichtesten mit der stoischen, einsamen Heldin, die schweigend litt, dem unscheinbaren Mauerblümchen, zufrieden damit, den starken, wortkargen Helden zu lieben, der sich leicht von einer betörend schönen Frau verführen ließ, sich jedoch letzten

Endes (bedauerlicherweise zu spät) immer der im Schatten stehenden, schüchternen Frau zuwandte, die er vorher nicht bemerkt hatte. Ich sah mich als eine Person »im Hintergrund«, als jemanden, der zusah, zuhörte. Ich war nicht Becky Sharp; ich war Emma. Doch ich war auch Tess und Marty South, so wie ich einst Anne aus Green Gables und Charlotte Brontë gewesen war (Isabel dagegen Emily und June Anne). Ich war Maggie Tulliver und Jane Eyre und Cathy. Und wenn ich keine Heldin fand, in die ich mich verwandeln konnte, bewunderte ich einfach selbst die Helden – eher Juda den Unberühmten, Raskolnikow und Brutus als Mark Anton, den *alle* mochten. Es gab auch die Filmhelden – Robert Donat, Laurence Olivier, Clark Gable. Meine immerwährenden Helden waren natürlich die Dichter, die französischen und englischen – Daudet, Victor Hugo, Keats, Shelley, Wordsworth, Rupert Brooke, Yeats (in seiner frühen Phase der »alten Männer, die sich im Wasser bewundern« und der »Himmelstücher«), die meisten Dichter aus dem Buch, das ich als Preis in der zweiten Klasse gewonnen hatte, *Das goldene Buch der modernen englischen Dichtung*, und aus unserer Anthologie *Von Shakespeare bis Hardy* – und die Prosaschriftsteller, Dostojewski, Hardy, die Brontës, George Eliot, Washington Irving, E. B. Lucas, Sir Thomas Browne.

Und Shakespeare.

Ich kannte nur wenige neuseeländische Schriftsteller, Katherine Mansfield, Eileen Duggan, William Pember Reeves, Thomas Brakken, die für mich alle zu meiner Mutter »gehörten«, und weil ich mich nicht als ihrer Welt zugehörig betrachtete, hatte ich nicht den Wunsch, »ihre« Schriftsteller mit ihr zu teilen. Longfellow und Twain und Whittier ja, aber keine Schriftsteller, die sie oder ihre Eltern oder Großeltern vielleicht gekannt hatten. Für unsere Rede in diesem Jahr, »Ein Schriftsteller«, wählte ich Francis Thompson, den ich auf eigene Faust »entdeckt« hatte, und ich hatte ein sonderbares Gefühl, als ein Mitglied der Klasse, das Katherine Mansfield gewählt hatte, von der Lehrerin dafür gelobt wurde, daß sie eine neuseeländische Schriftstellerin genommen hatte, wo in unserem Englischunterricht nicht einmal angenommen wurde, daß eine neuseeländische Schriftstellerin oder Neuseeland überhaupt existierten.

Meine letzten Jahre in der Schule waren auch ausgefüllt mit praktischen Dingen. Ich war Mitglied der B-Basketballmannschaft und wurde schließlich Kapitän. Ich absolvierte einen Rettungsschwimmerkurs. Ich war eine begeisterte Kunstspringerin. Von dem Wunsch erfüllt, Tennis zu spielen, kaufte ich mir mit der Pfundnote, die ich für meine Gedichte auf der Kinderseite der Zeitschrift *Truth* bekommen hatte, den Rahmen eines Tennisschlägers, den einer von Dads Bekannten zu einem ermäßigten Preis bespannen wollte; doch als der Schläger fertig war, versank ich fast im Boden vor Scham, als ich merkte, daß die Saiten schwarz waren anstatt cremefarben. Ich bezeichnete den Schläger als »komisch«. Ich besaß nicht den Mut, meinen Schläger in all seiner Andersartigkeit stolz zur Schau zu stellen, und an dem einen Tag, als ich ihn zur Schule mitnahm, war ich mir sicher, daß »jeder es bemerkte«, und von da an lag er unbenutzt auf dem Schrank neben den zwei großen Schlafpuppen, eine in Rosa, die andere in Blau – die Kleider waren von einer Freundin von Tante Isy gemacht und die Puppen June und Isabel geschenkt worden, als sie sich schon zu erwachsen vorkamen, um mit ihnen zu spielen, was auch gut war, denn man hatte ihnen eingeschärft, daß die Kleider »extra von einer alten Frau gestrickt« worden waren und daß man vorsichtig mit ihnen umgehen müsse... Der unbenutzte Schläger und die unbenutzten Puppen blieben dort, bis meine Schwester June Kinder hatte, die mit ihnen spielten, ohne sich Sorgen zu machen, daß sie so anders waren oder daß sie die »extra gestrickten« Puppenkleider beschädigen könnten. Damals waren die Freundin von Tante Isy und Tante Isy selbst schon tot.

In jenem Jahr wurden unsere Katzen von einer Art Katzenenteritis befallen, und eine nach der anderen starb. Ich nahm Winkles' Tod zum Anlaß, eine Elegie zu schreiben, die ich unter meinem Pseudonym Amera an die *Mail Minor* sandte. Ich war bereit, mir im Interesse der Dichtung alles zunutze zu machen, wie ein Vogel, der sein Nest auskleidet, ein passender Vergleich, denn nun beschäftigte die Mitglieder der Gruppe, deren Einfluß in der Klasse noch immer stark und ungebrochen war, etwas Neues – die Vorbereitung ihrer »Truhe«, ein Ausdruck, den ich noch nicht kannte. Statt daß man ihnen voneinander unabhängige Geburtstags- und Weihnachtsgeschenke gab, sammelten sie jetzt Haushaltsartikel, wie Leinen, Besteck, Porzellan, und jede neue Errungenschaft wurde detailliert erörtert und beschrieben. Egal, wie weit entfernt ich mich von ihnen fühlte, könnte man sagen, daß sie und ich nach ähnlichen Dingen trachteten – alle sammelten wir Material für die Zukunft, die wir zu haben hofften, sie ihre Haushaltsartikel, ich meine Erfahrungen und fiktionalen Charaktere. Wenn ich sage, daß ich Winkles' Tod »zum Anlaß nahm«, um eine Elegie zu schreiben, könnte ich sagen, daß ich auch eine Verpflichtung gegenüber jenen Dichtern empfand, die über Myrtles Tod geschrieben hatten, um Winkles' Tod und mein Gefühl darüber mit jemandem zu teilen, und daß all die für die Zukunft gesammelten Erfahrungen nicht nur für den persönlichen Gebrauch bestimmt waren, so wie Tischwäsche und Besteck, sondern für den allgemeinen Gebrauch innerhalb eines Stroms, der meinem Empfinden nach vielleicht Geschichte genannt werden konnte.

Wenn ich mich nicht auf die Entschuldigung berufen konnte, »für die Prüfungen zu lernen«, molk ich noch immer die Kühe, und diese Pflicht teilte ich mir nun mit Robert und June; ich wanderte auf der Suche nach Bluey und Scrapers über die Hügel und blickte hinaus auf den Hafen und das Meer, auf das Kap, auf vertraute Dinge, und lokalisierte jenes winzige, fensterlose Gebäude, das uns noch immer als das Leichenschauhaus bekannt war; ich blickte auf den Park, wo Wirth's Zirkus und der Sechspennyzoo jedes Jahr ihr Zelt aufschlugen und wo wir, in der verzweifelten Hoffnung, einmal eine Aufführung zu sehen, einer Hoffnung, die sich nie erfüllte, versuchten, unter dem Zelt hindurchzuspähen; auf die von Bäumen gesäumte Straße; ich vermißte Winkles auf meiner Schulter, aber ich tröstete mich mit dem Gedanken an den alt gewordenen Meerschaumjungen, den gelehrten Zigeuner, Mr. Ardenue und all die Figuren aus der Literatur, die ich las; und ich fragte mich, wie die Zukunft aussehen würde, und fürchtete mich davor, denn trotz meines Traums von der Universität wußte ich, daß ich Lehrerin werden mußte, denn im Unterschied zu den anderen Studenten bekamen Lehramtsstudenten eine finanzielle Beihilfe.

Unsere Eltern waren in unserem Leben in den Hintergrund getreten. Wir sprachen über Schulangelegenheiten mit ihnen, baten sie um Geld für dies und das und bekamen es oder auch nicht. Wir ärgerten uns über ihre Ahnungslosigkeit, was Schulthemen betraf. Da ich merkte, daß Mutter sich nun genau wie ich immer mehr der Dichtung als Zuflucht zuwandte, zweifelte ich – in einer Gefühllosigkeit, die ihren Grund in seelischer Not hatte – den Wert einiger ihrer geliebten Dichter an, wohl wissend, daß meine Kritik sie schamrot und unglücklich machte, wogegen ich angesichts ihres Kummers eine grausame Freude empfand. Ich hatte begonnen, ihre Gewohnheit zu hassen, ihre Familie wie eine Märtyrerin von vorn und hinten zu bedienen. Wenn ich gern selbst etwas tun wollte, war Mutter immer zur Stelle, ängstlich bestrebt, mich zu bedienen. Ich empfand nun Schuld darüber, und ich haßte sie, weil sie die Handlangerin dieses Schuldbewußtseins war. Ihr unsichtbares Leben, das sie auf ihrem fernen Planeten der Religion und der Dichtung verbrachte, ihre absolute Friedfertigkeit machten mich zornig, und ich wußte, daß es meinen Vater genauso zornig machte, der manchmal versuchte, sie zu reizen, damit sie Wut oder offene Selbstsucht oder irgendein unheiliges Gefühl zeigte, das ihr vielleicht Mißbilligung von seiten jenes Christus eintragen würde, dem sie es mit allen Mitteln recht zu machen suchte. Wenn er das tat, dann errötete Mutter ein wenig, spitzte die Lippen und begann leise zu singen:

Wenn Er kommt, wenn Er kommt
und Seine Schätze verteilt,
all Seine Schätze, kostbare Schätze,
Seine geliebten Schätze.

Oder das Lied der Christadelphier: »Mit meinen Augen habe ich die Herrlichkeit des Herrn erblickt«, das »Kampflied der amerikanischen Republik« oder ihr anderes Lieblingslied: »Zions König wird obsiegen/ Und sein Volk befreien bald...«, und da es nach der Melodie der deutschen Nationalhymne gesungen wurde, fühlte sich mein Vater zum Spott herausgefordert: »Na so was, du singst ja die *deutsche* Nationalhymne.«

Zu Hause waren wir jetzt nur selten glücklich. Die Feste, die uns so lieb gewesen waren, hatten durch unser Heranwachsen sehr an Reiz verloren. Unser Bruder, der den Alkohol entdeckt hatte und im Waschkessel Starkbier braute, befand sich mitten in den Verwirrungen der Entwicklungsjahre und in einem Zustand der Depression wegen seiner Krankheit; dazu noch mußte er Dads unveränderte Überzeugung erdulden, er »könnte mit den Anfällen aufhören, wenn er nur wollte«, und Mutters eindringliche Mahnungen: »Sei stark, Bruddie, sei stark. Viele große Männer der Geschichte hatten Epilepsie«, und da er nicht fähig war, diese Rolle des Superjungen zu erfüllen, brachte man ihn manchmal nach Hause, nachdem man ihn vor dem Billardsaal von der Straße aufgesammelt hatte. Isabel versuchte ihn dazu zu bewegen, schriftlich dem Alkohol abzuschwören: »Ich will versprechen, / nicht mehr zu zechen...« Verschiedene Leute aus der Stadt, die versprochen hatten, ihm Arbeit zu verschaffen, hatten ihr Versprechen nicht gehalten. Garfield Todd von der Christuskirche war einer, der wirklich half.

Und so polierten wir Tag für Tag die Knöpfe von Dads Uniform der Nationalen Reserve, lasen die Verlustlisten, waren einverstanden mit der neuen Kriegspropaganda, hörten uns die Nachrichten der BBC an und steckten die Bewegungen der Alliierten mit kleinen Fähnchen ab. Und in der Schule kam und ging die Universitätsaufnahmeprüfung, und ich bestand sie; sie ist mir hauptsächlich wegen der zwei Guineen Prüfungsgebühr in Erinnerung, die ich mit Mühe aufbrachte, da mein Vater immer wieder sagte, ich solle mir Arbeit suchen. Wenige Jahre später verdiente ich mit meiner ersten, im *Listener* veröffentlichten Erzählung »Universitätsaufnahmeprüfung« genau diese Summe, und dieser Umstand bewies für mich einmal mehr die Nähe, die Harmonie und nicht die Trennung von Literatur (na ja, einer einfachen Erzählung!) und Leben.

29
Die Phantasie

Während die Zeit in meinen frühen Jahren horizontal gewesen und gleichmäßig fortgeschritten war, Tag für Tag, Jahr um Jahr, und die Erinnerungen eine wirkliche, persönliche Geschichte ergaben, fixiert durch Daten und bestimmte Jahre, oder vertikal, indem sich ein Ereignis auf das andere türmte, »Säcke auf der Mühle in Hülle und Fülle«, wurden die Jugendjahre nun zu einem Strudel, in dem die Erinnerungen sich nicht ordnen, um genau wahrgenommen und beschrieben werden zu können – sie drehen sich wirbelnd im Kreis, angetrieben von einer unterschwelligen Kraft, wobei verschiedene Erinnerungen zu verschiedenen Zeiten an die Oberfläche steigen und so die Existenz einer »reinen« Autobiographie leugnen und für jeden Augenblick eine eigene Geschichte belegen, die sich zu einer

Million Geschichten summiert, jede anders, wobei manche Erinnerungen für immer unter der Oberfläche bleiben. Ich sitze hier an meinem Tisch und spähe hinab in die Tiefen des Tanzes, denn die Bewegung ist ein Tanz, mit seiner eigenen Gesetzmäßigkeit, weder gut noch böse, sondern aus sich selbst heraus gerechtfertigt – Staub und Sonnenstrahlen und Bakterien und Klänge und Farben und Flüssigkeiten und Gedanken, die der Schriftsteller bei dem Versuch, eine Autobiographie zu schreiben, nur einen Augenblick lang festhält. Ich denke an die Zeiten, als wir am Rakaia-Fluß saßen und zusahen, wie die Baumstämme und Äste, die toten Rinder und Schafe plötzlich von der Mitte des Flusses hin zu den vielen Strudeln näher am Ufer getrieben wurden, wo sie nur einen Augenblick verharrten, bevor sie mit unverminderter Geschwindigkeit hinabgezogen wurden, hinab hinab zum Mittelpunkt der Erde.

Ich kämpfte mit den Ereignissen jener letzten Schuljahre. Ich fühlte mich verwirrt, eingesperrt – wohin würde mein Weg führen? Was, wenn meine Eltern plötzlich starben? Wie sah die Welt aus? Wie war es möglich, daß die Welt Krieg führte? Ich stellte mir die alte Frage, die mich schon als Kind verfolgt hatte: Warum gibt es die Welt, warum gibt es die Welt? Und wo war mein Platz? Ich hatte immer wiederkehrende Träume, in denen ich erwachsen war und in die Schule zurückkehrte, nur um mir sagen lassen zu müssen: Was hast du hier zu suchen? Du bist jetzt erwachsen.

Meine Schwestern und ich vertieften uns in unsere Lektüre und in unseren Lernstoff. Um uns die lange, heiße Sommerzeit zu vertreiben, begannen wir mit unseren »Romanen«: meiner hieß *Der Anblick des Staubes* nach Chestertons Gedicht »Lob des Staubes«:

Weiße und blutrote Blüten und Steine,
Flechten, das Feuer des Laubes;
Leuchtendes Blau, funkelndes Gold,
Das ist der Anblick des Staubes.

Isabels Romantitel war *Zieh hin, o Hirte* nach dem »Gelehrten Zigeuner« und Junes' *Süß klingt Musik* nach den »Lotusessern«. Wir kamen nicht über die ersten paar Kapitel unserer Romane hinaus. Wir schickten unsere Gedichte weiterhin an die *Mail Minor*, an *Truth* und an *Pünktchens kleine Leute*, und in einer einzigen, mir deshalb in Erinnerung bleibenden Woche wurde eines meiner Gedichte, »Blüten«, zum Gedicht der Woche gewählt und das andere, »Der Krokus«, gleichfalls von Pünktchen gelobt; der Kommentar lautete: »Danke für die Gedichte, Bernsteinschmetterling. Sie lassen dichterisches Verständnis und Phantasie erkennen. Ich habe ›Blüten‹ zum Gedicht der Woche gewählt. Ich frage mich bloß, ob Blumen, wenn auch nur im poetischen Sinn, von Monden träumen. Schreib uns bald wieder und sei nicht böse über meine gutgemeinte Kritik.« Sie hatte sich auf eine Zeile in »Der Krokus« bezogen: »und träume nicht mehr von der Liebe des goldenen Mondes«.

Meine Antwort an Pünktchen begann mit den Worten: »Natürlich bin ich dir wegen deiner Kritik nicht böse...« Offensichtlicherweise war ich es doch. Ich war davon überzeugt, wenn ich in einem Gedicht behauptete, daß Blumen von Monden träumen, dann träumten Blumen eben von Monden, und wenn Zweifel darüber bestanden, dann lag die Schuld beim Unvermögen des Gedichts zu überzeugen und nicht bei der Idee selbst. Aber ach, wie süß waren die Worte »dichterisches Verständnis und *Phantasie*«. Dies war das erste Mal, daß mir jemand so direkt bescheinigte, ich besäße *Phantasie*. Diese Anerkennung war für mich von großer Bedeutung, und wie so oft führte dieses eine positive Urteil zu weiteren, und bald sagte man mir in der Schule, ich habe *Phantasie*. Mein Traum, eine Dichterin, eine echte Dichterin zu werden, war seiner Verwirklichung schon näher. Noch immer bestand jedoch das Problem mit der Krankheit – Coleridge und Francis Thompson und Edgar Allan Poe hatten ihre Opiumsucht, Pope seine Lähmung, Cowper seine Depressionen, John Clare seinen Wahnsinn, die Brontës sowohl ihre Tuberkulose als auch die Behinderung durch das Leben um sie herum... Nun gut, meine Schwester war gestorben und die Katzen waren gestorben und mein Bruder hatte Epilepsie, aber trotz alledem und trotz all meiner jüngst erworbenen und anerkannten Phantasie hatte ich das Gefühl, daß ich und mein Leben außerordentlich gewöhnlich waren. Ich machte mir Gedanken über meine Kleidung oder deren Fehlen und über meine Figur, ob ich »Kurven« oder »Sex-Appeal« und »Knutschflecken« hatte oder nicht, und seit ich *Ariel*, die Biographie von Shelley, gelesen hatte, war mir schmerzlich bewußt, daß Shelley wahrscheinlich nicht viel von mir halten würde, denn er hatte sich beklagt, daß Harriet sich nur für *Hüte* interessierte. Ich beschloß, *niemals* so zu werden wie Shelleys Frau. (Von Zeit zu

Zeit schien es tatsächlich, als vermische sich mein Ehrgeiz, ein Dichter zu werden, mit der Phantasievorstellung, einen zu *heiraten*!)

Ich schrieb in mein Tagebuch: »Lieber Mr. Ardenue, *sie* glauben, daß ich Lehrerin werde, aber ich werde eine *Dichterin*.«

30
Ein Land voller Flüsse

Das letzte Schuljahr war ein hartes Jahr für mich, das härteste bisher. Mein Schulkleid war nun schon so eng, daß es überall einschnitt; es war zerrissen und geflickt und wieder geflickt, aber ganz offensichtlich hatte es keinen Zweck, ein neues anzuschaffen, da ich ja am Ende des Jahres aus der Schule austreten würde. Ich wußte auch, daß meine selbstgemachten Monatsbinden sich abzeichneten und das Blut durchsickerte, und wenn ich in der Klasse aufstand, blickte ich verstohlen auf die Sitzfläche, um zu sehen, ob sie blutig war, und wenn ich beim Morgenappell aufstand, nahm ich mein Gesangbuch in eine Hand und bedeckte mit der anderen entweder meine Hinter- oder meine Vorderseite, je nachdem, wo sich mehr abzeichnete. Weil ich jetzt Haussprecherin war, stand ich vor den Mädchen von Gibson House, ohne eine Möglichkeit, mich zu verstecken, doch dankbar dafür, daß die Jahre, während derer ich beim Appell fast immer allein stand, bald vorbei sein würden. Ich konnte nie verstehen, warum beim Appell oder beim Turnen niemand »ein Paar« mit mir bildete, wenn das Kommando an uns erging: »Paare bilden.« Meine Scham war extrem; ich zog den Schluß, daß ich stank.

Wenn ich, ganz vorne im Saal, diese Ausbuchtung zu verbergen suchte, ruhig und unbeteiligt zu wirken suchte, während wir sangen: »Und Jesu Blut, das schenkt uns inneren Frieden«, hatte ich das Gefühl, daß mein sommersprossiges, hellhäutiges Gesicht ununterbrochen errötete. Ich fühlte mich hoffnungslos alt für die Schule. Meine Ungeduld, endlich die Schule zu beenden und mein Gefühl des Entsetzens bei dem Gedanken, wie ungeeignet ich mich fühlte, »ins Leben hinauszutreten«, und mein leidenschaftlicher Wunsch, eine Dichterin zu werden, führten zu Hause und in der Schule mehrmals zu Tränenausbrüchen. Aufgrund eines einzigen Geschichtsaufsatzes, in dem ich einfühlsam über Mazzini schrieb (in unserem Geschichtsbuch stand, er sei voll Idealismus und Phantasie gewesen – genug, um mein Herz zu gewinnen), schlug eine Lehrerin vor, ich solle mich um ein Stipendium für Englisch und Geschichte bewerben. Sie war enttäuscht, als der nächste Aufsatz, der kein so aufregendes Thema hatte wie Mazzini, nicht ihren Erwartungen entsprach, was dazu führte, daß ich Geschichte, Geographie und die Naturwissenschaften »fallenließ« und mich in den Fächern Englisch, Französisch und Mathematik um ein Universitätsstipendium bewarb.

Unsere Klasse bestand aus vier Mädchen, der alten Gruppe von Klassenbesten, da die Mitglieder der einflußreichen Gruppe alle die Schule verlassen hatten, um Kindergärtnerinnen, Krankenschwestern im Krankenhaus oder in einer Sozialstation zu werden oder um sich auf die Ehe vorzubereiten. Die Mädchen aus der Bestengruppe sprachen nun mit größerer Gewißheit über ihre zukünftige Universitätslaufbahn und wo sie in Dunedin wohnen würden. »St. Mags natürlich«, sagten sie und erschreckten mich erneut mit einer so ungenierten Abkürzung des ehrfurchtgebietenden St. Margaret's College. Ich suchte um Aufnahme in der Pädagogischen Hochschule an, bewarb mich aber auch um ein Stipendium, damit ich als »Gasthörer« Fächer an der Universität belegen konnte. Wir waren wie junge Vögel am Rande einer Klippe; Flügel flatterten; die Luft war erfüllt von Rascheln und Schwatzen und Flugversuchen. Die Mädchen, die die Universität besuchen wollten, erschienen ruhig, ausgeglichen, selbstsicher, ohne irgendwelche Zweifel an ihrer Fähigkeit, wegzufliegen und sich in die Lüfte zu erheben. Unterdessen versuchten unsere Lehrer, ihre eigenen entschwundenen Jahre wieder einzufangen, sprachen ganz nostalgisch von dem, was wir zu erwarten hätten, und daß die Universität »ihre schönste Zeit« war. Wir studierten eifrig das Vorlesungsverzeichnis, und meine Träume kannten keine Grenzen, als ich mir die Liste der Absolventen und die verliehenen Preise ansah. Insbesondere fielen mir die Preise für Dichtung und Prosa auf, und ich träumte davon, sie zu gewinnen.

In meinem letzten Jahr in der Schule war ich ein wenig verunsichert durch die Anordnung der Klasse in »Gruppen«. Ich vermochte nicht festzustellen, wie ich meinen Bereich innerhalb des Raumes abstecken sollte, jetzt, wo ich frei war, nachdem ich fast mein ganzes Leben damit verbracht hatte, auf Befehl an einem Tisch zu sitzen, in einer Atmosphäre, die üblicherweise schulmäßig war, denn ich war auf die »alte« Art und Weise unterrichtet worden, wo die Schüler auf ihren festgesetzten Plätzen saßen, während die Lehrerin vor der Klasse stand und unterrichtete, was bedeutete, daß sie vortrug und an die Tafel schrieb und Fragen stellte, die beantwortet wurden, indem sich die Schüler meldeten, worauf die Lehrerin dann einen Schüler auswählte, seine Antwort für richtig oder falsch erklärte und dann weitersprach und an die Tafel schrieb. Ich war verwirrt, weil wir uns nun frei in der Klasse bewegen, in kleinen Kreisen sitzen mußten, in Diskussionsgruppen, wobei jedes Mitglied Ideen beisteuern sollte. Ich zog mich zurück. Ich hatte Angst, meine Ideen zu äußern. Ich hatte mich daran gewöhnt, die ganze Klasse mit meinen Bemerkungen zu verblüffen oder zu unterhalten, und diese konnte ich nicht von Angesicht zu Angesicht vorbringen.

Ich war nur deshalb imstande, den Hauschor beim Musikwettbewerb zu dirigieren (»Geh, schöne Rose, sag ihr, die ihre Zeit und mein Leben vergeudet« und »Es war ein Liebender und sein Mädchen«) und die Jazzband der vierten Klasse anzuführen –

Wer ist hübsch wie ein Bild,
macht die Jungen ganz wild,
in der Regel sagen alle,
es ist das Kind, es ist das Kind
mit dem Haar, zerzaust vom Wind

–, weil es keinen beunruhigend engen Kontakt mit dem Chor, der Band oder dem Publikum gab. Ich war »schüchtern«, muß man wissen. War nicht auch der gelehrte Zigeuner »schüchtern«?

Nur selten anzusehen, gedankenvoll und stumm,
Der Hut im alten Stil, der Mantel grau,
Genau wie die Zigeuner...

Gegen Ende des Jahres gab Miss Crowe, unsere Klassenlehrerin, eine Party für die Schülerinnen der Abschlußklasse. Ich trug mein Schulkleid. Ich trank den ersten Kaffee meines Lebens. Ich saß abseits von den anderen in meiner »poetischen« Art und Weise (ich war nun als Dichterin der Klasse bekannt und bekam üblicherweise gute Noten für meine Aufsätze), sichtlich von »anderen Dingen« träumend, und im Lauf der Party fragte mich Miss Crowe, die sich unter die Mädchen »mischte«: »Welches Musikinstrument gefällt Ihnen am besten?«

Trotz meines Klavierunterrichts damals und trotz der einen Musikstunde pro Woche in der Schule hatte ich das Gefühl, von »richtiger« Musik nichts zu verstehen. Diese Stunden waren Singstunden, in denen wir Arpeggioliedchen sangen:

Die Farbe, die ich mag,
Was hältst du vom Heute, sag?
Da Ma Nay Porto la Bay...,

aber auch die geliebten Lieder aus dem Commonwealth-Liederbuch, »Die Forelle«, »An die Musik«, die Shakespeare-Lieder, »Am Ufer, wo die Biene saugt...«, Lieder, die mich unweigerlich an einen Ort versetzten, der mir, so entdeckte ich, von J. C. Squire in seinem Gedicht »Flüsse« beschrieben worden war (ein weiteres Gedicht aus dem *Goldenen Buch der modernen englischen Dichtung*):

Es ist noch etwas in meinem Kopf
Aus weit entfernter Zeit;
Ich sah es und ich sehe es nicht,
Ein Land, ganz voll von Flüssen,
Es rührt mein Herz und spricht zu mir...

Als Miss Crowe mich fragte, welches mein Lieblingsinstrument sei, verriet ich also nur ungern, daß ich so wenig von Musik verstand (diese verträumte, phantasievolle Jean Frame!). »Ich mag Geige am liebsten«, sagte ich, da mir plötzlich der blinde Geiger von einst einfiel. »Ja«, sagte Miss Crowe. »Sie ist wirklich gefühlvoller als die anderen Instrumente, nicht wahr?« Ihre Antwort machte mich verlegen. Wer sprach von Gefühlen? Ich saß in meiner Ecke, trank meinen Kaffee, und auf meinem Gesicht brannten alle Gefühle und Ängste der Welt.

Ich nahm an den Prüfungen für das Stipendium teil. Im Englischaufsatz schrieb ich eine »kritische Würdigung« des Gedichtes »Lerche, o Feldlerche«:

Wirfst deine glatten runden Sangeskiesel in den stillen See der Luft,
des' Kreise wachsen und den Mittag füllen,
und es gibt keine
so kleine unter der Sonne...

Ich beantwortete »Verständnisfragen« zu Stephen Spenders Gedicht »Pylone«, ohne das Wort zu kennen. Ich erinnere mich an diese Fragen nur wegen der Intensität des Augenblicks: meine Finger waren tintenverschmiert, die Uhr an der Vorderwand des Saales tickte, mein Herz pochte laut gegen meine Rippen, mein Kopf war kristallklar: ich genoß Prüfungen.

Das nächste Ereignis war das Gespräch mit Mr. Partridge, dem Direktor der Pädagogischen Hochschule von Dunedin, bei dem ich aufgeweckt und lehrerinnenhaft zu wirken suchte und darauf achtete, daß er erfuhr, daß ich Haussprecherin war, Kapitän der B-Basketballmannschaft, Dirigentin des Hauschores, Leiterin der Jazzband der Vierten, eine gute Schülerin... Ich glaube, er war beeindruckt und sah wahrscheinlich das betriebsame, unkomplizierte Sportsmädel in mir, das ich nicht war (ich, die Schüchterne, Poetische, Zaghafte, Gehorsame).

»Hat aus Ihrer Familie schon jemand die Pädagogische Hochschule besucht?« fragte er. Ich hätte ihm von der allgegenwärtigen Kusine Peg erzählen können. Ich hätte ihm erzählen können, daß ich, abgesehen von den älteren Verwandten aus Onkel Alecs Familie und von den australischen Verwandten, die erste war, die eine höhere Schule besucht hatte, daß meine Großmutter Frame ihre Heiratsurkunde noch mit einem Kreuz gezeichnet hatte... dann fielen mir die ruhmreichen Nichten ein, die beim Deanna-Durbin-Wettbewerb so geglänzt hatten, und hatte Iona nicht auch Rhetorikkurse besucht?

»Die Nichte meiner Tante, Iona Livingstone, war auf der Pädagogischen Hochschule«, sagte ich.

»Eine unserer besten Schülerinnen«, erwiderte Mr. Partridge und sah beeindruckt aus. »Eine geborene Lehrerin.«

Etwas von Ionas Glanz fiel auf mich, und ein paar Wochen später bekam ich die Nachricht, daß ich in die Pädagogische Hochschule aufgenommen worden war.

Der Tag des Vortragswettbewerbs kam. Wieder war ich die stolze

Gewinnerin, hatte mir Aurore Dupin, George Sand, zum Thema gewählt und ihren Roman *Consuélo* zur Grundlage genommen, den Bruddie auf der Müllhalde fand – ein weiteres *abgelegtes* Buch aus dem Athenäum und der Fachschule für Maschinenbau. Mit seinem roten Einband, seiner kleinen Schrift und seinen tausend Seiten entzückte uns *Consuélo*. Wir verliebten uns in Graf Albert. Meine neuerworbene Phantasie und meine Unkenntnis des tatsächlichen Lebens von George Sand und der Einfluß der Figur Alberts, das alles führte dazu, daß ich in meinem Vortrag eine leidenschaftliche George Sand erfand, die ständig verliebt war in schöne dunkle Komponisten und Dichter, unweigerlich männlich. In meiner Ignoranz erschien mir die gewisse Betretenheit, mit der die Lehrerin von George Sand sprach, gar nicht verdächtig. Ich – wir – nahmen an, daß die Haltung der Lehrerin mit ihrer bevorstehenden Heirat zu tun hatte; ihre Heirat ging uns ja auch in der Schule im Kopf herum. Ich verfaßte eine Parodie auf das Lied von John Brown, das wir sangen:

Die Lehrer von Waitaki, ja, die pauken uns was ein,
den Kopf voll Mathematik und die Herzen voll Latein.
Doch manche wollen lieber unterm Ehejoche sein
und heiraten einfach weg.
Statt all der Formeln und Vokabeln
Klappern Teller, Töpfe nun und Gabeln...

Das Ende des Schuljahres wurde mit der üblichen Schlußversammlung und der Festrede des Ehrengastes begangen, für gewöhnlich eine ehemalige Schülerin, die uns daran erinnerte, daß die Schulzeit die schönste Zeit unseres Lebens sei. Was war sonst von einer dazu auserwählten ehemaligen Schülerin aus einer Schule zu erwarten, die nach dem Vorbild einer Privatschule für Knaben gestaltet war und wo wir sogar alle voll Inbrunst Rugby-Schlachtgesänge von uns gaben wie: »Bleibt am Ball, bleibt am Ball, bleibt am Ball/ und kommt im Gewühl nicht zu Fall...« und »In vierzig langen Jahren/ wo werden sie alle sein...« und zum Schluß noch »Auf den Feldern erschallet dann/ der Ruf der zwanzig Mann...«.

Wir sangen unser Schullied: »Es sprießen grün die Felder/ um Waitakis stolze Mauern...«, darauf »Gott sei in unsern Herzen« und das Schulabschluß-Kirchenlied: »Entlaß uns, Herr, mit deinem Segen«. Und schließlich, da die Welt noch im Krieg lag und auch wir nachts verdunkeln und Luftschutzübungen machen mußten, da immer noch Staffeln und Konvois zu Schiff ausfuhren und Nachbarssöhne in der Wüste vermißt und andere verwundet oder gefallen waren, da immer noch täglich die Verlustlisten in den Zeitungen veröffentlicht wurden, sangen wir »Friede, tiefer Friede sei auf dieser dunklen Erde/ Jesu Blut, das fleht mit uns, daß endlich Friede werde...«.

Es gab noch viele andere Schulabschlußaktivitäten, an denen ich nicht teilnahm – Bälle, Geselligkeiten, Fünf-Uhr-Tees, Fahrradausflüge. Ich kannte keine Jungen außer denen, die neben uns wohnten (zu alt, und einer war gefallen) und auf der anderen Straßenseite (zu jung oder zu alt); meine Freizeitgestaltung beschränkte sich aufs »Kino« dann und wann und auf Spaziergänge auf dem Hügel und den Kanal entlang. Obwohl wir Mädchen oft das Gefühl hatten, daß unser Leben im Vergleich zu dem äußeren Leben Gleichaltriger ganz anders und ein wenig tragisch war, gelangte ich gegen Ende meiner Schulzeit, nachdem sich meine Empörung stets auf Oamaru konzentriert hatte – die Stadt, der wir soviel Schuld zuwiesen für so vieles, das mit uns passiert war –, zu der Erkenntnis, daß viele andere Mädchen nicht einmal bis zur Mittelschule gelangt waren, weil ihre Eltern es sich nicht leisten konnten oder nicht die Opfer bringen wollten, die unsere Eltern zweifellos brachten. Ich dachte an die Familie mit den sieben Kindern am Ende der Eden Street, die barfuß gingen, nicht immer freiwillig, und wie ich sie an einem eiskalten Morgen zur Schule hatte laufen sehen, die Füße ganz blau vor Kälte; und an die Familie in der Chelmer Street, die sich nur von Suppe aus Schweinsknochen aus der Speckfabrik ernährte. Und als ich aus einem langen, unruhigen Familienschlaf aufzuwachen schien, sah ich plötzlich auch andere Mädchen mit »komischen« Schuluniformen, die sich entgegen den vorgeschriebenen Falten bauschten. Voller Staunen merkte ich, daß K., die in der Vierten war und in die Pädagogische Hochschule aufgenommen wurde, ihre merkwürdige Kleidung und die ihrer Schwester, die in eine der unteren Klassen ging, offensichtlich keineswegs peinlich war. Wir wurden Freundinnen. Sie war aus einer talentierten Familie, vielseitig begabt im Schreiben und Zeichnen; sie gaben eine Familienzeitung heraus und baten uns, Beiträge dafür zu liefern. Dem kamen wir nur ein- oder zweimal nach, voll Ehrfurcht für ihren Unternehmungsgeist und ihre Talente und für ihre offensichtliche Gleichgültigkeit gegenüber ihren »komischen« Schulkleidern. Einmal war ich bei ihnen zu Hause eingeladen und beeindruckt von der an Isoliertheit grenzenden Verbundenheit der Familienmitglieder. Sie waren »arm«, ihr Vater war Zimmermann und unterrichtete an der technischen Fachschule und wirkte sehr alt mit seinem weißen Haarschopf und seiner Art, uns Kinder ständig aufzuziehen. Wenn wir durch das Loch in unserem rotgestrichenen Gartentor spähten und sahen, wie er sein Fahrrad vorbeischob (in der Eden Street gab es einen Punkt, wo jeder absteigen und das Fahrrad den steilen Hang hinaufschieben mußte), fürchteten wir Kinder uns vor der ihm eigenen schroffen Art, Späße zu machen. Doch seine Stimme war angenehm. Die Mutter war eine adrette Frau mit zu Schnecken eingerollten braunen Zöpfen. Ich dachte gern an den Anblick ihres großen Eßzimmertisches, um den alle saßen und zeichneten, redeten, lasen oder schrieben in einer stillen Harmonie in Braun und Gold, ohne plötzlich aufbrechende, katastrophale Abgründe des Seins, ohne epileptische Anfälle, ohne Schrecken, Aufruhr, Tränen, Angst. So zumindest schien es uns. Sie hatten einen kleinen Bruder, Nat, der an Radios herumbastelte und nie mit den anderen Schritt hielt und auch gar nicht einsah, warum er das sollte.

Unser Bruder war nun abgesondert von uns in seiner Verwirrung. Er war allein mit Mutter, die treusorgend seine Bedürfnisse erfüllte und versuchte, seine Probleme zu lösen, auch wenn das nur bedeutete, daß sie die Gräten von seinem gekochten Fisch entfernte, damit er nicht daran erstickte. Wir Mädchen schlossen uns eng aneinander. Vor langer Zeit, als June geboren wurde, hatten sich Myrtle und Bruddie und ich gegen Miss Low »verbündet« und uns Miss-Low-Geschichten erzählt; später »verbündeten« wir uns alle gegen die Bedrohung durch den Gesundheitsinspektor, der es wagte, unser Heim, unsere Eltern und unsere geliebten Hunde und Katzen zu kritisieren. Seitdem hatte es verschiedene »Bündnisse« gegeben, und obwohl jeder allein mit Myrtles Tod zurechtzukommen suchte, waren June und ich einander beigestanden, indem wir gemeinsam lasen: »Einst Paumanok, als der Duft von Flieder in der Luft lag und das Gras schon fünf Monate wuchs«.

Es war uns nun bewußt, daß ich im Begriff war, »ins Leben hinauszutreten« und daß dies auch den anderen in ein, zwei Jahren bevorstand. Wir wandten folgende zwei Strategien an: erstens schrieben wir an das Parlamentsmitglied Mr. Nordmeyer (der auch Geistlicher gewesen war und in unserer Nähe gewohnt hatte) und baten ihn, uns fünfundzwanzig Pfund zu leihen, damit wir uns Kleidung und andere notwendige Dinge für unsere »Zukunft« kaufen könnten. Auf unseren Bettelbrief erhielten wir keine Antwort. Der nächste Schritt bestand darin, unser Schreiben von Gedichten und Prosa voranzutreiben, das demselben Zweck diente wie die alten Miss-Low-Geschichten, nämlich uns zu einen in der Angst vor der »Zukunft«, die uns jetzt – genau wie Miss Low und der Gesundheitsinspektor und der Tod, der zu Gast gewesen war – in ihrer Gewalt hatte.

31
Auf Wiedersehen Ist-Land, Guten Tag Ist-Land

Es ist bezeichnend, daß das letzte Kapitel dieses Bandes von Kleidung handelt, denn es war Kleidung, um die sich mein Leben plötzlich drehte, so wie viele Jahre zuvor, als ich mein samtenes Tierleinkleid getragen hatte, und wie während meiner Schulzeit, als ich eingezwängt in einem grauen Sergekittel lebte. Die äußere Erscheinung war immer von Bedeutung gewesen, und die der anderen hatte ein Gefühl des Trostes oder Verlustes hervorgerufen. Wenn mein Vater die Farbe seines Anzuges oder seine Tabaksorte wechselte (denn er *trug* seinen Tabak wie seine Kleidung), so konnte das bei seinen Kindern größte Bestürzung hervorrufen. Während der Wirtschaftskrise war der Anzug meines Vaters grau, und ich erinnere mich noch gut, daß ich stundenlang die Thames Street auf und ab lief, um ein Geschäft zu finden, das eine Spule grauen Zwirn vorrätig hatte, der zum Stoff von Dads Anzug paßte. Als er nach der Wirtschaftskrise zu Marineblau überwechselte, brachte uns das ebenso aus der Fassung wie damals, als Mutter sich die Haare abschneiden oder sich ein falsches Gebiß einsetzen ließ. In einem Leben, in dem die Menschen nur wenige Kleidungsstücke besaßen und ein Mann einen einzigen Anzug und einen einzigen Mantel hatte, war die Kleidung Teil der Haut, wie das Fell eines Tieres.

Als ich nach sechs Jahren täglichen Gebrauchs mein Schulkleid nicht mehr anzog, fühlte ich mich nackt, wie ein abgehäutetes Kaninchen; und es war der vom Direktor der Pädagogischen Hochschule verfaßte Brief, in dem die für eine Studentin unerläßliche Kleidung aufgelistet war, der uns in Panik versetzte und an Mr. Nordmeyer herantreten ließ.

Ich hätte mir nie träumen lassen, daß die Leute im »wirklichen Leben« so viele Kleider hatten. Während ich die Liste durchlas, wurde ich von einem überwältigenden Gefühl der Hoffnungslosigkeit und Unwirklichkeit ergriffen. Wo, außer im Film, besaßen Menschen so viele Kleider, Kostüme, Schuhe, Mäntel? Und einen Morgenrock! Zu Hause gab es ein altes Relikt, ein Kleidungsstück aus kariertem Flanell, das wir »Großvaters Morgenrock« nannten und das unserem Leben so fremd war, daß wir es als ein Stück Geschichte betrachteten; es war fast so fremd, wie wenn wir zwischen Leintüchern geschlafen hätten anstatt zwischen unseren üblichen grauen Decken.

Aus der reich blühenden Überfülle der beunruhigenden Liste entfernte ich den Großteil der unerreichbaren Früchte und ließ nur das mir angemessen scheinende Kostüm stehen, das zu »Weste und Rock« wurde. Ich hatte noch meinen marineblauen Schulmantel und eine Bluse. Das würde reichen müssen, bis ich mir von meinem (monatlichen) Scheck von neun Pfund, drei Shilling und neun Pence genug erspart hatte, und da ich bei Tante Isy und Onkel George in der Garden Terrace Carroll Street 4 wohnen sollte und ihnen nur zehn Shilling die Woche für Kost und Logis zahlen mußte, bestand tatsächlich Hoffnung, daß ich etwas zur Seite legen konnte.

Und so hatte die Zukunft, von der wir so lange geredet und geträumt hatten und auf die unsere Lehrer all ihre dringlichen Bitten, Drohungen, ja auch ihren eigenen, längst aufgegebenen Ehrgeiz gerichtet hatten, von neuem als Gegenwart begonnen, als das Ist-Land, aus dem es kein Entrinnen gibt, und ich war gerüstet, ihr entgegenzutreten als eine schüchterne junge Frau, die hauptsächlich mit »Geschöpfen« wie Kühen, Schafen, Hunden, Katzen, Insekten, allem Lebendigen außer dem Menschen, Umgang und Erfahrung hatte; mit der Welt der Natur, dem Meer, der Erde, dem Himmel und den Pflanzen, Bäumen und Blumen; und mit der geschriebenen und gedruckten Sprache mit ihren Themen und Gedanken und ihrem Alphabet, dessen As und Os und Us und Ds Stuben waren, groß genug, um sich darin zu verstecken.

In jenem Sommer verbrannte ich alle meine Tagebücher über das Land Ardenue und meine Notizbücher mit Gedichten, obwohl viele davon auf der Kinderseite veröffentlicht worden waren. Nur in *Truth* hatte ich meinen richtigen Namen angegeben, Janet Frame, wie man mich jetzt nannte; die alten Kosenamen Nini und Fuzzy und Jean waren ad acta gelegt. Die meisten Mädchen in meiner Klasse hatten als Vorbereitung für ihre »Zukunft« auch eine persönliche Wandlung vollzogen, einige hatten ihren »richtigen« Namen entdeckt oder eine neue Schreibweise, andere hatten bewußt den Stil ihrer Handschrift verändert, oft mit einer neuen Tintenfarbe (von Königsblau zu Schwarz oder Grün), mit einer neuen Unterschrift (die sorgfältig auf Heftseiten eingeübt wurde). Andere entschieden sich für eine neue Frisur oder ein neues Wort, das sie nun öfter verwendeten als früher. Und wieder andere enthüllten, daß sie Zwillinge oder sogar adoptiert waren.

In unserer Familie entdeckten wir von neuem, daß Isabel mit einer Glückshaube geboren worden war, durch deren magische Kraft sie niemals ertrinken konnte.

Auch ich übte meine Unterschrift. Mein Vater hatte gleichfalls die Angewohnheit, seine Arbeitszeitkontrollisten auf eindrucksvolle Weise zu unterzeichnen. Er war sehr stolz auf seine Handschrift. Oft saß er am Küchentisch und schrieb G. S. Frame, George Samuel Frame, auf die Rückseite alter Listen, gefolgt von zwei Zeilen, die ihn zu verfolgen schienen, denn er schrieb sie überallhin, auf alte Kontrollisten, auf die Rückseite von Briefumschlägen, auf alte Rechnungen:

Nur ein Lied am Abend,
wenn es dunkel wird.

Janet Paterson Frame, schrieb ich und zog dabei die Schleifen mit Sorgfalt.

Anfang Februar fuhr ich, als Mitglied einer Eisenbahnerfamilie mit einem Freifahrschein ausgestattet, mit dem Sonntagszug der Stadt Dunedin und meiner Zukunft entgegen.

II.
Ein Engel an meiner Tafel

Dieser zweite Band ist der Familie Scrivener, Frank Sargeson,
Karl und Kay Stead und E. P. Dawson gewidmet.

Reste tranquille, si soudain
L'Ange à ta table se décide;
Efface doucement les quelques rides
Que fait la nappe sous ton pain

Rilke, *Vergers*

ERSTER TEIL

Verzweiflungstricks

Prospero: Mein wackrer Geist! –
Wer war so fest, so standhaft, dem der Aufruhr
Nicht die Vernunft verwirrte?
Ariel: Keine Seele,
Die nicht ein Fieber, gleich dem Tollen, fühlte
Und Streiche der Verzweiflung übte.

Shakespeare, *Der Sturm*, 1. Akt, 2. Szene

1
Der Stein

Die Zukunft legt sich wie ein immer schwerer werdendes Gewicht auf die Vergangenheit. Das Gewicht auf den frühesten Jahren ist leichter zu entfernen, um jene Zeit zu befreien, die sich erhebt wie Gras, das niedergedrückt war. Die Jahre, die auf die Kindheit folgen, verschmelzen mit der Zukunft, türmen sich auf wie Steine, und oft kann die darunterliegende Zeit sich nicht mehr wie frisches Gras erheben und weiterwachsen: sie liegt da in neuer Gestalt, ihr Grün verblaßt, verschlungen mit den zarten, blutlosen Sprossen einer anderen, unbekannten Zeit unter dem Stein.

2
Garden Terrace 4, Dunedin

Der Sonntagszug, ein Güterzug mit einem Waggon für Reisende, brauchte sieben Stunden für die einhundertfünfundzwanzig Kilometer von Oamaru nach Dunedin, blieb an jedem Bahnhof stehen, wartete mindestens eine halbe Stunde bei den Gummibäumen in Waianakarua, bis der Mittagsexpreß nach Norden vorbeigerast war, kroch an den von wilden Wicken umsäumten Bedarfshaltestellen vorüber. In den vielen Sümpfen entlang der Strecke wuchsen dunkelblaue Sumpflilien mit hellem blauweißem, gelb gesprenkeltem Inneren. Wir blieben in Hampden stehen, wohin wir jedes Jahr zum Eisenbahn-Picknick gefahren waren; kurz vor dem Viehübergang an der Lagune mit ihrer dunklen Masse schwarzer Schwäne waren wir aus dem Zug gestiegen und querfeldein mit Taschen und Decken hinunter zum Picknickplatz am Strand mit seinem »Strandklo« gewandert, dessen fleckiger Holzsitz in der Mitte geborsten und dessen Betonboden von schmutzigen Pfützen bedeckt war und nach Salz roch, und hier und da sah man einen Spritzer Möwenkot, wie wenn auch die Möwen die Umkleidehütte als Klo benützten. Ich blickte hinaus auf Hampden und die schwarzen Schwäne und die

Lagune, mit Erinnerungen, erschaffen aus der Vergangenheit, so wie sich eine Honig sammelnde Biene ihre eigenen süßen Bauten erschafft, und dachte an das Meer und an den Strand mit seinen Muscheln und an das Klo mit seinem nassen Boden; und an die Gratis-Himbeerlimonade.

Dann kreiste der Zug auf seine merkwürdige Weise die Stadt Palmerston ein, wobei das steinerne Denkmal auf dem Hügel auftauchte, verschwand und wieder auftauchte und die wenigen Leute im Waggon plötzlich ihren Standort veränderten und mit interessiertem Blick die Fenster öffneten, denn in Palmerston gab es »Erfrischungen«, und der Mittagsexpreß hatte hier gehalten und war wieder weitergefahren, und seine Fahrgäste hatten sich wie die Heuschrecken durch das Angebot an Schinkensandwiches und süßen Brötchen und heißen Pasteten hindurchgefressen und nur die »Reste« für die des Personenzuges übriggelassen, die nun Hunger und Durst hatten wie immer in Palmerston.

Die Hügel um Palmerston waren von der Sonne und vom Feuer verbrannt, nur dann und wann stand einsam ein abgestorbener Baum in einer Wasserrinne oder auf einem Abhang und eine Gruppe von Bäumen hier und dort, manche seit langem verdorrt, andere splitternackt mit nur einer dünnen Schicht glänzender Blätter. Als sich der Zug Seacliff näherte, tauchten mehr Bäume auf, und wieder kam Bewegung in den Waggon, als die Fahrgäste den Bahnhof von *Seacliff* sahen und einen flüchtigen Blick auf das Krankenhaus von *Seacliff* erhaschten, die Irrenanstalt, die wie eine Burg aus dunklem Stein zwischen den Hügeln lag.

Der Zug fuhr in den Bahnhof ein. Ja, die Irren waren da; alle blickten hinaus zu den Irren, die in Oamaru bekannt waren als die, die »die Strecke hinunter-«, und in Dunedin als die, die »die Strecke hinaufgeschickt« worden waren. Ein paar Leute stiegen hier aus – das waren wohl die Verwandten, die auf Besuch kamen. Wir hatten keine Irren in der Familie, obwohl wir von Leuten gehört hatten, die »die Strecke hinuntergeschickt« worden waren, aber wir wußten nicht, wie sie aussahen, nur daß sie einen komischen Blick hatten und einen mit einem Brotmesser oder einer Axt attackierten.

Mich ängstigte die Aussicht auf das Leben in einer großen Stadt wie Dunedin zu sehr, als daß ich dem Bahnhof von Seacliff viel Beachtung geschenkt hätte. Nun wand sich der Zug um die steilen

Klippen herum, und man sah hinunter auf die Feriensiedlungen in Waitati, Karitane, wo die »Gruppe« aus der Schule ihre »Sommerhäuschen« am Meer hatte und wo die Mummys und Daddys und großen und kleinen Brüder und Schwestern der Welt mit ihrem Strand und ihren Booten und der Sonne und den Ferienvergnügungen ein kurzweiliges Leben führten.

Der Zug knirschte, ächzte, kroch dahin, schaukelte hin und her, und das Meer lag weit unten, ruhig und grau, leicht gekräuselt und glänzend wie ein Robbenfell. Dann der Tunnel, Mihiwaka, und die Fahrgäste husteten, schlossen und öffneten und schlossen die Fenster, der Waggon war von Rauch erfüllt; wieder aus dem Tunnel heraus, kam das unvermeidliche Gefühl der Ankunft: Port Chalmers, Ravensbourne, Sawyers Bay; der Hafen und der Bahnhof von Dunedin, ein riesiger, dampfender, lärmender Ort, nicht so überfüllt bei der Ankunft des Güterzuges am späten Nachmittag wie bei der des Invercargill- oder Lyttleton-Expreß', aber dennoch furchteinflößend und ehrfurchtgebietend: Ich war allein in meiner ersten Großstadt. In meinem Kopf tauchten riesige und verschwommene Großstadtfiktionen auf – Dunedin als eine von ihnen. Ich dachte an die »dunklen satanischen Mühlen«, an Menschen, »eingesperrt wie Eichhörnchen«; an Feuersbrünste und die Pest und die Preßpatrouille; und obwohl ich willens war, dem Beispiel der Schriftsteller zu folgen und die neue Stadt schließlich zu »lieben«, so wie Charles Dickens, Hazlitt und Lamb ihr London geliebt hatten, konnte ich anfänglich an nichts anderes denken als an Einsamkeit, an die Armut, die ich mit Sicherheit antreffen würde und daran, daß das Leben in der Großstadt mich vielleicht zerstören würde –

In uns'rer Jugend sind wir Dichter voller Frohsinn;
Doch schließlich enden wir verzweifelt und im Wahnsinn.

Ich, die ich kaum den Kinderschuhen entwachsen war und Wordsworths »Ahnungen der Unsterblichkeit« auswendig kannte, hatte die Drohung darin erstgenommen –

Schon bald trägt deine Seele ihre ird'sche Bürde,
Und die Gewohnheit liegt auf ihr, eine Beschwerde
Wie Frost, und tief, fast wie das Leben!

– in der Gewißheit, daß diese Drohung sich in einer Großstadt bewahrheiten könnte: in Dunedin. Mein einziger Trost an jenem schrecklichen ersten Tag war die Aussicht, nun bei Tante Isy und Onkel George zu wohnen – Garden Terrace 4, ein lichterfüllter Ort mit einem terrassenförmig angelegten Garten mit Blick über die Buchten der Halbinsel und einem Zimmer mit dem gleichen Ausblick, mit hellen Kretonnevorhängen, einer dazu passenden Bettdecke und Bettwäsche wie für eine Prinzessin. Und ich würde die Pädagogische Hochschule und in meiner Freizeit die Universität besuchen und die Leute mit meiner Phantasie beeindrucken; jeder würde in mir eine echte Dichterin sehen. Die praktischen Details eines Dichterlebens waren mir noch nicht ganz klar, da es selbst für meine Phantasie zuviel war, den Übergang von der Vorstellung zu den Tatsachen zu vollziehen – alle Dichter, mit denen ich mich beschäftigt hatte, waren in beruhigender Weise tot und hatten vor langer Zeit in fernen Ländern gelebt; doch auch wenn ich meine eigene Lebensweise noch nicht gefunden hatte, waren es die Dichter, die mir auf meiner ersten Reise weg von zu Hause und von meiner Familie Gesellschaft leisteten.

Ich kannte Tante Isy und Onkel Georg nicht sehr gut. Ich betrachtete sie wie die meisten Verwandten und Erwachsenen als »respekteinflößend«, als Menschen, die in einer völlig anderen Welt lebten, der anzugehören mir unvorstellbar schien – eine Welt des ständigen Kommens und Gehens unzähliger Verwandter und Bekannter, eine Welt der Namen und Orte, die alle mit der Sicherheit der Besitzenden ausgesprochen wurden, eine Welt, in der man weiß, daß jeder sich an dem ihm bestimmten richtigen Platz befindet, und wenn nicht, dann kursierten ebenso zahlreiche Fragen und Gerüchte wie die vorhergehenden Bestätigungen. Ich kannte Tante Isy nur als die frühere Tänzerin auf den alten Fotografien der beiden schönen Schwestern Isabella und Polly, die Schottenröcke trugen und denen die schwarzen Haare wie Seide bis auf die Hüften fielen; als die Tante, die Dads Erstgeborene Myrtle auf allen Fotos, auf denen Mutter nicht zugegen war, auf dem Arm hielt, so daß wir fragten: »Mum, war Myrtle Tante Isys Baby? Warum bist nicht du mit Myrtle fotografiert worden?«; als die wohlwollende Tante, die jedes Jahr zu Weihnachten ein Paket schickte und so in der Woche vor Weihnachten

Anlaß zu der besorgten Äußerung gab: »*Das Paket* ist noch nicht da!«; und in letzter Zeit sah ich Tante Isy als jemanden, der tantenhaft nach Mottenkugeln und Tuch roch und dunkle Farben trug und noch immer dort arbeitete, wo sie ihr ganzes Leben lang gearbeitet hatte, in der Roslyn-Fabrik, jetzt als Aufseherin; und die immer noch mit hoher Stimme sagte: »Lottie, Lottie, Middlemarch, Middlemarch.« Und ich sah Onkel George als einen blassen Mann in einem grauen Mantel; ich glaube, er war Handelsreisender.

Dunedin war halb verborgen im Nieselregen. Mein Taxi brauchte nicht lange vom Bahnhof bis zu einer Straße auf halber Höhe eines Hügels, Carroll Street, und da war auch schon Garden Terrace, und die Nummer vier, das vierte kleine Ziegelhaus in einer aneinandergebauten Gruppe von sechs Häusern, deren Hinter- und Vordertüren über zwei enge, von der Carroll Street abzweigende Gäßchen erreichbar waren. Überall waren Ziegel- und Betongebäude, hohe Schornsteine, die hintereinander in den Himmel ragten, graue Straßen, ein Anblick, wie ich ihn in meiner Vorstellung von einer Großstadt im Geiste schon gesehen hatte. Irgendwo weiter östlich war das Meer, das mich getreulich vom Königreich Oamaru bis hierher begleitet hatte.

Tante Isy (nach Tante riechend) umarmte mich an der Tür. Sie roch nach Schränken voller Kleider aus Stoffen wie Voile, Jerseyseide, Serge, Crêpe-de-Chine.

»O Jean, wir freuen uns so, daß du bei uns wohnen wirst. Wir sind alle so stolz darauf, daß du Lehrerin wirst. Während der Preisverleihungen suchen wir in der Zeitung immer nach deinem Namen; auch nach den anderen Mädchen. Was für eine gescheite Familie!«

Ich stand da und lächelte mein schüchternes Lächeln, das etwas verschlossener ausfiel als sonst, weil meine Vorderzähne sich mittlerweile im letzten Stadium des Verfalls befanden, da die Krankenkasse nach der Hauptschule nicht mehr für zahnärztliche Behandlungen aufkam und meine Familie nicht das Geld hatte, einen Zahnarzt zu bezahlen.

Tante Isys Schwägerinnen Molly und Elsie, die nebenan in Nummer fünf wohnten und die mir als Tante Molly (die Rundfunktante) und Tante Elsie bekannt waren, kamen, um mich zu begrüßen.

»Das ist also Jean, und du willst Lehrerin werden?«

»Ja.«

Das Haus war wie ein großes Puppenhaus, mit einer winzigen Spülküche mit einem Ausguß gleich neben der Hintertür, einem Wohn-Eß-Zimmer daneben, das »Zimmerchen« genannt wurde und von einem schmalen Korridor ausging, und einem weiteren, etwas größeren Zimmer, dem »schönen« Zimmer gleich neben der Vordertür. Im ersten Stock waren zwei Schlafzimmer, beide klein. Das Badezimmer war unten in der Waschküche, in die man von der Spülküche aus gelangte.

»Dein Zimmer ist hier oben«, sagte Tante Isy, »gleich neben der Treppe.«

Als wir die Treppe hinaufgingen, wandte sie sich nach rechts zu dem Zimmer, in dem sie und Onkel George schliefen.

»Onkel George ist im Bett«, erklärte sie. »Möchtest du ihm guten Tag sagen?«

Ich wußte, daß Onkel George Krebs hatte. Ich stand am Fußende des Bettes.

»George, Jean möchte dir guten Tag sagen.«

»Guten Tag, Onkel George.«

»Du bist also die, die Lehrerin werden will?«

Mir fiel die graue Blässe seines Gesichts mit der weich aussehenden Haut auf, und ich fragte mich, was für ein schrecklicher Anblick sich unter der Bettwäsche verbarg. Es roch ölig nach Lanolin, und eine Reihe leerer blau-weißer Lanolintuben, einige davon ausgedrückt und aufgerollt, lagen auf der Kommode. Da ich auf sexuellem Gebiet ebenso neugierig wie unwissend war, fragte ich mich, ob das Lanolin etwas »damit« zu tun hatte, und ich fragte mich, ob Tante Isy und Onkel George »es taten«.

Vielleicht konnte man nicht, wenn man Krebs hatte?

»Er verbringt jetzt die meiste Zeit im Bett«, sagte Tante Isy, während wir nach unten gingen, um Tee zu trinken.

Später saß ich auf meinem Bett in meinem winzigen Zimmer und blickte hinaus über Ziegelwände und Gebäude mit hohen Schornsteinen, soweit das Auge reichte. Wenn ich mich aus dem Fenster beugte, konnte ich vor dem Gartentor, das zu dem Gäßchen führte, den kleinen Garten sehen, in dem Geranien blühten, die für mich nie Großstadtblumen gewesen waren; sie waren staubig, und ihr flammendroter Samt war mit Ruß bedeckt. Ich empfand ein Gefühl der Vorfreude und Erregung, als mir bewußt wurde, daß ich allein in meiner ersten grauen Großstadt war; dann wich diese Erregung allmählich der Angst. So war es also, von Angesicht zu Angesicht mit der Zukunft – ich war allein, hatte niemanden, mit dem ich reden konnte, fürchtete mich vor der Stadt und vor der Pädagogischen Hochschule und vor dem Unterrichten und mußte so tun, als wäre ich nicht allein, als gäbe es viele Leute, mit denen ich reden konnte, als fühlte ich mich in Dunedin zu Hause und als hätte ich mich ein ganzes Leben nach dem Unterrichten gesehnt.

3
Die Studentin

Meine erste Woche in der Pädagogischen Hochschule in Dunedin war weniger schlimm, als ich erwartet hatte, denn ich teilte dieses Neuland mit vielen anderen, alle ängstlich, alle begierig, sich das selbstsichere Gehabe der Studenten schnell anzueignen, während die Dozenten, die nicht so distanziert waren wie die Erwachsenen, die ich bisher gekannt hatte, mich mit dem Einfühlungsvermögen erstaunten, mit dem sie uns unsere Gefühle erklärten und versuchten, uns das Erlernen der studentischen Rolle zu erleichtern. Sie sprachen uns mit *Mr.* und *Miss*, gelegentlich auch mit *Mrs.* an, aber weil der Krieg noch nicht zu Ende war, gab es nur wenige Männer, die schnell von den schönen blonden Frauen mit Beschlag belegt waren, während die übrigen, darunter auch ich, überlebten, indem sie davon träumten, was passieren *könnte*, und ihre Bewunderung auf die hübschesten Dozenten konzentrierten.

Mein erstes Abenteuer mit der Selbstsicherheit hatte ich, als ich die neue Sprache hörte, die ich bald sprechen würde, der ich mich jedoch noch ehrfürchtig und ängstlich gegenüber allzu vertrauten Bezugnahmen und Abkürzungen näherte. Während die anderen Studenten ganz zwanglos von *Päd*, *Uni* und *Party* sprachen (für Mr. Partridge, den Direktor) und von U-Stunde, brachte ich die Zauberworte noch immer nicht über die Lippen. Das allmähliche Erlernen der Sprache, des Benehmens und der Gepflogenheiten, was Verhalten und Kleidung betraf, rief in mir ein euphorisches Zugehörigkeitsgefühl hervor, das durch mein tatsächliches Gefühl der Isolation verstärkt wurde und dazu in Widerspruch stand. Während wir in der Versammlung am Donnerstag morgen auf das Erscheinen des Lehrkörpers und Partys warteten, begannen die Studenten aus dem zweiten Jahr »ihr« Lied zu singen, das bald »unseres« sein sollte. Angesichts der großen Tragweite des Anlasses lief mein Herz über, als die Studenten des zweiten Jahres sangen:

Der Pfarrer ging runter
der Pfarrer ging runter
in den Keller zur Andacht
soff sich sternhagelvoll
bis um Mitternacht (bis um Mitternacht)
Der Pfarrer ging runter
in den Keller zur Andacht
soff sich sternhagelvoll
bis um Mitternacht,
Ach ich mach' dem Herrgott keinen Kummer mehr...

Der Teufel, der hat (der Teufel, der hat)
einen Pferdefuß...
Und willst du einmal in der Hölle schmoren
Verschließ vor Gottes Wünschen deine Ohren...

Das fröhliche Singen bewegte mich so stark wie jene Stelle aus dem *Messias*, die jedes Jahr zu Weihnachten von allen Chören gesungen wird und auch denen, die nicht direkt mit dieser Art von Musik zu tun haben, vertraut ist. Die Vorstellung, daß auch ich bald singen würde »Der Pfarrer ging runter« (jetzt hatten sogar einige der Studenten des ersten Studienjahres in den Refrain eingestimmt), erschien mir wie eine Verheißung des Himmels. Alle lachten und redeten und waren ganz aufgeregt, und überall wurde die neue Sprache mit solch kraftvoller Überzeugung gesprochen!

Dann, als Party und der Lehrkörper erschienen, hörte das Singen auf, und alle, sogar die Lehrer, blickten so voller Selbstzufriedenheit, als ob sie ein außerordentliches Geheimnis miteinander teilten, als ob das Studentenleben das allerglücklichste wäre.

Später sah ich zwei Ex-Waitakianerinnen, Katherine Bradley und Rona Pinder.

»Die Päd macht Spaß«, sagten sie.

Ich stimmte zu. »Ja, nicht wahr?«

Ich hatte vor, mit einem Stipendium des Unterrichtsministeriums an der Universität Englisch und Französisch zu studieren, und wurde in der ersten Woche von Mr. Partridge dazu befragt, der auch Pädagogik unterrichtete. Ich habe ihn als einen kleinen adretten Mann in einem dunklen Anzug in Erinnerung. Seine machtvolle Ausstrahlung rührte von seiner Rolle als Direktor her, als der er, wie ich gehört hatte, Notizzettel mit der Aufforderung zu einer Unterredung ans Schwarze Brett heftete, und niemand wußte – obwohl manche ihre Vermutungen hatten –, ob eine »Nachricht von Party« Lob oder Tadel zur Folge haben würde.

Mr. Partridge fragte mich, wie ich untergebracht sei.

»Wohnen Sie in einem der Studentenheime?«

»Ich wohne bei einer Tante und einem Onkel.«

Er blickte mißbilligend.

»Es ist nicht immer gut, bei Verwandten zu wohnen.«

»Ach, ich komme gut aus mit meiner Tante und meinem Onkel. Und ich zahle nur zehn Shilling für Kost und Logis.«

»Wo wohnen Sie?«

»Garden Terrace 4, Carroll Street.«

Wieder blickte er mißbilligend.

»Carroll Street? Das ist keine sehr nette Gegend.«

Ich wußte, daß die Carroll Street nur zwei Straßen entfernt war von der berüchtigten McLaggan Street, wo angeblich die Prostituierten wohnten und die Chinesen in ihren »Opiumhöhlen« Opium rauchten, aber die Carroll Street erschien mir harmlos: Ich hatte erfahren, daß man sie »Syrisches Viertel« nannte.

»Keine Gegend mit sehr gutem Ruf«, wiederholte Mr. Partridge tadelnd, ohne weitere Erklärung für seine Ansicht.

»Sie wollen also Englisch und Französisch studieren?«

Er blätterte in irgendwelchen Papieren auf seinem Schreibtisch und setzte erneut einen mißbilligenden Blick auf: »Ich nehme an, es ist Ihnen klar, daß Sie nicht unbedingt eine gute Studentin sein müssen, nur weil Sie in der Schule gut waren. Wissen Sie, hierher kommen Studenten aus dem ganzen Land. Und die Pädagogische Hochschule ist eine Beschäftigung, die einen völlig auslastet.«

Ganz gedämpft nickte ich. »Ja.«

Er blieb hartnäckig.

»Ich muß Ihnen sagen, daß einige Studenten, die gut in der Schule waren, in den Universitätsfächern durchgefallen sind.«

Widerwillig erteilte er mir die Erlaubnis, Englisch I und Französisch I zu studieren; seine Mißbilligung kratzte in schmerzhafter Weise am perfekten Glanz meiner neuentdeckten Welt, und ich verließ sein Büro und ging nach Hause, durch die Union Street und die Museumsanlagen bis in die Frederick Street, in die George Street, vorbei am Oktagon, in die Princes Street und in die Carroll Street bis zu meiner neuen Adresse mit dem schlechten Ruf. Ich sah jedoch immer noch nicht ein, warum die Carroll Street nicht »nett« sein sollte. Die Leute waren ärmer, es gab nur wenige, die auf die Pädagogische Hoschule oder auf die Universität gingen, und manchmal sah man abends um sechs, wenn die Kneipen schlossen, ein paar Betrunkene mehr auf der Straße...

Ich schaffte es nicht, mich der Pädagogischen Hochschule zugehörig zu fühlen: Das Gebäude war neu, und ich hatte Angst vor dieser Neuheit, dieser Nacktheit. Nie zuvor hatte ich mich an einem so sauberen Ort befunden. Anders als in der Oberschule, wo jede Klasse ihr eigenes Zimmer hatte, das man während des Tages als »Zuhause« ansah, waren die Räume in der Hochschule jeweils einzelnen Fächern vorbehalten – der Pädagogiksaal, der Zeichensaal –, und das einzige »Zuhause« der Studenten waren ihre Schließfächer im Umkleideraum, wo nur Besitztümer und keine Menschen untergebracht werden konnten. Das »Zuhause« für die Studenten war der *Gemeinschaftsraum*, der mir keine allzu große Sicherheit bot, weil er so riesig und durch und durch neu war, obwohl ich entzückt war, endlich sagen zu können: *Gemeinschaftsraum. Ich gehe in den Gemeinschaftsraum. Sie sind im Gemeinschaftsraum,* da sich mir die alten Träume von der Universität, von Oxford, Cambridge, dem »gelehrten Zigeuner« und Juda dem Unberühmten unauslöschlich eingeprägt hatten. In Wirklichkeit ging ich nur selten in den Gemeinschaftsraum.

Auch von den Toiletten war ich zutiefst beeindruckt. In der Nähe des Waschbeckens war ein Verbrennungsofen, auf dem stand: *Gebrauchte Damenbinden hier einwerfen.* Man mußte unter den Blikken aller mit der schmutzigen Binde in der Hand von der Toilette über den hallenden Fliesenboden bis zum Verbrennungsofen am anderen Ende des Raumes gehen. Während meiner zwei Jahre an der Hochschule trug ich meine schmutzigen Binden nach Hause in die Garden Terrace 4 und warf sie in den Abfalleimer in der Waschküche, wenn Tante Isy nicht da war, oder zwischen die Grabsteine auf dem Südfriedhof am oberen Ende der Straße, der zu dem Ort geworden war, wo ich mich aufhalten, nachdenken und Gedichte verfassen konnte und der dem »Hügel« in Oamaru entsprach. Am Wochenende, wenn Tante Isy den Ofen im Speisezimmer einheizte und diskret fragte, ob ich »etwas zu verbrennen« hätte, sagte ich immer: »Nein danke.«

»Ja bitte.« – »Nein danke.«

Die wenigen Kleider, die ich besaß, lagen zusammen mit gebrauchten Damenbinden, die darauf warteten, auf den Friedhof geworfen zu werden, und mit den Papierschleifen der Caramello-Schokoladentafeln, die ich in meinem Zimmer aß, in der Lade der Kommode. Ängstlich darauf bedacht, für die ideale Kostgängerin gehalten zu werden, hatte ich Tante Isy gleich zu Beginn meines Aufenthalts erklärt, ich äße nur sehr wenig, ich sei Vegetarierin (ich hatte mich mit Buddhismus beschäftigt) und wäre vollauf damit zufrieden, mein karges Mahl auf der Abwaschbank in der Spülküche zu verzehren, und als Tante Isy mir sagte, ich könne gern im Speisezimmer essen, entschuldigte ich mich damit, daß ich während des Essens gern lernte. Jetzt, wo ich mich weniger vor der Stadt fürchtete und sogar lernte, mit der Straßenbahn zu fahren, gelang es mir nicht mehr, mich in das Bild des Mädchens mit dem winzigen Appetit zu verwandeln, und so war ich oft hungrig. Gierig griff ich nach köstlichen Resten von gekochtem Rindfleisch, das Tante Isy auf ihrem Teller inmitten des Stapels von schmutzigem Geschirr übriggelassen hatte, weil es zu »faserig« war. Und ich kaufte die Caramello-Schokolade zu einem Shilling pro Tafel, um sie auf meinem Zimmer zu essen.

Ich nahm wenig Anteil am geselligen Leben der Hochschule. Ich sehnte mich danach, einmal einen zerknitterten Gabardine-Regenmantel (die Uniform der Studenten) kaufen zu können. Ich war in

Liebesdingen völlig ahnungslos und beobachtete mit neiderfülltem Staunen das Leben jener Frauen, die dadurch, daß sie ihren »Mann« fanden, nicht nur ihre eigenen Erwartungen erfüllten, sondern auch die ihrer Familie und ihrer Freunde und so ihrem Wesen einen Hauch von Selbstsicherheit verliehen. Meine Liebeserlebnisse hatte ich mit der Lyrik und Prosa, in den Vorlesungen der Hochschule und in den neu begonnenen an der Universität, wo ich meine Zeit verträumte. An der Universität mußte ich mich nicht wie eine Lehrerin benehmen. Ich konnte in der Vorlesung sitzen und zuhören, wurde nicht einmal zum Sprechen aufgefordert und gab mich, ungehindert durch kritische Kommentare, den Träumen über das Thema der Vorlesung und manchmal auch über den Dozenten hin. Meine Aufmerksamkeit war groß. Ich staunte über all das neue Wissen, über den Enthusiasmus und die Begabung der Dozenten an der Hochschule wie auch an der Universität, über die neue, ganz individuelle Sprache der Hochschulstudenten und Universitätsstudenten und über die von Professor Ramsay und Gregor Cameron neu präsentierte Sprache Shakespeares und Chaucers, wobei Professor Ramsay jedes Wort von Shakespeare analysierte und uns so sein eigenes Staunen über Shakespeares Sprache und ihre Bedeutung vermittelte. Wie das Meer aus Oamaru, so kamen auch Shakespeare und seine Sprache mit mir nach Dunedin, und sie waren mir lieb, weil sie sowohl zu meinem neuen Leben gehörten als auch zum Leben »des Mädchens, das fort war«. Wir beschäftigten uns eingehend mit *Maß für Maß*, das ich nie gelesen hatte und das nun zu einem meiner Lieblingsstücke von Shakespeare wurde – jede Zeile löste in mir eine Unmenge von Gedanken aus, die ganze Traumstraßen bevölkerten –, mit Gedichtzeilen, den Arbeiten für die Trimesterabschlußprüfungen, doch zu meinem Leidwesen nicht mit den literarischen Essays, die ich so gern geschrieben hätte. Damals verlangten die Universitätsdozenten von den Studenten der Stufen I und II keine schriftlichen oder mündlichen Kommentare. Bei den Englisch-Klassenarbeiten in der Hochschule konnte ich ab und zu mein Verlangen befriedigen, Aufsätze zu schreiben.

Der Großteil meiner Zeit und meiner Erfahrungen als Studentin ist mir heute verschlossen aufgrund jener Substanz, die durch das Leben in jedem Augenblick oder durch die Gefangennahme unseres

Lebens durch jeden Augenblick freigesetzt wird. Ich kann mich an meine Gefühle erinnern und sie auch wiederaufleben lassen, doch besteht heute das Bedürfnis nach einer rationalen Erklärung für das, was so unvermeidlich schien. Ich hatte keinen Begriff vom Ausmaß meiner Einsamkeit. Ich klammerte mich an die Werke der Literatur, so wie ein Kind sich an seine Mutter klammert. Ich entsinne mich noch, wie *Maß für Maß*, dieses äußerst tiefgründige Stück voll von Verletzungen der Unschuld, von sexuellen Kämpfen und den Kommentaren dazu, von langen Diskussionen über Leben, Tod und Unsterblichkeit, mein Herz gewann und in meiner Erinnerung weiterlebte, mich im täglichen Leben *begleitete:*

Was bleibt nun noch, das man ein Leben nennt?
und dennoch birgt dies Leben tausend Tode;
dennoch scheun wir den Tod.

Es ist ein krasses Stück in unverblümter Sprache über Trost und Heilung, eine Analyse von Rache und Vergeltung und von Leben und Tod in der Waagschale. Während ich dies jetzt schreibe, bin ich ungehalten über mein Ich als Studentin, das so ungeformt war, so unerwachsen, so grausam unschuldig. Obgleich ich damals nicht die Möglichkeit hatte zu erfahren, ob andere Studenten auch in einer solchen Unschuld lebten, habe ich seitdem herausgefunden, daß viele in ihrer Zaghaftigkeit und Schüchternheit und Unwissenheit ein genauso bizarres Leben führten wie ich. Ich habe auch von anderen gehört, die Umwege über den mit Busch bewachsenen Stadtgürtel machten, um ihre Binden wegzuwerfen; und von einer Frau, die ihre erste Woche in einem Studentenwohnheim in völliger Finsternis verbrachte, weil sie zu schüchtern war, um zu bitten, man möge die Glühbirne auswechseln, und kein Geld hatte, um eine zu kaufen. Unser Leben war zerbrechlich, voller Ängste und Verwirrung und Kümmernisse, voller Mißverständnisse, doch auch voll intensiver Gefühle des Staunens über den Strom von Ideen, der durch Bücher, Musik, bildende Kunst und andere Menschen ausgelöst wurde; es war eine Zeit, in der wir Schutz fanden bei den mit riesigen Anfangsbuchstaben versehenen Abstraktionen Liebe, Leben, Zeit, Alter, Jugend, Phantasie.

Der Südfriedhof, wo ich meinen peinlichen Abfall wegwarf, war mein Lieblingsort. Ich war zu schüchtern, um mit Tante Isy im kleinen Speisezimmer neben dem Ofen zu sitzen, und wenn der Anblick der Ziegelmauern und trostlosen Hinterhöfe mit ihren überquellenden Mülleimern allzu bedrückend wurde, erklomm ich den Hügel, saß im langen Gras oder auf einem der ummauerten Gräber und blickte hinaus über meine neue Stadt – über Caversham und das graue Gebäude aus Stein, das aussah wie ein Armenhaus und das ich anfangs für die Erziehungsanstalt hielt, das aber, wie ich später herausfand, *Parkside* war, ein Altersheim; ich blickte über das an der Bahnlinie gelegene Ende des Carisbrook-Fußballfeldes, den Sportplatz mit seinen Regenpfützen und Möwen an den Wochentagen; das übervölkerte, ärmliche, überschwemmungsgefährdete St. Kilda, wo ich die ersten sechs Wochen meines Lebens verbracht hatte. Ich blickte auch über die Halbinsel und den Hafen und weiter hinaus auf das offene Meer, den Pazifik, *meinen* Pazifik.

Mein Pazifik, *meine* Stadt: auf meine Weise gewann ich Freunde. Wenn ich unter den alten Toten des alten Dunedin saß (denn die neuen Toten hatten einen eigenen Platz, eine Landzunge mit Blick über das Meer in Anderson's Bay), verdiente – oder stahl – ich mir ein wenig von ihrem Frieden, dort im sanft sich wiegenden langen Gras zwischen dem Bärenlauch und den wilden Wicken und dem Huflattich mit den tiefreichenden Wurzeln, der zu den Friedhöfen gehörte, das Zubehör der Eisenbahnlinien und der Toten. Meist verfaßte ich ein Gedicht, das ich später, wenn ich in die Garden Terrace zurückkam, niederschrieb. Und wenn ich an der Telefonzelle am oberen Ende der Straße vorüberging, schien es plötzlich, als wäre die Gesellschaft der Toten nicht genug, und eines Abends rief ich Miss Macaulay an, die in den Ruhestand getreten war und mit ihrer alten Mutter in St. Clair lebte. Als sie sich meldete, merkte ich, daß ich nichts zu sagen hatte, aber ich hielt den Hörer umklammert und warf in Abständen von drei Minuten einen Penny nach dem anderen ein. Während der ersten Monate meiner Zeit in Dunedin rief ich mehrmals an. Diese Gewohnheit fand eines Abends ein abruptes Ende, als Miss Macaulay sagte: »Du hast einen ganzen Shilling ausgegeben, Jean!«

Mir war nicht bewußt gewesen, daß sie es hören konnte, wenn ich die Münzen in den Schlitz steckte. Ich starb beinahe vor Scham. Ich wagte es nicht, mein Gefühl der Isolation zuzugeben. Immer wieder hatte ich gesagt, wie schön es an der Pädagogischen Hochschule und an der Universität sei. Und die Französischvorlesungen? (Miss Macaulay hatte Englisch und Französisch unterrichtet.) O ja, die genoß ich sehr! Das stimmte – sowohl die Englisch- als auch die Französischvorlesungen hielten mich in meinem neuen Leben als werdende Lehrerin aufrecht. Ich rief nicht mehr in St. Clair an.

Einige Wochen später nahmen Katherine Bradley, Rona Pinder und ich, drei von Miss Macaulays »ehemaligen Mädchen«, eine Einladung zum Tee bei ihr zu Hause an. Wir tranken Tee und aßen Schokoladenkuchen mit Schokoladenglasur in einem Haus, das ausgepolstert war mit Kissen und dunklen Möbeln: einem ganz gewöhnlichen Haus. Wir redeten über das Studium und begrüßten die alte Mrs. Macaulay, stets des »Schattens« gewärtig, der zwischen »Ideal und Wirklichkeit« fiel. Ich hatte gedacht, unsere Lehrerin würde sich nach ihrem Rückzug aus dem Berufsleben weiter mit dem Studium der französischen und englischen Literatur beschäftigen, vielleicht sogar Essays darüber schreiben. Unsere Konversation war nicht sehr erhellend. Mir ging der Gedanke nicht aus dem Kopf, daß unser ganzer Schulunterricht nur Schein gewesen war, daß die große Literatur eher *erduldet* als *genossen* worden war und dann prosaischen Angelegenheiten Platz gemacht hatte. War das denn möglich? Ich fühlte mich verraten. Aber ich wußte, daß meine Lehrer an der Universität ihre Studien fortsetzen würden bis zu ihrem Tod. Professor Ramsay und Gregor Cameron waren undenkbar ohne Shakespeare und Chaucer.

Hätten auch sie sich von ihrer Literatur trennen lassen, wenn sie eine alte Mutter zu versorgen gehabt hätten, wenn sie Frauen gewesen wären? Mich betrübte das Wissen, daß Miss Macaulay durch dieselben häuslichen Pflichten von dem Ort abgezogen worden war, an den sie hingehörte, die meine Mutter davon abgehalten hatten, den ihren überhaupt zu finden.

»Besucht mich wieder einmal«, sagte Miss Macaulay.

Ich besuchte sie nicht wieder.

Ich fuhr immer seltener nach Hause. Üblicherweise kaufte ich eine ermäßigte Karte, fuhr mit dem Zug am Freitag abend, der zwischen ein und zwei Uhr nachts in Oamaru ankam, und mit dem sonntags verkehrenden Personenzug nach Dunedin zurück. Auf der Fahrt nach Hause stellte ich mir immer vor, in der Eden Street 56 würde alles anders sein, friedlich, doch sobald ich ankam, wünschte ich, ich wäre nicht gekommen. Isabel und June führten ihr eigenes Leben, der Zwist zwischen meinem Vater und meinem Bruder hatte sich vertieft, während meine Mutter, selbstlos, wie sie war, ihre Rolle als treusorgende Ernährerin, Friedensstifterin und Dichterin weiterspielte. Zu den Träumen von »Veröffentlichungen« und Christi Wiederkunft hatte sich nun ein neuer Traum gesellt, ein Traum, der sie selbst zur Märchenfigur werden ließ: Jede ihrer mittlerweile erwachsenen Töchter sollte an ihrem einundzwanzigsten Geburtstag einen weißen Fuchspelz bekommen. Ihren Traum von Bruddies Genesung oder Ruhm träumte sie weiter, obwohl es keinerlei Anzeichen dafür gab.

Meine Unzufriedenheit mit meinem Zuhause und meiner Familie war groß. Die Unwissenheit meiner Eltern machte mich wütend. Sie wußten nichts über Sigmund Freud, über den *Goldenen Zweig*, über T. S. Eliot. (Ich übersah dabei, daß mein eigenes Wissen über Freud, den *Goldenen Zweig* und T. S. Eliot am Anfang des Jahres gleichfalls noch recht begrenzt gewesen war.) Überwältigt von der Flut neuen Wissens, platzte ich fast vor Informationen über den Geist, die Seele, das Kind, sowohl das normale Kind als auch den jugendlichen Straftäter, obwohl ich gerade erst gelernt hatte, daß ein solches Wesen wie *das Kind* überhaupt existiert. Das alles schilderte und erklärte ich meinen verwirrten Eltern in aller Ausführlichkeit und versah es mit Etiketten und Urteilen. Genauso begeistert war ich von meinem neuen Wissen über Agrikultur und Geomorphologie. Ich redete über Kompost und über Gesteinsformationen. Ich erklärte Theorien, wie wenn sie meine eigenen wären. Ich hatte die Ansichten über die systematische Klassifizierung von Menschen zum Teil deshalb akzeptiert, weil ich geblendet war von der neuen Sprache und ihrem überzeugenden Vokabular. Ich konnte jetzt zu den Mitgliedern meiner Familie sagen: »Das ist eine Rationalisierung, das ist eine Sublimierung, in Wirklichkeit bist du sexuell frustriert, dein Über-Ich sagt dir das, aber dein Es ist anderer Meinung.«

Mutter errötete, als ich das Wort »sexuell« aussprach. Dad runzelte die Stirn und sagte nur: »Das ist es also, was du an der Universität und an der Pädagogischen Hochschule lernst.«

Ich erläuterte meinen Schwestern die Bedeutung ihrer Träume und daß »alles phallisch« sei. Ich redete auch mit übertriebener Beschlagenheit über T.S. Eliot und den *Goldenen Zweig* und das »Wüste Land«. »Unterrichten macht wirklich Spaß«, sagte ich und erklärte, daß wir einen Monat Unterricht an der Hochschule hatten und dann einen Monat in Schulen waren, daß es Lehrproben und am Ende des Monats eine Beurteilung darüber gab.

»Tante Isy sagt, du bist ein reizendes Mädchen«, sagte Mutter stolz. »Sie sagt, du machst keinerlei Umstände, sie merkt kaum, daß du im Haus bist.«

»Ach wirklich«, sagte ich, erfreut, daß sie und Dad erfreut waren.

»Und es ist eine Hilfe, dich im Haus zu haben, wo Onkel George doch so krank ist.«

Onkel George. Das war wirklich ein Rätsel. Manchmal stand er auf und ging spazieren, ich wußte nicht, wohin, aber er hatte einen grauen Mantel an und ging hinaus in die graue Nacht, und wenn er zurückkam, war auch sein Gesicht grau, und Tante Isy half ihm aus dem Mantel, nahm ihm den Schal ab und begleitete ihn hinauf ins Bett; vielleicht rief sie dann noch herunter: »Jean, sei bitte so lieb und lauf zu Joe dem Syrer um eine Tube Lanolin.«

Und wieder holte ich die blau-weiße Tube Lanolin.

»Und wie geht es Onkel George?« fragte Mutter. (Ich hatte angefangen, Mum »Mutter« zu nennen, zum Zeichen, daß ich erwachsen wurde.)

»Das weiß ich eigentlich gar nicht«, sagte ich. »Manchmal geht er spazieren. Niemand spricht von seiner Krankheit.«

Ich wußte, daß sie so taten, als wäre er nicht krank. Ich haßte diese Heuchelei. Ich haßte es, zu Hause zu sein, denn ich hatte das Gefühl, mein Zuhause für immer verlassen zu haben und bis auf gelegentliche Besuche auch nie mehr zurückzukehren. Ich sah so klar, wie verstrickt die Familie in ihr Schicksal war, daß es mir angst machte. Ich hatte das Empfinden, meine Mutter lebe in einer Welt, die in keiner Weise mit der »wirklichen« Welt in Beziehung stand, und jedes ihrer Worte schien eine Verheimlichung, eine Lüge, eine verzweifelte Weigerung, die »Wirklichkeit« anzuerkennen. Ich war mir nicht einmal bewußt, daß ich selbst in die Scheinwelt eingetreten war, für die ich andere so verurteilte.

Ich erkannte in meinem Vater den hilflosen Menschen, der versuchte, sich den Schicksalsstürmen einer grausamen Welt entgegenzustemmen. Im Geiste sah ich ihn, wie er mit dem Fahrrad die steile

Eden Street hinauffuhr, den Körper nach vorn gebeugt, entschlossen, nicht vor dem Hügel zu kapitulieren und auch nicht vor dem Gegenwind, der direkt aus dem Schnee kam, aus dem Landesinneren, »von Hakataramea her«, und hin zu den Südalpen wehte. Sah meinen Bruder mit dem frischen Gesicht und den braunen Haaren, die in die Höhe standen wie Onkel Bobs Haare, und dem Mund, der zitterte wegen all der Tränen, die er geweint hatte in seiner Hilflosigkeit gegen seinen Angreifer. Und sah meine Schwestern – Isabel, die in ihrer Art immer mehr Myrtle zu gleichen begann, trotzig, tollkühn, eine Rebellin und der Liebling aller; und June mit dem blauen Gürtel von Wilson House, der irgendwie zu ihrem stillen Charakter paßte, voll vager Dichtung und Musik. Sie teilte am ehesten meinen literarischen Geschmack und verstand mein Grübeln über die Großen Abstraktionen. Alle Familienmitglieder waren ein Teil des gemeinsamen, wie ich wußte unwiederbringlich verlorenen »Wir«. Ich versuchte das Wort »wir« zu benützen, wenn ich über mein Leben als Studentin sprach, aber ich wußte, es war vergebens zu schildern, was »sie«, die Studenten, taten, wo sie hingingen, was sie empfanden, was sie sagten, und um zu überleben, mußte ich mein »Ich« verbergen, das, was ich wirklich empfand, dachte und träumte. Ich hatte mich von der ersten Person Plural hin zu einem schemenhaften »Ich« bewegt – fast ein Nichts, wie ein Niemandsland.

Ich wurde »Studentin« genannt, »eine von denen«, über die sich die Öffentlichkeit von Dunedin beschwerte und die von den Dozenten liebevoll oder tadelnd als »Ach, ihr Studenten!« angesprochen oder von den Verwandten stolz als »Eine Studentin, wissen Sie« erwähnt wurden. Da ich die Erregung und das Vergnügen meiner Kommilitonen bei all ihren Aktivitäten spürte – Theater spielen, Sport, Diskutieren, Tanzen, »Ausgehen« mit dem anderen Geschlecht –, schnappte ich fast über vor Aufregung, wenn ich mir das Studentenleben ansah. Meine staunende Bewunderung kannte keine Grenzen und wurde von nichts anderem genährt als von dem Wissen, daß ich *dabei* war; und nur wenige Erlebnisse reichten an die Wonne heran, die es mir bereitete, die Universität zu besuchen – die ich hauptsächlich aus der Perspektive der englischen Literatur betrachtete. Gregor Cameron war doch gewiß der Grammatiker aus dem Gedicht »Begräbnis eines Grammatikers«?

Hier – hier ist sein Ort, wo Meteore steigen, Wolken sich gestalten,
Wo Blitze losgelassen werden
Und Sterne entstehen und vergehen! Freude soll
ausbrechen mit dem Sturm,
Der Tau soll Frieden senden!
Erhab'ne Pläne müssen nähern sich wie Folgen;
Erhaben hingestreckt,
so laßt ihn liegen – erhab'ner noch, als die Welt meint
Im Leben und im Sterben.

Gregor Cameron war sich wohl kaum bewußt, daß er, vertieft in »Beowulf« und »Peter der Pflüger«, als Brownings »Grammatiker« auf dem Podium in Lower Oliver, dem Englisch-Hörsaal, stand – »unser Meister, ruhmreich, gelassen und tot«.

Alles war ungeheuer schnell und unbarmherzig; selbst in den ehrwürdigen Steinmauern der Universität wirbelte verborgenes Leben, aber die Orte, wo das menschliche Leben in aller Öffentlichkeit gelebt wurde, wie zum Beispiel im Gemeinschaftsraum und in der Mensa, mied ich immer ängstlich. Die studentische Wochenzeitung *Critic* lag vor der Tür des Gebäudes der Studentenvertretung aus, mit der einladenden Aufforderung »Greif zu«. Nur drei- oder viermal während meiner ganzen Studentenzeit war ich kühn genug, mir ein Exemplar des *Critic* zu nehmen. Wie konnte ich mich bei soviel Freiheit selbst so einengen? Ich wünschte mir sehnlichst, mutig genug zu sein, um ein Gedicht an *Critic* zu senden. Wenn ich ein paar zerlesene Seiten erwischte, die auf einem Tisch oder Stuhl im Korridor zurückgelassen worden waren, las ich genauestens alle Erzählungen und Gedichte und träumte davon, meine Gedichte gedruckt zu sehen, selber kühn und geistreich *meine Stimme zu erheben* und damit meiner Schüchternheit, Isolation und Angst vor der *Welt* entgegenzutreten. Ich wußte, daß es im Gebäude der Studentenvertretung einen Briefkasten für Beiträge gab: Ich hatte nicht den Mut, das Gebäude der Studentenvertretung zu betreten. Obwohl ich davon träumte, Gedichte zu schreiben, die aufgrund ihrer hervorragenden Qualität Aufsehen erregen würden, wußte ich, daß ich nicht das Talent, das Selbstvertrauen und die wunderbare Reife besaß, die so deutlich aus den Gedichtseiten des *Critic* sprachen. Alle schrieben sie freie Verse und entledigten sich der Großbuchstaben und der Zeichensetzung; manchmal sprangen sie mit dem Gegenstand selbst mitten ins Gedicht hinein: »Träumte... hoher Himmel, sinkend...« etc.

Es gab auch beliebte Wörter, die mit Sicherheit benutzt wurden – Füllhorn, Schenkel, phallisch, Dirnen, todlos, wortlos, atemlos, das Auge, das Herz, der Geist, der Schoß; schwierige Gedichte voller Erfahrungen, mal lakonisch, dann wieder überschwenglich. Stark unter dem Einfluß von John Donne, schrieben die Männer Gedichte über Frauen, ein verwickelter metaphorischer Austausch von Herzen, Betten, Seelen, Leibern, wogegen die Frauen über Blumen, Wälder, das Meer schrieben. Beeinflußt von Hopkins' »Akzentverschiebung« und dem Wortschatz von Dylan Thomas, schrieb ich geheimnisvolle Gedichte voller Bilder, die ich aus meiner wirklichen und eingebildeten Vergangenheit und aus meiner Gegenwart bezog, alles durch meine neuerworbene freudianische Brille gesehen, die durch die T. S. Eliotschen Geranien aus dem Wüsten Land und der Garden Terrace 4 getönt war – Geranien verwelkt, geschüttelt von einem Wahnsinnigen.

Ich verbündete mich mit den Dichtern, wie meine Mutter es immer getan hatte. Ich legte mir exzentrische Ansichten zu. Nachdem ich Shelley gelesen hatte –

> Darin ist wahre Liebe nicht wie Gold und Erden:
> Ihr teilt sie, doch sie wird nicht kleiner werden.
> Die Liebe ist Erkenntnis, tief und dicht,
> Sieht sie nicht *eine* Wahrheit nur, ist wie dein Licht,
> O *Phantasie*!, das aus der Erde und den Höhen
> Und aus den Tiefen menschlicher Ideen...

– bekannte ich vor mir selbst und vor allen, die es interessierte, daß ich an »freie Liebe« und »Polygamie« »glaubte« – ich griff nach der Taube auf dem Dach, wo der Spatz nicht einmal in Sichtweite war!

Das magischste aller Wörter für mich war immer noch *Phantasie*, ein schimmerndes, edles Wort, das unweigerlich sein eigenes inneres Licht erzeugte. Durch die Pflichtlektüre von Coleridges *Biographia Literaria* für die Universität lernte ich viel über seine Bedeutung. Ich lernte die folgende Stelle auswendig:

»Was die kreative Phantasie betrifft, so unterscheide ich dabei die primäre und die sekundäre. Die primäre Phantasie halte ich für die lebendige Kraft und erste Ursache aller menschlichen Wahrnehmung und für eine Wiederholung des ewigen Schöpfungsaktes im unbegrenzten Ich Bin im begrenzten Geist. Die sekundäre Phantasie betrachte ich als einen Widerhall ersterer, bestehend neben dem bewußten Willen, und dennoch als identisch mit der primären, was die *Art* ihrer Wirkung betrifft, lediglich unterschieden nach *Grad* und *Modus* ihrer Funktion. Um neu zu erschaffen, löst sie sich auf, zerfällt, zerstreut sich; und wo dieser Prozeß unmöglich ist, bemüht sie sich auf alle Fälle zu idealisieren und zu vereinheitlichen. Sie ist ihrem Wesen nach *lebendig*, genau wie jedes Objekt (*als* Objekt) seinem Wesen nach starr und tot ist... Die bloße Einbildung jedoch hat keine anderen Gegenspieler als festgesetzte und klar umrissene Größen. Sie ist tatsächlich nichts anderes als eine Form des Gedächtnisses, befreit von den Ordnungen von Zeit und Raum; gleichzeitig ist sie von jenem empirischen Phänomen des Willens durchdrungen und näher bestimmt, das wir mit dem Worte *Wahl* bezeichnen. Doch ebenso wie das normale Gedächtnis muß auch die Einbildung all ihr Material bereits fertig vom Gesetz der Assoziation beziehen. Die Vernunft ist der Körper dichterischer Begabung, die Einbildung ihr Gewand, die Bewegung ihr Leben und die kreative Phantasie die Seele, die allgegenwärtig und in ihnen allen enthalten ist und aus allem ein anmutiges und intelligentes Ganzes macht.«

Ich war fasziniert von der angedeuteten Kluft, dem Dunkel, dem Wüsten Land zwischen Einbildungskraft und Phantasie und von der einsamen Reise, wenn die Grenze der Einbildungskraft überschritten war und nur noch die Phantasie vor einem lag. Sie wurde zu meinem Ziel, zu einer Art Religion. Keiner hatte je den Umgang mit der Phantasie verboten oder sie mißbilligt, und obgleich ich mir über meinen eigenen Beitrag dazu kaum Illusionen machte, war sie in meinem verborgenen poetischen Leben mein eigen; sie floß zwischen der Dichtung und der Prosa, die ich las, und mir selbst hin und her, und selbst der mögliche Spott anderer oder, noch eher, mein eigenes lächerliches Getue mit »Frustration« und »Sublimation« konnte ihr nichts anhaben und sie nicht zerstören, denn sie war, wie Coleridge und all die Dichter behauptet hatten, »das Höchste«, und zu diesem Zeitpunkt in meinem Leben, als ich gerade herausfand, daß das Leben viele Festmähler bereithält und man oft Angst hat, von der Tafel gewiesen zu werden, sah ich die Festtafel der Phantasie liebevoll vor mir gedeckt, in großem Überfluß und Wohlwollen.

Der Krieg ging weiter. Ich machte mir Sorgen über meine schlechten Zähne, meine Kleidung, das Geld, den Lehrberuf. Wenn Zahltag war und ich meinen Scheck über neun Pfund und neun Pence bei Arthur Barnetts eingelöst hatte, ging ich mit anderen Studenten zum *Silbernen Grill* auf einen »gemischten Grillteller, bitte«. Manche der Studenten tranken sogar *Kaffee*. Sie – wir – die Stilleren – redeten über die tollen Erfolge gewisser anderer Studentinnen, bemerkten neidisch, wer mit einem Medizinstudenten »ging«, denn die Medizinstudenten standen in dem Ruf, »alles« über Sex zu wissen. »Komm, ich zeig dir den Rippenspeer«, sagten sie anzüglich.

Und der Krieg ging weiter und brachte eine Atmosphäre der Unwirklichkeit mit sich, die sich auf die übliche Atmosphäre der Unwirklichkeit legte und so eine Stimmung der Traurigkeit, des Mitleids und der Hilflosigkeit erzeugte. Die immerwährende Frage lautete: Warum?

In der Garden Terrace 4 verwandelte sich Onkel Georges Blässe ins Grau des nahenden Todes. Er ging nicht mehr spazieren und kam auch nicht mehr zu Tante Isy ins Wohnzimmer herunter, um sich mit ihr und Billy, dem Wellensittich, zu unterhalten, der sagen konnte: Hübscher Junge, hübscher Junge, Billy, hinauf mit dir ins Bett, hinauf mit dir ins Bett. Immer mehr Tuben Lanolin wurden ausgedrückt und weggeworfen. Bevor ich in mein Zimmer ging, begrüßte ich immer Onkel George. Ich stand am Fußende seines Bettes und versuchte an seiner verhüllten Gestalt die Zeichen des Krebses zu entdecken, die er und Tante Isy so sorgfältig überwachten und so verschwenderisch mit Sharland-Lanolin nährten.

Dann, eines Sonntags, als ich von meinem Spaziergang auf den Friedhof zurückkehrte, kam mir Tante Isy an der Türschwelle entgegen.

»Onkel George ist heimgegangen, Jean.«

Ich hatte ihn nicht gekannt. Onkel George, der Handelsreisende, der früher in Middlemarch gelebt hatte. Middlemarch. Middlemarch. So wie Tante Isy das sagte, kam es mir vor, als gehörten Middlemarch und die Welt ihr, aber es war Onkel George, der ihr gehörte. Und obwohl ich ihn gar nicht liebte, empfand ich bei der

Nachricht von seinem Tod unbändigen Schmerz; ich brach in Tränen aus und lief hinauf in mein Zimmer. Am nächsten Tag ging ich nicht zur Hochschule, und als Mr. Partridge eine Erklärung für meine Abwesenheit verlangte, sagte ich, indem ich bewußt einen der Trauer angemessenen Tonfall annahm: »Mein Onkel ist am Wochenende gestorben, und ich mußte zu Hause bleiben und meiner Tante helfen.«

Onkel Georges Schwestern hatten ihn für das Begräbnis nebenan in die Nummer fünf gebracht, und ich hatte das Gefühl, ein langer Streit um den Besitz von Onkel George sei nun durch seine Verlegung auf Nummer fünf beigelegt.

Auf das große Bett im Nebenzimmer wurde eine neue, frühlingshelle Bettdecke gebreitet, und der Mülleimer, in den ich immer heimlich Schokoladepapier und Binden warf, war zum Bersten voll mit den wohlbekannten blau-weißen, leeren Tuben.

Tante Isy sprach immer noch nicht über die Krankheit und den Tod. Sie nahm sich kaum frei, nur ein oder zwei Tage, um das Haus in Ordnung zu bringen und ein Bündel Bettwäsche zu waschen oder zu verbrennen. Manchmal lag in ihrer Miene und in ihrem Blick etwas Düsteres, wie ein Kummer, bei dem keine Tränen vergossen werden. Aber sie sprach noch immer von *Middlemarch* und legte das ganze Gefühl hinein, das nun keinen anderen Gegenstand mehr hatte, auf den es sich richten konnte.

4

Und wieder »Ein Land voller Flüsse«

Ich hielt den weiter andauernden Krieg auf die Literatur der Moderne beschränkt, und wenn ein neuer Student ankam, ein wenig älter, hinkend, mit nur einem Bein oder einem Arm, dann betrachtete ich ihn aus dem sicheren Abstand des Mythos als den »alten Soldaten, aus dem Krieg heimgekehrt«. Ich tauchte blinzelnd aus dem Halbdunkel Dostojewskis auf, aus der sternen- und himmelerfüllten Erhabenheit von Thomas Hardys Welt, in der die isolierende, bedrückende, gleichgültige Hand des Schicksals schwer auf jeder Figur lastete – mit einem Wort, aus der Welt der Schriftsteller, die tot waren, und merkte plötzlich, daß es Schriftsteller gab, die erst seit kurzem tot waren oder mitten im Krieg lebten und schrieben. Ich las James Joyce, Virginia Woolf, die Gedichte von Auden, Barker, MacNeice, Laura Riding (wobei mir nicht entging, daß sie die Frau von Robert Graves gewesen war) und – Dylan Thomas, der damals zweifellos der Held jedes Studenten war, der Gedichte las oder schrieb. Ich kaufte mir die Gedichte von Sydney Keyes und verbrachte viel Zeit damit, sein Foto zu betrachten und seinen frühen Tod zu betrauern. Wie einen Schatz hütete ich ein schmales Bändchen von T. S. Eliot, eine dicke Anthologie mit dem Titel *Lyrisches London* mit Zeichnungen von Henry Moore und Texten von Henry Miller und mein Buch *Kriegsdichtung*, in dem ich – ohne dabei die Verbindung herzustellen zu unseren eigenen Verlustlisten und dem Tod von jungen uns bekannten Männern aus Oamaru, Brüder oder Söhne der Nachbarn – mitten in den Luftangriffen auf London lebte, im Alltag der Feuerposten und der Luftschutzwarte, denn viele der Gedichte waren »während der Feuerwache« entstanden. Ich kannte Audens Gedicht »1. September 1939« auswendig, auch Gedichte über die »Vier Jahreszeiten des Krieges« und Lynette Roberts' »Wehklage«:

> Fünf Berge wanken, vier Häuser fallen
> am Tage des Angriffs, unvergessen von allen.
> Augen glänzen auf wie angeschlagene Schalen,
> die Lebenden liegen im Blut, die Toten in ihren Qualen.
> Tot wie Eisgebein, das die Hecke durchbricht,
> tot wie Erde, die den Mut verliert.
> Tot wie Bäume, die zittern vor Entsetzen
> beim heißen Tod aus der Luft.

Es gab eine nationale Tätigkeit, die man *Kriegshilfe* nannte und die auch auf mein Leben einwirkte, da man von allen einen Beitrag erwartete. Im Sommer jenes Jahres wurde ich mit anderen Studenten auf die Whittaker-Farm in Millers Flat, Central Otago, geschickt, um Himbeeren zu pflücken. Ich war ganz aufgeregt bei dem Gedanken, »Up Central« zu fahren, an den Ort, der mir im Kopf herumspukte, seit ich ein kleines Kind war, und den ich mir als hohe Leiter mit schmalen Sprossen vorgestellt hatte, auf der Tanten und Onkel bis in die Wolken kletterten, wo sie über das Wochenende oder noch länger blieben und dann herunterkamen und höchst befriedigt sagten: »Ich war *Up Central.*«

In Wirklichkeit war es eine Fahrt in einem alten Bus auf staubigen Straßen in einer Mondlandschaft aus verbrannten kahlen Hügeln, die sich fast senkrecht aus den Tälern erhoben, bis zu einer fruchtbaren Ebene an den Ufern eines tosenden grünen Flusses mit weißen Schaumkronen, der dort Molyneux genannt wurde, doch weiter flußabwärts Clutha. Gleich bei meinem ersten Blick auf diesen Fluß hatte ich das Gefühl, daß er ein Teil meines Leben war (wie habgierig ich die Merkmale des Landes als »Teil meines Lebens« beanspruchte), von seiner Quelle im Schnee des Hochlandes (wir waren fast im Hochland) durch all seine Stadien ungestümer Wut und – angeblich mancherorts existierender – Friedfertigkeit hindurch bis zu seiner Mündung ins Meer, mit seiner natürlichen Last von Wasser und Bewegung und Farbspielen, schneegrün, blau, lehmbraun, und den vom Licht geborgten Regenbögen; und mit seiner zusätzlichen Last toter Dinge, eine Folge seiner Macht – verwelkte oder entwurzelte Pflanzen, Kadaver und Gerippe von Rindern, Schafen und Wild und manchmal auch von Menschen, die ertrunken waren.

Nachdem ich ein Jahr eingesperrt in der Stadt verbracht hatte, studierend, schreibend, mir in meiner neuen Rolle als Erwachsene stets der Grenzen von Verhalten und Gefühl bewußt, stand ich nun dem Clutha von Angesicht zu Angesicht gegenüber, einem Wesen, das allem Druck von Fels, Stein, Erde und Sonne standhielt und als ein Element der Freiheit lebte, aber nicht isoliert, sondern mit Himmel und Licht verbunden durch den schmalen Regenbogen, der über seinen Wassern schimmerte. Ich spürte, der Fluß war ein Verbündeter, er würde die Stimme für mich erheben.

Ich verliebte mich in Central Otago und den Fluß, in die kahlen Hügel, die nur in den Senken von ihrem eigenen Schatten bedeckt waren, in ihre wechselnden Goldschattierungen und in den Himmel, der jeden Morgen ohne eine Spur von Wolken geboren wurde und sich abends in seine purpurne Tiefe zurückzog. Tag und Nacht versuchten wir die Hitze der Sonne zu ertragen, die die Luft im Freien verbrannte und sich in den Wellblechwänden und im Wellblechdach der großen Hütte speicherte, in der wir wohnten und schliefen. Jeden Tag, den ganzen Tag, pflückten wir Himbeeren, wie man es uns beigebracht hatte, gebückt, molken sie vorsichtig von ihren Stengeln und ließen die weichen, pelzigen Kugeln in den Blecheimer fallen, der uns an einer Schnur um den Hals hing. Unsere Hände waren vom Himbeerblut befleckt und von den Himbeerdornen zerkratzt, die einzeln ganz weich waren, aber in ihrer Gesamtheit stechen konnten wie Nadeln. Mein Gesicht und meine Arme und Beine glühten rot vom Sonnenbrand. Ich war eine langsame Pflückerin und verdiente kaum das Geld für die Heimreise nach Oamaru.

Die Pflückerinnen, die aus seltsamen Orten wie Whakatane, Matamata, Tuatapere kamen, erschienen mir wie Göttinnen, faszinierend in allem, was sie sagten und taten. Die Bauernsöhne waren wie jüngere Götter: Ich betrachtete ihre Gesichter, ihre Augen, musterte ihre Hände, Arme, Beine und warf schnelle, aber häufige Blicke auf die Schwellung zwischen ihren Beinen, den Schneeball, in Schneegras gebettet. Die Welt war ein Festmahl, bei dem einem nichts verweigert wurde außer dem, was durch unsichtbare Grenzen gekennzeichnet war: Wir waren keine Flüsse. Die anderen Studenten, die wenigen, die ich kannte, waren erschüttert von ihrer Umwelt, durch das Bewußtsein des Krieges, durch ihre eigenen Unsicherheiten. Wir hatten nun die Hälfte unserer Lehrerausbildung hinter uns: Würden wir sie erfolgreich abschließen? Wie würde es sein, in unserem letzten Jahr? Die Arbeit in Soziologie lag vor uns, die angeblich ein ganzes Jahr beanspruchen würde und (wie einige sagten) die Länge eines Buches haben mußte. Und wie würde es uns ergehen im Jahr der »C«-Prüfung? Und mit unserem Liebesleben? Wir sprachen über Liebe und Sehnsucht, erzählten einander unsere liebesschmachtenden Träume von jenen allzu wenigen, unerreichbaren männlichen Studenten – Studenten des Bergbaus, Medizinstudenten – und klammerten uns an zufällig dahingesagte freundliche Worte, die auf weit offene Ohren stießen und uns ermutigten, die schmelzenden Dichterworte zu wiederholen:

Mein Liebster hat mein Herz und ich das seine,
In rechtem Austausch, meines für das seine.

Abends ging ich auf dem Hügel spazieren, zwischen dem Matagouri, einem dornigen Wüstenstrauch von zerzaustem und verkrüppeltem Wuchs mit kleinen grauen Blättern – wie schmutzige

Schneeflocken. Ich verliebte mich in den Matagouri, denn obwohl er auch auf den Hügeln in der Umgebung von Oamaru wuchs, war sein Name neu für mich; auf meine Frage: Was für eine wundervolle Pflanze ist das? hatte ihn mir einer der Götter oder Göttinnen verraten. Der Matagouri (*tumutakuru*) ließ sein Wunder über Nacht in meine neu erwachte Welt hineinwachsen. Auf den Hügeln fand ich auch eine Grasart, die ich seit meiner frühen Kindheit nicht mehr zu Gesicht bekommen hatte – Schneegras, golden und seidig wie die Fasern von Tussock, von dem ich annahm, es hieße nach der Tussahseide, ein sehnlich erträumter Stoff aus meiner Vergangenheit, als Schulblusen aus Rayon oder Baumwolle waren und nur die wenigen Privilegierten Tussahseide trugen, cremefarben, mit groben, bei Berührung elektrisch reagierenden Fäden inmitten der raschelnden Weichheit. Ich erinnerte mich an Myrtles Phantasievorstellung, sie habe ein Kleid aus Tussahseide in ihrem Schrank hängen, und an ihre prahlerische Lüge: »Ich habe ein Kleid aus Tussahseide.«

Jener Sommer wurde von der Sonne regiert, von der Liebe, die es nach allen Seiten zu verschenken gab, einem Gefühl, mit dem es die geschriebenen Wörter der Vergangenheit nicht aufnehmen konnten: die Qual, die Seligkeit, die noch unschuldige Sehnsucht, die schmerzliche Wonne und der wonnevolle Schmerz (wir hatten uns eingehend mit dem »Lust-Schmerz-Prinzip« beschäftigt). In Erinnerung geblieben sind mir das Geschenk des Flusses und der Landschaft, Matagouri und Schneegras, der makellos blaue Himmel, aber auch der Alptraum des glühendheißen Wellblechs, das uns mit seinem Feuer umschloß.

Ich fuhr wieder nach Hause, und langsam kühlte meine Sommerliebe ab. Ich verstand nun, warum die Verwandten ihrem Entzücken über »Up Central« so lautstark Ausdruck verliehen hatten und warum ich als kleines Kind die Vorstellung von einer Leiter in den Himmel gehabt hatte.

In der Eden Street 56 war der ausgetrocknete Rasen vor dem Haus mit trockenen Knäuelgrassamen und welkem Weidelgras bedeckt. Es gab auch Mutterkorn, das man für die Kriegshilfe sammeln mußte; und auf der Stierweide standen Kletterrosensträucher voller fast reifer Hagebutten.

Isabel und ich lagen auf dem Rasen, während ich, die große

Schwester, ihr erklärte, wie es auf der Pädagogischen Hochschule zuging, und Isabel mit ihrer üblichen Skepsis zuhörte. Sie bereitete sich gerade auf ihr erstes Jahr an der Hochschule vor. Wir würden beide bei Tante Isy in der Garden Terrace 4 wohnen. Bei der Vorstellung, mich Isabel »gewachsen zeigen« zu müssen, überfiel mich Panik.

5
Isabel und die Entwicklung der Großstadt

Isabel und ich waren zwar gute Freunde, doch unser Benehmen, unsere Ansichten, Erfahrungen und Bestrebungen hätten kaum unterschiedlicher sein können. Es war Isabel, die June und mich in den »Dingen des Lebens« unterwies, das heißt, wie man sich einen Freund angelte, was man mit ihm dann machte und wie man ihn wieder los wurde, wenn er seine Schuldigkeit getan hatte; wie man einen schönen Teint und eine gute Figur gewann, damit man überhaupt zu einem solchen Freund kam; und wie man über die Autorität und ihre Engstirnigkeit den Sieg davontrug. Dabei ging Isabel uns mit gutem Beispiel voran: Sie verfügte über viel Erfahrung im Umgang mit Menschen; sie hatte immer einen Freund; sie schilderte ausführlich, was sie miteinander machten, und obwohl sie noch nicht »alles« gemacht hatte, schilderte sie in lebhaften Farben, was passiert war, in einer Mischung aus Phantasie und Tatsachen, begleitet vom populärsten Schlager jener Zeit, der von Fats Waller mit heiserer Stimme gesungen wurde:

Leg deine Lippen nicht so nah an meine Wange,
wenn du so lächelst, bin ich ganz und gar verloren
...jetzt heißt es *alles oder nichts*...

Isabel war phantasievoll und intelligent; sie war Klassenbeste in Englisch und Französisch und hatte den Vortragswettbewerb und eine Medaille im Turnen gewonnen; einmal war sie auch auf einen der vorderen Plätze im Weitspringen gelangt. Selbst in unserer wettbewerbsorientierten Welt bewerteten wir diese Preise nicht allzu hoch; allerdings verliehen sie einem Prestige, und oft ging mit ihnen ein schönes Buch, eine Medaille oder ein Scheck einher.

Ich beneidete Isabel um ihre Begabung, Dinge zu beschreiben, um die Fülle von Details, die sie zur Gänze aus ihrer Phantasie bezog; es schien mir, als habe sie die ganze Welt bereist und in vielen Zeiten und an vielen Orten gelebt; sie wußte einfach Bescheid. Nachdem ihr Ehrgeiz, Ärztin zu werden, durch ihre Ungeduld beim Lernen und die Kosten für die Ausbildung gedämpft worden war, entschied sie sich für das Unterrichten und übersprang sogar die vierte Klasse.

Ich, die ich gehemmt, zurückhaltend und gehorsam war und mich für verantwortungsbewußt und erwachsen hielt, war schon über Isabels allerersten Schritt bestürzt – daß sie *direkt aus der Dritten* in die Pädagogische Hochschule übertrat, ohne ein oder zwei Jahre in der Vierten als eine Art »Schule fürs Leben« abzusitzen. Ich sah meine eigene Welt aus den Fugen geraten, mein ganzes sorgfältig zementiertes Verhalten unter dem Druck von Isabels unerwarteter Richtungsänderung abbröckeln. Es war anstrengend, zugleich an der Hochschule und an der Universität zu studieren, und da die Arbeit in Soziologie (das Thema war bereits gestellt – »Die Entwicklung der Großstadt«) Buchlänge haben sollte, wußte ich nicht, wie ich Isabel und meine Sorge um ihr Überleben »unterbringen« sollte. Meine Gewohnheit, mich so zu verhalten, wie es von mir erwartet wurde – »gehorsam, überhaupt kein Problem« –, und meine Versenkung in die Welt der Literatur ermöglichten mir, mein weltabgewandtes Leben zu genießen, denn wie sehr ich mir auch wünschen mochte, unterwegs abgelenkt zu werden: mein Ziel war die Dichtung. Mein Blick nach vorn war eingeengt, und wenn ich zur Seite schaute, auf andere, die ihre unterschiedlichen Wege gingen, blieb mein Blick eingeengt. Ich wollte, daß Isabel so sein sollte, wie unsere Puppen waren (in Stoff gewickelte Wäscheklammern), die wir in winzige Kartons gezwängt und dort aufbewahrt hatten, hübsch und warm eingehüllt und unfähig, sich ohne unsere Hilfe zu rühren. Sie sollte eine gute Studentin sein, sich »benehmen«, gehorchen, studieren und anerkannt sein bei den Studenten und vielleicht auch bei den Lehrern (obwohl ich mir das nicht eingestand), damit der Direktor sagte: »Daß wir diese Frame-Mädchen in die Hochschule aufgenommen haben, war kein Fehler; sie sind zwei unserer besten Studentinnen und Lehrerinnen.« Tante Isy erwartete eine zweite sanftmütige Frame, die ihr Bestes tun würde, um sich unsichtbar zu machen und klaglos die Bedingungen zu akzeptieren, mit denen ich mich selbst einverstanden erklärt hatte; deshalb bot sie Isabel an, bei ihr zu wohnen, und als wir in der Garden Terrace 4 ankamen und Isabel und ich allein in dem kleinen Zimmer waren, das wir miteinander teilen sollten, wurde Isabel wütend bei der unglaublichen Vorstellung, das fünfundsiebzig Zentimeter breite Eisenbett mit mir teilen zu müssen. Es war meine Schuld gewesen: Als Tante Isy fragte, ob wir damit zurechtkommen würden, hatte ich schüchtern gesagt: »Ach, das ist schon in Ordnung so.«

»Allein der Gedanke«, sagte Isabel wütend.

»Ach, sag lieber nichts«, sagte ich und versuchte Isabel zu beschwichtigen. Wir wußten beide, daß man nirgendwo sonst für zehn Shilling pro Woche wohnen konnte.

Wir bekamen nur wenig Schlaf, waren ständig gereizt, stritten miteinander und kämpften um das Bettzeug, genau wie zu Hause. Entsetzt darüber, daß ich ohne zu murren unsere winzige Ration Essen hinnahm und auf der Bank in der Spülküche aß, drohte Isabel, sie würde alles »Mum sagen«: daß Tante Isy uns hungern ließ, daß sie uns zwang, in der Spülküche zu essen und in einem winzigen Bett in einem winzigen Zimmer zu schlafen, kaum groß genug, um sich darin umzudrehen, daß wir Tag und Nacht froren, weil ein eiskalter Wind vom Hafen herauf oder von Flagstaff und den außerhalb gelegenen Hügeln das North-East-Valley hinunter wehte, während Tante Isy in ihrem Eßzimmer saß und sich ihre Zehen vor einem flackernden Feuer wärmte.

Ich überredete Isabel, nichts zu sagen.

»Nicht jetzt, warte bis zum Trimesterende.«

Schon in ihrer ersten Woche an der Hochschule gewann Isabel Freunde, sie fand einen Freund, der im Lauf der Zeit ihr »fester« Freund wurde, obwohl sie ab und zu andere hatte, und sie benahm sich so, wie ich befürchtet hatte; sie führte sich »wild« auf, mit einer Wildheit, die nur für mich in meiner übertriebenen Zurückhaltung besorgniserregend war. Sie entdeckte das Rollschuhfahren und wurde eine ausgezeichnete Rollschuhfahrerin. Sie verbrachte jeden Abend auf der Rollschuhbahn, während ich meine Träume für ihre Zukunft dahinschwinden und ihre ganze »Ausbildung« vergeudet sah – warum studierte sie nicht, warum ergriff sie nicht die Möglichkeit zu lesen, zu lernen? Ich sprach kaum mit ihr darüber, denn mir war klar, daß es *meine* Träume waren, und ich entsann mich, daß ich bei Myrtle dasselbe Gefühl gehabt hatte.

Abends jedoch, wenn jeder von uns beiden die Bettdecke mit einem Ruck auf seine Seite zog, verriet mein besonders grimmiges Zerren einiges von meiner Enttäuschung über Isabel.

Mit Isabel in der Garden Terrace 4 hatte das Leben »Episoden«. Zum Beispiel die »Zeit der Pralinen«. Einmal hatte ich in das kleine, vorderseitig gelegene Wohnzimmer gelugt, wo die Vorhänge immer zugezogen waren, und gesehen, daß auf der Bilderleiste eine lange Reihe großer, ungeöffneter Pralinenschachteln stand, mit Satinschleifen und Abbildungen von Landschaften aus England und dem schottischen Hochland und mit gefälligen Tierfotografien. Als ich Isabel eines Tages, als Tante Isy gerade nicht zu Hause war, von den Pralinenschachteln erzählte, sagte sie: »Sehen wir uns das Vorderzimmer an.«

Gleich hinter der Tür stand eine große Kommode mit Laden voller Kleidung und Fotografien. In der untersten Lade fanden wir gestrickte weiße Babykleidung, in Seidenpapier gewickelt; es lagen auch Babydecken und Windeln darin. Wir wußten, daß Dads Schwestern Polly und Isy tote Babys zur Welt gebracht hatten oder solche, die nach wenigen Tagen oder Wochen gestorben waren, und wir hatten einen Bruder gehabt, der tot zur Welt kam, und sogar als Kinder hatten wir eine Art Gier in Tante Pollys und Tante Isys Gefühlen uns gegenüber gespürt, vor allem in Tante Isys Interesse an Myrtle und Tante Pollys konkret geäußertem Wunsch, Chicks oder June zu »adoptieren«. Schnell schlossen wir die Lade und wandten unsere Aufmerksamkeit den Pralinenschachteln zu. Wir stellten fest, daß sie noch original verpackt waren.

»Sie kann sie doch nicht all die Jahre aufbewahrt haben«, sagten wir. Wir wußten, daß Tante Isy die Pralinen beim schottischen Volkstanz gewonnen hatte.

»Schauen wir hinein«, schlug Isabel vor.

»O nein, das dürfen wir nicht.«

»Wir öffnen eine und testen sie.«

Genauso begierig darauf wie Isabel, den Inhalt der Pralinenschachteln zu untersuchen, doch im Bewußtsein der Verantwortung als ältere Schwester, war ich froh, das moralische Problem mit der Sprache verschleiern zu können.

»Ja, testen wir sie.« Testen, das war schließlich etwas anderes. Falls die Schachteln tatsächlich Pralinen enthielten, bedeutete *testen* noch nicht *essen*.

Wir nahmen eine Schachtel von der Bilderleiste, banden vorsichtig die Schleife auf, streiften das Zellophan ab, hoben den Deckel und blickten hinunter auf die Reihen von Pralinen in ihren braunen, gefältelten Behältern.

Wir saßen auf dem Sofa und begannen zu kosten.

»Sie sind gut, überhaupt nicht schimmlig.«

Wir aßen weiter, und nachdem wir die Schachtel leergegessen hatten, legten wir die Konfektpapiere hinein, machten die Schachtel zu, streiften die Zellophanhülle darüber und banden das Satinband vorne wieder zu einer Schleife. Wir kletterten hinauf und stellten die Schachtel auf die Bilderleiste.

Während unserer Zeit in der Garden Terrace aßen wir allmählich alle Pralinen aus all den Schachteln auf der Bilderleiste, stellten die Schachteln zurück, wenn sie leer waren, und jedesmal, wenn wir uns ins verdunkelte Vorderzimmer schlichen, fiel uns die neue Babykleidung ein; wir sahen sie uns aber nicht mehr an, und während wir uns satt aßen, dachten wir an Tante Isy und fragten uns, wie ihr Leben wohl gewesen war, und ich erzählte Isabel von Onkel George im Bett und vom Lanolin, und wenn wir die leeren Konfektpapiere in die leere Schachtel legten, empfanden wir beide eine Abneigung gegen das, was wir taten, nämlich Tante Isys in Ehren gehaltene Andenken essen: essen, essen. Die Krause um die Konfektpapiere war wie die am Rand abgeschliffene Krause jener kleinen Muscheln, die man am Strand öffnet und in deren Innerem man ein kleines totes Häufchen mit einem schwarzen toten Auge findet.

Am Ende des zweiten Trimesters flog alles auf. Isabel schrieb schließlich nach Hause und beklagte sich darüber, daß Tante Isy mich ein ganzes Jahr hatte hungern lassen und daß wir beide Hunger litten und während des Winters in nur einem Bett in einem winzigen Zimmer froren. Isabels Brief bewog Mutter unverzüglich zu einer an Tante Isy gerichteten Erwiderung, die daraufhin an Dad, ihren Bruder, schrieb und der Meinung Ausdruck verlieh, »Lottie« sei »immer eine schlechte Hausfrau gewesen«. Auf Mutters empörte

Antwort folgte Tante Isys Beschuldigung, es sei ein Irrtum ihrerseits gewesen, Isabel und mich für »reizende Mädchen« zu halten. Wir hätten alle ihre Pralinen gegessen, teure Andenken! Offensichtlich hatte sie bei einem ihrer seltenen Besuche im Vorderzimmer ein vergessenes Konfektpapier auf dem Teppich gefunden.

Im Zuge des folgenden Briefwechsels fanden Onkel Georges Schwestern geringschätzige Worte für die »gräßlichen Frames«: daß die Kinder immer außer Rand und Band gewesen und ganz verwildert auf den Hügeln von Oamaru herumgelaufen seien, daß es bei den Frames aussehe wie in einem Schweinestall, daß Mutter nicht die leiseste Ahnung von der Haushaltsführung habe. Der erbitterte Briefwechsel wurde zwischen Dad und Tante Isy weitergeführt (nach ihren ersten beiden Briefen weigerte sich Mutter, »sich herabzulassen«), wobei Dad nun Mums formellen Namen Lottie benutzte.

Das Ergebnis war, daß Isabel und ich aus der Garden Terrace 4 auszogen, ich voll Scham und Verlegenheit und traurig darüber, nicht mehr für ein »reizendes Mädchen, überhaupt kein Problem« gehalten zu werden, und Isabel triumphierend, da wir unsere »Rechte« verteidigt hatten. Isabel, glücklich und gesellig, zog zu Freunden in eine Pension, deren Wirtin bei einer Folge von Studenten wohlbekannt und beliebt war, ich zum einzigen anderen Ort, der zur Verfügung stand, nämlich ins Stuart House, ein Wohnheim, in dem ich für den Rest des Jahres eine »Nische« mietete – ein kleiner, abgeschlossener Raum in einem großen Saal, in dem jedes Bett durch eine etwa einen Meter achtzig hohe Holzfaserplatte vom anderen abgeschirmt war; und ich fand wenig Abgeschiedenheit und Ruhe zum Studieren, Lesen und Schreiben – und zum Schlafen.

Nach Isabels ersten Wochen in Dunedin wußte ich, daß sie für mich verloren war, und es machte mich traurig, sie zu verlieren: schließlich war sie Emily gewesen –

Ein Feigling bin ich nicht,
auch keine, die im Sturm der Welt erzittert.

Ich glaube, ihre Trennung von mir vollzog sich an jenen Abenden, wenn sie Rollschuh fuhr, sich auf der Rollschuhbahn immer wieder im Kreis drehte, fast wie wenn sie von ihrem Körper einen Faden abspulte, der sie festhielt. Sie schwamm stundenlang, und wenn sie nach Hause in die Garden Terrace kam, hatten ihre blonden Haare einen Grünstich vom Chlor im Wasser; wenn sie dann die Tür zu unserem Zimmer öffnete, sah ich hinter dem Gesicht der Studentin, die beim Schwimmen gewesen war, immer das Gesicht des Kindes, das am Tag, an dem Myrtle ertrunken war, vom Schwimmbad nach Hause kam.

Der Auszug aus der Garden Terrace besiegelte unsere Trennung endgültig. Wenn wir einander an der Hochschule begegneten, grüßten wir uns verlegen. Und als der Brief von zu Hause kam, trafen wir uns kurz, um über die schreckliche Neuigkeit zu sprechen: Eden Street 56, wo wir unsere Kindheit verbracht hatten, war verkauft worden, und der neue Eigentümer, der bald heiraten wollte, hatte uns bis zum Jahresende gekündigt.

Kurz danach rief mich die Leiterin der Hochschule zu sich, und als ich erstaunt zu dieser Unterredung kam, begann sie: »Ich möchte mit Ihnen über Ihre Schwester Isabel sprechen.«

Isabel, so sagte sie, mache sich lächerlich, sowohl durch ihr Benehmen als auch durch die Kleidung, die sie trage, insbesondere einen Rock, der mit einer Giraffe bedruckt sei.

»Man stelle sich das vor, ein Rock, der mit einer Giraffe bedruckt ist!« sagte die Leiterin.

Ich murmelte etwas zur Verteidigung Isabels. Ihre Kleidung schockierte uns nie; sie war interessant, originell. Da ich wußte, wie viele Stunden wir Frame-Mädchen bei dem Versuch zugebracht hatten, unsere eigenen Kleider zu nähen, groben Wollstoff zuzuschneiden, Säume auszugleichen, jenen schwierigen Schwung am Ärmel hinzukriegen, der sicherstellte, daß der richtige Ärmel im richtigen Armloch saß, fand ich, daß Isabels applizierte Giraffe ein Triumph der Schneiderkunst war. In Wahrheit ging es darum, daß niemand anderes einen Rock mit einer Giraffe darauf hatte, und deshalb wurde Isabel für ihr Anderssein verdammt. Die Schlagkraft des Ausdrucks »niemand anderes« war ein vertrauter Faktor in unserem Leben.

»Sie sind als ihre ältere Schwester für sie verantwortlich«, sagte die Leiterin. »Versuchen Sie sie dazu zu bewegen, nicht so… so… exzentrisch zu sein.«

Ich, ganz züchtig in meinem einfachen Baumwollkleid und in meiner Strickjacke, sagte, so von Erwachsener zu Erwachsener: »Sie ist sehr jung«, worauf ich noch hinzufügte, als wüßte ich den Grund für Isabels Benehmen (warum hätte nicht auch Isabel das ganze Ungemach der Vierten erleiden sollen?): »Sie ist sehr früh an die Pädagogische Hochschule gekommen.«

Dann, beunruhigt, empört, unglücklich, murmelte ich etwas über die »Verhältnisse zu Hause«. Ich sprach von Krankheit und brach dabei in Tränen aus. »Und wir werden auf die Straße gesetzt und müssen bis Weihnachten etwas Neues finden.«

»Also«, sagte die Leiterin, »sehen Sie zu, daß Sie Ihre jüngere Schwester beeinflussen.«

Ich sagte Isabel nichts von meinem Gespräch mit der Leiterin. Ich war wütend über das Theater wegen einer lächerlichen Giraffe, und heute, so viele Jahre später, erscheint mir die ganze Episode unglaublich und auf verquere Weise erheiternd, doch beweist sie tatsächlich das Ausmaß an Konformität, das von uns erwartet wurde. Ich schämte mich auch, weil ich in Tränen ausgebrochen war, obgleich ich später hoffte, die Episode sei meiner Rolle als Dichterin zuträglich gewesen – »Krankheit in ihrer Familie – vielleicht Alkoholismus? – auf die Straße gesetzt... eine passende Ausgangslage für eine Dichterin... was für ein tragisches Leben...«

Wenige Wochen später »rief« mich die Leiterin wieder »zu sich«, diesmal, um mir zu der Kindergeschichte zu gratulieren, die ich geschrieben hatte, und um mich zu fragen, ob ich daran gedacht habe, in die Kinderschriftstellerei »zu gehen«. Meine Arbeit sei vielversprechend und phantasievoll, sagte sie, während ich gelassen zuhörte, innerlich voller Geringschätzung über das Ansinnen, ich solle mein Leben irgend etwas anderem weihen als dem Dichten, wo mir doch die Vorstellung von mir selbst als einer Dichterin so lieb war. Am Ende der Unterredung sagte die Leiterin: »Unser kleines Gespräch scheint auf Ihre Schwester gewirkt zu haben; sie ist jetzt viel ruhiger und trägt diesen Rock mit der Giraffe nicht mehr.« Ich erklärte ihr nicht, daß die Giraffe sich abgelöst hatte und daß Isabel sie wieder annähen wollte, sobald sie »Zeit« hatte. Ich wußte, daß ihre Zeit ganz von Steve, ihrem Freund, ausgefüllt wurde; er war groß, gutaussehend und blond und hatte einen Freund namens Morrie, groß, gutaussehend, dunkel und sehr schüchtern, und bei einem unserer Treffen, wo wir über die »Suche nach einem Haus« reden wollten, schlug Isabel vor, ich solle doch einmal »das ganze Studieren«

seinlassen und mit ihr und Steve tanzen gehen, mit Morrie als Partner. Überstürzt sagte ich zu und verbrachte einen ungewohnten, doch irgendwie aufregenden Abend, zusammen mit Morrie, der die Zeit zur Hälfte mit Tanzen (und wenig Konversation) verbrachte und zur Hälfte, indem er dastand und mit mir den Tanzenden zusah, wobei er herumhopste und die Füße schleifen ließ und leise sang:

Ließ am Samstag den Ball aus,
stand an der Tür ganz stumm,
hielt es nicht aus ohne dich,
komm nicht mehr viel herum.

Den Refrain »Komm nicht mehr viel, komm nicht mehr viel, komm nicht mehr viel herum« wiederholte er mehrmals in seinem schleppenden Southland-Tonfall. Ich genoß die Andersartigkeit seiner Gegenwart neben mir, aber wir waren beide zu schüchtern, und wenn wir einander ansahen, war sein Gesicht dunkelrot, und meines, so wußte ich, glühte vor Verlegenheit.

Die Bemerkungen der Leiterin über mein Schreiben ermutigten mich zu der Idee, am Ende des Jahres am Dichterwettbewerb der Hochschule teilzunehmen, um ihr und anderen zu zeigen, daß ich *wirklich* eine Dichterin war. Bis dahin aber hatte ich noch so viel zu tun und mir über so vieles Gedanken zu machen, daß die einzigen Orte, wo ich Ruhe fand, die Vorlesungen an der Universität waren, wo ich ganz in Shakespeare und Altenglisch aufging, und der Lesesaal der Stadtbücherei von Dunedin, wo ich moderne Dichtung, James Frazer, Jung und Freud las. Ich hatte mit meiner »Entwicklung der Großstadt« noch nicht einmal angefangen – ein Thema, das mich wegen seiner Möglichkeiten anregte und mich durch die Aussicht abstieß, ich würde vielleicht langweilige geographische und historische Details zu Papier bringen müssen. Als Folge der Kultivierung einer vermeintlich »dichterischen Haltung« war ich unduldsam geworden gegen alles, was ich als »langweilige Details« zu bezeichnen beschloß, entweder weil ich dem in meiner idealen poetischen Welt wenig Wert beimaß oder weil es mich daran erinnerte, daß ich nicht so gescheit war, wie ich sein wollte, und ich die Beschränkungen meines Geistes zu erkennen begann, mich jedoch weigerte, sie zu akzeptieren. Ich konnte nicht einmal die Art von

Dichtung schreiben, die im *Critic* abgedruckt wurde. Was für ein Hochmut, eine Dichterin sein zu wollen!

Auge in Auge mit der »Entwicklung der Großstadt«, empfand ich mich als traurige Versagerin. Meine einzige Hoffnung bestand darin, die lange Abhandlung auf meine eigene Weise zu schreiben (und zu illustrieren), das heißt, dem üblichen, allgemein akzeptierten Gewand der Prosa meine eigene Giraffe aufzunähen. Schließlich wurde der Text zu einer geographischen und historischen und sozialen Version der *Wellen* von Virginia Woolf, mit bizarren, aus Zeitschriften ausgeschnittenen Illustrationen, da ich keine »Hand« fürs Zeichnen hatte. Später erfuhr ich, daß das Urteil über meine »Entwicklung der Großstadt« ähnlich ausfiel wie jenes über Isabels Kleidung, obwohl ich auch erfuhr, daß jemand die Ansicht geäußert hatte, es könne »mehr in mir stecken, als auf den ersten Blick zu erkennen ist«.

Im letzten Jahr an der Hochschule bereiteten mir vor allem zwei Dinge Freude: meine Entdeckung der bildenden Kunst in den anregenden, von Gordon Tovey gehaltenen Vorlesungen, und die Aufführungen des Hochschulchors, in dem alle waren, selbst die, die keine schöne Stimme hatten. Wir sangen »Die Lady von Shalott«, »In Flores auf den Azoren (die Ballade von Richard Grenville)« und die Ode »An die Freude« aus Beethovens neunter Symphonie, unter der Leitung von George Wilkinson, genannt Wilkie. Ich erinnere mich, daß wir probten und probten und daß ich schließlich sang, tränenüberströmt bei diesem bedeutsamen Anlaß, umgeben von singenden Stimmen, alles in dem Empfinden, mich in einem oberen Stockwerk von Herz und Geist zu befinden, und mit einer Freude, von der ich hoffte, sie würde nie enden, und wenn ich mich an jenen Abend im Rathaus von Dunedin erinnere, an den Riesenchor und das Riesenpublikum und an Menschen, von denen man sich nie hätte träumen lassen, daß sie singen würden, und an mich selbst, die ich sang:

wir betreten feuertrunken,
Himmlische, dein Heiligtum!

– dann erinnere ich mich an diese Glückseligkeit und erkenne sie als eine der Belohnungen für die Verbundenheit mit einem großen Kunstwerk, so als ob ganz normale Menschen plötzlich in der Lage wären, den Blickwinkel von Engeln zu verstehen.

Das Jahr ging zu Ende. Ich sandte meine Gedichte an die Hochschulzeitschrift und gewann zehn Shilling als ersten Preis für »Katze«:

Taub gegen das hämmernde Fenster
und das Miauen des schwachsinnigen Jungen,
lasse ich die zerrissenen Mäuse
durch seine leeren Augen fließen
und sitze, gestützt von fetten Gedanken.
Doch der Wille des schlagenden Jungen
bricht ein in mein Ohr, kriecht
wie eine eingerollte Katze in mein Hirn, schnurrt und schläft
und läßt mich aus dem Haus tappen
zu den zerkratzten Wolken und zum zerkrallten Mond;
und die Winde, wie zerrissene Mäuse,
fließen durch meine leeren Augen.

Das andere Gedicht, ebenfalls abgedruckt, war »Tunnelstrand«:

Immergrün der Möwe, verwurzelt im Meer,
vergraben in grünem Schmerz, nimmt
der Möwenstrauch genug Flehen auf,
um die toten Ohren der Klippe mit Weinen zu nähren
oder die Augen der Welt für immer mit Tränen zu füllen.

Hier im Tunnel, getrennt vom Schmerz, würgt
der Möwenstrauch unsren tastenden Hals in weißem Blütensturm,
erkennt keine Wurzeln an
in der grünen Guillotine und der einlullenden Meerfrau.

Nur wo Licht durchsickert, wo Steinmenschen,
den Strandruf zersägend, einen Kerker ihr Heim nennen,
wie gute Geschäfte von Fleischern, heimliche Spartaner,
da brechen die Steinseelen, die verrückten Seelen,
pflanzen das Meer und den weißen Vogel ein
in einem einzigen Strauch, endlos und allein.

Ich zitiere die Gedichte, weil sie aus dieser Zeit stammen und den Einfluß von George Barker und Dylan Thomas erkennen lassen, wie auch mein Bemühen, mich selbst als vollständiges Wesen zu akzeptieren und für mich verantwortlich zu sein, ohne meine inneren Träume verbergen zu müssen, um sie zu bewahren, und ohne täuschen zu müssen, indem ich Rollen einnahm – die der Lehrerin, der Lächelnden, Glücklichen, »ein reizendes Mädchen, überhaupt kein Problem«.

Manche Erinnerungen sind verwässert, hauptsächlich wegen der Stürme, die folgten oder angedeutet waren; die Farbe dieser Erinnerungen wurde fortgespült, ihre Gestalt ist verschwunden. Ich wußte, daß die Familie verzweifelt nach einem Haus suchte. Dad, der das Geld verwaltete, erwarb Aktien bei einer neugegründeten Baugenossenschaft, in der Hoffnung, bei der monatlichen Verlosung ein Darlehen zu bekommen, während Mutter, die nie eigenes Geld gehabt hatte, ihren Glauben beisteuerte: »Gott weiß, was man braucht, noch bevor man darum bittet.« Und siehe da, die nächste Verlosung brachte ein Darlehen von dreihundert Pfund, gerade genug, um ein baufälliges, von Ratten heimgesuchtes altes Häuschen mit eineinhalb Hektar Grund am Rand von Oamaru zu kaufen, gleich hinter dem Park und dem Auto-Campingplatz. Der Umzug und die Suche müssen für mich so unangenehm gewesen sein, daß ich mich nicht daran erinnere. Als die Hochschule für dieses Jahr zu Ende war, fuhr ich mit den Bradleys und Rona Pinder nach Stewart Island, wo wir in einer Hütte am Strand wohnten. Meine Erinnerung daran beschränkt sich auf wenige Momentaufnahmen – wie wir in unseren selbstgeschneiderten Badeanzügen am Strand herumstolzieren, wie das Essen über einem Feuer kocht, um das sich zwei junge Männer kümmern, das Innere unserer Hütte, wo ich im Bett liege, die Bettdecke bis ans Kinn gezogen, während einer der jungen Männer das Geschirr vom Vorabend spült, an dem wir unsere »Bierparty« hatten, damals das äußere Anzeichen endgültigen Erwachsenseins.

Ich kehrte nach Oamaru zurück und erfuhr, daß wir von der Eden Street 56 in das alte Haus auf dem Gelände gezogen waren, das Willowglen genannt wurde.

6
Willowglen

Willowglen hatte der Reihe nach von verschiedenen heruntergekommenen Familien gehört, von denen man selten als Einzelpersonen sprach, immer nur von den »schrecklichen D.s« oder »diesen X!«, deren Kinder in der Schule barfuß und in Lumpen gingen und manchmal krank waren und dann als Jugendliche gegen die gesellschaftlichen Regeln verstießen und zu Ausgestoßenen wurden. Während der Wirtschaftskrise waren sie die wirklich Armen gewesen, die sich von Rinder- und Schweineknochen und von fleckigem Obst ernährt hatten und ihre Kleider in Zuckersäcken aus dem »Fürsorgedepôt« bezogen. War man gezwungen, ins Depôt zu gehen, so war man am Ende der Welt angelangt; die Leute sagten, man sei dumm und nutzlos und würde nie dazulernen und würde die anderen verderben. Mich faszinierte die altmodische Schreibung des Wortes »Depôt«, mit diesem winzigen Hütchen, wie eine Narrenkappe, über dem o; später erfuhr ich, daß es ein Zirkumflex war, Zeichen eines verlorengegangenen »s«, und ich stellte mir die Schluchten in der Wörterlandschaft vor, in die die verschwundenen Buchstaben gefallen waren.

Seit die M.s die Stadt verlassen hatten, stand das Haus leer. Die eineinhalb Hektar waren Anfang des Jahrhunderts von einem Landschaftsarchitekten mit englischen Bäumen bepflanzt worden – fünf Eichen, verschiedene Kiefernarten, darunter eine riesige Föhre mit hängenden Ästen, die wir den »Geisterbaum« nannten; Eiben und Zypressen; ein Obstgarten mit Apfel-, Kirschen-, Quitten- und Pflaumenbäumen; ein großer Birnbaum, der sich auf der Rückseite über das Dach neigte; Unmengen von Frühlingsblumen – Narzissen, Matchheads, Krokusse am Ufer des Baches, der durch das Grundstück floß. Den Fahrweg entlang, der Gemeindeeigentum war und uns den Zugang gestattete, stand eine junge Kiefernpflanzung. An drei Seiten war Willowglen von Matagouri und Sumpf umgeben, und an einer Seite führte die Bahnlinie nach Süden, hinaus aus Oamaru.

Ich erinnere mich an mein Gefühl hoffnungslosen Scheiterns, als ich durch den Schuppen ging, der an den Hügel hinter dem Haus gebaut und mit einer Flut von Birnbaumblättern aus dem Vorjahr bedeckt war, und die Küche mit ihrem teilweise aus Erde bestehenden Boden sah, denn der Großteil des alten Holzbodens war eingebrochen. In der Küche stand ein Kohleherd und in der danebenliegenden größeren Spülküche ein alter Elektroherd. Ein Wasserhahn mit Wasser aus dem verrosteten Wassertank im Freien ragte durch die Wand der Spülküche. Erstaunlicherweise war hinter der Spülküche ein kleines Badezimmer mit einer Badewanne und einem Waschbecken, doch ohne heißes Wasser, und bis der Tank repariert oder wir an die Stadtwasserleitung angeschlossen würden, gäbe es kein Wasser. Das Haus hatte vier Zimmer und die Küche, die Spülküche und das Badezimmer, und in zwei der beiden Zimmer standen Rücken an Rücken lange nicht mehr benützte offene Kamine, mit bröckelndem Schutt aus dem Schornstein angefüllt; jedes Zimmer hatte seinen Haufen goldenen Holzwurmstaubes auf dem morschen Boden, und mit jedem menschlichen Schritt, der seine Vibrationen hinauf zu der von Holzwürmern durchlöcherten Decke schickte, wurde er höher.

Draußen, neben dem riesigen Makrokarpabaum mit seinen Elstern, stand eine halb verfallene Waschküche mit hölzernen Waschzubern und einem Kessel in einer Ecke zum Kochen der Wäsche. Am Weg, der zum Schuppen führte, stand neben dem Zypressenbaum – schon bald »die Zypresse« genannt – das Plumpsklo, das mit den kleinen, duftenden weißen Rosen überwuchert war, die wir »Kloröschen« nannten, und keine Tür hatte. Der Klositz, lang und breit wie ein Strandklo, lag über einem tiefen Loch, das zur Hälfte mit altem »Gaga« (unser Wort für Exkremente) in unterschiedlichen Braunschattierungen gefüllt war, auf dem verblichene Zeitungsseiten aus der *Oamaru Mail* und der *Otago Daily Times* lagen.

Die Familie erzählte mir, wie Isabel und June das Haus gesäubert hatten, wie sie geholfen hatten, einen Teil der Möbel den steilen Weg hinaufzutragen, daß jedoch der Großteil davon »unten im Wiesengrund« in einem der beiden alten Ställe und in Scheunen zurückgelassen werden mußte. Bruddie und Dad begruben vorübergehend ihre Differenzen und arbeiteten gemeinsam an der Planung der Wasserversorgung, an einer Senkgrube und an der Reparatur des Daches. Mutter, überglücklich über ihren ersten Elektroherd, begann Teegebäck und süße Brötchen und Plätzchen und Pasteten zu backen, oder sie benützte zum ersten Mal ein elektrisches Bügeleisen und bügelte Dads Arbeitshemden und Taschentücher und sagte wehmütig: »Hätten wir das alles nur gehabt, als die Kinder klein waren!« Auch wir Mädchen hatten Freude am elektrischen Bügeleisen, nach all den Jahren, in denen wir die alten Plätteisen auf dem Ofen erhitzt hatten, mit denen wir manchmal, wenn wir vergessen hatten, den Ruß an der Bodenfläche abzuwischen, unsere Schuluniformen und Blusen mit schwarzen Brandmalen versahen, die sich nicht entfernen ließen; und wie schnell konnten wir jetzt Säume und Falten bügeln!

Trotz unseres baufälligen Heims fühlten wir uns schon zu Hause – oder *sie* fühlten sich zu Hause, denn ich hatte den Umzug versäumt, und meine Ankunft war so, wie wenn man zur Familie kommt, wenn der Tod und der Schock des Todes und des Begräbnisses schon vorbei sind. Dad hatte wieder mit seiner Gewohnheit begonnen, »überschüssige« Kohle von der Lokomotive zu schaufeln, wenn er mit dem Zug langsam um die Kurve bei den Parkanlagen und die Steigung aufwärts in Richtung Maheno fuhr, und die anderen hatten gelernt, mit einem Sack durch den Drahtzaun beim Akazienbaum zu schlüpfen, zwischen den Büscheln wilder Wicken hindurch, um die kostbaren Klumpen Eisenbahnkohle aufzusammeln, entweder »glänzende Kohle« – Kaitangata – oder »matte Kohle« – Braunkohle aus dem Süden. Und der in aller Eile reparierte Hühnerstall war bereits mit einem Dutzend Weißer Leghorns ausgestattet worden, unter anderem damit wir eine Verwendung für die rostige Mühle hatten, die wir im alten Schuppen gefunden hatten und mit der man Austernschalen für das Hühnerfutter mahlen konnte. Der altersschwache Kuhstall, ohne Dach, mit gebrochener Schranke, stand wartend am Fuß des Hügels neben der Apfelhütte.

Als ich den Boden aus Erde und die Verwahrlosung des Hausinneren sah, fühlte ich mich niedergeschlagen und einsam, und ich wußte, daß das Willowglen-Haus nie mein Heim sein würde; es war zu klein, einer war zu nahe am anderen; im Schlafzimmer auf der Vorderseite konnte man den Radioapparat aus der Küche hören, als wäre man in der Küche. Man konnte auch die Streitereien hören, die erhobenen Stimmen und Mutters leises, flehentliches Flüstern, das soviel hieß wie »Schreit nicht so laut«. Meine Schwestern und mein Bruder und ich waren nun in einem Alter, wo wir ein »inneres Zimmer« besaßen, das wir einander nicht zeigten, obwohl wir noch immer vergnügt über unsere Träume sprachen und unter viel Gelächter die »komische Seite« von allem sahen. Ja, in jenem Sommer machten wir aus dem neuen Besitzer der Eden Street 56 in unserer Phantasie einen »Bösewicht«, erzählten uns Geschichten über ihn und das ihm vorbestimmte Schicksal und setzten ihn auf unsere Liste von Schurken – Miss Low, der Gesundheitsinspektor, das Parlamentsmitglied, das nicht auf die Bitte um Geld für Kleidung geantwortet hatte. Sie alle waren sorgfältig von unserem Gespinst aus gesprochenen Worten umsponnen und ihrer Macht beraubt worden.

Wir brachten dem Willowglen-Gelände eine Art von Liebe entgegen, die wir der Eden Street 56 nicht geschenkt hatten, obwohl uns jedes Blatt und jede Pflanze und jedes Insekt und die Erde selbst und die Anordnung der Gebäude und Bäume aufs beste gedient hatten. Willowglen war das erste Haus, das uns gehörte. Natürlich mußte das Geld an die Baugenossenschaft zurückgezahlt werden, und das Büchlein von Starr-Bowkett mit den gestempelten Quittungen nahm einen Ehrenplatz auf unserem neuen Kaminsims ein, neben Dads Dose mit Sixpence-Münzen – einer Kakaodose mit einem Schlitz im Deckel, wo er alle seine Sixpence-Münzen hineinwarf, bis die Dose voll war; dann schnitt er Arbeitszeitlisten in Streifen, machte eine lange Reihe aus den Geldstücken und rollte sie sorgfältig ein, bevor er damit in die Stadt ging, um sie gegen »echtes« Geld einzutauschen.

Wie wir in diesem Sommer träumten! Wären wir im Winter nach Willowglen gezogen, dann hätten wir unsere Träume vielleicht nicht träumen können, doch es war Sommer, Weihnachten war gerade vorbei, und wir hatten unseren eigenen Stechpalmenbaum und zum ersten Mal in unserem Leben unsere eigenen Tannenzweige anstatt Makrokarpa – was machte es uns schon aus, daß wir keinen benützbaren offenen Kamin hatten? Die Unmengen von Blüten, die die Obstbäume trugen, die Narzissen mit ihren verwelkten Köpfen, gerade noch sichtbar im langen Gras, der Luxus, so viele Bäume zu haben und so viel Gras, Sumpfhühner und Enten und Aale und Seerosen im Bach, so viel Sommerhimmel und »unten im Wiesengrund« eine Anpflanzung junger Kiefern, denen man zuhören konnte, wenn der Wind wehte – das alles bereitete solche Freude, daß wir uns in Willowglen in das »Draußen« verliebten. Während jener wunderbaren grüngoldenen Sommertage fand ich einen Platz am Bach, einen alten Baumstamm, so wie der alte Birkenstamm vor vielen Jahren. Dort saß ich stundenlang und sah dem Wasser zu, den Enten, den Sumpfhühnern und – durch den kaputten Drahtzaun hindurch – den Schafen, die das Gras auf der Weide fraßen, halb Sumpf und halb Matagouri – *mein Matagouri.* Meine Schwestern und ich erforschten die Straßen, die in die Stadt und weiter führten, und die Old Mill Road, die Teil unserer Kindheit und der Folklore unserer Jugendjahre gewesen war, als »weit draußen hinter der Alten Mühle wohnen« bedeutet hatte, am anderen Ende der Stadt zu wohnen, »hinter der Knabenschule«, und als mit einem Jungen »um die Alte Mühle spazieren« genau das bedeutete, was anzunehmen war.

Und als der erste Herbsttau auf dem Gras lag, Ende Januar, sammelten wir Pilze in unserem eigenen Kiefernwäldchen und auf dem Hügel gegenüber, wo man durch die Eukalyptusbäume hindurch auf den Bauernhof der Robertsons blicken konnte. Sie versorgten die Stadt mit Milch. Sie hatten einen Sohn namens Norman, der mit einem Stipendium die Universität besuchte. Ich hatte ein paarmal mit ihm gesprochen. Ich kann mich erinnern, daß ich sehnsüchtig gedacht hatte, er und ich könnten uns vielleicht ineinander verlieben und heiraten.

Wenn Dad zu Hause war, hatte auch er seinen Platz. Sein Tischende befand sich beim Kohlenherd, wo er durch das kleine Fenster sehen konnte, ob Besucher den Weg heraufkamen, und wo er Licht zum Lesen hatte. Das Sofa an der Wand gleich hinter der Küchentür war Bruddies Platz; sein Gewehr für die Hasenjagd hing an der Wand darüber, und in Augenblicken familiärer Angespanntheit griff Bruddie nach seinem Gewehr und begann es zu reinigen, langsam und bedächtig, während Mutter ängstlich zusah und Dad, die Lippen wütend zusammengepreßt, die Arbeitszeitlisten auf dem Tisch vor sich glättete oder nach seiner Kakaodose griff und seine Sixpence-Münzen zu zählen begann. Oder er sagte: »Mum, wo ist meine Kreide?«

Dad hatte seit Jahren Magenschmerzen, und weil er den Verdacht hegte, es könnte Krebs sein, weigerte er sich, zum Arzt zu gehen; statt dessen trank er eine Medizin, die Tante Polly oder Tante Isy empfohlen hatte und die »Kreide« genannt wurde.

Und Mum suchte die Kreide, bemaß die richtige Menge und gab sie ihm.

Und die Episode war vorbei bis zum nächsten Mal.

Wie jeder von uns hatte auch Mutter ihre Träume von Willowglen. Von ihrem Gefängnis der Arbeit (ein selbstgeschaffenes – denn wir empfanden uns als erwachsen und waren bereit zu helfen, unter anderem um die uns mittlerweile unangenehm gewordenen Erinnerungen von Mutter als ewiger Dienerin auszulöschen) blickte Mutter hinaus zu ihrem Traumort, in der Realität ganz nahe, doch von ihr in ihrem Gefängnis scheinbar weit entfernt. Sie träumte von dem Augenblick, wenn sie »hinunter zum Wiesengrund« gehen würde, »in der Kühle des Abends«, und einfach unter den Pinien sitzen, vielleicht ein Picknick machen und dem Wind in den Bäumen zuhören würde. Wir fanden heraus, daß Willowglen ein ganz bestimmtes Ausmaß an Sonne zuteil wurde. Anders als in der Eden Street 56, wo das Land zur Gänze unter Sonne und Himmel lag, hatte das Haus in Willowglen, am Westhang eines Hügels gegenüber einem Hügel auf der Ostseite gelegen und im Norden von Weißdornhecken, Hagedorn und Weiden begrenzt, nur kurz Morgensonne, weshalb das Haus selbst im Sommer kühl war, doch wenn man von der kühlen und oft kalten Welt des Hauses hinunterblickte, sah man unten im Wiesengrund am Bach und dahinter eine Welt, auf die die Sonne noch spät fiel, im Sommer bis zum Abend; und wenn man so wie Mutter hinausschaute, während sich der Tag und die Arbeitsenergie rasch erschöpften, dann konnte man wohl das Gefühl haben, daß »unten im Wiesengrund« eine unerreichbare Welt der Sonne war.

Wenn ich Mutter bat, doch hinunter zum Wiesengrund, in die Sonne zu kommen, sagte sie in dem Tonfall, dessen sie sich bediente, wenn sie von Veröffentlichungen sprach, von Christi Wiederkunft und nun vom weißen Fuchspelz als Geschenk zum einundzwanzigsten Geburtstag: »Eines schönen Tages.«

Dann fügte sie hinzu, wobei sie von der biblischen Sprache Gebrauch machte, die den »Wiesengrund« noch entfernter und traumhafter erscheinen ließ: »Eines schönen Tages, ›in der Kühle des Abends‹, komme ich hinunter und setze mich unter den Kiefern in die Sonne.«

Im Januar kam die Nachricht, daß ich die zweite Klasse der Arthur Street School in Dunedin unterrichten sollte. Ich hatte um eine

Klasse in dem Alter angesucht, das als »Latenzzeit« bezeichnet wurde und in dem die Kinder als formbar, zuverlässig und problemlos galten – und falls es »Probleme« gab, waren sie verborgen, unerkannt. Ach, wie gründlich glaubten wir jenes mythische »Kind« zu kennen!

Und als Antwort auf meine Anzeige in der *Otago Daily Times* – »Ruhige Studentin sucht Kost und Logis nahe Arthur Street School« – meldete sich eine Mrs. T. aus der Drivers Road, Maori Hill, und bot mir »volle Kost und Logis« an. Und so fuhren Isabel und ich wieder einmal mit dem vertrauten Personenzug nach Dunedin, Isabel ihrem zweiten Jahr an der Pädagogischen Hochschule und Mrs. R. in der Union Street entgegen, wo sie seit unserem Auszug bei Tante Isy gewohnt hatte, und ich dem Haus von Mrs. T. in Maori Hill und meinem Referendarjahr in der Arthur Street School.

7
1945: Eins

Wenn wir als Kinder mit unserer Identität und unserem »Platz« experimentierten, indem wir uns von uns selbst wegbewegten und die Planeten umkreisten, so machten wir in unseren wiederholten Beschreibungen – Name, Straße, Stadt: Oamaru, North Otago, Otago, Südinsel, Neuseeland, Südhalbkugel, Erde, Universum, Planeten und Sterne – eine einfache Reise mit Worten und prophezeiten vielleicht auch ein Dasein; wir waren Lyriker, gezwungen, die Möglichkeit von Epen zu erkennen, und bezogen diese epischen Möglichkeiten nüchtern in unser Alltagsdenken ein. Ich erwähne dies, weil 1945, ein Jahr, das für mich als persönliche Dichtung begann, durch die zufälligen Umstände der nationalen und globalen Ereignisse als ein Epos endete, welches das Universum, die Planeten und die Sterne einschloß und sich diesmal in Taten und nicht nur in Worten ausdrückte.

Ich traf – herangewachsen – in Dunedin ein. In diesem Jahr würde ich Ende August meinen einundzwanzigsten Geburtstag begehen. »Der einundzwanzigste« galt als Teil des fortgesetzten Rituals des

Erwachsenwerdens, als Zeitpunkt, an dem man »volljährig« wurde, ein Staatsbürger mit dem Recht zu wählen, ein Testament abzufassen – oder, wie das Lied lautete:

> Heut' bin ich einundzwanzig,
> der Haustürschlüssel ist mein,
> noch nie war ich einundzwanzig,
> doch heute werd' ich es sein.

Am Ende des Jahres, nach meinem Referendarjahr an der Arthur Street School, hoffte ich meine Unterrichtsbefugnis zu erhalten. Auch hoffte ich, einen weiteren Kurs an der Universität zu belegen, und weil ich das Gefühl hatte, daß Englisch III meine Interessen wahrscheinlich zu sehr in Anspruch nehmen würde, entschied ich mich für Psychologie I, das erste Jahr in Psychologie.

Mein heimlicher Wunsch, eine Dichterin zu werden, der durch die Veröffentlichung meiner zwei Gedichte in der Hochschulzeitschrift (»Jetzt sehen sie, daß ich wirklich eine Dichterin bin!«) neue Nahrung bekommen hatte, beanspruchte einen Großteil meines Planens. Ich war ebenso begierig, mit meiner Phantasie zu beeindrucken, wie während meiner Schuljahre, nur gab es hier soviel mehr Menschen mit soviel mehr Phantasie, Prosaschriftsteller und Dichter allerorten – ich lernte nämlich, an Exemplare des *Critic* heranzukommen, indem ich scheinbar ganz zufällig am Eingang zur Universität in der Nähe des *Critic*-Behälters mit seiner verlockenden Aufschrift »Greif zu« herumstand. Um einen Beitrag in Form eines Gedichts oder einer Kurzgeschichte unterzubringen, bedurfte es immer noch eines Besuches im Büro. Ich weiß nicht, warum ich keinen Beitrag mit der Post schickte. Ich vermute, daß ich unwissend und einfältig war, was die meisten menschlichen Tätigkeiten betraf, einschließlich des Briefesendens. Ich war mir noch immer nicht der Zahl an täglichen Aufgaben bewußt, die normale Menschen zu erledigen haben. Aufgrund meines Lebens zu Hause nahm ich an, daß man Briefe nur in andere Städte schickte, um Neuigkeiten wie Geburten, Todesfälle, Hochzeiten oder vergangene oder künftige Reisen mitzuteilen, während Telegramme als schnelle Kommunikationsform in erster Linie Todesfälle bekanntgaben oder die Ankunftszeit eines Zuges, der »durchfuhr« oder Verwandte absetzte; und Pakete bedeuteten Weihnachten. Ich hatte kaum angefangen, das Abc des Erwachsenenlebens zu lernen. Ich wußte Bescheid über Freude und Liebe, erfahren zum Zeitpunkt des Verlusts, und ich hatte den Tod akzeptiert. Ich vermeinte die Gefühle hinter den Gesichtern der Menschen zu erkennen, in ihren Augen, in ihrem aufgesetzten oder kurzzeitig unkontrollierten Gesichtsausdruck und in den Worten, die sie sprachen. Der Krieg verfolgte und verwirrte mich noch immer – »das Elend des Kriegs, das Elend, das der Krieg bringt«, und es waren weiterhin die Dichter, die für mich die Orte erhellten, über die niemand sprechen und die niemand aufsuchen zu wollen schien. Oft dachte ich sehnsüchtig an die Prophezeiung: »Man zieht nicht mehr das Schwert, Volk gegen Volk, und übt nicht mehr für den Krieg.«

Ich war bei Mrs. T. in Kost, einer Witwe mit einer verheirateten Tochter, Kathleen, die in der neuen, staatlich geförderten Wohnsiedlung in Wakari wohnte, wo Mrs. T. fast jeden Tag verbrachte. Nach dem Frühstück nahm sie den Bus – »Ich fahre hinüber zu Kathleen« – und kam ungefähr um dieselbe Zeit nach Hause wie ich von der Schule. Mrs. T.s einziges Gesprächsthema waren »Kathleen, Bob und die Kinder«, was sie taten, was sie sagten, wie sie sich fühlten, und ihre Gedanken kreisten häufig um die Geschenke, die sie ihnen machen würde. »Ich habe etwas bei Arthur Barnetts gesehen und mir gesagt: ›Das ist genau das Richtige für Kathleens Jüngsten, Kathleen sucht so etwas schon lange.‹« Bob arbeitete in der Elektroabteilung, dem Ausstellungsraum in der Princes Street, und bekam einen Preisnachlaß auf Heizkörper.

Um dem äußeren Anschein Genüge zu tun, nahm ich meine Mahlzeiten manchmal mit Mrs. T. ein, anstatt sie in mein Zimmer mitzunehmen, »weil ich mit dem Studium weiterkommen, Arbeiten verbessern und Stunden vorbereiten muß...«, und dann saß ich ihr gegenüber und hörte fasziniert zu, während sie ihren Tag »drüben bei Kathleen« schilderte – wie sie gemeinsam die Wäsche gewaschen und das Haus aufgeräumt hatten und daß Kathleen und Bob hofften, eines Tages in jedem Zimmer »Teppichboden« zu haben. »Es gibt heute schon ziemlich viele, die Teppichboden haben.« Ich, die »stille, schüchterne Lehrerin, kein Problem, überhaupt kein Problem«, verbrachte den Großteil meiner Freizeit in meinem Zimmer mit Korrekturen, Unterrichtsvorbereitungen, schnitt verschiedenfarbige Papiersterne aus, um die Bemühungen der Kinder zu belohnen, studierte mein Psychologie-Lehrbuch und las und schrieb Gedichte.

Mrs. T.s Haus war wie Jessie C.s Haus in Oamaru – ein Ort, an dem »andere Leute« wohnten; mit Teppichen und Tapeten mit Rosenmuster, mit vielen Möbeln und Nippes und mit gepolsterten Sofas ohne einen Riß; und im ganzen Haus keine Spur von Polstermaterial oder Holzboden oder Stoff hinter den Tapeten. Es war Komfort mit einem Anflug von Tarnung. Aufgewachsen in einem Haus, wo wir immer wußten und in vielen Fällen sehen konnten, was sich hinter den Wänden und unter dem Boden abspielte, fühlte ich mich in den Häusern »anderer Leute« nie so recht wohl. Selbst in Willowglen vermittelte die Trostlosigkeit unseres Bodens aus Erde ein Bewußtsein der Realität (so stark, daß es fast schon Irrealität war), das man stärker als Teil des Lebens empfand als die gepolsterte Heimlichkeit in Häusern wie dem von Mrs. T.

Ich war begeistert von den Kindern in der Schule und vom Unterrichten. Ich steckte voller Ideen zur Ermutigung individueller Entwicklung. Ich ergötzte mich an den Zeichnungen der Kinder und an ihren Gedichten, denn sie schrieben fast jeden Tag Gedichte und Geschichten, und diese befestigte ich zusammen mit den Zeichnungen ringsherum an den Wänden, damit jeder seine Freude daran haben konnte. Ich gab mir auch Mühe beim Unterrichten der anderen Fächer. Als Mitglied des Lehrkörpers aber versagte ich, denn meine Schüchternheit in der Gesellschaft von Leuten, insbesondere derer, die vielleicht aufgefordert werden könnten, meine Leistungen als Lehrerin zu beurteilen und zu kommentieren, führte dazu, daß ich meine Freizeit allein verbrachte. Zu schüchtern, um morgens und nachmittags in einem Zimmer voll anderer Lehrer Tee zu trinken, entschuldigte ich mich damit, ich müsse »Arbeiten im Klassenzimmer erledigen«, wobei ich mir bewußt war, daß ich allen Anweisungen bezüglich der Notwendigkeit, »in der Gesellschaft Erwachsener zu verkehren, an gesellschaftlichen Ereignissen und Diskussionen mit anderen Lehrern und Eltern teilzunehmen«, zuwiderhandelte und daß der »Morgentee im Lehrerzimmer« ein nahezu heiliges Ritual darstellte. Meine Angst davor, vom Direktor oder Inspektor »inspiziert« zu werden, ließ mich Mittel und Wege ersinnen, den Tag des Jüngsten Gerichts hinauszuschieben, indem ich eine Fortsetzungsgeschichte erfand, die ich jederzeit, wenn ich die Schritte der Autorität durch den Korridor herannahen hörte, fortsetzen konnte, so daß ein Besuch des Direktors in einer Klasse, die voll gespannter Aufmerksamkeit dasaß (der Inhalt der Geschichte leistete Gewähr für eine gespannte Zuhörerschaft), vielleicht meine Fähigkeiten als Lehrerin »beweisen« würde, mit dem Ergebnis, daß ich meine »C«-Eignungsprüfung am Ende des Jahres »bestand«.

Eine Ablenkung vom Unterrichten boten die Psychologievorlesung und das Psychologielabor, wo wir eine Reihe interessanter Experimente und Tests durchführten, die von zwei dynamischen neuen Dozenten beaufsichtigt wurden, nämlich von Peter Prince und John Forrest, die wir mit Mr. Prince und Mr. Forrest anredeten, denen ich jedoch die Spitznamen HRH (*His Royal Highness*) und Ash verlieh (nach Ashley, dem hübschen jungen, von Leslie Howard gespielten Mann in *Vom Winde verweht*). Da diese beiden jungen Männer – die erst kürzlich ihr Studium abgeschlossen hatten, in einer Welt, in der junge Männer Mangelware waren – in gewisser Weise allen gehörten, der Öffentlichkeit wie den Studenten, wurden sie zum Gegenstand von Gerüchten, Spekulationen und Phantasien. Ich zog HRH vor, weil er, anders als Ash, ein »Introvertierter« zu sein schien, und gemäß der wundersamen, starren Einstufung der Menschen waren die Maler und Dichter »Introvertierte«. Wenn ich HRH auf seinem Weg durch die Frederick Street zur Universität sah, das Gesicht zum Himmel gewandt, die Pfeife im Mund, mit seinem langbeinigen, elastischen, energischen Gang, dann dachte ich mir: »Er ist in einer anderen Welt.« Auch errötete er leicht, und wie der von mir verehrte G. M. Cameron war er von liebenswerter Unbeholfenheit in Sprache und Gestik. Ash, nicht so groß, sah gut aus und hatte blondes Haar, das ihm in einer Locke in die Stirn fiel, und anders als HRH mit seinen dunklen Anzügen trug Ash ein rostfarbenes Sportjackett und tomatenrote Socken, über die er tatsächlich eines Tages im Labor sagte: »Wie gefallen Ihnen meine Tomatensocken?«, wobei er Tomate auf die *amerikanische* Art aussprach, *tomayto*.

Manche Frauen fielen bei Ashs Anblick fast in Ohnmacht.

Es war Ash – Mr. Forrest –, der regelmäßig Grammophonabende im Grammophonraum des Instituts für Musik organisierte.

»All die Schallplatten, die fast niemand hört«, sagte er in seiner direkten Art. (Allmählich wurde er bekannt für seine »Direktheit« und für seine unkonventionelle Kleidung.)

Eines Tages, als ich beschloß, zum Grammophonabend zu gehen, und vor der Tür des Grammophonraumes stand und versuchte, den Mut aufzubringen, um hineinzugehen, hörte ich Klavierspiel. Ich öffnete die Tür und lugte hinein, und da saß Mr. Forrest und spielte Klavier. Unvermittelt hörte er auf und suchte die Schallplatten für den Abend aus. Aber ich hatte gehört, wie er Klavier spielte, die Tastatur hinauf und hinunter, bravourös wie ein Konzertpianist; er arrangierte die Noten in einer fortschreitenden Bewegung, wie eine Armee, die irgendwohin marschiert, und suchte nicht einfach einzelne Noten heraus, die dann eine »Melodie« ergaben, trennte sie nicht voneinander, so daß sie nun in der Gesamtheit des Musikstücks eine Bedeutung hatten. Abgesehen von meinen geliebten Schubertliedern und den »Melodien« aus Walt Disneys *Fantasia* und von den neuen Liedern, die wir an der Pädagogischen Hochschule gelernt hatten, einschließlich der alten Volkslieder wie

Irgendwann wird dieses Kind
ein Arbeiter, wie wir es sind,
bekommt mein ganzes Hab und Gut,
all meine Bretter, Bohrer, Hobel,
den Hammer, der so wichtig tut...

und

Kleiner Jesus, rühr dich nicht, schlafe sacht,
einen Pelzrock legen wir auf dich zur Nacht

– verstand ich wenig von klassischer Musik, und ich hatte mir noch nie ein langes Musikstück angehört – eine Symphonie oder ein Konzert. An jenem Tag spielte Mr. Forrest eine Schallplatte von Tschaikowskis *Symphonie Pathétique*, und inmitten der kleinen Schar von Studenten saß ich und hörte zu, wie die ungewohnten Klänge ihre schreckliche Last der Schwermut mit sich schleppten und schleppten, und immer weiter, und als die Musik bei der »Melodie« ankam, dir mir als

Das ist das Märchen einer Sternennacht
Die fahle Schönheit einer Sternennacht...

bekannt war, empfand ich die Freude des Wiedererkennens. Ich hörte bis zum Ende zu, verliebt in die Musik und ihre aufpeitschende Traurigkeit, und Tschaikowski wurde (nach Schubert) zu meinem Lieblingskomponisten.

»Ich nehme an, Sie alle kennen César Franck«, sagte Mr. Forrest.

Die Zuhörer blickten, als kannten sie César Franck.

»Nächstes Mal spielen wir César Franck«, sagte Mr. Forrest und sprach den Namen mit Sicherheit und Vertrautheit aus.

Das Musikzimmer wurde zu einem weiteren Ort, an dem ich mich zu Hause fühlte und wo ich lernte, mir Musik anzuhören, die länger als drei oder fünf Minuten dauerte. Warum hatte ich nicht vorher gewußt, daß eine Symphonie zu hören genauso war wie ein Buch zu lesen, mit ihrer fortschreitenden Entwicklung, mit ihrer ganz speziellen Form und ihren ruhigen und lauten Momenten? Ich lernte, ganz unbekümmert zu sagen: »Adagio – hat dir das *Adagio* gefallen? Diese *Andante*-Stelle...« Ich begann, Matineen in der Stadthalle zu besuchen, und obwohl ich anfangs an den falschen Stellen klatschte, weil ich dachte, die Musik sei zu Ende, wußte ich bald über den Aufbau Bescheid. Ich redete auch wie die Leute, die regelmäßig Konzertabende und Symphoniekonzerte besuchten: »Ach, da riecht man doch die Mottenkugeln in den Pelzmänteln! Sie gehen nur einmal im Jahr ins Konzert. Man stelle sich das vor, einmal im Jahr! Und dieses Gehuste, genau in der Mitte des langsamen Satzes, sie haben nicht einmal dort gehustet, wo es nicht soviel ausmacht, wenn man ein Husten oder Räuspern einschmuggelt!«

Und eines Tages sah ich John Forrest erstaunt in neuem Licht, als er plötzlich im Musikzimmer sagte: »Aber Schubert ist mein Lieblingskomponist.«

Schubert! *An die Musik. Du holde Kunst.*

Trotz der Sorgen wegen des Unterrichtens und meiner Zukunft empfand ich das Jahr weitgehend als angenehm. In der Schule und an der Universität dachte ich wenig an mein Zuhause und an meine Familie, und wenn ich eines meiner wenigen Wochenenden zu Hause verbrachte, versuchte ich mich von dem Ort und den Menschen zu distanzieren. Die Mitglieder meiner Familie erschienen mir wie müde Gespenster, die für den Anlaß wieder lebendig zu werden versuchten; sowohl Mutter als auch Dad wurden immer noch von *Mühen und Plagen* verfolgt, und die zusätzliche Müdigkeit lag nun in dem langen Weg den Hügel hinauf, den Dad mit seiner selbstgemachten ledernen Arbeitstasche vollgestopft mit Eisenbahnkohle zurücklegte und Mutter tagsüber, wenn niemand zu Hause war, mit den Lebensmitteln, die der Junge vom Supermarkt beim Schuppen abgestellt hatte. Wenn ich am Wochenende nach Hause kam, hatte Mutter immer eine Flasche Kaffee gekauft, jene dunkle, süße Flüssigkeit mit dem Schlürfgeschmack, die man Gregg's Zichorienkaffee nannte; die Außenseite der Flasche war immer klebrig vom übergelaufenen Sirup. Kaffeetrinken war ein Zeichen des Erwachsenseins; deshalb trank ich Kaffee. Auch hatte mich einer der Dozenten an der Universität mit *Janet* angesprochen, obwohl ich bisher immer *Jean* genannt worden war; also war ich jetzt offiziell *Janet*. Am Wochenende brachte Dad einen Stapel Sexton-Blake-Bücher aus der Bibliothek für mich zum Lesen mit, und ich überflog in Windeseile die Abenteuer von Sexton Blake und Tinker, damit ich mit ihm darüber reden konnte. Die Aufmerksamkeiten meiner Eltern machten mich traurig, glücklich und wütend und hinterließen in mir ein Gefühl der Hilflosigkeit – was konnte ich für sie tun? Ich konnte sehen, wie allmählich das Muster ihres vergangenen Lebens erschien, wie eine Schrift, mit unsichtbarer Tinte geschrieben und nun für mich sichtbar gemacht, gewärmt vom Feuer, das sich einzig und allein durch mein Älterwerden entzündet hatte. Ich konnte auch ein Licht- und Schattenspiel erkennen, entstanden durch dasselbe Feuer, wobei die Schatten als erkennbare Formen einer Sprache hervortraten, die für mich voll Bedeutung war: die Sprache der Liebe und des Verlusts und der Freude und der Qual, einen festen Platz innerhalb einer Familie zu haben, wo doch all meine erwachende Sehnsucht darauf gerichtet war, mich schnell loszureißen, ohne ein Büschel von Nervenenden zurückzulassen, zerrissene Fäden, die Gefahr liefen, sich zu erneuern.

Die Hälfte des Jahres war vorüber. Mein persönliches Gedicht trat seine stumme, schreckliche Reise zu den Planeten und Sternen an. Am Anfang des Monats meines einundzwanzigsten Geburtstages war plötzlich der Krieg aus, der mich all die Jahre meiner offiziellen Pubertät hindurch begleitet hatte, als Teil der Entwicklung meines Körpers und Geistes, fast wie ein Bestandteil meines Blutes, der seine Spuren überall hinterlassen hatte, selbst in meinen Haaren und meinen (abgekauten) Fingernägeln. Auch in diesem Jahr gab es den üblichen Schneefall im Frühling, der die neugeborenen Lämmer tötete, aber die ersten Krokusse leben ließ. Jeder freute sich darüber, daß der Krieg zu Ende war, und es genügte, sich zu freuen und nicht über die Tatsache nachzudenken, daß die Atombombe geboren war und daß auch ihr ein eigenes Leben und eine eigene Verantwortlichkeit gegeben war. Meine Volljährigkeit wurde erleuchtet vom Feuer des Atompilzes, das alle zu Schatten werden ließ, die von seiner Helle erfaßt wurden; eine spektakuläre Beleuchtung der Zeremonien des Todes, »Asche zu Asche, Staub zu Staub«.

Am 28. August wurde ich »mündig«, ohne ein Fest, doch mit einigen besonderen Geschenken meiner Familie – »Dinge«, die zeigten, daß ich letztlich doch ein Teil der Welt war: Ich bekam eine neue Armbanduhr und ein neues Paar karierter Hausschuhe mit Pompons und Fellfutter.

In jenem Monat schrieb und veröffentlichte ich – es war eine Art Abschöpfen der Oberfläche all der Gefühle, die ein ganzes Leben lang brauchen würden, um zu verkochen – meine erste Kurzgeschichte, »Universitätseintritt«, für die der *Listener* zwei Guineen bezahlte.

Und nun verging das Jahr schnell, und der entscheidende letzte Besuch des Schulinspektors stand bevor. An einem strahlenden Morgen voller Narzissen und blühender Johannisbeersträucher und voller Glanz auf den Blättern des »Busches« entlang dem Queen's Drive, der mein täglicher Schulweg war, einem Morgen mit einem Anflug warmen Goldes im grellen, zitronenfarbenen Sonnenlicht, kam ich in die Schule und erfuhr – wie es unvermeidlich war –, daß der Tag der Inspektion gekommen sei, und am späteren Vormittag kamen der Inspektor und der Direktor in meine Klasse. Ich begrüßte sie liebenswürdig in meiner geübten Lehrerinnenart, an der Wand des Zimmers stehend, in der Nähe der ausgestellten Zeichnungen, während der Inspektor sich an die Klasse wandte, bevor er sich setzte, um meine Lehrprobe zu begutachten. Ich wartete. Dann sagte ich zum Inspektor: »Würden Sie mich bitte einen Augenblick entschuldigen?«

»Aber gewiß, Miss Frame.«

Ich ging aus dem Zimmer und aus der Schule und wußte, daß ich nie wieder zurückkehren würde.

8
1945: Zwei

Zunächst, trunken von dem Gefühl der Freiheit, aller Sorgen ledig, genoß ich einfach den Glanz des Morgens. Dann bekam die Realität das Übergewicht und führte mich in die London Street, die Straße der Ärzte, und ich wählte eine Praxis am Fuße des Hügels aus und ging hinein, um einen Dr. William Brown aufzusuchen – ein denkbar harmloser und anonymer Name. Ich erklärte Dr. Brown, ich sei sehr müde und habe das Gefühl, eine Ruhepause von einigen Wochen zu benötigen. »Ich unterrichte das erste Jahr«, sagte ich und brach in Tränen aus.

Dr. Brown gab mir entgegenkommenderweise ein Attest für den Direktor als Entschuldigung für meine vorübergehende Abwesenheit.

Nachdem ich das Attest in den Briefkasten an der Ecke geworfen hatte, begannen drei Wochen purer Freiheit. Ich besuchte Vorlesungen an der Universität und Konzertabende. Ich las und schrieb. »Ich habe drei Wochen Urlaub«, erzählte ich meiner Vermieterin, die, völlig in Anspruch genommen von ihrer Familie, sofort darüber zu reden begann, wann Bob seinen Jahresurlaub nehmen würde. Kathleen und die Kinder wollten so gerne nach Queenstown fahren.

»Ich habe soviel Arbeit«, sagte ich, »daß Sie mich bei den Mahlzeiten und dergleichen wahrscheinlich nicht oft zu Gesicht bekommen werden, und ich werde rechtzeitig eine Nachricht hinterlassen, falls ich zum Essen nicht da sein sollte.«

»Sie sind so rücksichtsvoll«, sagte Mrs. T. »Ich kann mich glücklich schätzen, eine so ruhige Studentin zu haben. Man merkt ja gar nicht, daß Sie im Haus sind, so ruhig sind Sie!«

(Ein reizendes Mädchen, überhaupt kein Problem.)

Am Ende der dritten Woche, als die Schule wieder drohend vor mir auftauchte, sah ich mich zu der Erkenntnis gezwungen, daß mir nur der Selbstmord blieb. Ich hatte die sichtbare Schicht meiner Persönlichkeit – »überhaupt kein Problem, eine ruhige Studentin, stets bereit zu einem Lächeln (falls die schlechten Zähne sich verbergen ließen), immer gut aufgelegt« – so sorgfältig und dicht gewebt, daß nicht einmal ich selbst das Geflecht meiner Täuschung zerreißen konnte. Ich fühlte mich vollkommen isoliert. Ich kannte niemanden, dem ich mich hätte anvertrauen, von dem ich mir hätte einen Rat holen können; und ich wußte nicht, wohin ich mich wenden sollte. Was *um alles in der Welt* konnte ich tun, um meinen Lebensunterhalt zu verdienen und dennoch als ich selbst zu leben, so wie ich war. Zeitweilige Masken, so wußte ich, hatten ihre Berechtigung; jeder trug sie, sie waren bei den Menschen große Mode; aber nicht Masken, die so fest zementiert waren, daß der Träger nicht mehr atmen konnte und schließlich erstickte.

Am Samstag abend räumte ich mein Zimmer auf und brachte meine Habseligkeiten in Ordnung; dann schluckte ich ein Päckchen Aspirin und legte mich ins Bett, um zu sterben, sicher, daß ich sterben würde. Meine Verzweiflung war extrem.

Am nächsten Morgen, gegen Mittag, wachte ich mit einem Dröhnen in meinen Ohren und mit Nasenbluten auf. Mein erster Gedanke war nicht einmal ein Gedanke, es war ein Gefühl des Staunens und der Freude und Dankbarkeit, daß ich am Leben war. Ich torkelte aus meinem Bett und sah mich im Spiegel an; mein Gesicht war dunkelrot. Ich begann mich zu erbrechen, immer wieder. Schließlich hörte meine Nase zu bluten auf, aber das Dröhnen in meinen Ohren blieb. Ich legte mich wieder ins Bett und schlief weiter und wachte um etwa zehn Uhr abends wieder auf. In meinem Kopf hämmerte es noch immer, mir klangen die Ohren. Ich lief ins Badezimmer, drehte den Wasserhahn auf und erbrach mich abermals. Mrs. T., die das Wochenende bei Kathleen verbracht hatte und seit etwa zwei Stunden zu Hause war, öffnete ihre Schlafzimmertür.

»Ist alles in Ordnung?« fragte sie.

»O ja«, rief ich. »Alles bestens. Ich habe einen anstrengenden Tag hinter mir.« (Kein Problem, überhaupt kein Problem.)

»Kathleen und Bob stecken mittendrin in allem«, sagte Mrs. T. ohne weitere Erklärung, doch offensichtlich erfreut. »Mittendrin in allem.« Wir wünschten einander eine gute Nacht, und ich ging in mein Zimmer und schlief.

Am nächsten Morgen, dem gefürchteten Montag, erwachte ich fast ohne Kopfschmerzen.

»Mein Urlaub ist verlängert worden«, sagte ich zu Mrs. T. »Ich habe wissenschaftlich zu arbeiten.« Ich war nun so außer mir vor Freude, daß ich am Leben war, wo ich doch die Absicht gehabt hatte zu sterben, daß die Schule das geringste Problem schien. Ich erklärte dem Direktor, wahrscheinlich telefonisch und später schriftlich, daß man mir geraten habe, das Unterrichten aufzugeben. Ich sagte nicht, daß ich mir diesen Rat selbst erteilt hatte.

Ich fand Arbeit als Geschirrspülerin in der Mensa. Ich versuchte, meine Zukunft in hoffnungsvollem Licht zu sehen. Ich hatte das Gefühl, ich würde nie wieder beschließen, mich umzubringen.

Zufällig war es Teil unseres Psychologiekurses, eine komprimierte Autobiographie zu schreiben. Als ich mit meiner fast fertig war, fragte ich mich, ob ich meinen Selbstmordversuch erwähnen sollte. Ich hatte mich wieder erholt; in gewisser Weise war ich ziemlich stolz, denn ich konnte gar nicht begreifen, wie ich diesen Mut aufgebracht hatte. Am Ende meiner Autobiographie schrieb ich: »Vielleicht sollte ich einen kürzlich unternommenen Selbstmordversuch erwähnen...« und schilderte, was ich getan hatte, doch um den Versuch eindrucksvoller erscheinen zu lassen, verwendete ich den chemischen Ausdruck für Aspirin – *Acetylsalicylsäure*.

Am Ende der Vorlesung derselben Woche sagte John Forrest zu mir: »Mir hat Ihre Autobiographie gefallen. Alle anderen waren so konventionell und ernst, aber Ihre war so natürlich. Sie haben eine Begabung für das Schreiben.«

Innerlich lächelte ich überheblich. Von wegen Begabung für das Schreiben. Das Schreiben würde mein Beruf werden!

»Oh, ich schreibe ja auch«, sagte ich. »Eine Kurzgeschichte von mir war im *Listener*...«

Er war beeindruckt. Alle waren beeindruckt gewesen und hatten gesagt: »Es ist schwer, etwas im *Listener* zu veröffentlichen.«

John Forrest sah mich eindringlich an. »Es muß schwierig gewesen sein, all die Tabletten zu schlucken.«

»Ach, ich habe sie mit Wasser genommen«, sagte ich gelassen.

Als ich an jenem Abend gerade schlafengehen wollte, öffnete Mrs. T. auf ein Klopfen die Tür und rief mich: »Da sind drei Männer, die Sie sprechen wollen. Von der Universität.«

Ich ging zur Tür, und da standen Mr. Forrest, Mr. Prince und der Leiter des Instituts, der als erster das Wort ergriff.

»Mr. Forrest hat mir gesagt, daß es Ihnen nicht sehr gut geht. Wir haben uns gedacht, Sie könnten vielleicht eine kleine Ruhepause gebrauchen...«

»Es geht mir gut, danke.« (Kein Problem, überhaupt kein Problem.)

»Wir haben uns gedacht, Sie fahren vielleicht mit uns hinunter ins Krankenhaus – ins Krankenhaus von Dunedin –, um sich ein paar Tage auszuruhen.«

Plötzlich fühlte ich mich von allen Sorgen befreit, behütet und umsorgt. Ich konnte mir nichts Wünschenswerteres vorstellen, als warm eingehüllt im Bett zu liegen, weg vom Unterrichten und dem Zwang, Geld zu verdienen, ja selbst weg von Mrs. T. und ihrem komfortablen Zuhause; und weg von meiner Familie und meiner Sorge um sie; und von meinem wachsenden Gefühl der Isolation in einer tüchtigen, strahlenden Welt voll tüchtiger, strahlender Menschen; weg vom Krieg und von meinem einundzwanzigsten Jahr und der damit verbundenen Verantwortung; allerdings nicht weg von meinen schlechten Zähnen.

»John wird Sie besuchen«, sagte der Leiter des Instituts.

John! Der Gebrauch des Vornamens, unter den jungen Dozenten und ihren Studenten durchaus üblich, doch für mich noch etwas Neues, freute und erschreckte mich. »Das ist nett von Ihnen, Mr. Forrest«, sagte ich steif.

Und so wurde ich ins Krankenhaus von Dunedin aufgenommen, auf die Colquhoun-Station, die, wie ich bald zu meinem Entsetzen herausfinden sollte, zur *psychiatrischen Abteilung* gehörte.

Die Ärzte, Marples und Woodhouse, zwei junge Anstaltsärzte, waren interessiert und freundlich. Die Krankenschwester, Maitland Brown, ein Mitglied der Evangelisationsgemeinschaft, die sich zur Missionarin ausbilden ließ, erzählte mir von ihren Hoffnungen und Träumen. Ich kann mich nur noch an eine einzige andere Patientin im Bett neben meinem erinnern, eine sonderbare Frau, die eine Operation hinter sich hatte und das bestritt. Ich, aufgewachsen in einer Filmstarwelt der Soforturteile über das Äußere der Menschen, fand sie abstoßend und häßlich mit ihrem roten Gesicht, der groben Haut, den kleinen Augen mit den rötlichen Wimpern und mit ihrem schütteren rötlichen Haar. Man hegte allgemein eine Abneigung gegen sie. Heute bin ich skeptisch, was die Behandlung psychiatrischer und anderer Patienten betrifft, die einen durch ihre Ausstrahlung – als wäre es etwas Chemisches – geradezu auffordern, ihnen Abneigung entgegenzubringen, und die deshalb um Sympathie und gerechte Behandlung kämpfen müssen (wodurch sie weitere Abneigung und Feindseligkeit auf sich ziehen). Als eines Tages zwei Ambulanzfahrer kamen, um die häßliche Patientin in ein »anderes Krankenhaus« zu bringen, erfuhr ich, daß dieses »andere Krankenhaus« *Seacliff* war. Seacliff, weiter nördlich an der Eisenbahnlinie gelegen, das Krankenhaus aus grauem Stein, gebaut wie eine Burg. Seacliff, wohin die Irren kamen. »Sie kommen natürlich nicht dorthin«, sagte Maitland. »Mit Ihnen ist alles in Ordnung.«

Und nach den drei Wochen, die ich zur Beobachtung im Krankenhaus verbrachte, war dies tatsächlich die Diagnose. Mutter wurde ersucht, nach Dunedin zu kommen und mich mit nach Hause zu nehmen, und nach einer Ruhepause zu Hause würde ich wieder ganz die Alte sein, sagten sie.

So plötzlich mit der Aussicht konfrontiert, nach Hause zu fahren, spürte ich, wie alle Sorgen der Welt wiederkehrten, die ganze Trostlosigkeit meines Zuhauses und die ewigen Mühen und Plagen meiner Eltern und die wöchentlichen Ratenzahlungen für die Bettdecken und die neue Daunendecke von Calder Mackays und die Zahlungen an die Starr-Bowkett-Baugenossenschaft, denn sonst würden wir wieder aus dem Haus geworfen werden; und die Auseinandersetzungen zu Hause, und Mutters ewige Rolle als Friedensstifterin; und meine schlechten Zähne; und meine Unfähigkeit, einen Ort im Ist-Land zu finden, das nur existierte, um jedes neue Morgen immer schneller zu verschlingen. Könnte ich doch nur die Welt der Dichtung mein eigen nennen, ganz offen und ehrlich, ohne sie heimlich in meinem Inneren verbergen zu müssen!

Als ich Mutter in meinem Zustand der Angst und Sorge über meine Zukunft am Eingang zur Station stehen sah, in ihrem armseligen »Sonntagsstaat«, ihrem marineblauen Kostüm und dem marineblauen Strohhut mit dem künstlichen Blumensträußchen an der Krempe; mit einem Anflug von Angst im Blick (denn schließlich war ich in der »geschlossenen« Abteilung gewesen) und einem Gesicht, das sichtlich versuchte, den Ausdruck *Es ist alles in Ordnung* anzunehmen, wußte ich, daß mein Zuhause der letzte Ort war, wo ich hinwollte. Ich schrie Mutter an, sie solle weggehen. Sie ging und äußerte dabei flüsternd ihre Bestürzung: »Sie ist doch ein so fröhlicher Mensch, sie war immer ein so fröhlicher Mensch.«

Ich vermutete also, daß ich noch ein paar Tage im Krankenhaus bleiben und dann entlassen werden, mir Arbeit suchen, mein Universitätsstudium fortsetzen und das Unterrichten für immer aufgeben würde. Es war mir nicht klar, daß die Alternative zur Rückkehr nach Hause die Einweisung nach Seacliff war. Niemand kam auf den Gedanken, mich zu fragen, warum ich meine Mutter angeschrien hatte, niemand fragte mich, was für Pläne ich für meine Zukunft hatte. Mit einem Schlage wurde ich zu einer dritten Person, ja sogar subjektlos, wie der offizielle Vermerk über den Besuch meiner Mutter (von dem ich viele Jahre später unterrichtet wurde) zeigte: »Weigerte sich, das Krankenhaus zu verlassen.«

Ich wurde nach Seacliff gebracht (Dritte-Person-Menschen werden auch ins Passiv gestoßen), in einem Auto, in dem sich zwei Mädchen aus der Besserungsanstalt und die Polizeibeamtin, Miss Churchill, befanden. Miss Churchill! Wie eigenartig sich die Ereignisse und Menschen und Orte und Namen zwischen Dichtung und Wahrheit hin und her bewegten!

9
1945: Drei

Das Schreiben einer Autobiographie, das meistens als ein Zurückblicken gesehen wird, kann ebensogut ein *Über*blicken oder *Durch*blicken sein, wobei das Verstreichen der Zeit einen Röntgenblick verleiht. Auch ist die vergangene Zeit nicht eine verschwundene Zeit, sie sammelt sich an, und die Menge gleicht der Märchenfigur, der sich auf ihrem Weg immer mehr Gestalten anschlossen, von denen keine sich von der anderen und von der ganzen Menge trennen ließ; manche klebten so fest aneinander, daß ihre Gegenwart körperliche Schmerzen bereitete. Man füge den Gestalten alle Ereignisse, Gedanken und Gefühle hinzu, und es entsteht eine Masse von Zeit, bald ein klebriges Chaos, bald ein Juwel, größer als die Planeten und die Sterne.

Wenn ich durch 1945 hindurchblicke, sehe ich das Skelett des Jahres und, sowohl den Schatten des Todes wie des Lebens darüber werfend, die Atombombe; ich sehe die schlichten Krokusse, die im späten Frühlingsschnee überlebten, die Geburtstage und Todestage und zwei oder drei andere Ereignisse, die jene erträumten Planeten und Sterne in meine private Welt und in die vieler anderer in Neuseeland hineintrugen. Diese Ereignisse waren die Veröffentlichung von *Jenseits der Palisaden*, Gedichten von James K. Baxter, einem jungen Studenten an der Universität, des Bandes *Neuseeländische Versdichtung*, herausgegeben von Allen Curnow, und einer Sammlung von Kurzgeschichten mit dem Titel *Für uns selbst gesprochen*, herausgegeben von Frank Sargeson. Als Kind hatte ich die neuseeländische Literatur als Domäne meiner Mutter betrachtet, und wenn ich mich nach meiner Umgebung sehnte – nach dem Hügel, den Kiefernwäldchen, Eden Street 56, Oamaru, dem Strand und dem Meer zur Anregung der Phantasie –, blieb mir nur, sie mit Gestalten und Träumen aus der dichterischen Welt einer anderen Hemisphäre und mit meinen eigenen Vorstellungen zu bevölkern. Der Begriff der neuseeländischen Literatur existierte; ich zog es vor, sie nicht zur Kenntnis zu nehmen, ja, ich war mir ihrer kaum bewußt. Nur wenige Leute sprachen von ihr, als wäre sie eine unanständige Krankheit. Nur in der Buchhandlung der Moderne auf dem Moray Place standen drei Regale mit schmalen neuseeländischen Bändchen, in kleinen Verlagen erschienen, und ich hatte sogar einige gekauft und ohne Erfolg versucht, solche Gedichte zu schreiben. James Baxters Gedichte mit ihrer weltläufigen Selbstsicherheit schüchterten mich ebenfalls ein. Die Anthologien waren jedoch anders: Ihre Kraft und Vielfalt gaben mir Hoffnung für mein eigenes Schreiben und weckten in mir ein Bewußtsein für Neuseeland als einen Ort von Schriftstellern, die verstanden, wie ich empfunden hatte, als ich J. C. Squire importierte, um meine geliebten Flüsse auf der Südinsel zu beschreiben, und obwohl ich das Gedicht immer wieder las, mußte ich mich mit dem Kongo, dem Nil, dem Colorado, dem Niger, dem Indus und dem Zambesi zufriedengeben: schöne Namen, aber aus einer anderen Welt.

Doch hier, in der Anthologie neuseeländischer Versdichtung (sie besaßen noch nicht den Mut, es *Lyrik* zu nennen), konnte ich in Allen Curnows Gedichten von Canterbury und der Ebene lesen, von »Staub und Ferne«, davon, daß unser Land seinen Anteil an der Welt besaß und es nicht nötig hatte, sich etwas aus einer shakespeareschen Brieftasche des Nordens zu borgen. Ich konnte auch von der Vergangenheit lesen und von Abwesenheiten und Gegenständen, die nur wir kannten, und von Stoffen, die in ihrem einzigartigen Einfluß auf unser Leben immer wieder aufschienen: Das Gedicht »Roheisen« liest sich für mich wie ein Teil einer Geschichte Neuseelands und seiner Menschen.

Und Denis Glover, der die Namen unserer eigenen Flüsse und Orte verwendete und sogar über die Elstern schrieb und ihre Schreie an einem nebligen Herbstmorgen vollendet wiedergab. Jeder Dichter, jede Dichterin sprach in seiner oder ihrer eigenen Weise, an seinem oder ihrem eigenen Ort, und es gab Charles Brasch, der auf das Meer vertraute, so wie ich, ohne Worte, auf den Clutha vertraut hatte: »Sprich für uns, großes Meer.«

Auch die Kurzgeschichten überwältigten mich durch ihre Vertrautheit. Es war fast ein Gefühl, als wäre man ein Waisenkind gewesen, das herausfindet, daß seine Eltern am Leben sind und im begehrenswertesten aller Häuser wohnen – in den Seiten der Prosa und Lyrik.

Die Zeit verleiht ungeahnte Vorrechte der Gruppierung und Neugruppierung, bis sie zur Vergangenheit wird. Ich habe über meine Erinnerung an veröffentlichte Kurzgeschichten und Gedichte geschrieben. In der Erinnerung an tatsächliche Geschehnisse sitze ich da und rede mit zwei Mädchen aus der Besserungsanstalt, auf dem Weg ins Seacliff-Krankenhaus, in das ich zwangseingewiesen worden bin.

10
1945: Vier

Die sechs Wochen, die ich im Seacliff-Krankenhaus verbrachte, in einer Welt, die ich nie gekannt, und unter Menschen, deren Existenz ich nie für möglich gehalten hatte, wurden für mich zu einem Intensivkurs über die Schrecken des Irrsinns und den Aufenthaltsort derer, die als irrsinnig beurteilt worden sind, und schnitten mich für immer von den früheren, akzeptablen Gegebenheiten und Sicherheiten des täglichen Lebens ab. Vom ersten Augenblick an wußte ich, daß ich weder in mein normales Leben zurückkehren noch vergessen konnte, was ich in Seacliff sah. Ich hatte das Gefühl, daß mein Leben völlig aus den Angeln gerissen wurde durch diese plötzliche Spaltung der Menschheit in »normale« Leute auf der Straße und in diese »verborgenen« Menschen, die nur wenige gesehen und mit denen nur wenige geredet hatten, über die jedoch viele mit Spott, Gelächter und Angst sprachen. Hier sah ich Menschen, deren starre Augen an das Auge des Orkans erinnerten, umgeben von unsichtbaren Wirbeln und unhörbarem Lärm, der sich seltsam gegen die Stille abhob. Ich lernte meine Mitpatienten kennen und lieben. Ich war beeindruckt und betrübt über ihre – unsere – Fähigkeit, die ausgesprochenen und unausgesprochenen Regeln des Anstaltslebens zu erlernen, zu befolgen und oft sogar zu genießen, über den Stolz auf den routinemäßigen Tagesablauf, den Patienten zeigten, die schon seit vielen Jahren im Krankenhaus waren. Es war eine persönliche, geographische, ja sogar sprachliche Abgeschlossenheit um diese Gemeinschaft der Irrsinnigen, die keine rechtliche oder persönliche äußerliche Identität besaßen – keine eigene Kleidung, keine Handtaschen, Brieftaschen, keinen Besitz außer einem provisorischen Bett zum Schlafen mit einem verschließbaren kleinen Schrank daneben und einem Zimmer, genannt der *Aufenthaltsraum*, wo man sitzen und vor sich hinstarren konnte. Viele Patienten, die in anderen Abteilungen in Seacliff eingesperrt waren, hatten keinen Namen, nur einen Spitznamen, keine Vergangenheit, keine Zukunft, nur eine Gegenwart in Gefangenschaft, ein ewiges Ist-Land ohne dazugehörigen Horizont, ohne Halt für Fuß und Hand, ja selbst ohne den sich ständig verändernden Himmel.

In meinem Buch *Gesichter im Wasser* habe ich ausführlich die äußeren Umstände und Ereignisse in den verschiedenen psychiatrischen Kliniken beschrieben, die ich während der folgenden acht Jahre kennenlernte. Ich habe auch wahrheitsgetreu über meine eigene Behandlung und meine Ansichten darüber geschrieben. Was an dem Buch erfunden ist, ist die Darstellung der Hauptfigur, die auf meinem Leben beruht, aber größtenteils mit erfundenen Gedanken und Gefühlen ausgestattet wird, um so ein Bild der Krankheit zu schaffen, die ich um mich herum sah. Als eines Tages eine Mitpatientin, die zusah, wie Arbeiter im Freien Rinnen gruben, sagte: »Schau, sie graben unsere Gräber«, wußte ich, daß sie es glaubte.

Ihre Worte sind ein Beispiel für die Worte und das Verhalten meiner Figur Istina Mavet. In den sechs Wochen meines Aufenthalts lernte ich, als hätte ich ein unbekanntes Land betreten, viel von der Sprache und dem Verhalten der Landesbewohner. Auch andere lernten schnell – die Mädchen aus der Besserungsanstalt waren geschickt darin, ihren Tag durch eine das Beispiel nachahmende »Vorführung« zu beleben.

Früher hatte ich der Gemeinschaft meiner Familie angehört. In *Zu den Inseln* verwende ich ständig die erste Person Plural – wir, nicht ich. Meine Zeit als Studentin war eine Ich-Zeit. Jetzt, als Seacliff-Patientin, war ich wieder Teil einer Gruppe, aber noch einsamer, nicht einmal ein gespaltenes »Ich«. Ich wurde »sie«, eine von »ihnen«.

Als ich Seacliff im Dezember 1945 für eine sechsmonatige Probezeit verließ, um in einen Willowglen-Sommer zurückzukehren – die strahlendste Zeit in Willowglen –, hatte ich das Gefühl, eine bedeutsame Veränderung in meinem Inneren mit mir zu nehmen, die sich durch meine Erfahrungen in einer psychiatrischen Klinik vollzogen hatte. Ich sah meine Familie an, und ich wußte, daß sie nicht wußten, was ich gesehen hatte, daß an verschiedenen Orten im ganzen Land Männer und Frauen und Kinder eingesperrt waren, verborgen gehalten mit nichts als einem Spitznamen. Ich merkte, daß das Verhalten meiner Familie sich auf fast unmerkliche Weise verändert hatte, seit ich Patientin in Seacliff gewesen war, wo die Irren lebten. Warum gebrauche ich wieder das Bild einer Spinne? Es schien, als hätte ich durch meinen Aufenthalt im Krankenhaus wie eine Spinne zahlreiche Fäden um mich gewoben, die auf unsichtbare Weise alle erreichten, die »Bescheid wußten«, und sie in eine Paralyse starrer Posen und Ausdrucksweisen und Gefühle zwangen, die mich unglücklich und einsam machten, mich aber auch die Macht erkennen ließen, die ich aus dem Spinnen des Netzes bezog, und die Ohnmacht derjenigen, die darin gefangen waren.

Nachdem ich ein oder zwei Wochen zu Hause war, wurde meine Familie in meiner Gegenwart weniger ängstlich – die Veränderung zeigte sich daran, daß die Furcht in ihrem Blick abnahm; wer weiß, was ich tun würde; ich war eine Irre, oder nicht? Mutter begann bezeichnenderweise alles zu dementieren. Ich sei ein fröhlicher Mensch, sagte sie. Es müsse ein Irrtum gewesen sein. Ich merkte, daß alle zufrieden waren, wenn ich die Angelegenheit als Witz abtat, von erheiternden Vorfällen auf dem »Landsitz« sprach und ihn mit einem Hotel verglich. Ich beschrieb die Umgebung. »Es ist wie ein ganzes Dorf«, sagte ich. »Sie haben ihren eigenen Bauernhof, ihre eigenen Rinder und Schweine, und alle Essensreste wandern in den Schweinetrog. Sie haben auch ihren Gemüsegarten und ihre Blumen. Und das Grundstück ist voller Bäume, und dort, wo der Direktor wohnt, steht ein Magnolienbaum.«

Es war leichter, so darüber zu reden, als wäre ich ein Kind, das schildert, was es in den Ferien gesehen und was für Abenteuer es erlebt hat.

Ich erzählte ihnen nicht, daß ich durch den Zaun eines Gebäudes namens *Simla* gespäht hatte, weit oben auf dem Hügel, wo merkwürdige Männer in gestreiften Hemden und Hosen und manche ohne Hosen auf einer umzäunten Wiese, auf der das Gras ganz abgetreten war, im Kreis gingen; und daß ich auch eine umzäunte Wiese mit Frauen gesehen hatte, die dunkelblau gestreifte Kleidung trugen; und daß es einen Karren gab, wie eine Rikscha, der jeden Tag an der Abteilung vorbeifuhr, daß er mit Kohlen beladen war und daß zwei vor den Karren gespannte Männer die Kohlen zogen, angetrieben von einem der Wärter; daß ich, neugierig wie immer, in ein Zimmer gelugt hatte, in dem es nach Urin stank und das voller Kinder war, die in Kinderbettchen lagen, seltsame Kinder, manche von ihnen Babys, die seltsame Geräusche von sich gaben; ihre Gesichter waren naß von Tränen und Rotz; und ich erzählte auch nicht, daß es für die Tuberkulosepatienten eine eigene Abteilung gab und daß ihr Geschirr in einem Kerosinbehälter auf dem Ofen im Speisezimmer ausgekocht wurde und daß die Krankenschwestern im kleinen Wäschezimmer geraume Zeit damit zubrachten, Schachteln für den täglichen Bedarf zu falten, die aussahen wie kleine Kartons für Erdbeeren und den Tb-Patienten als Spuckebehälter dienten.

Nach Weihnachten wurde der Vorschlag gemacht, ein Urlaub würde mir vielleicht »guttun«, und so fuhren June und ich für zwei Wochen nach Picton, in Mutters Heimatstadt, wo wir, von Sandfliegen geplagt, den Sommer verbrachten, mit dem Vergnügungsschiff im Sund herumfuhren, Verwandte besuchten und neue Details aus der Familiengeschichte erfuhren, während ich, stark unter dem Einfluß des vergangenen Jahres, in dem ich viel Musik gehört hatte, im

Kopf meine »Picton-Symphonie in Grün und Blau« komponierte, wie ich sie nannte. Meine Erinnerung an diesen Urlaub ist verstreut – wie Samen, so stelle ich mir vor, von denen eine Handvoll von Zugvögeln gefressen wird, die von Wintererinnerungen wegfliegen, oder von einheimischen Vögeln, die lange Zeit von der Erinnerung zehren; manche überleben nicht, wieder andere wachsen zu Pflanzen heran, die nicht zu erkennen und zu benennen sind. Ich weiß, daß ich die Erinnerung an jene steilen, bedrückenden grünen Hügel mit nach Hause nahm, deren mit Busch bedeckte Hänge sich so unentrinnbar nah wie Nachbarn erhoben.

Aufgefordert, den Urlaub zu schildern, erzählten June und ich der Familie, was sie hören wollten, und versuchten so, alle zufriedenzustellen. Das hatten wir nämlich gründlich gelernt, mit unserer Mutter als Lehrerin. Und wieder begann ich mit meinen Vorbereitungen für ein weiteres Jahr in Dunedin.

Ich hatte die Absicht, mir eine Stelle als Haushaltshilfe zu suchen und Philosophie II, Logik und Ethik, zu belegen, aber keine Prüfungen zu machen. Man hatte mir versichert, daß ich aufgrund meiner im Laufe des letzten Jahres erbrachten Leistungen das Studienjahr angerechnet bekommen würde. Vielleicht versäumte ich es, die richtigen Formulare auszufüllen: Ich mußte entdecken, daß ich mit *Ungenügend* beurteilt worden war. Ungenügend!

In der Zwischenzeit bestand zu Hause das Problem, meine Ersparnisse von zwanzig Pfund vom Pflegschaftsamt zurückzubekommen, das sich um meine Belange kümmerte, da ich offiziell irrsinnig war. Wieder einmal »verbündeten« sich meine Schwestern und mein Bruder und ich in dem Versuch, unsere Rechte zu behaupten, und Isabel verfaßte einen ernsten Brief an den Pflegschaftsbeamten, der zurückschrieb, diese Konfiszierung meines »Eigentums« geschehe in meinem eigenen Interesse, da ich offiziell irrsinnig sei und vor dem Gesetz erst wieder Rechte haben würde, wenn meine »Probezeit« von sechs Monaten um sei, und auch dann nur, wenn der Arzt meine geistige Gesundheit bestätigte.

Vielleicht konnte ich dann Krankengeld beziehen, bis ich wieder zu arbeiten anfing?

Mein Besuch bei dem für Seacliff zuständigen Arzt im Krankenhaus von Oamaru sorgte für Verwirrung, denn der ärztliche Befund lautete: Diagnose – *Schizophrenie*.

Zu Hause verkündete ich halb stolz, halb angstvoll: »Ich habe *Schizophrenie*.«

Im Kapitel über Abnorme Psychologie in meinem Psychologielehrbuch fand ich keinen Hinweis auf *Schizophrenie*, lediglich auf eine Geisteskrankheit, die offenbar nur junge Leute wie mich befiel – *dementia praecox*, beschrieben als allmählicher Verfall des Geistes; unheilbar. In den Anmerkungen am Ende des Kapitels fand ich die Erklärung, *dementia praecox* sei heute als *Schizophrenie* bekannt. Ein allmählicher Verfall des Geistes. Des Geistes und Verhaltens. Was würde mit mir passieren? Unheilbar. Allmählicher Verfall. Ich litt an *Schizophrenie*. Dieses Wort schien mein Schicksal zu besiegeln, als habe ich mich aus einer Schmetterlingspuppe, dem natürlichen menschlichen Stadium, in ein anderes Geschöpf verwandelt, und selbst wenn es Dinge an mir gab, die den Menschen vertraut waren, würde mich mein allmählicher Verfall immer weiter von ihnen entfernen, und zum Schluß würde mich nicht einmal mehr meine Familie erkennen.

In den letzten Tagen des strahlenden Willowglen-Sommers stellte sich dieses Gefühl des Verhängnisses nur kurz ein, wie vorüberziehende Wolken, die die Sonne verdunkeln. Ich wußte, daß ich schüchtern war, daß ich zur Angst neigte – um so mehr, als ich sechs Wochen im Krankenhaus gewesen war und all das um mich herum gesehen hatte –, daß ich von der Welt der Phantasie absorbiert war, aber ich wußte auch, daß ich in der »wirklichen« Welt völlig präsent war und der einzige Schatten, der auf mir lag, nur der Schatten der Formulierung des ärztlichen Befundes war.

Kurz vor Beginn des Studienjahres, nachdem ich eine Anzeige für eine Stelle als Haushaltshilfe in Dunedin aufgegeben hatte, in der ich mich als »wissenschaftlich arbeitende Studentin« beschrieb, erhielt ich eine Antwort von einer Mrs. B., Playfair Street, Caversham, die eine Pension hatte und ältere Frauen betreute. Ich sollte als Hausmädchen und Serviererin und Krankenschwester arbeiten, für drei Pfund die Woche, »einschließlich Unterkunft und Verpflegung«, die Nachmittage frei. Die Nachmittage frei. Zeit, meine Kurzgeschichten und Gedichte zu schreiben.

11
Die Pension und die neue Welt

Wieder einmal fuhr ich mit dem an jedem Bahnhof haltenden Sonntagszug nach Süden, nach Dunedin, und blickte aus dem altmodischen Waggon, der für die wenigen Reisenden angehängt worden war, hinaus auf die sich spiralförmig bewegenden Verbindungsstücke der mit geteertem Segeltuch bedeckten Güterwagen. Wie gewöhnlich wurde entladen, beladen, es gab einen Ruck, wenn die Güterwagen abgekoppelt wurden, und lange Pausen, in denen der Waggon am Ende des Zuges allein inmitten des Weidelandes mit Eukalyptusbäumen, Bültgras, Manukabuschwerk, *Matagouri*, Sümpfen, Schafen und verlassenen Häusern zu stehen schien, als ob die Reise in ein Niemandsland führe, das gleichzeitig ein Gestern war, erfüllt von Frieden und Trauer. Ich blickte aus dem altmodischen Schiebefenster (im Gegensatz zu den neueren Kurbelfenstern der Expreßzüge), und ich spürte eine Kraft, die nur die Kraft der Liebe sein konnte, die mich zu dem Land hinzog, wo niemand zu Hause zu sein schien. Ich empfand ein neues Gefühl der Verantwortung für alles und jeden, denn stets trug ich die Erinnerung an die Menschen, die ich in Seacliff gesehen hatte, mit mir, und dieses Wissen veränderte sogar die Landschaft und mein Gefühl dafür.

Als der Zug am Bahnhof von Seacliff hielt, sah ich die wenigen kurzzeitig beurlaubten Patienten, die auf dem Bahnsteig standen, um den Zug vorbeifahren zu sehen. Aber nun *wußte* ich *Bescheid*. Innerlich beschrieb ich mich ständig mit den Worten, die, wie ich wußte, Verwandte und Freunde jetzt gebrauchten: »Sie war in Seacliff. Sie mußten sie nach Seacliff bringen.« Und ich dachte an das Entsetzen in Mutters Stimme, als der Arzt vor Jahren Bruddies Einweisung vorgeschlagen und Mutter geantwortet hatte: »Niemals. Niemals. Keines meiner Kinder wird je dorthin gehen.« Aber ich war doch eines ihrer Kinder, oder nicht? Oder nicht? Und sie hatte Papiere unterschrieben, kraft derer ich dorthin geschickt wurde. Ich empfand Unbehagen bei dem Versuch, Mengen familiärer Liebe auszudividieren, um herauszufinden, wieviel davon mir galt.

Ich sah mich im Waggon nach den »normalen« Leuten um. Wußten sie, wo ich gewesen war? Und wenn sie es wußten, würden sie mich ansehen und dann schnell wieder wegsehen, um die Angst und die faszinierte Neugier zu verbergen, als ob sie einen Geschmack von einer Erfahrung bekämen, die sie – Gott sei Dank, dachten sie – nie machen würden, die ihnen Angst einflößte, sie jedoch auch unbändig interessierte? Und falls sie über mich Bescheid wußten, würden sie versuchen, ein Anzeichen zu finden, wie ich es getan hatte, als auch ich die »Irren« am Seacliff-Bahnhof angestarrt hatte?

Nun ja, dachte ich, die Anzeichen waren oft versteckt, aber ich kannte sie jetzt, ich war ein erfahrener Beobachter, ich hatte das unbekannte Land besucht.

Sie sagen auch, erinnerte ich mich mit Schrecken, daß ich *Schizophrenie* habe. Eine Krankheit ohne Aussicht auf Heilung.

Die Räder des Zuges jedoch, die mein ganzes Eisenbahnleben lang Kaitangata, Kaitangata, Kaitangata gesagt hatten, blieben unbeeinflußt von meiner seltsamen Krankheit – beharrlich sagte Eisen auf Eisen: *Kaitangata, Kaitangata, Kaitangata.*

Der Zug fuhr in den Bahnhof von Dunedin ein. Ich fühlte mich ganz allein, als gehörte ich nirgendwohin. All die Tage in der Pädagogischen Hochschule, als ich ein so wunderbares Zugehörigkeitsgefühl empfand, wenn wir »Der Pfarrer ging runter« sangen, und so vertraut von Party sprachen, von U-Stunden, von Inspektionen; die Englisch- und Französischvorlesungen, das Jahr, in dem ich Kinder unterrichtet hatte, die ich liebgewann – all das war verschwunden, als wäre es nie gewesen, ein Eindruck, der noch durch die Tatsache verstärkt wurde, daß ich seit meinem Verschwinden nach Seacliff kein Wort von der Hochschule, der Schule oder der Universität gehört hatte, außer einem Brief von meiner Freundin Sheila und einer kurzen Nachricht von John Forrest, in der er mich einlud, im kommenden Jahr »ab und zu ein wenig mit ihm zu plaudern«. Ich klammerte mich an die Vorstellung, jemanden zum Reden zu haben, und genoß das zusätzliche Plus, daß dieser Jemand ein interessanter junger Mann war.

Ich nahm meinen neuen Status ernst. Wenn die Welt der Verrückten die Welt war, der ich nun offiziell angehörte (lebenslange Krankheit, unheilbar, aussichtslos), dann würde ich sie für mein Überleben nützen, ich würde mich darin auszeichnen. Ich spürte, daß diese Welt mich nicht daran hinderte, eine Dichterin zu sein. Anders als bei meiner ersten, angstvollen Ankunft in der großen

Stadt Dunedin empfand ich daher ein Gefühl der Einsamkeit, aber auch ein neues Selbstvertrauen, als ich ein Taxi in die Playfair Street in Caversham nahm, im Herzen der Gegend um die Erziehungsanstalt für verwahrloste Kinder.

Süd-Dunedin – Kensington, Caversham, St. Kilda – war ein ärmlicher Stadtteil, wo man das Leben in ewigen »Mühen und Plagen« mit der flachen Landschaft verbrachte, die dieses Leben widerspiegelte, als würde jedes Bemühen und jede Hoffnung hier von den ständig wiederkehrenden Überschwemmungen fortgespült, wogegen es den Bewohnern der Vororte auf den Hügeln bestens ging. Ich hatte in der Caversham-Schule und in Kensington in der Schule »unter der Eisenbahnbrücke« unterrichtet, und ich hatte die Armut gesehen, die Reihen baufälliger Häuser, die durch die Zeit, den Regen und die Überschwemmungen eine verwaschen hellbraune Farbe angenommen hatten; und die blassen Kinder mit ihren dünnen, glatten Haaren, die immer einen etwas feucht-trüben Eindruck machten, als entstiegen sie jeden Tag von neuem dem Meer.

Meine Erinnerung an die Pensionsgäste und an den Wirt und die Wirtin und ihr Kind ist flüchtig, wie eine rasch skizzierte Strichzeichnung, die nur die Umrisse jeder Person wiedergibt, mit Haaren, die ihnen wie Gras aus dem Schädel wachsen. Doch halten sie noch immer eine unsichtbare Schale, randvoll mit Gefühlen, und es sind diese ausgesprochenen und unausgesprochenen Gefühle, an die ich mich am deutlichsten erinnere. Es waren unglückliche, ängstliche Menschen, die verzweifelt vorzugeben versuchten, sie seien glücklich, die einander bei den Mahlzeiten gern über freudige Anlässe erzählten, um auf diesem Weg ihr Teil dazu beizutragen, das Glück möglich erscheinen zu lassen. Die Männer waren für gewöhnlich in den Eisenbahnwerkstätten beschäftigt, die Frauen in den Fabriken – der Schokolade- oder Marmeladefabrik – oder in einer Zweigstelle der Wollspinnerei. Ein junger Mann verlor alle paar Wochen seine Arbeitsstelle, fand eine neue, verlor sie wieder, und abends, beim Essen, sprachen die anderen über seinen Erfolg oder Mißerfolg, erklärten, entschuldigten, verurteilten. Sie kritisierten einander, machten sich über einander lustig, fielen rasch über die Unangepaßten her. Mir ist der Mann der Wirtin nur als großer blasser, gebückter Mann in Erinnerung, der Brennholz vom Schuppen ins Wohnzimmer trug, wo sich abends alle versammelten, die

Frauen mit ihrem Strickzeug, die Männer beim Kartenspiel oder mit der Sportzeitung; und manchmal spielte eine der Kostgängerinnen, die allgemein als »Versagerin« galt (im Gegensatz zu den anderen, die noch stichhaltige Ausreden und Gründe hatten), eine schmale Frau Mitte Dreißig, ohne Ehemann oder Liebhaber (und darauf gründete sich das über sie gefällte Urteil), auf den vergilbten Tasten des Klaviers, während der Junggeselle mittleren Alters, ein Verkäufer, beleibt, beliebt (»Er ist immer der gleiche, bei ihm weiß man, woran man ist«) den aktuellen Lieblingsschlager sang:

Wenn die Sonne versinkt
bis zum neuen Morgen...

Gleich bei meiner Ankunft erklärte ich, ich würde außerhalb meiner Arbeitszeit sehr beschäftigt sein und es deshalb manchmal vorziehen, in meinem Zimmer zu essen. Ich sei eine Studentin, die private wissenschaftliche Forschung betreibe, sagte ich – ich, stets bereit zu einem Lächeln (in der Hoffnung, man würde meine furchtbar schlechten Zähne nicht sehen), mit meiner sympathischen Stimme, ohne sichtbare körperliche Gebrechen; und mit meiner kaum zu bändigenden Fülle von rotblondem Kraushaar. Meine Aufgabe bestand darin, das Frühstück vorzubereiten und zu servieren, das Haus zu säubern und die vier bettlägrigen Frauen zu betreuen, die in vier Eckbetten im großen Vorderzimmer lagen. Ich wusch sie, half, sie umzudrehen oder den Gummiring zurechtzuschieben unter ihren ausgezehrten Leibern, von denen die Haut in Falten herunterhing, wie Hühnerhaut mit kleinen Erhebungen, wo vielleicht einmal Federn gewesen waren. Ich rieb sie mit Methylalkohol ein, wenn sie sich wundgelegen hatten, und bestäubte ihren Körper mit Puder. Ich fütterte sie, manchmal mit Hilfe einer Schnabeltasse aus weißem Porzellan. Ich half ihnen auf den hohen hölzernen Nachtstuhl oder schob ihnen eine Bettpfanne unter ihre hängenden Hinterbacken.

Zu meinem Erstaunen fand ich heraus, daß eine der Frauen die alte Mrs. K. war, Tante Hans Schwester; Tante Han war die Frau von Onkel Bob, einem Bäcker aus Mosgiel, der sich zur Ruhe gesetzt hatte und nun in einem Kiosk saß, der so groß war wie eine Telefonzelle, und Zigaretten, Tabak, Wett- und Sportzeitschriften und Karten für die Kunstausstellungen verkaufte. Die alte Mrs. K., die auch die Mutter der Studentin war, deren Namen ich bei meiner

Aufnahme in die Pädagogische Hochschule als den der »Nichte meiner Tante« ganz »beiläufig« genannt hatte, war eine große, grobknochige Frau mit gebieterischer Miene und spitzer Nase und Kinn. Die Familie kam von »Up Central«, und sogar Mrs. K. hatte etwas von den Hügelformationen in Central Otago in ihren Körper aufgenommen. Wie bei ihrer Schwester, Tante Han, waren Mund und Lippen stets bereit, spontane Mißbilligung auszudrücken. Dad sagte immer, Tante Hans Mund sehe aus wie das Hinterteil einer eierlegenden Henne.

Hier bei Mrs. B. freundete ich mich mit Tante Hans Schwester an. Ich entdeckte, daß ich den Kranken und Alten Freundlichkeit und eine Engelsgeduld entgegenbrachte. Es gefiel mir, ihnen zu Diensten zu sein, für ihr Wohlbefinden zu sorgen, ihre Wünsche zu erfüllen, ihnen das Essen zu bringen, das sie bestellten. Ich mußte weder Ungeduld noch Gereiztheit oder Zorn unterdrücken: Ich schien ein »geborenes« Dienstmädchen zu sein. Diese Erkenntnis erschreckte mich: Ich verhielt mich, wie meine Mutter es während all der Jahre getan hatte, die ich sie kannte, und meine neue Rolle machte mir Vergnügen; ich konnte mich selbst vollkommen auslöschen und nur durch die Gefühle anderer leben.

Mein Zimmer, eine ehemalige Wäschekammer, war klein, mit Regalen an einer Wand und einem schmalen Bett an der anderen. Der Blick aus dem einzigen kleinen Fenster war »echt Caversham« – trostlose graue Steinhäuser mit den undeutlichen Umrissen der hohen Schornsteine des Altersheimes *Parkside*, das meiner Vorstellung von einem englischen Armenhaus aus dem neunzehnten Jahrhundert entsprach. Wenn ich mit meiner Arbeit fertig war, ging ich in mein Zimmer, setzte mich auf mein Bett und schrieb meine Kurzgeschichten und Gedichte, denn genau wie als Kind, als es eine Zeit für das Schreiben gegeben hatte und das Wissen, daß auch andere Kinder ihre Gedichte schrieben, war ich mir nun der Schriftsteller in meinem eigenen Land bewußt. Die Anregung, Geschichten zu schreiben, bezog ich aus meiner Lektüre von William Saroyan und aus meiner blinden Freude: »Das kann ich auch.« Und abgesehen von der Erregung, die es bedeutete, sich in einem Land zu befinden, dessen eigenständige Literatur gerade zum Leben erwachte, *für sich selbst sprach* – viele Schriftsteller kehrten aus dem Krieg zurück und brachten die Dringlichkeit ihrer Erfahrung mit –, spürte ich den anspornenden Einfluß meines eigenen, neuerworbenen Schatzes: mein Aufenthalt in einer psychiatrischen Klinik, was ich empfunden und gesehen hatte und was ich geworden war, mein offizieller Status als Schizophrene. Und während ich die Gäste in der Pension fütterte, fütterten sie mich aus jener unsichtbaren Schale ihrer Gefühle.

Mein Leben außerhalb der Pension bestand aus Abendvorlesungen in Logik und Ethik und wöchentlichen »Gesprächen« mit John Forrest in einem kleinen Raum im obersten Stockwerk des Universitätsgebäudes, das Professorenhaus genannt. Ich verbrachte auch Zeit in der Stadtbücherei von Dunedin, wo ich Fallbeschreibungen über Patienten las, die an Schizophrenie litten, und meine Bestürzung und das Gefühl, zum Untergang verurteilt zu sein, wurden noch größer, wenn ich mir vorzustellen versuchte, was mit mir passieren würde. Die Vorstellung, ich litte an Schizophrenie, erschien mir so unwirklich, und meine Verwirrung wurde verstärkt, als ich herausfand, daß eines der Symptome eben darin bestand, daß »die Dinge unwirklich scheinen«. Es gab keinen Ausweg.

Ich fand Trost in meinen »Gesprächen« mit John Forrest, da er meine Verbindung zu der Welt war, die ich gekannt hatte, und weil ich wollte, daß diese »Gespräche« fortdauerten, baute ich ein eindrucksvolles schizophrenes Repertoire auf: Ich lag auf der Couch, während der junge, gutaussehende John Forrest, strotzend vor neu angewandtem Freud, notierte, was ich sagte und tat, und unversehens setzte ich einen verschleierten Blick auf, als wäre ich in einem Traum, und fing an, eine Phantasie zu erzählen, als erlebte ich sie in Wirklichkeit. Ich beschrieb sie ausführlich, während John Forrest zuhörte, beeindruckt, ernst. Üblicherweise enthielt diese Phantasie Details meiner Lektüre über Schizophrenie.

»Sie leiden an seelischer Einsamkeit«, sagte John eines Tages. Trotz all seiner Unerfahrenheit, seines eifrigen Bestrebens, die Psychologie praktisch anzuwenden, und seiner offensichtlichen Bereitwilligkeit, alles zu glauben, was ich sagte, war die Schärfe seiner Wahrnehmung meiner »seelischen Einsamkeit« ein Kennzeichen seiner besonderen Fähigkeiten. Kurz darauf machte er die Bemerkung, die mein Verhalten und mein Denken über viele Jahre bestimmen sollte.

»Wenn ich an Sie denke«, sagte er, »dann denke ich an van Gogh, an Hugo Wolf...«

Ich, in meiner Ignoranz, wußte kaum etwas über van Gogh oder Hugo Wolf und wandte mich zu meiner Information wieder einmal an Bücher; ich fand heraus, daß Hugo Wolf »in geistiger Umnachtung« starb und daß sich van Gogh »aus Verzweiflung über seinen Zustand erschoß«. Ich las, daß auch Schumanns »geistige Gesundheit immer mehr verfiel«. Alle drei wurden als *schizophren* bezeichnet, wobei ihre künstlerische Begabung offensichtlich die Krönung ihrer Schizophrenie war. Große Künstler, Visionäre...

Mein Platz an der schrecklichen Festtafel war also bestimmt. Ich hatte keine Illusionen, was meine »Größe« betraf, aber immerhin konnte ich meiner Arbeit und – falls nötig – meinem Leben den Prägestempel meiner Schizophrenie aufdrücken.

Als John Forrest erfuhr, daß ich Gedichte und Kurzgeschichten schrieb, war er begeistert. Er schlug vor, ihm alle nach der Abfassung zur Aufbewahrung zu geben, und so begann ich ihm meine Geschichten und Gedichte zu bringen. Die »Schizophrenie pur« blieb dabei den Gedichten vorbehalten, wo sie am besten hinpaßte, und ich freute mich auf John Forrests Anerkennung meiner Bemühungen; und als ich genug Geld gespart hatte, um mir eine Schreibmaschine – eine gebrauchte Barlock 20 – zu kaufen und meine Arbeit zu tippen, zunächst mit zwei oder drei Fingern, hatte ich das Gefühl, alles auf der Welt zu haben, was ich mir wünschte – einen Platz zum Schreiben, Zeit zu schreiben, genug Geld um zu leben, jemanden, mit dem ich reden oder den ich zumindest beeindrucken konnte, denn die meisten meiner Gedanken behielt ich für mich, und eine Krankheit, die interessant genug war, um mir als Verbündete bei meinen künstlerischen Bestrebungen zu dienen und Gewähr dafür zu leisten – vorausgesetzt, ich behielt die richtigen Symptome bei –, daß mir John Forrest als Zuhörer auch weiterhin erhalten blieb. Ich spielte ein Spiel, halb im Ernst, um die Aufmerksamkeit eines liebenswerten jungen Mannes zu gewinnen, dessen Interessen die Psychologie und die Kunst waren; doch obgleich ich Halluzinationen und Visionen nur vortäuschte, war ich zusehends beunruhigt über die Ähnlichkeit zwischen manchen meiner echten Gefühle und jenen, die Menschen mit Schizophrenie zugeschrieben wurden. Ich war sehr schüchtern, in mich gekehrt. Lieber schrieb ich, erforschte die Welt der Phantasie, als mich unter die anderen Menschen zu mischen. Ich war jedoch niemals abgeschnitten von der »realen« Welt, obwohl ich dieses Symptom in überzeugender Weise benützen konnte, wenn der Anlaß es erforderte.

Ich war mir noch keiner sexuellen Gefühle bewußt, obgleich ich sie zweifellos hatte, sie jedoch in meiner Unschuld nicht erkannte. Eines Tages dann, vertieft in eine Fallbeschreibung, las ich von einer Frau, die sich vor dem Zahnarzt fürchtete (genau wie ich, obwohl mich auch Geldmangel abschreckte), und als man den Fall nach der freudianischen Methode untersuchte, entdeckte man, daß *Angst vor dem Zahnarzt* bei den an Schizophrenie Leidenden häufig auftrat; diese *Angst vor dem Zahnarzt* wurde als *Schuldgefühl wegen Masturbation* gedeutet, was angeblich einer der Gründe und ein immer wieder auftretendes Symptom der Schizophrenie war!

Ich überlegte mir folgendes: Zweifellos hatte ich Angst vor dem Zahnarzt, da ich wußte, daß meine Zähne nicht mehr zu retten waren (man war damals in Neuseeland allgemein der Ansicht, daß man ohnehin am besten daran tat, die natürlichen Zähne zu ziehen, es war eine Art kolonialer Verschwendungssucht, so wie das unnötige Abholzen der Wälder). Was das Masturbieren betraf, so war es eine Welt, die mir unbekannt war, und eine Handlung, die ich mir nicht hatte zuschulden kommen lassen. Dieses neue Faktum machte mich jedoch neugierig genug, um sowohl die Bedeutung als auch die Handlung genauer zu untersuchen, denn zweifelsohne mußte ich darüber Bescheid wissen, wenn es als eine der Ursachen meiner Krankheit angesehen wurde! Zufällig ergab es sich, daß auch meine Schwestern das Gefühl hatten, zuwenig über Sex zu wissen, und da wir niemanden hatten, der uns das theoretische Wissen darüber vermitteln konnte, ließen wir uns ein allerorts vielgepriesenes Buch schicken, das auch bald in seinem schlichten Umschlag ankam: *Liebe und Ehe*. Jeder Gebildete, der eine gesunde Einstellung zur Sexualität hatte, las *Liebe und Ehe* und empfahl es weiter. Wir fanden darin Details, nach denen wir vergeblich in Mutters Buch *Der Arzt im Haus* unter der Kapitelüberschrift »Gottes freie Natur« gesucht hatten, ein Kapitel, das für Frauen kurz vor der Heirat bestimmt war. *Liebe und Ehe* bezog sich unter anderem auch auf die Masturbation, beschrieb sie ausführlich und erklärte, daß sowohl bei Frauen als auch bei Männern nichts dagegen einzuwenden sei und daß man deshalb keine Schuldgefühle zu haben brauche.

Und natürlich probierte ich es aus. Und plötzlich war die Kindheit weit, weit weg, denn ich *wußte Bescheid* und konnte nicht zum Stadium der Unwissenheit zurückkehren, und es blieb die Neugier: Wie war es, wenn man nie diese Erfahrung machte? Wenige Wochen später sagte ich zu John Forrest: »Es ist schrecklich, ich kann es Ihnen gar nicht sagen, seit Jahren habe ich deswegen Schuldgefühle. Es ist... es ist...«

Er wartete gespannt.

»Es ist das Masturbieren, was mich quält...«

»Das ist üblicherweise der Fall«, sagte er und begann zu erklären, so wie unser Buch es erklärt hatte, daß es »völlig normal« sei und jeder es tue.

Der Verlauf dieses »kleinen Gesprächs« war so perfekt, daß ich mir (jetzt) einbilde, einen flüchtigen Triumph über John Forrests heftig freudianisches Gesicht huschen zu sehen: Hier handelte es sich um ein Paradebeispiel von einem Schizophrenen.

Ich hatte weiterhin Angst, ich könnte wieder ohne jemanden dastehen, mit dem ich reden konnte, das heißt, mich in einem »normalen« Stadium nahe einem psychischen Zusammenbruch befinden, denn ich war auf dem bei Heranwachsenden üblichen Weg von Angst und Unruhe und fragte mich, wie ich mit dem täglichen Leben »fertigwerden« sollte; doch um meine Angst einzudämmen, sah ich mich merkwürdigerweise dazu gezwungen, einen eindeutiger beschilderten Weg zu beschreiten, auf dem meine Reise mehr Aufmerksamkeit und, wie ich herausfand, auch mehr praktische Hilfe auf sich zog. Ich glaube nicht, daß mir der Gedanke kam, die Menschen könnten mir auch helfen, wenn ich weiterhin mein normales, schüchternes, lächelndes Ich war. Mein bisheriges Leben hatte mich gelehrt, Leistungen zu erbringen, Anerkennung zu finden, indem ich Prüfungsfragen beantwortete, schwierige Aufgabenstellungen löste, »Geistesblitze« und ungewöhnliche Einfälle hatte. Für gewöhnlich schämte ich mich meiner Kleidung. Ich war gehemmt aufgrund meiner krausen Haare und der Aufmerksamkeit, die sie auf sich zogen, und aufgrund der Dringlichkeit, mit der die Leute mir rieten, es doch »glattziehen« zu lassen, so als stelle es eine Bedrohung dar. Ich drückte mich nicht gewandt aus, war weder geistreich noch besonders intelligent. Ich war ein gewöhnlicher graugefiederter Vogel, der sein Leben damit zubrachte, ein oder zwei rote Federn vor der Welt zur Schau zu stellen, und dabei die Federn der jeweiligen Lebensphase anpaßte. In meiner Kindheit hatte ich mich mit Zahlenrätseln hervorgetan, hatte lange Vers- und Prosastellen und mathematische Lösungen auswendig gelernt; und jetzt, um dem Anlaß *gerecht* zu werden, trug ich das Maskenkostüm meiner Schizophrenie.

Im Lauf des Jahres 1946, nach dem Ende meiner »Entlassung auf Probe«, wurde ich für geistig gesund erklärt; es gab mir einen Stich der Enttäuschung, ganz leicht, denn ich hatte eine Sammlung von Kurzgeschichten und Gedichten geschrieben, die John Forrest Denis Glover von der Caxton Press gezeigt hatte, der daran interessiert war, erst einen Kurzgeschichtenband zu veröffentlichen und später vielleicht die Gedichte. Ich hatte das Gefühl, meine Schriftstellerkarriere in Angriff genommen zu haben.

Dann, gegen Jahresende, eröffnete mir John Forrest, er habe sich um eine Stelle als Psychologe in den USA beworben und hoffe, dort seinen Doktor zu erwerben. Er würde Neuseeland Anfang 1947 verlassen. Er meinte, wenn ich jemanden zum Reden brauche, könne er mir seine Bekannte in Christchurch, Mrs. R., empfehlen, mit der er über mich gesprochen habe, wie er sagte, und er setzte hinzu, daß sie von künstlerischer Veranlagung und deshalb an meinem »Fall« interessiert sei.

»Ich suche mir einen Job in Christchurch und mache vielleicht einen Kurs an der Canterbury University«, sagte ich, ganz gelassen, da ich sah, wie meine geschützte schizophrene Welt der »kleinen Gespräche« auseinanderzufallen begann und ich allein in einer fremden Stadt zurückbleiben würde. Ich fragte mich, wie ich je hatte denken können, daß ich nach Dunedin gehörte, oder wie ich je nach Christchurch gehören könnte. Die Caxton Press war in Christchurch, und das Buch, das sie irgendwann herausbringen wollten – vielleicht würde das Buch wie ein Verwandter sein, der in der Nähe wohnte, und ich würde nicht einsam sein?

Ich fragte mich, wohin ich gehen sollte. Ich wußte, ich konnte nicht länger als ein oder zwei Monate zu Hause sein, ohne von der Verzweiflung über den ständigen Kampf jedes einzelnen dort überwältigt zu werden – um Geld oder Liebe oder Macht oder ein Meer von Frieden. Es gab immer ein Hotel oder eine Pension, um mir Arbeit, Kost und Logis zu verschaffen, doch warum mußte 1946 zu Ende gehen?

Ich stand auf der Klippe und versuchte, die Flügel von 1946 zu fassen zu bekommen, die auf die salzverkrustete Erde und auf das Gras schlugen und sich auf ihren Flug vorwärts ins Gestern vorbereiteten. In der Realität verabschiedete ich mich von allen in der Playfair Street, Caversham – von den vier alten Damen und den Pensionsgästen mit ihren heimlichen Mißerfolgen und dunklen Punkten und ihren kleinen, miteinander geteilten Glücksmomenten, und von meinem Wirt und meiner Wirtin und ihrem kleinen vierjährigen Kind, das noch immer nicht sprach, obwohl jeder so tat, als merke er es nicht; und ich ging fort mit meinem brandneuen Empfehlungsschreiben, für den Fall, daß ich mir in Christchurch Arbeit suchte: »Stets höflich zu den Gästen, fleißig, eine Freude...«, und einem winzigen schwarzen Kätzchen, das angeblich ein Männchen war, sich aber als Weibchen herausstellte, und das ich liebevoll Sigmund nannte, was ich später zu Sigmunde, genannt Siggy, abänderte; und wieder fuhr ich mit dem Expreßzug nach Norden, eine Eisenbahnperson, für immer an den Sauerampfer und die wilden Wicken und den »Rost auf den Geleisen« gebunden, und bei der Einfahrt in Oamaru, vor den Parkanlagen, erhaschte ich, als ich nach links schaute, einen flüchtigen Blick von Willowglen, das gerade seinen Sommerschmuck anlegte.

12
Sommer in Willowglen

Ich hatte noch keinen ganzen Winter in Willowglen verbracht: Nur June und Bruddie und Mutter und Dad hatten das Ungemach miterlebt, als der Bach über die Ufer trat und die von den Kühen völlig zerwühlte Viehtrift (wie hätten wir über einen Kuhstall und eineinhalb Hektar Land verfügen können, ohne sie mit Kühen zu teilen?) den Weg zum Tor unpassierbar machte; ich hatte nur Wochenenden dort verbracht, in Decken gehüllt, einen heißen Stein als Wärmflasche umklammernd, im eiskalten, vorderseitig gelegenen Schlafzimmer, oder in Farmerkleidung, Gummistiefeln und Dads Fischerregenmantel die Hügel durchstreifend, um mich warmzuhalten.

Dad und Bruddie hatten hart gearbeitet, um am Haus Verbesserungen vorzunehmen. Der Küchenboden bestand nicht mehr aus Erde. Das Dach war wasserdicht. Es waren Rohre gelegt worden (die im Winter einfroren), um uns an die städtische Wasserversorgung anzuschließen, und in der Spülküche war ein Boiler installiert. Wir hatten nun ein Telefon im Flur, einen Nebenanschluß, mit einer langen, hornförmigen Hörmuschel, und wenn das Telefon läutete, war es üblicherweise Mutter, die den Hörer abnahm. Dad, offensichtlich angstvoll, weigerte sich, während Mutter, ebenso angstvoll, sich auf den Schock gefaßt machte, den die Nachricht verursachen würde, denn genau wie ein Telegramm wurde ein Telefon nur in dringenden Fällen benutzt und konnte Tod oder Leben bedeuten. Das Telefonbuch stand immer auf dem »Farnständer«, ein alter Familienbesitz wie andere Möbelstücke, die klein genug waren, um im Haus Platz zu finden, mit Namen, die von einer anderen Zeit kündeten: der »Farnständer« – auf dem nie ein Farn gestanden war; Großvaters Schachtisch mit seinen dunkel eingebrannten Abbildungen eines längst toten Königspaares; die *Chiffoniere*...

Es war ein paradiesischer Sommer. Ich hatte meinen »Platz«, auf dem umgefallenen Birkenstamm am Bach, wo ich den Pukekos, den Enten und Aalen zusah und durch die schützenden Trauerweiden hin zur Koppel blickte, wo jede Woche die Schafe und Rinder des Viehhändlers weideten, bevor sie die Straße hinauf nach Waiareka zur Versteigerung getrieben und dann mit dem Lastwagen zur Pukeuri-Gefrierfabrik gebracht wurden, die mir als *Abattoir* bekannt war, obwohl ich dieses Wort viele Jahre lang nur bis an die Schwelle meines Bewußtseins vordringen ließ, wo Wörter verweilen und kommen und gehen, ohne eine genaue Untersuchung ihrer Bedeutung oder eine Aufforderung zum Eintritt in jenen blitzartig erleuchteten Raum der Erkenntnis. Manchmal, vergeblich, gelang es mir, ein Schaf aus dem Sumpf zu retten, und für diesen Dienst bezahlte mir der Viehhändler, ein großer Mann mit einem ehrlichen Gesicht, einer Hornbrille und einem Äußeren, das ich einem Cellisten oder Pianisten zugeordnet hätte, fünf Pfund.

Aus der Deckung der Weiden konnte ich, selbst ungesehen, die Straße sehen und den Briefträger, der zu unserem Briefkasten radelte, dem letzten in der Straße vor den Bauernhöfen und ihren Wiesen und der Old Mill Road. Immer war ich gespannt, ob der Briefträger mir einen Brief bringen würde. Von woher? Von wem? Dad hatte einen Briefkasten in Form eines Hauses gemacht, mit einem Schornstein und gemalten Türen und Fenstern, roten Wänden und einem grünen Dach mit Dachtraufe, und wenn der Briefträger vorbeigeradelt war, durchstöberte ich das Briefkastenhaus. Zu Weihnachten sandte mir John Forrest eine Karte. Ich hütete sie wie einen Schatz, versuchte das Ausmaß an Zuneigung herauszufinden, das sich in den Worten »Mit herzlichen Grüßen« ausdrückte. War es weniger oder mehr als »Mit freundlichen Grüßen«? Mit meinem destruktiven Sinn für Realität sah ich ein, daß »Mit herzlichen Grüßen« zu keinen großen Hoffnungen Anlaß gab, nicht einmal, wenn man es Buchstabe für Buchstabe untersuchte oder leise in romantischem Tonfall wiederholte. Ich war nicht verliebt in John Forrest, doch ich brauchte sein Interesse und seine Beachtung, und es erfüllte mich mit Befriedigung, die Neugier in Mutters Blick zu sehen, wenn sie fragte: »Hast du etwas von Mr. Forrest gehört?«, und durch meine Antwort jede Hoffnung, die sie vielleicht hegen mochte, zunichte zu machen: »Es ist nicht, wie du denkst, Mutter. Nur eine vorübergehende Übertragung. Das ist ein bekanntes Phänomen. Du verstehst das nicht.«

Es war auch ein Sommer der Vorahnungen und Veränderungen. Beim Schwimmen im Schwimmbad war Isabel kollabiert und hatte sich gerade noch aus dem Wasser ziehen können. Der Arzt, den man holen ließ, sagte: »Ihr Herz.« Da es zu entsetzlich war, sich eine Wiederholung vorzustellen, schoben wir den Vorfall beiseite; ich bin nicht einmal sicher, ob wir es unseren Eltern sagten. Isabel hatte ein schaffensfrohes erstes Unterrichtsjahr abgeschlossen, und sie und der ihr treu ergebene Freund dachten an Verlobung und Heirat.

Isabel und June und ich, die wir einander nach unserer unvermeidlichen Trennung durch das Erwachsenwerden in diesem Sommer wieder nähergekommen waren, entdeckten in uns ein neues Gefühl für unsere Eltern und die Opfer, die sie uns gebracht hatten, und beschlossen, daß es jetzt an der Zeit sei, unser erspartes Geld zusammenzulegen und Mutter ihren erträumten Urlaub zu schenken, einen Besuch in ihrer Heimatstadt Picton. Dad zeigte kein Interesse mitzukommen, denn er verbrachte seinen jährlichen Urlaub bei Tante Polly, für gewöhnlich während der Fußballsaison, um sich die Vorbereitungsspiele anzusehen. Jetzt sollte Mutter ihren Urlaub haben.

»Aber nein«, sagte sie. »Gebt das Geld doch für euch aus.«

Wir überredeten sie, zu fahren und Isabel mitzunehmen, und alle – Dad, Bruddie, June, Isabel und ich – steuerten Geld dazu bei, und Anfang Februar, ihre Freifahrkarte erster Klasse in ihrer neuen Handtasche, in ihrem besten – ihrem einzigen – Kostüm und mit einem neuen Strohhut, brach Mutter mit Isabel zu ihrem ersehnten Urlaub auf.

Wir begleiteten sie zum Expreßzug. Mit unserer neugewonnenen Feinfühligkeit gegenüber dem, was wir voll Trauer, Bedauern und Schuld »das Leben, das Mutter gehabt haben muß« nannten, versuchten wir ihre sichtliche Besorgnis bei dem Gedanken, von zu Hause wegzugehen, zu beschwichtigen. Wir trugen ihnen auf, daß entweder Mutter oder Isabel uns in den ersten paar Tagen nach ihrer Ankunft anrufen sollten.

»Nur damit wir beruhigt sind.«

»Und du freust dich doch, daß du fährst, nicht wahr, Mutter?«

Wir wußten, daß sie sich freute. Wir konnten in ihrem Gesicht die Freude von einst aufflackern sehen – ach, Waikawa Road, ach, Old Caps und das Maoridorf, ach, der Sund und Port Underwood, Diffenbach und der Kiesweg, wißt ihr noch, der Kiesweg, Kinder, die Stürme und die Schiffbrüche. Ach, die Pioniere...

Wir winkten, bis der Zug nicht mehr zu sehen war, das heißt, bis er hinter den Lokomotivschuppen in der weiten, flachen Ferne verschwunden war, wo die beiden Bahnlinien sich trafen, so wie wir es im Unterricht über Perspektive gezeichnet hatten, und bald waren der Zug und die Menschen darin ein schmaler Strich, ein I mit einer dünnen Rauchfahne, einem S, darüber, weit hinter der Knabenoberschule und Pukeuri auf dem Weg durch die Canterbury Plains nach Christchurch und Picton.

13
Noch ein Tod durchs Wasser

Mutters Abwesenheit war wie ein Tod. Dad saß mißmutig an seinem Ende des Tisches am Kohlenherd und las die letzte Ausgabe des *Humour*, und es war niemand da, der seinen Tee zuckerte und umrührte und seine Aufregung teilte, wenn die Blasen, Vorboten von zu erwartenden *Paketen*, an die Oberfläche stiegen – Schau, zwei Pakete! –, und niemand, der ihm den Rücken kratzte und sein Bett teilte und bei dem er sich beklagen konnte – »Deine Füße sind wie Fettklumpen.«

June und ich sollten das Essen kochen und Bruddie mit den Kühen helfen, aber schon am zweiten Tag, als der Haushalt ohne Schwierigkeiten funktionierte und wir uns Dads Wunsch, »nichts Ausgefallenes zu kochen«, gebeugt hatten, war Mutters Abwesenheit wie schwarzer Frost im sonnenlosen Haus. Auch Isabel fehlte uns, wieder anders; uns fehlten ihre endlosen Vorbereitungen auf dies und das – daß sie ihre Kleidung in Ordnung brachte, ihre Rocksäume ausließ oder hinaufnähte, versuchte, ihre Schuhe zu flicken, über alles und jeden ihre unverblümte Meinung äußerte; und sich vorstellte, wie ihre »Zukunft« sein würde. Sie hatte das Gefühl, ein Unterrichtsjahr sei genug. Sie würde heiraten, doch abgesehen davon würde sie vielleicht als Journalistin bei einer großen Zeitung arbeiten oder – irgend etwas, ganz bestimmt *irgend etwas*. Wenn ihr in Dunedin alles über den Kopf gewachsen war, war sie immer eislaufen gegangen; hier in Oamaru ging sie schwimmen.

Am zweiten Nachmittag des Picton-Urlaubs läutete das Telefon, und June hob den Hörer ab und hörte durch das Rauschen und Krachen hindurch, daß »Picton am Apparat« sei. Dad arbeitete, und Bruddie war nicht da. Tante Grace rief aus Picton an. Dann gab es eine unsichtbare Erschütterung in der Küche, als ob das Rauschen und Krachen aus dem Telefon gesickert wäre; Isabel hatte beim Schwimmen in Picton Harbour einen Kreislaufkollaps erlitten und war ertrunken. Es würde eine Leichenschau geben, und danach würde Mutter Isabel mit dem Zug nach Hause bringen.

Es hatte keinen Zweck, auch nur im entferntesten zu vermuten, daß es sich um einen Irrtum handelte: Isabel war ertrunken. Seit

Myrtles Tod waren fast zehn Jahre vergangen, und dieser neue Schlag, wie ein zweifacher Blitzschlag, brannte unser Denken und Fühlen weg – was gab es da zu denken, zu fühlen?

Wieder läutete das Telefon. Es war Dad: Er hatte die Nachricht vernommen und war auf dem Weg nach Hause. Auch Bruddie war auf dem Heimweg. Die Neuigkeit war überall: Familientragödie wiederholt sich nach zehn Jahren. Mädchen aus Oamaru ertrunken.

Manche nannten sie »Mädchen«, manche nannten sie »Frau«. Isabel May Frame in ihrem einundzwanzigsten Jahr.

June und ich waren noch allein im Haus und trösteten einander, als jemand an die Verandatür klopfte. Es war J.B.! Die Direktorin von Waitaki, Miss Wilson, von Isabel, June und mir »die stolze Titanic« genannt, »das mächtige moderne Schiff, fünfzehntausend Tonnen Stahl...«. Ich glaube, die Verblüffung darüber, einen Besuch von der Direktorin von Waitaki zu erhalten, nachdem während all der Schuljahre Freizeit und Schule so klar getrennt gewesen waren, überdeckte fast unseren Schock. Miss Wilson saß tatsächlich auf *unserem Sofa*, dem Sofa mit all seinen kaputten Sprungfedern und dem hervorquellenden Polstermaterial und dem dunklen Fleck neben der Armlehne, der immer noch die Stelle kennzeichnete, wo Bruddies Kater vor Jahren hingepinkelt hatte und wir den Fleck und den Geruch mit unserer Weihnachtsflasche Nelkenduft zu entfernen versucht hatten.

Und plötzlich legte Miss Wilson die Arme um uns, und wir alle weinten, und wir dachten: Wenn Isabel uns nur sehen könnte, mit J.B.!

Mein momentanes Gefühl bei Isabels Tod, so wie bei dem Myrtles, daß vielleicht ein Problem gelöst war, doch um einen zu hohen Preis, wurde überlagert von der traumähnlichen Realität des ersten Todes durchs Wasser und von der Tatsache, daß ich beide in einem Zitat von T.S. Eliot wiedererkannte, was mich daran erinnerte, daß ich noch immer in der Welt der Literatur lebte. Ich hatte das Wüste Land durchlebt; ich war Phlebas dem Phönizier begegnet, der

> ... zwei Wochen tot,
> Vergaß der Möwen Schrei.

Ich hatte den Rhythmus und das Gefühl von Virginia Woolfs *Wellen* kennengelernt und empfunden, die Tragödie von Tess und Juda und das Unglück, das die Familie Brontë Schlag auf Schlag traf. Dieser neue Tod war ein Epilog zu den alten Geschichten und ein Prolog zu den neuen, in unserem eigenen Land, wo das »weite Meer« und die Flüsse für uns und wir »für uns selbst« sprechen würden, wo die Zeit sich nun schließlich doch niedergelassen hatte, auf den Canterbury Plains – nicht sehr weit weg von Picton –, als

...der Nordwestwind, witternd in den Pinien,
...der Wasserlauf und der Rost auf den Eisenbahnlinien...

– und selbst diese Eisenbahnlinien verschmolzen in der Ferne zu einer schmalen Linie, die zum dunklen Pfeil der Abwesenheit wurde.

Und wieder paßten unser Kummer und unsere Tränen ins Familienmuster, als die gewöhnlichen Gegenstände zu den quälendsten wurden: die unbeendete Näharbeit, die aufgetrennten Säume der Sommerkleider, Isabels neuer »Jiffy«-Mantel, ein kurzer Mantel mit weiten Ärmeln, der damals in Mode war, die weißen Sommerschuhe, die in der Mitte des Schlafzimmers lagen, wo sie am Tag ihrer Abreise fallengelassen worden waren. Dazu kam noch die Tragödie von Mutters Urlaub und die romanhafte Perfektion der Ereignisse, ohne Rücksicht darauf, ob es gerecht oder ungerecht war. Mutters seelische Bürde war unvorstellbar: der Unfall, die Leichenschau (ihre zweite) und die lange Zugfahrt nach Hause mit dem, was nun offiziell »der Leichnam« war.

Auf dem Bahnsteig des Bahnhofs von Oamaru warteten wir auf den Zug aus Picton. Alle wußten Bescheid und blickten Dad, Bruddie, June und mich voll Anteilnahme an. Am Ende des Bahnsteigs, am Gütereingang neben der Männertoilette, wartete der Bestattungsunternehmer mit dem Leichenwagen, der mit der Heckklappe zum Bahnsteig stand. Der Zeitungskiosk und die Imbißstuben hatten wegen des Expreßzuges geöffnet, und die Serviererinnen standen in einer Reihe hinter dem Schanktisch, bereit für den Ansturm der Reisenden auf ihre heißen Pasteten, Sandwiches, Kuchen und Erfrischungsgetränke. Vielleicht wußte es doch nicht jeder – die Flut von Wissen und Nichtwissen wogte hin und her, sobald neue Reisende, Fremde, ankamen und warteten; und jenseits des Bahnsteigs, hinter den Reihen alter roter Personen- und Güterwaggons, wiegte das unbewegte Sommermeer, graugrün wie ein Stein, Wellensäume sacht zwischen den Felsen am Strand. Ich konnte das Wasser nicht sehen, aber ich wußte, daß es da war, und sogar im Geist konnte ich die Schaumblasen berühren und das Wasser fühlen, wie ein graugrüner Stein, der plötzlich durchsichtig und flüssig wird.

Wir hörten das Telefon im Büro des Fahrdienstleiters läuten, und ich dachte: Das ist Pukeuri, der Zug ist unterwegs. Ich wußte nicht, ob meine Vermutung richtig war, ich wußte nur, daß kurz vor der Ankunft jedes Zuges das Telefon im Büro des Fahrdienstleiters läutete: das war Eisenbahn*kunde*.

Plötzlich rauchte und dampfte es, man hörte Bremsgeräusche, und alle traten zurück, damit es sie nicht unter den Zug »zog« – eine weitere Reaktion auf die Eisenbahngebräuche. Und dann fuhr der Bestattungsunternehmer seinen Leichenwagen so nahe wie möglich an den Zug heran, und sie hoben aus dem Güterwaggon einen Sarg in der Farbe matten Silbers, aber es war Blei.

»Damit sie nicht zu stinken anfängt«, flüsterte jemand, aber ich weiß nicht mehr, wer es sagte, denn eine solche Äußerung, zu diesem Zeitpunkt sehr unangemessen, hätte nur Isabel selbst von sich geben dürfen!

Und da kam Mutter die Stufen des Waggons herunter; Umarmungen und Tränen und nicht viele Worte, Dads »es ist alles vorbereitet« und unser »Miss Wilson von der Waitaki-Schule hat uns besucht«, mit einer gewissen Freude geäußert, als habe der Tod uns dazu veranlaßt, mit einer langen Rechnung zu beginnen: Verlust und Gewinn, der erste Bonus.

Mutter war verwirrt, ihre Augen waren voller Angst, und ihre graubraunen Haare unter dem breitkrempigen Strohhut waren weiß geworden.

Anders als das Haus in der Eden Street 56 in Oamaru mit seinem großen, dunklen Vorderzimmer, in dem es nach Äpfeln roch, war in Willowglen kein Platz, um die Toten zu beherbergen; außerdem war es zu weit und zu steil, um den Sarg auf den Hügel zu tragen, und so blieb Isabel in der Kapelle des Bestattungsunternehmens und wurde von dort aus zu Grabe getragen, und nur Bruddie und Dad und Mutter nahmen am Begräbnis teil. Vielleicht waren auch ein paar meiner Erinnerungen aus jener Zeit dabei und wurden mit Isabel begraben.

Die Beileidsschreiben und -telegramme trafen ein und wurden beantwortet. Die nach einzelnen Posten aufgegliederte Rechnung des Bestattungsunternehmens traf ein und wurde bezahlt. Auch eine Arztrechnung kam, an Isabel adressiert, »für Hilfeleistung im Schwimmbad«, damals, als sie kollabiert war. Und unter den Beileidsschreiben war auch eines von John Forrest, das folgendermaßen begann: »Tief bekümmert erhielt ich die Nachricht von dem schmerzlichen Verlust, den Sie und Ihre Familie hinnehmen mußten« und mit den Worten endete: »Mit herzlichen Grüßen, John Forrest«. Ich weiß noch den ganzen Brief auswendig, so erschütterte mich sein Wortlaut und so wenig konnte ich die herkömmlichen Beileidsbekundungen akzeptieren, wie auch die Tatsache, daß es John Forrest derart an einfühlsamem Verständnis mangelte, daß er einen solchen Brief zu schreiben vermochte. Was zu mir durchdrang, war nicht eine Bekundung der Anteilnahme, sondern eine Sprache, die ich, äußerst kritisch und ohne Nachsicht für die Schwierigkeit solcher Briefe, als schlimmstes Beispiel einer Prosa verdammte. Wo waren die persönlichen, freundlichen Worte des jungen Mannes, der sagte, ich leide an »innerer seelischer Einsamkeit«?

Ich wollte nicht wissen, daß John Forrest aus gutem Grund diese Sprache benutzte: Er versuchte, den verschiedenen Studentinnen zu entkommen, die romantische Gefühle für ihn entwickelt hatten!

Der Tod ist eine dramatische Vollendung der Abwesenheit; die Sprache kann beinahe ebenso wirksam sein. Ich hatte das Gefühl, daß sowohl Isabel als auch John Forrest verschwunden waren.

Jeder von uns trug seinen Schmerz für sich allein, denn Isabel hatte mit jedem andere Seiten ihres Heranwachsens geteilt. Viele Jahre lang hieß es »Dots und Chicks« – Isabel und June –, die unzertrennlichen Freundinnen, so wie einst »Myrtle und Bruddie«, während ich, das mittlere Kind, mich von einer Gruppe zur anderen bewegte, meinem Alter und meinen Interessen entsprechend, und als Bruddie krank wurde und Myrtle starb, war ich allein, bis Isabel und ich unsere Gruppe formten, und als June größer wurde, schloß sie sich wieder Isabel an, und ich war von neuem allein. Bruddie war, außer in seiner frühesten Jugend, immer allein. Doch Isabel war so voller Leben gewesen, daß ihre Gegenwart und ihre Ansichten nicht so einfach beiseitegeschoben werden konnten, und als wir uns mit ihren »Sachen« zu beschäftigen begannen, wußten wir, daß sie schrecklich wütend sein würde, wenn sie sehen könnte, wie ihre besten Schuhe und ihr »Jiffy«-Mantel und ihre dazupassende »Shazaam«-Jacke von anderen getragen wurden. Sie hatte einmal gesagt: »Wenn ich sterbe und ihr meine Kleider nehmt und anzieht, dann komme ich herunter und erscheine euch als Geist.« Herunter? Glaubte sie denn an den Himmel?

Als meine älteste Schwester Myrtle in ihrem sechzehnten Lebensjahr starb, ließ sie keinen Teil ihrer selbst, ihrer Gegenwart, in der Eden Street 56 zurück, vielleicht weil das Haus nie uns gehört hatte und immer die Gefahr bestand, wir könnten »auf die Straße gesetzt« werden, während Isabel, die Willowglen geliebt hatte, es im Grunde nicht verließ, und obwohl das Haus klein war, war drinnen wie draußen Platz für die Erinnerung an Isabel, unter den Obstbäumen und Kiefern, den Silberpappeln, der Zypresse und den fünf Eichen; am Bach und beim Holunderstrauch und der Weißdornhecke; unter dem riesigen Makrokarpabaum, in dem die Elstern hausten und die Eulen und die kleine Eule, die während des Krieges »deutsche Eule« genannt wurde, weil sie angeblich kleinere Vögel angriff; und im stillen, goldenen, von der Sonne erleuchteten Gras, »unten im Wiesengrund«.

Nachdem das nun schon bekannte Ritual von Tod und Begräbnis beendet war, beschloß ich, bei meiner Absicht zu bleiben, in Christchurch zu leben und zu arbeiten. Ich mußte Willowglen verlassen. Unterschwellig hieß es: »Ich hoffe, es greift Janet nicht allzusehr an. Du weißt ja... sie war in Seacliff.« Seit meinen sechs Wochen in Seacliff sprach man mit mir nur ungern über »ernste« Angelegenheiten, und diese spezielle Fürsorglichkeit mißfiel mir. Ich war auch schüchtern, was die Gesellschaft anderer Menschen betraf, und wenn Besucher kamen, was zu der Zeit von Isabels Begräbnis oft der Fall war, ging ich rasch auf mein Zimmer, verfolgt von meiner Mutter, die auf der Schwelle stand, Bestürzung und Tadel im Blick: »Warum kommst du nicht heraus?«

Oder wenn Besuch erwartet wurde, sagten Mutter oder Dad: »Mrs. W. kommt heute nachmittag. Kommt Janet heraus?«

Ich hielt mich versteckt. Ich trauerte. Ich wollte nicht, daß es jemand »sah«, denn seit ich im Krankenhaus gewesen war, hatte ich gemerkt, daß die Leute nicht nur »sahen«, sie *suchten* gründlich.

Ich las die Spalten mit den Stellenangeboten in der *Press*, einer Zeitung aus Christchurch. Die einzigen freien Stellen mit Verpflegung und Unterkunft gab es in Kinderheimen, in der Gehörlosenschule in Sumner und in den üblichen Hotels und Pensionen. Als ich mir einen Stadtplan von Christchurch und seinen Vororten ansah, war ich zusehends beunruhigt wegen der Länge der Straßen und der unbekannten Namen, die dennoch irgendwie bekannt waren – Linwood, Burwood (gab es da nicht ein Heim für schwer erziehbare Mädchen, so wie die Erziehungsanstalt in Caversham?), Burnham mit den sich kilometerweit dahinziehenden Militärbaracken; Rolleston, Templeton, Hornby (wobei sich mir *Hornby* deutlich eingeprägt hatte, weil sich Bruddie jedes Jahr zu Weihnachten eine *Hornby-Eisenbahn* wünschte). Ich dachte an den Bahnhof von Christchurch, wo es widerhallte von den Menschen und dem Lärm der Züge und dem Zischen des Dampfes; Züge von überallher, auf verschiedenen Geleisen, schlafende Menschen, die Gesichter auf weißen Kissen an das Waggonfenster gelehnt, über dessen Scheibe die Wassertropfen rannen; Menschen, die den Dampf mit dem Ärmel abwischten und schläfrig hinausblickten auf die gelben Lichter der Imbißstuben mit dem vorspringenden Sims, auf dem die Überreste von anderen Zügen standen – die leeren, mit einem blauen Ring versehenen Tassen und Untertassen der Eisenbahn mit ihrem Bodensatz von Eisenbahntee und den aufgeweichten Krusten von Schinkensandwiches und den Zigarettenstummeln, De Reszke oder Ardath…

Auf dem Stadtplan fand ich die Straße, in der sich die Caxton Press befand, wo meine Kurzgeschichten lagen, bereit zur Veröffentlichung. Sie wollten eine davon in der neuen Zeitschrift *Landfall* abdrucken, unter dem Namen *Jan Godfrey*, den ich meinen Eltern zu Ehren gewählt hatte – Jan, weil Dad mich Jan nannte, und Godfrey, weil Godfrey Mutters Mädchenname war. Ich fand auch den Vorort, in dem Mrs. R., John Forrests Bekannte, wohnte. Und da war die Universität – würde ich es wagen, mich ihr zu nähern? Es war mir unmöglich, all meine Träume mit der offensichtlich so schwierigen, unnachgiebigen Wirklichkeit zu vereinbaren.

Nachdem ich ein Formular von der Gehörlosenschule erhalten

hatte und fand, daß sie »zu viel über mich wissen« wollten, antwortete ich auf ein Inserat, in dem eine Serviererin und Hausgehilfin in einem kleinen Hotel im Stadtzentrum gesucht wurde, wobei ich mein Empfehlungsschreiben anführte: »gewandt im Ausdruck, stets höflich zu den Gästen. Ehrlich, fleißig...«, und schon sah ich mich vom Besitzer des »Pferderennhotels« Occidental in Stellung genommen.

Meine frühe Bekanntschaft mit Wörtern und ihrer Bedeutung fällt mir dabei ein. Ich *bestimmte* selbst. Ich hatte eine *Bestimmung*.

Und wieder einmal machte ich mich auf die Reise, mit der Eisenbahn nach Norden, durch die Canterbury Plains nach Christchurch.

14
Sehr geehrte Gebildete

Verlust, Tod, das alles ertrug ich mit stoischer Gemütsruhe: Ich hatte schließlich noch mein Schreiben, oder etwa nicht, und wenn nötig, konnte ich mich zum Überleben meiner Schizophrenie bedienen. Es machte mir Freude, im Hotel zu arbeiten, die Sprache des Pferdesports zu erlernen, der Trainer, Züchter, Käufer, Besitzer, aus denen sich die Gäste in der Hauptsache zusammensetzten, und ich empfand den Tagesablauf als befriedigend – ich mußte pünktlich die Mahlzeiten servieren und mich um fünf Uhr nachmittags um den Bar-Lunch kümmern; ich ergriff die Gelegenheit, mich mit den französischen Käufern auf Französisch zu unterhalten, und empfand ein Gefühl leichter Überlegenheit, wenn sie fragten, warum ich, mit »meiner Bildung«, als Kellnerin arbeitete, und gab wie üblich zur Antwort – denn ich war noch nicht soweit oder fähig, mich »Schriftstellerin« zu nennen –: »Ich beschäftige mich mit wissenschaftlicher Forschung.«

Nach der Arbeit, allein in meinem Zimmer, sah ich meine winzigen Triumphe in Sachen Selbstwertgefühl dahinschwinden, wenn ich den Spiegel der Kommode nach allen Seiten drehte, um meine entsetzlich schlechten Zähne zu betrachten. Es gab kein Entrinnen davor; sie schmerzten; mein ganzes Gesicht pochte. Mit einer auf den Kiefer gepreßten Wärmflasche rollte ich mich unter der Bettdecke ein. Ich wußte, ich würde mich sehr bald zum Handeln gezwungen sehen, und ich wußte, daß das städtische Krankenhaus kostenlos Zähne plombierte oder zog – aber war es denkbar, daß ich je den Mut aufbrachte, einen Termin zu vereinbaren? Und die ganze Zeit war ich mir eines schrecklichen Gefühls der Nichtigkeit bewußt, das durch die Stadt selbst irgendwie noch verstärkt wurde – die endlosen, ebenen, geraden Straßen, der Himmel ohne hügeligen Horizont, der ferne Horizont ohne Meer. Mir kam es vor, als befände ich mich zusammen mit der Stadt auf dem Grunde eines riesigen Brunnens, dessen Wände der Himmel waren, und wer konnte den Himmel erklimmen? Wenn die Leute an ihre Vorder- oder Hintertür traten, um hinauszuschauen, wohin blickten sie dann? Ich fühlte mich so einsam, da nicht einmal Hügel, so wie menschliche Körper, zum Trost in der Nähe waren.

Nach wenigen Wochen in Christchurch vereinbarte ich einen Besuch bei Mrs. R., John Forrests Bekannter, in der Absicht, sie zu bitten, mir bei den Vorbereitungen für die zahnärztliche Behandlung zu helfen und mich zum städtischen Krankenhaus zu begleiten; doch als ich mich bei ihr zu Hause in einem vornehmen Vorort einfand und sie, eine große kantige Frau in rehbraunen Kleidern, die Tür öffnete, da berief ich mich, im Gefühl der Unmöglichkeit, meine Misere zu erklären, ich, die ich (mit geschlossenem Mund) dastand, eine blühende junge Frau von zweiundzwanzig Jahren ohne offensichtliche körperliche Mängel, wieder ganz auf meine »Schizophrenie«: Sie war zu meiner einzigen Möglichkeit geworden, Interesse bei jenen zu erwecken, deren Hilfe ich zu brauchen glaubte. Dennoch dauerte es noch mehrere Wochen, bis ich zu sagen vermochte, daß mein dringliches Problem meine schlechten Zähne waren. Mrs. R. arrangierte es freundlicherweise, daß meine Zähne im städtischen Krankenhaus gezogen wurden; sie würde mitkommen, sagte sie, und wäre es nicht eine gute Idee, wenn ich mich freiwillig in die Sunnyside-Nervenklinik begeben würde, wo es eine neue elektrische Behandlungsmethode gebe, die mir ihrer Ansicht nach helfen könnte. Also unterschrieb ich die nötigen Papiere.

Ich wachte zahnlos auf, wurde in die Sunnyside-Klinik aufgenommen und mit der neuen elektrischen Methode behandelt, und plötzlich war mein Leben aus den Fugen geraten. Ich konnte mich an nichts mehr erinnern. Ich hatte schreckliche Angst. Ich verhielt mich so, wie die anderen um mich sich verhielten. Ich, die ich die Sprache gelernt hatte, sprach diese Sprache und handelte danach. Ich fühlte mich vollkommen allein. Es gab niemanden, mit dem ich hätte reden können. Wie in anderen Nervenkliniken war man eingesperrt, man tat gefälligst, was einem befohlen wurde, und damit basta. Meine Scham über meine Zahnlosigkeit, mein brennendes Gefühl des Kummers und Verlusts, mein Alleinsein, die Aussicht, mit Junes Heirat noch eine Schwester zu verlieren – mir schien, als sei auf der Welt kein Platz mehr für mich. Ich wollte weg aus Sunnyside, aber wohin sollte ich gehen? Ich trauerte um alles, was verloren war – meine Laufbahn als Lehrerin, meine Vergangenheit, mein Zuhause, wo ich, wie ich wußte, nie länger als ein paar Wochen bleiben konnte, meine Schwestern, meine Freunde, meine Zähne, das heißt, um mich selbst als Person. Allein mein Wunsch war mir geblieben, Schriftstellerin zu werden, Gedanken und Bilder zu erforschen, die als absurd belächelt wurden, und mein Ehrgeiz, der als verdächtig, als möglicher Wahn galt. Das einzige, was ich schrieb, waren Briefe an meine Schwester und an meine Eltern und meinen Bruder, und diese wurden immer zensiert und manchmal nicht abgeschickt: Ich kann mich noch erinnern, daß ich einmal einen Brief an meine Schwester June verfaßte, in dem ich tatsächlich Virginia Woolf zitierte und schrieb, der Ginster habe einen »Erdnußbutterduft«. Diese Schilderung wurde vom Arzt mit Skepsis betrachtet und als Beispiel für meine »Schizophrenie« angesehen, obgleich kein Gespräch mit den Ärzten stattfand und keine Tests durchgeführt wurden. Ich war mir selbst in die Falle gegangen, im Wissen, daß eine Falle auch eine Zuflucht ist.

Und als ich mehrere Monate über den freiwilligen Aufenthalt hinaus im Krankenhaus gewesen und schließlich in der geschlossenen Abteilung untergebracht war, war dies der Anfang der Jahre im Krankenhaus, die ich bereits beschrieben habe, wobei ich, wie bereits erwähnt, nur die tatsächlichen Ereignisse und Menschen und Orte ausführlich geschildert habe, nicht aber mich selbst, außer meinem Gefühl der Panik darüber, daß ich von Leuten eingesperrt war, die mich ständig daran erinnerten, daß ich »lebenslänglich« dort war, und als die Jahre vergingen und die Diagnose die gleiche blieb, ohne daß irgend jemand sie auch nur durch offiziell gültige Befragungen oder Tests angezweifelt hätte, empfand ich Hoffnungslosigkeit über meine Lage. Ich bewohnte ein Reich der Einsamkeit, das wohl dem Ort ähnlich sein muß, an dem die Sterbenden die Zeit vor dem Tod verbringen und von wo diejenigen, die lebend in die Welt zurückkehren, unweigerlich einen außergewöhnlichen Standpunkt mitbringen, der ein Alptraum ist, ein Schatz und ein lebenslanger Besitz; manchmal glaube ich, es muß der beste Ausblick über die Welt sein, der sogar weiter reicht als der Ausblick von den Bergen der Liebe, ihm ebenbürtig in seiner Entrückung und seinem frostigen Ausgesetztsein, dort, in der Nachbarschaft der alten Götter und Göttinnen. Der Akt der Rückkehr in die Welt jedoch verlegt diesen Ausblick in die Vorratskammer des Geistes, von Thomas Beecham als »der Raum fünf Zentimeter hinter den Augen« bezeichnet. Man entsinnt sich dieses Schatzes und seines Midaseffekts auf jeden Augenblick, und manchmal kann man das Glitzern unter dem gewöhnlichen Abfall eines jeden Tages sehen.

Die folgenden Jahre bis 1954, als ich endgültig aus dem Krankenhaus entlassen wurde, waren voller Angst und Verzweiflung, hervorgerufen vor allem durch mein Eingesperrtsein und die Behandlung im Krankenhaus. Am Anfang meines Aufenthaltes dort gab es zwei oder drei Perioden von mehreren Wochen, in denen mir gestattet war, das Krankenhaus zu verlassen, und jedesmal mußte ich wieder zurückkehren, da es keine Möglichkeit für mich gab, irgendwo anders zu leben; ich hatte immer Angst, wie ein Verurteilter, der zum Scharfrichter zurückkehrt.

Während meiner ersten Rückkehr nach Oamaru inserierte ich in der Spalte für Stellengesuche der *Oamaru Mail* und unterzeichnete mit »Gebildet«, und aus den drei Antworten, die alle mit »Sehr geehrte Gebildete« begannen, wählte ich die von Mr. O. aus, dessen Frau bettlägrig war; sie litt an einer Krankheit, die damals »Schleichlähmung« genannt wurde. Einen Monat lang putzte ich ihr Haus, wusch die Wäsche und bügelte sie und betreute Mrs. O., die still im Elend ihrer Krankheit eingebettet lag, während ihr Mann, obgleich gesund und den ganzen Tag durch seine Arbeit außer Haus, die Spuren dieses Eingebettetseins an sich trug: Er schwitzte in seine weißen, sauber gebügelten Hemden, und immer stand ihm der Schweiß auf der Stirn. Sie redeten nicht viel mit mir, außer um ihre gegenseitige körperliche Verfassung zu erwähnen.

»Mein Mann schwitzt sehr viel«, sagte Mrs. O.

»Der Arzt sagt, ihr Zustand verschlechtert sich langsam«, sagte Mr. O.

Nachdem ich in heiterer Stimmung in Willowglen aufgewacht und in der frischen Luft durch das nasse Gras gegangen war, wie in einem Sonnenbad in Grün und Blau, und dann die Abkürzung durch den Park von Oamaru, vorbei an dem glitzernden Teich voll vom Lärm der Enten, genommen hatte, hinauf über die Bahngeleise bis zum unteren Teil des South Hill, wo ich kurz stehenblieb, um über die Stadt und das Meer zu blicken, die ganz vom Morgen durchtränkt waren; und nachdem ich dann an den Akeleien vorüber bis zur Eingangstür der O.s gegangen war, betrat ich dieses Haus grauer Leute, gebadet in Schweiß und Tränen, und ich fühlte, wie das sanfte Fließen von Sonne und Morgen versiegte. Von Mrs. O.s Zimmer hatte man nicht einmal eine Aussicht. Ein großer dunkler Schrank, zur Hälfte vor das Fenster gestellt, warf einen steil aufragenden Schatten in der Form eines Kriegers, der die Hand zur Zerstörung erhoben hatte.

Ich verließ die O.s. Von meinem Lohn konnte ich mir ein Gebiß für den Oberkiefer kaufen. Ich beschloß, die Einladung meiner Schwester und ihres Mannes anzunehmen und eine Weile bei ihnen in Auckland zu wohnen.

In Auckland befand ich mich in einem Zustand äußerster Sensibilität gegenüber allem um mich herum – da waren die Fremdheit und die Hitze, das ununterbrochene Geräusch der Zikaden und Grillen, die Moskitostiche, meine erste Erfahrung mit dem subtropischen Licht, das zwischen greller Helligkeit und paradiesischer Wolkenweichheit abwechselt, wie ein Ungewitter, das sich unaufhörlich schwül zusammenbraut. Es war fast Sommer, und die Welt war erfüllt von blauen Blumen, die das Blau des Himmels anzogen, es fast aufsaugten, bis ihre Farbe sich am Abend durch das Übermaß an Blau verdunkelte. Ich empfand ein Gefühl der Nichtigkeit und des Nirgendwo, als hätte ich nie existiert – oder, wenn ich existiert hatte, so war ich jetzt vom Angesicht der Erde getilgt. Irgendwie war ich in einen Zeitenriß gefallen; und viele dieser Gefühle kamen daher, daß ich mit niemandem »in Berührung« gewesen war und niemanden hatte, mit dem ich über mein Inneres reden konnte. Ich war mein übliches lächelndes Selbst, ich lächelte, ließ meine sperrigen neuen falschen Zähne aufblitzen und redete über dies und das und alltägliche Angelegenheiten. Ich schrieb meine Gedichte, zeigte sie aber niemandem. Ein Mitglied meiner Familie war auf eine meiner Kurzgeschichten gestoßen, hatte sie gelesen und äußerte die überzeugte Ansicht, daß aus mir nie eine Schriftstellerin werden würde. Manchmal, wenn ich zu sagen begann, was ich *wirklich* empfand, und dabei einen Vergleich oder ein Bild verwendete, sah ich die Verlegenheit im Blick meines Zuhörers – es war die Verrückte, die sprach.

In den ersten Wochen meines Aufenthalts in Sunnyside hatte ich mit John Forrest korrespondiert, doch seine für Familie und Freunde gedachten Durchschläge mit ihrer jovialen Anrede *Liebe Freunde* entmutigten mich, und als ich während meines Aufenthalts in Oamaru erfuhr, daß er geheiratet hatte, fühlte ich mich wie üblich ausgeschlossen und sandte ihm keine dieser offenherzigen Briefe in meinem Stil der »Verwandtschaft« mit van Gogh und Hugo Wolf mehr, in denen ich meinen Phantasien Ausdruck verliehen und mein Verhalten beschrieben hatte.

Mein Aufenthalt bei meiner Schwester und ihrem Mann war kein gelungener. Sie und ihr kleiner Sohn schlossen sich zusammen, während ich linkisch im Hintergrund stand, und wenn jemand zu Besuch kam und in meine Richtung blickte, verstärkten sich meine Schüchternheit und Befangenheit, die aus dem Gefühl, nirgendwo zu sein, herrührten, wenn die Freunde meiner Schwester fragten: »Wie geht es ihr?« »Gefällt es ihr in Auckland?« Ich war zu einer dritten Person geworden, zu Hause in Willowglen und nun hier in Auckland. Manchmal fragten die Leute, als wäre ich mein eigener Nachruf: »Wie war sie?« Als ob ein archäologischer Fund vor ihnen stünde und sie mit Augen, Herz und Geist einen »Karbon«-Test durchführten, um mich zu benennen, zu datieren und zu *plazieren* – wenn ich doch nur einen Platz hätte! Es schien Jahre her zu sein – und das war es auch –, seit die Caxton Press meine Kurzgeschichten zur Veröffentlichung angenommen hatte. Ich hatte sie einfach vergessen.

Ich konnte diese Nichtigkeit nicht mehr ertragen. Ich zog mich in mein Inneres zurück, daß heißt, ich bediente mich dieser Maske, während mir gleichzeitig alles vollkommen bewußt war. Ich, in meiner Nichtigkeit und in meinem Nirgendwo, bestand auf der Nichtigkeit und dem Nirgendwo von allem und jedem um mich herum. Natürlich führte ein solcher Geisteszustand zu meiner erneuten Einlieferung ins Krankenhaus, diesmal in die Nervenklinik von Auckland in Avondale; zumindest war sie ein »Platz« für mich, wo man glaubte, daß ich mich »zu Hause« fühlte. Ich fügte mich rasch in meine Wahlheimat ein und sprach wieder flüssig ihre Sprache. Das Elend und die Unmenschlichkeit waren fast unbeschreiblich. Ich habe viele viele Szenen aus dem überfüllten Aufenthaltsraum und dem Hof im Gedächtnis behalten, und wenn ich *Gesichter im Wasser* nochmals schriebe, würde ich viel von dem hineinnehmen, was ich ausließ, weil ich nicht wollte, daß ein Bericht von einer Ex-Patientin allzu dramatisch ausfallen sollte. Die Aufnahmestation, Station Sieben (?) mit ihrem Park und der Wiese und ihrer freundlichen Stationsschwester, ist mir als Oase in Erinnerung, und niemand hätte auch nur im Traum daran gedacht, daß dahinter die Gebäude standen, die man *Parkhaus* nannte und wo menschliche Wesen zu Tieren wurden oder sich rasch so veränderten, daß sie wie die Tiere lebten.

Die hier verbrachten Jahre waren voller Tragik und oft auch voll Humor, obwohl die vorherrschende Stimmung eine Stimmung ewiger Verdammnis war, bar jeder Hoffnung.

Während meines Aufenthalts in Avondale wurde mein Kurzgeschichtenband *Die Lagune* veröffentlicht. Ich war in die Aufnahmestation verlegt worden. Ich war dünn, mit wunden Stellen und Ohrenausfluß; alle im Parkhaus hatten wunde Stellen oder entzündete Glieder, und trotz des wöchentlichen Kämmens mit Kerosin hatten einige Läuse. Ich lag in der Aufnahmestation im Bett, als meine Schwester und ihr Mann mir sechs Freiexemplare der *Lagune* brachten. Ich breitete sie auf der staatlichen weißen Steppdecke aus, die mit dem neuseeländischen Wappen bestickt war: Ake Ake, Vorwärts, Vorwärts. Ich fand den Umschlag des Buches wunderschön, mit seinem hellblauen Muster, wie ineinander verschlungene Stengel wildwachsenden Grases. Ich blätterte die Seiten um und spürte die winzigen Körnchen im Papier.

»Was soll ich damit machen?« fragte ich.

Sie, die mehr über solche Dinge wußten als ich, erklärten, wenn man ein Autor war, müsse man seinen Namenszug unter den gedruckten Namen setzen.

»Wirklich?« Ich war beeindruckt.

Ich schrieb meinen Namen in jedes Exemplar und schenkte sie denen, die ihrer Meinung nach »ein Exemplar bekommen sollten«; eines behielt ich für mich. Mein Buch. *Die Lagune und andere Erzählungen*. Die Caxton Press, nicht ich, hatte sich für diesen Titel entschieden.

Da meine Schwester und ihr Mann die Südinsel besuchen wollten, wurde anschließend festgesetzt, ich sollte mit ihnen nach Hause, nach Oamaru, reisen. Meine Schwester würde mit mir und ihren beiden kleinen Söhnen fliegen, während ihr Mann das Auto nehmen und etwa zehn Tage später in Oamaru ankommen sollte.

In Christchurch mußten wir ein anderes Flugzeug nehmen, und während wir darauf warteten, überflog ich, in Gedanken noch immer bei meinem Buch, ein Exemplar der Christchurch *Press*, die Literaturseite, um zu sehen, was »sie« über mein Buch sagten. Am Ende der Seite tat eine fünf- oder sechszeilige Kritik *Die Lagune und andere Erzählungen* mit Floskeln ab wie: »So etwas ist bereits versucht worden, zu oft… keine Originalität… Zeitverschwendung, ein solches Buch zu veröffentlichen.« Die Literaturkritiker dieser Zeit, zur Überzeugung gelangt, daß unsere Literatur endlich »mündig« sei, empfanden es als peinlich, daß so viele Schriftsteller über ihre Kindheit schrieben. Ihre Überlegung war folgende: Wie konnte eine Nation erwachsen sein, wenn sie über ihre Kindheit schrieb? Man hatte eine verzweifelte Sehnsucht nach »Reife«, zum Teil weil »Reife«, so wie andere Ausdrücke für verschiedene Wachstumsstadien, ein Modewort war.

Als ich die Kritik in der *Press* las, empfand ich ein Gefühl schmerzlicher Demütigung und Ablehnung; die Qual, nicht zu wissen, wo ich *hingehörte*, wurde noch größer – wenn ich nicht in der Welt des Bücherschreibens leben konnte, wo sollte ich sonst überleben?

Der Besuch meiner Schwester in Willowglen, mit ihren beiden Söhnen, war ein aufschlußreiches Desaster. Mit deutlich sichtbarer nostalgischer Gier nach Macht über die Jugend stürzte sich mein Vater auf die Jungen, überwachte jede ihrer Bewegungen, ja, sie konnten sich nicht rühren, ohne daß er in scharfem Ton »langsam, langsam« sagte und auf lange nicht benutzte Sätze zurückgriff wie »Gleich kriegt ihr meine Hand zu spüren«, »Macht das noch einmal, und ich ziehe euch bei lebendigem Leib die Haut ab«. Die Jungen waren etwa drei und eineinhalb Jahre alt und kämpften erbittert um jeden Besitz, vom Spielzeug bis zur ihnen gezollten Aufmerksamkeit. Auf sie konzentrierten sich die leidenschaftlichen Gefühle aller Erwachsenen. Sie wurden in Augenschein genommen, als wären sie öffentlich ausgestellt; sie wurden beurteilt, kritisiert, gewarnt, getadelt, beschrieben, und ihre Zukunft wurde geplant. Mein Vater beobachtete sie, so wie er unsere Katzen beobachtet hatte, die er jedoch nur selten zum Spielen in die Küche ließ, während wir uns um sie scharten, um ihre Freude am Spiel mit ihnen zu teilen, bis Dad, der Befehlshaber, wie ein König, der seine Hofnarren beaufsichtigt, rief: Genug! Hinaus!

Und dann wurden die Katzen miauend und verwirrt in die kalte Nacht hinausgejagt, während unsere Freude sich in Enttäuschung und Traurigkeit verwandelte.

Ich, als Eigenbrötlerin der Familie, empfand es als demütigend zu sehen, wie meine Mutter sich vertraut mit meiner Schwester über Ehe und Bett und Geburt unterhielt, wo sie mit mir nie über solche Dinge gesprochen hatte, und in späteren Jahren, wenn meine Schwester von Zeit zu Zeit sagte (und damit über einen Teil von Mutter redete, den ich nie kennengelernt hatte): »Als Myrtle geboren wurde... bevor Bruddie kam...«, fühlte ich mich wie ein Kind, das von der Aufmerksamkeit seiner Mutter ausgeschlossen ist. In unserer Familie ging es immer um den Kampf zwischen Machtlosigkeit und Macht, wobei große Nähe zu jemandem und die Fähigkeit, diese Nähe unter Beweis zu stellen, zu einem Symbol größter Macht wurden, so als ob jedes Familienmitglied sich ständig durch ein Dikkicht von Entbehrungen kämpfte, dabei winzige, zärtlich gehegte Blüten in dieser Einöde pflanzte und die anderen Familienmitglieder, die vielleicht auf ihrer Reise durch die Wüste nicht so weit vorgedrungen waren, auf sie hinweisen, sie beschreiben und darüber frohlocken müßte. Und schließlich kommt der Punkt, an dem man versteht, warum die anderen manchmal mit offenkundiger Schadenfreude über ein Mißgeschick reagieren oder sprechen oder den errungenen Abstand sorgfältig abstecken und die Sieger und Verlierer benennen müssen.

In jenem Sommer kamen keine Briefe für mich. Wer sollte mir auch Briefe schreiben? Meine Schwester und ihr Mann und die beiden quengelnden Kinder flogen nach Norden, zurück nach Hause.

Wieder war ich das verrückte Frame-Mädchen, das auf den Hügeln um die Alte Mühle herumstreifte, begleitet von der Katze Siggy, die lange Spaziergänge liebte.

Ich schlief im Vorderzimmer mit Blick auf den Wiesengrund.

»Ich will nicht, daß du jemals wieder von zu Hause weggehst«, sagte Dad. Er baute Regale für meine Bücher: für *Für uns selbst gesprochen, Neuseeländische Versdichtung, Lyrisches London, Kriegslyrik, Tod und Eintritt, Das wüste Land,* Rilkes *Sonette an Orpheus* (in Christchurch gekauft), Shakespeare (ein Geschenk von June und Wilson in Christchurch) und andere, darunter mein Exemplar der *Lagune*. Dad gab mir Geld, damit ich mir bei Hodges Kretonne für helle Vorhänge für mein Zimmer kaufen konnte, und Mutter kaufte bei Calder Mackays (»wir sind geschätzte Kunden«) eine neue, rosafarbene Daunendecke für mein Bett.

Die Familienszenerie wurde wieder aufgebaut.

Wenn ich über meine Zeit im Krankenhaus sprach, schilderte ich nur die heiteren Vorfälle und die Stereotypen der Patienten – Jesus Christus, die Königin, die Kaiserin.

Dad erweiterte seinen Vorrat an Sexton-Blake-Büchern aus der Bibliothek (»Janet mag Detektivgeschichten«).

Mutter und ich ließen uns Rezepte einfallen und sandten sie an *Truth*, wo wir den ersten Preis für eine *Lachsmousse* gewannen.

Und obwohl Dad seine Blumen heilig waren – die Astern und Dahlien und Nelken, die, von Stangen gestützt, im kleinen Garten unter meinem Fenster standen –, unterdrückte er seinen Ärger, wenn Siggy zwischen den Dahlien grub oder aus meinem Schlafzimmerfenster auf die zarten Nelkenstiele sprang. Nachts kletterte sie zum Fenster hinein und rollte sich schnurrend am Fußende meines Bettes zusammen, und ich beugte mich hinunter und streichelte ihr schwarzes Fell und flüsterte: Ach Siggy, Siggy, was soll ich nur tun?

15
Nadeln einfädeln

Die Entscheidung wurde für mich getroffen. Ich fand Arbeit als Hilfswäscherin im städtischen Krankenhaus von Oamaru, wo ich die Tage abgeschieden im Mangelraum verbrachte und die nassen heißen Leintücher herauszog, wenn sie zwischen den Rollen auftauchten, sie zusammenfaltete und einer anderen Hilfskraft weiterreichte. Unsere Gesichter waren in der dampfenden Hitze gerötet und schweißüberströmt, und die Unterhaltung neben dem Dröhnen der Maschinen bestand für gewöhnlich aus einer gerufenen Frage und Antwort (»Gehst du Samstag abend ins ›Scottish‹?« »Kommst du zu Marys Verlobungsparty?«), über die man sich dann während der Teepausen ausführlicher unterhielt, wenn darüber debattiert wurde, ob das »Scottish« wirklich so erstrebenswert sei, und man sich auf Marys oder Vivians oder Noelines Verlobungsparty vorbereitete, auf der die Brautgeschenke überreicht wurden. Ich wußte keine Antwort auf die einfachsten Fragen: Wo ich gearbeitet habe, bevor ich in die Wäscherei gekommen sei? Ob ich mit jemandem »ginge«? Warum ich meine Haare nicht glattziehen ließe? Ich konnte mich über die Rundfunkserie *Die Geliebte meines Mannes* unterhalten, die wir uns jeden Vormittag um zehn Uhr anhörten. Mir waren ein paar Rennpferde bekannt, darunter *Plunder Bar*. Ich kannte Schlager – »Fünf Minuten, bitte sehr«,

Nur noch fünf Minuten,
Halt mich fest,
Halt mich fest in deinen Armen,
Die ganze Woche träume ich von unserm Stelldichein...

–, sogar damals schon ein abgedroschener Schlager, doch ich kannte ihn. Und ich kannte die Namen der Rugby-Favoriten von Otago und Southland – die Trevathans – und den Kommentator *Peng McKenzie*. Dennoch fühlte ich mich fehl am Platz. (Siggy, Siggy, was soll ich nur tun?)

Dann, eines Nachts, weit nach Mitternacht, hatte Mutter einen Herzanfall. Als ich aufwachte und den aufgeregten Lärm vernahm, fiel mir die Nacht ein, in der Bruddies Krankheit sich zum ersten

Mal zeigte und wir alle aufgewacht und zitternd, mit weißen Gesichtern, dagestanden waren.

Diesmal kam Bruddie an meine Tür, wo ich verstört stand. Er sprach in dem neuen Tonfall, den Dad und Bruddie jetzt angenommen hatten, als müßten sie mich irgendwie beschwichtigen, aus Angst, ich könnte zusammenbrechen oder auf irgendeine ungewöhnliche Weise reagieren, mit der sie nicht fertigwurden.

»Es ist alles in Ordnung. Mach dir keine Sorgen. Mum hat einen Herzanfall gehabt. Der Arzt hat ihr Morphium gegeben, und sie bringen sie in Krankenhaus.«

Ich ging hinaus, um nach Mutter zu sehen; sie schien zu schlafen, ihr Gesicht war weiß wie Porzellan, ihr langes, grauweißes Haar unordentlich auf dem weißen Kissen ausgebreitet, während sie auf einer Tragbahre hinausgetragen wurde. Sie öffnete die Augen und begann sich dafür zu entschuldigen, daß sie krank geworden war; dann schloß sie sie wieder. Dad und Bruddie fuhren mit ihr ins Krankenhaus, und ich legte mich wieder ins Bett. Am Fußende des Bettes, wo Siggy gelegen hatte und voll Angst aus dem Fenster gesprungen war, sah man eine Einbuchtung. Ich blickte aus dem Fenster in die von Bäumen erfüllte Dunkelheit. Ich hörte die Drei-Uhr-Eule rufen. Und schon verblaßte die Nacht an den Rändern. Ich wußte, daß es eine von den Nächten war, in denen sich gewaltsame Veränderungen vollziehen, wie sie immer als Meilensteine in der Landschaft unserer Familie aufgetaucht waren.

Am Morgen wachte ich mit dem Gedanken an die komplizierte, schreckliche Veränderung in unserem Leben auf, so wie vor vielen Jahren am Morgen nach dem Beginn von Bruddies Krankheit. Ich sehnte mich danach, daß alles wieder so sein sollte, wie es gewesen war, daß Mutter still und selbstlos für uns sorgte; aber es war nicht so; Mutter hatte sich schließlich zu Wort gemeldet, im Schmerz. Was, wenn sie starb? Nein, sie hatten gesagt, mit viel Ruhe würde sie sich wieder erholen, obwohl sie sich *in Zukunft* öfter würde ausruhen müssen, sie mehr auf sich aufpassen und sich mehr umsorgen lassen müßte.

Und während sie in sicherer Obhut im Krankenhaus lag, konnte ich die Verlassenheit im Blick meines Vaters sehen – Dad, der immer in Panik geriet, wenn er die Küche betrat und fragte: »Wo ist Mum?«, und sie nicht da war, nur im Augenblick nicht da war, vielleicht in einem anderen Zimmer oder draußen bei der Wäscheleine; aber nun war sie nicht mehr im Haus, und das Gesicht meines Vaters verriet völlige Verlorenheit und Verwirrung.

Ich machte das Frühstück. Ich kochte die ewigen Kannen Tee für Dad, der zusammengesunken in seinem Sessel an seinem Tischende saß, aber ich ging nicht so weit, ihm sämtliche Bedürfnisse zu erfüllen, wie er es von Mutter erbeten, ja verlangt hatte – den Tee zu zuckern, umzurühren, die Schuhe zu putzen, den Rücken zu kratzen. Ich stellte das elektrische Bügeleisen an, um seine Taschentücher und seine Hemden zu bügeln. Er weichte seine Arbeitshose selbst im Zuber in der Waschküche ein und stocherte mit dem Waschholz darin herum. Er machte auch Feuer und holte die Eisenbahnkohle vom Haufen im Schuppen neben der Hintertür.

Mutter hatte sich schließlich zu Wort gemeldet; im Schmerz. Der Zauber des Feuers im Kohlenherd, der warmen Mahlzeiten, der Mengen von kleinen Hechten, die sie auf dem blankpolierten schwarzen Röstblech zubereitete, die ununterbrochene Hingabe der Dienerin an den Haushalt war vorbei.

Wie konnte sie es wagen, krank zu werden! Verzweifelt wünschten wir sie uns zurück, gesund und ohne Schmerzen.

Ich besuchte Mutter im Krankenhaus. Zum ersten Mal, als Folge ihrer vollständigen, dramatischen Entfernung von ihrer Familie, sah ich sie als Person, und ich empfand Angst und Groll. Sie war ja ein Mensch, wie man ihm auf der Straße begegnet! Sie konnte lachen und reden und Ansichten äußern, ohne lächerlich gemacht zu werden; und da saß sie und schrieb Gedichte in ein kleines Notizbuch und las sie den anderen Patienten vor, die von ihrem Talent beeindruckt waren.

»Ihre Mutter schreibt wunderschöne Gedichte.«

Was hatten wir ihr angetan, jeder von uns, Tag für Tag, Jahr für Jahr, daß wir sämtliche Spuren ihres Ichs beseitigt hatten, all ihre Möbel aus ihrem eigenen Zimmer, und es mit unserem Ich und unserem Leben vollgestopft hatten; oder vielleicht war es gar kein Zimmer, sondern ein Garten, den wir rodeten, um uns dort selber tief einzupflanzen, und jetzt, wo wir entfernt waren, hatten alle ihre eigenen Blüten sich geöffnet... war es so? Und all die Schicksalsschläge, die sie hatte verkraften müssen, die Suche nach einer Behandlung, die beiden Leichenschauen, die Tochter, die für verrückt erklärt wurde, der schwache Ehemann, nur stark während seiner periodischen Grausamkeitsanfälle?

Angesichts dieser Familienqual ergriff ich wie üblich die Flucht, alles lief mit vollendeter Routine ab, und wieder einmal landete ich im Krankenhaus von Seacliff. Schon bei meiner Ankunft wußte ich, daß die Zeiten für solche Fluchten vorbei waren. Ich würde irgendwohin gehen, allein leben, genug Geld verdienen, um davon zu leben, meine Bücher schreiben: doch es war zwecklos. Ich hatte nun das, was man eine »Vergangenheit« nennt, und die Art und Weise des Umgangs mit denen, die eine »Vergangenheit« hatten, war immer die gleiche, ohne genauere Untersuchung. Aufgrund meiner Panik wurde ich sehr rasch auf die hintere Abteilung (für hoffnungslose Fälle) gebracht, in das Backsteingebäude, wo ich zu einer der Vergessenen wurde. Als Mutter wieder gesund war, besuchten sie und Bruddie und Dad mich zu Weihnachten und zum Geburtstag und zu ein paar anderen Anlässen während des Jahres. Es war nun allgemein akzeptiert, daß ich »lebenslänglich« im Krankenhaus sein würde. Was ich mit Istina Mavet geschildert habe, ist mein Gefühl der Hoffnungslosigkeit, als die Monate vergingen, meine Angst, den ununterbrochenen Zustand körperlicher Gefangenschaft erdulden zu müssen, in dem ich tatsächlich Menschen ausgeliefert war, die ihr Urteil fällten und ihre Entscheidungen trafen, ohne sich je ausführlich mit mir zu unterhalten oder zu versuchen, mich kennenzulernen, oder mich wenigstens den Standardtests zu unterziehen, die Psychiatern zu Gebote stehen. Man könnte diesen Zustand als erzwungene Ergebung in die Freiheitsberaubung definieren.

In der hinteren Abteilung wurde ich Teil einer denkwürdigen Familie, deren Mitglieder ich in *Gesichter im Wasser* beschrieben habe. Es waren ihre Traurigkeit und ihr Mut und mein Wunsch, für sie zu »sprechen«, die mich überleben ließen, unterstützt vom Verständnis so anständiger Schwesternschülerinnen und Schwestern wie Cassidy und Doherty (beides Maorifrauen), »Taffy«, der walisischen Schwester, die jetzt in Cardiff lebt, Noreen Ramsay (die mir Extrarationen gab, wenn ich hungrig war) und anderer. Die Haltung der Verantwortlichen, die bedauerlicherweise die Gutachten erstellten und die Behandlungsmethoden bestimmten, war eine des Tadels und der Bestrafung, und es wurde mit bestimmten Formen medizinischer Behandlung als Strafe für Mangel an »Kooperation« gedroht, wobei »fehlende« Kooperation darin bestehen konnte, daß man sich weigerte, einen Befehl zu befolgen, zum Beispiel, sich gemeinsam mit sechs anderen auf die türlosen Toiletten zu begeben und vor aller Augen zu urinieren; für diese Widersetzlichkeit mußte man sich von der Schwester beschimpfen lassen. »Nicht so zimperlich, Miss Obergescheit. Sie werden hier noch einiges lernen müssen.«

Sehr geehrte Gebildete, Miss Obergescheit: traurigerweise ließ die Tatsache, daß ich die Oberschule, die Pädagogische Hochschule und die Universität besucht hatte, bei einem Teil des Personals eine rachsüchtige Seite zutage treten.

Es war mein Schreiben, das mir schließlich zu Hilfe kam. Kein Wunder, daß ich das Schreiben als eine Lebensform schätze, da es mir tatsächlich das Leben gerettet hat. Man hatte meine Mutter überredet, die schriftliche Genehmigung zu erteilen, daß an mir eine Lobotomie durchgeführt werden konnte. Ich weiß, sie hätte es nicht getan, wenn die Fachleute nicht gewichtige Gründe dafür vorgebracht hätten – die Fachleute, die in all den Jahren, in denen meine »Vergangenheit« immer länger wurde, niemals länger als zehn oder fünfzehn Minuten am Stück mit mir gesprochen hatten und insgesamt etwa achtzig Minuten in mehr als acht Jahren; die keine Tests durchführen ließen, nicht einmal ein Elektroenzephalogramm oder Röntgenaufnahmen (abgesehen von dem Brusträntgen immer dann, wenn ein neuer Fall von Tuberkulose auftrat, eine Krankheit, die in psychiatrischen Kliniken häufig vorkam); die Fachleute, deren Urteil sich auf Tagesberichte überarbeiteter, gereizter Krankenschwestern gründete. Ich hörte zu – und versuchte dabei, die Welle des Entsetzens, die mich ergriff, nicht über mir zusammenschlagen zu lassen –, als Dr. Burt, ein netter, überarbeiteter junger Arzt, der bisher kaum mit mir gesprochen hatte, außer um »Guten Morgen, wie geht es Ihnen« zu sagen und keine Antwort abzuwarten, wenn er durch die Station fegte, *Zeit fand* für die Erklärung, daß sie eine Lobotomie an mir vornehmen wollten, daß das gut für mich sein würde, daß ich danach »im Nu aus dem Krankenhaus entlassen« werden könnte. Ich hörte auch mit dem Gefühl zu, daß meine Auslöschung bald völlig abgeschlossen sein würde, als die Stationsschwester, die plötzlich daran interessiert war, daß etwas für mich und mit mir »geschehen« müsse, mir ausmalte, wie es mir gehen würde, wenn »alles vorbei« war.

»Wir hatten eine Patientin, die jahrelang hier war, bis sie eine Gehirnoperation hatte. Und heute verkauft sie Hüte in einem Hutgeschäft. Ich hab sie erst vorgestern gesehen, wie sie Hüte verkaufte, so normal wie alle anderen. Wären Sie nicht gern normal?«

Alle waren der Ansicht, daß es besser für mich wäre, »normal« zu sein und meine hochgestochenen intellektuellen Ambitionen, Schriftstellerin zu werden, aufzugeben, daß es besser für mich wäre, aus dem Krankenhaus hinauszukommen, einer normalen Beschäftigung nachzugehen, mit anderen Umgang zu haben...

Alles war genau festgelegt. Ich hörte, daß einer jungen Frau in meinem Alter, die meine Freundin geworden, jedoch in der Aufnahmestation, der »guten« Station, geblieben war, ebenfalls eine Lobotomie bevorstand.

»Nola hat auch eine«, sagten sie zu mir.

Nola läßt sich die Haare glattziehen, Nola kauft sich ein Partykleid, Nola gibt eine Party – warum nicht auch du?

Nola litt an Asthma und an der schwierigen Situation, einer Familie von hochbegabten, schönen Menschen anzugehören. Ich kann mir kein Urteil über ihren »Fall« erlauben, ich kann nur sagen, daß in einer Zeit vor dem Einsatz von Psychopharmaka die Lobotomie zu einer »bequemen« Behandlung wurde.

Ich wiederhole, daß mein Schreiben mich gerettet hat. Im Stationsbüro hatte ich die Liste jener gesehen, die »Kandidaten für eine Lobotomie« waren, darunter auch meinen Namen; ich sah, wie andere Namen ausgestrichen wurden, während man die Operation vornahm. Ich muß fast an der »Reihe« gewesen sein, als eines Abends der Direktor des Krankenhauses, Dr. Blake Palmer, der Station einen ungewöhnlichen Besuch abstattete. Er sprach mit mir – zur Verblüffung aller.

Da es meine erste Chance war, mit irgend jemandem – abgesehen von denen, die mich überredet hatten – über die Aussichten meiner Operation zu sprechen, bestürmte ich ihn: »Dr. Blake Palmer, wie denken Sie darüber?«

Er zeigte auf die Zeitung in seiner Hand.

»Über den Preis?«

Ich war verwirrt. Welcher Preis? »Nein«, sagte ich, »über die Lobotomie.«

Er blickte streng. »Ich habe entschieden, daß alles bei Ihnen so bleibt, wie es ist. Ich will nicht, daß eine Veränderung an Ihnen vorgenommen wird.« Er faltete seine Zeitung auseinander. »Haben Sie schon die letzten Meldungen im *Star* von heute abend gelesen?«

Eine unsinnige Frage an jemanden in der hinteren Abteilung, wo es keinen Lesestoff gab; das mußte er doch wissen?

»Sie haben den Hubert Church Award für herausragende Prosa gewonnen. Ihr Buch, *Die Lagune*.«

Ich wußte nichts über den Hubert Church Award. Ihn zu gewinnen war offenbar etwas, über das man sich freuen konnte.

Ich lächelte. »Wirklich?«

»Ja. Und wir bringen Sie weg aus dieser Abteilung. Und keine Lobotomie.«

Der Preis und die Aufmerksamkeit eines neuen Arztes aus Schottland, der mich so nahm, wie ich ihm erschien, und nicht, wie er es meiner »Vergangenheit« oder Berichten über mich entnahm, und die Maßnahme von Dr. Blake Palmer, mich als »Teedame« im vorderen Büro einzusetzen und mir Beschäftigungstherapie zu gestatten, wo ich lernte, Körbe zu flechten, Zahnpastatuben zu füllen und – aus einem auf Französisch geschriebenen Buch – französische Spitzen zu wirken und auf großen und kleinen Webstühlen zu weben: das alles befähigte mich zur Vorbereitung auf die Entlassung aus dem Krankenhaus. Statt mich einer Lobotomie auszusetzen, wurde ich als Person mit einem gewissem Wert behandelt, als menschliches Wesen, trotz der Befürchtungen und der Feindseligkeit einiger Mitglieder des Personals, die – so wie gewisse Verwandte, wenn einem Kind Aufmerksamkeit geschenkt wird, die Mutter warnen, das Kind würde »verwöhnt« – pessimistisch und vielleicht neidisch über das »Getue« um mich redeten. »Sie wird verwöhnt dadurch. Dr. Blake Palmer wird sie ›fallenlassen‹, und bald ist sie wieder im Backsteingebäude.«

Meine Freundin Nola, die unglücklicherweise keinen Preis gewonnen hatte, deren Name nicht in der Zeitung stand, hatte ihre Lobotomie und kam zurück ins Krankenhaus, wo innerhalb der sogenannten Gruppe der »Lobotomien« einige Versuche unternommen wurden, den Prozeß der Normalisierung oder zumindest Veränderung mit persönlicher Betreuung fortzusetzen. Die »Lobotomien« wurden angesprochen, spazierengeführt, mit Make-up und geblümten Schals, die ihre geschorenen Schädel bedeckten, hübsch gemacht. Sie waren still, fügsam; ihre Augen waren groß und dunkel und ihre Gesichter bleich, mit feuchter Haut. Sie wurden »geschult«, sich in die Alltagswelt »einzufügen«, die immer als »Draußen« bezeichnet wurde; »die Welt draußen«. Im Wirbel der Arbeit und des Personalmangels und des allzu langen Schulungsprozesses wurden die Lobotomien der Reihe nach zu den Opfern entzogener Aufmerksamkeit und entzogenen Interesses; der falsche Frühling wurde wieder zum Winter.

Als ich schließlich aus dem Krankenhaus entlassen wurde, blieb Nola zurück, und obwohl sie tatsächlich eine gewisse Zeit außerhalb des Krankenhauses verbrachte, wurde sie oft wieder eingeliefert; ich blieb mit ihr über Jahre in Verbindung, und es war wie in einem Märchen, wo das Bewußtsein und das, was hätte sein können und was war, nicht nur zu sprechen beginnen, sondern zum Leben erwachen und zu einem lebendigen Begleiter, einem Mahner werden.

Nola starb vor wenigen Jahren im Schlaf. Das Vermächtnis ihrer entmenschlichenden Veränderung ist fraglos zum Besitz all derer geworden, die sie kannten; ich trage es immer bei mir.

Ich wurde »auf Probe« aus dem Krankenhaus entlassen. Nachdem ich über zweihundert unabgeschwächte Behandlungen mit Elektroschocks erhalten hatte, von denen jede nach dem Grad der Angst einer Hinrichtung gleichkam, weshalb mein Gedächtnis zersplittert und in mancher Hinsicht für immer geschwächt oder zerstört ist, und nachdem man mir Vorschläge unterbreitet hatte, mich durch eine physische Operation zu einem annehmbareren, zugänglicheren und normaleren Menschen zu machen, kam ich nach Hause, nach Willowglen, äußerlich lächelnd, doch innerlich ohne jedes Selbstvertrauen, in der endgültigen Überzeugung, offiziell eine Nicht-Person zu sein. Ich hatte genug Fälle von Schizophrenie zu Gesicht bekommen, um zu wissen, daß ich nie daran erkrankt gewesen war, und ich hatte die Vorstellung von einem unentrinnbaren geistigen Todesurteil längst fallengelassen. Das Gegengewicht zu dieser Ansicht bildete jedoch die Meinung der »Fachleute« und der »Welt«, und ich war nicht in der Verfassung, mich zu behaupten. Dazu kam noch die Angst, was mit mir geschehen würde, falls ich je ins Krankenhaus zurückkam. Und noch immer existierte die Tatsache, das Problem, dessen Lösung vor acht oder neun Jahren mir die Freiheit gegeben hätte, das Leben zu führen, das ich wollte.

Ein Problem mit einer so einfachen Lösung! Ein Platz, wo ich leben und schreiben konnte, und genug Geld, um mich selbst zu ernähren.

Erschreckend war auch das Wissen, daß der Wunsch zu schreiben, die Freude am Schreiben, kaum in einem Verhältnis zur Begabung steht. War es nicht vielleicht doch so, daß ich mich selbst täuschte, so wie andere Patienten, die ich im Krankenhaus gesehen hatte, vor allem eine, eine harmlose junge Frau, die Tag für Tag still in der Aufnahmestation saß und an ihrem »Buch« schrieb, weil sie eine Schriftstellerin sein wollte – und bei näherer Betrachtung enthüllte dieses Buch seitenweise o-o-o-o-o-o-o, mit Bleistift geschrieben. Oder war das die neue Form der Kommunikation?

Trotz allem freute ich mich, nach Willowglen zurückzukehren, wo ich zumindest hinausgehen konnte unter den freien Himmel, wo ich selbst die einfachste menschliche Funktion verrichten konnte, ohne daß man mich dazu zwang oder mir während der Verrichtung zusah. Ich konnte selbst *bestimmen*, was ich tun wollte, wo ich sein wollte, wie ich empfinden wollte, was für Gedanken ich mir über meine *Zukunft* machen wollte. Die Wörter *bestimmen* und *Zukunft*, die in meiner Kindheit eine so wichtige Rolle gespielt hatten, waren erneut von großer Bedeutung.

Nachdem ich ein Nichts und ein Niemand gewesen war und mich auch so gefühlt hatte, und nachdem man mich in einen Zustand fortgesetzter körperlicher und gefühlsmäßiger Unterwerfung gezwungen hatte, hatte ich nun das Gefühl, als würde die Welt mich überschwemmen und verschlingen; gleichzeitig fügte ich mich unterwürfig allen Vorschlägen und Befehlen anderer, aus der gewohnten Angst heraus, die im Krankenhaus in mir gewachsen war.

Aber welche Freude war es, wieder mit meiner Siggy, die mittlerweile viele Junge hatte, auf den Hügeln herumzuwandern, in der Nähe des Matagouri zwischen den Schafen zu sitzen und zu versuchen, alles zu vergessen außer dem Himmel, über den die Pfeile der Zirruswolken fegten, die mit meinem extraweichen Bleistift zu zeichnen ich mir solche Mühe gegeben hatte. Ich borgte mir ein kleines Zelt von Bruddie aus, der während meines Krankenhausaufenthalts seine eigenen Abenteuer in Neuseeland und Australien erlebt hatte. Ich schlug das Zelt unter den Kiefern auf, so groß war mein Bedürfnis, unter den Bäumen und unter dem Himmel zu sein, und nachts schlief ich im Zelt, und tagsüber saß ich da und schrieb in das Eisenbahnheft hinein, das mein Vater mir gegeben hatte, in seiner traurigen Hast, wieder die alten Zustände herzustellen – alle sollten wieder klein sein und er der König der Welt. Er hatte sich aus seinem Arbeitsleben bei der Eisenbahn zurückgezogen und arbeitete jetzt als Maschinist im Kalkwerk; jeden Tag kam er in einer Wolke von weißem Staub nach Hause, als käme er geradewegs aus einem Schneesturm.

Meine Zeit im Zelt nahm ein abruptes Ende. War es nicht etwas... eigenartig... daß ich in einem Zelt schlafen wollte... die Leute redeten... Ich gab das Zelt auf und schlief wieder in meinem alten Zimmer im Haus.

»Wie schön, daß Janet wieder zu Hause ist«, sagten die Leute in meiner Gegenwart. »Wie geht es ihr? Hätte sie gern ein Stück Butterkuchen?«

Ich wurde Mitglied der neuen Stadtbibliothek und stieß auf William Faulkner und Franz Kafka, und ein paar Bücher, die noch auf meinem Regal standen, entdeckte ich wieder. Ich begann Erzählungen und Gedichte zu schreiben und mir eine Zukunft vorzustellen, ohne die Angst, gepackt und »behandelt« zu werden und nicht entrinnen zu können. Dennoch habe ich immer noch Alpträume von meiner Zeit im Krankenhaus, und oft wache ich voll Schrecken auf, nachdem ich geträumt habe, daß die Schwestern kommen, um mich »zur Behandlung« abzuholen.

Der Gesundheitszustand meiner Mutter hatte sich unter der Betreuung von Professor Smirk aus Dunedin verbessert. Sie suchte regelmäßig seine Klinik auf und wurde ab und zu kurzzeitig ins Krankenhaus aufgenommen, wo sie in der Gesellschaft jener, die keine Familienmitglieder waren, wieder zu einer »Person« wurde. Obwohl sie kaum sechzig war und noch immer davon träumte, ihren Töchtern einen weißen Fuchspelz zu kaufen, hatte das Leben für ihren Mann und ihre Kinder (so sah ich es jedenfalls) sie erschöpft, als hätte sie kein eigenes Leben, wie ein Zweig, der von einem großen Baum geschnitten, seiner eigenen Triebe beraubt und neben blühende Pflanzen gesetzt und an sie gebunden wird, die Kraft des herrschenden Windes nützt und sich nur mit dem Wind bewegt, während die geschützten Pflanzen leicht in einer leisen Ahnung von Sturm erzittern. Mein inneres Bild von meiner Mutter verschmolz auf sonderbare Weise mit ihrer körperlichen Anwesenheit – ihre weißen, schütteren Haare, ihr zahnloser Mund (denn sie hatte nie ein bequemes Gebiß besessen), ihre Godfreysche Habichtsnase, die fast ihr Godfrey-Kinn – oder, wie wir immer sagten, ihr »Erzbischof-von-Canterbury«-Kinn – berührte, ihr verbrauchter Körper in seinem Kostüm aus dem Warenhaus Glasson (zu ihrer Freude kaufte auch Mabel Howard ihre Kleidung bei Glasson) und ihre bei McDiarmids »auf Raten« gekauften breiten Schuhe, ihr Gesicht, heiter wie immer, und ihre Augen, stets bereit, bei irgendwelchen politischen oder persönlichen Ereignissen voll Humor aufzuleuchten. Sie ging nicht mehr zu den Treffen der Christadelphier, enttäuscht von zuviel Streit unter den Pazifisten, aber sie war immer noch Christadelphierin, *Freundin Christi*. Während ihrer ganzen Ehejahre war Christus ihr einziger enger Freund gewesen. Doch sie erzählte noch immer und zählte der Reihe nach ihre Freundinnen aus der Kindheit auf: »Hetty Peake, Ruby Blake, Kate Rodley, Lucy Martella, Dorcas Dryden.« Sie erinnerte sich auch an ihre Freunde. Und als Johnny, Dads Freund aus der Wyndham-Zeit, und seine Frau in den Ruhestand traten und nach Oamaru in unsere Nähe zogen, war Mutter in ihrer Schüchternheit nicht imstande, Mrs. Walker mit *Bessie* anzureden. Mich ließ das Gefühl nicht los, daß Mutter nie an ihrem wahren »Platz« gelebt hatte, daß ihre wahre Welt die Welt in ihrem Inneren war.

Ihr Augenlicht wurde immer schwächer. Wenn sie Knöpfe an Hemden und Pyjamas nähte und die ausgefransten Manschetten der »Mannsbilder« ausbesserte, mußte sie um Hilfe beim Einfädeln ihrer Nadel bitten. Auch ich saß da und nähte, und mein Faden drang rasch und zielsicher durch das Nadelöhr, wie ein winziger Speer. »Janet, kannst du mir die Nadel einfädeln?«, und voll inneren Zorns über ihre Hilflosigkeit nahm ich die Nadel, nicht sanft, und fädelte sie mit der blitzgeschwinden Präzision meiner neunundzwanzig Jahre ein. Sie hatte nie versucht, mit ihren ruhmreichen Schwägerinnen zu konkurrieren und eine geschickte Näherin zu werden, auch hatte sie in all den Jahren keine Zeit gehabt, sich hinzusetzen und zu nähen, während wir Mädchen uns unsere Kleidung seit langem so recht und schlecht selbst machten. Und wenn ich Mutter so hilflos beim Nähen sah, einer Tätigkeit, die ihre einstmals scharfen Augen kaum beansprucht hatte, welche Herzens- und Geistesangelegenheiten vorbehalten gewesen waren, der Dichtung, dem Feuermachen und der Zubereitung der Mahlzeiten, dem Blick auf ihre geliebte »Natur«, dann spürte ich die schreckliche Verarmung ihres Lebens, eine endgültige Beraubung, der ich nicht ins Gesicht sehen konnte. Ich wußte auch, daß ich ihr nie nahe sein würde, denn meine Vergangenheit und meine Zukunft bildeten eine Barriere, die die Vertrautheit, welche zwischen Mutter und Tochter entsteht, verhinderte.

Ich konnte meine Zukunft nicht länger hinausschieben. Ich antwortete auf ein Inserat, in dem ein Hausmädchen im Grand Hotel in Dunedin gesucht wurde, und fügte als Referenzen einen alten Brief des Bürgermeisters von Oamaru und das Empfehlungsschreiben aus der Playfair Street in Caversham hinzu – »stets höflich zu den Gästen... ehrlich... fleißig«. Und wieder fuhr ich, auf dem Weg in meine Zukunft, mit dem Sonntagszug nach Süden, nach Dunedin.

ZWEITER TEIL

Das Finden der Seide

Getrennt von der Zeit wie eine Seidenraupe von der Seide.

16
Grand Hotel

Ich war im Begriff, das dritte Mal, seit ich die Schule verlassen hatte, in Dunedin zu leben, und jedesmal, zuerst mit den Monaten und nun mit den dazwischenliegenden Jahren und Erfahrungen, hatte sich meine Beziehung zu dieser Stadt, die nun meine älteste Bekannte war, vielleicht meine einzige Bekannte, verändert. Ein eigenartiger Reinigungsprozeß hatte stattgefunden – das oberflächliche Staunen, eine Studentin zu sein, war verflogen; dann der zweite Aufenthalt, die Tage der Qual, der Entdeckung der Schizophrenie und der Musik und der gutaussehenden jungen Männer, das Schreiben meiner Erzählungen und mein Versuch, auf poetische Weise verrückt zu wirken, das Festhalten an meiner gescheiterten Lehrerinnenlaufbahn, das Wandern am Leith, das selbst auferlegte übertriebene Bewußtsein *meiner persönlichen* Tragik – auch diese Tage waren verschwunden und hatten den Geist Judas und Christminsters, des gelehrten Zigeuners und Oxfords mit sich genommen –

> Am Steg aus Holz bin ich an dir vorbeigegangen,
> In deinem weiten Mantel trotztest du dem Schnee
> Und blicktest gegen Hinksey, winterlich verhangen.
> Und du erklommst den Hügel,
> Die weiße Stirn von Cumner lag vor dir;
> Du sahst dich um im dichten Flockentanz,
> Und Christchurch Hall lag da im Lichterglanz –

– und aller, die je an Universitätsflüssen und vor alten Gebäuden aus grauem Stein träumten.

Jetzt, bei meinem dritten Aufenthalt in Dunedin, waren die Universität und die Pädagogische Hochschule nicht mehr meine Welt: ich hatte keine Welt. Union Street, Frederick Street, Dundas Street, die ganze frühere Umgebung, sie waren wie Spielzeugstraßen mit Spielzeughäusern, in denen die Spielzeugmenschen durch neue Spielzeugmenschen ersetzt worden waren und noch immer über die alten Themen redeten und lachten.

Ich nahm ein Taxi vom Bahnhof bis zum Grand Hotel, das stattlich an der Ecke stand, mit seinem lackierten Holz und seinem polierten Messing, wie ein stolzes Schiff. Die Direktorin, würdevoll, doch leicht betrunken, kam ins Foyer und erklärte, es müsse sich um einen Irrtum handeln, sie benötigten eine *Kellnerin* und kein Zimmermädchen.

»Vielleicht versuchen Sie es woanders, Miss Frame«, sagte sie, während ich, bereits meine schlafenden, verletzten Wurzeln entrollend, versuchte, keine allzu große Angst und Bestürzung zu empfinden und rasch erwiderte: »Oh, ich habe Erfahrung als Kellnerin. Dann arbeite ich eben als Kellnerin.«

»Sie bekommen sechs Pfund netto die Woche, alles inklusive.«

Alles inklusive.

Mein Zimmer war ein Mansardenzimmer im obersten Stock, und das kleine Fenster blickte von der festungsartigen Fassade auf die Princes Street hinaus und auf die gegenüberliegende Seite, auf die Praxen der Zahnärzte und die Versicherungsbüros. Das ganze Personal war im obersten Stockwerk untergebracht.

Ich trug einen gestärkten weißen Arbeitskittel, weiße Schuhe und eine gestärkte Haube. Man wies mir eine »Station« oder Tischgruppe zu, die ich zu bedienen hatte, und ich lernte rasch die Sprache und das Verhalten, das von mir erwartet wurde. Ich machte mich auch mit den dortigen Gepflogenheiten vertraut, von dem Benehmen, das man gegenüber der Oberkellnerin, dem Direktor und seiner Frau an den Tag zu legen hatte (deren Ähnlichkeit mit jenen, die ich in Christchurch gekannt hatte, mich verblüffte, bis ich begriff, daß ein solches Gewerbe von Menschen ausgeübt wird, die sich äußerlich wie innerlich gleichen), bis hin zur Küchenroutine und zum Tischdecken, zu der ganz bestimmten Weise, in der man die Servietten zu einer Rosette faltete. Ich lernte auch, die Erregung unter den anderen Kellnerinnen zu spüren, wenn Gäste wegfuhren und Aussicht bestand, daß ein Trinkgeld unter dem Teller hinterlassen worden war. Die Stammgäste, die reichlich Trinkgeld gaben, waren bekannt, und man kämpfte darum, daß sie sich an den eigenen Tischen niederließen, doch Doreen, die Oberkellnerin, eine kleine blonde Frau in Schwarz mit Spitzenkragen und Spitzenmanschetten, bestimmte die Sitzordnung für wichtige Gäste und übernahm dann oft die Station, so daß sie es war, die letztlich die Trophäen für die Bedienung einsammelte. Die Kellnerinnen beobachteten einander mit scharfem Blick, es gab Augenblicke ängstlicher Besorgnis, wenn die Gäste ihre Teller beseite schoben, und man näherte sich dem Tisch mit gespielter Gleichgültigkeit, hob den Teller diskret hoch und steckte das Trinkgeld ein. Ich schämte mich meiner gesteigerten Erregung an Tagen, wenn ein Gast abfuhr, und meiner versteckten, heftigen Gier, wenn ich das Trinkgeld sanft mit der Hand umschloß und dort bewahrte, bis ich es unbeobachtet in meine Tasche gleiten ließ.

Das Grand Hotel war ein angenehmer Arbeitsplatz. Es gefiel mir, in meiner Uniform, mit der Serviette über dem Arm, im Speisezimmer herumzugehen. Ich entwickelte einen Ehrgeiz darin, mich an die Bestellungen zu erinnern und die Teller übereinanderzustapeln. Das Personal hatte die Möglichkeit, seine freien Tage und seine Arbeitszeit selbst einzuteilen, und oft konnte ich mit einer anderen Kellnerin den Dienst tauschen, so daß ich zwei oder drei Tage hintereinander frei hatte und entweder heim nach Willowglen fuhr oder im Hotel blieb und die Sicherheit genoß, die es bedeutete, einen Platz zum Schlafen, gutes Essen und einen Verdienst von sechs Pfund *netto* die Woche zu haben. Ich kaufte eine gebrauchte Schreibmaschine und begann Erzählungen und Gedichte zu schreiben. Ich schrieb »Die Kellnerinnen«, »Der Fahrstuhlwärter«, Gedichte, die im *Listener* veröffentlicht wurden. Ich schrieb über Kafka und über ein Konzert des Alma-Trios und ein Gedicht mit dem Titel »Die Anzahlung«, das Ergebnis eines unbesonnenen Aufbruchs in die Welt der Ratenzahlung, als ich ein Radio mit Plattenspieler und eine Schallplatte kaufte, Beethovens Siebte Symphonie, die ich im Konzertprogramm des Rundfunks gehört hatte und die ich nun leise in meinem Mansarden-Zufluchtsort spielen konnte. Der Tanz. Für mich *war* es der Tanz, erfüllt von einer besonderen Freude und Freiheit, mit dem eindringlichen Rhythmus des letzten Satzes, wie das Schwingen eines kristallenen Hammers, der sich zur Errichtung eines Kristallpalastes ohne Mauern eignet, den Luft und Licht aus allen Ecken und Enden der Erde und des Himmels durchströmen.

Außerhalb meines Zufluchtsortes verflüchtigte sich allmählich meine Flitterwochenwonne über die Welt des Servierens. Um mich gegen Fragen über meine »Vergangenheit« zu wappnen, ließ ich die anderen wissen, daß ich »eigentlich eine Studentin« sei und »hoffe, Schriftstellerin zu werden«. Zu meinem Leidwesen war mir bewußt, daß ich, die ich in der Welt keinen »Platz« zu haben glaubte und nicht bereit war zu akzeptieren, daß ich überall existieren konnte, mir für eventuelle Fragen die Pose einer heimlichen Prinzessin unter den Küchenjungen zulegte; allerdings nicht in der Öffentlichkeit; nur wenn eine vom Personal in mein Zimmer kam, um über Liebesprobleme zu sprechen – und sollte sie denn, wenn er verheiratet war, und was blieb ihr denn anderes übrig, ein Leben als Kellnerin, und man endete wie T. oder M.

Dann kam die Frage: »Und was ist mit dir? Was machst du eigentlich hier?«

Und dann sagte ich, daß ich ein Buch geschrieben hätte, aber da ich kein Exemplar der *Lagune* besaß, weil viele meiner Bücher verschwunden waren, als man mich lebenslänglich im Krankenhaus, das heißt tot, wähnte, waren meine Kolleginnen skeptisch. Ich zeigte ihnen mein Gedicht »Die Kellnerinnen«, das im *Listener* abgedruckt worden war, unter meinen Initialen.

Ihr größter Wunsch jedoch war es, daß ich eine von ihnen werden, mich ihnen bei ihren Aktivitäten anschließen sollte.

»Deine Haare, deine Kleider, sie sind scheußlich. Und dein Lippenstift hat die falsche Farbe. Du mußt aufpassen, was für Farben du trägst bei deinem roten Haar. Niemals rot – das beißt sich. Grün- und Brauntöne. Oder Blau, das paßt zu deinen blauen Augen. Warum kommst du Samstag abend nicht mit uns zum Tanzen ins Rathaus? Und warum läßt du dir nicht deine Haare glattziehen? Sie würden viel besser aussehen, wenn sie glatt wären.«

Nach Jahren, in denen andere über mich verfügt hatten, unter Androhung von Einzelhaft oder »Behandlung«, falls ich nicht gehorchte oder, um den offiziellen Ausdruck zu verwenden, »unkooperativ« war, war ich bereit, jeden Vorschlag anzunehmen. Grün und Braun wurden *meine* Farben. Kühn ging ich in die Kosmetikabteilung im Warenhaus DIC, wo die Verkäuferin Lippenstifte auf meinem Handrücken ausprobierte und so »meinen« Farbton »Mandarine« auswählte. Ich kaufte Rosenmilch für meine Haut und das Parfum »Evening in Paris« in einer tiefblauen Flasche. Und als die anderen Kellnerinnen meine Bemühungen sahen, »etwas aus mir zu machen«, wie sie es ausdrückten, waren sie zufrieden. »Jetzt bist du eine von uns«, sagten sie.

Nach der Arbeit saßen wir da und redeten über unsere Kleidung, unsere Haare, unseren Chef und seine Frau und über uns, und daß Mabel übergeschnappt sei und Laura ein bißchen »komisch« – wer glaubte ihr schon die Geschichte mit der Verlobung mit dem Taxifahrer, wo er immer auf Abstand blieb? Ja, wer schon?, dachte ich, denn Mabel und Laura waren nur zwei der innerlich Unangepaßten, die sich ohne das Mitgefühl oder die Hilfe anderer von Hotel zu Herberge und Pension treiben lassen, wo sie ein vorübergehendes Zuhause finden und »für soundsoviel die Woche, alles inklusive« arbeiten. Ich fühlte mich als eine von ihnen: Wo sollten sie sonst leben?

Meine Flitterwochenwonne fand schließlich in der Hotelküche ihr Ende. Die Portionen für Männer und Frauen waren unterschiedlich, die Männer bekamen mehr – und, wenn es sich um ein Hühnchen handelte, das *Bein* oder den *Flügel* –, während die Frauen weniger bekamen und immer die Hühner*brust*, und wenn ich durch die Schwingtür trat, um meine Bestellung aufzurufen, mußte ich schnell rufen: *Hühnchen, ein Herr*, oder *Hühnchen, eine Dame*. *Rindfleisch, ein Herr, Rindfleisch, eine Dame*. Meine Stimme war leise, ich schrie ungern, und ich empfand die Wörter Herr und Dame als unangenehm. Deshalb gab ich meine Bestellung mit den Worten *Hühnchen, ein Mann*, *Rindfleisch, eine Frau* auf und warf so die ganze Tradition der Küche des Grand Hotel über den Haufen.

Die zweite Köchin, eine Frau von schroffem Wesen, die sich gern aufspielte, unternahm einen stänkernden, wütenden Angriff auf meine Ausdrucksweise und weigerte sich, meinen Bestellungen nachzukommen, wenn ich sie nicht in der herkömmlichen Weise aufgab, und da sie meinen Widerwillen spürte, bestand sie darauf, daß ich meine Bestellung mehrmals wiederholte. Das Bestellen der Mahlzeiten wurde mir zur Qual. Eines Tages lief ich in Tränen aufgelöst aus der Anrichte, hinauf in mein Mansardenzimmer, und als Pat, die Kellnerin, in mein Zimmer kam, sagte ich, ich fühle mich nicht wohl.

Ich fragte mich, was ich tun, wohin ich gehen sollte. Es gab keine Möglichkeit. Ich versuchte, ruhig zu bleiben. Ich war doch frei, nicht mehr eingesperrt. War ich frei?

Am Abend ging ich zurück in den Speisesaal.

»Kümmere dich nicht um Molly, sie ist eben so«, flüsterte Pat, als wir am Serviertisch standen und darauf warteten, daß die Gäste hereinkamen. »Heute abend sind sie spät dran. Es wird ewig dauern, bis wir wegkommen. Aber kümmere dich nicht um Molly.«

Pat war groß, mit dunklen, lockigen Haaren. Es war ihr Ehrgeiz, hinauf in den Norden zu gehen und eine Konditorei zu betreiben und vielleicht zu kaufen.

»Kommst du morgen abend mit ins Rathaus?« fragte sie. »Wir gehen alle.«

Ich hatte mir bei DIC einen modischen Stoff gekauft, *Everglaze*, ein knitterfreier Baumwollstoff, der letzte Schrei, und ein Schnittmuster und war dabei, mir mit der Hand ein Kleid zu nähen, das ich irgendwann abends zum Tanzen anziehen würde. An diesem Abend inspizierte Pat mein Kleid und half mir mit dem Saum des Glockenrockes.

»Glockenröcke sind schwer zu säumen.«

»Wirst du wirklich Schriftstellerin?« fragte Pat.

»Ich hoffe es.«

»Kümmere dich nicht um Molly in der Küche. Zweite Köche sind immer so. Der Chefkoch kommandiert herum, der zweite Koch hält sich für wichtig und der dritte Koch macht die ganze Arbeit. Ich fühlte mich schrecklich, als ich anfangs hierherkam. Ich hatte vorher einen Nervenzusammenbruch, weißt du.«

»Ich war in einer Nervenklinik«, sagte ich und brach in Tränen aus.

Am nächsten Abend gingen Pat und ich und zwei von den anderen todschick angezogen, ich in meinem neuen Everglaze-Kleid mit dem Glockenrock und den Keulenärmeln, in das zwei Häuserblocks entfernte Rathaus.

»Ist es nicht toll, in einem Hotel zu wohnen, man kann überallhin zu Fuß gehen?«

Die Tanzveranstaltung im Rathaus hatte schon angefangen, die Band spielte, man hörte das schleifende Geräusch der Tänzer auf dem bestäubten Fußboden, aber es waren noch nicht viele Tänzer da. Eine Reihe von Männern stand an einer Wand, eine Reihe von Frauen an der gegenüberliegenden; die Frauen warteten verlegen darauf, daß die Männer sie zum Tanzen aufforderten, während die Männer den Blick über sie schweifen ließen, ruckartige, hüpfende Bewegungen machten und mit den Füßen auf dem Boden scharrten, fast wie preisgekrönte Stiere bei einer Ausstellung.

Ich saß bei den anderen Mädchen vom Hotel. Eine nach der anderen wurde zum Tanzen aufgefordert. Ich blieb sitzen, noch voll angenehmer Erwartung, bewegte den Kopf im Takt der Musik, klopfte im Rhythmus mit den Füßen auf den Boden, um jedem, der vielleicht zu mir hinsah, zu zeigen, daß ich nur zu gern tanzen wollte – aber doch nicht allzugern, nicht so, daß ich meinen Stolz vergaß; doch wieviel Stolz bleibt einem, wenn man warten muß, bis man aufgefordert wird?

Ich hatte ein Geheimnis: Dies war meine erste Tanzveranstaltung, abgesehen von den Tanzereien im Krankenhaus, wo ich viele Schritte gelernt und zwei anhängliche Partner gehabt hatte – den kahlköpfigen Mann mittleren Alters, der alt genug war, um mein Vater zu sein, und den traurigen jungen Ex-Soldaten, dunkel und schön, der glaubte, er kämpfe immer noch im Zweiten Weltkrieg in Italien. Als ich ein Kind war, war ich stets aufgeregt bei den Abenteuern des *ersten Mals* und begierig darauf, sie mit anderen zu teilen. Nun hatte ich so viele Erfahrungen des Alltagslebens versäumt, daß meine »ersten Male«, nicht mehr im Gleichschritt mit denen der anderen, als peinlich empfunden wurden. Auch hatte ich Literatur über erste Tanzabende verschlungen, darunter die Erzählung von Katherine Mansfield, »Her First Ball«, »Ihr erster Ball«. Meine Schwestern machten sich über diesen Titel lustig, da er sie an die schnell aufgeschnappten Anzüglichkeiten über Farmer»balls« und Schafscherer»balls«, die männlichen Accessoires, erinnerte. Das Wort »ball« paßte nicht mehr zu Mutters Träumen von Wiener Walzern und Wiener Nächten.

Es *war* ein Ereignis – meine erste Tanzveranstaltung; der Schweißgeruch, das Geplapper, die Musik; die glänzenden Nasen, die mit einer Puderquaste betupft wurden. Ich hatte Schweißblätter aus Gummi in die Armausschnitte meines Kleides genäht, und ich spürte den klebrigen Gummi an meinen Armen. Ich saß immer noch geduldig wartend da, sah den Tänzern zu und versuchte so zu tun, als sei das der Grund dafür, weshalb ich im Rathaus war – um den Tänzern zuzusehen. Ah, da kam der Maxina, der Twostep und – oh, der Destiny. Ich beherrschte sie alle. Fordert mich auf, fordert mich doch auf. Eine ältere Frau saß neben mir und begann zu reden.

»Wir könnten hinaufgehen und ihnen zusehen. Von oben hat man eine gute Sicht.«

Ich setzte mich auf einen anderen Platz. Wie konnte sie es wagen, wie konnte sie sich erdreisten anzunehmen, daß ich genauso war wie sie, eine Vogelscheuche, die nicht tanzte! Sogar die übergeschnappte Laura tanzte. Und es gab noch eine Reihe von Männern, die niemanden aufgefordert hatten. Mein angenehmes Gefühl begann zu schwinden und enthüllte den zugrundeliegenden Schmerz, eine dumpfe, gekränkte Enttäuschung. Ich spielte mit meinem neuen Abendtäschchen herum, das schwarz war und glitzerte – Ziermünzen –; o ein Kleid, o ein Täschchen mit aufgenähten Ziermünzen! Ich ließ das Täschchen aufschnappen und warf einen Blick auf meine Max-Factor-Puderdose und mein Parfum Evening in Paris. Dann machte ich das Täschchen zu, versuchte, gelassen auszusehen, und verließ das Rathaus, ging zum Octagon und in die Princes Street und nach Hause ins *Grand*. Das wär's also gewesen, mein Versuch, in der Welt zu leben, und sein Fehlschlag, dachte ich, während ich meine Schallplatte mit der Siebten Symphonie spielte. Der Tanz. Ich hörte, wie die anderen zu später Stunde nach Hause kamen, sich eine Tasse Kaffee oder Tee machten, lachten, redeten. Sie hatten sich amüsiert. Und als sie mich am nächsten Morgen fragten: »Wie hat es dir beim Tanzen gefallen?«, antwortete ich: »Es war toll, nicht?«

Sie waren derselben Meinung. »Es war eine tolle Tanzerei.«

17
Mr. Brasch und Landfall

Manchmal stöberte ich in der Buchhandlung der Moderne herum (der ehemaligen Bücherkooperative), wo ich hoffte, einen flüchtigen Blick auf einen Literaten aus Dunedin oder aus dem Norden zu erhaschen. Ich kannte mittlerweile die meisten Erzählungen aus *Für uns selbst gesprochen* auswendig, auch die biographischen Anmerkungen über die Schriftsteller und das einleitende Kapitel, das, so wie die Einleitung des Buches *Neuseeländische Versdichtung*, mein Leitfaden zur neuseeländischen Literatur wurde. Ich akzeptierte jedes Urteil, ohne es in Frage zu stellen: Wenn von Gedichten oder

Erzählungen behauptet wurde, sie seien »herausragend«, dann glaubte ich, daß es so sei, und wenn ich nach Beweisen suchte, fand ich diese Beweise immer. Diese beiden Bücher gehörten zu meinen wenigen Verbindungen zum Jahr 1945.

Ich kaufte ein Exemplar von *Landfall* und las es voll Ehrfurcht – hier schrieb der Avantgarde-Dichter Maurice Duggan Sätze ohne Verben, sogar solche, die nur aus einem Substantiv bestanden. Und er verwendete Kursivdruck und stellte Szenerien aus Neuseeland dar, die mir unbekannt waren, hauptsächlich aus dem Norden, und die subtropische Hitze knisterte in den Seiten, und die alten Molen verrotteten, und die Mangrovenbäume standen tief im grauen Schlamm; er schien gern über die Mangrovenbäume zu schreiben und über langhaarige Frauen in Schlafzimmern und über alles, was glänzte – Blätter und Haut und Wasser; das war der Norden.

Die Gedichte in *Landfall* waren obskur, gelehrt, sehr sorgfältig verfaßt in konventionellen Strophen und mit kompliziertem Reim und Rhythmus; gelegentlich hatte sich ein vielleicht sechszeiliger Schlingel von freiem Vers eingeschlichen. Ich begriff, daß man sich kaum einen Dichter nennen konnte, wennn man nicht in *Landfall* abgedruckt wurde.

Dann, eines Tages, sah ich Charles Brasch hinter dem Ladentisch stehen und Bücher verkaufen. Charles Brasch, der Dichter!, dachte ich,

Sprich für uns, großes Meer.
Sprich in der Nacht und zwinge
Das kalte Herz zu hören,
Das Denken zu vergessen.
O sprich, bis deine Stimme
Die Nacht beherrscht
Und die Einsamen, Angstvollen segnet.

Ich kaufte ein Buch mit Gedichten von Allen Curnow. Ich bemerkte Mr. Braschs beifälligen Blick, während er es für mich einpackte. Dann sagte er, wie überrascht: »Oh. Sie sind doch Janet Frame? Leben Sie jetzt in Dunedin?«

»Ich bin seit ein paar Monaten hier. Ich wohne und arbeite im Grand Hotel.«

Er blickte verlegen und sagte nochmals: »Oh.«

Dann fragte er, ob ich nachmittags einmal zu ihm nach Hause zum Tee kommen wolle. Ich blickte schüchtern.

»Ja.«

»Wie wär's mit kommendem Donnerstag? Um halb vier?«

»Ja, das würde gehen.«

Er gab mir seine Adresse in der Royal Terrace. Er hatte die Augen eines Dichters, eine sanfte Stimme und dichtes schwarzes Haar. Ich dachte an seine Gedichte aus dem Buch *Neuseeländische Versdichtung*: es waren geheimnisvolle Gedichte, Fragen an die Berge, das Meer und die Toten, gestellt mit der traurigen Gewißheit, daß es keine Antwort darauf gab.

»Wir sehen uns also am Donnerstag. Und denken Sie daran, wenn Sie irgendwelche Beiträge für *Landfall* haben, können Sie sie immer hier im Geschäft hinterlassen.«

»Ja«, sagte ich und lächelte schüchtern.

Am Abend erzählte ich Pat und Doreen, daß ich am Donnerstag zum Tee im Haus eines Dichters eingeladen sei.

»Er ist einer unserer besten Dichter«, sagte ich.

»Was wirst du anziehen?« fragten sie.

Ich hatte Geld für einen grünen Mantel gespart, den ich im Schaufenster von Mademoiselle Modes gesehen hatte, aber ich hatte die zehn Pfund noch nicht beisammen.

»Ich habe keinen Mantel«, sagte ich.

»Zieh deine Jacke und den Rock an. Und etwas, damit dein Hals nicht so bloß aussieht. Eine Kette? Perlen wären am besten. Du brauchst Perlen.«

»Wo soll ich denn Perlen herbekommen?«

»Ist der Dichter reich?« fragten sie.

»Angeblich.«

»Dann brauchst du dir ja keine Sorgen zu machen. Aber trag einen Büstenhalter.«

Am nächsten Tag ging ich zum Modecenter am Moray Place, wo eine Frau von wuchtigem Körperbau in Schwarz mit einem schwarzen Samtstreifen um den Hals und Ohrringen wie Tante Isy mich in die Ankleidekabine komplimentierte.

»Möchten Sie einen tiefen Ausschnitt oder Körbchen?«

Die Aufmerksamkeit der anderen und ihr Interesse an der Einladung zum Tee waren mir peinlich. Bald wußten alle, daß ich ging.

Sogar der Fahrstuhlwärter erwähnte es. Auch er war einer der traurigen Nichtangepaßten, für den ein Arbeits- und Wohnort wie ein Hotel Schutz bedeutete und der innerhalb der Hotelgrenzen stark und selbstbewußt erschien, dem jedoch auf der Straße seine Schwachheit und Andersartigkeit ins Gesicht geschrieben stand.

Der Donnerstag kam, es sah nach Regen aus.

»Vielleicht schenkt er dir einen Mantel«, sagte jemand, »wenn er erfährt, daß du keinen hast.«

Ich ging den Hügel hinauf Richtung Royal Terrace. Ich war viel zu früh dran. Ich schlenderte umher, blickte hinaus über den Hafen und die Halbinsel und erspähte die Wahrzeichen Universität, Museum (undeutlich zwischen den Bäumen), Hauptschule und, kaum sichtbar am Fuß der Union Street, die Pädagogische Hochschule. Ich blickte in die Richtung des Sportplatzes mit seinen Pfützen und Möwen, und ich dachte an die Garden Terrace 4 und an Tante Isy, die nicht mehr dort wohnte. Endlich getrennt von den Schokoladentrophäen ihres Tanzes, hatte sie sich dem Ursprung ihrer Kunst zugewandt, ihrem früheren Tanzlehrer, und ihn nach kurzer Bekanntschaft geheiratet; ich hatte sie mit ihm gesehen, beide lachend und glücklich, als sie mit dem Expreßzug »durchfuhren«, auf dem Weg nach Mangakino, wo sie in einem Haus ohne Bäume im Garten wohnen wollten.

Ich blickte in Richtung Caversham. Ich dachte an das Haus in der Playfair Street; der Blick darauf war durch die düsteren Umrisse des Parkside-Altenheims verstellt. Und ich dachte an den Fußballplatz in Carisbrook und Peng McKenzie, wie er die Mannschaften auf der »Eisenbahnseite« oder der »Cargill-Road-Seite« ankündigte und – *Peng*, Tor!

Schließlich brachte ich den Mut auf, an die Tür in der Royal Terrace zu klopfen. Mr. Brasch begrüßte mich und führte mich in ein großes Zimmer mit vielen Büchern an den Wänden, wo er Tee und Gewürzkuchen servierte, während eine weiße Katze namens Whizz-Bang zusah. Ich erzählte Mr. Brasch, daß meine Mutter für die alte Mrs. Beauchamp, Katherine Mansfields Großmutter, gearbeitet hatte, und für »den alten Mr. Fels«, seinen eigenen Großvater.

»Sie kann sich noch an Sie und Ihre Schwester erinnern.«

Mr. Brasch blickte streng. Ich hatte das Gefühl, er habe etwas gegen persönliche Erinnerungen und Anspielungen, aber worüber sollte ich sonst reden? Ich wußte so wenig. Er begann über die neuseeländische Literatur zu sprechen. Ich blieb stumm. Ich dachte: Er weiß sicher, wo ich während der letzten acht Jahre gewesen bin. Plötzlich war ich den Tränen nahe. Ich war linkisch, und auf meinem Teller und dem weißen Teppich lagen Gewürzkuchenkrümel. Dann fiel mir die Einleitung von *Für uns selbst gesprochen* ein, und ich äußerte murmelnd ein paar Ansichten über die Erzählungen und zitierte dabei direkt aus dem Text.

»Das finde ich auch«, sagte Mr. Brasch.

Unser Gespräch erstarb. Mr. Brasch schenkte Tee aus einer schönen Kanne mit einem Peddigrohrhenkel nach.

»Ich mag diese Teekanne sehr«, sagte er, als er meinen Blick bemerkte.

»Ich glaube, ich muß jetzt gehen«, sagte ich.

»Vergessen Sie nicht, wenn Sie irgendwelche Erzählungen oder Gedichte haben, dann hinterlassen Sie sie in der Buchhandlung.«

»Ja«, flüsterte ich schüchtern.

Als Mr. Brasch die Tür öffnete, sagte er bestürzt: »Oh, es regnet, und Sie haben keinen Mantel. Wollen Sie einen Mantel?«

»Nein danke, ich habe es nicht weit.«

Als ich ins Grand Hotel zurückgekehrt war und meine Arbeitskollegen mich über meinen Besuch ausfragten, sagte ich hinterlistig: »Er hat mir einen Mantel angeboten.«

Sie waren beeindruckt.

»Aber du hättest Perlen tragen sollen«, sagten sie.

In jener Woche tippte ich eine Erzählung und zwei Gedichte für *Landfall.* Die Erzählung »Ginster und Menschen sind zweierlei« handelte von einem Besuch meiner selbst und einer anderen Patientin in Dunedin, in Begleitung einer Krankenschwester. Nach den vielen Jahren im Krankenhaus besaß ich fast keine Kleidung, vielleicht weil meine Familie sich vorstellte, daß alle Leute im Krankenhaus Patienten sind, die im Bett liegen und Nachthemden tragen; außerdem konnte es sich meine Familie nicht leisten, mir Kleider zu kaufen, und ich bat sie nur ungern darum; deshalb schickte mich die Krankenhausbehörde mit einer Schwester nach Dunedin, die mir Unterwäsche kaufen und die Angelegenheiten der anderen Patientin erledigen sollte, einer Frau, die gerade ihren einundzwanzigsten Geburtstag hatte und »mündig« wurde, wie man es nannte. Sie hieß

Linda, eine kleine, dürre Person, die seit ihrer frühen Kindheit im Krankenhaus war und ihre zwergenhafte Größe damit erklärte, daß sie »unehelich« sei und ihre Mutter nicht gewollt habe, daß sie wachse. Nur das Personal kannte den Grund, weshalb sie im Krankenhaus war. Die Patienten, darunter auch ich, sahen sie als eine kleine Person, gewitzt, willensstark, imstande, sich gegen viele der Patienten im Aufenthaltsraum durchzusetzen, sowohl im »sauberen« Aufenthaltsraum als auch in dem, der der »schmutzige« genannt wurde. Linda hatte auch die Herrschaft über den Radioapparat und wählte das Programm aus. Seit Monaten freute sie sich auf ihren »Einundzwanzigsten«, sie sah darin die Erfüllung all ihrer Träume und war überzeugt, sie würde sich dann verloben, vielleicht sogar heiraten, und »aus dieser Bruchbude abhauen«. Um auf ihre Verlobung vorbereitet zu sein, hatte sie einen hübschen blauen Ring im Krankenhausladen gekauft, dem wir allwöchentlich einen Besuch abstatteten, um das uns vom Staat gewährte Taschengeld von fünf Shilling auszugeben. Linda war überzeugt, daß ihr Tag in Dunedin mit ihrer nahenden Verlobung und Freiheit in Zusammenhang stand.

Ihre Aufregung war ansteckend. Es würde ein wunderbarer Tag werden. Kuchen, Eis, vielleicht ein Kinobesuch, wo wir in einem »richtigen« Publikum sitzen würden. Und Linda, die auch niemanden hatte, der sie mit Kleidung versorgte, sollte einen Rock und Unterwäsche bekommen.

Meine Erzählung versuchte die Realität des Besuches zu vermitteln. Die Schwester hatte mir erklärt, daß Linda den wahren Grund für den Besuch in Dunedin nicht kannte – sie sollte einen Beamten aufsuchen, der sie, nun, da sie einundzwanzig und erwachsen war, offiziell »lebenslänglich« ins Krankenhaus einweisen sollte.

Auch nach unserer Rückkehr aus der Stadt redete Linda noch von dem »netten Mann«, der »speziell« mit ihr gesprochen habe und ihr »zukünftiger Ehemann« hätte sein können, »nur war er zu alt. Er hat aber gewußt, daß ich erwachsen bin, daß ich schon meinen Einundzwanzigsten gehabt habe. Ich habe ihm meinen Verlobungsring gezeigt, *Safiere*«.

Die beiden Gedichte, die ich *Landfall* anbot, vergißt man am besten, so unbeholfen waren sie geschrieben. »Das Schlachthaus« begann folgendermaßen:

Der Geist, der das Schlachthaus betritt,
muß ruhig sein, ganz ruhig,
muß reingewaschen, begossen werden, wo die narbige Haut
sich klammert an winzige Bakteriengedanken,
muß den betäubenden Hammer
schweigend erwarten,
nichts wissend von künftiger Last.

Die Behandlung mit Elektroschocks mag vielleicht viele düstere Erinnerungen zu Tür und Tor hinausjagen; sicher ist jedoch, daß sie die düsteren Erinnerungen an sie selbst, nämlich an diese Schockbehandlung, hereinbittet als ständige Bewohner.

Ich hinterlegte die Erzählung und die Gedichte in der Buchhandlung der Moderne, in einem an Charles Brasch adressierten Umschlag, dann ging ich wieder ins Grand Hotel, um die Antwort abzuwarten. Ich saß in meinem Zimmer und dachte mir alle möglichen Urteile aus, stellte mir vor, wie Charles Brasch in seinem Zimmer mit den vielen Büchern den Umschlag öffnete, die Blätter herausnahm, sie auseinanderfaltete, las und dachte: »Endlich! Hier ist eine neue Erzählerin. Wir sprechen wirklich *für uns selbst.* Was für eine Sensibilität! Was für subtile Andeutungen, niemals direkte Feststellungen. Die Anspielung auf den Ginster ist gelungen – diese beiläufige Bemerkung der Krankenschwester, als das Auto das Kilmog-Krankenhaus verläßt... Was für Erfahrungen diese Frau gemacht haben muß (was für tragische Erfahrungen!), daß sie so schreibt. Eine geborene Schriftstellerin.«

Aber – angenommen, er hielt die Arbeit nicht für gut? Vielleicht würde er feststellen, wie ein Schulzeugnis: »Könnte besser sein. Entspricht nicht den Anforderungen.«

Ich hatte keine Kopie von meiner Erzählung gemacht und konnte sie nicht noch einmal lesen. Was hatte ich geschrieben?

Noch vor dem Wochenende erhielt ich im Grand Hotel einen langen, dicken Umschlag, der meine Erzählung und die beiden Gedichte enthielt. Mr. Braschs Kommentar lief darauf hinaus, daß die Arbeit interessant sei, die Gedichte sich jedoch nicht so recht eigneten, während die Erzählung »Ginster und Menschen sind zweierlei« »zu quälend« sei, »um veröffentlicht zu werden«.

Als ich den Brief auf dem offiziellen Briefpapier von *Landfall* gelesen hatte, wurde mir allmählich klar, wieviel Hoffnung ich in meine Beiträge für *Landfall* und ihre Veröffentlichung gesetzt hatte. Ich schien mein ganzes Leben und meine ganze Zukunft mit in diesen Umschlag gesteckt zu haben. Ich fühlte, wie ich in bodenlose Verzweiflung versank. Was blieb mir denn, wenn ich nicht schreiben konnte? Das Schreiben mußte doch meine Rettung sein. Ich hatte das Gefühl, als lösten sich meine Hände vom Rand des Rettungsbootes, an den sie sich geklammert hatten. Mein Kummer wurde jedoch dadurch gelindert, daß zumindest der *Listener* meine Texte abgedruckt hatte. Ich vernichtete meine Erzählung und die beiden Gedichte. Ich tröstete mich mit dem Gedanken, daß ich während meiner Jahre im Krankenhaus, als ich mich an mein Exemplar mit Shakespeares Dramen klammerte, es unter Strohmatratzen versteckte und es mir, nachdem es mir weggenommen worden war, durch List zurückeroberte, gar nicht oft darin las, sondern nur die hauchdünnen Seiten umblätterte, die mir irgendwie die Bedeutung der Wörter vermittelten – daß ich damals den Geist des *Sturms* in mich aufgenommen hatte. Selbst Prospero in seiner Zelle mit seinen Büchern hatte einen echten Schiffbruch und den Schiffbruch seines Ichs erlitten; seine Insel war unzugänglich und nur durch einen Sturm hindurch erreichbar.

In jenem Jahr wurde ich offiziell für »geistig gesund« erklärt, und in einem Anfall von Kühnheit, der auf die Wiedergewinnung meiner geistigen Gesundheit folgte, nahm ich die Einladung an, bei meiner Schwester und ihrem Mann in Northcote, Auckland, zu wohnen. Ich verließ das Grand Hotel (»stets freundlich zu den Gästen«) und fuhr zurück nach Willowglen, um mich auf meine Reise nach Auckland vorzubereiten.

18
Das Foto und die Heizdecke

Bisher schien mein Erwachsenenleben aus einer Reihe von Reisen zu bestehen, aus einem Tanz nach Norden und Süden, hin und zurück durch das Land. Warum ging ich nun von Dunedin weg?

Amtliche Gesichtspunkte spielten eine Rolle: Ich war nun offiziell, vor dem Gesetz, eine Bürgerin, durfte wählen und ein Testament verfassen. Auch hatte ich beschlossen, daß Servieren nicht meine Art von Arbeit war. Oben im Norden (jenem magischen »oben im Norden«) würde ich sicher auch nur als Zimmermädchen arbeiten können, und dabei konnte ich Zeit mit mir selbst verbringen, allein mit meinen Gedanken, mich von einem Zimmer zum anderen bewegen, die Betten machen, abstauben, polieren, ohne den täglichen Streit mit den Köchen in der Küche. Auch hatte ich trotz immer wiederkehrender Hoffnungen das Gefühl, die Tatsache, daß ich es nicht geschafft hatte, in *Landfall* abgedruckt zu werden, verlange von mir, daß ich mir über mein Schreiben klar wurde und herausfand, ob mein Bestreben nicht bloß ein Ausdruck »grandioser Vorstellungen« war. Bis Dr. Blake Palmer Interesse an meinem Schreiben gezeigt hatte, war man allgemein der Ansicht gewesen, es sei »das letzte«, was ich machen sollte, ich solle »hinausgehen und Umgang mit Menschen haben und das Schreiben lassen«. Die Zweifel traten leicht zutage, und weil ich nicht darüber nachdenken wollte, plante ich meine Reise nach Auckland.

Ich brachte genug Geld mit nach Willowglen, um eine Heizdecke für Mutter und Dad zu kaufen, damit sie besser über den scheußlichen Winter kämen, genug für die Fahrkarte und ein paar Wochen Lebensunterhalt in Auckland und um mich im Clark-Fotostudio in der Thames Street fotografieren zu lassen. Das Foto war wichtig, eine Art Wiederherstellung meiner selbst als Person, ein Beweis, daß ich existierte. In meiner Unkenntnis, was die Veröffentlichung von Büchern betraf, hatte ich angenommen, alle Bücher enthielten Fotos ihrer Autoren, und ich erinnerte mich noch gut an das Gefühl, als mir Exemplare der *Lagune* ins Krankenhaus gebracht wurden: daß ich keinen Anspruch auf das Buch hätte, daß es nicht einmal ein Foto gab, das mir hätte helfen können, einen Anspruch zu erheben.

Dies, verbunden mit meiner Auslöschung im Krankenhaus, schien mich allzu schnell den Toten zuzuordnen, die nicht mehr fotografiert werden; von meinen Lebensjahren zwischen zwanzig und knapp dreißig war nichts aufgezeichnet, so als hätte es mich nie gegeben.

Ich erinnerte mich daran, wie ich als Kind immer vor dem Clark-Studio stehengeblieben war, um die Fotos hinter ihrer Glassäule zu betrachten; sie zeigten feierliche Ereignisse im Leben von Leuten aus Oamaru, die sich Studiofotos leisten konnten – es gab neugeborene Babys, kleine Kinder, die die ersten Schritte machten, Konfirmationen, Reihen von Debütantinnen in Abendkleidern, Vereinstreffen, Familientreffen, Fotos vom einundzwanzigsten Geburtstag, Verlobungs- und Hochzeitsfotos: der ganze Kreislauf, außer den Toten. Es gab auch keine Fotos von Auferstehungen.

In der ersten Woche nach meiner Rückkehr nach Willowglen ließ ich mir die Haare »waschen und legen«, und die Friseuse versicherte mir, mein Haar würde niemals gut aussehen, wenn man es nicht *von einem Fachmann glattziehen* ließ. Ich suchte in der obersten Lade der Kommode, wo die Familien-»Schätze« aufbewahrt wurden, nach der Bernsteinkette, die Großmutter mir geschenkt hatte, aber sie war fort; als wäre ich gestorben. Dads Medaille aus dem Krieg war da, und seine Erkennungsmarke und sein Soldbuch und Isabels hauchdünne *Glückshaube*, die, so hatten wir gemeint, verhindern würde, daß sie je ertrank.

Ich trug mein altes Kostüm, eine Bluse und keine Halskette. Das fertige Foto zeigte eine gesunde junge Frau mit offensichtlich falschen Zähnen, einem süßlichen Lächeln und einem Godfrey-Kinn. Es war ein erfrischendes, handfestes Foto. Ich lebte also wieder.

Ich wußte, daß die Heizdecke ein Versuch war, meinen Eltern mehr als nur körperliche Wärme zu geben. Ich wußte, sie wollten, daß ich zu Hause blieb, und ich hatte Schuldgefühle, weil ich wegging, da es für eine alleinstehende Frau üblich war, bei ihren älter werdenden Eltern zu bleiben. Sie hegten auch Zweifel an meiner Fähigkeit, mich in der Welt zu »behaupten«, und weil sie die fachmännische Ansicht der Ärzte respektierten, fürchteten sie, ich könnte mein Hirn durch das Schreiben »überanstrengen«. Die Heizdecke war auch ein Versuch, die sonnige, andere Welt des »Wiesengrundes« in ein Haus zu bringen, das den Großteil des Tages in Kälte gehüllt war. Es verfolgte mich, wie Mutter mit solcher Sehnsucht zum »Wiesengrund« hinunterblickte und wie es ihr gelang, aus der Sonne dort auf dem Gras zwischen den Bäumen einen fast biblischen Traum zu spinnen, der Erfüllung verhieß: eines Tages, eines Tages. Der Gedanke, daß sie krank war, daß ihr Tod vielleicht nicht mehr fern lag, verlieh den Worten und Gesten der

Menschen um sie herum – mein Vater, mein Bruder und ich – in meinen Augen eine durchdringende Schärfe; wir hatten das Gefühl gehabt, sie sei ein Geschenk, dessen man sich ewig erfreute, und konnten uns ihren Tod nicht vorstellen. Unsere übermäßige Sorge wich manchmal einem Ärger über ihre Jenseitsgerichtetheit. Ich empfand eine Feindseligkeit ihr gegenüber, weil sie sich bereitmachte, uns zu verlassen, sie war eindeutig müde, und ihr tiefer Glaube an Christi Wiederkunft und an die Auferstehung von den Toten verlieh ihr ein inneres Gefühl der Vorfreude, das ihr »Hinuntergehen zum Wiesengrund in der Kühle des Abends« fast zu einer unnötigen Übung werden ließ. Sie war glücklich, wenn sie nur davon träumte; ich war es, die wollte, daß es Realität wurde, nur um zu sehen, wie sie sich unter den Kiefern in der Abendsonne ausruhte. Auch konnte ich die Angst im Gesicht meines Vaters nur zu deutlich sehen, wenn er Mutter ansah: Er konnte es nicht ertragen, daß sie ihn verließ.

Ich besorgte mir die Platzkarte für den Zug nach Auckland. Meine Familie verstand nicht, warum ich Willowglen verlassen wollte, und ich versuchte es auch nicht zu erklären. In der Hoffnung, weiterhin Krankengeld zu bekommen, um mich ganz meinem Schreiben widmen zu können, schrieb ich an Dr. Blake Palmer, der diese Hoffnung zunichte machte mit seiner Vermutung, ich könnte »die Gewohnheit zu arbeiten aufgeben«, wenn ich eine finanzielle Unterstützung bekäme. Die Oberflächlichkeit der amtlichen Überlegungen deprimierte mich. Noch deprimierender war die Erinnerung, daß man mir schreckliche Behandlungen aufgezwungen, Entscheidungen über mich gefällt hatte, ohne daß mich irgend jemand persönlich kennengelernt hatte; und nun wurde wieder eine solche Entscheidung getroffen. Als Antwort sandte ich ihm zwei Gedichte, »Der Papierdrache« und »Im gläsernen Berg«, für die ich absichtlich Bilder gewählt hatte, die als »schizophren« galten – Glas, Spiegel, Spiegelbilder, das Gefühl, von der Welt durch Glasscheiben getrennt zu sein –, in der Hoffnung, er würde verstehen, was ich damit meinte. Ich fand, das Krankenhaus hätte zumindest den Versuch machen sollen, den Patienten bei ihrer Wiedereingliederung ins Leben behilflich zu sein.

Ich brach nach Auckland auf, Bruddie fuhr mich mit seinem Lastwagen zum Bahnhof. Wir verabschiedeten uns voneinander. Ich würde bald auf Besuch nach Hause kommen, sagte ich. Und achte darauf, daß Mutter ihre Pillen nimmt.

In meinem Gepäck befanden sich zwei Exemplare meines neuen Studiofotos in seinem rehbraun gesprenkelten Rahmen.

19
Oben im Norden

Und wieder eine Reise. Durch die Canterbury Plains und über die Flüsse, Waitaki, ein Blick hinaus zu den Eukalyptusbäumen in der Ferne in Rakaia, dann der Rangitata; weiter nach Lyttleton und zur Fähre; eine windstille Nacht; dann Petone und Tante Polly und Onkel Vere.

Tante Pollys froschgrünes neues Auto; sie fuhr mit mir in der Umgebung herum, zeigte mir General Motors, wo Onkel Vere arbeitete, den Hutt-Fluß; und ganz stolz das Haus, in dem Bob Scott, der berühmte Rugbyspieler, wohnte.

»Er wohnt nicht weit von uns. Ein Hiesiger.«

Tante Polly war die weibliche, etwas schmächtigere Ausgabe von Dad – helläugig, schnell im Denken und Sprechen, mit einem Blick für Details und einer Liebe zur Perfektion. Tante Polly war als »heikel« bekannt – was ihre und anderer Leute Kleidung, Benehmen, Ideen betraf. Sie war in unserer Familie als die Tante bekannt, die »Stil« hatte, und bei ihren seltenen Besuchen bei uns in Oamaru lautete ihr häufigster Satz: »Man muß *Stil* haben.« Dann zählte sie diejenigen Familienmitglieder, Freunde und Bekannten auf, die keinen Stil hatten, und das höchste Lob in dieser Hinsicht erntete Gypsy, die Zwillingsschwester ihres Mannes. Wenn Tante Pollys Besuch bei uns vorüber war, verbrachten wir Kinder den Rest der Woche damit, sie beim Spielen nachzuahmen: »Haben Sie *Stil*, gnädige Frau?... Oh, Sie müssen *Stil* haben. Ich habe *Stil!*«

Mutter sprach großzügig und leicht ironisch von Tante Polly: »Natürlich, Poll hat Stil.«

An jenem Abend bestieg ich den Zug nach Auckland, und am nächsten Morgen, völlig durchgerüttelt, merkte ich, wie der Zug in den Bahnhof von Auckland einfuhr, und plötzlich war »der Norden« wieder da, wo Luft und Licht blau und paradiesisch waren.

Und da waren auch schon June, Wilson und ihre drei Kinder, um mich abzuholen und mit mir zu ihrem neugebauten Haus in Northcote zu fahren.

Ein paar Tage nach meiner Ankunft in Auckland fand ich eine Stelle mit Kost und Logis als Zimmermädchen im TransTasman-Hotel, wo es im Gegensatz zum Grand Hotel in Dunedin mit seiner Familienatmosphäre viele Zimmer, viele Stockwerke und zahlreiches Personal gab und wo man bei jeder Tätigkeit ein Gefühl von Zeitdruck hatte. Das Speisezimmer des Personals war immer voll. Die Leute lächelten nie und sprachen in energischem, schroffem Ton. Mir wurde ein ganzes Stockwerk zugeteilt, mit den üblichen Pflichten, die Betten zu machen, in den Zimmern staubzuwischen und zusätzlich den Flur und die Badezimmer sauberzumachen; mein eigenes Quartier war ein winziges Zimmer auf der obersten Etage, die Olymp genannt wurde, und es sah aus, als würde es keine Probleme geben. Bald fand ich heraus, daß viele der Gäste auf meiner Etage Piloten und Fluggäste waren (von den Morgenmaschinen der Pan-American), die bis zum späten Nachmittag im Bett blieben, und es war an einem dieser Nachmittage, als ich mich noch mit ungemachten Betten und unaufgeräumten Zimmern herumschlug, wo ich längst schon hätte fertig sein sollen, als die Aufseherin über das Zimmerpersonal mich entdeckte und drohte, mich zu entlassen, wenn ich nicht schneller arbeitete. Ich brach in Tränen aus, und noch am selben Abend verließ ich das TransTasman. Ich hatte nur eine Woche durchgehalten. Auckland war eine echte Großstadt, eine harte Stadt, so wie die Städte, von denen ich gelesen hatte. Ich flüchtete mit der Fähre quer über den Hafen ins freundliche, grüne Northcote, um wieder einmal bei den Gordons zu wohnen.

Die nächste Woche verbrachte ich damit, meine Schwester und ihren Mann und die drei Kinder kennenzulernen. June sagte mir, Frank Sargeson, der Schriftsteller, habe sie eines Tages aufgesucht, da er gehört hatte, daß ich ihre Schwester sei. Er hatte gesagt, er würde mich gern kennenlernen, falls ich je nach Auckland käme.

»Willst du ihn besuchen?« fragten sie.

»Ach nein. Ich kenne ihn ja gar nicht.«

»Wir können dich hinbringen. Er wohnt in einem alten Strandhaus in Takapuna.«

Warum sollte ich Frank Sargeson besuchen? Ich kannte *Für uns selbst gesprochen*, und ich hatte ein paar von seinen Erzählungen in der neuseeländischen und englischen Ausgabe von *Neue Texte* gelesen. Ich war unschlüssig, ob ich ihn besuchen sollte.

Dann, eines Nachmittags, als sie mir die Sehenswürdigkeiten des North Shore zeigten, sagte Wilson plötzlich: »Frank Sargeson wohnt hier irgendwo. Besuchen wir ihn.«

Unser Besuch war kurz. Was sollte ich sagen? Ich war befangen, die »komische« Schwester, mit der man eine Ausfahrt macht. Mr. Sargeson, ein bärtiger alter Mann in einem abgetragenen grauen Hemd und einer grauen Hose, die mit einer Schnur zugebunden war, lächelte freundlich und fragte mich, wie es mir ginge, und ich sagte nichts. In seinem Garten stehe eine Militärbaracke leer, sagte er. Ich könne gerne darin wohnen und arbeiten. Ich nahm nicht an, lehnte aber auch nicht ab. Ich war so übermannt von meinem »geistigen« Zustand und vom Anblick des berühmten Schriftstellers, dessen Anthologie neuseeländischer Literatur, *Für uns selbst gesprochen*, ich sehr schätzte; des berühmten Schriftstellers, zu dessen fünfzigstem Geburtstag ich ein Glückwunschschreiben unterzeichnet hatte, obwohl ich ihn nicht kannte und nichts über die anderen Unterzeichnenden wußte. Frank Sargeson. Mr. Sargeson.

Er schlug vor, ich solle ihn irgendwann besuchen, allein.

»Wie wär's mit kommendem Freitag?«

»Ja«, sagte ich schüchtern.

Und so machte ich mich am Freitag von Northcote zu Fuß auf den Weg zu Mr. Sargesons Haus in Takapuna, auf der großteils nicht ausgebauten Straße, die zu beiden Seiten mit Busch und Toi-Toi bewachsene Wiesen säumten, an Mangrovesümpfen – Mangrove! – und einheimischem Busch vorüber. Es war im Spätfrühling 1954, und ich hatte meinen dreißigsten Geburtstag hinter mir, ein Anlaß für ein Foto und, nach alter Dichtertradition, für ein Gedicht. Mir fiel Dylan Thomas' Gedicht »Es war mein dreißigstes Jahr himmelwärts« ein, und ich dachte über seinen Tod nach und versuchte mir meine Jahre zwischen zwanzig und dreißig vorzustellen, als hätte ich in der Welt gelebt. Die Leute redeten vom Streik der Hafenarbeiter, von entflohenen Mördern, von McCarthy; ich wußte wenig darüber. Ich kannte nur Prospero, Caliban, König Lear und Rilke in der Übersetzung – sie waren für mich die Ereignisse des vergangenen Jahrzehnts gewesen.

Ich umging den Busch und gelangte auf die Straße zu Mr. Sargesons Haus, hinter den nach englischen Dichtern benannten Straßen – Tennyson Street –, und war das die Milton Avenue?

Ich kam zur Esmonde Road 14, ging durch die Öffnung in der hohen Hecke und um das Haus herum zur hinteren Tür, wobei ich die Wäsche streifte, die zwischen dem Zitronenbaum und dem Haus zum Trocknen aufgehängt war. Ich klopfte an die Tür.

Mr. Sargeson war zu Hause. Er öffnete die Tür und sagte mit einem unsicheren Lächeln, so, als spräche er mit einem Kind: »Nur herein, nur herein.«

Ich betrat das Wohnzimmer, während Mr. Sargeson hinter die hölzerne Eßtheke trat und sich darauf stützte.

»Hatten Sie einen langen Weg?«

»Fast fünf Kilometer.«

»Möchten Sie sich ein wenig hinlegen?«

Ohnehin schon ängstlich, bewegte ich mich zur Tür hin und sagte spröde, bereit zur Flucht: »Nein danke.«

»Robin Hyde hat sich immer hingelegt. Sie humpelte herein und warf sich gleich aufs Bett.«

»Ach wirklich?«

»Haben Sie ihre Bücher gelesen?«

»Ich habe davon gehört«, sagte ich. »Ich kenne ein paar ihrer Gedichte.«

Ich sagte nicht, daß ich einen Essay gelesen hatte, in welchem ihr letzter Roman als »Phantasie ohne Ballast« bezeichnet wurde; der Satz hatte sich mir eingeprägt als ein Beispiel, was von Kritikern zu erwarten war, wenn man einen Roman schrieb. Was sollte das heißen? Brauchte die Phantasie Ballast? Ich interessierte mich für diesen Bereich, denn wenn ich auch keine persönliche Erfahrung auf dem Gebiet gebändigter Phantasie hatte, so hatte ich doch Menschen gekannt, für die Phantasie an sich ein Ballast war. Sie waren dann frei, aber nirgendwo.

Dann begann Mr. Sargeson von der *Lagune* zu sprechen, während ich voll innerlichen Unbehagens zuhörte. Ich hatte seine Entscheidung, »Der Tag des Schafes« für die Oxford-Anthologie auszuwählen, nicht richtig gefunden.

»Haben Sie ein Exemplar der Oxford-Anthologie?« fragte er. Ich hatte keines. Sofort holte er sein eigenes Exemplar, signierte es und schenkte es mir.

Dann fragte er mich, wie es mit meiner zukünftigen Arbeit stehe.

»Ich weiß nicht«, sagte ich vorsichtig.

»Haben Sie sich überlegt, ob Sie hierherkommen und in der Hütte arbeiten wollen? Sie könnten ungehindert schreiben. Es bringt nichts, wenn Sie in der Vorstadt wohnen, zwischen den Windeln und den Bourgeois.«

Seit dem Geschichtsunterricht über die Französische Revolution hatte ich das Wort »Bourgeois« nicht mehr gehört, und ich war nicht sicher, ob ich seine moderne Bedeutung verstand.

»Aber ich muß mir Arbeit suchen«, sagte ich.

»Warum denn? Sie sind Schriftstellerin.«

Ich lächelte erstaunt: »Bin ich das? Sie haben es abgelehnt, mir Krankengeld zu zahlen.«

Mr. Sargeson blickte wütend. »Nach all den Jahren im Krankenhaus? Passen Sie auf, ich habe einen guten Freund, einen Arzt, der Verständnis hat und Ihnen wahrscheinlich eine Unterstützung verschaffen kann, während Sie an Ihren Texten arbeiten.«

»Wirklich?«

Ich fühlte mich überwältigt und schüchtern und beschützt. Ich nahm sein Angebot an, in der Baracke zu wohnen und zu arbeiten, falls er mir erlaubte, ihm etwas für meinen Unterhalt zu zahlen. Obwohl er zunächst protestierte, war er schließlich mit einem Pfund pro Woche einverstanden. Sein eigenes Einkommen war niedrig. Die erste Welle des Interesses, das seine Arbeit nach der Publikation erregt hatte, war vorüber, und er hatte das Stadium erreicht, wo er Geld am allernötigsten brauchte, denn seine Bücher waren vergriffen.

An diesem Nachmittag waren wir beide nervös. Beim Abschied sagte ich, June und Wilson würden mich am Wochenende mit meinen »Sachen« herbringen – zwei Koffern mit Kleidung und Büchern und meiner Remington-Schreibmaschine aus der Zeit im Grand Hotel. Ich hatte das Gefühl, Mr. Sargesons Angebot würde mir vielleicht das Leben retten. Meine Zukunft sah düster aus, da ich in einer

Familie lebte und mich trotzdem fehl am Platz fühlte, überzählig – meine Schwester und ihr Mann und ihre Familie erschienen mir wie Fremde. Meine Empfindlichkeit, was meinen »Platz« oder das Fehlen dieses Platzes und die offiziellen Urteile über mich betraf, war damals extrem groß, und meine Selbstsicherheit wurde täglich durch die neugierigen Fragen der Kinder erschüttert – Wer ich sei? Warum wohnte ich nicht in meinem eigenen Haus? Wo seien meine Kinder? Und warum aß ich nicht mit ihnen gemeinsam? Die Erfahrungen im Krankenhaus, als ich einmal an den Haaren zum Tisch gezerrt worden war, obwohl ich große Angst davor hatte, in dem riesigen, überfüllten Saal zu essen, wo man von der Aufseherin und ihrem Personal überwacht wurde, wo ich mich nur auf ausdrücklichen Befehl rühren durfte und die Spannung spürte, wenn die Messer eingesammelt wurden und das lange Zählen begann – all das hatte dazu geführt, daß ich nur ungern in Gesellschaft aß. Normalerweise aß ich allein und machte mich so zu dem, was ich am allerwenigsten sein wollte – zu einer Eigenbrötlerin. Auch hatten meine Schwester und ihr Mann viele Freunde, die manchmal ins Haus kamen. Ich stand abseits wie ein Steinpfahl, während sie höflich fragten: »Geht es ihr jetzt besser? Macht sie Fortschritte?«

Ich traf mit meinen »Sachen« bei Mr. Sargeson ein, darunter mein rostfarbener Rock, mein dunkelgrünes Twinset und der dunkelgrüne Mantel, den ich schließlich bei Mademoiselle Modes in Dunedin gekauft hatte. Ich fühlte mich durch die Regeln eingeschränkt, die vom Farbenspektrum und von den Vorlesungen über bildende Kunst an der Pädagogischen Hochschule und von meiner Haarfarbe diktiert wurden und mir Dunkelgrün- und Braun- und Gelbtöne aufzwangen. Primärfarben, eindeutige, leuchtende Farben seien »schlecht«, hatte man mir beigebracht, während die, die ich wählte, angeblich »gut« waren. Zu lange schon gab es zu viele moralische Urteile über Kleidungsstücke, Farben, Formen, wobei die »guten« mit »Geschmack« in Zusammenhang gebracht und mit Vorstellungen von Überlegenheit verbunden wurden.

Ich war mir damals sicher, daß meine Kleidung »geschmackvoll« war. In meinem Zustand der extremen Willfährigkeit einer Jasagerin, einer Befehlsempfängerin – geh dorthin, komm sofort hierher – hatte ich mir schließlich sogar ein Korsett oder einen Hüfthalter gekauft, weil die Frauen im Grand Hotel und meine Schwester in

Auckland mir gesagt hatten, mein Hinterteil zeichne sich unter meinem Rock ab, und damals war es einem Hinterteil nicht erlaubt, sich abzuzeichnen. Die einzige Freiheit, die ich besaß, war in meinem Inneren, in meinen Gedanken und in meiner Sprache, die ich zum Großteil sorgfältig verbarg, außer in meinem Schreiben. Wenn ich mich mit jemandem unterhielt, entschied ich mich für harmloses Geplauder, das wirklich niemand als »sonderbar« oder »verrückt« bezeichnen konnte.

Doch nach meiner Ankunft bei Mr. Sargeson, mit der Aussicht, als Schriftstellerin zu leben, mit einem Platz für die Arbeit und für das Alleinsein, ohne Geldsorgen, in der Gesellschaft eines Menschen, der wirklich *glaubte*, daß ich eine Schriftstellerin war, verloren die Probleme mit den Farben, den »guten« Farben und den »schlechten« Farben, die ständigen Ratschläge wegen meiner gekrausten Haare und das Gemecker, daß mein Hinterteil sich unter meinem Rock abzeichne, ihre Bedeutung und schienen weit weg. Ich besaß eine Militärbaracke mit einem Bett, einem eingebauten Schreibtisch mit einer Kerosinlampe, einer Schilfmatte auf dem Fußboden, einem kleinen Kleiderschrank mit einem alten Vorhang davor und einem kleinen Fenster am Kopfende des Bettes. Mr. Sargeson (ich war noch nicht kühn genug, ihn Frank zu nennen) hatte mir bereits ein ärztliches Gutachten und eine Unterstützung von drei Pfund pro Woche besorgt, was der Höhe seines eigenen Einkommens entsprach. So hatte ich alles, was ich begehrte und brauchte – und fragte mich bekümmert, warum es so viele Jahre gedauert hatte, es zu finden.

20
Mr. Sargeson und die Militärbaracke

Mr. Sargeson lebte und arbeitete nach einem streng geregelten Tagesablauf, den ich übernahm, obwohl ich meine Gewohnheit, sehr früh aufzustehen und mich sofort anzuziehen, nicht ändern konnte. Die Zimmer im Backsteingebäude von Seacliff waren nicht geheizt gewesen, und am frühen Morgen wurde unser Kleiderbündel, das sich während der Nacht vor der Tür befunden hatte, hereingeworfen, und die Luft und der Fußboden und das rostige Drahtgeflecht des kleinen, hohen, vergitterten Fensters waren eiskalt, und die Lampe unter dem Gitter an der Decke hatte sich beschlagen.

Er stand erst um halb acht auf und frühstückte um acht, und es schienen Stunden zu vergehen, bis ich den Mut aufbrachte, um mit meinem Nachttopf und meinem Waschzeug zum Haus hinaufzugehen und zu warten, bis er aufgestanden und angezogen war. Normalerweise nahm ich zuerst mein Frühstück ein, ein Hefegetränk, über Nacht vergoren, selbstgemachter Quark mit Honig, und Brot und Honig und Tee. Wenn Mr. Sargeson mit mir frühstückte, wobei er mir an der Theke gegenübersaß, war ich meist zum Plaudern aufgelegt. In der ersten Woche meines Aufenthalts machte er mich darauf aufmerksam. »Sie plappern beim Frühstück«, sagte er.

Ich merkte mir, was er gesagt hatte, und unterließ in Zukunft das »Plappern«, doch erst als ich regelmäßig jeden Tag schrieb, verstand ich, wie wichtig es war, daß jeder von uns seine innere Welt gestaltete, aufrechterhielt und bewahrte, wie sie sich jeden Tag beim Aufwachen erneuerte, wie sie selbst während des Schlafs bestehen blieb, so wie ein Tier vor der Tür, das darauf wartet, eingelassen zu werden; und wie ihre Form und ihre Kraft am besten durch Stille geschützt wurden. Sobald ich mehr über das Leben eines Schriftstellers wußte, kränkte es mich nicht mehr, daß er von meinem »Plappern« gesprochen hatte.

»Woran arbeiten Sie im Augenblick?« fragte er mich eines Tages beim Essen.

Ich war erstaunt und dankbar darüber, daß er mich als eine Schriftstellerin akzeptierte, die jeden Tag arbeitete, insbesondere als ich mit dem Roman, den ich zu schreiben beabsichtigte, noch nicht angefangen hatte, und an manchen Tagen war ich so ängstlich auf den Eindruck zu arbeiten bedacht, daß ich tippte: Der schnelle braune Fuchs springt über den faulen Hund und: Es ist an der Zeit, ihr Männer, der Partei zu Hilfe zu eilen; und meinen alten Lieblingssatz für unproduktive Augenblicke: »Dies ist der Urwald, die Kiefern flüstern, die Tannen geben verzweifelt Antwort auf das Klagen des Waldes.«

»Ach«, sagte ich geheimnisvoll. »Ich plane einen Roman, aber im Augenblick schreibe ich andere Sachen.«

Diese »anderen Sachen« waren Gedichte und Erzählungen, von

denen ich einige an den *Listener* sandte, doch als eine, eine Erinnerung an Rakaia, zurückgeschickt wurde, zögerte ich, weitere zu senden. Da ich gehört hatte, daß das Unterrichtsministerium Arbeiten für die Schulzeitschriften »gut bezahlte«, schrieb ich zwei Erzählungen und veröffentlichte sie dort. Ich hatte eine Erzählung mit dem Titel »Kohle« geschrieben, über die männlichen Patienten, die den Kohlenkarren, Seite an Seite wie Zugpferde zwischen den Deichseln, von Station zu Station zogen; und nachdem beschlossen worden war, das Transportsystem zu »modernisieren« und ein Lastwagen zur Beförderung der Kohle verwendet wurde, saßen die Männer, die bei der Arbeit zwischen den Deichseln eines jener traurigen Bilder abgegeben hatten, wie man sie überall in den Krankenhäusern antrifft, nun trübsinnig im Aufenthaltsraum, eingesperrt und ohne etwas zu tun zu haben.

Ich schrieb auch eine Erzählung mit dem Titel »Eine Heizdecke«, in der ich Möglichkeiten erforschte, Wärme zu spenden.

»Geben Sie mir etwas davon zu lesen?«

Ich war verblüfft. Ich war es nicht gewohnt, anderen meine Arbeiten zu zeigen, außer ich bot sie einer Zeitschrift zur Publikation an. Insgeheim war ich stolz auf meine neueste Erzählung »Eine Heizdecke«, und so drückte ich sie Mr. Sargeson hastig in die Hand.

Statt Mr. Sargesons Beispiel zu folgen und mich auszuruhen und in der Baracke zu lesen, spazierte ich an jenem Nachmittag durch die Straßen von Takapuna. Ich saß am Strand und blickte hinaus auf Rangitoto, die Insel, die jeder in Auckland als seinen Besitz ansah und über deren aus jedem Blickwinkel vollkommene Form alle redeten, als hätten sie dabei geholfen, sie zu entwerfen und zu gestalten. »Schau, da ist Rangitoto«, sagten sie. Ich dachte: Das ist also die Insel aus Charles Braschs Gedicht –

> Härte des Ginsters verdunkelt den gelben Felsgrat,
> Bäume mit Scharlachblüten neigen sich vor
> Und lassen ihre Schatten auf die Bucht weit unten fallen...

Ich hatte nur wenig Erfahrung mit vielen Menschen; ich kannte sie nur in meinem Herzen; ich empfand diesen Eifer der Bewohner von Auckland, Rangitoto für sich zu beanspruchen, als liebenswert.

Ich fragte mich, ob Mr. Sargeson eben dabei war, meine Erzählung zu lesen. Dachte er gerade: »Ach, das ist gut, ein guter Schluß«? Ich war vorsichtig, was meine Hoffnungen betraf. Als ich die Geschichte gelesen hatte, war sie durch mich hindurchgeglitten bis zu ihrem unwiderruflichen Ende, wie ein richtig gespielter Akkord. Ich wußte aber, daß sie nicht dicht genug geknüpft war; man konnte sogar sagen, daß sie in der Mitte durchhing. Ach, hätte ich sie doch mit Pfeilen aus Feuer an den Himmel heften können!

Ich kehrte zum Strandhaus zurück. Er war einkaufen gewesen und bereitete das Essen zu, ein spanisches Gericht, Paella, sehr beliebt damals, da viele seiner Freunde erst kürzlich in Spanien gewesen waren und er gern Mittelmeergerichte kochte. Meine Erzählung lag auf der Eßtheke, neben dem Bund roter Pfefferschoten vom Vorjahr. Ich bemühte mich, nicht ständig hinzusehen. Hatte er sie gelesen? Trotz meiner Vorsicht war ich mir sicher gewesen, sobald ich das Zimmer betrat, würde er sagen: »Ich habe Ihre Geschichte gelesen. Sie ist gut. Ich gratuliere.«

Mr. Sargeson schenkte Lemora, seinen Lieblingswein, in zwei Gläser, und ich saß ihm gegenüber auf dem hohen Holzstuhl, während wir unseren Wein tranken.

»Ich habe Ihre Geschichte gelesen«, sagte er. Er nahm die Blätter, überflog sie und las laut: »›Jeden Morgen erhob sie sich...‹« Er blickte mich streng an. »›Erhob‹? Und stieg zum Himmel empor, oder wie? Warum nicht einfach sagen: Sie stand auf. Verwenden Sie *nie* ›sich erheben‹.«

Ich hörte zerknirscht zu und verstand, daß »erhob« unentschuldbar war.

»Die Erzählung ist in ihrer Art recht gut«, sagte Mr. Sargeson. Eine Welle der Enttäuschung kam über mich. Ich beschloß, ihm keine Erzählungen mehr zu zeigen, und ich blieb bei diesem Entschluß und zeigte ihm später nur den Anfang meines Romans.

»Wenn Sie an einem Roman arbeiten«, sagte Mr. Sargeson, »dann müssen Sie einen Plan haben.«

Dann sagte er, er mache immer eine Personenliste. Er erinnerte sich daran, daß er als Kind, in der Vorstellung, er würde ein Buch schreiben, den Anfang von *Ivanhoe* abgeschrieben und in seiner Unschuld geglaubt hatte, er schriebe jetzt ein Buch. Seine Mutter ertappte ihn dabei und hielt ihm eine Strafpredigt über die Sünde, die Werke anderer zu kopieren. Er hatte geglaubt, daß Bücher allen gehörten und in den Köpfen aller aus- und eingingen und daß jeder jedes Buch niederschreiben und ein Schriftsteller sein konnte.

Diese ersten Monate meines Aufenthalts in der Baracke waren ein unvergeßliches Erlebnis: Frank Sargeson (ich lernte, ihn Frank zu nennen) und ich teilten miteinander Einzelheiten unseres Lebens, unserer Gedanken und Gefühle, die Lektüre von Büchern, die Abende beim Schachspielen (das er mir beibrachte), oder ich folgte der Unterhaltung zwischen Frank und seinen vielen Freunden, die zum Abendessen kamen. Vor allem aber teilten wir unser Arbeitsleben, und mit seiner Ermutigung lernte ich, mir meinen Tag einzuteilen. Noch immer verfolgten mich die Angst vor dem Krankenhaus und Alpträume über meine dortigen Erfahrungen. Ich war furchtbar scheu und erholte mich nur langsam von einem Zustand ständiger Einschüchterung. Frank war fürsorglich und gütig. Ich begriff erst viel später, als ich meine Bücher schrieb, wie groß, doch wie bereitwillig das unumgängliche Opfer eines Teils seines Schriftstellerlebens gewesen war, das er mir gebracht hatte. Ich begriff auch, daß das Beschützen anderer, immer einer Person auf einmal, eines alten oder kranken oder arbeitsunfähigen Freundes, während vielleicht zwei oder drei andere im Hintergrund darauf warteten, daß die Reihe an sie kam, eine Franks Wesen eigene Notwendigkeit war und parallel zu seinem Schreiben bestand.

Er war ein geschickter, erbarmungsloser Fragensteller, und nachdem ich ihm Näheres über meine Schulbildung erzählt hatte, sagte er leicht enttäuscht: »Also bist du doch keine Wilde!«

Er sprach begeistert von seiner Jugend, von seinem geliebten Onkel und der Farm im Waikato. Er sprach von seiner Reise durch Europa, zeigte mir die Sammlung von Ansichtskarten, und als er murmelte: »Ich werde diese Orte nie wiedersehen. Das ist alles vorbei«, lag in seinen Augen und auf seinem Gesicht ein Blick von so leidenschaftlicher Sehnsucht, ja fast von Qual über das, was vorbei war, daß ich den Tränen nahe war.

Aus all seinen Gesprächen hörte man Mißtrauen, manchmal sogar Haß gegenüber Frauen als einer vom Mann verschiedenen Spezies heraus, und wenn er in der Stimmung war, diesem Wesenszug nachzugeben, hörte ich unangenehm berührt und unglücklich zu, denn ich war eine Frau, und er sprach von meinem Geschlecht. Ich war sexuell naiv, unwissend und nur halb erweckt, und ich wußte nichts über Themen wie Homosexualität, aber ich fühlte mich ständig verletzt durch seine unterschwellige Ablehnung des weiblichen Körpers. Mein Leben mit Frank Sargeson bedeutete für mich ein Zölibat, ein priesterliches, nur dem Schreiben geweihtes Leben, in dem ich mich entfaltete, aber da meine Veranlagung keine vollkommen priesterliche ist, empfand ich Trauer darüber, daß ich vom Krankenhaus, wo man es für nötig gehalten hatte, meine geistige Eigenart zu verändern, in ein neues Heim gekommen war, wo der Wunsch bestand, mein Körper solle ein anderes Geschlecht haben. Der Preis, den ich für meinen Aufenthalt in der Baracke zahlte, war die Erkenntnis der Wertlosigkeit meines Körpers. Frank sprach freundlich über Männer und lesbische Frauen, und ich war weder ein Mann noch lesbisch. Er sah mich lieber in Hosen als in Kleidern. Ich, die ich Frank Sargeson jetzt als meinen Retter betrachtete, war in einem quälenden Gefühl der Schwermut, der schicksalhaften Endgültigkeit, zu der Erkenntnis gezwungen, daß die Götter gesprochen hatten, daß man nichts tun konnte.

Im Austausch gegen diesen Mangel an Selbstachtung als Frau gewann ich ein Leben, wie ich es mir gewünscht hatte. Mir wurde auch die Freude zuteil, einen großen Schriftsteller und großen Mann und seine Freunde kennenzulernen. Immer war ein Freund »auf der Durchreise« von Wellington oder der Südinsel oder von Übersee, oder auch nur von der anderen Hafenseite in Auckland: junge Männer mit ihrem Bündel maschinengeschriebener Gedichte, ihrer ersten Ernte; alte Bekannte, geliebte Freunde, männliche und weibliche, junge und alte. Freunde kamen und gingen, man redete und klatschte über sie, ihre Vergangenheit, Gegenwart und Zukunft; und die glanzvollen Höhepunkte wurden sorgfältig ausgewählt und in den Ablauf des Gesprächs integriert. Es war eine Welt, in der äußerliche Dinge keine Rolle spielten, in der ich endlich befreit war von den nie endenden Ansichten über mein Haar und meine Kleidung und mein Hinterteil, das sich unter meinem Rock abzeichnete.

Die Zeit war reif. Ich kaufte ein Schulheft, Schreibpapier (grün, sagte Frank, sei am besten für die Augen), ein Farbband und begann meinen Roman zu schreiben.

21
Gerüchte von Reichtümern

Bilder von großen Reichtümern inmitten von Trauer und Verlust gingen mir nicht aus dem Kopf, und ich begann eine Kindheit zu erfinden, ein Leben zu Hause, ein Leben im Krankenhaus, wobei ich als Grundlage für die Hauptfiguren Menschen nahm, die ich kannte; die Nebenfiguren erfand ich. Für Daphne wählte ich eine sensible, poetische, zerbrechliche Person, die (so hoffte ich) der Innenwelt Tiefe verleihen und vielleicht eine klarere, zumindest eine individuelle Wahrnehmung der Außenwelt ermöglichen würde. Die anderen Figuren, in ähnlicher Weise angelegt, wurden eingesetzt, um verschiedene Seiten meiner »Botschaft« darzustellen – die übermäßig materialistische Lebensauffassung von »Chicks«, die Verwirrung Tobys, die erdgebundene Veranlagung Francies und die schwer arbeitenden Eltern, Figuren, die meinen Eltern am nächsten kamen. Der Schauplatz war W., eine kleine Stadt, der der Verleger dann den Namen Waimaru gab. (Später, nach der Veröffentlichung des Buches, mußte ich mit Bestürzung feststellen, daß es als autobiographisch betrachtet wurde und die Figuren wirklich für Mitglieder meiner Familie und ich selbst für die Figur Daphne gehalten wurde, an der eine Gehirnoperation vorgenommen worden war. Konfrontiert mit einem Arzt, der das Buch gelesen hatte, sah ich mich genötigt, ihm zu beweisen, daß ich keine Lobotomienarben an den Schläfen hatte. Nicht jeder aufstrebende Schriftsteller hat eine so erschreckende, doch überzeugende Methode, anderen »Beweise« für die Fiktivität seiner Texte zu liefern. Die Figur Daphne war mir in vieler Hinsicht ähnlich, außer in ihrer Zerbrechlichkeit und Phantasieversunkenheit, bis hin zum Ausschluß der »Realität«. Im täglichen Leben bin ich immer stark und praktisch gewesen, wenn nicht gar hausbacken.)

Der obige Einbruch der »Zukunft« ist beim Schreiben einer Autobiographie unvermeidlich, besonders wenn man die Kindheit hinter sich gelassen hat und der Kreislauf des Seins Zeit und Raum und das Leben anderer ausfüllt, nun getrennt von einem selbst und deutlich sichtbar. Der Schreibprozeß kann einfach als eine Eisenbahnhauptstrecke betrachtet werden, die man vom Damals zum Heute legt, mit Abzweigungen in die weiter abseits gelegene Wildnis, aber die tatsächliche Form, die anfängliche Form ist immer ein Kreis, der nur gezogen wird, um durchbrochen und neu gezogen zu werden, immer wieder.

Jeden Tag nach dem Frühstück ging ich in die Baracke, um an meinem Roman zu arbeiten. Ich hatte nicht nach Franks Vorschlag eine Personenliste erstellt, aber ich hatte ein paar Ideen und Themen in mein Heft geschrieben, auch die Überschriften der einzelnen Teile des Buches, das ich als Ganzes vor mir sah, noch bevor ich zu tippen begann. Ich zog Linien in meinem Heft und entwarf einen Zeitplan mit Tag, Datum, Anzahl der Seiten, die ich zu schreiben hoffte, Anzahl der Seiten, die ich schrieb, und einer Rubrik mit der Überschrift *Entschuldigungsgründe*. Jeden Tag trug ich mit Rotstift die Anzahl der geschriebenen Seiten ein.

Ich war mir der Anwesenheit Franks und seines Standortes in seinem eigenen Tagesablauf stets bewußt. Da er den Haushalt führte und ein paar Aufgaben erledigen mußte, bevor er mit seiner Arbeit anfing, begann er später als ich, und ich hörte, wie es draußen im Garten raschelte, wenn er durch die Büsche ging und seine Pflanzen versorgte, die jungen Tomaten oder Paprika. Noch vor der Erledigung dieser Aufgaben legte er sich an der Ostwand des Strandhauses eine halbe Stunde in die Sonne. Er hatte einmal Tuberkulose gehabt, und er sprach oft von der Narbe und daß sie Öl und Sonne brauche, denn diese seien, so wie die Farbe Grün, gut für die Gesundheit.

Wenn ich das Knirschen und Rascheln seiner Schritte in gefährlicher Nähe meines Sanktuariums hörte, während er eine in die falsche Richtung wachsende Ranke berührte oder abschnitt oder spielerisch den Blütenstaub von der männlichen Pflanze auf die weibliche übertrug, für den Fall, daß die Bienen oder der Wind ihre Arbeit nicht getan hatten, eilte ich, mitten in den Träumereien über mein tägliches Schreibpensum, schnell an meine Schreibmaschine und begann Der schnelle braune Fuchs springt über den faulen Hund zu tippen, da meine Gedanken in der Gegenwart eines anderen Menschen wie immer stehengeblieben waren. Erst wenn Frank hineinging und mit seiner eigenen Arbeit begann, konnte auch ich mich konzentrieren und ungestört schreiben, bis ich hörte, wie die Tür des Strandhauses aufging, wie Schritte im langen Gras raschelten, wie es an meiner Tür klopfte und wie Frank dann mit sanfter

Stimme sagte: »Hast du Lust auf eine Tasse Tee, Janet?« Er stellte den Tee auf den eingebauten Schreibtisch, blickte diskret an meinen noch fast unbeschriebenen Blättern vorbei und zog sich dann wieder durch das lange Gras ins Strandhaus zurück. Ich hörte, wie sich die Haustür schloß. Dann stürzte ich mich auf den Elfuhrtee und auf die mit Honig bestrichene Roggenbrotscheibe, als wäre ich am Verhungern. Darauf setzte ich meine Arbeit fort, bis ich Geräusche aus dem Inneren des Strandhauses hörte – Frank, der die Tür öffnete und die Post holte, scharrende und klappernde Geräusche, die verrieten, daß das Mittagessen zubereitet wurde. Dann, Punkt ein Uhr, wieder das Rascheln im Gras, das Klopfen an der Tür und die sanfte Stimme: »Das Essen ist fertig, Janet.«

Voll Ungeduld, als sei ich schon wieder am Verhungern, ging ich eilig zum Essen ins Strandhaus. Meist hatte Frank ein Buch in der Hand oder auf dem Eßtisch liegen, an dem wir einander gegenübersaßen mit unserer Eierspeise oder den verlorenen Eiern oder dem Käse und dem Roggenbrot, und er las Auszüge laut vor und erörterte den Text, während ich zuhörte und alles, was er sagte, akzeptierte und glaubte, voll Staunen über seine Klugheit. Ich verehrte ihn und hatte großen Respekt vor ihm, und in meiner mittlerweile tief verwurzelten Angst vor Autoritäten oder denen, die »das Sagen« hatten, empfand ich das Bedürfnis nach seiner Anerkennung. Er war zwanzig Jahre älter als ich, und für mich war er ein alter Mann. Neben seiner strengen, bewußten Intellektualität empfand ich mein Denken und meinen Geschmack als nichtssagend. In einem Ton, der besagte, daß die Arbeiterklasse »gut« sei, unterrichtete er mich davon, daß ich ein »Mitglied der Arbeiterklasse« sei. Und wieder bezeichnete er meine Schwester und ihren Mann, bei denen ich fast jedes Wochenende verbrachte, als Bourgeois, und wieder staunte ich über die Verwendung von Ausdrücken, die mir veraltet schienen. Frank vermochte jeden in eine »Klasse« einzustufen.

Nach dem Essen machte er sein »Nickerchen« und lag auf dem Bett am Fenster, während ich, ängstlich darauf bedacht, am Tagesablauf festzuhalten, mich ebenfalls ausruhte oder las oder schrieb oder vielleicht in Takapuna herumspazierte. Dann, um drei, wachte Frank auf, und es gab noch eine Tasse Tee mit einer Roggenbrotscheibe und Honig. Darauf hängte er sich seine Segeltuchtasche über die Schulter und ging weg, um Lebensmittel für das Abendessen einzukaufen, das wir oft gemeinsam mit Freunden einnahmen, wobei unsere häufigsten Besucher damals Karl und Kay Stead waren, die vor kurzem geheiratet hatten; Karl studierte an der Universität von Auckland und Kay war Bibliothekarin. Beide strahlten im goldenen Glanz von Jugend und Liebe, und Karl schrieb Gedichte und Erzählungen, und beide wurden wie Frank ins Netz meiner Verehrung gezogen. Ihre Intelligenz, ihre Schönheit, ihre Liebe waren eine Freude für Frank, den die allgemeine Nichtbeachtung der Schriftsteller und die Tatsache, daß seine eigenen Bücher vergriffen waren, oft deprimierten. Fairburn war angeblich krank, R.A.K. Mason war verstummt, und wo war A.P. Gaskell? Irgend etwas stimmte ganz und gar nicht, wenn Schriftsteller ein vielgepriesenes Buch schrieben und danach ihre Stimme nie mehr erhoben. Von wegen Für uns selbst gesprochen! Die Botschaft dieses Schweigens war allzu deprimierend. Auch war Frank ein wenig gedrückt wegen der anscheinenden Mühelosigkeit, mit der ich schrieb: Er sollte nicht erfahren, wie oft ich gezwungen war, den schnellen braunen Fuchs über den faulen Hund springen und alle der Partei zu Hilfe eilen zu lassen und angestrengt nachdenkend im »Urwald« zu sitzen, während die »Kiefern flüsterten und die Tannen verzweifelt Antwort auf das Klagen des Waldes gaben«.

Die Freundschaft mit Karl und Kay erfüllte mein Leben und wies mir endlich einen Platz unter meinen Altersgenossen zu, denn ich hatte das Gefühl, so viele Jahre verloren zu haben, daß ich mein »wahres Alter« nicht bestimmen konnte. Neben der Jugend von Karl und Kay fühlte ich mich alt, und jung neben Frank. Ich war noch nicht ganz einunddreißig.

Mein Schreiben wurde von Lektüre begleitet: Ich hatte viele Bücher zu lesen.

»Hast du Proust gelesen?« fragte Frank.

»Nein.«

Wenn er aufgeregt oder unruhig war, hatte er die Angewohnheit, seine Arme und Beine zu bewegen, als tanze er. Nun »tanzte« er vor Aufregung, mich mit *Proust* bekanntmachen zu können. Ich hatte keine Ahnung von ihm, sprach sogar den Namen falsch aus, obwohl mir eine Bemerkung von jemandem aus Dunedin einfiel: »Es ist wie eine Szene bei Proust.«

Zunächst nur aus Pflichtbewußtsein, doch schließlich von Franks

Begeisterung angesteckt, begann ich Proust zu lesen, am Abend im Licht der Kerosinlampe in der Baracke, wenn der Schatten der Flamme über die Seite flackerte. Bestrickt von der Einfachheit des ersten Satzes: »Seit langem pflegte ich früh schlafen zu gehen«, ließ ich mich bald von Prousts Welt gefangennehmen, und jeden Tag sprachen Frank und ich über die Höhepunkte meiner Lektüre.

»Und natürlich hast du *Krieg und Frieden* gelesen.«

Hatte ich nicht.

»Es wird Zeit, daß ich *Krieg und Frieden* noch einmal lese«, sagte Frank, und wieder einmal war ich beeindruckt von der systematischen Art und Weise, wie er sein Leben als Schriftsteller gestaltete (wenn man bedachte, daß er vielleicht der erste professionelle Schriftsteller in Neuseeland war, ein Lehrling von Geistern aus einer fernen Welt). Ein Buchhalter würde sagen: Ich muß diese alten Zahlenkolonnen studieren. Ein Schriftsteller liest die Klassiker wieder, schiebt die Banalitäten der Gegenwart beiseite, erneuert seine Inspiration und staunt über die unvergängliche Wahrheit und Schönheit; vielleicht nicht jeder Schriftsteller; aber Frank machte es so.

Da er vor kurzem von Roy Parsons ein Exemplar von *Krieg und Frieden* bekommen hatte, der ihn mit Büchern versorgte, die er sich nicht leisten konnte, oft als Gegenleistung für Kritiken in *Parsons Packet*, lieh er mir diese Ausgabe, während er in seiner alten, größer gedruckten las. Frank war sich immer bewußt, daß sein Augenlicht kostbar war, und so wie nach Öl und Sonnenlicht für seine Narbe suchte er nach Substanzen, die »gut für die Augen« waren: Karotten natürlich. Grünes Schreibpapier und grüne Lampenschirme. Er trug auch eine Augenblende, so wie sie Tennisspieler aufsetzen. Auf seinen Vorschlag kaufte ich mir auch eine Augenblende.

Gemeinsam durchlebten wir die Ereignisse von *Krieg und Frieden*, und Frank bekundete sein Vergnügen und seine Erregung über die Entdeckungen, die ich auf jeder Seite machte und über die wir uns unterhielten; wir analysierten die Figuren, ihre Handlungen und Gefühle, und jeden Tag beim Essen sagte er ungeduldig: »Wo bist du gerade?«

Nachdem wir mit *Krieg und Frieden* fertig waren, lasen wir *Anna Karenina*, *Auferstehung* und die Erzählungen. Tolstoi wohnte in der Esmonde Road 14, Takapuna, Auckland – sowohl im Strandhaus als auch in der baufälligen Baracke. Auch seine Figuren wohnten dort – im Zimmer mit dem Bett in der Ecke mit seiner durchhängenden Matratze und den fadenscheinigen Decken; mit den hohen Bücherregalen, den zusammengerollten und zusammengebundenen verblaßten Manuskripten auf dem obersten Brett; dem offenen Kamin mit den Manukascheiten, die schon für das Feuer am Abend aufgeschichtet waren; der Sammlung von Ansichtskarten, Briefen, kleinen Skulpturen auf dem Kaminsims; mit den Gemälden an der Wand – *Der Zuckerkahn in Chelsea*; mit dem zwischen den Regalen eingebauten Tisch, der früher als Schreibtisch verwendet worden war, auf dem sich jetzt jedoch vergilbte Exemplare des *Times Literary Supplement*, des *New Statesman* und andere Zeitschriften häuften und über dem die elektrische Lampe mit ihrem Rechteck aus grünem Tuch hing, das an den Rändern weiß geworden war; in dem Zimmer mit der abgenutzten, nicht gestrichenen Eßtheke, an der wir unsere Mahlzeiten einnahmen, mit dem Geschirrschrank und dem Abwaschbecken und dem Heißwasserschrank, wo die Dickmilch bis zum Frühstück am nächsten Morgen warm gehalten wurde; mit dem kleinen Atlas-Herd in der Ecke, dem Blechgeschirr im Militärstil, den ein oder zwei oder drei weißen Tassen, zwei davon ohne Henkel; dem riesigen hölzernen Radioapparat, der, so Frank, von »Bob Gilbert« gebaut worden war und den Frank diskret einschaltete, wenn er die Toilette im kleinen, angrenzenden Badezimmer benützte (er war ein anspruchsloser Mann, verschwiegen; aber seine Witze waren wunderbar schlüpfrig).

Alle von Tolstois Charakteren lebten – und einige starben – in jenem Zimmer, dessen Fenster sich auf die Geißblatthecke an der Vorderseite des Hauses öffneten und am Abend mit einer Reihe bemalter Leinwände bedeckt wurden, die an die Scheiben gelehnt wurden; aber der Nachthimmel blickte immer herein, und monatelang sangen die Zikaden den ganzen Tag und die Grillen die ganze Nacht.

Auch die Stechmücken sangen, wenn sie in Schwärmen vom Mangrovensumpf am Ende der Straße heraufzogen.

Wir sparten uns den *Tod des Iwan Iljitsch* für unsere letzte Lesung auf. Frank war entgeistert, als er erfuhr, daß ich es nie gelesen hatte.

»Der große Klassiker«, sagte er.

Ich nahm das kleine dunkelblaue Buch mit seinem seidenen Lesebändchen in die Baracke mit, und am folgenden Abend redeten wir über Iwan Iljitsch und den Tod.

Aus der Anerkennung großer Literatur erwächst eine Freiheit, als ob jemand das herschenke, was er am liebsten behalten würde, und durch das Schenken entsteht neuer Raum für neues Wachstum – ein Ansturm einer neuen Jahreszeit unter einer verborgenen Sonne. Wenn man ein großes Kunstwerk anerkennt, ist es, wie wenn man verliebt ist; man schwebt im siebten Himmel; Verfall, Zerstörung, Tod sind im Inneren, nicht im Geliebten; es ist ein Sich-in-die-Unsterblichkeit-Verlieben, eine Freiheit, ein Flug ins Paradies.

Ich kann nicht umhin, mich der Zeit in der Esmonde Road voll Liebe zu erinnern. Ich sehe mich, wie ich auf meinem hohen Stuhl sitze und Frank ansehe, der mir gegenübersitzt, während wir über *Krieg und Frieden* reden, und während wir reden, sind wir nicht mehr in der Esmonde Road, wir sind bei Pierre, der in den Krieg gezogen ist und das Gesicht Napoleons anblickt; oder wir stehen neben der hartnäckig langsam knospenden Eiche, die sich als letzte in die Jahreszeiten fügt, als letzte ihre Blätter abwirft; oder am Totenbett des alten Prinzen, auch er hartnäckig wie eine Eiche, im Kampf mit der Jahreszeit.

Wir lasen auch Olive Schreiners *Geschichte von einer afrikanischen Farm* und vertieften uns so sehr in sie, daß wir zu Waldo und Bonaparte Blenkins wurden. Wenn Frank mich auch nicht in einen männlichen Gefährten verwandeln konnte, so konnte er mir zumindest einen Jungennamen geben: Waldo.

Unter meinen Besitztümern befanden sich mein Radioapparat mit Plattenspieler aus meiner Zeit im Grand Hotel und meine Schallplatte mit Beethovens Siebter Symphonie. Ich spürte sofort Franks Mißbilligung dieses »Luxusartikels«. »Wenn du Musik brauchst, dann mußt du sie im Kopf haben oder sie dir aus erster Hand anhören.« Das Radio war entschuldbar. Ich übernahm Franks Überzeugung, daß Radiogeräte, Fotoapparate und Bandgeräte unnötig, ja *bourgeois* seien, und voll Scham versteckte ich meinen Radioapparat mit Plattenspieler im Schrank unter einem alten Rock. Eines Abends jedoch, als Karl und Kay zwei Schallplatten brachten, »Eine kleine Nachtmusik« und Beethovens Violinkonzert, gespielt von David Oistrach, sagte Frank: »Wir können sie uns auf Janets Plattenspieler anhören.« Damit gab er sein Einverständnis. Ich kann das Zimmer noch vor mir sehen, mit den kahlen Wänden und dem Holzboden, den Frank jeden Samstagmorgen mit einem in Leinsamenöl getauchten Lappen bohnerte (»das fängt den Staub ein«), mit den Liegestühlen (»sie sind am bequemsten«) mit ihren hölzernen Armlehnen – das Zimmer, in dem sich bereits alle Figuren aus *Krieg und Frieden, Anna Karenina* und den Erzählungen von Tolstoi und Tschechow befanden, von Proust, Flaubert, Olive Schreiner, Doris Lessing, und das nun die Musik von Mozart und Beethoven durchdringt, während wir zuhören. Wir spielen die Platte noch einmal. Karl und Frank beginnen über Yeats zu sprechen. Karl liest »Segeln nach Byzanz« und »Der Ausbruch der Zirkustiere«. Und ich, aufgewachsen mit dem »alten« Yeats, das heißt mit dem »jungen« Yeats von »Hätt' ich des Himmels bestickte Gewänder« und »Die Seeinsel von Innisfree«, höre zu, eingetaucht in die Wörter und in die Musik. Ich glaube, dann zitiere ich das Gedicht, das ich auswendig kann, Dylan Thomas' »Nach dem Begräbnis«, und wir sprechen über die Bedeutung von »der stolzierende Farn legte seine Samen auf das schwarze Sims«.

An jenem Abend las ich im Bett, beim Licht der Kerosinlampe, Franks Exemplar der Gedichte von Yeats:

Mit Phantasien nährten wir
Das Herz, verroht durch diese Speise;
Nahrhafter war die Feindschaft als
Die Liebe; baut, ihr Bienen, denn
Im leeren Haus des starren Blicks.

Ich beendete *Gerüchte von Reichtümern* zwei Tage vor meinem einunddreißigsten Geburtstag, und mit meinem Manuskript, frisch gebunden mit Leinenstreifen, wie Frank es mir gezeigt hatte, und einem Exemplar von William Faulkners *Eine Legende*, das ich für *Parsons Packet* besprechen wollte, fuhr ich für zwei Wochen nach Hause, nach Oamaru und Willowglen.

22
Die Kiefern in der Kühle des Abends

Die Südinsel setzte dem Erwachen des Frühlings einigen Widerstand entgegen; das Gras war von Reif bedeckt; man erwartete Schnee und sorgte sich um die neugeborenen Lämmer im Hochland; die Tageszeitungen brauchten mehr Platz, um den üblichen Winterzoll an geliebten Großeltern zu verzeichnen. In Willowglen trugen die alten, flechtenbedeckten Bäume im Obstgarten Knospen, nahe daran, zu Blüten aufzubrechen, der Weißdorn war schon weiß, und die Akazie unten beim leerstehenden Hühnerstall stellte ihr Gold zur Schau.

Siggy mit den vielen Kätzchen begrüßte mich mit einem kleinen Kaninchen, das sogleich unversehrt auf die Nachbarwiese sprang. Ich fand Siggys Matilda, das Kätzchen, an dem Isabel und ich einst unsere neuerworbenen Psychologiekenntnisse erprobt hatten (wir bescheinigten ihm einen »Minderwertigkeitskomplex«), tot, steif und reifbedeckt unter dem bienenumschwärmten, blühenden Johannisbeerbusch – denn wie immer bei der Ankunft in Willowglen sah ich mich zunächst »draußen« um, stieg mit Mühe den Abhang an der Rückseite des Hauses hinauf, zwischen Jahren von herabgefallenen und zu Kompost gewordenen Birnbaumblättern und Früchten, die an meinen Schuhsohlen klebenblieben und mich den nassen Pfad hinunterrutschen ließen. Ich durchstöberte den Bach und den Sumpf und die blühenden Narzissen unter den Obstbäumen, und ich spazierte unter den Kiefern »unten im Wiesengrund« und berührte und roch an den saftartigen Perlenkügelchen, die an den Baumstämmen klebten. Die Umstände unseres Umzugs aus der Eden Street 56, als wir aus unserem vermeintlichen Heim »gejagt« worden waren, und die Sorgen während der Suche nach einem »Platz« machten Willowglen zu einem Paradies, und da es nichts Irdisches war, konnte es all die ihm geschenkte Liebe entgegennehmen und weiterbestehen und blühen und gedeihen.

Ich wußte, daß ich bloß ein Schönwettergast war, daß ich nur höchst ungern daran erinnert wurde, daß die Familienjahreszeit der Winter war, egal, wie viele Obstbäume und Blumen draußen blühten. Mutter hatte abgenommen, und ihr Gesundheitszustand hatte sich sichtlich verschlechtert, während sie gleichzeitig diesen Zustand leugnete. Wie immer war sie voller Hoffnung, und im Augenblick machte es ihr große Freude, daß sie ein Büschel Schnittlauch in dem kleinen Kräutergarten zum Wachsen gebracht hatte, den sie vor dem Schuppen in der fruchtbaren, birnengedüngten Erde angelegt hatte. Obgleich ihr Innenleben voller Freuden und Überraschungen war, die sie aufrechterhielten, äußerte sie so wenige persönliche Wünsche, und diese wurden so selten erfüllt, daß das Schnittlauchbüschel ein Ereignis in ihrem Leben war und sie sanft und glücklich auf die nächste Phase der Wonne zuging, auf ein »Schnittlauchsandwich mit frischem Brot und viel Butter«. Im Hinblick auf ihren Tod und jetzt auf die für sie ungewöhnliche Handlung, sich einen Wunsch zu erfüllen, floh mein Vater, mit Angst in seinen Augen, in seinen Spott: »Mum und ihr Schnittlauch, sieh dir das an!« Ich hatte immer gewußt, daß der »äußere« Dad nicht der »innere« Dad war, und ich empfand Mitleid angesichts seiner Unfähigkeit, Gefühle mit den richtigen Worten zu verbinden, angesichts seiner Worte und Handlungen, die er in Panik aus einem Raum außerhalb des Menschlichen an sich riß. Sein fortgesetzter Spott war so sinnlos.

Mein Vater war seinen Kindern ein guter Lehrer gewesen. Auch ich empfand Unwillen über die Unvermeidlichkeit von Mutters Tod. Ich fühlte mich hilflos und hoffnungslos, und ich sprach streng mit ihr, versuchte sie dazu zu bewegen, ihre Pillen zu nehmen, sich auszuruhen, aufzuhören mit ihrem ewigen Feuermachen und Kochen und Schaffen, und hinunterzukommen »in den Wiesengrund in der Kühle des Abends beim letzten Sonnenlicht«, wie sie es sich erträumte. Obwohl ich eine gute Köchin war und mich in Erinnerung an den Kochkurs in der Mittelschule darin versucht hatte, wann immer sich mir die Möglichkeit dazu bot, schwand Mutters Selbstvertrauen, sobald jemand anderes die Mahlzeiten kochte oder die Kuchen buk. (Sie litt noch immer unter der Bezeichnung »schlechte Hausfrau«.) Wenn ich Brot oder kleine Kuchen buk oder eine meiner »Spezialitäten« kochte, buk Mutter sofort »ihr« Brot, »ihre« Kuchen und kochte »ihre« Spezialitäten, und dieser Versuch einer Küchen-Konkurrenz war so durchsichtig, daß ich ihn rührend und deprimierend fand und mich mit meinem Küchenlied zurückzog.

Während dieses Aufenthalts las ich Mutter ausgewählte Seiten aus

Gerüchte von Reichtümern vor und ließ dabei selbstverständlich alle auf den Tod der Mutter, Amy Withers, bezugnehmenden Stellen weg. Ich las nur die »harmlosen, heiteren« Passagen, während Mutter aufrichtig sagte: »Es ist wunderbar.« Sie und Papa waren mehr an »diesem Mr. Sargeson« interessiert, aber sie schienen sich mit meiner Erklärung: »Er ist ein alter Mann, ein berühmter Schriftsteller« zufriedenzugeben. Meine Eltern hatten die Hoffnung aufgegeben, daß ihre Tochter, die jahrelang in einer Nervenklinik gewesen war, je »ihrer großen Liebe begegnen« würde, doch Besucher fragten oft hinterhältig: »Bist du schon der großen Liebe begegnet?« Es schien mir ein altmodischer, ja viktorianischer Ausdruck zu sein.

Ich verbrachte auch Zeit mit Dad, beim Fischen unten am Pier, und ich war ebenso erstaunt und dankbar wie damals, als ich ein Kind gewesen war und wir gemeinsam die Kreuzworträtsel gelöst und die Detektivgeschichten gelesen hatten, als er mir nun Geschichten aus seiner Kindheit zu erzählen begann, über Matrosen-Originale aus Oamaru. Es war kalt unten am Pier, dem Meereswind ausgesetzt. Die grünen, milchig trüben Wellen leckten und saugten an den alten Holzbalken im Hafeninneren, wo Dad darauf wartete, daß die Dorsche anbissen, während ich nach Norden, auf das offene Meer blickte, wo das klare, steingraue Wasser an den Felsen leckte. Wir fingen kleine Haie und einen Meerhecht, den wir als Köder für die blauen Dorsche verwendeten. Eigentlich war mir das Fischen gleichgültig, aber es gab nicht viele Möglichkeiten, mit meinem Vater zusammenzusein. Er fischte schweigend; wir unterhielten uns nur, wenn wir etwas gefangen hatten.

»Iß niemals roten Dorsch«, sagte er, als ich ihm den roten Dorsch an meinem Angelhaken zeigte. »Sie sind voller Würmer. Die blauen Dorsche mußt du behalten.«

Ich hörte gehorsam zu, staunend, als bekäme ich Unterricht von einem großen Lehrer, und da ich ständig an mein Schreiben (ein Leben als Schriftstellerin) dachte, speicherte ich seine Worte im Hinterkopf, zur späteren Verwendung.

Und während ich in Willowglen war, las ich, inmitten anderer Tätigkeiten, *Eine Legende* und andere Romane von William Faulkner aus der Bücherei. Alles dreht sich, alles dreht sich im Kreis, wo bin ich? So ähnlich war mein Gefühl, als ich meine erste Seite von

William Faulkner las. Ich las und las, ich las das ganze Buch, und als ich fertig war, drehte ich mich noch immer in einem Strudel aus Worten und Gefühlen, die wie gewaltige Musik auf mich wirkten, bei der selten nach der Bedeutung gefragt wird. Ich bereitete eine Besprechung vor – wie konnte ich eine Besprechung über einen Romanschriftsteller schreiben, der meinen Blick mit Gefühlen trübte? Ich nahm mir das Buch nochmals vor, las es immer wieder und gelangte langsam ins klare Brunnenlicht, wo die Charaktere, die Schauplätze, die Bedeutung hervortraten, scharf umrissen, kompakt, real, gut. Das war William Faulkners Welt, und ich hatte sie gefunden, für immer.

Wenige Tage bevor ich mit dem Zug nach Norden fuhr, überredete ich Mutter, mit mir »im Wiesengrund« ein Picknick zu machen, und so schmierten wir eines späten Nachmittags Schnittlauchsandwiches und füllten eine Thermoskanne mit Tee; und mit einer Decke und Kissen machten wir uns auf den Weg zum »Wiesengrund«, gingen langsam den Weg hinunter, an der alten »Geisterkiefer« und an der alten Apfelhütte vorbei, wo die Fächerschwänze durch die Tür mit den gebrochenen Angeln aus und ein tanzten, am Kuhstall mit seinem Himmelsdach und seiner kaputten Schranke vorbei, am morschen Schweinestall, wo Siggy immer ihre Kätzchen warf, am alten Pferdestall, wo Möbel, Bilder, Schachteln mit Fotografien, der Großteil der Überreste aus der Eden Street 56, aufbewahrt wurden, unordentlich hingeworfen an jenem hektischen, verworrenen Tag des Umzugs; durch das Tor hinaus aus dem kühlen Schatten des Hügels und schließlich dorthin, wo die jungen Kiefern in der warmen Sonne standen, die nicht wie *unsere* Sonne schien, sondern wie eine andere Sonne an einem anderen Ort. Wir breiteten die Decke auf den Kiefernnadeln aus und lehnten uns an die Bäume, und das klebrige Harz blieb an unseren Kleidern hängen. Die Wärme der Sonne spürend, räkelte ich mich wie eine Eidechse, die sich wärmt. Wir aßen unsere Brote mit Butter und Schnittlauch und tranken den Tee, in den ständig kleine schwarze Fliegen vom Bach fielen. Die Pukekos sahen uns durch den Zaun von der Nachbarwiese aus zu.

Aber Mutter war unruhig. Was, wenn das Telefon läutete? Hier im Wiesengrund würden wir es bestimmt nicht hören. Was, wenn »dein Vater« nach Hause kam und das Essen nicht fertig war? Außerdem hatte sie telefonisch die wöchentliche Bestellung beim Lebensmittelgeschäft, bei Self Help, aufgeben wollen, und vielleicht war es für die Lieferung des Botenjungen schon zu spät. Wir kauften nicht mehr bei Star Stores ein, sondern bei Self Help, seit der Sohn eines unserer Nachbarn aus der Eden Street dort Leiter geworden war. Da meine Eltern schon viele Jahre in Oamaru lebten, hatte meine Familie ein zuverlässiges Netz aus bevorzugten Ladenbesitzern, Postbeamten und Taxifahrern aufgebaut, unter denen viele von den »Jungen« waren, mit denen Myrtle und ich gemeinsam vom großen Glück in Hollywood geträumt hatten. Von manchen derer, die mit uns geträumt hatten, waren jetzt nur noch Knochen in der Sahara, in Kreta oder in Italien übriggeblieben.

Unser Picknick war allzu schnell vorüber. Mutter rappelte sich mühsam auf, außer Atem vor Anstrengung, und gemeinsam gingen wir den steilen Weg zum Haus zurück; und schon war die Sonne im Wiesengrund untergegangen, die Einfahrt lag fast im Dunkeln, unter den Kiefern dunkelte es schneller, und wieder waren wir dort, wo der frostige Hügel sich über das Haus beugte und es umklammerte mit den Krallen eines ewigen Winters.

Zwei Tage später, als ich den Expreß nach Norden bestieg, wußte ich, daß ich Mutter nicht wiedersehen würde, und in einem Anfall von Bitterkeit sagte ich: »Ich komme nie mehr zurück nach Willowglen.«

Meine Worte trafen, und ich wußte es. Ich verabschiedete mich, der Zug fuhr auf sein gewohntes Gleis, und noch bevor er mit seinem *Kaitangata, Kaitangata, Kaitangata, Winton, Winton, Winton, Kakanui, Kakanui, Kakanui* begann, wußte ich, daß es keinen Sinn hatte zu fliehen, vor der Familie oder dem Frost oder dem Land, daß eine Flucht für die Tochter eines Eisenbahners ohnehin unmöglich war, weil ich akzeptieren mußte, daß ich im Besitz eines jeden Zentimeters aller Bahngleise des Landes war: ein eisernes Band wechselseitigen Eigentums. Der Zug fuhr weiter und sagte ständig ein neues Wort: *Willowglen, Willowglen, Willowglen*, während wir die Canterbury Plains durchquerten.

23
Ein Tod

Willowglen war vielleicht das Paradies der Blätter, der Erde, des dunklen Wassers, der Sümpfe, dicht bedeckt mit gefährlich leuchtendem grünen Gras – doch Auckland war das Paradies des Lichts, voll wirbelnder, dunstiger Wolken, als verstecke sich ein Vulkan im Himmel, der in eine andere, unsichtbare Welt hervorbricht. Franks Garten war übervoll von dem im Frühling gepflanzten Gemüse – hohe Säulen mit Süßmais vor dem Barackenfenster, glänzende Paprika mit grünen Blättern an der Ostseite des Hauses. Er pflanzte Russisch-Rote Tomaten, und er zeigte mir ihr Bild auf der leeren Samenpackung.

»Beefsteaktomaten und Russisch-Rote Tomaten, die pflanze ich dieses Jahr.«

Nahe der Baracke stand auch ein winziger Papayabaum. Er hegte und pflegte ihn. Er hoffte, eines Tages Papayas ernten zu können. Barbara und Maurice Duggan, so sagte er, hätten eine Papaya zustandegebracht. »Vielleicht die einzige im ganzen Land.«

Sein Staunen war endlos; seine Augen funkelten, wenn er vom Zimtapfelbaum sprach. (Ich wollte schon sagen, »seine Augen *leuchteten*«, aber das Licht in ihnen war nicht das gleichmäßige Strahlen eines Planeten, es war gebrochenes Licht, wie es durch Nebel oder Feuchtigkeit oder ganz gewöhnliche Tränen dringt.)

»Aber was ist mit deinem Manuskript?« fragte er. »Hast du es an Pegasus geschickt?«

Als Denis Glover von der Caxton Press wegging, überließ er offenbar eine Handvoll von meinen Erzählungen und Gedichten Albion Wright von Pegasus, der sie an mich weitersandte. Unter den Papieren war ein Brief von John Forrest an Denis Glover, in dem er erklärte, daß keine Hoffnung auf meine Genesung bestehe (»wenn ich an Sie denke, dann denke ich an van Gogh, an Hugo Wolf…«). Frank erklärte mir, Pegasus habe viel von der Arbeit der Caxton Press übernommen.

Ich wußte, daß ich Frank nach seiner kühlen Aufnahme meiner Erzählung »Eine Heizdecke« nichts von dem Buch zeigen konnte. Ich las ihm jedoch der Form halber ein paar Zeilen des Anfangs vor, die ihm so gut gefielen, daß er vorschlug, ich solle sie als Gedicht an John Lehmann vom *London Magazine* senden. Um die Sache interessanter zu machen (wir hatten über den australischen Schwindel von *Zornige Pinguine und Ern Malley* gesprochen), schlug Frank vor, ich solle ein paar von meinen Gedichten zusammenstellen, und er würde sie an John Lehmann senden. Er wählte einen Namen für mich aus – *Sante Cruz* – und sagte feierlich, als wüßte ich es nicht: »Das heißt *Heiliger* und *Kreuz*.« Sein Brief an John Lehmann erläuterte, ich sei eine Frau von den pazifischen Inseln und neu in Auckland; mein Schreiben habe ihn beeindruckt. Die Antwort war freundlich. Die Gedichte, so sagte John Lehmann, seien erfrischend, neu; er hoffe, wenn ich ein wenig mehr Englisch gelernt habe, könne er mehr von meiner Arbeit sehen.

Inzwischen half mir Frank, das Manuskript einzupacken, und seine Sorge war so groß, daß er darauf bestand, mit mir zum Postamt zu gehen und zuzusehen, wie der Beamte die passenden Briefmarken aufklebte und den Umschlag auf die Rutsche warf.

Zwei Wochen später bekam ich die Nachricht, daß Pegasus Press mein Buch angenommen habe. Sie legten einen Vertrag bei, den ich unterschreiben sollte. Ich war verblüfft, erfreut und ängstlich, während Frank, der mit dem Ablauf des Schreibens und Veröffentlichens und mit dem ganzen Zeremoniell vertraut war, sagte: »Wir müssen feiern.« Er gab mehr aus, als er sich leisten konnte, und kaufte eine Flasche Vat 69, den wir an diesem Abend tranken.

Der Sommer kam allzu schnell. Die Hitze hielt Tag und Nacht an. Ich schlief bei offener Barackentür und verhängte den Türeingang und das Fenster mit Musselin, um die Stechmücken aus dem Mangrovensumpf und vom Pupuke-See fernzuhalten. Nachdem ich mein Buch beendet hatte und wieder in die normale Alltagswelt geworfen war, wurde ich unruhig, unfähig, bei der Hitze zu arbeiten. Ich schrieb Gedichte, ein paar Erzählungen. Abends spielte ich Schach oder hörte wieder den Anekdoten und Gesprächen Franks und seiner Freunde zu, oder er und ich redeten über die Bücher, die wir lasen, aber wir beide wußten, daß sich die Gefühle zwischen uns fast unmerklich verändert hatten, wir befanden uns nicht mehr auf dem gleichen Weg, die Flitterwochen waren vorüber. Ich wußte, es würde bald Zeit sein wegzugehen, und ich wollte nicht weggehen. Anfang, Mitte, Ende – wie oft hatten wir über die fiktionalen Prozesse geredet und darüber, wie schmerzlos und diskret sie sich ausdrücken ließen.

Dann, eines Tages Anfang Dezember, kamen meine Schwester und ihr Mann unerwartet zu Besuch. Es war Vormittag, und ich arbeitete. Ich hörte, wie Frank sie zur Baracke schickte.

June stand in der Tür.

»Ich muß dir etwas sagen«, sagte sie. »Mutter ist heute morgen gestorben. Sie hatte gegen sechs Uhr einen Schlaganfall und ist um halb elf gestorben. Bruddie hat angerufen und es Wilson und mir gesagt.«

Ich versuchte so unberührt wie möglich zu erscheinen. Ich sagte: »Sie war ohnehin ausgelaugt und bereit zu sterben.«

Beim Tod von Myrtle und Isabel hatten wir einander umarmt und geweint, doch das war so lange her, und ich war so viele Jahre mit meinen Gefühlen allein gewesen.

»Ihr Leben war scheußlich«, sagte ich.

June stimmte zu. Sie würden nicht zum Begräbnis fahren, sagte sie. Sie fragte, ob ich wie gewöhnlich am Wochenende zu ihnen kommen würde.

»Nein, ich glaube nicht«, sagte ich.

»Wir sehen uns also irgendwann?«

»Ja.«

»Sie wollten dich mit der Nachricht nicht ängstigen, wir sollten dir das sagen.«

Die Mischung aus Trauer und Erleichterung über Mutters Tod verstärkte und verschärfte sich durch mein vertrautes Gefühl des Zornes und der Niedergeschlagenheit, als das »zerbrechliche, verrückte« Mitglied der Familie zu gelten, das vor unangenehmen Nachrichten geschützt werden mußte. Die gutgemeinte Rücksicht meiner Familie betonte und vergrößerte meine Trennung von ihnen. Ich war eifersüchtig, daß meine Schwester als erste vom Tod erfahren hatte, fast als wäre es ein kostbares Geschenk, das für sie ausgesucht worden war und dann gebraucht und schmutzig, aus zweiter Hand, an mich weitergegeben wurde. Es war zum Teil ein Wiedererwachen der früheren Kindheitsrivalitäten – wer als erster das gehütete Geheimnis wußte, sah, sich zu eigen machte; genaugenommen war diese Rivalität gar nicht von neuem erwacht, sie hatte nie geruht!

Ich erzählte Frank meine Nachricht.

»Na und?« sagte er und zeigte damit seine Bitterkeit gegenüber seiner eigenen Familie. »Es ist besser, wenn die Eltern tot sind.«

Tapfer stimmte ich ihm zu.

In jener Nacht, in der Ungestörtheit der Baracke, weinte ich, und am nächsten Morgen, konfrontiert mit Franks verächtlichen Vorwürfen wegen »all der Tränen«, erklärte ich, daß ich wegen Mutters Leben weinte, nicht wegen ihres Todes. Ich bedauerte, daß wir wenig Zeit hatten, unsere Eltern kennenzulernen und uns mit ihnen anzufreunden, weil sie ihr Leben fast zur Gänze damit verbrachten, uns zu ernähren, zu kleiden und uns Obdach zu geben. Und ich hatte mein Leben damit zugebracht, meinen Eltern zuzusehen und zuzuhören, zu versuchen, ihren Code zu entziffern, hatte ständig nach Anhaltspunkten gesucht. Sie waren die beiden Bäume zwischen uns und dem Wind, dem Meer, dem Schnee; aber das war in der Kindheit. Ich hatte das Gefühl, ihr Tod würde uns schutzlos zurücklassen, aber er würde auch von allen Seiten Licht einlassen, und wir würden die Realität kennenlernen anstelle einer Ahnung von Wind, Meer und Schnee, und er würde uns befähigen, jeden Augenblick des Seins wahrzunehmen.

Ich fuhr an diesem Wochenende nicht zu meiner Schwester, und so war ich bei dem Sonntagsessen anwesend, das Frank immer für seinen Freund Harry kochte. Harry, zunächst stumm wie ein Fisch, verlor bald sein Mißtrauen mir gegenüber und unterhielt sich mit mir, während Frank, nervöser als gewöhnlich, was sich in einem übertriebenen Gestikulieren und Hin- und Herbewegen seiner Hände zeigte, umrührte und kostete und abwog und eintunkte und schließlich seine übliche perfekte Mahlzeit servierte. Nach dem Essen ging ich wieder in die Baracke und überließ Frank und Harry ihren Gesprächen über die alten und neuen Zeiten. Sie kannten einander schon so lange, daß sie beim Reden halbe Sätze oder einzelne Wörter verwendeten, und als ich Harry ein wenig besser kannte, begriff ich, wie sehr Frank ihn schätzte, nicht nur als treuen Freund, sondern als Informationsquelle über die »andere« Welt der Rennbahnen und lockeren Großstadthotels und traurigen, heruntergekommenen Wanderer unten bei der Fähre und im unteren Teil der Queen Street. Frank hatte sein eigenes Leben als Schriftsteller perfekt inszeniert, und er stellte sicher, daß er sich, solange er innerhalb des Schreibaktes lebte, mit Menschen umgab, die ihm Neuigkeiten aus einer Welt brachten, die er in der Realität nicht länger erforschen konnte, weil die physischen Anforderungen des Schreibens einen Platz an einem Schreibtisch oder Eßtisch bedeuten, ganze Vormittage oder ganze Tage lang, und Stille, Abgeschiedenheit und Schlaf.

Niemand erwartete von mir, daß ich zu Mutters Begräbnis ging; ich erfüllte die Erwartungen meiner Familie, indem ich mich nicht imstande fühlte zu gehen. Statt dessen bat ich meinen Vater, mir die Beileidsbriefe und -telegramme zu senden, die ich beantwortete. Dann feierte und betrauerte ich Mutter in einer Handvoll Gedichten. Ihre Bewegung ist nicht gut, aber sie geben Einzelheiten von dem wieder, was ich damals dachte.

Verbrennt das Zeug, in dem sie starb,
die stinkenden Socken, das fleckige Kleid,
die löchrige Rüstung, die sie trug
zum Gruß der traurigen Überraschung,
der Morgenüberraschung des Todes.

Hängt das Kostüm auf einen Bügel,
auf die Leine, und der Wind
bläst die Fetzen schlimmen Elends
in die Bäume, in die Stadt.
Legt die Leintücher des Todes
auf den Rasen, daß Tau und Sonne
sie weiß und sauber machen mögen.

Nur das Feuer und die Luft
sind voller Güte, also gebt
ihnen das Geschenk der Trauer,
nicht der Erde und dem Wasser,
die ihren Leib begruben, sie
ertränkten in allzu vielen Tränen.

Ein anderes Gedicht –

Deren Tod den Augenblick nie tötet, räuchert aus
ihrem Herzen das kleine, schreckliche Frettchen der Zeit
wird nie wieder gehen, ihr schwerer Leib in Kleidern

übergroß, Sonnenblumenhut; in Siebenmeilenstiefeln
durch Sumpf, Stallmist, Schneegras hinter ihrem entlaufenen
Kaninchen Gott, der sich fortzeugte, sein Bau
tief eingegraben, verborgen vor dem Habicht unter ihrer Wiese
aus Stein und Dornen, Lilien und Farnen.

Wenn auch mein Meißel aus Salz ihren Stein nicht schneiden
oder neu formen wird, meine Tränen den Flug der Distelwolle
nicht beschleunigen oder ihre Flugzeit verraten werden,
wenn auch die Nacht ihre Lilien peitscht,
ihren blauen Sumpfsonnenaufgang, zeugen ihre zuckenden
 Götter
im Dunkeln, lassen die irren Habichtsflüchtlinge immer noch
herabfliegen auf ihr Bett aus Farn, sanft schlafen.

Was konnte ich sonst schreiben, mit dem Beispiel von George Barkers »Nächste, Beste, Liebste, Fernste« und Dylan Thomas' »Nach dem Begräbnis, dem Maulesellob und -gewieher« vor Augen?

Damals beschäftigte ich mich mit verdichteter Bildsprache und der Verwendung allgemeiner Begriffe – Liebe, Tod, Barmherzigkeit, Herz –, die wie kleine Handgranaten mitten in ein Gedicht gesetzt sind; das Gefühl, das sie berührt, zerbirst in kraftlose Fragmente, und so ist es am Ende des Gedichts entweder zerstört oder aufgelöst, und nichts bleibt zurück. Die verdichtete Bildsprache hat auch die Wirkung einer Reise mit dem Düsenflugzeug: Man sieht nichts von der Landschaft darunter und ist daher unbeeinflußt davon, und wenn man an seinem Ziel ankommt – oder am Ende des Gedichts –, ist man, abgesehen von der Eintönigkeit der Reise, so frisch wie beim Aufbruch, und das Gedicht könnte genausogut nichts sein, ein Schatten.

Bei meinen Versuchen, Gedichte zu schreiben, gab ich mein Bestes, obwohl ich wußte, daß die Gedichte nicht »gut« waren. Ich verwandte viel Gefühl (das ich besser der Verbesserung der Gedichte hätte zukommen lassen sollen) auf die Hoffnung, sie seien gut, obgleich ich wußte, daß sie es nicht waren – das cremige Sichgehenlassen gegenüber einem Traum.

Ich schrieb noch ein Gedicht über Mutters Tod, »Ihre Augen erbitten das Licht, getäuscht vom Licht«, das ich Karl Stead vorlas, und obwohl er einige Jahre jünger war als ich und weniger Gedichte geschrieben hatte, waren sein Urteil und sein Sinn für Genauigkeit schärfer ausgeprägt als bei mir. Er hörte zu und sagte wenig, aber als er die Worte »Die Dezembersonne, wärmster Todesanwalt« mit einem leichten Stirnrunzeln wiederholte, wußte ich, daß das Gedicht mißlungen war, weil ich damals den Drang hatte zu sagen (wie jemand, der bei einem Vergehen erwischt worden ist): »Oh, ich kann alles erklären.«

Das konnte ich auch. Die Metaphorik war gut herausgearbeitet, aber sie traf nicht.

> Ihre Augen erbitten das Licht, getäuscht vom Licht,
> Gekritzel, wertlos, ist in ihnen und dahinter –
> der Tod oder die streitende Partei, flammenumschließend,
> vom Niedergang bezahlt, ihr Leben anzuklagen;
> denn nun, im Geist der Trauer, prüfen Verwandte
> den Körper meiner Mutter voller Neugier,
> spähen durch Feldstecher aus Angst und Leid
> über der Küste aus nach ihrer Hieroglyphe,
> wo die Dezembersonne, wärmster Todesanwalt,
> in diesem ihrem dreiundsechzigsten Jahr,
> schon früh erwacht zu finstrer Arbeit, hat
> Klientenunterschriften ihr in die Haut geschrieben
> wie Steuerpflichtige, trocken, ohne Schlüssel,
> auf Bein gebettet, dünnes, totes Bein,
> getäuscht und zungenlos bis hin zur Schneide des
>   Geschmacks
> des angehaltenen Bluts – wer hätte das gedacht?

Ich war von der Tatsache tief berührt, daß Mutter am Morgen gestorben war, Zeit der Arbeit, daß sie früh aufstand (sich nie »erhob«) und in die Küche ging und Feuer machte, und als Dad sie fand, fast ohnmächtig, ihm zugeflüstert hatte: »Ich habe gedacht, ich mache eine Tasse Tee...« Das waren ihre letzten Worte; sie kam nie wieder zu Bewußtsein. Als Aussage über ihr Leben könnte man sie ohne Zynismus als ihren besten literarischen Versuch beurteilen.

Mein anhaltendes Gefühl des Verrats, weil Frank bei Mutters Tod keine Anteilnahme gezeigt hatte, zerschmolz, als ich hörte, wie er zu

Kathleen, unserer Nachbarin, sagte: »Der Tod einer Mutter ist am schwersten zu verkraften. Es ist eine traurige Zeit für Janet.« Auch Frank hatte Gefühle zu verbergen!

24
Die Seidenraupen

Wenn der Sommer vorbei ist, so dachte ich, und das Wetter kühler (ein Traum: in der Kühle des Abends), werde ich noch einen Roman schreiben. Aus meiner fiktionalen Welt aufgetaucht, konnte ich deutlich sehen, daß mein Aufenthalt in der Baracke mehr von Franks Zeit, Energie und Gefühl aufzehrte, als ihm lieb war, da ich nicht seine einzige *Schutzbefohlene* (in den verschiedenen Bedeutungen des Wortes) war und alle (Harry, Jack, der alte Jim nebenan, Franks zwei ältliche Tanten, eine davon blind, die nahe am Strand wohnten, in einem alten, spitzgiebeligen Haus voll hoher, dunkler Möbel) besucht und angehört und getröstet werden mußten, und die ärmeren »Schutzbefohlenen« erhielten Gemüse aus dem Garten oder einen Zehnshilling- oder Einpfundschein. Der Besuch bei den Tanten kostete Frank am meisten Energie, denn ihre Zungen waren scharf und kritisch, während er geduldig und fügsam blieb. Wenn er von einem Besuch bei ihnen zurückkam, sagte er immer in erstauntem Tonfall: *»Meine dicken Tanten, meine gewaltigen Tanten.«* Und es waren gewaltige Tanten mit einer Art von Festigkeit, die wirkte, als könne sie niemals schmelzen. Ich glaube, sie waren die Schwestern von Franks Mutter; und ich glaube, in ihrer Unfähigkeit zu verschwinden waren sie wie die Vergangenheit, seine Vergangenheit: Sie waren keine Schneefrauen; sie waren zeit- und jahreszeitlos; und als die kranke blinde Tante im Bett lag, eines Tages, als ich sie mit Frank besuchte, wirkte sie weder durch ihre Krankheit noch durch ihre Blindheit kleiner, sondern nur durch den hohen Bücherschrank aus Eichenholz, der neben dem Bett aufragte.

Die Sommerhitze hielt weiter an. Frank begann von der »goldenen Zeit« seiner Kindheit zu reden, als er sich Seidenraupen gehalten hatte. Es war ein unvergessener Sommer, wie »Jener Sommer« seines kurzen, perfekten Romans. Zufällig ging ich damals eines Tages in der Karangahape Road spazieren (ein »Besitz« Aucklands, so wie Rangitoto) und sah im Schaufenster einer Tierhandlung Seidenraupen. Ich kaufte ein halbes Dutzend, und am Abend packte ich sie nervös aus und setzte sie auf die Eßtheke. Der Grad unserer gegenseitigen Empfindlichkeit war mittlerweile so extrem, daß jede Bewegung genau geplant werden mußte, aus Angst, der eine könnte den anderen kränken oder eine Andeutung machen, die der andere nicht ertragen konnte. Ich hatte gesehen, wie Frank beim Anblick der Ansichtskarten von seiner einstigen Europareise den Tränen nahe gewesen war; ich hatte das Gefühl, daß die goldene Zeit mit seinem Onkel und den Seidenraupen nur ihm gehörte, und ich wollte ihm nicht den Eindruck vermitteln, daß ich, die ich mir seine ständigen Erinnerungen an eine glückliche Kindheit anhörte, den Versuch gewagt hätte, ihm eine Kopie der Vergangenheit aufzudrängen. Ich tat, als wären die Seidenraupen etwas ganz Normales. Er war begeistert, und es war eine unmittelbare, keine erinnerte Begeisterung. Er sah in den Seidenraupen seinerseits ein Mittel, um *meine* Aufmerksamkeit zu fesseln, während er und ich meinen nächsten »Schritt« planten, der Frank zufolge darin bestehen sollte, daß ich »nach Übersee« reiste, um »Erfahrungen zu sammeln« – unserer Ansicht nach die passende Art und Weise auszudrücken, ich solle »lieber aus Neuseeland weggehen, bevor jemand beschloß, mich in eine Nervenklinik zu stekken«. Wir wußten beide, daß es in einer konformistischen Gesellschaft eine erstaunlich große Anzahl von »Machthabern« über das Leben und Schicksal anderer gibt. Frank schlug sogar vor, er könnte durch eine Konvenienzehe mein nächster Verwandter werden, was ich damals als beleidigend empfand, und nachdem er eine Nacht darüber geschlafen hatte, entschied er sich dagegen.

Wir konzentrierten uns auf die Seidenraupen; ich streifte in der Nachbarschaft von Takapuna umher, bis ich in einem altmodischen Garten mit Blick auf den Strand und die Pohutukawa-Bäume den Maulbeerbaum fand, mit dessen Blättern wir unsere »Schutzbefohlenen« füttern konnten, und einen freundlichen Besitzer, der bereit war, mich mit Blättern zu versorgen. Frank brachte einen Schuhkarton von Hannahs Schuhgeschäft nach Hause, legte ihn mit den Maulbeerblättern aus und setzte die Seidenraupen sanft auf die Blätter. Sofort fingen sie an zu fressen. Tagsüber stellten wir den Karton auf die Seite der Eßtheke, wo der Bücherschrank stand, und nachts nahm ich ihn mit hinunter in die Baracke und stellte ihn auf meinen Schreibtisch. Wir wußten, daß die Seidenraupen *ums liebe Leben* fraßen. Wenn ich in der nächtlichen Stille im Bett lag, hörte ich ein Geräusch wie das Umblättern von winzigen Seiten in einer winzigen Bibliothek, das ich seither nur, etwas verstärkt, in der Bibliothek des British Museum gehört habe, wo die Leser langsam und gleichmäßig eine geliebte Seite der von ihnen ausgewählten Bücher nach der anderen verschlingen. Das Schlingen der Seidenraupen war wörtlich zu nehmen, ein Geräusch ununterbrochenen Kauens und Malmens, die ganze Nacht und den ganzen Tag (obgleich am Tag ungehört), ohne Pause bis ans Ende dieses Lebensstadiums: eine lebenslange Mahlzeit. Frank erklärte, was als nächstes passieren würde, und wir sahen zu, wie die Seidenraupen in ihr nächstes Leben eintraten, wie sie begannen, die Köpfe kreisförmig zu bewegen, während ein Faden wie das goldene Spinnennetz aus ihrer Mundöffnung kam. Frank hatte jede auf einen eigenen Kartonstreifen gesetzt, den sie als Verankerung benützten, während sie sich und den Karton mit einem goldenen Kokon umhüllten, und als im Inneren alles still war, machte Frank vorsichtig einen Schnitt durch die Seide, entfernte die nackten Raupen und bettete sie in Wattenester – die übliche Zudringlichkeit, die auf dem Glauben beruht, daß die Welt, ihre Geschöpfe und ihre Erzeugnisse uns gehören. Der goldene Faden aus geflochtener Seide hing an der Wand neben dem Fenster im selben Raum, wo Iwan Iljitsch und der alte Prinz starben und Pierre Napoleon sah und die Eiche Knospen trug und ihre Blätter abwarf und wo Mozarts und Beethovens Musik gespielt wurde: ein prächtiges goldenes Zimmer.

Allmählich wurden aus den Raupen, warm eingebettet in ihre Watte, Schmetterlinge, die einander vom ersten Augenblick an suchten, Männchen und Weibchen, und die Männchen bestiegen die Weibchen zur Paarung, die, wie das Fressen und Einspinnen, den ganzen Tag und die ganze Nacht dauerte, bis die Männchen starr wurden und eines nach dem anderen starb, während die Weibchen wiederum mit dem dazu geeigneten Rüstzeug winzige Reihen weißer Eier, wie Braillepunkte oder -striche, ordentlich auf den Karton legten; dann starben auch sie, worauf Frank, der bei jedem Entwicklungsstadium der Seidenraupen seine einstigen Handlungen wiederholt und jedes Stadium erklärt und im voraus geschildert hatte, den Karton mit den Seidenraupen, eingehüllt in ihre eigene Vergangenheit, Gegenwart und Zukunft, in den Schuhkarton legte, den er begrub, wie einen provisorischen Sarg in die Erde hinunterließ.

»Das ist der Kreislauf«, sagte er, und seine Worte und sein Blick umfaßten damit auch andere Zusammenhänge, andere Spezies.

»Sie bleiben über Winter dort unten, und wenn es warm wird, grabe ich sie aus, dann werden sie brüten, und der Kreislauf beginnt von vorne.«

Die Vollständigkeit, Perfektion und annähernde Unzerstörbarkeit des Kreislaufs entgingen uns nicht.

An jenem Abend feierten wir, wie Götter, mit Vat 69 dieses Leben, das dem Essen, Spinnen und der Paarung geweiht ist.

Am nächsten Tag entwarfen wir einen Brief an den Literaturfonds, in dem ich mich um ein Stipendium bewarb, damit ich »nach Übersee reisen und Erfahrungen sammeln könne«. Während wir auf das Ergebnis meiner Bewerbung warteten, hatte ich nun die Möglichkeit, die Einladung einer von Franks Freundinnen, Paula Lincoln, genannt P. T. Lincoln oder Paul, in ihr Strandhaus in Mount Maunganui anzunehmen.

25
Miss Lincoln, Beatrix Potter und Dr. Donne

Ich hatte Paula Lincoln kennengelernt, als sie einmal Frank besuchte, und ich hatte in ihr eine kleine, grauhaarige Frau gesehen, die mit tränenerstickter Stimme davon sprach, wie ihr Körper sich »verändert« habe und wie sie ihres Anteils an Frieden beraubt worden sei. An jenem Nachmittag war sie sehr unglücklich. Ich konnte sehen, wie Frank von ihr abrückte und, mit seiner Abneigung gegen die Zurschaustellung von Gefühlen, dem Springbrunnen unerklärlichen Elends zu entrinnen suchte, in dessen Zentrum sie zu stehen schien, die Statue, die alles erleiden mußte.

Wenn sie nur nicht andauernd reden würde, dachte ich.

Ich spürte, daß ihre Vergangenheit und die Franks untrennbar mit ihren Gefühlen verknüpft waren. Ich löste nie das Rätsel dieses Nachmittags. Nachdem sie gegangen war, murmelte Frank traurig, ohne nähere Erklärung: »Arme Frau. Sie regt sich so auf. Jedesmal, wenn sie hierherkommt, regt sie sich auf. Übrigens, sie hat dich zu sich nach Mount Maunganui eingeladen, wann immer dir nach Ferien zumute ist. Arme Frau. Ich mag sie sehr.«

Er zeigte mir ein Foto von einem jungen Frank mit drei Personen, eine davon eine kleine, hübsche, dunkelhaarige Frau. »Das ist sie. Paul.«

Er erzählte von ihrem Leben, daß sie eine berühmte Privatschule für Mädchen besucht habe, daß sie von ihrer »Oberschicht«-Familie weggelaufen und mit dreißig nach Neuseeland gekommen sei und daß sie als Physiotherapeutin und während des Krieges in der Pazifistischen Bewegung gearbeitet habe; daß sie sich schnell für eine gute Sache begeistern konnte, wie sie sich kennengelernt hatten und wie sie sich für das Schreiben zu interessieren begann, daß eine kleine Erbschaft ihr ein privates Einkommen und die Unabhängigkeit zu schreiben ermöglichte, daß sie aber nur ein paar Erzählungen geschrieben hatte. Sie hatte Frank beim Bau seines Strandhauses und bei der Veröffentlichung seines ersten Buches finanziell unterstützt.

Ich sagte, ich könne mich an ihre Erzählung in *Für uns selbst gesprochen* erinnern.

»Sie ist ein wunderbarer Mensch«, sagte Frank. »Sie ist eine Lesbierin, weißt du.«

Obwohl mein Wissen über die verschiedenen Spielarten sexueller Vorlieben im Wachsen begriffen war, waren mir die Bedeutung und die Implikationen der weiblichen Homosexualität nicht bekannt, und als Frank es mir erklärte, merkte ich, daß ich es – so wie die Königin Viktoria – nicht glaubte!

Ich fuhr nach Mount Maunganui. Die Reise mit der Bahn dauerte fast den ganzen Tag, und die Strecke zählte zu einer Reihe von Eisenbahnstrecken, bei der die Reise so lange dauerte und so sehr ein Teil der natürlichen Umgebung von Busch, Wasserfällen, Farnen, nassem Lehm war, einer glitzernden Welt der Nässe, daß das Herz des Landes in den Eisenbahnwaggon eindrang und das Gefühl der Einsamkeit und Fremdartigkeit einer privaten Forschungsreise hervorrief. Es waren nur wenige Reisende im Zug, manche davon lagen schlafend auf den Bänken, andere, so wie ich, saßen allein auf einer

Bank für zwei, alle eine Beute der wilden Welt hinter den Waggonfenstern. Einmal, als der Zug anhalten mußte, weil ein Erdrutsch die Geleise blockierte, schaufelten der Lokomotivführer und der Heizer und ein Karren mit Streckenarbeitern die Geleise frei, während die Reisenden schweigend dasaßen, versunken in dem grünen Traum, und als der Zug sich schließlich in Bewegung setzte und langsam knirschend von einer engen Kurve in die andere fuhr, wo das Regenwasser aus jeder Pore von Erde und Rinde und Blatt und Farn drang, genossen wir das Vorrecht zu wissen – als habe man uns ein Geheimnis anvertraut –, daß dies nicht die »Hauptstrecke« war, die wir gewohnt waren, mit Haltestellen und Imbißständen und mit Städten entlang der ganzen Strecke, sondern eine »Nebenstrecke« mit all ihrer mysteriösen Abgeschiedenheit, mit einer unbestimmten Atmosphäre der Verbannung, wie es in der Natur aller Nebenstrekken liegt, selbst in Träumen, Gedanken und in der Geschichte.

Schließlich blieb der Zug in Tauranga stehen, und obwohl er durch die Landenge weiter nach Mount Maunganui fuhr, hatten wir vereinbart, daß Paula Lincoln mich in Tauranga abholte und wir mit der Abendfähre den Hafen durchqueren konnten. Es war schon dunkel, ein winterlicher Vollmond schien. Paula Lincoln wartete auf dem Bahnsteig, in den Kleidern, die sie auch am Tag ihres Besuchs bei Frank getragen hatte – graue Flanellhose, weiße Baumwollbluse wie eine Schulbluse, graue Jacke und Gabardine-Regenmantel. Ihre Schuhe waren schwarze, »vernünftige« Schnürschuhe für den Winter. Sie war lebhaft und nervös und sprach mit dem englischen Akzent, den wir »Oxford-Englisch« nannten, den man bei Lehrern, Ärzten und Mitgliedern der Königsfamilie vernahm und deshalb mit Autoritäten und einem leichten Anflug von Mißbilligung verband. P. T. L.s Stimme hatte einen defensiven Unterton, als schwinge ständig der Satz *So ist das eben, und da läßt sich nichts ändern* mit.

Wir gingen vom Bahnhof zur Mole, Miss Lincoln mit leuchtenden Augen, diesmal nicht in einen Brunnen des Elends getaucht, sondern in die Mondgischt und das Mondlicht, denn plötzlich klarte sich der bewölkte Himmel auf, und das Licht ergoß sich über den Hafen. Sogar die Seidenraupen hatten mit ihren Maulbeerblättern Zeit aufgebraucht: die Kälte der Nacht war Maienkälte, Winterkälte.

Wir bestiegen das Fährschiff, und während wir uns auf die weite Fläche des Hafens zubewegten, ließ Miss Lincoln die Hand über die Außenseite hängen, so daß sie das Wasser berührte, und murmelte: »...flüssige Fülle von Licht.«

»So hat Greville es beschrieben«, sagte sie. »Hat Frank mit Ihnen über Greville Texidor gesprochen? Haben Sie ihre Erzählungen gelesen?«

Ich sagte, ich hätte *Dunkle Gläser*, Grevilles Erzählungen, zu Gesicht bekommen. Ich war von ihrer Selbstsicherheit und Intellektualität beeindruckt und im stillen niedergeschlagen gewesen. Auch Frank hatte von Greville und ihrem Leben gesprochen, die komprimierte Biographie wiedergegeben, die das Gespräch über jeden seiner Freunde und Bekannten begleitete und das ganz persönliche Wunder von Veranlagung, Begabung oder Erfahrung betonte, das jeder wie einen gleißenden Köder in Händen hielt: das Grevilles bestand in der Tatsache, daß sie einmal mit einem Schlangenmenschen verheiratet gewesen war und die ganze Welt mit ihm bereist hatte. »*Ganz früh in ihrem Leben.*« Frank bewunderte ihr Schreiben ebenfalls, aber es war ihre »Lebenserfahrung«, die ihn gefangennahm: wo sie gewesen war, was sie gewesen war, was sie gesehen und was sie getan hatte – mit ihrem Ehemann, dem Schlangenmenschen!

Während das Schiff sich Mount Maunganui näherte, sprach Miss Lincoln weiter über Greville und über Frank und sein früheres Leben mit seinen Freunden. Dann schwiegen wir, freuten uns am Mondlicht, und während das Schiff anlegte, sagte Miss Lincoln: »Ich bin gern mit jemandem zusammen, ohne die ganze Zeit reden zu müssen.«

»Oh, ich auch«, sagte ich mit der Begeisterung neuer Bekanntschaft. Frank hatte mir gesagt, daß Paul sich nicht leicht zu Menschen »hingezogen« fühlte. »Sie wird dich mögen«, sagte er. »Ihr werdet gut füreinander sein.«

Manchmal verordnete Frank Menschen, als seien sie Medizin und er sei der Arzt, der mit dem Fall betraut war. Er verschrieb auch sich selbst Menschen. Wenn er sonntags für Harry ein Essen kochte und sich dabei seine Erzählungen aus der Welt des Pferderennens anhörte und wenn er sich Jacks Nöte und Träume anhörte und sich um Jim nebenan kümmerte, so betrachtete Frank dies, abgesehen vom Vergnügen, das es ihm bereitete, als »gut für ihn«. Ich fragte mich, was passieren würde, wenn Franks Freundin, Miss Lincoln, sich nicht zu mir »hingezogen« fühlte – oder, in ihrer Sprache, die eine Reihe von Wörtern enthielt, die in Schulgeschichten oder bei Somerset Maugham vorkamen, wenn es zwischen uns nicht »funkte«.

»Jeder nennt mich Paul«, sagte sie, während wir in Richtung Strandpromenade gingen. »Seit meiner Schulzeit bin ich Paul.« (Ich hatte ab und zu »Miss Lincoln« gemurmelt.)

»Gut...«, sagte ich.

Mount Maunganui war wie eine Sandsiedlung mitten im Meer, mit dem Meer als einzigem Horizont, und nachdem wir die Gruppe von Strandläden, wo Miss Lincoln Brot und Obst für uns kaufte, hinter uns hatten, kamen wir ganz unvermittelt in die Ocean Beach Road.

Rund ums Kap, und vor uns lag das Meer
Und der Mond kam hinter dem Berg hervor

zitierten wir gemeinsam.

»Ich denke immer daran, jedesmal«, sagte Miss Lincoln aufgeregt, in messerscharfem Oxford-Englisch.

»Ich liebe das ›Begräbnis eines Grammatikers‹«, sagte ich, umherschweifend auf der Suche nach weiteren Möglichkeiten, den »Funk«-Mechanismus in Gang zu bringen.

»Das ist mir im Augenblick entfallen«, sagte Miss Lincoln.

Der Strand war verwildert, einsam, eine weite Ausdehnung der ewig heranrollenden Brandung, und obwohl der Mond über Tauranga auf der anderen Hafenseite stand, folgte er uns, blickte herab mit seinen undeutlich sichtbaren Mondbergen und ließ einen Weg entstehen übers offene Meer, hin zur Ocean Beach Road. Miss Lincoln zeigte auf einen massigen dunklen Umriß, der nun gemeinsam mit dem Meer den Horizont bildete.

»Das ist Matakana Island, mit Kiefern bepflanzt; und daneben ist Rabbit Island.«

Sie zeigte nach links, hinter uns.

»Das ist der Berg.«

Ich hatte mich daran gewöhnt, daß die Leute von der Nordinsel Hügel als Berge bezeichneten.

»Und hinter dem Ende der Ocean Beach Road, gleich um die Ecke, kann man White Island sehen und das Feuer des Vulkans.«

Gelehrig blickte ich in die Richtung, in der White Island sich befinden mußte.

Wir kamen zu einem kleinen, weißgetünchten Strandhaus, in dem ich sofort eine Ähnlichkeit mit dem Pfarrhaus von Haworth sah. Nur die Schotterstraße und die Dünen lagen zwischen dem Haus und dem winterlichen Meer. An seiner Vorderseite bestand das Grundstück aus einer ausgedehnten Sandfläche, auf der sich ein paar graublättrige, verkümmerte Pflanzen weg vom Wind und zum Haus hin neigten.

Wir gingen hinein, und Miss Lincoln führte mich in ein Zimmer voller Bücher mit einem großen, durchhängenden Bett in der Mitte und einem sandbedeckten Holzboden. Es war kalt, trist. Der rostige Schließhaken des Fensters ließ sich nicht bewegen. Das Flügelfenster wirkte zugefroren durch die Finsternis, die sich dahinter zusammenballte, denn der Mond, der uns bis nach Hause gefolgt war, hatte sich zurückgezogen, und es war pechschwarze Nacht, bis auf die in der anstürmenden Brandung aufblitzenden Lichter.

»Ich habe schon Pipi-Muscheln gesammelt«, sagte Miss Lincoln. »Für das Festessen.«

Alle Zutaten waren vorhanden, so wie sie einst von Frank Sargeson eingehend in seinem Buch *Hinauf aufs Dach und wieder herunter* beschrieben worden waren, in dem er und die Frau, die er K. nannte (Miss Lincoln), die Mahlzeit hier in Mount Maunganui eingenommen hatten. Und während Miss Lincoln unser Essen kochte, zitierte sie wortwörtlich aus Franks Beschreibung: »O Gott, hoffentlich nicht zuviel«, während sie dem Reis mehr Flüssigkeit hinzufügte. Diese Passage gehörte unbestreitbar ihr, und sie brüstete sich mit Vergnügen mit der Szene, in der sie und Frank miteinander auf der Bühne gestanden hatten.

Sie öffnete eine Flasche Wein. »Der Lieblingswein von Keats«, sagte sie. »Sie werden doch sein Haus in London besuchen, nicht wahr, falls Sie das Stipendium bekommen?«

Ich hatte das Gefühl, von den Wünschen anderer mitgetragen zu werden, aber das war in meinem Leben nichts Ungewöhnliches. Die Tragweite des Augenblicks machte mir angst. Ich hatte keinen Wunsch, irgendwohin zu fahren... aber wo sollte ich leben? Ich wußte, es war Zeit, die Esmonde Road zu verlassen, und es bestand keinerlei Hoffnung auf ein eigenes kleines Haus, mit genügend Geld für alles Notwendige, denn suchte ich beim Literaturfonds um Geld dafür an, man würde es mir sicher nicht gewähren. Die magische Formel war das »Erfahrungen sammeln in Übersee«.

»Ich nehme an, Sie haben alle möglichen Pläne für England?«

»Na ja…« Ich schämte mich meiner schlichten Wünsche – und das Gedicht von Wordsworth ging mir nicht aus dem Kopf:

> Werft nicht dem heil'gen König eitlen Aufwand vor,
> Dem Architekten falsche Ziele (wenn er auch
> Nur für ein Grüppchen weißgekleideter Gelehrter
> Schuf), der dieses herrliche und ungeheure Werk
> Mit feinster Klugheit des Verstandes plante!

Ich träumte davon, die King's College Chapel in Cambridge zu sehen. Ich wollte in der Landschaft des gelehrten Zigeuners herumstreifen und in der von Hardys Romanen; ich wollte in der Landschaft Shakespeares das »Ufer« sehen, »wo der wilde Thymian wächst«; und einfach in Kew Gardens inmitten von Flieder spazierengehen! – lauter altmodische Träume im neuen Zeitalter von *Für uns selbst gesprochen*. Ich sehnte mich auch danach, in den Euganäischen Hügeln herumzuwandern,

> Manch' grüne Insel ist vonnöten
> Im Meer des Elends, uns zu retten,
> Sonst kann der müde Seemann nicht
> Die Fahrt besteh'n auf lange Sicht.
> Tag und Nacht und Nacht und Tag…

und es zu sehen,

> …das Mittelmeer aus Sommerträumen,
> Das, von kristallner Woge eingewiegt,
> Schlief, wo die Wellen Bajas Ufer säumen

Das Gegengewicht zu diesen romantischen Vorstellungen von Landschaft und akademischer Abgeschiedenheit bildeten die »dunklen satanischen Mühlen« und das Elend der Städte, denn ich hatte immer wieder gehört, wir in Neuseeland könnten uns das Elend in Städten wie London, Paris oder Glasgow gar nicht vorstellen, und wenn ich mich zum Beispiel nach London versetzte, versah ich meine Phantasiebilder mit Dunkelheit und Armut und wild blikkenden mittelalterlichen Figuren, die sich gegen hohe graue Steingebäude abhoben.

»Ich habe mir noch nicht genau überlegt, wo ich hinwill«, sagte ich.

An diesem Abend hatten wir sandige, nach Erdbeeren schmekkende Guaven als Nachtisch, von dem Strauch, der vor der Hintertür neben dem Klo wuchs, und da ich zum erstenmal Guaven aß, sah mir Miss Lincoln gespannt zu, während ich die neue Frucht kostete – auf der Zunge zergehen ließ –, und als ich mich positiv äußerte, blickte sie erfreut, als hätte ich sie selbst beurteilt. Sie war auch empfindlich, was ihr Haus und ihre Besitztümer betraf. Ich sagte ihr, mir gefiele ihr Haus am Meer sehr; man fühle sich wie mitten im Meer, und das Zimmer mit den vielen Büchern sei ideal.

»Ich werde lesen und lesen und lesen.«

Ich hatte jedoch ein wenig Angst vor Miss Lincoln – Paul –, denn schon bald nach unserer Begegnung hatte sie verkündet, sie »sage immer ehrlich, was sie denke«. Obgleich ich Ehrlichkeit schätze, fürchte ich mich manchmal vor der Schärfe, dem Anflug von Aggression, die sie oft begleiten.

»Ich sage, was ich denke«, wiederholte Miss Lincoln. Ihr englischer Tonfall hatte eine vernichtende Wirkung auf mich. Ich beschloß aufzupassen, um nicht zur Zielscheibe von Mißbilligung oder Tadel zu werden, denn für gewöhnlich verkünden Leute nur in einem solchen Gesprächsklima, daß sie »absolut ehrlich« sind.

»Haben Sie *Der Brunnen der Einsamkeit* von Radcliffe Hall gelesen?« fragte sie, als ich in mein Zimmer ging. Ich hatte es weder gelesen noch je davon gehört. Sie sagte, falls ich es lesen wolle, fände ich es im Bücherregal; es sei eines der ersten Bücher über lesbische Liebe und habe bei seiner Veröffentlichung einen Skandal ausgelöst.

»Sie wissen doch, daß ich Lesbierin bin«, sagte sie.

»Ja. Frank hat etwas davon erwähnt, glaube ich.« Ich sagte es leichthin, etwas aus der Fassung.

An jenem Abend las ich das Buch, in einem eigenartigen Gefühlsaufruhr, einer Mischung aus Abscheu und Staunen, während ich versuchte, mir körperliche Liebe zwischen Frauen vorzustellen – ich, die noch nie mit jemandem geschlafen hatte! Am nächsten Tag glaubte ich Miss Lincoln und empfand Mitleid für sie, als sie erklärte, sie hätte eine lebenslange Leidenschaft für ein Schulmädchen aus ihrer ehemaligen Privatschule empfunden. Sie sprach von Lily, als stünde Lily vor ihr und als sei diese Leidenschaft noch lebendig. Tränen traten ihr in die Augen.

»Lily war so wunderschön.«

Lily war ihre immerwährende, einzige Liebe gewesen. Obwohl sie seither Freundinnen gehabt habe, bei denen es »gefunkt« habe, sei es nicht zu einer Liebe wie zwischen Mann und Frau gekommen.

Ich beschloß, daß ich Paul mochte, daß sie auch nur einer der mißverstandenen Einzelgänger auf dieser Welt war. Mich stieß die Vorstellung von weiblicher wie auch von männlicher Homosexualität ab, doch lernte ich allmählich, die geheiligten Unterschiede zwischen den Menschen zu akzeptieren, obwohl ich damals noch nichts über biologische und hormonelle Gegebenheiten wußte. Ich wußte nur, daß solche sexuellen Unterschiede für diejenigen bedrohlich und schmerzhaft waren, die das andere Geschlecht liebten.

Ich verstand Pauls Kummer, wenn sie von vergangenen Erfahrungen erzählte, ihre Sehnsucht nach dem, was gewesen und was nicht gewesen war, und ich wußte, wie alle Ausgestoßenen würde sie sich doppelt anstrengen müssen, um die täglichen Angriffe auf ihre Sensibilität zu überstehen. Es fiel mir auf, daß sie fast so alt war wie meine Mutter bei ihrem Tod – Paul war zwei oder drei Jahre jünger, und hier saßen wir und redeten miteinander von Mensch zu Mensch. Dies beschäftigte mich während meines Aufenthalts mehr als sexuelle Geständnisse, und jedesmal, wenn wir ein neues Gesprächsthema fanden – die Literatur, Frank und sein früheres Leben und seine Freunde, Mount Maunganui, die Eindrücke einer Engländerin von Neuseeland –, fragte ich mich: Worüber hätte Mutter gesprochen, wenn sie und ich uns jemals von Mensch zu Mensch unterhalten hätten? Mutter, deren Gedanken sich so auf ihre Familie konzentrierten, daß sie bei dem Versuch, von Mensch zu Mensch zu reden, in ihrem Denken ständig auf Bruchstücke wie »dein Vater«, »die Kinder«, »die Kühe«, »die Lebensmittelbestellungen bei Self Help«, »die Rechnung von Calder MacKays für die Decken« gestoßen wäre... Ich konnte nicht glauben, daß Miss Lincoln und Mutter historische Erinnerungen und Gedanken miteinander geteilt hätten. Wann hatte Mutter Zeit gehabt, ein Buch zu lesen?

Während meines Aufenthalts könne ich machen, was ich wolle, sagte Paul. Es gäbe ein Fahrrad, mit dem ich fahren könne, und das sandige Terrain sei ausgezeichnet zum Radfahren geeignet. Und ob ich einige von ihren Freunden kennenlernen wolle? Zum Beispiel Michael Hodgkins (der Neffe von Frances Hodgkins), der in einem kleinen Haus auf der anderen Hafenseite wohne, aber zum Spazierengehen und Muschelsuchen an den Strand komme. Oder die Gilberts, Mr. Gilbert, ein bekannter Muschelkenner, und seine Frau Sarah, die viele interessante Leute kannte. Sie seien eine intelligente Familie, »eine der alten Familien«, und ihre Tochter in London kenne mehrere Dichter.

Ich war beeindruckt.

»Es ist nur so«, sagte Paul in leicht klagendem Tonfall, »wenn ich meine interessanten Freunde nach Mount Maunganui mitnehme, dann will Sarah Gilbert sie immer stehlen, und am Ende sind sie *ihre* Freunde und nicht meine.« In diesem Stadium meines Lebens konnte ich mir die Bedeutung mancher der territorialen Notwendigkeiten und Einschränkungen menschlicher Freundschaft nicht so recht vorstellen. Wie hatte ich all die Tricks der Verzweiflung so schnell vergessen können, die die Menschen anwenden, um sich ihres Platzes, ihres Palastes zu versichern? Die Verzweiflung von Menschen in »normaler« Umgebung war zwar weniger sichtbar, doch nicht weniger tief als bei den Menschen, die als abnormal eingestuft werden; und in beiden Fällen kann sich diese Verzweiflung durch die Umgebung noch steigern!

Das hier war der sandige, öde Mount Maunganui, wo nur wenige im Winter hinkamen, wo selbst die Pflanzen in Säcke eingewickelt werden mußten, um zu überleben; die einsamen, sandverwehten Straßen; die wenigen Häuser, wo die Bewohner so wie auf allen Inseln und Halbinseln auf Nachrichten vom Festland warteten, auf interessante Besucher, die sie daran erinnerten, daß sie selbst und ihre dreiseitige Welt, gepachtet, solange es dem Meer gefiel, noch existierten. Ich begriff jetzt, daß das Hinüberlocken von Freunden von einem Haus ins andere wahrlich zum Fürchten sei und daß der etwaige Verlust des Freundes ein bitterer Verlust war.

Glücklicherweise gehörte der allgemein anerkannte Exzentriker von Mount Maunganui, der um seiner selbst willen und als Neffe der berühmten Malerin geschätzt wurde, allen. Eines Tages kam er zu unserem Strandhaus und wartete draußen darauf, daß wir mit ihm am Strand spazierengingen. Er war vielleicht Mitte Vierzig;

groß, dunkel, dünn, sehr ungewaschen, mit durchdringenden blauen Augen, die immer woanders hinschauten. Wir spazierten den Strand entlang, sammelten Muscheln und kehrten auf eine Tasse Tee zum Haus zurück, und obwohl er das Wohnzimmer betrat, war ihm anzusehen, wie unbehaglich er sich innerhalb von vier Wänden fühlte, und schnell ging er wieder hinaus, wo er die Brandung sehen konnte, und sobald er wieder an seinem vertrauten Strand war, entspannte er sich, teils mit uns, teils mit Meer und Himmel. Er wirkte fast wie ein Relikt, das seine Tante, die berühmte Malerin, zu hinterlassen beschlossen hatte, so wie manche Maler eine rätselhafte Gestalt auf ihre Leinwand malen oder einen unerklärten Hinweis auf Farbe und Licht zurücklassen, der eine Quelle des Staunens bleibt.

Ich lernte auch Miss Lincolns Freunde, die Gilberts, kennen. Mr. Gilbert saß in einer Ecke des Zimmers am Kamin und strickte eine Jacke aus Wolle, die er selbst geschoren, gesponnen und gekrempelt hatte. Sarah, seine Frau, servierte den Nachmittagstee mit kleinen Teekuchen auf einem schönen Gebäckständer, und während Mr. Gilbert nur wenig redete, obwohl er ab und zu einen belustigten Blick mit Miss Lincoln wechselte (»wir verstehen uns«, sagte Miss Lincoln später), erzählte Mrs. Gilbert, die von meiner Bewerbung um ein Stipendium nach Übersee zu dem Zweck, »Erfahrungen zu sammeln«, gehört hatte, von ihrer Tochter in London, die mehrere namhafte Dichter kannte und mit einem davon besonders gut befreundet war. Ob ich seine Arbeiten gelesen hätte? Ja, ich hatte ein Gedicht in einer Penguin-Anthologie gelesen.

Ich hörte ehrfurchtsvoll, mit einem Gefühl der Mutlosigkeit und einem Stich der Eifersucht zu, als sie darlegte, wie sehr ihre Tochter zum literarischen Leben Londons gehöre.

(Und ich versuchte insgeheim, meine Panik bei dem Gedanken an die Gebäude, an die Stadt selbst zu unterdrücken!)

Immer noch über ihre Tochter und den Dichter sprechend, sagte sie selbstsicher, zufrieden: »Sie stehen einander sehr nahe.«

Sarah Gilbert war eine starke Frau. Ich konnte verstehen, daß sie einige von Miss Lincolns Freunden »geködert« (im ursprünglichen Sinne von »Köder«) hatte. Selbst Miss Lincoln hatte sich ködern lassen.

»Sie ist ein Mitglied einer der *ältesten* Familien«, erinnerte sie mich. »Beide, sie und ihr Mann – sie sind *die* Gilberts.«

Mein Aufenthalt bei Miss Lincoln (ich konnte sie einfach nicht geradeheraus »Paul« nennen) blieb mir auch im Gedächtnis wegen der Bücher, die ich las – *Alice im Wunderland*, *Alice hinter den Spiegeln*, die Borrower-Geschichten, die Bücher von Beatrix Potter –, die mir vorher alle nicht bekannt gewesen waren; und wegen der *Gesammelten Predigten* von Dr. John Donne. Abends lag ich im Bett und las, während die Wellen gleich hinter dem Haus ans Ufer schlugen und der Wind über die Dünen zwischen uns und dem Strand fegte und in den Vorgärten der Ocean Beach Road eine Schicht Sand hinterließ, in der Dachrinne, in den Ritzen der Wände, im Kamin, und immer lag ein kleines Häufchen Sand im Inneren, gleich neben der Tür, als Verheißung einer Invasion und als eine Warnung davor.

Und jeden Tag kniete Miss Lincoln in ihrer schlichten weißen Bluse und in ihrer grauen Flanellhose, wie ein Flüchtling aus einer altmodischen Mädchenschule, vor ihren arg mitgenommenen Hekkenpflanzen und band sie mit Streifen aus Sackleinen an Manukapfähle – die richtige Kleidung, dachte ich, für Pflanzen, die hier am Meer lebten; denn wie Frank Sargeson hegte Miss Lincoln eine tiefe Abneigung gegen »Rüschen und Flitterkram«, und so waren selbst die Pflanzen nach ihrem Geschmack gekleidet. Da ich meine lebenslange Faszination für Kleider, die ich mir sehnlichst wünschte, doch nie besaß, aber vielleicht eines Tages besitzen würde, selbst wenn sie wie durch Zauberhand Seidenschicht um Seidenschicht aus einer kleinen braunen Haselnuß gezogen werden mußten, nicht ablegen konnte, empfand ich für gewöhnlich leise Scham, wenn Frank und Miss Lincoln mit ihrer Tirade gegen das anfingen, was sie »weiblichen Tand« nannten. Sie erinnerten mich an meinen Vater und sein »Wozu brauchst du Kleider? Deine Schuluniform genügt doch völlig«.

Trotz ihrer schlichten Kleidung jedoch trugen die Mount-Maunganui-Heckenpflanzen, die Pfarrhaus-von-Haworth-Heckenpflanzen, stolz ein ganz besonderes, glitzerndes Band aus Salz und Regenbogenlicht, vom Meer geborgt.

Wenige Tage vor meiner geplanten Rückkehr nach Auckland kam das Telegramm von Frank.

»Vertrauliche Information. Dreihundert Pfund erhalten. Herzlichen Glückwunsch.«

Meine Reise weg von Neuseeland würde also Wirklichkeit werden. Ich hatte so wenig Ahnung vom Wert des Geldes, daß ich nicht beurteilen konnte, ob dreihundert Pfund, die mir wie ein Vermögen vorkamen, viel oder wenig waren oder ob sie für die Fahrtkosten und für die Lebenskosten ausreichen würden, und wie lange.

Miss Lincoln freute sich mit mir über die Neuigkeit. Am Abend vor meiner Abreise feierten wir, so wie am ersten Abend, mit Pipi-Muscheln und Reis (»O mein Gott, hoffentlich nicht zuviel!«) und mit Keats' Rotwein. Und als ich dabei war, meinen kleinen Koffer zu packen, brachte Miss Lincoln eine säuberlich gefaltete Flanellhose.

»Sie wird dir passen«, sagte sie. »Nimm sie, für deine Reise.«

Ich probierte sie an. Sie paßte. Ich konnte ihr nicht sagen, daß ich nicht gern Hosen anzog, daß ich diese häßlich und ausgebeult fand und daß grauer Flanell mich zu sehr an unsere alte Uniform aus der Mittelschule erinnerte.

Am folgenden Tag fuhr ich wieder durch die Wildnis der vom Busch umwachsenen Eisenbahnstrecke in die nasse, winterliche Welt von Auckland mit ihrem hohen, lichten Himmel, und da die »Zukunft« nun fast greifbar vor mir lag, brachte sie Aufregung in mein Leben, während Frank und ich auf die offizielle Bekanntgabe des Stipendiums und auf den Scheck über dreihundert Pfund warteten.

26
Ratschläge für die Reisende

Ich erhielt die offizielle Bestätigung meines Stipendiums, doch bevor mir der Scheck zugeschickt wurde, bat der Beirat um ein Gespräch mit einem seiner Mitglieder, Miss Louden, einer ehemaligen Schuldirektorin, die in Auckland wohnte. Nachdem die Länge meiner Krankenhausaufenthalte bekannt war, sollte dies der Beginn einer Reihe von Nachforschungen über meine geistige Gesundheit sein, von Leuten, die für sich selbst herausfinden wollten, ob ich unheilbar krank sei, wie die ärztliche Diagnose besagte, oder ob (wie sich später während meiner Zeit in London herausstellte) schon bei meiner ersten Aufnahme ins Krankenhaus ein schrecklicher Irrtum unterlaufen war und von da an die fortgesetzte Fehlinterpretation meines unerfreulichen Zustandes seinen Lauf genommen hatte. Die in der damaligen literarischen Welt verbreitete Meinung wird bestätigt durch den Hinweis in der *Enzyklopädie von Neuseeland* auf meine »tragische, gestörte Kraft« und »labile Persönlichkeit«, eine Ansicht, die viele Male von mir unbekannten Menschen wiederholt wurde.

Wie üblich versuchte Frank mich aufzumuntern, als ich von dem Interview erfuhr.

»Es wird eine Lappalie sein«, sagte er. »Spiel einfach das Schulmädchen, das sich vor der Direktorin liebenswürdig und höflich benimmt.«

Er versicherte mir, Miss Loudon sei eine angenehme, vernünftige, intelligente Person, die begreifen würde – was immer sie von meiner »Geschichte« hielt –, daß es das beste für mich war, Neuseeland zu verlassen.

Ein paar Tage später fuhr ich mit dem Bus nach Remuera zu meinem Interview mit Miss Louden, wo ich zwischen Tee und Teekuchen von einem weiteren schönen Gebäckständer mit meiner »Normalität« – glückliche, gesunde Frau – zu beeindrucken versuchte. Wie die meisten pensionierten Lehrerinnen, von denen ich gehört hatte, lebte sie in einem mit Möbeln und Büchern vollgestopften Haus in Räumen mit rosa und dunkelrot gemusterten Teppichen, wie Kinoteppichen; sie selbst dagegen wirkte, als wäre sie mit Kultur vollgestopft. Ich sprach unerschrocken, wie ich hoffte, über meine Reise nach Übersee, worauf sie von meiner Schulzeit zu reden begann, und als Antwort auf ihre Fragen zu Themen, die seit Jahrhunderten abgeschlossen waren – Sport, Vertrauensschüler, die vierte Klasse –, zählte ich meine längst vergangenen Aktivitäten auf: Kapitän des B-Basketballteams, Medaille im Turnen, Haussprecherin, Zweitbeste der Schule und so weiter, und so setzte ich das von ihr gewählte Spiel von Gestern fort.

Es war ein angenehmer, wenn auch anstrengender Nachmittag; und ich wußte, daß ich mein Ziel erreicht hatte, als Frank über die stets bestens funktionierende Gerüchtebörse, deren Verwalter er in Auckland zu sein schien, hörte, daß Miss Louden mich als »normales, gesundes *Mädchen*« beurteilt hatte.

Der Scheck traf ein. Ich starrte ihn ungläubig an. Ich zeigte ihn Frank.

»Was soll ich damit machen?« fragte ich. Ich hatte nie ein Bankkonto besessen, denn wie so viele andere Einrichtungen waren Bankkonten »für andere« gedacht. In unserer Familie hatte nur Myrtle je ein Bankkonto besessen, ein Postsparbuch, auf das sie in einer Woche drei Shilling und sechs Pence einzahlte und in der nächsten zwei Shilling und sechs Pence abhob und den magischen Shilling übrigließ, der angeblich das Konto »offen« hielt. Als Myrtle starb, wurden der Shilling und ein paar Pence zurückgegeben, und auf die Vorderseite kam der Stempelvermerk *Konto aufgelöst*.

Anstatt sich wie üblich auszuruhen, ging Frank an jenem Nachmittag mit mir und dem Scheck zur Bank of New South Wales, wo er mich mit dem Direktor bekanntmachte. Ich sei als Kundin hochwillkommen, sagte er und lobte mich als Schriftstellerin.

Mein nächster Schritt bestand darin, achtundsiebzig Pfund für eine Koje in einer Sechserkabine auf der *Ruahine* einzuzahlen, die Ende Juli von Wellington nach Southampton fuhr. Dann beantragte ich einen Reisepaß und arrangierte einen Termin für die erste Pockenimpfung. Ich war auf dem Weg nach Übersee!

Die Ratschläge trafen ein, davon der erste und wertvollste von Jess Whitworth, die mit den Ersparnissen ihrer Pension zweimal nach Europa gereist war und in London ein Haus kannte, wo ich vielleicht wohnen konnte. Ich besuchte sie und ihren Mann Ernest in Northcote und verbrachte den Nachmittag damit, ihren entwaffnenden Geschichten über ihre Reisen zuzuhören. Sie hatte ihre erste Reise gemacht, als sie siebzig war, und war allein mit dem Schiff gefahren, während Ernest, der an realen Reisen nicht interessiert war, zu Hause blieb und die Stereoanlage hütete, die er selbst gebastelt hatte, und sich seine Sammlung von Schubert und Mozart anhörte. Jeder, der Jess kannte, wird sagen, daß sie eine bemerkenswerte Frau war. Aus ihrer ersten Ehe mit Oliver Duff hatte sie begabte Kinder. Mit ihrem Buch *Zwischenspiel in Otago*, das sogar damals vergriffen und daher vielen unbekannt war, hatte sie eine lebendige Schilderung über ihre Kindheit als Tochter eines Kneipenbesitzers in Central Otago und über ihre Mädchenzeit in Dunedin verfaßt. Jess war Musiklehrerin gewesen und teilte ihre Liebe zur Musik mit ihrem zweiten Ehemann. Sie war lebhaft, klug, belesen, abenteuerlustig und warmherzig, und Ernest, einige Jahre jünger als sie, war ihr treu ergeben.

Es war ein eigenartiger Zufall, daß ich sechs Monate nach Mutters Tod mit zwei Frauen ihrer Generation befreundet war, die vielleicht eine ähnliche späte Kindheit wie sie verbracht hatten, was die Liebe zu den Künsten und den Besitz einer Extraportion Phantasie betrifft, deren Leben jedoch aufgrund ihrer Verschiedenheit so bemerkenswert war und wegen des im langen Überlebenskampf Bewahrten. Auch Jess hatte eine Zeit mit vielen Kindern und vielen Windeln erlebt, in einem Haushalt ohne sehr viel Geld. Paula oder Paul Lincoln hatte sich von ihrer Familie losgerissen; die Ehe der Mutter hatte sie ihrer Familie, die sie dafür verurteilte, entfremdet. Während ich Jess und ihren Reisegeschichten zuhörte, mußte ich an die ganze Lebenszeit von Wörtern denken, die Mutter nie gesprochen hatte: Ich sah, wie sie im Gänsemarsch oder in Zweierreihen (wie Wörter das tun) zu ihrer Zungenspitze marschierten und dann zur Seite geschoben wurden, da es nicht der richtige Zeitpunkt war oder niemand da war, der sie hörte, und selbst ihre hastig verfaßten Gedichte und Leserbriefe und Gebete an Gott konnten nicht all die wütenden Gefangenen befreien, die sich im Wartezimmer ihrer Gedanken drängten. Hätte sie doch nur *für sich selbst sprechen* können!

Jess war voller Ratschläge: Ich solle ein oder zwei Metallgefäße zum Kochen kaufen und einen kleinen Spirituskocher aus Metall, so daß ich, falls ich in einem Hotel wohnen mußte, Geld sparen konnte, indem ich selbst Tee und Eier kochte, und so weiter. Es gab eine Frau, die in Clapham Common eine Pension führte, mit einer Reihe von Gartenzimmern an der Rückseite des Hauses, erklärte Jess, und es seien immer Zimmer für siebzehn Shilling die Woche frei. Für meine ersten paar Nächte in London empfahl sie mir, in der Herberge der Quäker am Euston Square zu wohnen und ihnen sofort zu schreiben und mein Zimmer dort zu buchen. Da sie nur im europäischen Sommer reiste, mit ihren Kochgeräten, zwei oder drei Hosen, zwei Kleidern und einem Unterrock, der auch als Nachthemd zu verwenden war, das heißt, mit möglichst wenig Gepäck, konnte sie mir keinen Rat geben, was Winterkleidung betraf. Sie empfahl einen Geldgürtel.

»Ein Geldgürtel?«

»Du steckst dein Geld hinein und befestigst ihn um deine Taille;

oder du machst eine kleine Tasche und bindest sie um den Hals und läßt sie auf die Brust hängen.«

»Aha.«

Jess fuhr immer nach Salzburg und wohnte in einer Pension »gleich um die Ecke von Mozarts Geburtshaus«. Bevor ich an jenem Nachmittag ihr Haus verließ, setzte sie sich an ihr altes, walnußgoldenes Klavier und spielte zwei frühe Stücke von Mozart.

Sie lachte. »Früh! Er komponierte sie, als er sechs war!«

Als nächstes gaben Franks Freunde, die aus Spanien zurückgekehrt waren, ebenfalls Ratschläge.

»Wenn du willst, daß das Geld länger reicht«, sagten sie, »dann ist Ibiza der richtige Ort.«

»Ibiza?«

»Man schreibt es mit einem ›z‹, aber man spricht es auf die spanische Art und Weise als eine Art ›s‹ aus, das mit der Zunge zwischen den Zähnen gebildet wird.«

»Aha.«

»Auf Ibiza kann man für drei oder vier Pfund im Monat leben.«

Frank erinnerte mich daran, daß Greville jetzt in Tossa lebte, mit einer Wohnung in Barcelona, und er würde ihr schreiben, und sie würden mich in Barcelona abholen und zum Schiff nach Ibiza begleiten.

»Ich nehme an, dann wäre Ibiza der richtige Ort für mich, da ich nicht viel Geld haben werde.«

»Schau, hier auf der Karte ist es, direkt unter Mallorca und Menorca. Mallorca, wo *Robert Graves* lebt.«

»Robert Graves!«

Wir hatten seine Lyrik und Prosa gelesen. Franks Freunde erzählten, daß Freunde von ihnen in Mallorca gewesen waren und Robert Graves besucht hatten! Sie lernten auch Freya Stark kennen.

»Freya Stark?«

»Die Reiseschriftstellerin.«

»Aha.«

Jeder hatte seine Reisegeschichten! Und jeder erzählte, was man tun und wohin man fahren müsse, was man zu erwarten habe, während ich stolz, erfreut und ängstlich zuhörte. Eines Abends traf Una Platts mit köstlichen Geschichten ein, wie sie mit dem Schiff durch den Suezkanal nach London gefahren war. Der Suezkanal. Der weiße Sklavenhandel! Una trug einen Faltenrock, dessen Material sie »Terylene« nannte.

»Es ist neu«, sagte sie. »Man braucht es nie zu bügeln. Es sind *Dauerfalten.*«

(Ein Königreich für einen Rock mit Dauerfalten!)

Das Problem der Kleidung für die Reise hatte mich zu beschäftigen begonnen. In meiner Vorstellung waren alle Faktoren auf der Nordhalbkugel, einschließlich des Wetters (die Beschreibungen hatte ich dem angelsächsischen »Wanderer« und »Seefahrer« entnommen), extrem, rauh und erschreckend, und ich sah meine Kleidung zumindest als anfänglichen Schutz gegen die Gefahren des Nordens.

»Alles, was du brauchst«, sagte Frank (und leitete seinen Rat so ein, wie mein Vater es getan hätte), »ist Pauls Hose und eine Bluse. Und die Jacke, die du gestrickt hast.« Während der vergangenen Wochen des Wartens hatte ich, wie eine Frau, die ein Kind erwartet, zu stricken begonnen und einen riesengroßen grauen Pullover für Frank und für mich selbst eine große rehbraune Jacke mit einer Kapuze gemacht, wobei ich Rehbraun wählte, weil ich nicht den Mut hatte, eine *richtige* Farbe auszusuchen. Seit neuestem sah ich mir die Broschüren von der Schiffahrtsgesellschaft an, mit den eindrucksvollen Fotos von Frauen, die glitzernde Abendkleider und modische Strandanzüge trugen; besonders ein Foto, von einer Frau in einem enganliegenden Kleid mit tiefem Rückenausschnitt, die sich zum Dinner umzog, während ein hübscher Mann in einem taillierten Jakkett ihren Reißverschluß hochzog; sie lachten, und sie sah ihn mit romantischem Blick an, über die Schulter. Das Leben an Bord wurde als Wirbelwind sexueller Ekstase geschildert, mit Augen und Händen, die einander begegneten, und der Verheißung, daß auch die Körper einander begegnen würden, und alle Passagiere sahen wunderschön aus und waren nach der neuesten Mode gekleidet und den ganzen Tag so beschäftigt mit Spielen, Spazierengehen und Essen an den Tischen, die sich unter dem Gewicht von gebratenem Truthahn, Hummer, Desserts und Champagner bogen, und mit Tanzen im Mondlicht, daß man sich fragte, ob noch genug Energie für die Aktivitäten der restlichen Nacht übrigblieb. Ich konnte kaum glauben, daß ich mich unter diesen Passagieren befinden und vielleicht sogar selbst ein rückenfreies Abendkleid tragen würde, während jemand lachend meinen Reißverschluß hochzog.

Meine Phantasievorstellungen schwanden dahin, noch bevor sie entstanden. Von mir wurde ein spartanisches Leben erwartet. Kleider spielten keine Rolle.

Doch als ich sah, wie schnell meine dreihundert Pfund dahinschmolzen, packte ich einen Koffer voll ziemlich neuer Kleidung und nahm die Fähre in die Stadt, saß mitten unter all den morgendlichen Einkaufsbummlern mit ihren weißen Handschuhen und Hüten, denn damals zog sich jeder »schön« an, wenn er in die Stadt fuhr. Ich verhökerte meine Kleider in den Gebrauchtwarenläden, wo ich schnell herausfand, daß mein flehentlicher Satz »aber sie sind ja fast nagelneu« immer auf dieselbe Antwort stieß: »Sie sind fast nichts wert.« Ich empfand zunehmenden Schmerz und Schrecken, der »wirklichen« Welt gegenüberzustehen, wo niemanden etwas kümmerte, wo die Menschen harte Gesichter hatten und käuflich waren – Stadtmenschen; und ich konnte mich nicht einmal mit dem Gedanken trösten, daß es nichts ausmachte, denn es machte wohl etwas aus. Meinen Radioapparat mit Plattenspieler wollte ich Frank schenken, doch er bestand darauf, daß ich ihn verkaufte; ein weiterer hartgesichtiger Ladenbesitzer gab mir zehn Pfund, und ich schenkte die Schallplatten meiner Schwester. Dann, wunderbarerweise, sandte ein »anonymer Spender«, hinter dem ich ganz richtig Charles Brasch vermutete, fünfzig Pfund an Frank, »damit Janet sich Kleidung für die Reise kaufen kann«. Überraschenderweise war nun ich die Spartanerin, die darauf bestand, fünfzig Pfund seien zu kostbar, als daß man sie an »bloße Kleidung« verschwenden konnte. Wie auch immer, ich nahm wieder die Fähre nach Auckland, wo ich hoffte, meinen neuen olivgrünen Mantel von *Mademoiselle Modes* zu verkaufen. Bestimmt, dachte ich und erinnerte mich dabei an die Mühe, die es gekostet hatte, die zehn Pfund zu sparen, und an das Vergnügen, den Mantel zu kaufen – bestimmt ist er etwas wert.

»Zwei Shilling, nicht mehr«, sagte die Verkäuferin.

Ich beschloß, ihn lieber zu behalten, als ihn auf einem Haufen abgewetzter und ausgebeulter, aussortierter Kleidung in dem schäbigen, nach Schweiß und Mottenkugeln riechenden Geschäft zu sehen.

Dann wollte ich meine eigenen Pläne für meine Reise machen und kaufte einen alten *Fodor-Europaführer*, den ich in die Baracke mitnahm, ohne ihn Frank zu zeigen, weil der mich vielleicht für verschwenderisch gehalten hätte. Während ich den Führer las, wurde ich noch benommener, verwirrter, aufgeregter und bestürzter. War das Reisen nach Übersee wirklich so? Der Führer war vollgestopft mit Informationen, die alle als wichtig dargestellt wurden, vieles davon eine Aufzählung dessen, was man kaufen und wo man es kaufen sollte, Einzelheiten über Leder-, Seiden- und Wollwaren, Pelze, Porzellan, Schmuck, mit den Namen der Geschäfte, der Städte, der Länder, wo die Waren zu haben waren, in der offensichtlichen Annahme, alle Reisenden seien Händler auf der Suche nach preiswerten Waren. Der Führer enthielt auch Rubriken mit Sehenswürdigkeiten, die man sich ansehen sollte – Museen, Galerien, Kathedralen; Rundreisen; Kleidung, die man für die Rundreisen benötigte; und schließlich noch *Nützliche Wörter und Redewendungen in vielen Sprachen* (was ich schnell erledigte, indem ich die Seiten herausriß und sie auf eine Mappe aus Karton klebte, die ich auf meiner Reise zu Rate ziehen wollte).

Ich studierte die Ratschläge über Kleidung mit Sorgfalt. Wenn man ins winterliche Europa reiste, betonten die Bücher, sollte man einen dicken Mantel mit warmem, abknöpfbarem Futter tragen, das auch als Morgenmantel zu verwenden war.

Unverzüglich kaufte ich vier Meter billigen Flanell, blaugrau gestreift, und versuchte erfolglos, ein Mantelfutter einzunähen; das Ergebnis bauschte sich und »hing« nicht richtig, und Teile davon kamen unter meinem Mantel hervor. Im Army Shop kaufte ich eine grüne Provianttasche aus Segeltuch, eine Armeepfanne mit zusammenklappbarem Stiel und drei kleine Leinensäckchen, so wie die Säckchen für Kindermurmeln, zur Verwendung als Geldsäckchen. Frank hatte gesagt, eine Provianttasche sei besser als ein Koffer. Seine Freunde hatten mich daran erinnert, daß man immer einen *Seemannskoffer* mitnahm, wenn man zu Schiff reiste. Wie arm war ich, dachte ich, daß ich nicht einmal einen Seemannskoffer hatte!

Meine Besuche bei meiner Schwester in Northcote hatten gleichfalls gute Ratschläge zur Folge. Als die englische Freundin meiner Schwester hörte, daß ich in Clapham Common wohnen wollte, starrte sie mich voll Entsetzen an.

»Clapham? Nie im Leben! Ich würde es nicht empfehlen. Es ist schrecklich *urban*, so *urban*«, wobei sich ihre Gefühle auf das Wort *urban* konzentrierten. Ich fragte mich, ob ich die Bedeutung von urban vielleicht mißverstand, ob es heutzutage mehr bedeutete als »zur Stadt gehörig«.

»Was meinen Sie mit urban?«

»Verstehen Sie, *urban*. Fabriken und so weiter.«

Von diesem Augenblick an hatte ich eine feste Vorstellung von der Gegend, wo ich in London wohnen würde. Ich sah eine menschenleere Straße mit aneinandergereihten Fabriken, riesige Gebäude wie Flughäfen, jedes mit einer kleinen grauen Tür, die sich zur Straße hin öffnete. Mein Gartenzimmer würde sich zwischen zwei Fabriken befinden, in einer engen Gasse, mit einer zweiten kleinen Tür, die auf einen Betonplatz hinausging, ohne ein Anzeichen eines echten Gartens, denn der Name war ihm nur in einem Anfall von Wunschdenken gegeben worden. Ich war völlig allein in der Straße mit den Fabriken, wo die Maschinen Tag und Nacht geräuschvoll in Betrieb waren, ohne von Menschen bedient zu werden. Ich dachte an Jess Whitworths Schilderung, wie sie eine Großstadt »in Angriff nahm«, wie sie zuerst ihren Ort zum Wohnen fand, dann ihr Gepäck dortließ und sich aufmachte, »um sich zu orientieren«, sich die Namen und Straßen und die verschiedenen Geschäfte merkte, wo sie ihre Lebensmittel einkaufen würde, und wie sie dann, nach ihren ersten Erkundigungen, nach Hause zurückkehrte, um »Energie zu sammeln«, um sich weiter vorzuwagen. Ich versuchte mir vorzustellen, wie ich kilometerweit ging, ohne die geringste Spur von Menschen oder Geschäften zu sehen, und wie ich dann wieder durch die enge Gasse zu meinem »Gartenzimmer« zurückkehrte. Während der Wochen vor meiner Reise wimmelte es in meinem Kopf vor lauter Phantasievorstellungen von der nördlichen Hemisphäre, und rückblickend frage ich mich, ob ich wirklich so klar im Kopf war, wie ich glaubte, aber zum Teil läßt es sich aus dem Umstand erklären, daß ich wieder einmal von Menschen umgeben war, die meine Zukunft planten.

Wieder einmal spielte ich die gehorsame, passive Rolle, die mir im Krankenhaus aufgezwungen worden war, die sich meine schüchterne Natur jedoch mühelos zu eigen gemacht hatte: Bestenfalls ist es die Rolle der Bienenkönigin, umringt von ihren Dienern; schlimmstenfalls ist es die des Opfers ohne Macht und Besitz; und in beiden Fällen hat man keine Herrschaft über sich selbst, denn alle haben Anteil an der geplanten Zukunft.

Mein Reisepaß traf ein. Ich hatte meine Schiffskarte (dank dem anonymen Spender der fünfzig Pfund für Kleidung mit gesicherter Rückfahrkarte), und ich hatte meine Schlafwagenkarte für den Nachtexpreß nach Wellington gebucht.

Dann wurde ich krank, sehr krank durch die Wirkung der Pockenimpfung. Ich hatte das Gefühl, sterben zu müssen. Ich lag halb bewußtlos in der Baracke, während Frank mich löffelweise mit *Farex*-Kinderbrei fütterte, mit Milch angerührt, die Art von Nahrung, wie sie Babys und Kätzchen gegeben wird, die früh von ihrer Mutter getrennt werden. Und gerade als ich mich von der Impfung erholte, bekam ich eine Grippe, genannt die »1918-Grippe«, die in jenem Jahr in Auckland um sich griff. Ich erholte mich nur langsam, da mir nun vor der Aussicht, irgendwohin zu reisen, graute. Frank, gütig und geduldig wie immer, versuchte mich aufzuheitern, wie man ein krankes Kind aufheitert, brachte Dinge, die einen ablenken und erfreuen – eine Glaskugel mit einem Schneesturm im Inneren, eine japanische Papierblume, die sich im Wasser öffnete. Er hing chinesische Glöckchen in die offene Tür der Hütte, wo sie eine klingelnde Melodie spielten, während der Wind durchs Fenster und hinaus in den Garten zum Papayabaum wehte.

Weder Frank noch ich konnten unser Gefühl der Trauer verbergen, so als sei es das Ende eines Jahrhunderts oder die Ausrottung einer Rasse, die Millionen von Jahren überdauert hatte; die Zeit dehnte sich in unangemessener Weise aus, als wäre sie ein Geschöpf, das man seiner Muschel beraubt hat und das zittert, wenn man es berührt oder auch nur ansieht; sie war wie die Seidenraupe, die von ihrer Seide abgeschnitten ist.

Unsere Freunde Karl und Kay waren aus Auckland weggegangen. Wir vermißten sie sehr und warteten gespannt auf ihre Briefe aus Armidale. Maurice Duggan war mutlos und arbeitete nicht. Eines Tages nahm mich Frank zu einem Besuch bei Maurice und Barbara und dem Zimtapfelbaum mit, und wir saßen in einem großen, luftigen Zimmer und hörten uns Victoria Los Angeles an; und Exemplare der *Paris Review* lagen auf einem kleinen Tisch. Die *Paris Review*. Ich sah Maurice an (der von Frank »der leidende Romantiker« genannt wurde) und Barbara und dachte mir, wie klug und literarisch gebildet sie waren und daß ihre raffinierten Farben den Zeichenlehrer in der Pädagogischen Hochschule begeistert hätten. Ich hatte immer noch zuviel von der Fähigkeit, mit offenem Mund zu staunen über alles und jeden und über die Welt.

Kleinere Aufgaben blieben zu tun: Albion Wright von der Pegasus Press gefiel mein Titel *Gerüchte von Reichtümern* nicht, er schlug vor, ich solle einen anderen aussuchen. Ich dachte an *In Hörweite des Meeres*, aber er sagte Nein, vor kurzem sei ein Buch mit dem Titel *In Hörweite der Glocke* erschienen (von einem Lehrer). Wie wäre es mit *Die Eulen schreien*? sagte ich. Nein, *Wenn Eulen schrein*, sagte er.

Abends saß ich da und hörte dem neuesten Gesprächsthema zu. »Janet fährt nach Ibiza, um dort zu leben, bis ihr das Geld ausgeht...« »Janet plant, zuerst nach London zu gehen und dann den Zug nach Süden zu nehmen... wahrscheinlich bleibt sie über Nacht in Paris... dann nach Barcelona... dann nimmt sie das Schiff zu den Balearischen Inseln... Janet ist... Janet wird... Janet hat...«

Unter meiner Traurigkeit erwachte meine Abenteuerlust. Ich wußte, daß sich unter Franks Traurigkeit ein Gefühl der Erleichterung verbarg, daß er nun die Möglichkeit hatte, sich mit mehr Ruhe seinem Schreiben zu widmen. Ich konnte mich nicht einmal mehr erinnern, wie es zu dem Entschluß gekommen war, daß ich das Land verlassen würde; ich wußte nur, daß es keinen Weg zurück gab, und wenn mein Weg zurückführte, würde es keine zweite Überlebenschance für mich geben; daß es das beste für mich war, aus einem Land zu fliehen, in dem eine Andersartigkeit, die nichts war als ich selbst, und sogar mein Bestreben zu schreiben seit meinen Studententagen als Beweis für Abnormalität angesehen wurde.

Doch ach – ich war eingeschüchtert von der Länge und Unbekanntheit des Weges nach vorn, von der Seereise über den ungeheuren Pazifik, über den Ärmelkanal, von der Nacht in Paris, der Reise durch Frankreich, Spanien, über das Mittelmeer! Warum? Damals – so wie immer – hielt mich der Gedanke an die Aussicht aufrecht, durch »Shelleys Augen« die Landschaft zu sehen und

> ...das Mittelmeer aus Sommerträumen,
> Das, von kristallner Woge eingewiegt,
> Schlief, wo die Wellen Bajas Ufer säumen.

27
Die Reisende

Wie eine mythische Figur, im Begriff, auf eine lange Reise zu gehen, mußte ich mich zuerst einer Prüfung unterziehen, einem Reinigungsprozeß, der von meiner Familie überwacht wurde und vier Tage dauerte, bis mein Schiff fuhr. Ich sollte bei Tante Polly und Onkel Vere in Petone wohnen, während mein Vater, der in dieser Jahreszeit üblicherweise nach Norden zu den Rugbyspielen fuhr, auch nach Wellington zu Tante Polly kommen würde. Mutters zwei Schwestern, Elsie und Joy, hofften, mich in Wellington zu sehen. Nach einer langen Bahnfahrt von Auckland, bei der mir übel war, graute mir vor dem Politurvorgang, der ein Ergebnis der natürlichen Reibung in Familien ist.

In Petone führte Tante Polly mich zu meinem Bett, einem niedrigen Feldbett aus Segeltuch, das neben der Tür im Wohnzimmer an die Wand gelehnt war, niedrig genug, um den eisigen Wind, der unter der Hintertür durchwehte, abzubekommen.

»Dein Vater wird natürlich das Bett im Gästezimmer bekommen.«

»Oh, natürlich.«

Sie blickte mich streng an. »Ich kann nicht verstehen, warum du deinen Vater verläßt, um so weit nach Übersee zu fahren. Deine Mutter ist gerade gestorben, und dein Platz ist zu Hause bei deinem Vater.«

Darauf hatte ich keine Antwort. Wir wollten Dad am nächsten Morgen am Kai bei den Fähren abholen.

Dann wandte Tante Polly ihre Aufmerksamkeit meiner Kleidung zu. (Tante Polly, die geschickte Schneiderin, in deren kleinem Arbeitszimmer auch jetzt »schwierige« Näharbeiten lagen – Männermäntel, Hosen, Anzüge und Frauenkleider mit ausgefallenen Ärmeln und enganliegenden Oberteilen.)

»Warum um alles in der Welt ziehst du diese gräßliche Jacke an? Sie ist viel zu groß und hat eine scheußliche Farbe, es ist einfach gar keine Farbe. Du schaust aus wie ein Stück Erde oder so was, wenn du sie anhast. Und man kann deine ganze Figur durch den Rock hindurch sehen!«

»Ich habe diese Weste gestrickt«, sagte ich stolz. »Und die Farbe paßt zu allem.«

»Sie ist fad.«

Sobald Tante Polly ihre Kritik angebracht hatte, wurde sie freundlicher. »Du hast also die Grippe gehabt. Paß auf, daß du keinen Schnupfen kriegst.«

Als Onkel Vere an jenem Abend vom Motorenwerk nach Hause kam, groß, sanft, mit kuhartigen braunen Augen, unterwarf Tante Polly sein Äußeres gleichfalls ihrer Beurteilung. »Sieh bloß deinen Schal an, er sollte nicht so aussehen. Was hast du mit deinem Mantel gemacht, so wie er hängt?«

Schneiderin für die ganze Welt! Wie eine Künstlerin, die ständig einrahmt, was sie sieht, und Gegenstände isoliert und einfriert, um sie mit der Phantasie zu verwandeln.

Nachdem Onkel Vere soweit verwandelt war, daß er Tante Pollys Geschmack entsprach, gab es wieder normale Konversation, sogar Güte und Gelächter.

Ich ging früh zu Bett und hüllte mich in die eine Decke, während der bitterkalte Wellington-Wind unter der Tür durchwehte und zwischen das Leinen und den Rahmen meines durchhängenden Bettes zog.

Am nächsten Morgen fuhr mich Tante Polly in ihrem froschgrünen Auto zur Fähre, wo wir Dad abholen wollten, und als ich ihn mit seinem ergrauenden Haar die Gangway herunterkommen sah, das im Winterlicht von Himmel und Meer noch grauer aussah, und mit seinem verlorenen Blick, der einer inneren Wirrnis des Kummers entstammte (obgleich er äußerlich schick aussah mit seinen geputzten Schuhen und dem tadellosen besten Anzug), brach ich in Tränen aus und ging ihm entgegen. Ich hatte ihn seit Mutters Tod nicht gesehen. Seine Lippe schob sich vor wie die eines kleinen Kindes, zitterte, und wir umarmten einander und weinten. Anders als Tante Polly war Dad stolz auf mein Stipendium und meine Überseereise, und wenn sein Stolz erwacht war, konnte er immer andere, schmerzlichere Gefühle beschwichtigen.

»Also fährst du nach Hause«, sagte er.

Ich war verblüfft. Ich hatte noch nie gehört, daß er die nördliche Halbkugel als »Zuhause« bezeichnet hätte; er hatte üblicherweise über die Menschen gelacht, die das Vereinigte Königreich noch immer als »Zuhause« bezeichneten; ich hatte ihn verächtlich sagen hören: »Zu Hause, ach Quatsch. Hier ist zu Hause, hier. Oder ich hüpfe seitwärts nach Puketeraki.«

Während meines Aufenthalts hörte ich ihn mehrmals wiederholen: »Janet fährt nach Hause, wißt ihr.« Ich merkte, daß ich ein Prestige gewann, das meine Identität als »verrückte Nichte« fast überdeckte. Ich war nun die »Nichte, die nach Übersee fährt, *nach Hause*.«

Plötzlich begriff ich, daß die Verwendung des Wortes »Zuhause« durch meinen Vater aus Achtung vor Tante Polly und Onkel Vere und den anderen Verwandten geschah, denn es war *ihre* Sprache, die er mit intuitiver Höflichkeit oder einer Abneigung dagegen, anders zu erscheinen, angenommen hatte. Er verwendete auch sein Messer und seine Gabel anders, so wie Tante Polly. Und er furzte kein einziges Mal. Tante Polly und Onkel Vere, wie ich schon sagte, bewegten sich angeblich in der »guten Gesellschaft«, einem nebulosen, sich ständig verändernden Bereich, begrenzt von einigen Bürgermeistern und Gemeinderäten und anderen anerkannten, »wichtigen« Leuten. »Er ist jemand, weißt du«, pflegte Tante Polly zu sagen. Ich hörte sie nie von jemandem sagen: »Er ist niemand«, aber sie ließ durchaus durchblicken, daß nicht jeder jemand war.

Mutters Schwestern Elsie und Joy nahmen mich zum Frühstückstee in Kircaldies mit. Auch sie betrachteten meine Kleidung mit kritischem Blick, wie auch die Tatsache, daß ich »meiner großen Liebe noch nicht begegnet«, das heißt, verheiratet war, aber ihre Art der Kritik war ohne Schärfe oder Bitterkeit. Sie waren schöne Frauen, die in Gelächter zerschmolzen, während sie in Erinnerungen über Kircaldies schwelgten, wie es in ihrer Jugend gewesen war. Sie waren sanft, gütig, teilnahmsvoll, und Tante Joys braune Augen blitzten beunruhigend und erschreckt wie der Blick in den Augen eines wilden Tieres, und weil ich sie nicht gut kannte, konnte ich den Ursprung dieses Blicks nicht erraten.

Beide bestanden darauf, ich müsse einen wärmeren Mantel für den nördlichen Winter haben, und zu zweit kauften sie mir einen warmen braunen Mantel.

»Jetzt siehst du hübscher aus«, sagten sie.

Und sogar Tante Polly billigte meinen neuen Mantel.

»Zumindest bedeckt er diese scheußliche Jacke.«

Ich verzieh ihr; es bringt Verantwortung mit sich, wenn man die Schneiderin für die ganze Welt ist.

Die *Ruahine* fuhr in den Hafen ein. Es war am Abend vor meiner Abreise. Tante Polly, Onkel Vere und Dad begleiteten mich zum Schiff, halfen mir, die Kabine mit den sechs Kojen zu finden, die mehrere Geschosse vom Oberdeck entfernt war, und dann, fast als ob sie Angst hätten, gefangen zu werden, als ob das Schiff ein Gefängnis wäre, gingen sie wieder an Land und auf den Kai.

»Wir bleiben nicht, bis sie wegfährt.«

Dad sprach voll Stolz über das Schiff, so wie er von der Lokomotive gesprochen und »sie« zu ihr gesagt hatte. Er sagte auch zu den Flüssen »sie«, blickte sie mit wetterkundigem Auge an und warnte: »Sie ist ganz schön schmutzig ...«

Ich stand an Deck, in einer Menschenmenge, und alle warfen Papierschlangen, die von den Zuschauern auf dem Kai gefangen wurden, denn damals war das Reisen mit dem Schiff ein bedeutsames Ereignis. Eine Blaskapelle spielte alte Melodien, Maorilieder und ein paar Militärmärsche. Ich blieb an Deck, um noch einen Blick auf Tante Polly zu werfen, die in ihrem blauen Mantel zerbrechlich und adrett aussah, auf Onkel Vere, der großgewachsen neben ihr stand, und Dad, der sich gegen den Wind zusammenkauerte, halb im Schutz des Lagerschuppens am Pier, und dann ging ich mit einem letzten Winken und die Fünfpfundnote umklammernd, die mir Tante Polly in die Hand gedrückt hatte – mit einem geflüsterten »Etwas von Onkel Vere und mir« –, in Richtung Treppe, gerade als die Kapelle »Nun ist die Stunde« spielte, und die Musik reichte in mich hinunter wie ein langer Löffel und rührte und rührte.

Ich kam zu meiner Kabine mit den sechs Kojen, meine Koje lag unten neben der Tür. Ich war dem Rat derer gefolgt, die es besser wußten als ich, und hatte eine kleine, ovale Flasche Lavendel-Riechsalz mitgebracht und eine kleine Dose Kekse und eine Tube *Kwells* gegen die Seekrankheit. Diese legte ich in die Lade eines Schließfachs, ziemlich geringschätzig, da ich wußte, ich würde sie nicht brauchen. Ich spürte das Vibrieren der Motoren und die langsame Bewegung des Schiffes, als es aus dem Hafen von Wellington ausfuhr.

»Es ist gut«, dachte ich, und all meine Angst vor der Seekrankheit verschwand. »Meine erste Ozeanreise, und das Meer ist ruhig.«

Ich ging hinauf an Deck. Es war noch zu früh, als daß Passagiere erschienen und tanzten und Abendkleidung trugen, aber irgendwo spielte Musik, und man hörte Reden und Lachen.

Die Lichter von Wellington glänzten in der Ferne. Ich lehnte mich über das Geländer und spürte, wie ich vor Angst und Freude weinte. Dann änderte sich die Bewegung des Schiffes unvermittelt und wurde zu einem steileren Steigen und Fallen und zu einem Rollen von einer Seite zur anderen: Wir waren auf dem offenen Meer. Meine Reise hatte begonnen.

Inhalt

I: Zu den Inseln

II: Ein Engel an meiner Tafel

Erster Teil: Verzweiflungstricks

Zweiter Teil: Das Finden der Seide